豆瓣阅读

我想站在你身边

I want to stand by your side

豆瓣阅读 / 编　非虚构篇

四川人民出版社

目 录

京都第五年（苏枕书）/ 001

少女瘫痪笔记（叁贰肆）/ 043

半部红楼半世风流——回忆父亲（金格格）/ 101

实习生的蜕变（伊 声）/ 185

纽约倒影（李静睿）/ 233

京都第五年　/　苏枕书

初　来

2008年，日本NHK电视台年度历史剧《笃姬》大热。那时候我上大三，每周必看。下半年，我到北京，独自租住南城一处小屋。生活混混沌沌，诸事不定，让我对周围的声音相当敏感，记住了《笃姬》里一句台词："女子之道，乃是独路，半途折返，是为耻辱。"不记得当时究竟是怎样下的决心，打算去日本读研。也许是对自己的行动力太怀疑，认为自己应该积极争取眼下就想做的事。几番周折，2009年9月20日，我来到了京都。当天的日记说：

> 鸭川流水很美，黄昏的天空很美丽，看到很多乌鸦。夜里秋虫唧唧，邻居院内有木槿和南天竹。学校围墙外有桂花，香气浓郁。夜里睡在有蔺草香气的榻榻米上，如在浮海中晃荡不止。

此前在国内太匆忙，没有申请到学校的会馆，来了只有租房。京都有很多租房公司，学校周围的几家常有中国人打工，以帮助刚来的、日语水平还不足以交流的留学生。外国人租房通常需要有在日本的保证人。留学生可以通过学校的留学生中心申请由学校担保,需要指导教授签字盖章。我当时找的房子不需要担保,房东渡边先生继承了外祖母的产业,名下有八处用作租赁的房产,价格便宜,很适合留学生。渡边本人曾留学美国,对留学生很关照,手续方面也多有通融。新居在一座小木楼的二层,新铺的榻榻米,卧室六叠①,客厅四叠,厨房、卫生间各一叠,公用浴室需投币,一百日元八分钟。

第二天,我原计划到区政府办理外国人入境手续、国民健康保险,这样才能申请银行卡、置办手机。正准备出门的时候,邻居试探着跟我打招呼,问我是不是新来的,然后告诉我这几天是日本的法定休息日,区政府不工作。

小楼有八间屋子,除我之外还有五户人家。跟我打招呼的是一对中国情侣,来日本已经好几年。在他们的介绍下,我知道楼里还住了一位单身日本青年、一对武汉来的夫妇、一位上海女生、一位上海男生。

"总之,你今天办不了什么手续,只能去买买日用品了。"这对情侣说。男人是朝鲜族,女人来自广州。他们的友好让我很感动。

自行车、书柜、桌椅都从学校旁边的二手店买到了。学校往西一公里,鸭川之畔,有一家很大的卖场,其余用品都可在那里置办。一切太新鲜,太陌生,日头显得特别漫长。卖场到家有两公里多,来回几趟,才刚到中午。在超市熟悉蔬果物价,当时

---

① 叠:日本用于计算榻榻米数量、表示房间大小的量词。

日元汇率很高，100日元兑8.3元人民币。番茄两个300日元，25块。黄瓜三条200日元，16块。苹果一个100日元，8块。四分之一棵白菜150日元，12块。我大致这样算着，回想此前在北京独居时积累的物价经验，果然体会到很大的差距。这种凡事要换算人民币的习惯，大概一个月后消失了。并且此后四年间，不断认识到北京物价上涨的速度，有些物品的价格和日本已经没有区别，甚至更昂贵。

那正是洋梨、早生蜜柑、奈良柿的季节，每样都很好吃。

再说那几天的休息日，分别是敬老日、国民休息日、秋分日。敬老日是九月第三个周一。这一年的敬老日与秋分日之间刚好隔了一天，为照顾大家的心情，这中间的一天就被规定为特殊的"国民休息日"。下一次这样的好事，就要等到2015年了。秋分前后一周，是扫墓的日子，叫作"秋彼岸"。其时盛开的石蒜花，遍布日本各地的屋后田间、山野河原，十分美丽。小林一茶在长女阿聪死后三十五日到墓前祭拜，有句云："秋风呀，撕碎红花。"供在墓前的有红豆团子，春天的叫牡丹饼，秋天的叫萩饼。萩即胡枝子，初秋开放，星星点点，有红白二色，花枝柔长。住处附近有一座天台宗寺庙，叫真如堂。那里很晚才关门，人们可以乘月散步，坡度和缓的石阶上经常蹲着几只猫。寺内有很多胡枝子，簇拥着青苔斑驳的石灯。寺庙旁有很大一块墓地，林立的石碑布满小山坡。

手续办得很顺利。一周后，我有了手机，夏普最普通的款式，摄像头像素很低。我试图拍几张照片，但效果最好的只是蓝天白云而已。我见到了指导教授，五十多岁，戴一副玳瑁色眼镜，肚皮开始发福。他门下还有一位中国男学生。我们在老师研究室见面。坐电梯下楼时，我们小声用中文交流了几句。教授面无表情地说："你们来了日本，就要多用日语交流。"我们噤声。他带我们到教务处转了一圈，留下一句："好好享受京都的秋天。"就径自走了。他是大阪人，有浓重的大阪口音。

开学后，课上见到了一位女助教，姓小野。一位东京来的师兄，姓唐泽。两位韩国学生，男生姓朴，女生姓金，他们的导师是另一位年轻的副教授。小野助教温柔娴静，脸上总有笑意，眼睛明亮，膝盖上铺一块毛毯，声音很轻，也有浓重的关西腔。唐泽师兄小声说，这是真正的大小姐，京都某材料企业总裁的长女。朴师兄有很好的肌肉，线条明显，留学前曾在韩国海军后勤处服役。他问我："你知道哈尔滨以前是韩国的吗？"我惊讶，此前对于韩国人的种种传闻，我并未取信，因为没有亲自沟通，总疑心是些夸大的言论。他见我不回答，笑道："哈尔滨市中心广场上，有一座韩国人的纪念碑。"我没有去过哈尔滨，也没听说过这样的纪念碑："我不知道。"朴师兄道："我老家以前在中国，家谱上说的。"课后我上网查询他说的纪念碑，并无任何线索。问了一位哈尔滨朋友，她暴怒道："让他到我跟前把话重复一遍，抽死他。"

小野助教请我在学校咖啡馆喝东西。问我房子租在哪里，生活可习惯，有无意愿读博，等等。我搜肠刮肚说着敬语，想必错误百出。她温柔笑道："跟我讲话，不要用敬语的。我不讲究。""跟老师呢？""最好用，但是你是外国人，不用完全没事。"吃完东西，我想付钱，她极力阻挡："我是前辈，必须我给。"那是我和小野距离最近的一次，后来我们再也没有单独共处过。

桂花的香气持续了很久，每天从学校回家，外墙一排桂树浓香四溢。我跟日本同学讲起来，他们一致反应是：好闻是好闻，但是太浓烈了。唐泽师兄形容："香得像被人打了一巴掌。"后来我渐渐认识到，在日本的审美中，瑞香、栀子、桂花，都属于香气过于浓烈的，不宜近观。他们更欣赏胡枝子、石竹、桔梗这些低调的植物。

学院有个专门面向留学生的独立机构，只有一位指导老师，负责新生交流与奖学金申请。开学第一周，我见到了这位老师，姓山田，打扮很像《傲骨贤妻》里的戴安娜，齐耳大波浪，弯眉，眼眶明显，鲜艳红唇，漂亮套装，未婚。她要各位新生依次作自我介绍。每个人讲到自己的研究方向时，她都大幅点头，作出十分了解并感兴趣的样子："我在哈佛读书的时候，听过研究这一专题的某某老师的课。""我去年刚到德国开了某某会议，当中有老师报告了相关论文。"新生日语大多抱歉，毕竟这个专业极少日语系出身的。她很热情地用英语跟我对话，我们勉强说了两句，终究认为，和山田老师还是讲日语更顺口些。当然，不得不说，山田老师的英语是日本人当中非常出色的。后来我们知道，她从小在美国长大，念的哈佛，回日本后找工作不顺利，无奈做了行政工作。"归国子女的出路都不太好，她能留在国立大学，有正式职位，已经很不错了。"前辈们这样说。赤名莉香也是归国子女，曾在完治跟前讲过回到日本后的格格不入与孤独。

　　学校国际教育中心有面向留学生的日语课，可自由报名，分班考试后，分为初、中、高三级，有听力、口语、文法、作文等项。我选了中级文法、中级口语和高级写作。班里一大半是欧美同学，他们使课堂气氛非常活跃，深受老师欢迎。欧美学生很多只是交换留学三个月到半年，完全抱着旅游的心态，很活跃。亚洲学生要沉默很多，一开始都拿着崭新的本子抄笔记。最初，我很难融入这种环境，不能做到在集体中大声发言。很快，我放弃了口语班，只在文法班和写作班坚持了一个学期。

　　当时，隔壁的朝鲜族男人建议我和楼里新来的上海男生一起去参加本地留学生的合唱活动："10月1日在学校礼堂演出，很热闹。有自助餐，能认识很多人。"上海男生和我交换了一个眼神，两个人虽不置可否，但结果还是都去了。

　　练习场在南校区一间大教室，我和上海男生按约定的时间到达后，场内仍是乱哄哄，一大群人走来走去，完全没有头绪。两个化浓妆的小姑娘走过来跟我们打招呼，问我们是不是新来的。我们说是。她们笑嘻嘻地说自己也是，春天刚考上这里的本科。她们来自沈阳一所有名的重点高中，早早考了托福和日语能力考试，不参加国内高考，高中毕业直接申请日本的语言学校，半年或一年半后参加日本的高考。并不是每个大学的所有专业都可以报考，限制较少的是经济、经营、理工专业。当然，初高中在日本读书的外国人另当别论，没有特别的限制科目。这所高中每年都有不少学生直接到国外考大学，四年本科之后，他们大多可以很好地融入本土学生的圈子，与研究生阶段才出来的留学生有很大隔膜，彼此都有看不惯和觉得不可思议的地方。

　　我和上海男生百无聊赖，各自玩手机。不久，邻居男人把我们带到一位高大的、梳背头的男生跟前，介绍说，这是某某会现任会长。这个某某会，是大使馆认可的留学生组织，合唱活动即由其发起。会长跟我们握手，问我们从哪里来，什么时候到，哪个学院，有什么特长。我们还没有组织好答案，他就被别人叫走了，临走前拍拍上海男生的肩："欢迎你们，玩得开心。"有人听说我大学在重庆读，过来问我唱红歌的情况。当时因为我正当毕业，并未有机会参加任何集体红歌活动。又过了一会儿，众人簇拥着一位光彩贵气的太太走进来，恭敬地为她试麦克风。有人跟我们说，她姓田，是中国一位词作家的侄女，很了不起的歌唱家。田女士在麦克风前稍试喉音，咪咪咪，么么么，咳咳。一位负责人模样的女学生威严地拍拍手，示意我们起立热烈欢迎田老师亲临指导。掌声响起来。田女士张开双臂，做了个"请安静"的手势。音乐起，她唱了一首爱国歌曲。众人鼓掌，田女士颌首微笑，又在众人簇拥下离开。场面又陷入混乱无序。那位威严的女学生走到麦克风前，大声说："吵吵什么，都吵吵什么？快！到前面站位！别磨蹭！"大家呼啦呼啦涌向前台。他说："不好玩，明天我不来了。"我说："我也不来了。"我们被安排在角落，我已经忘了自己是不是只动了动嘴而已，根本没有发声。合唱实在太不适合我这种高低音不分、没有集体意识的人了。几首爱国歌曲之后,五个年轻的本科男生登台唱SMAP(日本流行偶像团体。现有成员木村拓哉、中居正广、稻垣吾郎、香取慎吾、草彅刚)的《世界上唯一的花》(『世界に一つだけの花』)。他们的日语都说得很好,打扮也与日本同龄人无异,修眉,略微染发。唱到"是啊,我们都是世界上唯一的花"(「そうさ僕らは、世界に一つだけの花」)时,他们和SMAP成员一样,摊开手掌,在身前画半个圆。唱到"每个人都拥有不同品种的花"(「一人一人違う種を持つ」)时,他们也一样竖起一指,点点点,再很嗲地收回去。

排练结束,那位威严的女学生嘱咐大家需要改进之处,以及下次排练的时间和地点。邻居男怂恿我们去跟她打招呼,说是某某会的文艺负责人。我们连连后退,找了一堆理由提前溜走了。南校区有许多茂密的老树,桂花在月色里铺了满地,天上层云迅速移动,山中的云影也随之快速掠过。这是我和某某会短暂难得的接触,后来听说了很多八卦,大概和国内大学学生会可能发生的事差不多,没有太多新意。比较有趣的是,新进会员填写的表格上,有恋爱与否、年龄等项,每年有新生来,大家都急切地盼望有所收获。留学生恋爱资源实在有限。一般来说,朝鲜族学生的选择范围最大,日本、韩国、中国学生都可考虑。一位嫁给日本老师的学姐说:"我们朝鲜族人语言最有优势,会朝鲜话,会汉语,日语很容易学,所以中日韩三国都可以当成归宿。"出来读研究生的大陆学生找到日本恋人的可能性较低,除非对方会汉语，或者专业与中国相关。大陆学生和台湾学生虽然相处容易，实则也壁垒分明，很少有生活方面的互动。因此留学生会主动举办各种聚会，为可能产生的恋情创造机会。

一天清晨，从便利店买早饭回来，发现便利店刚下工的一位短发女生和我一直同路，一起进了小楼。她回头朝我笑，试探着跟我打招呼。她就是那位一直没露面的上海女生，叫陆珊，刚从在东京工作的男朋友那边回来。陆珊刚念硕士一年级，我们很快成了好朋友，她带我们泡图书馆、逛街。她日语说得十分漂亮，常被日本人当成同胞，而夸赞曰："你汉语讲得真好。"她听说朝鲜族邻居带我们去某某会，大不以为然："那种地方才不要去，浪费时间。"她和上海男生在一起，全部讲上海话，常对我感到抱歉，勉强换成普通话。我说："我听得懂，就是不会讲。"于是我们三个人在一起时，他们两个说上海话，我一个人讲普通话，也没什么障碍。上海男生说："我真的不习惯讲普通话。"陆珊深以为然。有她的指引，我们吃了京都排名前三的拉面，吃了祇园辻利的抹茶甜筒，逛了四条高档卖场高岛屋，在清水舞台眺望了东山的群鸦，知道白天从花见小路走出来的盛装艺妓都是游客扮演的，千万不要对她们拍照片。"这种傻事只有游客才做，那个扮艺妓的人不晓得暗地多开心呢。"陆珊说。

10月7日，学校宣布翌日放台风假，第18号台风茉莉即将登陆本州岛。日本气象厅惯以当年发生的顺序来称呼台风，从第1号开始。当夜瓢泼大雨。日记里写："逆着路灯看去，雨线密密匝匝，叫狂风带得四下乱舞。担心院子里的桂花。8号早晨，睁眼就望见窗外的阳光，风雨止息，天空湛蓝，云团仿佛触手可及。院子里的桂花香气极盛，远处东山与比叡山被风雨濯洗得满眼翠绿。邻家院里几样东西很讨人喜欢：圆滚滚的秋田犬、通红的南天竹果、竹帘外的牵牛花、叮叮当当的瓷风铃。"秋天真正安静地到来，学校与住处方圆一公里的环境已完全熟悉，此前夜夜如在浮海中晃荡的幻象也彻底平息。

源氏物语、枕草子、川端康成

"你为什么来京都留学？"

"因为喜欢京都。"

"怎么知道京都的？"

"源氏物语啦，枕草子啦，川端康成啦。"

"哇，好厉害。我作为日本人，都没有看过。"

"我看的也只是中文译本啦。"

以上是这四年和日本师友之间十分常见的对话，我的答复可作为标准答案，对付男女老少都无问题。如果回答"因为我喜欢漫画"，在老师面前就不太正式。而同龄人社往会问，那你喜欢什么漫画？深入交流则无法避免各自口味差异造成的冷场。如果回答"因为京都学派很了不起"，那么大部分日本人都不知道你在说什么。如果回答"我很喜欢京都的历史""我很喜欢京都的文化""我很喜欢京都的艺术"这类笼统高端的答案，那么对方很有可能在表扬几句之后，就发出"へ一"（音：hei）这样貌似恍然大悟、实则不知作何评价的语气词。这个词在日本很常用，和人聊天，对方都会不时发出这种声音，辅以点头微笑等肢体语言，表示"原来是这样啊""好有趣啊""真是想不到"等意思。不过很多时候，这个语气词其实代表敷衍与无话可说，仅仅表明"哦，我听着呢"。

从前，家里给我买了人民文学出版社的若干外国名著，《源氏物语》就混在当中。我看了几遍都没有看完，只记得标题都很不错，夕颜那段很优美。到了大学，终于硬着头皮又读了一遍丰子恺的译本，当时关于该译本已有很多批评，因而也没有特别好的感觉。读了传说中林文月的译本，也不觉得非常好。但故事终于记住了，对平安京也有了大概印象，并知道林文月曾在那里度过一年。我很喜欢末摘花，可怜的红鼻子，有说法称那是紫式部在影射清少纳言。

相比之下，《枕草子》给人的印象就太清晰了。零散断章，"都是很有意思的"，完全符合女性审美。从中对日本人所爱的植物、衣裳、布料、配色等细小的事物与微妙的情绪有了大致的概念。很多人都没有读过《枕草子》，但都知道"很有意思的"，也喜欢用"你的文风很像《枕草子》"来评价某些清淡细碎的女性作品。

《古都》的中文译本其实很无趣，原作也平淡，我更喜欢《雪国》。不过电影很好，岩下志麻和山口百惠都演过千重子和苗子，后来还有上户彩。当年我还无法分清标准语和京都话。后来重看电影，才知道上户彩的京都话讲得相当不错，日本观众也大有好评。因为获诺贝尔文学奖，川端在外国非常有名。但有一项投票显示，日本人最爱的近代作家前三位是：夏目漱石、宫泽贤治、芥川龙之介。川端排到第七，在三岛由纪夫之后。川端是大阪人，东京大学毕业，在伊豆写出《伊豆舞女》，在上野写出《浅草红团》，写了《雪国》后迁居镰仓，六十二岁时写《古都》，移居京都，晚年仍回到家乡大阪生活，直到自杀。他极其不喜欢京都市内新建的楼房，认为丑陋至极。《古都》里也写到看不惯吵吵闹闹到京都来看花的外地人。他热爱古董、书画、美女，和东山魁夷交情深厚，曾在寒冷的夜里步行半个钟头给京大的桑原武夫买一种很好的酒。

我刚到京都时，在书店，很自然地将目光投往在国内已经熟悉的作家的作品上。但很快就想读一些"不那么像外国人口味"的书，比如梶井基次郎、横光利一、冈本绮堂，以及年青一代作家的作品。原文与译文之间的鸿沟令我此前的"译本文学观"被"原本文学观"不断修正。以至于一段时间内，都不想接触那些熟悉的作家。想和他们冷淡一阵，再重新相识。终于有一天，我去了京都西北郊的北山杉林，千重子曾去那里找过苗子，二人在"挺拔秀丽""郁绿深渊"的杉林中相遇，苗子用身体覆住千重子，为她遮挡突如其来的暴雨。那杉林如翠障，比东山魁夷笔下所绘更令我震撼。北山杉自古是京都茶室的专用木料，旁枝全被斫去，只留一丛树冠，因此笔直入云，尤为壮观。

西北郊山中还有三座名寺，高雄山神护寺、槙尾山西明寺、栂尾山高山寺，合称"三尾"。谷崎润一郎曾躲到神护寺一间地藏院写《春琴抄》，那时正被各方小报记者盯着，要打探他与松子夫人的恋情。日本近代著名作家里，与京都缘分最深者，应属谷崎。他对京都的痴迷不单在《细雪》中，尤表现在晚年的畸恋佳作《疯癫老人日记》里。文中被儿媳年轻貌美的身体诱惑到欲罢不能的老人，病重时仔细规划死后墓地选址、墓碑规格，正是谷崎本人的真实写照。他最终安眠的法然院，以及写有"寂"字的圆石墓碑，与小说所写无差。

夏目漱石也曾到京都采风，给《朝日新闻》写的第一部连载小说，就是以京都为背景的《虞美人草》。漱石本人并不怎么喜欢这部用词古奥、雕琢繁复的小说，但其中写到的鸭川友禅染、比叡山料亭、洛北风景，却是当时京都的忠实写照。

当代青年作家写京都的有两位最受欢迎，万城目学和森见登美彦。二人都是京都大学出身，一是法学部，一是农学部。万城目学写《鸭川小鬼》出名，森见登美彦写《四叠半神话大系》走红。二人并称双璧，曾惹多少同好想入非非。然而事实是，万城目学早就结婚，有爱女一名，且已搬到东京。森见也结婚有年，倒是还在京大图书馆上班，继续写着各种奇妙京都物语。最近我正迷《宵山万华镜》与《有顶天家族》。他们的书永远摆在京大生协书店最醒目的位置，本校之后虽也有几位年轻的作家出道，但影响力远不如他们。我有位小师兄，姓上村，书架上一排森见的书。我因此对他增添不少好感。

至于小师兄上村的故事，后面还将讲到，大家不妨在此先把他的名字记住。

京女与京男

妈妈夏天到京都旅游,和我住了两周。每天早上,我们一起去附近的超市买菜,总能看到一位老太太在自家门前修剪花草。老太太的白发挽得虚笼,一丝不乱,穿配色优雅的夏季和服,执一柄小剪刀,或一把水壶。盆花在她的精心料理下光彩照人。见我们路过,她总会说句"早上好"。妈妈赞老太太气质好。我说这就是京女的做派,和服穿得好看,举止文雅。幕末有个著名的京女,孝明天皇的妹妹和宫,嫁给德川家第十四任将军家茂。家茂出征长州,将往京都,问她要带什么礼物回来。她想要西阵织①。西阵织最后到了跟前,但家茂已病死他乡。和宫作和歌一曲,将亡人的西阵织供奉到寺庙。经历无血开城与明治维新后,她在三十二岁时病死东京。西阵织和友禅染一样,都是京都的名产。外地人揶揄京女,说再穷也要穿好衣服。我有位大阪出身的老师,娶了京都夫人。每年年终奖入手,就要送她一套高档和服——大学教授的年终奖,大概是三百万日元。

外地人对京都人没什么好评价,尤其是周边地区,最大的冤家是大阪。两地人互相看不顺眼,京都人说大阪人喧哗吵闹、不守交规、态度差、没素质、俗气、方言难听。大阪人讲京都人虚伪、腹黑、表里不一、笑里藏刀、目中无人、方言太娘。这里的京都,特指京都市区,福知山、舞鹤、绫部、宇治、宫津、

---

① 西阵织:西阵锦缎,日本京都市西阵地区出产的精美丝织品。

龟冈、城阳、向日、长冈京、京田边、京丹后、南丹、木津川这些京都府下辖的市则不在被讨厌的范围。刚来时,有时会对人说"真羡慕啊,是京都人"之类的话。在当时的我看来,这的确是句赞美。世代居住京都的,大多会谦逊答曰:"哪有哪有。"有些人只是客居,会很严肃地强调:"我不是京都人,我们那里的人不大喜欢京都人。"

前面提到的小师兄上村,就是京都人。他比唐泽师兄晚来一年,所以我以"大""小"区分。据说小师兄最初来上我老师的课,只是不慎走错了教室,结果不好意思走了。像他这样的优秀生,各个专业的老师都会蓄谋把他抢来读博。我老师当然不舍得放他,在他来上课的第二周,就邀请大家喝酒。席上,善解人意的小野助教安排他坐在老师手边。老师表现出与众不同的关心,还把自己吃剩的半条秋刀鱼给他。他干干净净吃光了。事后唐泽评价,从一条鱼可见老师和上村的默契,读博的事就这么定了。夏天,小师兄来上课,都会带把素纸团扇。他平时讲话用标准语,没有一点口音。不过会用非常高级的敬语。大师兄说:"你跟我们别用敬语。"小师兄的眼睛很大,看起来很无辜,笑了笑,说好。但积习难改,常说到一半急忙换成普通体。大师兄摆摆手:"算了算了,你们京都人太虚伪了。"攻击京都人是大师兄一大爱好。小师兄总是含笑默立一旁,不予争辩,一脸无害温和的样子。"你们是不是觉得我们东京人特别粗鲁,嗯?"大师兄受不了,问我们。大师兄的夫人在横滨当法官,他每周从东京家里坐车到京都上课,夜里随便找个酒店,上完课再回家。常见他手持小瓶白兰地，趴在教学楼窗口远眺寂寞的京都之夜。最初夫人只让他坐便宜的夜行巴士，他因此苦不堪言，上课瞌睡连天。后来夫人终于开恩，许他坐新干线。他经常教导小师兄："结婚很可怕。"

小师兄是标准京男，常备各种日式点心，绿寿庵金平糖、柿种、丹波黑豆大福这些偏老龄化的食物都为他所爱。他每天坐叡山电车上下学，过年要到特定的神社祈祷求签，熟悉京都任何一个传统节日，爱看佛教、妖怪系的漫画，Facebook的感情状况写着"单身"。

老师让他帮我修改毕业论文的日语问题。时已深冬，节日频来，有人却为论文与前途所扰。12月30日下午，我到研究室，桌上有便条："今天再修改一次，就可以过年了。"小师兄的字一笔一画像打印体。我硬着头皮找他。他书架上有张很大的日历，这一天圈了红圈，一行小字：为某某修改论文。他说，去进进堂吧。我说，不想喝咖啡。他说，要放假了，学校很多教室都锁了。

进进堂是学校北门对面的一家面包店，是京都最古老的面包店，今年刚好成立一百周年。创始人生在西风东渐的年代，对面包相当执着。四十多岁还到京大修了法语，去法国留学，专门学习做面包。"进进堂"的意思，店主的解释是：忘却身后不好的事，一念向前。许多准备考京大的学生都会到这里吃东西，求个"进"学的好兆头。

走到进进堂，被告知新年将近，下午只营业到四点半。一看时间已经四点。小师兄说,那喝杯咖啡就走。我说,不想喝。他说,都来了,坐会儿再走吧。我无语。喝了咖啡,到处找适合看论文的地方。阴郁冰冷的街道,难熬的京都的冬天,我们最后还是回学校,一个一个教室的门摸过去,都锁着。到地下室,突然打开了一间。他很高兴:"我念本科时有在这里自习过。"

很多细节是毕业后才回忆起来的。那个寒冷的下午,地下室霉味扑鼻,他跑回楼上研究室给我拿毛毯和暖宝宝,说了一些宽慰的话。在除夕夜用短信跟我谈论文,我在滋贺朋友家里,一边看红白歌会一边回他:"我在看电视。"他说:"那就先看电视吧,我给你发邮件。"论文通过后,老师请我们吃饭。当时刚满二十六岁的小野助教升为副教授,大家举杯祝贺。酒足饭饱,大师兄和小师兄叫上我又去喝第二轮。中途大师兄先走,赶着回东京。小师兄请我吃煮得很烂的萝卜,说那是"很京都的味道"。京都很多萝卜,很多做法,腌菜、泡菜、炖菜,和尚很多的城市,大家都爱吃萝卜。而我以前很少吃萝卜。胃胀时被大人强灌萝卜煮水,印象恶劣。而那之后,渐渐开始吃萝卜了。

"你喜欢京都么?"

"喜欢。"

"以后会留在这里么?"

"不会。"

"你有男朋友么?"

"……有了。"

"有想过找日本的男朋友么?"

"没有。"

之后的对话我有些心不在焉,什么都不记得了。

春天到来,我转到新的学院。现在,大师兄和小师兄都将毕业。大师兄的夫人调到大阪法院工作,新干线上的辛苦奔波终可结束。美丽温柔的小野副教授与系里另一位青年副教授闪婚。

"那么,小野前辈要改姓了?"有一天,我问大师兄。

"我想应该是那个男人改吧。"

和 尚

京都寺庙多,和尚也多。和尚是家族继承制,像爸爸是住持、妈妈是尼姑这种家庭很常见,多生几个孩子,挑个愿意继承家业的就行。没儿子就招上门女婿。要是连女儿都没有,可向本宗派总本山申请,看看同宗寺庙有没有哪家多个儿子。实在不行,还有佛教学院的毕业生。正式继承前要考个专门执照,考前有三个月的集中培训。准和尚们与外界隔绝,不得使用任何现代通信工具,只许手写书信。他们要学习各项仪式的流程、流利背诵若干卷佛经、掌握念经的发声方法,等等。诵经是他们的基本技能,声音好听、口齿伶俐的和尚最受欢迎,信徒也愿意请他们做法事。若有幸生得清秀些,一世富贵就能指望了。考试非常简单,不通过还有补考。曾见过西本愿寺的剃度,极其敷衍。住持拿一柄漂亮的剃刀,在年轻弟子黑发茸茸的头顶轻轻一拍,仪式就成了。最后,被剃刀挨个敲了脑袋的新和尚们站齐几排,长诵佛号，合影留念，就好各自去寺庙了。

在京都，已经完全没有恪守戒律清规的和尚，全日本的和尚都忙着积极入世，挣钱第一。京都闹市区有家出名的和尚酒吧，某寺住持当店长，调得一手漂亮的酒，哗啦哗啦哗啦，哐唧，徐徐倾杯，极受女客欢迎。酒名有：极乐净土、灼热地狱、爱欲广海。打工的也都是和尚，听客人讲讲烦恼琐事，找几句经文开解一二，恐怕是比在庙里清修愉快。

京都五山之一建仁寺下某小寺的住持，原来是某著名私立大学工学部数学系的好学生。念数学找不到好工作，反正没有好工作，不如念点更难的。中途退学，换了个大学念哲学，拿到学位后，居然在东京一家好公司找到工作。正青春，穿干净体面的西服，打领带，鬓角剃得干净，腋下夹只文件袋，想想就知道多招女孩子喜欢。大清早赶地铁去单位，挤得五脏六腑都缩起来，骨头要碎了，仿佛有什么东西要从脑袋顶上迸出来，还继续挤。所有人都在大地暗黑的腹部随列车的节奏晃荡。空气污浊，真可怕。他努力把要从脑袋顶上迸出的那缕东西拽回来，塞回身体。当下决定：回京都！东京不是鄙人待的地方。

然后就去做和尚了。拜在建仁寺门前，寺门紧闭，没人理他。再三恳求，总算入门，修行十余年。学数学和哲学的头脑，资质当然不差。被派到下辖的一处寺庙当住持。年逾不惑，长胖了，再也穿不着西装。做住持，下面管着几十个徒弟，要发得出工资，撑得起门面，处处都得花钱。小寺不比大寺，分不到多少钱，也没几个游客路过，只好自己想办法。收拾出庭园与茶室，请人表演茶道，排场精致些、私密些，客人要预约才能来，这样才能吊足胃口，吸引金主。二三知心人喝喝茶，廊边看看枯山水，听住持讲讲佛经与典故，外国人最舍得花钱。请几个留学生打工，简单翻译也有了，大家都开心。我有好友曾在该寺工作，接待过国内某著名女作家、某学者、某设计师、某画家……大家都很吃这套，觉得体会到了京都的醍醐。

妈妈夏天来旅游，一起去永观堂。庭园葱茏，有紫薇花与半夏，紫色的睡莲从布满青苔的池水中亭亭而起。暴雨忽来，只好坐在大殿前看雨。免费自取的茶水。翠绿的山寺，秋天是观赏红叶的胜地。王国维晚年的"观堂"之名，据说来自此寺。他客居京都时，曾经到过这里看红叶。暴雨终于停歇，与妈妈去看半山的多宝塔。而行到山中，远望城内风景，忽见黑云飞渡，电光通彻。待要下山，风雨又来。巨大雨点迅速打湿面前的台阶。眼前的世界很快被白茫茫的雨线遮蔽，完全看不清城市的轮廓。一道一道雪亮的闪电当空劈下。塔前就我和妈妈两人。妈妈安慰我不要害怕，而我知道，她其实很恐惧。忍耐了十多分钟，雨一点都没有停的意思，乌云仍在城市上空盘桓不去。只好搜了寺里的电话打过去："您好，有两位游客被困在多宝塔了。"对方说："二位等一等，雷阵雨不会太久的。""可我们很害怕。""没事的，不要紧，雨会小的。"我们靠在一起，塔下几乎没有任何一块不被风雨过问的地方了。

原以为寺里不会有人来，大约五分钟后，山道中却见到两个穿蓝袍打黄伞的僧人。前头一位年纪大一些，怀里揣两把伞。

后头那位很年轻，低眉垂目，戴眼镜。

"是现在下去，还是待会儿下去？"老和尚问。

"雨太大，要不待会儿，可以么？"

"当然可以。"老和尚点点头，"山里的雨景，其实比别处都好。"

不多时，天渐渐亮了，雨声渐收，眼前的世界清明起来。二位在前引路，我与妈妈各执一柄大伞。那伞黄油布、竹骨，很好看。后来在一家竹伞老店看到同款，很贵。

京都传统宗教的氛围很浓厚，平常对佛教没有特别兴趣的人，到京都旅游，也能很容易地体会到佛阁山寺的意趣。不过长住京都的人更多能看到僧人们的世俗与日常生活。比如刚从信徒家念经回来，收起脖子上的大念珠，撩起袍子到附近店里吃碗拉面。为了给寺里增加收入，经营附属幼儿园，开辟墓地，到处贴海报、拉生意。骑摩托车上街买菜，鼓满风的大袖子招摇着，像两只大灯笼。也过圣诞节，到了日子在很有人气的蛋糕店门口排队，买到传说中好吃的蛋糕回家与老婆孩子分享。黄昏比较闲，换身轻便的短袍跟弟子在后院运动，打打羽毛球或是棒球。并不是所有和尚都有财力开豪车，和祇园温柔美貌的艺妓喝酒。大部分和尚都还在努力赚钱养家养寺庙。有些男人退休后很无聊，拿着大笔退休金也不知怎么花，待在家里还要被妻子嫌弃是大型垃圾，不好处理。那就去寺里修行吧，当然得像报补习班似的交了钱，之后才好学习打坐、念经。越来越多的寺庙都开始发展这项业务，看来这可以成为卖墓地、办幼儿园之外发家致富的新途径。

传教者

刚到京都,就有人隔三岔五上门递小册子传教。有时是两三位妇女一起来,有时是一个老太太,还有是抱着小女孩的母亲。她们都会讲一点中文,有的发音还很标准,且态度都十分好。拒绝了几次,但有一位姓川端的女士实在执着,会在门外站很久,隔着窗帘看见她的影子,不好意思,就开门了。

"你们教派的教义,实在不能理解,请不要再来了。"我说。

"不,我不是非要你相信我们,我只是想请你看看我们的小册子。"

川端谦卑地鞠躬,她大约五十多岁,皮肤白皙,戴眼镜,年轻时应该是美女。

"我就住在这附近,什么时候可以去我家做客,我泡茶给你喝。我还有个妹妹,我们一起住。"

平时上下学,或去超市买菜,很容易遇到川端。看来她的确住在附近。她们有严密的组织,每个人都负责在不同区域传教,有人专门针对日本人,尤其是单亲家庭。有人专门针对外国留学生,努力学习外语。在学校图书馆自习室,常能看到她们拿着小册子跟留学生讲教义。如果初来乍到的留学生没有拒绝她们的好意,那么她们会更加热情地接近。全日本大约有二十多万人负责传教。

川端是和歌山县人,年轻时到京都上学,毕业后留在这里打零工，接触到这个新兴宗教，成了一名虔诚的信徒，至今未婚。她的妹妹也从老家过来投奔姐姐，没有结婚，不过没有信教，也以打零工为生。川端大部分时间都忙于教会事务，其余时间在一所老年疗养院工作。她严格遵守教义，不扫墓，不过圣诞节，不过生日。某个初冬的晚上，我回家，看到门外放着一盆植物、一张卡片，卡片上抄了《箴言》中的一段。当时村上春树的《1Q84》刚上市，书中写道，女主人公小时候，和父母一起信奉"证人会"，这里虽未点明该教派的全称，但已经是露骨的暗示。

女主人公从小时候起，就习惯没有装饰的简朴生活。禁欲和节制，是她刚懂事时最先被灌输到脑中的东西。家里没有任何多余的东西。"可惜"两字，在她家是用得最为频繁的字眼。没有电视机，连报纸也不订——在她家里，连讯息都是没有必要的东西。

周围的"兄弟姐妹"都是诚实稳重的人，认真地思考信仰，为尊重教义而生，在某些场合甚至不惜牺牲性命。但正确的动机未必一定带来正确的结果，强奸未必一定仅仅以肉体为目的，暴力未必总是采取肉眼可见的方式，伤口未必时时流血不止。

老夫人说道："说实话，依照我的观点，证人会不能算作正经的宗教。万一你在小时候受了重伤或生了重病需要动手术，也许早就丧命了。声称因为在字义上背离了《圣经》，便否定维持生命的必要的手术，这就是彻头彻尾的邪教！这么做，是对宗教教义的滥用，逾越了不可逾越的界限。"

青豆点头赞同。拒绝输血这一法则，是证人会的孩子们最先被牢牢灌输进大脑的东西。与其违背上帝的教诲，接受输血而堕入地狱，不如保持着干净的躯体与灵魂死去，进入天堂乐园，这样要远为幸福。孩子们受的就是这种教导。没有妥协的余地。不是下地狱就是上天堂，可以选择的道路只有一条。孩子们还不具备判断能力，这种法则从社会一般观念或从科学认识来看是否正确，他们无法知道。孩子们对父母传授的知识，只能全部相信。假如我小时候信了这一教派，且落到了必须接受输血的境地，肯定会听从父母之命拒绝输血，并且一命呜呼，结果被送到天知道是乐园还是什么，总之是莫名其妙的地方吧。

最后一段引文表明了村上对该教派的明确立场。禁止输血也是该教派饱受诟病的原因。日本今年还有因拒绝输血而死亡的信众。川端向我传教，不可避免要重申这项欠缺说服力的教义。深冬的某日，她裹着围巾又来给我送小册子，说下个月教会有一个宣讲会，希望我能去听。我说不去。她在门口，很逆来顺受地笑说："很希望你去。"我突然感到强烈的厌烦，把她反复强调的几点教义一一重复，道："我不能相信这些，实在做不到。所以以后，请千万不要再跟我说这些了。"她愣了愣，默默缩回拿着小册子的手，垂下眼睑，深深鞠躬："对不起，我以后不会了。"

那以后虽然还有别的人来传教，但川端再也没来过。我已经学会了非常冷漠的拒绝。面对太执着的，还曾念过一段《妙法莲华经》。其实这段经文也是从另一个佛教系统下的新兴宗教团体那里听来的。我有个本地好朋友，她和她母亲都是那个教派的虔诚信徒。她们一听我念经，终于满面骇异与尴尬，鞠躬离去了，至此登门传教者遂绝。

2011年3月11日午后，我在北京买东西，准备回学校。在公交车移动新闻中看到东日本大地震的消息，很快家人朋友都联系我，让我推迟返校日期。接下来的一段日子，超市开始有抢盐风波，各种传说都有。在京都的留学生也受到很大影响，公派的都由大使馆安排机票紧急回国，其他人也想尽办法撤离。不过开学时，该回来的也都回来了。离福岛五百多公里的京都，好像没有受特别的影响，樱花照样开，游客照样多。然而据统计，海外游客的确锐减。当时有位爱国人士对我说："希望你借此良机好好观察日本是如何走向衰落的。"

当时陆珊已在东京找到工作。但地震后，家人不允许她留在日本，强烈要求她和男朋友一起回上海。陆珊虽已搬去东京，但最终不能招架父母的压力与苦求，在四月初双双回国，重新找到工作。她把之前准备的避震用品都寄给了我，一共两大纸箱，内含巨量口罩、过滤器、便携式电筒、各种型号电池、各种压缩饼干、能量棒、蜡烛、急救包……我因不喜欢旧居朝西，整日不见阳光，在北白川附近找到一间新居，有朝南大窗。搬离时房东渡边颇伤感："你和陆小姐都走了，很寂寞。"此外，朝鲜族男生和他女朋友以及那对武汉夫妇也都搬走了，理由是他们都将迎接宝宝，需要更大的空间。木楼里只剩下那位上海男生和那位单身日本青年。我安慰渡边，开学后还会有新学生来住的。渡边点点头，和我握手，祝我学习顺利。

地震给东北地区带来的重创到现在仍未平复，但时间流逝不止。东日本震灾复兴的口号随处可见，乐天卖家主页、各大寺庙主页……日本人用一贯平静冷淡的方式进行着他们的纪念与祝福。

那些避震用品我到现在还留有大半，少的只是春天花粉症肆虐时用掉大半的口罩，以及陆陆续续吃光的能量棒和压缩饼干。

后来和川端女士还见过好几面。有一回是岁暮，男朋友来，我们在路上嬉笑。忽而看到她，背着大包小包，立在公交站旁，含笑朝我打招呼，用更加漂亮的中文说："好久不见，你还好吗？""我很好。"想到她信奉的教义严禁婚前同居等行为，不想增添她对世界的忧虑，遂这样介绍男朋友："这是我先生，从国内来度假。"反正他听不懂。她很惊讶又很欣喜地祝福我："是这样啊！太好了。你好，你好！"我问她去哪里，她说回和歌山老家看望父母。她比几年前消瘦许多，头发也花白了。

友人帐

有部漫画，《夏目友人帐》，在中国知名度不比在日本低，画风清澈，情节温柔。主人公夏目找到了祖母的"友人帐"，是祖母与败在手下的妖怪们的契约书，上面写了许多妖怪的名字，这些妖怪们必须听命于祖母。祖母去世后，许多妖怪想要回自己的名字，也有许多妖怪想争夺这本友人帐，那样就可以控制帐本中的妖怪们。

来京都后，平常最大的消遣是逛旧书店，曾按照《京都古本屋地图》等逐一走访。最初是学校附近，后来扩大到京都市内，再后来是外县市。在市内，骑个自行车，一条一条街找书店。京都横平竖直的棋盘构造，让人不容易迷路。外出旅游，一定会去当地有名的旧书店转一转。和店主聊天非常愉快，他们给的名片都收在一个名片本内，很厚。有一次某书店老板看到，笑说："这是你的友人帐啊！召唤一下，大家都会来哦。"

那就讲一个"本屋妖怪"的故事吧。

某书店的老板，与我有多年交情。该书店专营汉文书籍，在日本全国旧书店圈内颇有名气。店址离我第二次搬家后的地方很近，步行五分钟就到。某个梅雨午后，我出门买菜，就转到店里去了。门脸很小，门口有木牌和海报，和大部分旧书店一样，走廊里也有百元书区，是些随处可见的文库本。打开玻璃推拉门，接天接地的书墙迎面而来，书架之间仅容一人小心通过。书品都很不错，单行本都包着塑料纸书皮，非常干净。大陆港台学术书、日本汉学研究书、和刻本汉籍、明版清版书……地方虽小，内容极丰。我没带多少现金，不打算买大部头，挑了平凡社东洋文库一本书，到柜台结账。咦，店主人呢？环顾四周，突然从柜台深处的书堆里冒出一个脑袋，一位冷淡的中年大叔，眼皮抬也不抬，好像很不愿意放下手里正做的事，慢吞吞过来收钱。

这时我才注意到柜台内外有大量猫的明信片、照片、小摆件，忍不住问："您喜欢猫？"他"嗯？"了一声，终于看定我，点点头："是，我家有两只猫，大的叫阿花，小的叫小黑，我非常喜欢猫。""我家也有两只猫。"（那时候三弟瓜片还没来，家里只有白小姐和玄米）谈到猫，他好像换了个人，打开抽屉，拿出一堆阿花和小黑的照片给我看。我也给他看了手机里的白小姐和玄米。彼此赞美了一通，他突然拿本线装书问我："这个，你猜，是什么版本？"我对版本毫无研究，只能做排除法。不是和刻本，肯定不是宋版元版，看用纸和开本，胡乱猜吧："朝鲜本？"他的瞳孔骤然一缩，下意识要把手里的书藏起来，慢慢地表情才舒展，极感慨又极赞美："你说对了，是朝鲜本。你知道朝鲜本？""猜的。""你学什么专业？""法律。""你收藏书籍？""不收藏。"看我不是说谎，他又从书堆里抽出一函线装书："你看看，这个是什么版本？"我实在猜不出，摇头说不知道。他得意道："这个是明版的《毛诗注疏》。"他又拿了册和刻本的《文心雕龙》，翻了第一页给我看："刻得漂亮吧？字大，墨好。"说着摇头晃脑用汉文训读背起来："文之为德也大矣，与天地并生者，何哉？夫玄黄色杂，方圆体分，日月叠璧，以垂丽天之象；山川焕绮，以铺理地之形：此盖道之文也。仰观吐曜，俯察含章，高卑定位，故两仪既生矣。"停一停，居然用很勉强的汉语又念了几句。我问："您会讲汉语？"他摇头："我自学的。你能用汉语念一段给我听么？"我念了一段。"啊，太美了，太美了。"他连连摆首，"太美了，还是汉语好听。怎么称呼您?这位小姐,您的汉语真是太美了。"

谈兴正欢,他突然像下了巨大的决心似的,问我:"你想看我的藏书么?""可以么?""你知道朝鲜本,而且汉语好听,所以可以。"他又谨慎地看了我一眼。我忙道:"改日也可以。"于是道谢,准备告辞。他沉吟片刻,叫住我:"我给你看。不过不在这里,我有单独的藏书楼,十五分钟能到,有时间一起去么?"大概是聊得高兴,我没有什么戒备,点头说好。他大为欢喜,起身拉卷帘门,挂上"今日已休息"的牌子。一个正要进店看书的青年被他无情挡在门外:"不好意思,敝店今天就营业到这里。"

当我坐到车里时,才开始略觉不妥。他好像很明白我的顾虑,拨通了一个电话:"喂,嗯,是我。我带一个朋友去看会儿书。嗯,店已经关了。晚上要回来吃饭,好。""刚刚是我夫人。"他说。我点头。

雨越来越大。车一路向东,南禅寺,蹴上,山科,眼见要出市区。休息日,又是大雨,路上十分拥堵。说好的十五分钟早就过去了,我问他:"您的藏书楼在哪里?"

"石山,快了。"

我无语:"……就算不堵车,十五分钟也到不了吧。"石山在滋贺县大津市,有石山寺,紫式部曾在此构思《源氏物语》。

他略尴尬:"平时不堵,都很快的,很快。"雨线中滞涩的车流一眼望不到头,闪烁的尾灯红光荧荧,路牌显示的各条交通要道亦均为红色。时近五点,超市买的一盒豆腐还在身边,提醒我这个时间，本应在家炖汤。幸好这不是北京，五点半前，我们到达了目的地。一座二层小楼，院前院后很多植物，但看起来好像很久都没有打理。他把伞给我，自己一路小跑冲在前面开门。

"请进，请。"

一片漆黑，浓郁的书纸与防虫剂的气息。

"对不起，楼道灯坏了，还没来得及装。"他摸索着到底楼一间屋子开了灯，借着这点光亮爬上狭窄的楼梯。眼睛逐渐适应昏暗的光线，看到玄关、楼道附近堆满的书箱。楼上屋子的灯已打开，木梯也走完了。

"请，请坐！"屋子四面书墙，当中一张四方矮桌，书箱满地，他不知从哪里翻出两个坐垫，请我入座。

"这是个秘密基地，我夫人都没来过。"他神秘道，"看什么好呢？"

我已经忘记炖豆腐的事了。

"可以拍照片么？"

"不，你用眼睛和手记住吧。"他每拿出一函，就这么提醒我。非常遗憾的是，那时的我，对版本认识几乎为零，今日能回想起的内容，也十分有限了。二楼书房共二间，他带我走马观花。董其昌的字，恽寿平早期的山水，恽冰的花鸟，金农的老梅，这些倒都记得。窗外雨急，天色已晚。他选了清刻本仇兆鳌的《杜少陵集详注》，包袱皮包好："借你带回家看，下周还给我。"

回去的路上畅通无阻，他把我送到店门口，我步行回家，手里一兜书，一盒豆腐。

很长一段时间，我们都保持着这种有借有还的良好关系。借什么全看他心情。遇有珍本，就把我约到某个咖啡馆，或者大商场角落的休息区，小心翼翼地拿出来看。我已经习惯了他神秘兮兮的做法。有一次，他说得到了"非常不得了的东西"，要和我"先吃一顿好吃的拉面，再找个地方慢慢看"。

那天中午，他照例提前关了店门，骑车和我去那家拉面店。其实我对拉面不怎么执着，《南极料理人》里那个没拉面吃就要死要活的大叔的心情，恕我不能理解。我对食物有普遍的适应力，没有哪种食物会死——还真不会。我不喜欢猪骨拉面，厚油配冰水，还有油炸饺子、炸鸡块，真是悲剧。京都有个著名的猪骨拉面店，叫"天下一品"，总店常年排长队，不可思议。大概是因为平常日本超市买不到猪骨，只有盒装切片或切块的猪肉，人们才会觉得那种整条大棒骨炖出的、有点腥臭气的浓汤很美味吧。骑车到贺茂桥，他突然下车，对一个路过的中年男人毕恭毕敬地打招呼，并跟我介绍说："这是我亲生二哥。"那位二哥风度翩翩，看起来好像比他还年轻，是某公司社长，也会讲一点中文，刚从上海出差回来。告别二哥，继续往前骑。他说："我的二哥是很有钱的人。""您也不差。""不，我把钱全部变成了书，所以我很穷，只能吃拉面。""你不是很喜欢吃拉面么？""是啊，拉面真的太好吃了。"

不要对日本的中华料理抱多少期待，不难吃就谢天谢地了。骑了半个多钟头的车，总算到了他盛赞的拉面店。蛋炒饭、叉烧拉面、大葱饺子。我尽可能礼貌地吃掉属于我的部分，尽量真诚地赞美了他的推荐。从店里出来,他意犹未尽,怀抱装书的大黑包,形迹可疑地观察四周,好像担心随时有人把他的宝贝抢走。一路看了好几家咖啡馆,他都觉得不安心。"要不去你研究室吧。""太隆重了吧。""给他们也看看。""你不是一直很低调吗?""那好吧。"他百般犹豫,最后去了一家大卖场,在二楼女装附近的休息区坐下,终于觉得安全了。从黑包掏出布包,打开包袱皮、报纸、塑料纸、信封、气泡纸,一册蠹鱼饱餐的线装书终于姗姗登场。他又让我猜版本。我看了两页,不相信这就是元陈桌所刊黄公绍《古今韵会举要》。他点头:"就是的。难得吧?"身边人来人往,柔光笼罩各家服装商铺,有人在这温柔乡里小心分享一册元版书,事后回想这情形,实在想笑。"你可以拍个照片。"他疼爱地抚摸书纸,"留个纪念好了。"

  大部分时候,我们相处得很愉快。夫人也经常和我们一起吃饭聊天。尴尬也有,比如某次,他给我看相机里猫的照片,不小心翻过头,赫然出现若干翻拍的捆绑裸女摄影,昭和年代的风格,烈焰红唇,欲望媚眼,丰满肉体。他咳了一声,非常窘迫地收起相机,假装当我没看到。又一次,从藏书楼回书店的路上,他突然支支吾吾说,想送我个礼物。看他神色躲闪,知道不是平时借的书,会是什么?想不出来,就问是什么。他说,送了可能就做不成朋友了。我说,那最好别送。他说,他也是这么想的,但不小心说漏嘴了。我说,所以决定不送了么?他挣扎了一下,终于正色道,不送,忘记这些话吧,今天我想看什么书,他都借给我。我说,最近忙论文,暂时不借了。那天下车,极无意的一瞬，看到他车里有个小纸袋，里头赫然一套黑皮内衣。再剜一眼，着实不假，一条皮内裤，一件皮胸衣，油光水滑，乌亮，地道昭和风。传说中的礼物？大概是。不想知道的答案不慎泄底，只好不动声色，没有下文。

也不是我刻意疏远，那段时间的确很忙。等有空再去店里，已是半年后。他告诉我阿花已经老死了，家里只剩下一只猫。当日刚好华东师范大学图书馆的老师在店里采购，夫人也在，我帮忙翻译了几句。对方老师已带了翻译，是京都另一所学校的留学生。我乐得清闲，和老师们聊天。一番挑选、砍价、取舍，双方敲定，主客尽欢。镰仓老师说，拍个合影吧！大家在小店门口立定，风和日丽，恰好纪念。

曾问他以后怎么管理藏书。他说，不知道，也许还没来得及想办法就死了。我说，藏书真麻烦。他没有儿女，继承这条路是没有了。现在图书馆也不接受个人捐赠。我说，不如卖掉。他说，不舍得。这段对话发生在某次去藏书楼的途中。正好路过琵琶湖，万顷波光入眼，帆影白鸥，我们不再说话。

爬　山

"像爬大文字山这种行为，不在我们考虑的范围内。那不是'登'，是'爬'。"京大登山部的主页，有这么一句很精辟的话。我这里想说的，当然也是"爬"，主要对象就是登山部鄙视的大文字山。

大文字山即东山如意岳，东山是京都盆地东侧的一连山脉，北自比叡山，南至稻荷山。《枕草子》开篇第一句"春天是破晓时最好。渐渐发白的山顶，有点亮起来，紫色的云彩微细地横在那里"，第二百二十八段："月，蛾眉月。在东山之边，很细地出来，是很有趣的。"说的皆是东山。如意岳之外，有名的山还有：瓜生山、圆山、灵山、鸟边山、清水山，等等。学校旁边小小的吉田山也属东山一系。古来的人们统称其为"东山三十六峰"，不过这"三十六"只是虚指。江户后期的学者赖山阳曾在京都构筑"水西庄"，日常喜爱远眺东山风景，自号"三十六峰外史"。

如意岳标高472米，西侧的前峰有一片三角区域，内有由七十五个火床连成的"大"字，故有大文字山之名。所谓火床，即两条并列排放的细长石块，当中可以堆放木柴。每年8月16日晚，火床首先自大文字山点燃，而后西面松崎的"妙法"字样、北区西贺茂船山的船形、北区大北山的左"大"文字、嵯峨曼陀罗山的鸟居形次第点燃，就是古都夏季最热闹的"五山送火"了。此俗起于何时不可考，但在江户时代已有明确记载。当天正是盂兰盆节，仪式也与纪念亡灵、祓除灾邪有关。点火前全城尽量熄灭灯火，人们聚集在鸭川边、贺茂桥上、京都塔头……火堆在欢呼声中熊熊燃起。文学部新馆七楼是观赏五山送火的绝妙场所，能看到全景。

每座山的点火仪式均由山前一片区域的居民自己安排。比如大文字山属于山前的净土寺，净土寺附近区域的居民就要准备点火的木材、上山清理杂草、制作防火隔离带、最后点燃火床。

日本各地均有规模大小不一的传统活动,本地人会竭力准备。日文词"地元",即本地、当地之意,是很有感情和凝聚力的一个词汇。以兵库县姬路的松原八幡神社为例,每年秋天有为期两日的"滩之喧哗祭"。"喧哗"在日文中是吵架、斗殴之意,正如字面意思所讲,该项活动内容颇为激烈。当地每个村庄各自准备神舆,由村内青壮年男子抬到该地中心区域的神社广场。次日再将神舆抬到附近的山顶。扛抬神舆的男人们喊着号子,以各自神舆为单位,拥挤、冲撞其余的神舆,撞得七零八落也不要紧。围观的老弱妇孺从旁呐喊助阵。平时再浪荡的青年,到了祭典时,都会积极参与,打赤膊,勒额绳,绑块兜裆布,冲锋上阵。据一位本地朋友讲,因为"这是体现自己与地元关系如何紧密的时候,也是显示自己在地元的地位与实力的时候"。每年祭典都有人受伤,死亡事故也有过,但活动每年如期举行。地元人非常珍惜这竞勇争强的舞台。

日本的行政区划(都道府县市町村)末端最小的单位"町",都有自己组织完善的"町内会",类似街道办事处,不过自治色彩更浓。町内会的职责主要在于号召居民共同负责所属地域内神社、公园、道路的清洁,举办本地独特的祭典。每年秋天,住处附近都有町内会的老人披蓝褂、快步沿街打梆子,口里喊着:"天干物燥,小心火烛。"瞬间有回到江户时代的错觉。

不论政府还是开发商,都不能轻易无视地元人的感受和町内会的诉求。在京都这样传统文化深厚的城市更是如此。比如城中心的町内会经常抗议政府的建筑规划。想建酒店、游戏厅之类的场所，光有开发商远不够，先通过町内会的许可再说。否则町内会的游行、抗议招牌都不会停歇。当然，町内会一般只吸收整个家族入会，不太干涉独居的人。像我这种客居的外国人，就更加不会管。

我现在赁居的住所，在大文字山前的银阁寺町。听上山点火的邻居讲，火堆点燃时，满山籁籁有声，是蛇与小动物受热气所扰，纷纷逃窜之故，想来真是惊心动魄。

提到蛇，和狸猫、鹿、山蛙、野猪一样，都是京都周围山中的常客。我不止一次遇到，绝大部分都很害羞，自行避开。山林、人家院落外，也经常能看到醒目的警示语：此处蝮蛇常出没，请注意。有一次，看到大文字山中一棵老树上挂着两米多长的蛇，对方比我淡定得多，慢悠悠往树背后去，渐渐不知游到哪里去了。一对妇女路过，问我怎么了。我说，有蛇，很大。她们很惊喜，说，呀，蛇先生（蛇さん）！真的有呢。京都人特别喜欢给动物、物体、名胜等加上爱称或敬称的后缀：さん。比如：仏さん（佛）、大文字さん（大文字山）、天神さん（各地的天满宫）、お豆さん（豆子），等等。连蛇也要加个"さん"，未免客气过头。我说："不觉得蛇很可怕么？"她们说："可怕归可怕，但是蛇真的很害羞呢，一般不会主动招惹别人的。它在树上，也许是在晒太阳吧，天气刚刚暖和。"那以后每次上山，路过这棵大树，我都飞快奔过，还要默念一句"打扰了"，唯恐又碰上哪位在晒太阳。

进山的路并不难走,习惯后二十分钟就能上去。如果跑的话,十几分钟就够了。听说系里有位老师,年轻时创下的纪录是往返十七分钟,我佩服不已。沿途山溪清澈,植被丰富。山脚有一眼泉水,旁边供着地藏。往来的人常在此饮水。有人写了本书,叫作《吃大文字山》,老到的山客们一年四季都能到山中收获野菜与果实。蕨菜、葛根、蒲公英、蓬藁、蛇莓、梅子、栗子、松球、柿子、菌类……仿佛取之不尽。蓬藁五六月间有很多,常常不洗就吃了。栗子非常多,且相当美味。10月一开始,山中就陆续有落下的。开始还是青绿的毛茸茸的刺儿球,不容易打开。秋风起来,再来几个大晴天,栗子就熟了,刺儿也转黄,有的自己已经爆开,或者轻轻一踩就好了。或烤或煮或微波炉一转,都很不错。只是我迄今都没吃到多少,总是抢不过经常上山的人们。

喜欢爬大文字山的人很多。大家在山里碰到,都会大声打招呼:"你好!"附近的学生会集体组织爬山。幼儿园、小学的由老师带,浩浩荡荡一长队,带一色小帽,背着书包和水壶,队伍前、中、后各跟一位老师。山路虽不险峻,但碎石青苔,台阶护栏皆无,不能说很安全。小朋友们因而走得很慢。遇有大人当面而来或从后面超过,孩子们就原地停下,齐声跟人家打招呼。老师们也会道歉不迭,大概是带孩子上山,挡了路,添了麻烦的意思。有一回,一群孩子听到我和朋友讲中文,就露出探询好奇的眼神。老师轻声对孩子们说:"想问什么问题,都可以问哦。"我们于是作出鼓励的神情。孩子们彼此看看,终于有一个很认真地问:"你们是外国人么?""是呀。我们在这里留学。""你们的日语好厉害。""没有啦。""你们来自哪个国家?""中国。""哇,中国,好厉害,有熊猫。"大家都笑。

初高中的学生就是自己组织上山了。三五成群,郊游一样,非常愉快。有些学校的体育社团会在山里练习跑步,在山脚与山顶之间飞快往返。京大生当然也少不了。不少学生都有过夜爬大文字山的经历。由几个前辈带领,准备好手电、食物,等待天黑就上山。常在夜里远望山头零星灯火,像几粒星星,就是爬夜山的人们。我也见过山中的黑夜。丛林流水声、兽的动静显得格外清晰,淡淡的星光稀疏洒落,很黑。偶尔能看到一点远方城里的灯火,缥缈如在天际。漫长难熬的黑暗之后,终于一点一点接近"大"字中心,眼前豁然开朗,整个古都刹那被拥入怀中。贺茂川、高野川汇聚的鸭川,下鸭神社、御所、吉田山、平安神宫、橘红色的京都塔……再熟稔不过的地标,白天看时已很迷人,夜里全部点缀着星星点点的光亮,美得足够令人忘记肉身的存在。京都没有刺眼的城市灯光,更没有通透招摇的光束。建筑外部的灯光安排得十分吝啬,唯恐夺去星月的光辉。寺庙、神社、桥头,都用淡黄的灯光,模拟油灯或蜡烛的效果。下山已不再那么恐惧,一行人唱着歌,突然看到头顶枝叶掩映的月亮,巨大一轮自云海间浮现。在京都总能看到很好的月亮。

平常,我们爬大文字山,到"大"字中心就不继续走了。因为这里的视野最好,周围没什么山体遮挡,不但能看到整个京都市,能见度高时甚至能看清大阪湾、淡路岛。"大"字到真正的山顶还需走二十分钟,那一带群山起伏,只能看清京都南部的若干区域，不宜远眺。故而山顶远不及"大"热闹。不过，稍微翻过山顶一点，就是一大片栗子林，知道的人不多，要捡多少就能捡多少。如果翻过山沿路一直走下去，大概十多公里外，就能抵达大津市的琵琶湖边。那里有近江神宫。虽然叫神宫，级别很高，但和平安神宫、明治神宫一样，历史都很短，建于1940年。近江神宫比想象中小很多，太崭新，转脚就到头的地方。然而喜欢《花牌情缘》的人对这里都有些特殊的感情。这里的确是歌牌爱好者心目中的圣地。

入夜的琵琶湖，潮水打着岸边，对岸是草津市，沿岸灯火一线，倒映水中，随秋风荡漾。潮声将思绪携远。

百余年前，德国人西博尔德路过京都，前往江户。一路走来，开国前日本贫苦美丽的乡村、丰富的植物、勤劳的农人，尽是西方人眼中浮世绘一样的岛国风情。他在《江户参府纪行》里写道：

> 走过四条桥。街道附近的样子令人很不快。道路两旁的居民看起来非常贫穷。虽然也有大商店，但和刚到京都时路过的地方相比，要差很远。走过这片贫穷的地方，就是一个叫山科的村子。在这里，我们看到了很多车子。这些车都不成什么样子，车轮非常高大，用牛牵着走。朝前再走一段，就到了近江有名的琵琶湖东南侧的大津城内。路边有许多专门卖食物和旅行用具的小商店。据说这里的旅行者非常多。我们在一家茶屋歇脚，在湖上眺望台远望风景的乐趣因

坏天气和寒冷的东风而有所削减。湖水在强风下波浪滚滚。能看见远处绿色的湖岸、村庄与市镇明亮模糊的轮廓,岸边船只吞吐甚繁。北边和东边有覆盖积雪的高山。不久走过藩侯本多下总守康祯的城池所在的膳所。这里一路都有成排的松林,南面是濑田。东边的大湖在阳光下熠熠生辉,岸边赤杨、柳树、松树十分繁密。西面有稻田,背后是森林覆盖的高耸群山。湖水东北方向的群山树木不多,只有几片小丛林。湖水流往东南方的江水,在濑田附近有一座桥。江水最初只有三十二间①长,第二段有九十六间长。汇入大阪海的著名的淀川,由这里发源,最初叫作濑田川。濑田是指河川两侧的部分。夕阳西下,无限广阔的土地,一眼无法望尽。九点到达草津,是夜宿于此。

今日日本铁路公司琵琶湖线东海道本线的站名有:京都、山科、大津、膳所、石山、濑田、南草津。与当日西博尔德所走的路线,大致相同。

每一次来到"大文字"的中心,都会想起初临山顶的惊喜。那是刚到京都的第二年春天,一位老太太问我要不要上山看看。我说好。时值初夏,蚊蚋乱扑。老太太看我穿着裙子,欲言又止。终于忍不住说,下次上山,还是遮严实点好。说着就把自己一块描着石竹花的棉布手巾送我,替我围在已遭虫咬的脖子

---

① 间:日本建筑中使用的计量单位,指两柱之间的间隔。

上。一路她跟我讲了许多关于大文字山的故事，很多现在已经不记得了。狭窄陡直的山路突然走到尽头，整个城市在眼前一览无遗，青玉色的长空，乌黑的鸦群，云气从四周山谷绵绵不断涌出，瞬息万变。棋盘格局的街道，棋子般散落的町屋，城中方方正正一块浓绿是御所，还能看到平安神宫朱红的大鸟居。江户时代到都城旅行的外乡游客都会买张京城地图回去作纪念。那地图的名目有许多种：全城平面图、寺庙游览图、御所参观图、山峦解说图，甚至还有几场著名火灾的示意图。我经常想起这些地图，我此刻所在的位置，是不是就曾有过一位绘图者，将眼中的古都一笔一笔画下？

今年是我在京都的第五年。除了故乡，从来没有哪个地方让我驻留过这么长时间。当初很多时刻的陌生感、震撼、喜悦、感动，现在已经很平静。下学回来的晚上，迎着大文字山骑自行车过去，天上常有极好的月亮，照得云层清亮透明，好个琉璃宝光的世界，天地间仿佛只有我一人。一时想倾诉，想把眼中看到的一切更用力地记住。但无一例外，都像逝水的涟漪、流沙的痕迹，完全无从收拾。也许京都最打动我的就是"流逝"，每一分每一秒，那么美丽的，直令人心痛。我已很熟悉这里的街巷、人情，甚至方言。有些时候，还可以帮外来的旅人指路，或者解释一点本地的问题，怀着地元人的态度去尽量友好地接待他们。而更多时候，我知道自己正是那个旅人，这一切不属于我。我所能做的，只是感激自己身在这千百年不息的流逝里，哪一日离开后，可以长久地怀想。

少女瘫痪笔记／叁贰肆

开 篇

又一个3月来临了。

昨天我收到了最后一箱朋友寄回来的行李。居然还有一只巨大的毛绒玩具,我都想不起来在哪里买的了。这半年,发生了太多说不清道不明的事情。而至此,我跟加拿大,以及我前二十年的生活,再无瓜葛。

自从出事以后,得到了很多人的帮助,许久未联系的同学、老师,都在竭尽所能地帮助我,我非常感谢他们。有的朋友第一时间来看望我,也有在加拿大的同学帮我办休学,收拾原来房子里的东西,退租。大家似乎都觉得我总有一天会回到以前的生活,他们都面带微笑地叫我加油。可是大家都知道,他们真的又有多少"油"可以加给我,有多少正能量可以传给我呢。

是的,我瘫痪了。

对于这样的字眼我一点都不会逃避。很多健全人面对瘫痪在床的人不敢说"站起来",对盲人不敢说"看见",对病患不敢说"健康"。可是就算你不说,你依旧是一个健全的人,你不用二十四小时有人看护,大小便失禁,满身的褥疮,在女生最脆弱的生理期让所有人看到你两腿之间的鲜血。

我也不恨那个开车撞向我的人,他只比我大一岁,喝了不少酒，带着一个姑娘回家。

他父母来看过我，拉着我的手求我原谅，而我爸妈则花了很多钱努力让律师说服法官给他更长的刑期。

恨是世界上最没有用的事情，何况，像我这样一个胸部以下没有知觉的人，又谈何报复？

开庭的时候我也没去，我不想看到他悔过的泪水跟他爸妈悲惨的眼神。我也无法说服我自己站在一个同情者的角度。

货币作为价值的代表被发明出来，于是我们脱离了以物易物的古老社会，可以用钱进行自由交易。慢慢的，钱可以衡量的东西越来越多，后来变成了"万能的"。他赔偿给我钱，当然我明白这也是最合适的补偿品，毕竟没有什么能挽回，所以给我钱，我可以花在我想花的地方，可以过上更舒适的生活。

在温哥华西岸犹如盖茨比家的豪华聚会上，我也曾经感叹过，有钱真的是太好了。

可惜的是，这时候的我并不那么需要钱。

我醒来的时候已经是第六天了。我妈心脏病犯了，我姥姥，一个一辈子没出过远门儿的小脚老太太坐着飞机刚到。我爸闻起来像抽了一吨的烟，他说，失去知觉只是暂时的，会慢慢好起来的。可是我是学生物的，脊椎断裂这种事情，我清楚得很。

隔壁床也是个年轻女孩儿，叫小红，晾衣服不小心从楼上掉下来摔坏了脊椎，天天以泪洗面。本来是个学跳舞的来着，结果下半辈子大概都要在轮椅上度过了。我爸要去问能不能换病房，这姑娘实在是太闹了，我不能好好休息。我说没事儿，反正闲着也是闲着，多个人说说话，还能转移转移注意力。

有一天对面床哭累了，开始开口说话。她说她想不开，人生都毁了，以后再也不能跳舞。她说她本来有个也是学跳舞的男朋友，从她进医院就再也没来看过她。我觉得她很正常，绝对是电视剧里面瘫痪病人的标准配置反应，逃避也是很正常的选择。脆弱又无法逃避的人，如我妈，就每天搜寻什么中医偏方跟少数民族土法，每天搞一堆江湖骗子在家，似乎巴不得我是恶鬼缠身，做一场法事，我就能变回那个能自己走路的我了。我虽然对这些东西反感，却也相当配合，反正她心里舒服点儿就行了。我爸不管她，也没精力管她，他深知他自己扮演的是一个父亲的角色，在女儿瘫了、老婆已经快疯了的时候，还要扛住这个家、沉得住这口气。

小红说羡慕我，至少我男朋友对我倒是热络得很，三天两头地出现。

我男朋友的确是不错，刚研究生毕业。适应了工作紧张的气氛以后还要来照顾我。我是一个不爱多说丧气话的人，可是我知道他并不比我承受得少。他也是一个沉默话少的人，平日里全靠我逗他开心了。我并不想在这时候强作欢笑给谁看，所以终日我俩对坐着，沉默极了。我妈私下里说过，他肯定也不能陪我一辈子，叫我做好心理准备。

夫妻本是同林鸟，大难临头还各自飞。他只是一个男朋友而已，还总忍受着我的小脾气，下班已经很累，还要在晚高峰伴着堵车坐车穿过半个城市来看我。我已经很知足了，他什么时候离开，我都能接受、能理解。毕竟恋爱是双方的事情，这次所有的压力都是他在承担，这样的失衡我很明白。如果他喜欢上别人，也不用从道义上觉得愧疚。只要我明白，其他人说什么我都懒得理。健全人谈恋爱都不能保证负多大责任，何况我一个没有自理能力的残疾人呢。

我想起来我爸爸年轻的时候资助了一个爸爸瘫痪妈妈跑了的小姑娘。比我大三四岁吧，那时候也不过十二三岁。我曾经去过她家，她爸干瘦干瘦的，脑袋上就剩俩窟窿了。窟窿里面装着一对儿灰白灰白的混浊的眼球。低矮的茅草屋里面弥漫着说不清的恶臭味，他每天都排泄在床上，等女儿放学回来再给他擦一次身，换下脏的床单。后来过了很久，我问我爸，他后来怎么样了？他说，早死了。

我刚恢复意识的时候，总是做梦梦见他，梦见在昏暗脏乱的小房间里面抬起头时的那个毫无生气的眼神。

刚开始瘫痪卧床的时候，半夜醒来还会习惯性地挣扎着翻身，然后惊恐地再面对一次我已经瘫痪的现实。这种感觉真是糟透了。我一直是一个活得浑浑噩噩的人，而这种感觉让我难得地感到浑身通透，异常清醒，每一个毛孔都在提醒我，我瘫痪了。

记得以前看过桑兰关于极品保姆的控诉。保姆有事儿要回家，她却不能没有人给插导尿管儿，只能憋着。这是一眼就看过去的新闻，现在想想却感同身受。我需要有人时时刻刻地照顾，我需要有人给我插尿管、喂饭、翻身，否则我会自己饿死，或者滚在自己的屎里臭死。

我不是一个独立的人,而是半个,或者三分之二个人,或者是五分之三个人。

所谓的自由灵魂的前提是,你还保持在一个正常的生活水平,没有远离原本生活的样子。当你沉浸在一件事情中不能脱身的时候,思考的天平会渐渐侧倾,直到你无法翻身。你的灵魂就被禁锢在那个深渊之中了。

回到车祸的那天

其实2012年的圣诞节我没打算回国。毕竟只有二十多天的假期,来回加上倒时差,总共在家也待不了几天。可是那天上网突然看到强加在视频之前的一则手机广告。讲的是一个女人不舍得买手机,结果她的丈夫在她生日那天送了她一部主打视频通话的智能手机。她看到了她想念的在远方读书的儿子。非常主流的价值观,我看得却泪流满面。我似乎有点想家了。

如果没有那个广告我也不会想起回国,也许没有回国,我今年还是好好地站在那里。只是人生充满意外,容不下那么多如果。

2012年12月24日是我们一起度过的第一个圣诞节。往年不是没假期就是家里有事情,总之就是在一起六年都没一起过过圣诞节。

那天他送我回家的时候,为了在一起多待一会儿,我们像往常一样牵着手走上八楼而没有搭电梯,楼梯间黑洞洞的,充满垃圾味儿。我们在七楼与八楼的转角处接吻，我闻见他衬衣领子上漂白水的味道。他的胳膊勒住我的腰，感觉肋骨都要断了。这人亲嘴儿爱伸舌头，我的脸上全是他的口水。我逃出来，要不然肯定要窒息了。我打开楼梯间的门，回头看站在黑暗里的他。他挥挥手，然后倏地消失不见。

第二天是圣诞节，探望完钢琴老师，回家路上，我顺便拐进一家商场。不知道哪儿来的那么多的人挤满了那间商场，门口的圣诞树简直要比时代广场上的那棵还要大。我溜达着，看着脸上弥漫着少女漫画里面的表情的少女们挽着满脸痘痘的年轻小伙子的手臂走在亮的、反光的大理石地板上。暖气开得太足，非常燥热。过了一会儿，我从那间有巨大显示屏的商场里走出来。天开始下起了小雪。响起了"JINGLE BELLS"的背景音乐，那感觉比温哥华还要温哥华。

其实每到冬天就会觉得非常踏实，这一年又过完了。我呢，似乎可以从战斗似的人生中喘一口气了。只是这个冬天，惊喜太多，让我实在是招架不住。

我一直不明白他干吗中午喝那么多酒。也许是告白成功非常高兴，也许他也是第一次跟女朋友在一起过圣诞节。在那个繁忙的充满圣诞气氛的人生交叉路口，我们各自沉浸在恋爱的喜悦中，却又各自走上了悲剧的道路。我眼睁睁地看着他向我冲过来，我来不及反应，或者说我本来以为我会躲过去，但是我没有。他加足油门笔直地朝我撞过来。

那是我第一次，也是最后一次见他。其实说实话，我都不太记得那个我们管他叫凶手的人长什么样儿了，我只在事发当时以那种极其超现实主义的角度看过他一眼。后来再也没见过。见过一次照片也是他爸妈拿来的，那就是一张普通男生该有的脸。我们都是被命运挑中的人，我没法怪他不理智，因为世界上不理智的人太多。高高在上的审判是对我没有任何实质上的效果的。高中的时候看一个叫作《同志亦凡人》的美剧，贾斯汀被一个痛恨同性恋的同学在停车场用棒球棍打了，右手神经损伤，后来不能画画了。那个人因为不到年纪，才判了几十个小时的劳教。贾斯汀说，他早料到这个结果，凶手是不会被正义地宣判的。

我没法形容出车祸是什么感觉，被高高抛起时大概就是飞机起飞的时候的失重感，而我在那之后就已经没有知觉了。围观的群众聚过来，又迅速地散去，不留一丝痕迹。我后来还企图还原我飞翔的轨迹，可惜已经找不到任何目击证人了。我似乎有点庆幸不用自己报警跟自己上救护车，这想必是件无助而尴尬的事情。我拒绝，也无法想象自己满脸污血地求救。我抗拒那样的形象和情节发生在我的身上。

后来居然在医院自己醒来一下，我不知道是我做梦，还是我真的醒来了。我没有听见人哭，只有明晃晃的灯光和强烈的想吐的感觉，就像我小时候看见我暗恋的隔壁班少年挽着他的小女朋友的感觉，只是比那要强烈一些。

电影里面，表达医院里面混乱的场景的时候，总是用无声表达慌乱。现在想来倒是很有道理。背景声音渐渐远去，什么也吵不了你。自我意识放到最大，身体的疼痛让人集中精力，让我起一身的鸡皮疙瘩。

跟我同时被送进那家医院急诊室的还有一个出车祸的中年男子。据说他身下铺了张塑料布,上面的血有一寸厚,脚后跟被拧得朝前。小红妈每次给别人讲"脚后跟拧得朝前"的时候还配合了一些戏剧性的啧啧声。我不知道她有没有跟那个脚后跟拧得朝前的大叔说过我——给车撞得有可能成为植物人的那个女孩儿。

是的,我差点成为植物人,这事儿当然不能问我妈。她肯定会说:"瞎说,医生一直说你会好的,你会跟以前一样好的。"不知道她到底是在糊弄谁。

总之最后我还是没有成为植物人。我在半睡半醒之间过活了很久。我妈总是怕我不能再醒来,每当我熟睡的时候,就轻轻地叫我,直到我睁开眼睛,她才露出安心的表情说,睡吧。很长一段时间里,在我睡觉的时候,我都梦见我的妈妈在轻轻地叫我:宝贝快醒来。她在一个巨大的白色房间的尽头,而我跟跟跄跄地走过去,喊着妈妈。

我常常觉得我需要她,也常常觉得我无法忍受她。她尖锐恐怖,句句直戳你的弱点,可是她又不是狠毒的人,而是无辜的纯洁的人。单纯的人残忍起来比心机重的人更加令人战栗。

我妈觉得我爸幼稚得可怕。他会像一个无聊的少年一样,数地上的砖块的排列阵形,看医院里的护士哪个漂亮。常常小声跟我说,某某医生的领带跟衬衫配得太丑了,或者算出点滴每秒平均多少下,然后我们咯咯地一起笑。我妈也知道我喜欢这样,于是说:"你们真是没代沟的同龄人。"

身　体

瘫痪的意思大概就是,不能动,也就是说,神经断掉。你感受不到大部分身体器官给你操作它们的反馈,包括冷暖、痛痒。

所以我开始怀疑,怀疑这种感觉是不是曾经存在过。包括夏天脚心被蚊子咬了一口,那种痒、挠了更痒的感觉。还有冬天没穿厚袜子等公车给冻得麻麻的感觉。

我看电影《杀死比尔》里面乌玛·瑟曼演的女杀手因为被枪击瘫痪以后,在短短十个小时之内在车子的后座上对自己的脚趾说话,给它们心理暗示。后来就直接站起来,开车走人。

而我,在医院熄灯后,也常盯着它们看——那双带我走过很多地方的脚,脚后跟被很多双漂亮鞋子磨得血肉模糊的脚。可是它们回避我的眼神,毫无反应。跟截肢患者不同的是,那些器官跟部分还在,给你希望,让你觉得它们似乎没有离开你,但是你亲眼见到肌肉萎缩,尿液不由自主地流下来,真是幻觉景象。

这一生中,我最讨厌爬山,我觉得爬山是人类历史上最神经的运动。爬山就是爬山,跟走路一样,完全不能称为一项运动。也许如果没有车祸,我此生也不会再去爬山,但是突然有一天你再也不能爬山的时候,心里还是有一阵子失落。

记得看太宰治写的《人间失格》的电影的时候,他要跟那酒女跳海自杀。那女人穿着繁杂的和服，仅仅就露出一双洁白的双足。那时候我就明白，恋足癖绝对是亚洲性压抑文化的结晶。

我的脚，有以前小时候塞进自行车辊轳里的伤疤。那道疤痕从左到右，像一根凉鞋的带子一样绕过来。脚趾还带着粉红色的好气色，脚趾甲还有代表健康的白色月牙。男友特别喜欢用马克笔在我的脚上画画儿，画完就找护士用酒精擦了。然后继续画。我们距离很远，他也从来不握住我的手。更多的时间是他画他的，我看我的电影。

我有时候想知道，为什么神经死了以后，肉还会生长，像一群无意义的物质一样。细胞单纯地什么都不为地复制着。有时候会想到《下水道美人鱼》里面的场景，我感受不到的那些脂肪跟组织，会腐烂生蛆，一样样消失殆尽。

复健的很大一个目的是不让肌肉萎缩。我终日坐着躺着，肌肉的萎缩看似是必然的过程了，我花很久的时间运动它们。有颈椎瘫痪的人，脖子以下都不能动，手指都萎缩成鸡爪状，缩在胸前。他盖一个被子。我不知道为什么瘫痪的人要盖被子，大概的道理是，因为人躺着睡觉的时候要盖被子。我们并不是在睡觉，我们只是不得不躺在那儿，但是我们老是要盖被子。在病床上，盖着被子的日子里，我企图恢复肌肉已经做过的、每天都在重复的动作。记忆还在，我甚至觉得自己能听见关节咔咔地响，我只能靠幻觉翻身，然后靠大脑中的记忆来弥补翻身的感觉。想象必须非常细腻，否则就会出现断层。这样的断层会让我觉得烦躁。

这样的心烦意乱的时候，像有人从外面挤我的脑仁儿。我闭上眼睛，想象我摔了手边的东西，电脑的碎片飞起来，我把病床从窗户扔出去。砸到地面上，发出巨大的声响。我想象那种发泄过后浑身微微出汗跟轻声喘息的疲惫感。此时睁开眼睛，也就结束了烦恼。

外 界

时间与社交一起停在了那个时刻。世界上少了我一个人似乎也没什么大不了，我们总是把自己想得太过于重要。

何况，我怎么开口呢。嗨，哥们，我瘫痪了。还是发一条消息，陈某某于上个月底因车祸瘫痪？想来想去，怎么都不对。索性就不发了。爱知道不知道吧。

通讯录上的朋友迅速离我远去。滑雪教练、逛街的朋友、学校同学、房东，都以光速迅速地朝我相反的方向唰的一下就消失了。留下我在病床上。我和这个世界的关系发生了我无法预知但是肯定巨大的变化。

人对事物的认知多少都会有一个过程，有人反应快，有人反应慢。我是花了两个多月才切实地感受到"瘫痪"二字对我的改变。瘫痪对于我来说，不应该是"毁灭"，而应该是"重造"。

刚脱离学校的我们似乎凡事都需要寻求一个解决问题的标准答案，殊不知，很多事情不但没有答案，还会给你带来无穷的问题。我的大脑飞快地运作着，企图从我的智慧库里提取一个相对妥当的答案。我并不是一个脆弱的人，纵然我很悲观，但是我并不绝望，何况绝望并不是一个对我来说很好的形容词，因为从来没有过希望，又何来绝望呢？

如果说，人活着是为了创造价值，那么我现在的价值就是体会痛苦。二十年的精英之路被一刀切断，我身为天才少女的人生规划被瞬间打乱。伤痛并不能阻止大脑是没错，但是每个遭受过创伤的人必定会有心理的改变。对于一个躺在床上的瘫痪女生来说，做个所谓的天才作家、天才生物学家，又有什么用处呢？那不过是某些人逃避自己人生的借口与障眼法。我的人生价值我自己很清楚，并不是做什么生物学家，比起学术成就，我更喜欢在家看电影，喝红酒，和好朋友逛街、旅行。别说什么身残志坚，每个残疾人都企图让别人或者自己觉得自己就是个正常人。但是，我比谁都明白，我不是。

回头看这二十多年，我一直像超级玛丽一样一关一关过。升学考试、钢琴考级、奖学金申请，甚至给亲戚拜年。这些都是卡在我堕落人生中的坎儿。我扮演着那个漂亮懂礼貌、有良好家教的少女。于是在我醒来的时候，我还在想，如何把伤害降低到最小值。

妈　妈

现在的我，像一颗毒瘤一样生活在这个家庭中。

我妈是个完美主义者，有高学历、好职业、完美体贴的丈夫跟乖巧聪明的女儿，甚至工作上所有复杂的人际关系她都可以用公式推导跟经验理论来解决。她战无不胜、攻无不克,她是新时代的美少女战士。

我想我的车祸成了她生命中唯一的不完美,她无所适从地抱着我大哭。我有点觉得她太脆弱了,但是又想到我的人生要是跟她一样一帆风顺,也可能会受不了打击就顺便跳楼了。我跟我爸都很保护她,我在外面有什么不好的事情也会叫我爸瞒着我妈,自己处理,要不然她肯定大呼小叫、哭天喊地。

我很小就念寄宿学校了,所以从这方面看,我跟我的母亲并不是很亲。我也真的没吃过几次她做的饭。电视里面那些怕小孩磕了碰了、吃不对了之类的,各种洗衣粉、鸡精、饮料广告里面的情节从未在我家发生过。而她后来自己也承认,她自己把我生下来是个意外,也没怎么用心或者愿意用心在我身上。

而从另一个角度来说,我看得到她的优点、缺点、脾气、敏感度。我遗传了她所有的气质跟思考模式。她像一台复印机一样把她身体里的细胞复制了一份,装订成了我。我有时候觉得我的父亲是她用来复印我的工具,而她胸有成竹地完成了她对繁衍后代的使命。她使得我很痛恨自己,我不想也不愿意变成她那样的人,可惜我的意志,是逃不过基因的力量的。

我们是年轻与衰老的对手、时光造成的敌人。

我母亲单纯,所以没有怨恨也没有愁苦。她昂首阔步向前冲,时不时回头看看优柔寡断的、拉后腿的我们。她非常地emotionless,所以不理解我爸的忧伤跟害羞敏感来自何处。

不幸的是,我还是继承了我爸敏感害羞的那一部分。小的时候，她总是指着我的脑门儿说："别像你爸一样没出息。"

她肆无忌惮地拉开我青春期的害羞，给我班主任甩红包，约谈给我写纸条的男生，她企图控制我的人生走向。

舅妈对表妹照顾得很精细，生活的能力也教得面面俱到。我妈总是说："我以前觉得有些事情小孩子长大了都会懂。"我说："现在后悔吗？"她说："也还好，小孩子能学会的事情你现在学不会吗？老娘供你吃穿没让你失学已经很不错了，小孩子不要不知足。"

小顾说的，人的爱就是一个电池，总有人给你充电，你就能充满爱，关怀别人。而如果没什么人给你充电，你爱的电池就会年久失修。我想后来为什么我变成一个丁克，就是因为我没有爱一个孩子的能力。扮演母亲的角色是由模仿自己的母亲而来的，没有人生来就会做母亲。而我，并没有人可以给我模仿，所以我并不想做一个母亲。大概我妈也是这么想的，只是那个年代不流行做丁克，或许是她太年轻，无法面对真实的自己，于是一不小心就把我带来了这个世界。

她二十六岁研究生毕业，二十七岁就急匆匆生下我，于是她解放了，再不用背负着婚姻的使命活着。她每天美容打扮，嫌商场里面的衣服不符合她的品味，于是留恋在裁缝铺里。"看孩子"是她能想到的最束缚女性、最保守的词语。

她从来不规避与隐藏自己的感情，当我没有考第一名的时候，她毫不避讳地流露出那种深深地无力与失望，那无声无息的感觉恐怖至极。

而我爸成为我家在我出事以后唯一一个可以与我沟通的家人。他在我小时候失业过一段时间,每天跟家庭主妇一样早早等在学校门口接我放学。他本来是不让我吃路边摊的,可是后来为了让女儿不至于觉得自己太落魄,就大方地给我每天买一个冰激凌吃。我总是边舔那支充满糖精跟色素的冰激凌边感觉到他敏感的自尊心。他眼神忧郁,每天挨骂,一支又一支地抽烟,一把一把地脱发。跟母亲不一样,我们都敏感极了,还有丰富的被我妈形容为"实在是没有一丝丝用处"的过剩的自尊心。因为我见过他的落魄、他的无奈,所以在我落魄无力的时候,我们非常有默契。

后来,他终于变成一个有一些权利,也有一些钱的男人。他开始有了啤酒肚,他中年谢顶。他跟他的同僚们泡在酒局饭桌跟艳俗的KTV里,只是在我看来,他忧郁的眼神跟他的"成功"形象特别不搭调。

还有一句大家常对我说的话叫作"战胜自己"。这一套是我母亲跟初中女老师常常用的。她们觉得考上好大学,找到好工作,克服瘫痪,站起来,就叫战胜自己,以至于"战胜病魔,征服世界"。当然,我这么说多少有点不知好歹,明明人家是好心好意地来安慰我,但是我对这样的词语甚是费解。疾病,或者残疾,是既定的。它们的出现使得一些事情改变了,而就算疾病、残疾痊愈,我们又变成普通意义上的正常人,有些事情改变了就是改变了,我们所做的就只有惋惜。就像黛西爱上了她现在的老公,而盖茨比天天逼她承认,她跟以前一样一直爱他。

我们的人生已经改变，只是我们不愿意承认。我们更愿意觉得，这只是一个障碍，跨过去就能回到原来的人生，仿佛黛西离婚，就能跟以前一样爱盖茨比。

而作为一个悲观主义者，我一直觉得明天不一定美好。明天有可能很可怕。只是人生本来就有好有坏，我依然活着就是做好了处理问题的准备的。

而我的妈妈，是一个乐观主义者。她觉得一切都是在往好的方向发展，就算不是往好的方向发展，那也是暂时的，事情总是应该向好的方向发展。

而当她真真切切地感受到，事情的确没有变好，而是更差的时候，她就开始自我怀疑了。她虽为一个乐观主义者，但我真的觉得她活得比我劳累得多得多。

小 红

小红爸爸以前是在县城里开烟酒超市的，家里条件并不能说太好，但是总体还算不错。小红出事以后，为了她做康复方便，家人就把超市转让出去了，爸爸来市里打工，妈妈在家照顾她。

小红以前跳芭蕾，身材很"芭蕾"，特别瘦。舞团都是有钱人家小孩儿的天下，排剧目的时候，主角永远轮不到她。小红好胜心强，不甘心做《天鹅湖》里最后面的那只刚羽化的"丑小鸭"。

小红为了当主角对自己要求很高，好几年没吃过一顿饱饭，简直是一直吵着减肥却老订比萨饼的我的楷模。住院的时候，有一次我妈给我买了冰激凌，也给小红买了一份。小红红着眼圈儿说她这辈子没痛快地吃过冰激凌，吃一口就要回排练厅多转十好几个圈儿，把吃进来的热量练出去。

　　受了伤，自然就不能跳舞了。小红在家开始吃以前没吃饱的饭，边吃边哭、边哭边吃。对于我来说，受伤其实是对前二十年紧绷生活的解脱，我开始寻求新的发展。而对小红而言，这是前十多年的崩塌跟毁灭。小红除了舞蹈什么都不会，什么都不懂。她像是在动物园生活了一辈子的动物，突然被放回大自然，面对外面的世界茫然又困惑。她常常晚上打电话给我，问我："姐姐，怎么办，姐姐，怎么办？"我没法儿回答她的问题。因为我也同样身处困境。

　　医院一个护士的亲戚是开舞蹈用品网店的，护士很好心地介绍小红去做客服。她去做了一周就不干了。她太嫉妒别人还能跳舞了。看着人家问"学过几年舞蹈，该穿什么舞鞋"，她一句话也说不出来。

　　后来小红越来越沉默，我们也很少打电话了。我们见证过对方的崩溃与苦难，也是彼此最不想碰触的地方。在愈合的漫漫时间里，这样的痛苦，我们都选择回避。

　　小红的学校似乎还为她捐了一次款，也不知道到底有没有捐成，总之后来就没了音信。她的男友从来只在她的嘴里出现过，每次她提起的时候，她妈都不在。

过了很久,小红告诉我,根本没有男友这个人。"男友"的原型是她暗恋的男孩儿,他们从未说过话,小红只是远远地看见过他。我非常理解她的做法,如果换作我,我也很有可能自己塑造出来一个这样的角色。抱怨她的"男朋友"变成她宣泄的出口,世人都会露出那种怜悯的眼神。

我们需要一个什么东西,在病床上与之对抗来保持活力。那个脚后跟拧到前面而截肢的大叔酗酒,小红的妈妈在家庭变故以后选择皈依宗教。而小红,选择塑造出一个男友来。我太明白她,我们都需要或多或少地寻找一些存在感,以保证我们在遭受巨大的痛苦之后还有依托。

而小红把爱情投射于此也是很在情理之中的。那个存在于她记忆中的男孩儿,成了她想象中的男朋友,成了她用来博得存在感的负心汉。

其实带给你最多痛苦的,是你身边的亲人。我想我跟小红的共同点就是无法与自己的母亲沟通。我妈太单纯太残忍,而我那么世俗愚笨。小红从小学艺术,而小红妈不过就是一个初中文化水平的家庭妇女。她拼了命地把小红托举到她能企及的最高的艺术殿堂,而小女孩哪能理解生活的苦,小红一心想继续做艺术,而小红妈急于给小红找一个能自己养活自己的手艺。

出院不久,就是小红十九岁的生日。我爸妈去看她。小红爸在门口蹲着默默地抽烟。我妈走进去,握住小红妈的手,两个女人开始默默地抽泣。小红会突然尖叫,浑身颤抖着咬自己的嘴唇,企图用意志力站起来。医院给病人安全感,给你治疗,让你有很多人跟你同病相怜的感觉。可是回到家,你就是孤单一人。

有人,像小红,歇斯底里地发泄,不管不顾地伤害着身边的人。而有的人,像我,在瞬间被急速冻住,而后才慢慢融化。一丝一丝地回顾,慢慢释放。是啊,我顾虑太多,我企图考虑周全,我沉默,我思考。与其说是我自己憋住,算作我懂事,还不如说这根本就是我的本能,是我二十年精英训练的结果。

我来加拿大接受康复治疗以后,我们的通话时间慢慢少了。彼此都能感觉到那种聊不下去的尴尬,毕竟不是一个世界的人,拧在一起是因为一样的命运安排,而分开是因为我们都慢慢回归以前的生活了,就像结伴的旅客,到达终点,我们要彼此分开。

爱　情

我突然想起刚跟他在一起的时光,那时候我才十五岁。正值青春期,性格叛逆,仗着自己成绩够好,老师并不会干涉太多。喜欢跟班上的太妹混在一起,而他则是太妹一干社会朋友的其中之一。在一次毫无意义的青少年的无聊乏味聚会上,谈论起来陀思妥耶夫斯基跟伊藤润二。

第二天,他带我逃课去逛图书批发市场。那时候,他还是一个瘦弱的骑单车的少年,完全不像现在,渐渐发福起来,再也懒得骑单车了。

那天,干燥的北方城市突然下起了大雨。我们都没有带伞，于是被困在那里，人越来越多、越来越挤。他离我越来越近，我闻到他身上强烈的荷尔蒙的味道，说："小矮人儿，咱俩处对象吧。"他说："你够十四岁了么？我不想违法。"我说："我都十五岁半了。"他说："那成吧。"很多很多年以后，我发现，那种强烈的荷尔蒙的味道跟洗完衣服没晒干的味儿是一样一样的。

那时候没有什么钱，约会也是去那个破破烂烂的图书批发市场，买盗版漫画跟大部头的小说，然后坐在尘土飞扬的马路牙子上吃关东煮。我吃丸子他喝汤。那年他大二，也穷得很，光靠节省伙食费。大小伙子一天才吃几块钱，然后攒钱给我买很贵的生日礼物。

很多人问我跟他在一起图什么，毕竟，我是"白富美"，他是"矮穷矬"。 我说，图开心。我们之间也有所有情侣都有的猜忌、担心、顾虑。我们也曾疯狂吵架，互相伤害。但是每次吵完架我都不舍得说分手。我也知道未来的我们也许会越来越远，直到最后分开。他是一个孝顺的儿子，我并不想让他父母为难。这是人之常情，我也不会怪谁。我和他并不是什么模范情侣，刚出国的时候，因为距离遥远，我们协议分手。想必就算我们撑过大学时光，以后也会各奔东西。听说他后来一直艳遇不断，他是那种迷人的、很懂得吸引少女的人。大一暑假，我回国，阴差阳错又在一起。在彼此转了一圈儿以后，发现对方还是最适合自己的人。所以就算分开，我也希望他幸福，他是我压抑的青春期里最美好的人。他给予我最大的安全感。

我预料到很多人会说，真爱无敌啊，或者这么好一定要结婚。可是正常人的爱情已经无法维持我们之间的关系。换句话说，婚姻是一部分人定的感情规则。我们的爱情，不必走入婚姻。现在他来看我，已经不知道说什么了。这种压力让两个人非常难受。对彼此的爱也是靠着往日的回忆在支撑。他父母也小心翼翼地不敢说什么，这事儿太敏感了。生活的疲惫让他快崩溃了。就算他最后建立起了生活跟家庭，我想也不会是我嫁给他。可以想见，在我们的婚礼上，他被塑造成一个对瘫痪妻子不离不弃的好男人角色，来参加的人都在微博上刷下"我又相信爱情了"的话题，而我挤进一件不合适的婚纱，坐在轮椅上，得到大把的怜悯与泪水。我不想一生都活在这种压力与恐惧中。我们彼此都不想让我们的爱情变成那样。

而医院绝对是一个剥夺人类尊严的地方，我们不是男人和女人，我们是一具具正在腐烂而随时会死去的身体。我开始发胖、长痘痘、满脸冒油，没有发型跟好看的服装。我失去了作为女性的特质，而是一个赤裸裸的病人。我想如果我不是一个病人，永远不会有人觉得我有什么"内在美"。现在，人们剥开我的外表，看到我的内心。

我讨厌这样的样子被别人看见。

我不知道是该高兴有更多人理解我，还是该悲伤我残破的身体。

对异性丧失吸引力会让每一个女生恐慌。是的，我承认我那么肤浅，可是我们失去了一对情侣之间最核心的部分。他怀抱中充满了怜爱而不是欲望，我们不再可以亲密接触。并没有谁说过禁止我们亲密，可是这样的"心照不宣"让我们独处的时间充满了尴尬的气氛。

我记得史铁生有一个短篇小说，讲的是一个瘫痪的男青年，去跟女朋友登记结婚。他在门外等女朋友的时候，居委会的大妈走到他身旁，欲言又止地表达了她对他的疑问。她问他的身体好么。他立刻明白，这个"身体好"说的是那事儿，便又羞愧愤怒起来。

在瘫痪之前，我从来不觉得做爱是多么重要的一件事情。当然也不是不重要，只不过是感情生活里正常的一部分而已。床上做爱的时间远不及我们坐在一起谈论印刷互补色、平面设计、墨索里尼、波兰斯基、达·芬奇、后现代主义、魔声耳机的中频率，以及火鸡真是难吃或是刺身好吃的时间多。

可是当你不能做爱的时候，做爱这件事情变得重要了起来。不仅仅是做爱，包括以做爱为圆心的各种身体碰触以及黄色笑话都被列为禁忌项目。当然，作为一个曾经被荷尔蒙折磨得快要爆炸的青少年，我也一度曾经沉沦在这件事情上不可自拔。这项运动给予我信心与魅力，牵一发而动全身。

他卧室里的窗户特别大。躺下能看到巨大的一片天空，那是城市里面非常奢侈的景色。做完爱的我们放开彼此，赤裸着，汗津津的，冰凉的。有人养的鸽子不时飞过，猫咪就拍着窗户想抓鸟儿们。这样的时光，也并没有多余的话可说，有时候躺着躺着就睡着了，睡睡醒醒，就过了一个夏日的下午。

那大概就是我所能想到的关于他的最美好的回忆。单纯的，有微风吹动的下午。那才是真正的恋爱的感觉。

旅　行

在"组长饺子"的小站里听到他翻唱的李志的《凡·高先生》，想起我刚去加拿大的时候总是听这首歌。

留学的日子是很无聊的，无非就是吃饭喝酒去夜店而已。男男女女都寂寞得要死，于是就装作大人模样，凑在一团儿乱搞。我很讨厌跟人打交道，但是为了保持社交圈子，又必须要去。我一直是一个看上去很冷漠的人。虽然我自己并不觉得，但是总有人跟我说我看上去冷冰冰的，加上长得没有那么好看，所以更没什么人愿意理我。有时候别人觉得我在凶或者发脾气，其实我只是在发呆而已，所以要维持住整个圈子，我要加倍地努力。

我拼命在大一就挤进这个学校顶级的社交圈子，里面的人脉关系是本地区最广的，里面的人都是最精英的。你要保持活跃度，否则大家很快就将你遗忘。

落地玻璃窗外面是终年恒温的大游泳池。里面的男男女女年轻时髦，举着反光的香槟杯子。我走去外面透气，空气腥而湿。天空中布满了星光，大颗而明亮。

屋子里的人都说着暧昧又不明所以的话。

那时我的抑郁症已经很严重，每天挣扎着强装正常。起床化妆后，我带着对着镜子练过的标准笑容走进学校。

有时候凌晨回家，不卸妆就睡觉，第二天起来眼睛肿得要死，脸泛油光。

2012年的夏天我打算结束这样的生活，主要是实在没什么意思，我并不享受每天穿很高的高跟鞋跟短裙喝到头疼，再由不知道哪个男生送回家。复杂的社交关系让我烦躁不堪，我本来就是一个不善于交朋友的人，我喜欢跟比我岁数大的人待着，静静听他们发表观点，就当作学习。我一直告诉我自己，要做一个实干型的人，做出成绩，而不是说大话、瞎白话。

于是我退掉房子，把行李寄存在朋友家，拿着一年打工挣到的钱跟省下的房租，在北美的西海岸开始了自助旅行。

其实我本来是想找个旅伴来着，可是不熟的人不了解对方的生活习惯，起冲突的时候非常麻烦。再加上路途上可以见到几个以前的老朋友，于是还不如自己慢慢走。

没有带电脑，只有一部上网不太灵光，还动不动就死机的黑莓手机。带了两本书，留给路途中的朋友，再顺两本他们的书，留给下一个朋友，再接着顺。

北美西岸的温度很高，肩膀都要晒脱皮了。我穿了一双2012年过生日的时候男友送的VANS球鞋，旅途结束的时候，它已经彻底开胶告别历史舞台了。回家以后发现，短裤的下面是黑人，被短裤覆盖的地方还是一个皮肤较为白皙的亚洲人。当然因为黑，我也就不刮腿毛了。不过因为太热跟睡不好，倒是瘦了不少。

我旅行的原则就是,能投靠亲友、蹭吃蹭喝就尽量去,而且为了省钱尽可能地拖长时间,所以在洛杉矶的朋友家住了两个星期。他也倒大方,因为是多年不见的老朋友,就任我霸山为王。他家住在一个别墅的半地下室里,空间开阔、租金便宜。我去的时候空调坏掉,晚上睡觉要开两个电风扇,一天不停地冲凉。

他开着他的宝蓝色复古敞篷车带我四处溜达,看电影、去博物馆、去逛街、去好莱坞比弗利山,他们电影系的朋友讨论欧洲小众电影与好莱坞模式的堕落,在一个日本男孩儿的刺身店里抽水烟。晚上回家,在路边买人家自制的冰冻柠檬水喝。谁都不想上网,一人捧一本书,企图赶走燥热的夜晚。我看骆以军的《西夏旅馆》,看到凌晨才能入睡,天花板上有之前的房客用荧光贴纸贴的星座,双鱼座跟水瓶座。也不知道是谁的爱情故事,它们在热得透不过气的夏夜在我的天花板上闪闪发光。

旅途过于精彩劳累。我渐渐脱离网络,而跟大多数年轻人一样,我是一个有严重网瘾的人,脱网将近两个月以后,已经对Facebook跟Twitter上的人毫不关心。需要找我的人给我打电话、发信息或者给我邮件都能找到我。没有网络的时候,我这两个月读了四本书,还背了一本口袋版的法语基础词汇。工作效率大大提高。

我越来越关注本我,了解自己的感受,而不是把自己丢到一个莫名其妙的环境中去随波逐流。我渐渐放弃维护我的社交圈子,志同道合的人自然慢慢会聚集在一起,而不相干的人留下也无用。我切切实实地感觉到我自己的力量，当然也感觉到更加的孤独。可是我慢慢觉得，不管拥有什么，我们生来就孤独。没有人可以因为有家庭、有朋友就不孤独，没有一个人可以百分之百理解你，百分之百地替你承担一切忧伤痛苦，一直陪伴你。自己的人生，不论是不是情愿，都要靠自己走下去。

北 极

2012年圣诞节的前夕，我的一个高中同学打电话给我，说他要去北极。我问他知道现在北极是极夜，而且有多冷么？他说他已经决定了，路过我住的城市，顺便来看我。

我俩相识于高中，他是一个乐队的鼓手，我是一个摇滚乐迷，总去看演出。后来他去了美国西雅图，而我去了离西雅图只隔着一条美加边境线的温哥华。因为他长得非常像柯震东，我们就叫他柯震东好了。

第二天我下课的时候，他已经到了。

温哥华开始少见地下雪，外面行人匆匆走过。异国的路灯一盏一盏都亮了起来。在日式拉面店里，我们吸溜着豚骨拉面，他说要不然我跟他一起去好了，路上还能换着开车。我说，呵呵，我忙啊，我明天还……真的没什么事儿。不知道是因为那天的天气太冷导致我的脑子转不过弯儿来，还是他的确是动之以情晓之以理地说服了我。从拉面店出来，我回家洗了个澡，拿了几件换洗衣服，揣上护照跟驾照，再裹上一条毯子，拎上枕头，去超市买一堆零食。我上车跟他去北极。

越往北走越冷，山路两旁都是齐腰高的雪，跟抬头看不见顶的松柏树。熊都冬眠了，有时候会有给圣诞老人拉车的那种漂亮的大麋鹿从山上下来找吃的。

柯震东同学开车要听音乐，于是他打开了收音机。电台里面在放ACDC的一首歌，"HIGH WAY TO HELL"。开在加拿大冬天寂静的高速公路上，听着这首歌，真是说不出的诡异。

路上有卖廉价咖啡跟味同嚼蜡汉堡的店家。我们都以飞快的速度吃掉，像是两个急于逃脱被吸血鬼占领了的世界的人类一样。

第三天开始，柯震东开始出现严重的腹泻。我很怀疑是他把王老吉跟咖啡一起喝用来提神造成的。于是我们尽可能地多休息。在休息站买姜汁水给他喝。把暖气开到我觉得干得要流鼻血。可是他也并不见好转。"你想吃什么？"我问。"肉骨茶。"他说。我沮丧地关上车门回到驾驶室，我实在是对他的要求无能为力。事情就是，不管你的生活有了多么翻天覆地的变化，无论你走得多么远，生病的时候想的还是小时候家里的味道。

我们停在路边休息，我去厕所洗了一把脸，跺着脚迎着寒风钻回车上。他翻着手机的电话簿。

正好他在路上某个小城里面认识一个朋友，我们可以暂时在他朋友家休息一下。我靠着模糊的地址，驶离高速公路，在暴风雪中开始寻找那个小镇子。

柯震东蜷缩在后座上，浑身冷汗。我异常紧张，万一在大雪中滑下山沟，万一耽误了他的病，万一我在紧张的时候顺便把他的奔驰SUV撞了。雪花不停地落下来，是标准的北欧童话版本的六角形。我紧张地捏着方向盘，手心都是汗。

他说："我不会死了吧。我才二十二岁，还有很多姑娘没有泡过。"

我说："你要是死了，我先报警，然后联系中国大使馆，大使馆打给你妈妈。你妈妈来认领被冻了好几天的你，然后抱着你的骨灰回家。"

"那我不能死，"他说，"要死也不能死在这地方，怎么也得回国死。"

"对，"我说，"不能死在这儿，要死回国死。"

好在我顺利地开到了那位朋友家的院子里，弄了一些中国的胃药跟消炎药给他吃，又做了骨肉茶给他。也许是因为在异国吃到家乡的"思密达""阿莫西林"或者是吃到了他心中的骨肉茶，柯震东过了一夜以后好了起来。第四天，我们谁都没有勇气在大雪天再继续开下去，所以我们把车子停在朋友家，从BC省边境坐飞机前往北纬60度的怀特霍斯——我们能到达的最远的地方。

怀特霍斯的机场是著名的"黄色潜水艇"机场，为了躲避风暴设计成圆角的黄色两层大楼。我们两个落魄的旅客在漆黑的下午三点半走下飞机。活生生地到达目的地，却充满不真切的感觉。

因为飞机票超出了我们的预算，所以只好住在一个老旧的宾馆里。在这个人口不到三万的加拿大北部城市里，我们饥寒交迫地订了一个必胜客外卖,开了一支香槟,庆祝一个河北人跟一个湖南人终于到达了一个离北极还有十万八千里的地方。

我们坐在床上吃必胜客、喝香槟。老旧的厕所还在漏水,地毯上也有许多不明真相的污渍。两个异国旅客默默对饮着。我躺在窗台上看着天空中的北极光疾驰而过。那天离我回国被车子撞到还有二十一天,我以为,看到北极光就可以死而无憾了。

出 口

之前我看一个访谈,里面的那个人说,他恐惧衰老,因为那么灵活的头脑被一副破败的身体困住。我也很恐惧,我如同一只困兽,充满能量与欲望,却被困在这深深的海沟之中。根本不存在什么优雅地老去和有尊严地死去。我们老去、死亡都是匆忙而来不及面对的。我们带着深深的悔恨在慌忙之中度过余生。

我瘫在浅蓝色、白色波点的床单上,想起了肉联厂里面用铁钩挂住的一排排猪肉,赤裸裸的血肉、脂肪和骨头。人因为运动而成人,肌肉萎缩而变得面目可憎的身体,已经不成"人"。

残疾人心中,永远和健康人隔着一道厚厚的玻璃门。

或者说,人跟人心中都隔着玻璃门。有些别人的问题你看似能够理解,也顺着感情快乐或悲伤。但是你永远不能够体会其中的奥妙与玄机。

感情这回事儿,简单又复杂。可以直来直往的,一句话就说明白。可是这一句话里面又蕴含了多少百转千回复杂的曲折。

我坐在屏幕这头，你坐在那头。文字是最有利也最无力的表达方式。但相比较电影与音乐，文字更加冷静执着。

我们常常觉得我们足够坚强得可以面对一切事情。我们早早地做好了准备做一个脱离家庭的成年人，我们在青春期就觉得我们可以跟自己喜欢的人穿越千山万水过一辈子。在遇到挫折之前，我们都觉得一帆风顺的日子是理所应当的，在面对选择的时候，我们希望有人能够指引我们的方向，带领我们做出不后悔的选择，可是世界上的事情往往不如人愿，充满了戏剧性的阴差阳错。有人在恋爱中酒驾撞到行人被判刑，有人在恋爱中过马路的时候被酒驾的人撞到变残疾。我们的小行星脱离了轨道就失去方向地开始乱转。

荒木经惟拍阳子，是怀着在失去之前和失去之后想要狠狠留住对方的心情。我企图拼命地抓住这时光，可是我们径直老去、死亡。但是老去跟死亡又何尝不是我们活着的一种乐趣呢？正是因为有了痛苦，我们才变得感情充沛。如果人类永远不会死去，或者大家都是定时到指定地点自动爆破，那大家少很多痛苦，说不定也就狼心狗肺地生活了。

悲剧这件事情让我们痛心疾首、无能为力。好的悲剧就是我们又努力地有力量地活着，烂的悲剧故事就是一筹莫展地放弃。我并不觉得有一些人放弃希望、成天悲天悯人地活着有什么不对（这里包括健康人），别的人也没有必要一定要他站起来或者活出希望。说不定他就是很讨厌自己也很讨厌生活，或者他就喜欢懒洋洋的没动力的生活。

生活没有规律，我们走着走着就研究出了自己的生活轨迹，不管以后会不会后悔。不论是积极向上、阳光灿烂地对每一个人笑着因而招人待见，也不论是邋邋遢遢、磨磨叽叽、看谁也没有好脸色以至于谁都不喜欢，我们都应该活得理所当然。因为我们至少还有体会生命这件事情的机会。而死去，则什么都没了。

书店里面的畅销书，《一辈子要去的100个旅游胜地》《30岁女人必须有的财富》《夫妻相处的秘方》《养生大全》。我们都以为掌握了世间的规律跟真理，我们就能活得轻松快乐。正是因为人生的不可控性，人们才拼命寻求一种人生"赢了"的方式。跟不老仙丹一样，读书就能解脱么？不能。打扮就能拴住心上人的爱情么？不能。不抽烟、不喝酒就能活很久么？不能。

我们都自欺欺人地活在所谓的，自己给自己下的圈套里。

金星说，每个人都需要一个出口，否则我们很难说服自己憋在这么小的一个生活中。瘫痪给了我一个很好的出口。我并不想，且一直并不想做出一番事业来，挣大钱，变得有名。年轻的我跟无数青少年一样觉得前途渺茫，不停地寻找着生活的意义。

失　眠

瘫痪以后，我就过上了令人羡慕的每天睡到自然醒，吃饱了就睡、睡醒了就吃的"幸福生活"。

因为白天睡太多，有时候晚上就会面临失眠。久而久之，安眠药也不起作用。我只能痛苦地看着天花板，期盼阳光从窗帘儿里照进来。

我从大一的时候开始失眠。那是我抑郁症的初期，当然我自己是不知道的。只是觉得可能打工太累，烦心的事情太多，然后还坚持睡前读书，脑子放松不下来才睡不着。我喝牛奶、喝酒，听音乐，用薰衣草精油，自我催眠，数绵羊。

然而这事儿越来越严重，终于成了每天必备的常态。于是我开始吃药，外国人对处方药是非常严谨的。所以我只能吃那些五花八门的非处方药。有一种吃了以后半夜会渴醒的药很管用，不口渴的都不管用。

我黑着眼圈儿坐在床边上，左手端着水杯，右手拿着药片。然后吞下，左手关灯，右手拉上被子，静静地等着药效降临。

我有的时候觉得自己特别可笑。日子过得连睡觉都睡不着。

失眠是一件很奇妙的事情，所有烦恼一涌而出，在你的脑子里打架。一晚上过去筋疲力尽，觉得头发都纠结得掉了一大把。我看着天花板，无力辩驳脑海中的困苦。灾难跟痛苦只有在睡不着的夜晚才会出现。无法停止思考的大脑跟不能移动的身体是绝佳的组合，把我困在这无边的黑暗中。

失眠是正常人很难想象的。身体的困乏无法反射到睡眠这个动作上。躺在床上，立马就有一只小钢钉被人从外面往脑壳里面钉，那声音缓慢而坚决，咚咚，咚咚，让你保持在仿佛马上要入睡但是一丝痛苦让你保持理智的情形。而当你终于以为你要睡着了,天亮了。于是又起来,期盼今晚有个好睡眠。

没人能赐予你力量,你是阿富汗战场上的士兵,祈祷今日安心入梦。但是上帝是绝不肯站在你这一边的。你吃下一堆的助眠药物后苦笑,这下玩儿大发了。床不再美好,而是地狱般地折磨人。

现在我终日躺在床上,我很怕过于安静的地方。没有光线没有声音,我知道很多人喜欢这样的睡眠环境,而我却觉得跟躺在棺材里没区别。我希望有那么一丝丝声音跟光线,给我反馈,让我知道我还活着,这样的环境还安全。

当年更常做的是在考试期间窝在通宵亮灯的图书馆里面。大家一杯又一杯地喝着咖啡跟红牛。法学院的少年揪掉他大把的金色头发。有人在,我就很安心。

存在感让我觉得安全。那种筋疲力尽的感觉侵蚀着我。我丢掉了朋友,因为我无暇顾及别人的感受,我忙于自救。

失能。连入睡的能力都没有。我听到我的心脏打击在床垫上,再由弹簧反弹回来的声音。我听到气息从肺部出来,再由鼻子吸进去。

盯着闹钟上面的数字,心里计算着还能睡多久。以前用一款塞班系统的手机,闹钟会自己给你计算还有多久它就会开始响起来,你就要起床面对这个世界了。我看着屏幕上越来越短的时间,失眠到后半夜,开始紧张,压力越来越大。一来是知道再不入睡,必定会影响到第二天的状态,二来是恨自己连这么一点儿小事儿都做不成。心里越来越焦躁，最后干脆不睡，却又在五六点开始有困的意思。

楼下有一个少年总是放一些爵士乐。可是他也只到三点就消停了，留下失落的我。后来，可能是被投诉了，爵士乐没有了。只是从楼下隐隐地透出来一些光亮。他大概要戴上耳机享受他的夜晚，再也不能跟我分享了。

天亮了，刚开始东方的天空变成了浅灰色，然后慢慢终于变成了香槟色。暖暖的太阳残忍地跳出来，我又一夜没睡。终于到了那个不得不出门面对世界的时候，深吸一口气，轻巧地踏出家门。有时候觉得这跟被家暴的少妇一样，有对大家都守口如瓶的秘密，跟其他主妇一样幸福地逛街买菜，每天回家又要遭到一轮毒打。

上面的两个比喻，一个是阿富汗战场上的士兵，一个是被家暴的少妇。失眠非常暴力，它无声无息地摧毁你身体的所有系统，让你食不知味，终日头疼，最终摧毁你，让你变成LIVE版的活死人、真僵尸。

宇宙能量

我妈在我出事以后一度不能接受现实而变得神情恍惚，有时候会大发脾气，有时候在被窝里哭。

有一天，她突然意气风发地告诉我："你的病肯定会好的！我给你找了一个全世界最牛的专家。"

第二天，有一个老太太来到了我家，亲切地握着我的手说："姑娘，你听说过宇宙能量么？"

　　这个老太太姓刘，有自己的网站，上面写着某某某大法第十三代传人，配有一张她作法的照片。刘老太在一个太师椅上威严地坐着，穿着一身看上去像古装但是说不出来哪个朝代的衣服。号称一个疗程下来不打针不吃药，隔山打牛就能把患者治好。网站专门有一个部分是用来贴各个地方经过她的治疗而康复的患者的感谢信的。有瘫痪十年的，有癌症晚期的。男女老少都有。

　　我妈那时候为了刘老太已经跟全家人闹翻了。她坚信自己的方法是对的，而没有人能理解她的良苦用心。她是救世的雅典娜，她是超脱的如来佛。

　　我小时候看周国平写的《妞妞》的时候，曾经很气愤他在得知妞妞患病以后没有及时送到医院治疗，而是看江湖郎中找偏方。后来妞妞病死，他才满心愧疚。

　　没想到，这回事儿也会落到我头上。

　　我妈在上世纪80年代就上了名牌大学，算是为数不多的天之骄子。如果让大学时候的她去接触这种民间术士，她肯定不屑一顾，觉得这是封建迷信思想。可是当她的女儿需要一个"奇迹"的时候，她愿意用她微薄的意志力去"创造"一个归隐在山林里的老神棍给她女儿。她不惜一切代价，每周花费巨资让刘老太给我做一次"理疗"。她甚至开始违背科学跟自然规律地给我用药，给我找方法。在全家人反驳她的时候，她说："你怎么知道没用？不试试怎么知道？医生也不是什么都知道。"

可过程就是刘老太坐在房间的那一头，用罗盘算好方位，坐下念经，手里捏一个糯米丸子，然后让我不能喝水生吞下。问我是不是全身发热，然后胃里面是不是有污物。最后等污物被她逼出来了以后，拿出一个摇铃，摇啊摇啊。中间谁都不能说话，喝水、吃饭、放屁都不行。全家人屏息观看。

我生憋住没说：你吞个糯米丸子，你也难受好么。关键在于，我从来没见过她洗手，那块儿糯米都被捏成灰色的了。

总之刘老太在我妈的安排下在希尔顿住了两个月，期间还好几次叫过SPA跟按摩服务。包吃包住，还每周只能做一次"理疗"，因为刘老太自己说她的功力需要一周才能恢复。

后来慢慢地，我妈也开始怀疑她的功力。因为我除了服了一堆糯米丸子跟香灰水儿，并没有见好转。刘老太后来企图要十万块钱，被我爸赶走，他联合我叔叔一家，把刘老太强制按上去沈阳的直达火车。

盲 人

我爸爸的好朋友有一个盲人女儿。

她生下来就看不见。

也许是因为她生下来就看不见，所以她也没对光明的世界有多大的向往。

有一次她打电话给我，叫我带她出去玩儿。她爸爸千叮咛万嘱咐，不要过马路，不要去高的地方、人多的地方，于是我们只能逛超市去。

"超市里都有什么？"她问。

我说："呃，前面是食品区。有方便面、干果、牛肉干、火腿肠、面包薯片。"

"那它们长什么样子？"她问。

"这……包装有各种颜色，食品上面印着的大多数都是戴帽子的厨师，或者是开心的小孩儿，再者就是一堆代言明星的脸了。辣味的印着辣椒，海鲜味的印着鱼虾，泡菜味儿的印着泡菜。"

"还有呢？"她抓住泡面盒子问。

我说："生产日期、保质期跟配料。"

"没了？"她说。

"没了。"我回答。

"我还以为能看见超市里的东西有多有意思、多新鲜呢。原来也没什么好看的。当健全人也就这么回事儿啊。"

我说："对啊，就是这么一回事儿。"

当你看似健全的时候，你被无数没用的东西围绕着，被没用的问题困扰着。生活被层层叠加着，越来越复杂。

而所谓的残疾人，看似被剥夺走一些十分必要的生活技能，却有更多的时间思考我们的生活到底什么是必要的，什么是用来瞎扯淡的。我们不再、也无法盲目听从什么。需求变得极其简单，也越来越靠近生活的核心。或者说，残疾人的生活是走

"极简风"的，虽然少，但是却一样不缺。而健全人，洛可可式的生活，什么都可以拥有，却常常挑花了眼。好比狗熊掰棒子，总觉得下一个更好，于是一个又一个地丢，直到后来两手空空，什么都没有。

跑步这件事情

为了健身以及对抗我的抑郁症，我从十九岁开始养成了慢跑的习惯，长则十五公里，短则两三公里。一般选在晚上跑，边回顾白天的事情，边梳理一下情绪。回家后头脑放空地洗澡睡觉。

听的歌曲基本都是惨兮兮的，内容要么是你甩了我，要么是我对不起你，还有咋咋反正是不能在一起好好搞对象。于是越听越惨，跑得越起劲。

上次在家附近跑步是去年夏天了，在我还是一个健康的女生的时候，我还是跑三公里花十三分钟的时候。

不知道什么时候我们小区对面开了很多闪烁着粉红色灯光的按摩店。浓妆的按摩女在刚吃过晚饭出门遛弯儿的人群中显得特别格格不入。她们坐在门口的塑料凳子上，把两条长腿扭成麻花一样。穿着十厘米的高跟鞋，四处张望着。在我们这样的老社区里面，遛弯儿的老头基本都是口袋里没有一分钱的。纵然也许他们很想"按摩"，但实在是没有这个消费能力。于是那些个秃顶的老大爷们，都在有着洁白、直溜溜的大腿的姑娘们的眼神中离开。有时候我回家的时候，会被那些女人的眼神打动，映着路灯，她们的眼睛，都亮晶晶的。晚些时候她们看外面的人群渐渐散去，就把塑料小板凳搬回屋子里，恋恋不舍地回头看。这一天的生意可能并不好吧。

小区门口卖水果的夫妻俩不到十点半是不会离开的。期望着晚归的人能买一个西瓜、一斤葡萄。而远方的出租屋里面，也许远没有小区门口的通风口凉快。有人觉得一个西瓜吃不了，就要切半个，留下另半个孤零零地挺着圆滚滚的身子，张着嘴躺在昏暗的路灯下，等待下一个晚归的人，把它带回家。如果没有，那么它就会跟随那对夫妇一起回家。作为半个没卖出去的西瓜，它过了十二点，就成了不新鲜的西瓜，第二天也再不会有人买它。

跟我一起跑步的，总会有一对基友，估计也是我们小区的。其中一个跑步姿势特别专业，送胯、带动小腿的动作非常漂亮。我默默跟踪他了好久学步伐。他的腓肠肌在空无一人的大马路上默默地闪耀着活力的光芒。那种力量的美感是人类最原始的艺术构成。大概他的基友也是看上了他的腓肠肌吧。他总是侧身看那个专注的身影，递给他水瓶，有车子经过的时候轻扶一下他的小臂。跑完以后互相做着拉伸动作。他有可能并不爱跑步这件孤独而漫长的事情，只是想陪伴吧。陪伴爱的人做一些他爱做的事情。

跑完以后，已经是真正意义上的夜晚了。十点钟，路上没什么人。巨大的槐树在路灯的光芒下，在柏油路上投射出每一片树叶的影子。我听一段马友友,喝满满一瓶水,舒张每一个毛细孔,在小区的健身器材上压腿。这时候没有人跟我抢,没有人跟我抢马路,没有人跟我抢楼梯,没有人跟我抢长椅。我变成了它们夜里的主人。

瘫痪以后会特别怀念那种浑身臭汗的舒适感,就跟我能冲破一切烦恼似的。脚下的土地给我最坚实的支撑,那样的支撑给我巨大的安全感。无论我跑得多快,我始终会回到地面,再次弹起。

现在,我坐在这里,像个傻瓜一样听着别人说:"你跟正常人没有什么不同。"我不知道要怎么样反应,是点头微笑么?

跑步时听的这几首歌我都已经很久没有再听了。给旧的MP3充电以后,看着那几首歌闪烁着名字,我摁下关机键就当跟过去告别。

开　车

我非常喜欢开车。

拿到驾照的时候我正好十八岁三个月。为了开车,自愿接送我妈上下班。代价是放弃暑假所有的懒觉,每天跟着早高峰的人群们,从四面八方,挤进这座城市的CBD。我的母亲总是早出门,所以她从来不怕迟到,她在路上做好工作计划,她在车上开始化妆,她甚至叫秘书给她买好咖啡。

车从高架桥上面堵到高架桥下面。没人能逃得出去,所有空子都会有人趁机插进来。出租车司机打开车门吐痰,丢出一根烟头，然后又伸出一只脚，狠狠地踩住、扭动着。对面公交车上有人狠狠地咬着一块熏肉大饼。我喜欢这样的生活，这样的生活才是生活本身。

出国以后买了第一辆车，二手的黑色SUV。

车到手的第一天，就给远在另一个城市的朋友打电话，约他晚上吃韩国烧烤。开了一个小时的车去吃了饭，因为第二天还有考试，当晚就又开了一个小时回来。回家以后发现手机落在饭店，于是又开了两个小时的往返路程去取手机。他在雪地里挥别，说："你可真是找到个好玩具。"

那辆车子的上一任主人是一个死于嗑药事故的少年。他母亲匆匆从远方赶来处理他的东西。这辆车子，就以极其便宜的价格转手给了我。它变成这个世界上唯一属于我的地方，让我逃离那个在碗上编号，要求洗完澡浴室里不能有一滴水的房东太太。

车子远比房子更能给我安全感。我随时可以带上全部家当开车上路。虽然我是孤身一人，但是这样随时可以逃跑的状态让我感到非常地安心。

车子把我和外面的世界隔绝，外面的事物不过是一种景色，而不再是跟我息息相关的纷乱世界。我得到了一丝丝独处的时光。那种，世界上只有我一个人的感觉。我沉浸在我自己的世界的时光里。这种时光珍贵而奢侈。

我喜欢发动机的声音，喜欢速度感，喜欢自己开在路上迎接下一个目的地。当我踩下油门的那一刹那，我都在幻想我才是这个糟糕的世界的主人。我亲手擦洗它、保护它。我带它玩耍，带它看风景。而我熟悉它的每一个细节，我知道它的脾气、它的想法。我抚摸它、冲洗它。它是我的汗血宝马，它是我世界里最要好的朋友。

我开车，我要去哪里呢？我要找到什么呢？我什么时候回来呢？在这个离故乡遥远的异国城市里，哪里还不都是一样么。

我常在凌晨的码头看海。打开窗户，咸腥的海风从四面八方吹来，扰乱我放的音乐的气味。对面的太平洋黑暗无边，一座灯塔坐落在大陆尽头的悬崖上，给远航回来的巨轮指明回家的方向。岸边的小酒吧里，水手们唱着庆祝平安归来的歌儿，搂着酒吧里做着皮肉生意的姑娘四下散去。

太平洋那边还是白天吧，人们还在忙碌着吧。我拿出手机，翻翻几个熟悉的、又陌生的名字。想想还是放下。

太阳升上来，我买到路边摊用新鲜三文鱼烤的第一份三明治。喝一杯姜汁汽水，然后扭头回家。回到那个我暂时居住的，放置着我所有家当的小卧室里，回到我原本的生活里。

瘫痪以后，我的车子也托朋友转手卖掉。我把车钥匙跟文件塞进快递的袋子里，就跟过去告了别。交易之前，朋友给我整理车子的时候说："你这车上能开杂货铺了，枕头、毛毯、吃的、饮料，什么也不少，是老住车上吗？"

选SUV就是因为宽大的后座。在被抑郁症侵袭的无数夜晚，我蜷缩在后座抱着电脑看意大利新现实主义时期的晦涩电影。吃汉堡王的粗壮薯条配美乃滋，还有一听绿色的MONSTER饮料，常常看着看着就睡着了。第二天早上先回家洗澡、换衣服、收拾，再披上正常人的皮假装欢乐地去学校上课。

瘫痪以后便不能开车了。

我终日躺着，看似安全，其实危机四伏。身体不再配合思想，连护肤霜的量都无法自己掌控，再也不能逃离一个我不想继续生活的地方，再也不能企图回避残忍的事情。

我想念防滑胎在北方永久冻土上穿行的感觉，怀念半夜开车去便利店买可乐跟关东煮当消夜，怀念窗外掠过的美的跟丑的风景，甚至怀念驾校里面的那些挡都挂不上的皮卡。我是那么自由跟畅快，那么生动而有力量。

棉门帘子

住院部的大楼门口会在冬天挂上两扇棉门帘子。人们进进出出，藏蓝色的棉门帘子像海水一样被翻进翻出。

我想起《麦田里的守望者》里面霍尔顿说的：

> 不过那座博物馆最好的一点是里面无论什么，都会保持原样不变，什么都不会改变地方……什么都不会改变，改变的只有你，倒不是说你长大了很多还是怎么样，准确点说并非如此，你只是变样了，如此而已。

有人康复出院了，有人不得已住进来。只有那扇棉门帘子一直沉重而静静地挂在那里。它像一个巨大迷宫的入口，沉稳而普通。随时等待着被那些接受了命运安排的人翻起来。而棉门帘子还是棉门帘子。人们无法企图从外面窥探这个充满故事的大楼。有人喜极而泣，有人悲从中来。

冬天人们走进来，卷入一阵碎雪花。雪花随即就融化在这座暖气充足的大楼里。门口交费的窗口总是排长队，窗口里面的小姑娘把公章敲得啪啪震天响，然后手脚麻利地把几张单子递出来，这样，我们就拿到了出入这座大楼的通行证。

刚出院的时候，我觉得我只是单纯地瘫痪了，医学解释上的瘫痪而已。而过了一阵子，我发现生活的改变不仅仅是由身体的残疾单方面造成的，围绕着我的人对我的态度也产生了巨大的变化。

我听到过最多的就是"相信奇迹"。我看到电视上，那些相信奇迹的人都最终康复，嘴里说着"相信奇迹"，所以我们都觉得"相信奇迹"是有用的。

"奇迹"之所以称为"奇迹"，是因为发生的概率小、几乎不可能发生。换句话说，奇迹本身是违反自然规律的，它根本融入不了人世的结构，奇迹是人造景观。我不相信奇迹，做好了打持久战的心理准备。如果我相信奇迹而奇迹没有来临，那我岂不是要再多来次毁灭性的打击？每当我妈看到我在跟叫我相信奇迹的人认真辩论的时候，都会流露出那种尴尬的神色。人们只不过是想看我充满信心地相信奇迹并且顽强地与病魔做斗争的画面。我们并没有必要掏心掏肺地讨论、分享瘫痪这件事情，反正大家需要的只是正能量。

是我做人太认真了。

医院是一座收藏与见证痛苦的博物馆。有时候半夜会被哭声惊醒,那撕心裂肺的声音穿过钢筋水泥、高楼大厦,散播在这个灰蒙蒙的绝望的城市里,在天亮之前就被抹干净了。

如果我有一天变成一个诗人,我肯定会反复歌颂医院这个地方。这痛苦的哀号是最有力量的意象。我们,从此走上了一条跟以前的人生完全不同的、破碎的、苟延残喘的生命路程。

我爸从外面进来。有人在门口塞给他器官买卖的价目表,那些属于别人的、带着体温的器官,用一些钱就可以被植入一个残破的身体。残疾给这些地下产业带来巨大的利益。有人负债,选择卖一颗健康的肾脏,拿到一沓钞票,然后回去继续赌博。

而通常在外面打游击战拉客户的,都是些抱着婴儿的妇女。她们看似淳朴老实,笑眯眯地做着这个残忍的行业。那有一种无法描述的、巨大的超现实主义感,像我们已经进入人工智能时代,零部件可以随便交易买卖。

在那扇棉门帘子后面,对面的大街上,是殡葬业的重地。常常有白色面包车在医院门口拉开横幅,他们提供方便的身后事"一条龙"服务。如果有人想,还可以有专业的团队为你哭灵,让旁人以为你对这个世界还是很重要的。你穿上活着的时候没法想象的奇怪行头,再画上妆容,你好久没有这么好气色了。随即那些布料跟胭脂就跟你一起,在火化炉里被烧了,变成了你永久的一部分。

临出院的前一天,有一位病友在男厕里吊死了。医生护士似乎见怪不怪，讨论了几句就各自散去。小红妈可吓得不轻，总觉得"他"还在，肯定还在医院流连着。可是我要是他早就走了，去极乐世界了。也有可能那扇棉门帘子太沉重，锁住了他逃不出去的灵魂。

在医院待久了，难免开始相信鬼神、宗教。身体的困惑都需要一个超自然的现象来解释、来说服自己。护工之间流传着"好人有好报"的感人故事，也有刚遗弃完结发妻子和年幼的孩子，跟小三跑了，立马就得绝症或者飞来横祸的"现世报"故事。

小红妈买来一堆立体拼图，可以一片片地插起来，有凡尔赛宫、泰姬陵。我们出院的时候，病房里堆满了世界名胜古迹，就跟单身男青年墙上挂的大美人海报一样，望梅止渴，海市蜃楼。

中国人说，久病床前无孝子。病痛折磨的恰恰是整个家庭。在那些温暖的不离不弃的故事背后，我看到的是那些靠最后的意志力支撑着的家属们，他们睡满了医院的楼梯间，疲惫的人们蜷缩在一张张席子上。或者干脆和衣躺在水泥地上，在疲惫的人生中短暂地获得一些少得可怜的睡眠。而等他们醒来，就又要一次次胆战心惊地做出他们也拿不准主意的艰难选择。他们就在崩溃的边缘，形容枯槁、目光呆滞、眼神涣散。这是世界上最痛苦的事情，消磨着我们的心智。

新来的实习医生从产科轮转过来。作为医院里唯一拥有快乐的地方，产科里还是有孩子一出生就因为残疾被父母遗弃。有的孩子被送去福利院，有的孩子挣扎了几天，便被疾病夺去了生命。他们也许对这个世界没有一点儿印象，便都痛苦地消失了。

死去的人们被丢到那扇棉门帘子的外面。于是他们连在这幢大楼里面体验痛苦的权利都没有。

我们的生活千姿万态。而在这座大楼里面，我们殊途同归。

《西夏旅馆》里面层层叠叠的走廊跟住在里面的人，医院里明晃晃的灯光和走来走去匆忙的人们，每个病房、每张病床的每个病人都有一个复杂的匪夷所思、出乎意料而又在情理之中的故事。

小顾的故事

护工小顾比我大不了几岁，却已经做了将近十年的护工了。

她家里是河北农村的，全国重点贫困县之一。她的父亲从十七岁的时候开始跟着同龄的少年一起下矿，后来结婚生子。在她四岁的时候，就死在了当地频繁发生的煤窑透水事故里。

父亲留下她的母亲跟两个幼小的女儿。在小顾十二岁的时候，十岁的妹妹被村长的儿子强暴，因为害怕她尖叫，给用被子闷死投入井中。她母亲在上访多年以后不堪压力重负，在自己家的房顶用汽油点燃了自己，自焚而死。

本来还算不错的家庭瞬间一落千丈。安葬完母亲后，她借住在隔壁村的舅舅家，当牛做马伺候舅舅一家的起居直到初中毕业。

升高中的夏天，气氛沉闷极了，"连知了都不知道跑到了哪里，一声也不叫了"。舅妈说什么也不肯再出钱给她读书，舅舅两头为难。小顾也不想再寄人篱下，自己决定出外打工。舅妈帮着她打包好了所有家当，舅舅把她送到汽车站。"他没说，但是我知道，他想让我别再回去了。"小顾说。

十七岁的小顾背起行囊，跟村里的其他辍学的男孩女孩一起，来到城市里，起初一直跟着老护工打杂，做一些端茶倒水的工作。后来慢慢自己学会了就开始全职做护工。她说最怕照顾重症的病人，二十四小时盯着不说，有时候还连续下好几个病危通知书。一直在抢救状态，浑身插满了管子。那些人半死不活地躺在床上。外面家属的面孔扭曲变形，也不知道是希望他死去，还是不希望他死去。他们看着那个病人被医生翻来覆去地折腾，直到他活过来，或者死去。

小顾说她从来不看电视，什么电视剧跟真人秀，什么样的故事都比不上医院里的精彩，生活本身才是最好的戏剧作品。

有一次我妈要给我炖鸡汤。那鸡买回来的时候，还是活的，满屋子扑棱着翅膀，咯咯咯地飞，一屋子人谁也不敢去抓。小顾顺手抄起菜刀，一手死死抓住那只可怜的母鸡。手起刀落间，那只可怜的鸡身首就分了家。小顾说，死人都不怕，怕什么鸡。

她以前照顾过被儿女遗弃的老大爷，最后大爷孤独死去的时候迎来的是争夺财产的后代。小顾为他穿寿衣，送了他最后一程。

老头的儿媳妇说:"你还真把老头当爹啊。你安的是什么心啊?"小顾说,那么好的老头怎么生了一群这样的王八犊子。怪不得现在人人都争着当坏人,因为当好人也没什么好报。抢救的时候,电击的力量连肋骨都要给压断了,老头一米八几的个子最后只有九十几斤,大腿跟小顾的胳膊一样粗。

小顾把她妈妈的骨灰撒到了小河里,小顾说,她肯定不想再继续待在这个村,也不想转世到这里,所以还是顺流到大海吧。

小顾说骨灰并不是灰,而是骨头渣,在手里攥紧了硌得疼。那是在3月,河水将将开冻,迎春花刚刚开始抽芽。小顾说她撒完骨灰,不回头地离开。她对母亲再没有什么可说的,家里的那间破房子已经卖了给母亲下葬。余下的一点钱,还上访多年欠的债。从那条小河离开的时候,她毫无牵挂,毫无财产,世间孤身一人。

她知道她的母亲准备极端地死去。她想要自己的死让人们知道——她的愤怒已经无法忍受人们对她的无视与怜悯。她企图用死亡来证明她悲催的人生。而这样的事情时有发生,她的最后一搏显得孩子气而没有意义。

小顾知道,却无法阻拦。她知道母亲去意已决。"所以我早就做好了准备,哪天放学回家就看到她的尸体。而当我走进家门发现她还坐在那里,心里因为恐惧而带来的折磨则越来越重。"

我妈说起,要是她爸爸还在,也许就不会这样了。至少一个男人可以为自己的小女儿做主。至少一个男人可以撑起一个家。我回头猛地看一眼小顾,她笑笑说:"是呀,要是爸爸在就不一样了呀。"等我妈走了我再问她,她说:"要是爸爸在,就肯定任村长的儿子欺负妹妹,说不定连我也搭上。两个女儿,根本抵不上爸爸在村子里的面子。他怎么可能会去上访呢?他怎么可能会叫村长一家下不来台呢?"

小顾说她做护工有天生的优势,单身一人,自己吃饱了全家不饿。可以在雇主家想住多久住多久。我妈说,年轻女孩总归还是要嫁人的。可是小顾从来没有恋爱过。她说她很忙,没时间研究小情小爱的事情,她也无法想象爱是个什么样的东西。悲剧看多了难免厌世。

一个来自健全家庭的孩子是无法理解一个来自畸形家庭的孩子对这个世界的恶意的。一句"加油"或者"振作起来"是完全无用的。他们憎恨这个世界如同他们来到这个世界的时候带来的痛苦与恶意一样。这样的恶意与生俱来,这样的恶意常常被"善良"的,或者是"乐观"的人看不起,甚至嘲笑。这样的感觉说出来,多少有点不知好歹。那些"善良"与"乐观"的人们难免觉得这样的人矫揉造作,似乎不开心快乐地活着,或者是不告诉别人自己正在开心快乐地活着,就是该死的。

小顾说,爱是双向的,如同一个电池,没有放进去过爱,自然也无法释放爱。而小顾的电池,她自己说已经因为年久失修而坏了。我无法想象一个十六岁的女孩儿是怎么自己亲手把自己母亲的骨灰撒向小河的。如果我有一天能明白了,也许我也就明白她关于爱的比喻、关于爱的电池。

我们都默契地不在她面前谈论关于团聚的话题。她总是那么忙碌。她从来不买新衣服,吃住也都在雇主家。她说,等她老了干不动护工了,她就回老家开一个孤儿院,一大家子热热闹闹的。我妈说小顾不如早点回家开一家蛋糕店,工作比现在轻松。小顾笑笑。我知道保持忙碌是不去思考的好办法。一个承担了很多的人再也无法"轻松"地活着。而故乡是哪里呢?所谓的熟悉的故乡也早已没有亲人,没有留恋。

后来从她们老家来的人那里得知,这些年里,家乡早已经变了样,也早就不是小顾离开时的那副破败的样子。小顾看着同乡的小姐妹念叨着:"挺好挺好的,有空回去看看呀。"

加拿大

9月,雨水开始多了起来。秋天到了。再过几天,医院的院子里面高耸的松树就会噼噼啪啪地掉下来。在加拿大的康复治疗将会漫长而复杂。一转眼,夏天就在慌乱的决定中过去。

复健中心外面有一丛丛一天二十四小时精力旺盛的玫瑰。想起小时候,姥爷带我去树林里玩耍。走过一条长长的乡间小路,路过养蜂人暂住的小铁皮屋子。我抓飞虫来喂鸟。姥爷抽藤条编筐子。黄昏时我们手拉手走回家吃姥姥做好的饭。有时候玩儿得累了,姥爷就把我背在背上。那时候我还没上学,不过四五岁。姥爷也只有六十出头。现在已经八十多了,耳聋眼花,终日昏睡。生命还是抵不过岁月,一如这马上就要逝去的夏天。

我小小的病房居然有一面与其不相符的巨大的窗户。窗户外面是大片的草坪,上面竖着几个没有网子的球门。看上去既不是足球门,也不是橄榄球门,看着倒像魁地奇球门。从来没有见过有人去玩儿它们。大家都是匆匆走过。我仔细看,草坪上有小片小片的圆圆的叶子,轮椅滑过的时候会有咯吱咯吱的声音。草坪的尽头是一个悬崖。悬崖下面就是闹市区的街景。

在下雨后的傍晚打开窗户,青草的凛冽的清香会冲进脑门儿里。舒服地打一个激灵。

可谓是山中日月长,比起北京的日子,这样的日子更加难熬。独处的时刻越来越长,我以前说过,我很讨厌跟病友待在一起。一群各自忧郁的人,堆积在一起,所聚成的黯淡的能量越来越多。

义工团体会来做活动。我们要讲出自己的生平,然后做交流。在国内的时候我参加过几次病友交流会。一个个东倒西歪地坐在轮椅上,没人愿意说自己的家庭,都是在重现自己悲惨的故事。气氛非常压抑难受,最后还有很多人哭了起来。于是去了几次就不想再去了。

突然觉得,心理建设真的要从家人开始做。家庭作为一个整体,需要整体的心理治疗与帮助,而不单单是残疾人自己。我们敏感又自卑,时时刻刻被周围的环境影响着。压抑的气氛只会使得心理帮助适得其反。心理医生灌输的概念无法在生活中实现,于是也变成了一纸空谈。但改变家人的想法也会给病人带来痛苦，因为大部分时间，我们对家人，还是很无能为力的。健全人固执而有偏见，他们才懒得听心理医生的鬼话，反正"有问题"的又不是他们。

柯震东来看我，他带来我们在北极的照片，跟巨大的一束粉玫瑰。

那花儿漂亮得不真实。

那天晚上被花香吵醒，身体动弹不得。

回想之前的十个月，过得动荡而安宁。很多人在我的生活里加速着疾驰而过，以至于现在想起来，像过了好几年一样。跟柯震东去北极，不过是十一个月之前，感觉像是上个世纪一样不真切。他扬言要在雪地里尿尿，画出一个"到此一游"，后来因为技术不过关，改成用树棍儿写了。

此后，回国，车祸，住院，我就变成另外一个我了。

此刻星光闪耀，北斗七星落在我的窗台上。巨大的暗色的天空死死地盖住这个世界，任孙悟空也无法逃脱。

"安息吧，"我看着花儿说："毕竟你们也只能活这么短的时间，安息吧。"

无事不登三宝殿

每周五有宗教团体过来给我们讲《圣经》，讲生命的意义跟宗教的归属。这一世的罪恶，死后要下地狱的。听得我不寒而栗却又觉得发明宗教的人非常有想象力。其实我对宗教，以及一切其他探讨人类生存的话题都很感兴趣。宗教在我看来就是在哲学、社会学跟心理学还没有成为系统完善的学科之前，我们对世界的解释。我们创造神来解决一切世间的烦恼跟问题。宗教给徘徊在痛苦里的人一个明亮的、通往外面世界的出口。这样在我们犯罪后，在我们困苦时，所有的问题都得到了解释。我们也可以放下负担，继续生活。

每一次的讨论我都认真聆听，有时候还在不懂的地方发问。并不因为我是一个学生物的，就跟他们围绕进化是不是真的，或上帝是否真的造了我们进行辩论。

所以一般他们把我当作加入教会的目标人群。而我只是在他们开始传教的时候默默把头转向窗边，看着外面飞来飞去的鸽子跟乌鸦，假装自己还没有从悲痛中恢复，暂时无法接受上帝的安排。

朋友去偏远山区支教，那是一个隐蔽在大山深处的小村子，只有几户人家，却有一座教堂。村子里的男女老少都很虔诚，纵然他们食不果腹，没有一个孩子能读完小学。得了病唯一的方法就是等死。他们相信上帝是可以救他们的。有时候宗教是最后一根救命稻草，让我们有在这么痛苦的日子里活下去的理由。

男友的妈妈得癌症超过十年，初一、十五要去烧香，结交了一些同病相怜的老姐妹，每天在家念经。后来随意问起，他说，早就不念了，梵文她又看不懂，小时候赶上"文革"拼音也没认全，嫌麻烦。我哦了一声，他继续说，无事不求佛，他妈是有病才开始信的，总觉得有个保障。真信的人是无事也供的。

我舅舅在四十岁的时候突然开始信仰佛教。吃素念经，动不动就去寺庙里住上几天。我妈说，他那是为了缓解他的中年危机。舅舅的第一段婚姻不到半年，就被丈母娘生生拆散。后来他再婚，而前妻过得不好，他还偷偷给她寄钱。她被丈夫家暴，逃出来见他，可是他已经结婚生子。她看着他美满的家庭跟活泼的女儿，黯然离去。

孽缘啊，我妈说。这一世无法解脱，只能等待在下一世能够活得好一点。

我不知道有多少人是无事不求佛。想来是有道理的，我们都需要给自己一个答案，给自己一个解脱的机会。

后　记

写下第一句"又一个3月来临了"的时候，还是在2013年3月初的北京。那时候写下那些事情是为了测试我爸给我弄的给盲人使用的记录文字的软件是不是好用。到6月，我的表妹高考完来我家玩儿，建议我发成帖子，那时，它已经在我的桌面待了三个月。后来我开始慢慢整理思路，直到今天出版。

表妹在的时候，我就口述，她写下来。她不在的时候我就用手机口述下来，等待有人帮我记录下来。到现在，已经是加拿大的9月了。整个写作的时间横跨了春天与秋天。这是我一个理科生第一次"写"这么多字，给这么多人看。我清楚地看到我自己的幼稚跟不足。叙事结构非常纠结，描写也很不通。有些东西写多了矫情，写少了苍白。有时候真的被自己的笨拙逼得着急。

我就这样把这天翻地覆的一年记录下来，抽丝剥茧，面对最真实的、最本质的自我。在这跟自己的对话中，有时候我会被自己吓一跳。我面临着巨大的恐惧，做出非常重要的选择。现在它终于要成书了，我有一种出嫁的感觉，忐忑地期待着大家的反应。

感谢"豆瓣阅读"的编辑周尧，没有他的信任与鼓励，我不会有信心一字一句地写作。感谢所有支持我的豆瓣儿们，谢谢你们给我病床上的青春留下最有价值的印记。最后，希望你们都健康，永远不酒后开车。

叁贰肆
于温哥华

半部红楼半世风流
——回忆父亲
/金格格

序

2013年父亲节那天，我开始写下回忆父亲的文字。写一个正黄旗人家的宠儿，怎样经历了家道中衰后自食其力，在新的时代到来之前，敏锐地从流加入革命队伍成为新体制中的人；写一个体制内的干部怎样在努力忠诚工作的同时还保持着八旗子弟的顽皮与顽习；写一个在仕途上并没有大的发展但却领略了那个时代尽可能多风情的不幸的幸运儿。更要写的是一个对自己的三个女儿倍加宠爱却没能见到她们最后成长的父亲。父亲临走前用"半部红楼半世风流"来概括自己过于短暂的一生。"半部红楼"是说父亲酷爱《红楼梦》，把它作为永远的枕边书，但自认只配做半个红学家，也只爱看前八十回；"半世风流"是说父亲的人生虽然短暂，但经历和巧遇了国家和民族许多重要时刻，结识了许多影响中国的人。父亲最后虽然带着遗憾和不舍，但他短暂的一生在时代的大浪淘沙中坚持做自己。我把这八个字，写在《红楼梦》的扉页，埋进了父亲在西山的墓穴。

父亲短暂的一生给自己、给别人创造了很多快乐，但是这些快乐其实是心酸和沉重的。在偌大的中国，父亲只是一个小人物，但他的家族、他的机遇、他的聪慧让他偶遇和见证了中国的一些大事，他的经历和这个国家若即若离，又纠缠在一起。而父亲对于我们这些孩子来说,那是山,那是海,那是丝丝缕缕越抽越长的爱。父亲是四十八岁时走的,一想到这个我就心痛不已。

1.

1934年伪满洲国成立,溥仪"登基",是为康德元年。翌年,伪满皇帝溥仪下令续写爱新觉罗宗谱。这次修谱由前朝宗人府以及清代宗室后人如朴厚、钟继、溥瀛、斌瑄、今松乔、庆厚等负责;关内京津方面则由载涛负责把各府家谱正本送到东北。于是,1936年京城的很多爱新觉罗子孙都被要求核查户口、登记入谱。那时,华北抗日风声已起,北平也已动荡不宁。我奶奶说,一天,很突然地来了几个神秘的人,说要对1922年后的皇族、宗室、觉罗的新添男丁核查。这样,1927年以后出生的我的大爷、父亲、叔叔们就被补录进爱新觉罗宗谱。所以,当我在2006年得到那套多卷册的《爱新觉罗宗谱》并从中发现载有父亲名字时,就不那么惊讶了。在宗谱中,父亲是另外一个名字。那是奶奶口中常常不由自主脱口而出的名字。小时候我们对此惊诧质疑时,奶奶总是掩饰说,那是父亲的小名。

宗谱中父亲的那个名字,也就是奶奶说的小名,带有浓重的旗人色彩,与时代如此格格不入,与父亲当时的身份如此不协调,所以奶奶和父亲都对此讳莫如深。据说辛亥革命后,满人大多更名换姓,最不愿提起这段往事,既觉丢人也图安全自保。何况当时父亲已加入了共产党,成为国家干部。更重要的是政治运动已经接二连三地来了。

新中国后的多次政治运动,都在强化着新的政治认同。而"封资修"中的"封",首当其冲地被当作尘埃荡涤掉了。难怪父辈们对旗人身份噤若寒蝉。可是,父亲的内心却有着强烈的旗人情结和民族认同,甚至说骨子里有一种莫名的"民族优越感"也不过分。但这与他的政治选择总是有一点拧巴。父亲年轻时聪明漂亮、玉树临风,按我奶奶的话说,追求父亲的人有一个排。但是父亲却选了相貌平平、个子不高,还患着肺结核的我的母亲。很重要的一个原因,就是我的母亲也来自标准的旗人家庭。当然,母亲是一个极其聪明的女人。聪明、旗人,就这两点完全征服了桀骜不驯、风流偶傥、春风得意的父亲。

2.

解放前由于普遍营养不良,许多人都感染上了结核,这在当时可是富贵病,需吃好食物还要吸好空气。在没有盘尼西林时,基本上没治。解放后,北京市政府给一大批干部免费体检和治疗。父亲就这样被查出患了肺结核,先是被安排在安定门外当时的第一医院治疗,然后被送到果园疗养院,最后又被送到北京西郊黑龙潭疗养院休养。父亲就是在这里结识了同样治肺病、休养的母亲。奶奶听说父亲自己选择了对象,还是肺结核病疗养院的病友,气得从北京南城追到疗养院一看究竟。父亲把奶奶引到疗养院的棋牌室,说:"就在里面呢,您自己看吧!"奶奶后来对我们说,一屋子下棋的男同志,哪有女的!正要发怒,父亲指给她看,奶奶一看,我母亲脱完头发的脑袋上只有短短的一层头发茬,哪里看得出男女!可我那孝顺的父亲可能一生就这一次违抗母命,非我妈不娶,软磨硬泡;我那把儿子视为眼珠子的奶奶,只有同意的份了。

父亲一定有自己的审美和偏好。他和母亲在疗养院相遇后,才知他们有如此多的共同之处:开国大典时都在天安门广场;都喜欢打球、下棋,都喜爱京剧。据和父亲一起疗养、后来是他领导的D伯伯告诉我,我的父母在疗养院演节目的时候,就一起搭档给大家说相声。可见他们是多么有默契!当然特别重要的是母亲是旗人!祖上专为皇族成员记赌账的正白旗的外祖父家庭,也满怀欣喜地接受了来自正黄旗的父亲。我那曾在天津海关做事、当过天津《益世报》总庶务、与荣宝斋老板是拜把兄弟的外祖父,一生孤傲清高,但就为父亲这个正黄旗出身,一直偏爱这个女婿。

3.

父亲排行老三,就是在家族大排行中也是老三,因为祖父在兄弟六个中排行老大,他连着有了三个儿子后,其他兄弟们才开始生儿育女。这样父亲在家族中永远被称为各种"三":三哥、三爹(满族人把叔叔称为爹)等。虽然排行老三,但奶奶说因为父亲身体弱,生得又白,人又机灵,在家族中备受宠爱。有清以来,天花病一直困扰皇室,为此皇族夭折了许多孩子。因为当时没有任何免疫和治疗的办法,只能靠出天花产生自身免疫。据说,后来选皇太子的一条标准就是一定要出过天花。老百姓也是谈"花"色变,我们家族也因感染天花死了不少男孩,光我奶奶就夭折了两子。所以发过天花但幸存下来的父亲就越发珍贵了。整个家族的宠爱让聪明的父亲更加顽皮。奶奶说,一次过年全家去逛厂甸,人挤得水泄不通,但全家人太想挤到前边去看戏。不到十岁的父亲向大人要了一个大子儿,买了好大一捆粗香,并且点着了,父亲举着冒烟的香束,喊着"借光借光",人们纷纷让开,这样就为全家开辟了一条通路。后来,奶奶多次向我们讲述这个故事的时候,掩饰不住地得意,明里是嗔怪,暗里是夸奖。

辛亥革命后,旗人生活很凄凉。俸饷没有了,又没什么生活的本事,还放不下身段。邓友梅小说中破落满族贵族那五的一句"我这金枝玉叶,再落魄也不能卖苦大力呀",最是形象。后来,肚子熬不住了,旗人的身段也就得放下些许,生活所迫干什么的都有,七行八作都有旗人干了。我家在晚清就已经没了铁帽子王的庇护,辛亥后更是一落千丈。除了街坊四邻羡慕地说说,这家是"黄带子"外,似乎没什么可炫耀的了。祖父在20年代投奔福建的亲戚后入了北伐军,祖母一度扔下家到福建去寻找祖父,总之家道中落、人丁不旺。父亲读的是建于1929年的原民国财政部印刷局的员工子弟小学,校址就在印刷局里。1949年这个学校迁到白广路乙二十七号的崇效寺,改名为白纸坊小学,对社会招生。他与好几位小学同班同学保持了终生的友谊。他的一个小学男同学后来是母亲在公安局的同事和密友；另一个同学是他一生的铁哥们，也是我们的不是亲大爷胜似亲大爷的长辈；还有的同学成了他工作上的伙伴。一个同班女生后来做了邓颖超的秘书，父亲在许多工作场合都遇到这个同学并引为骄傲。

因为是子弟小学，所以不仅不收费，而且还发校服，甚至包括大衣。学校教学还挺严格，语文课都是提前一天把要学的生字油印好，发给学生回家预习，要求必须用四角号码字典查找注音。第二天，上课念不出来，手板是要遭打通堂的。家族好几个男孩都是就读的这个学校。1945年父亲小学六年级毕业，虽然抗战胜利了，但内战又即将来临，毕业后中学怎么读呢？这时家里有人听说蒙藏学校对满族也可免费招生。于是，父亲就去报考了这个学校。

蒙藏学校校址原是明朝初年的常州会馆，是江南举子进京赶考居住学习的地方。明末时崇祯皇帝的岳父、大学士周延儒曾将此做过住宅。清初顺治十年（1653年），皇太极十四女与吴三桂之子吴应熊完婚时，获赠这个大宅院。因她日后晋封为和硕建宁长公主，所以这座府邸就改叫建宁公主府，也叫驸马府。康熙十四年（1675年），吴三桂反叛清廷，吴应熊及其子吴世霖被处死，恪纯公主独守空闺。清康熙四十三年（1704年），建宁公主在六十三岁时离开了人世。雍正二年（1724年），清廷设左右二翼宗学，作为皇室贵族子弟学校，其中的右翼宗学就设在这里。相传曹雪芹也曾在这里做过短期教习。乾隆九年（1744年），右翼宗学迁往绒线胡同，这个府邸被赏赐给大学士裘曰修作为住宅。乾隆后期，此宅又被赐给了乾隆长子定亲王永璜之子绵德，绵德于乾隆四十二年受封镇国公，后在乾隆四十九年晋封为贝子。所以后来这个府邸就按照当时清朝贝子府的规制修建了。清末，绵德的后人毓祥继承此邸，所以此处又被称为"祥公府"。

清政府被推翻后，1913年中华民国政府的蒙藏院（相当于民委）在此处开办了蒙藏学校。1923年秋，李大钊、邓中夏等曾来校开展革命工作。1924年，乌兰夫、奎壁、吉雅泰等一批青年学生在蒙藏学校加入了中国共产党，成为第一批蒙古族党员，建立了蒙古族的第一个党支部。蒙藏学校对蒙藏学生是免费招生的。也许是有这么一段满族贵族府邸的历史，也许因为历史上满蒙两族本来就有说不清的关系，所以，满人可免费进蒙藏学校也说得通。

4.

一个家族的兴衰，和朝代一样。多少代的积累在一代就可灰飞烟灭，更何况旗人早就不事耕作、不思进取。民国前，旗人靠白赐的俸禄也能衣食无忧。一到民国，这种优待没有了，家族大厦也就都哗啦啦地倒了。旗人家族的没落出奇地快，很多家庭就只能靠变卖家底过日子，为了生计大多成了"败家子"。到父亲该上中学时，北平已经沦为日占区将近八年。家里的东西也卖得差不多了。到我出生的60年代，家里已经没有什么像样的老物件。我只见过摆放在家里硬木联三橱上一对插鸡毛掸子用的彩瓷掸瓶，一对放帽子的帽筒，一个总是被奶奶用来种青蒜的青白瓷镂空方盆，一堆高足的碗杯碟，还有一副象骨质的牌九等。那时小，也不懂得翻过来看看那些瓷器是哪个朝代，是不是官窑，而这些大多在"文革"时被父亲亲手处理掉了，或者是被搬家搬得不知下落。

父亲上了免费学校，也没有念到毕业。关于这个事，我问了健在的老亲戚，有两种说法，一说是当时蒙藏学校并没有免费招满族人，是有个朋友帮父亲冒充蒙古族人进去的，后来被发现，上不了了；还有一种说法，满人是可以免费上这个学校的，但是正好有个招工进厂的机会，家里就让父亲辍学离校进厂了。满人能否冒充蒙古族人？那时谁敢帮助作假做成这件事？所以第一种说法有疑点。可以肯定的事实是，父亲确实后来辍学进了一家工厂。父亲无比惋惜学业的中断，多次在路过西单时指给我们看他曾就读的学校。也正是这种不甘，父亲在参加革命工作后，1958年，在职读了红旗职工夜大学的中文系。他的作业和作文底稿一直整整齐齐存放在抽屉里，我和姐姐都看过。有意思的是上面有许多母亲批改的痕迹——母亲的文化水平比父亲高，这点父亲一直从不讳言。

5.

在蒙藏学校都学了什么，似乎父亲从未提起过。但父亲酷爱摔跤应该与这段经历有关。当然摔跤本是满族人的擅长和喜爱，今天那些满族自治县乡传统保留项目都有摔跤。但父亲是家族中身体最弱的一个,其他族人中却并无一人摔跤。学习摔跤的时间一般以青少年时期为最佳,鲜有中年学起。而父亲在50年代已经是北京业余摔跤比赛最轻量级的亚军了。所以,在蒙藏学校与蒙古族青年那段共度的日子对父亲的这一爱好以及准专业水平的技能养成可能有影响,况且,摔跤是蒙藏学校体育课的项目。父亲的一个发小回忆说,他和父亲小时就经常在一起摔跤,他们的邻居,一个关姓人家,也是旗人,自己家的院子里就有跤场,铺着细沙子。他们经常在这个院子里和关公子摔跤,总是父亲赢。在50年代经济拮据的情况下,父亲置办了心爱的专业摔跤服——褡裢。但毕竟还是熬不过更加困难的60年代,父亲忍痛卖掉了褡裢补贴家用,同时卖掉的还有一身他心爱的米色西装,这身西装我只在照片上见过。我在很小时就知道什么"大背跨""过肩摔"等摔跤用语,因为父亲常常偷着教院子里的小男孩。技痒难挨的父亲终于等来了机会,上个世纪70年代初的"文革"后期,北京市工人运动会恢复了传统摔跤项目,父亲作为宣武区(今属西城区)摔跤队的领队,带队参加了北京市工人运动会,还取得了不错的成绩。之后还觉不过瘾,又组织了许多场摔跤比赛和表演,我们姐妹几个都跟着父亲去过好几个地方看摔跤表演。不过那时父亲的高血压已经很严重,不能披挂上阵只能在场下指导,摩挲摩挲褡裢而已。偶尔他也会和人比画几下,如果不是专业的,一般大个子也很难将他摔倒。父亲的这个本领我是真实体验过的。一次父亲带我和院里的几个小孩去广安门电影院看电影晚场,电影院杨经理是父亲的忘年交,巧的是他竟然也是我外祖父的拜把兄弟之一,所以即使是在"文革"时期,我们也有随时去看电影的便利。那天散场已晚,我们几个小孩走前边,突然胡同黑暗处出现几个流氓,拿着钢丝一类的东西截住我们几个孩子,图谋不轨。他们没想到跟在后面的这个瘦弱男人会一把撅断铁丝,一个大背跨把为首的干倒,那伙人立即作鸟兽散。我那时觉得父亲好强大,一个女儿就是需要父亲这样保护。

6.

父亲在蒙藏学校读了两年就辍学进了一个织布厂。说起来这个织布厂是与印刷局有合作关系的工厂。印刷局设在传统造纸聚集地"白纸坊",织布厂在离这里不远的下斜街的长椿寺。国民政府财政部印刷局为什么会与一个织布厂有关系?听老职工讲,印钞过程的某些工序是需要布作为辅助材料的,比如擦机器和擦印版的专用小布,比如印好的钞票需要特殊尺寸的布来打包。因此印钞厂有相对固定的布匹供应厂家。国民政府财政部印刷局的前身为清朝度支部印刷局,始建于光绪三十四年(1908年)。辛亥革命后,度支部印刷局于1912年改称财政部印刷局。这是中国采用雕刻凹版设备印钞的第一家印钞厂,著名的清朝大龙钞就是这里印制的。父亲为什么进这个织布厂?在这之前,祖父家族已经有五六个人进到了财政部印刷局。先是我的二爷爷,然后几个爷爷都进了,再后来大爷大伯辈的也有进了的。为什么他们能够扎堆进这个厂?要知道,民国以后满人就业是很困难的一件事，况且当时的财政部印刷局相当于现在的国企，在失业率极高的三四十年代能进"国企"是很不错的了。据说当时印刷局有一任经理是旗人，是不是在他那任上，招工时对旗人有了点照顾呢？不得而知。反正二爷爷进厂后，带进了家族许多人。作为一个保密性很强的企业，家族性的职工也许正是企业希望的，因为那样利于保密和管理。有了家族在印钞厂的关系，那织布厂的招工就有点内部安排的意思了。

进织布厂先要当学徒。这段学徒经历给父亲的印象极为深刻，他多次说起在织布厂当工人受了很多苦。其实与众多劳动人民在旧社会受的苦比起来，父亲所说的苦真不算是多么苦，更多的是这个曾经在少年时代备受宠爱的青年的主观感觉的放大而已。比如，我们听他说得最多的苦，就是他在"文革"后期《北京日报》上曾经登过的那一段他的自述。工厂老板给他们吃的伙食非常不好，叫作"常吃菠菜，老吃韭菜，一年到头吃饺子"。常是"长"的谐音，意即菠菜长（zhǎng）得很长（cháng）的时候，菜老了便宜了，这时老板给的伙食就是菠菜；"老吃韭菜"并不是经常吃的意思，而是，等到韭菜老了的时候便宜了，那时他们的菜就老是韭菜了；"一年到头吃饺子"，也不是天天吃饺子的意思，而是一年的年底才给他们吃饺子！原来这是个管饭的企业呀！

在中国，纺织工人是算作产业工人的，而产业工人又被定义为先进生产力的代表、革命性较强的可依赖的工人阶级，是比一般劳动人民在政治上可靠的一个阶层。所以这段纺织工人的经历成了父亲作为产业工人进入革命队伍的一个很好的条件和捷径。果然,北京解放没多久,父亲就被培养、发展成了共产党员,调到政府工作去了。

除此以外,这段短暂的纺织工人经历给全家留下的印记是,我们家的人个个都会结纺织扣,那是一种让断了的两个线头连在一起的小技巧,非常牢固。

7.

老话说,"东城富,西城阔,崇文穷,宣武破"。我们家祖上从西城区搬到宣武区,看来主要是因为几个爷爷都进了宣武区白纸坊财政部印刷局的缘故。而旗人进厂当工人,显然是家道衰落,不找事儿做不足以为生的一种无奈。当然相对于更为破落凄惨甚至乞讨的旗人,还算是幸运的。

我和姐姐曾经寻找过祖上曾经居住过的西城旧居。

小时就听老人们说我们家是被叫作"黄带子"的。黄带子是清宗室的别称。清太宗崇德元年(1636年),规定亲王以下宗室皆束金黄带,以示身份。清代皇室和宗室专用黄色腰带,始于顺治十八年(1661年)。一般用丝线织成,以四块金属镂花版衔接,版上镶嵌宝石珠玉等装饰品,带子左右的金属版配上两环,以系挂荷包等装饰品。带子的颜色与金属版的镂花镶嵌有严格的等级规定。如皇帝的腰带用明黄色,宗室皆用金黄色。爱新觉罗家族以外的官员系蓝色或石青色腰带,严禁越级束用。因此,黄带子成为清朝宗室的特殊标志，俗称宗室为"黄带子"。黄带子就是皇族，但并不是所有的皇族都是黄带子。按规定，从努尔哈赤的父亲塔克世一辈算起，他的儿子如努尔哈赤、舒尔哈齐等的子孙，都称宗室，也叫黄带子。塔克世的兄弟、也就是努尔哈赤的伯伯、叔叔的后代则称觉罗，也叫红带子。比起黄带子，红带子的血缘显然要远一些，地位、权势、俸禄都无法与黄带子相比。根据宗谱记载，我家祖上是塔克世的三儿子、努尔哈赤的弟弟舒尔哈齐。作为舒尔哈齐的子孙当然属于黄带子。舒尔哈齐被努尔哈赤秘密羁押、神秘死亡（一说是被努尔哈赤害死的）后，努尔哈赤将其六子济尔哈朗过继给自己做儿子。济尔哈朗由于骁勇善战成了辅政王。清朝初年努尔哈赤只确定了八个儿孙"铁帽子王"的地位，其中七位都是努尔哈赤的亲儿子或者亲孙子，只有和硕郑亲王济尔哈朗，表面上是儿子，实际上只是努尔哈赤的侄子。顺着家谱往上倒，我家祖上就是舒尔哈齐和郑亲王济尔哈朗这一支。

　　清朝规定，铁帽子王的爵位是世袭罔替的，但能接替爵位的只能是其中一个儿子。一门黄带子，除了一子，其余的儿子都是闲人。这种情况下，一个特殊的阶层就产生了，即"闲散宗室"。据说清朝中后期，北京街头经常可以看到一些手托鸟笼，或肩膀头上卧着一只阴鸷的秃鹰，在街上吆五喝六、横冲直撞的无所事事的黄带子。"告诉你，躲着点啊，好几天没杀人了！"据说就是当年黄带子常说的话。因为清廷规定，黄带子杀人是不偿命的，犯了法也只能交由皇家大内的衙门——宗人府处理。

我家祖上不知道到哪代成了"闲散宗室",铁帽子王郑亲王的爵位,一阵子在我家直系这支,一阵子在旁亲家那支,反正据说是一天不如一天,坐吃山空。到了民国后,所有的旗人都比较凄惨了。据我的大爷、叔叔们的回忆,他们小时,虽然民国了,但他们都还是住在西城区离郑王府不远的地方,而几个爷爷更说过,小时还能看到他们的父亲、叔叔坐着绿呢轿子出入。老人们能记住的是,郑王府收归民国政府后,家族亲戚们购置的老居主要在新街口金家胡同、护国寺刘海胡同等,我父亲的爷爷家在护国寺百花深处胡同里。百花深处胡同今天还在,离老舍故居不远。这个胡同的名字如此美丽动听,以至于我和姐姐前几年造访的时候都觉是在梦里。见有诗曰:"百花深处好,世人皆不晓。小院半壁阴,老庙三尺草。秋风未曾忘,又将落叶扫。此处胜桃源,只是人将老。"不知道是不是说的就是百花深处的那些老宅子。家里的一些老亲戚并没有随着在财政部印刷局找到事儿做的哥儿五个迁到宣武区的白纸坊住。我小的时候,大约五六岁,还跟着父亲到护国寺一带看望过仍留在那里的老亲戚。

因为父亲已经过世,很多事情已无从问起。但比父亲小两岁的堂叔叔仍然清楚记得他小时从西城区搬出来,那么,父亲也一定是从西城出生然后搬到宣武区来的。此后他的生活工作轨迹就一直主要在宣武区了。

宣武区位于北京的城南。清代实行满汉分住,皇宫和王府主要在东城与西城,朝廷也不允许妓院、茶楼、酒肆等娱乐场所开在东城和西城,怕带坏这些王公贵族;人多嘴杂的会馆和报馆也大多只能开在南城。因此那些最能体现北京传统文化的东西就大多扎根在南城了。父亲在北京南城生活和工作几十年，浸染其中，深谙北京文化精髓。在他那个时代，在这些东西已经快要被埋葬的年代，父亲以他的家族基因、以他的聪慧，尽可能地做了保留和坚持。他居然在那样的大背景下，以一个国家干部的身份，能够始终没有放弃下棋、钓鱼、摔跤、说相声、唱戏、美食等传统的、文化的技艺，也算奇迹了。

8.

挤在开国大典人流中的十七岁的父亲，沉浸在新奇和兴奋中。什么皇族、宗室、清王朝，此刻离他太远太远了，甚至早已和他没关系了。相反，清末以后的家道中衰和国家的乱象已经让他们尝到了世态炎凉和屈辱。而眼前的新时代，才是活生生的，是可以选择的，是可以属于自己、拯救自己的。这样一个真正的翻天覆地改朝换代的时刻，对于父亲来说，是真实感受到的第一次。爷爷奶奶那一辈在辛亥年已经见识过一次了。我奶奶曾说，反正也都过来了，人得顺势认命。奶奶曾给我描述过，民国那年皇帝如何没的；1925年孙中山逝世时又一次感到失去"皇帝"的惶恐，以及1929年他们恭恭敬敬地站在北平街头看孙中山灵柩南移南京的情景。而且奶奶坚信着一个她当时不知从哪里听来的传言，说孙中山是拔虎牙感染而死的。所以在我长出虎牙时，奶奶坚决阻止家人给我拔牙，说拔虎牙会死人的，致使我现在还保留着尖尖的一颗虎牙。其实奶奶记岔了，是吴佩孚吃羊肉饺子引发牙痛，由一日籍牙医替其拔牙，引发感染而死。

作为北京市工人的代表，父亲参加了开国大典的群众游行，第一次看见了毛主席。当然他不会想到，日后他还会多次见到毛主席，并和毛主席握手。他更没想到，他未来的妻子此时正在天安门广场的另一侧。母亲在1949年2月北平解放后，成为北京市公安学校的第一批学员，成了罗瑞卿的部下，那时她才十五岁，人没枪高。但经过了几个月的学习和培训后，10月1日这天，公安学校的全体学员都到天安门广场执行任务。

参加开国大典，这种庄严的仪式感无疑也是一种巨大的激励，引导着父亲走向新的生活。

这种指引也来自我的六爷爷，即我亲爷爷的六弟，因为在国民政府财政部印刷厂期间有过帮助革命的经历，被吸收加入了共产党。1947年他曾秘密去上海帮助地下党印制钞票，1948年回北平时，北平已经开始围城，于是他取道张家口，到晋察冀根据地的一个印钞厂继续帮忙。后来他以高级技工的身份享受了特殊待遇，也是很少见的。在家族中，六爷爷的路无疑也是一种榜样。

皇族宗室八旗子弟，已经被历史抛弃两次了，这回，真的可以不受其累了，一个崭新的国家出现了。父亲满心欢喜地加入了革命的行列。1950年，父亲所在的织布厂合并成了交通棉织厂。父亲在工厂加入了中国共产党，不久，还成了厂党支部的成员。1953年，新的一年一开始，他就被选调到当时的北京市外四区委（即后来的宣武区委）去了。

他的干部履历只能从这时开始算起,而母亲则是从1949年2月算起——这是评定离休干部的标准,父亲似乎对这点还耿耿于怀呢!

9.

我毫不怀疑父亲对新中国的期望和感情,对党的指示、政府号召的信任和服从,对领袖的热爱和崇敬。在西方国家,领袖首脑对人民也有着巨大的影响力、号召力、凝聚力,奥巴马出现时也总是一片欢呼,人声鼎沸,他也总是很受用、很享受。很多西方政治家都回忆过他们初次见到本国总统时的激动和对自己的终生影响。我很相信面对面、眼对眼的人与人接触是可以抵达人心的,甚至有时就是看上那么一眼。所以,父亲几次见到毛泽东主席本人这件事,对坚定和鼓舞他的政治选择和政治立场有很重要的作用。

开国大典上,那只是在人群中远远地望上一眼,可能还不及1969年我在国旗杆的位置仰望毛主席的距离近。但其重要性在于,那是给父亲指引的一次盛典。父亲日后多次向我们复述那次经历对他的震动。而以后的几次,更让他对他选择的道路充满了自信。1955年6月23日,越南民主共和国主席胡志明正式率越南党政代表团访问中国。这次访问,越南代表团提出了许多希望中国支援的项目和要求,还登了长城。7月1日,中国共产党生日这天,中央安排了胡志明主席游览陶然亭,毛泽东、刘少奇等陪同。三十五年前的1920年1月,正在向共产主义者转变的青年毛泽东,第二次来到北京,与当时的一个进步团体"辅仁社"同人一起,在陶然亭聚会讨论驱张运动,并合影留念。不知道这是不是时隔三十五年毛泽东第一次再访陶然亭或者是建国后唯一一次访问陶然亭,抑或是有意安排的一次怀旧之旅。但对宣武区来说这是一件非常重要的接待任务。父亲担任了这次游园活动的分指挥。非常幸运的是,毛泽东、刘少奇陪同胡志明的参观游览路线途经父亲担任分指挥的区域,于是父亲就有了和毛主席握手的机会。父亲在"陶然亭公园分指挥"的浅蓝色执勤胸牌背后,用毛笔写下了"今天在陶然亭公园和伟大领袖毛主席握手,终生难忘",珍藏在他的一个红双喜牌乒乓球拍盒子里。这个浅蓝色的丝绸胸牌,父亲一直珍藏着,并且经常拿出来和我们一起分享。每次分享,对我们而言不过是一次次重复的羡慕和感叹,对他而言可能都是一种激励和强化吧!

1957年1月6日,毛泽东以中华人民共和国主席的名义致信苏联最高苏维埃主席团主席伏罗希洛夫,邀请他在他认为合适的时候访问中国。1月18日,伏罗希洛夫复信毛泽东,感谢对他的邀请,并表示准备在4月15日至5月5日期间访华。鉴于1956年2月苏共二十大后,特别是1956年10月波匈事件发生后,全世界的反苏反共浪潮和社会主义国家内部的不稳,中国政府准备高规格地接待伏罗希洛夫一行。

伏罗希洛夫率领的苏联最高苏维埃代表团是1957年4月15日抵达北京的。为表示与往常的接待不同,苏联代表团从南苑机场下飞机后，数千群众到南苑机场迎接，在机场上举行了隆重的欢迎仪式后，毛泽东陪同伏罗希洛夫一路乘敞篷车沿永定门一直到天安门广场进入中南海，受到沿途几十万群众的夹道欢迎。伏罗希洛夫看到如此多的群众近距离地、几乎面对面地向他热烈欢呼，他又高兴又有些紧张，不安地望着毛泽东。据说毛泽东笑着说："'既来之，则安之'。他们看够了，也就散了。"其实后来很多群众回忆说，他们主要是看毛泽东，是在向毛泽东欢呼。

如此大的场面需要大量的安全保卫人员，父亲和母亲都参加了这次活动。母亲当时已经分配在崇文公安分局，在永定门一带执勤，父亲大约是在前门附近。群众对领袖的热情无疑给父亲留下深刻印象，而且这是他第二次和母亲同在一个场合见到毛主席。很多年后，父亲提起见毛主席的往事，总是提到伏帅来的那次。

其实"文革"时，毛主席在天安门八次接见红卫兵，父亲都参加了，有几次还上了观礼台和城楼执行任务，也都近距离地见到了毛主席，但奇怪的是很少听他提起这几次具体的细节。在毛主席八次接见红卫兵后不久，"文革"和红卫兵运动也进入了一个高潮。父亲参加了机关单位成立的一个"革命"组织，叫机关红卫兵，我记得红袖标上写的就是"机关红卫兵"几个大字。但是父亲从未戴过，总是揣在书包里。不久这个组织也没有了。

10.

现在能找到的我和父亲最早的一张合影,是我两岁半时与父亲在潭柘寺的壁画前拍的。

父亲带着羞涩的笑容,略倾着身,看着前方,我牵着父亲的手,噘着小嘴看着另一个方向。

一个朋友看这张照片时说:"你父亲怎么没抱起你照?"

我忽然震颤了一下,浑身一紧。是呀,怎么没抱着我?我还能想起父亲抱着我的那种温热的感觉吗?还能回想起父亲的臂弯、膝头给我的那种安全感吗?还能找回坐在父亲肩上高高越过小朋友们看焰火的自豪感吗?

我全然不记得1962年秋天父亲带我去潭柘寺的事情了。这张照片先是放在里屋墙上那个家里最大的镜框里,后来放在一个大相册里。无论放在哪里,每次翻腾的时候父亲母亲都会说一遍我在潭柘寺淘气的糗事。这个糗事是我对佛像的大不恭,所以我到现在还时常要点上一炷香,为包括两岁半时做的蠢事,忏悔祈祷,求得佛的宽恕。

这张照片极其珍贵。因为这是目前保存的我和父亲最早的合影。这张照片的珍贵,还因为我们背后的那个巨大的壁画已经不复存在了。

"先有潭柘寺,后有幽州(北京)城",距今已有一千七百多年历史的潭柘寺是一座千年古刹。据说这潭柘寺有四宝,一是"画祖",二是"自油柱",三是"白石唐佛",四是

"石鱼"。"画祖"说的是这个壁画，工笔重彩，画在大殿内东侧的墙壁上，画的是华严祖师乘龙欲飞。那条龙画得尤为生动细致，正欲腾空起飞，龙须都十分清晰。这壁画的稀罕之处还在于它不是用毛笔画的，而是指画，即用手指沾彩，绘制而成，长达二十米，为"潭柘四宝"之首。60年代初还有残画大部，"文革"中壁画被彻底毁掉。今天游人根本没有眼福看到这幅壁画了，虽然，我也没有印象，但是我毕竟和这个壁画合过影，这也是一种幸运吧！

我记忆中比较清晰的那种被厚厚包裹着的、伸手可触的最早的父爱，是在三四岁时。不知道是一次什么内容的活动，地点是在苏联展览馆（今天的北京展览馆）。自从苏联展览馆1953年落成以后，北京很多重要的展览和活动都在那里举行。父亲要参加的那个活动好像持续了很长时间，大概任务也不太多，有一天父亲就带我去了，也许是想让我多点见识吧！父亲是骑自行车带我去的，我坐在自行车的前梁上，两脚悬空。所以，到了展览馆后，除了我的屁股被勒出了深深的一道沟外，双脚还麻得不敢沾地。那个感觉，现在似乎还能回到我的身上。也许就是因为这一开始的不快，那天我一反常态地不听话。往常，父亲带我去上班，会让我自己玩儿，或者把我交给同事带一会儿，我一般都乖乖的。可是那天我却十分不配合，交给谁也不行，号啕大哭，哭得天昏地暗，我就是不肯让父亲离开我去工作，大家掰开我抓着父亲衣服的手，我的另一只手就又攥住了父亲的裤子。父亲着急万分，因为他要处理一些事情。这时，父亲突然看见也来展览馆的我的二姑，就让我和二姑待会儿，但是那天我六亲不认，就是不肯从父亲身上下来。最后，父亲只好一手抱着我，一手工作，一直到工作结束。这件事过了很久，我都长大了，碰到父亲的同事他们还提起这个事，我的二姑也是过了很久还诧异地说，老二不是这脾气呀！我当时浑然不觉得我是给父亲添乱，只是觉得让父亲一直抱着，在嘈杂的展览馆里我才安全。

后来父亲病重时，我看着蜷缩在病床上的瘦弱的父亲，脑子里无数次地想起了曾抱着我的父亲。是该我保护父亲的时候了，可是在病魔面前我却无能为力。子欲养而亲不待，真是世间最残酷的事情之一。

11.

加入革命队伍，建设新的国家。服从组织安排，听党的话。父亲几乎义无反顾地就成了革命队伍中的一员。父亲这一生，一直想努力重塑自己，跟上革命形势，成为一个纯粹的革命战士，但他没有彻底完成这个理想。在他内心，在他身上，那些传统的、家族的、本性的东西始终没有褪去。在席卷了绝大多数人的中国政治风浪中，也许是父亲的聪明、巧妙、幸运，或者是本能，使他始终能够悄悄地保持自己；也许政治运动这种形式本身并不能完全实现政治塑造的任务。作为女儿，我们是幸运的，一个充满父爱与情趣的、幽默的父亲一直在我们身边。但作为一个政治人，父亲其实却是纠结的……

他理所应当地、自觉自愿真诚地参加了建国后党号召的一切运动。"三反五反"时，他以1947年到1952年在工厂的经历证实确实有不法资本家的存在，但他对原来工厂的领导和师傅始终保持着尊敬；"反右"时他对"右派"对党的进攻很是愤怒，但由于母亲在反右运动中被内定为"中右"让他不得不保持了适度的沉默；大跃进时，他热情积极地在机关、在街道参加大炼钢铁，几天几夜地不回家。虽然他后来常讥笑自己当时的愚蠢，但从不容许我们嘲笑他曾经的热忱。他负责接待、安排一些文艺界人士下放劳动，参与地方的大炼钢铁运动，结识了电影演员于蓝等一些文艺界人士并与之成为好友。1975年我们姐妹去小汤山疗养院看望养病的父亲时，他说："来，我带你们见见1958年我认识的一位朋友。"我们跟他走进了于蓝老师的房间。那是个非常和蔼的老太太，她揽我入怀，夸我和父亲长得真像，说她和父亲是老朋友了，一起炼过钢铁。"四清运动"时，父亲参加工作队到北京郊区农村工作劳动，虽然比城里苦些累些，但也是欢乐的，我看到这个时期他与同事们穿着补丁衣服劳动的照片，个个都是笑逐颜开的。"文革"时他当了几天机关红卫兵，参加过大批判，字斟句酌地写过大批判稿，然后和一大批干部一起下放到干校劳动。干校结束后的日子，父亲情绪开始低落。父亲被重新分配工作，先去了一个仪表工业局的党办做主任，后来去了北京市一个冶金公司做工会主席。父亲不太满意新的工作，工业口已经是他不熟悉的领域了，但他已经习惯了接受组织的安排。他把他在文艺体育方面的特长在工会工作中做了最大的发挥。在那个年代，他能调动那么多的资源，组织那么多的文艺体育活动，抢救了不少民间艺术，他也真对得起这份工作了。

找一切可能和机会让我们长见识开眼界，是父亲对我们姐妹疼爱的独特方式，所以父亲经常会在不违反纪律的情况下带着我们参与他的工作、活动。父亲调到哪里上班，我们的活动领域就会扩展到哪里。我清楚地记得在父亲单位听他做关于"批林批孔"的宣讲报告。记得清楚是因为那时我已经初三了，看了很多书，知道了很多事，在学校也是一个大批判小评论的写手呢。父亲想要把孔子、林彪和背后隐含的周公联系起来并进行批判，显然在感情上和逻辑上都力不从心。所以，我看到平日伶牙俐齿、嘴皮子十分利索的父亲竟然多次卡壳，说起罗圈话来。最后，以手势助力，才用"孔子，上层建筑，就这样联系起来了"这句他没说清、我也没懂的话结束了报告。回家后，我笑得喘不过气来地和姐姐描述这个讲话。父亲承认说："真是这样，今天我真是没词了。"好长一段时间，我们都拿"孔子，上层建筑，就这样联系起来了"这句话来取笑父亲。父亲也不恼，笑着，有时干脆自己主动提起，大家便笑成一团。

12.

一个家族要有凝聚力，要有一个有担当的人。从我记事起，父亲似乎便是家族的外交和礼仪代表，大事小事都是父亲出面。满族人礼儿特多又爱挑剔。我爷爷兄弟六个，奶奶的娘家姐妹三个,分别繁衍出许多亲戚。再加上爷爷奶奶的叔表亲、姑舅亲,亲戚就更多了。哪家有婚丧嫁娶都是父亲出面打点,礼数周全一丝不苟。父亲用这样一种方式维系着家族的亲情,保存着满族的礼仪,延续着旗人文化。这种需要父亲出面的事情大概分几类:各种节日(比如春节、国庆、中秋、五一)和重要节气(比如打春、立秋、冬至)给各家送礼、各家老人们过生日送寿礼以及各家不定期的婚丧嫁娶。有时,一个月里,赶上有好几档子需要礼数的事情,真是手头拮据。但即便是这样,哪怕借钱,拆东墙补西墙,也不能差了礼数。父亲为此还特别动脑筋,各家老人的生日年年过,但父亲总想年年礼物有不同让老人们惊喜。奶奶甚至为此有过几次不愉快。一次是我的六奶奶过生日,也就是奶奶的妯娌、我父亲的婶婶过生日。当然,奶奶妯娌几个是相亲相爱的,几个老太太年轻时住在一个院子里,出门前互相梳满族女人那种十分难梳的连把头。解放后有的就搬开住了,但是,每个老姐妹生日,都会凑到一块纪念一番。小时候,只要这几个奶奶来我们家,院里的小朋友就会奔走相告,因为他们要看我们家这几个奶奶见面时互相打千(俗称蹲儿安),即使是"文革"时,她们几个老姐妹也得偷偷地行这个礼。六爷爷家的家境好些,六奶奶也是个食不厌精的人,所以父亲专门到老正兴给六奶奶买了一只水晶肘——那是"文革"中呀,有几人知道这个吃食。奶奶有点失落和难过,因为奶奶过生日时父亲都没舍得给奶奶买。还有一次,大概是"文革"后期了,我的姨奶奶,即我奶奶的妹妹过生日,父亲让姐姐买了烤鸭送去——其实只买了半只。但那次奶奶也十分失落，因为当时奶奶自己的生日也吃不上烤鸭。但孝顺的父亲还是"忍痛"这样做了，这是他坚守传统、讲究礼数、维系满人文化的独特方式。满族人还有一个习俗，就是"大年初二接姑奶奶回门"。大年初二，已经嫁出去了的姑奶奶们，在婆家过了除夕和初一后，初二这天要回娘家。多少年，都是父亲承担着接我们家族的姑奶奶们回门的责任。大年初二这一天，一定是父亲把各个爷爷家的我的那些姑姑们接到我家来吃饭。这个惯例一直到父亲去世才结束。父亲吃力地、努力地维持着家族的礼仪和习惯，他认为这些仪式的东西还在，人性的、文化的东西的保留，才有所依凭。

但是，在"文革"初期时，为了全家的安全，父亲不得不亲手烧掉自己家族的家谱，烧掉祖宗家族墓地的方位图，对于这样一个有着深深的满族情结、家族情结、坚守传统的人，是多么艰难和残酷的事情！不知道父亲当时的感受和心境，只记得，在烧之前，父亲让仅有六岁半的我看了一下这些东西，说，"这是咱们家的祖宗"，然后就烧掉了。

我至今还模糊地记得那些黄颜色纸张和有些漫漶的字迹。

13.

父亲有一张照片，是我认为拍得最好最漂亮的。那时父亲三十四岁，轻松地微笑着，身后远处是历史博物馆、人民英雄纪念碑、人民大会堂。这是1966年5月在前门饭店的楼顶上拍的。

显然父亲自己也很重视这张照片，因为它被洗印放大了好多张。父亲对我们不止一次讲过这张照片的背景：下面是领导们受熬煎的"黑会"，楼顶上面是他们一堆秘书和工作人员在等待。

我忽然明白我为什么喜欢这张照片了，其实这就是父亲一生的暗喻：人在政治中，但又隔着一层。

说到前门饭店与政治的关系，北京党史记载了"文革"刚开始的1966年的几次前门会议。1966年《五一六通知》发布后，"文化革命"开始在全国陆续展开。5月21日，中共中央华北局在前门饭店召开会议，一直陆陆续续开了两个多月，到7月25日才结束。在这个会议上，华北局第一书记李雪峰向内蒙古自治区党委第一书记兼华北局第二书记乌兰夫开炮，换句话说，内蒙古党政军一把手乌兰夫在这次会议上被打倒了，这是"文革"开始后比较早被打倒的高级干部。这引起了一连串的反应，涉及了很多干部。在这两个月中，还套开了很多次不同级别和范围的会，其中就有当时中央不满北京市委工作，因而整顿批评北京市委的会。很快彭真被打倒，李雪峰兼任了北京市委书记。父亲应该是跟随着他的领导去市委开会的，所以他说领导们在下面受煎熬，他们在上面拍照。

"文革"中，父亲没有直接挨过批斗。一是他年龄小，职务不太高；二是他人缘好，没人计较和追究他的"封资修"。"文革"开始后，我们所住的机关宿舍院里有不少邻居被批斗了，但父亲从未改变过对他们的态度，在机关的批斗会后，还鼓励我们和他们的孩子一起玩,以表示安慰。

面对突如其来的"文革",完全置身事外是不可能的。像大多数人一样,相信"文革"既然是毛主席发动的,一定是正确的,一定要积极参加。当时的逻辑是:你不革命,必定就是反革命的。所以父亲也参加了大批判,批判自己,也批判别人。

父亲一生都在政治的严肃与生活的任性中纠结与周旋。他的职位虽然不高,但是他要为领导服务,要参与和组织政治活动,因而离政治很近,或者说就在政治中;但是父亲的个性贪玩好动,率性随意,他的那些始终没有停止过的各种业余爱好,占去了他的很多时间和心思,这就使他与政治保持了一定距离。虽然他为此失去了一些机会,但更幸运的是他躲过了不少灾难!

1966年北京市"文革"的重头戏是批判邓拓、吴晗、廖沫沙的所谓"三家村"。"三家村札记"本来是1961年9月中共北京市委机关刊物《前线》杂志的一个专栏。其"三家村"一词出自苏东坡《用旧韵送鲁元翰知洺州》一诗,本意为偏僻的小山村,虽是自谦之词,但亦似《汉书·艺文志》所言的"一言可采,此亦刍荛狂夫之议也"。作者是北京市委文教书记兼《前线》杂志主编邓拓、北京市副市长吴晗以及作家廖沫沙。"文革"初被姚文元、关锋等人批判成"反党反社会主义的大毒草",成为"文革"序幕中的标志性事件。

知道三家村并不只是从报纸上,更多的是从游戏中。我们跳皮筋的歌谣突然有一天就从"江姐、江姐、好江姐,你为人民洒鲜血",变成了"邓拓、吴晗、廖沫沙,他们三个是一家"。

真不知"文革"中这些政治性极高、时效性极强的歌谣是何人所编、又是如何传至孩子的世界的,那对孩子的引导和影响是无形的,也是巨大的。

大约是一个周日,邓拓、吴晗、廖沫沙被押到父亲所在的单位接受批判。记得我们很多孩子都在礼堂参加了这个批斗会,不知道是父亲特意带我和姐姐去参加这个会,还是本来周末我们就在父亲单位玩。陪绑接受批判的有我们院里的几位伯伯,都是区委副书记、副区长、局长级别的。我决不相信这些熟悉的伯伯是坏人,所以看到他们被押上台,我很害怕也很不解。但是,据我的姐姐说,我向不认识的廖沫沙的方向吐了唾沫。如此说来,我也应该忏悔一下,虽然我当时才六岁多。

14.

1967年清明节前,右安门外西局村,一块已经返青的农田里。

我和姐姐蹲在田埂上,旁边有两把小铁锹和一小堆新土。忽然,我嘴里不知怎么冒出一句骂人的话。这是我过去和以后都没有说过的话,不仅姐姐吃惊,我也吓一跳。姐姐说:"哦,你骂人了,你骂人了。"我非常惊慌,一边掩饰,一边央求姐姐,千万别告诉别人。在这以后很长一段时间,姐姐如果对我有什么不满或者要求,就总用这事"要挟"我。

这件事情我记得如此清楚,当然主要是因为我在这里犯下了人生的第一个让我惊慌的"错误"——说脏话。还因为那天我和姐姐蹲在这里,原本是来和父亲一起办一件大事的——安排我爷爷的骨灰悄悄下葬的事情。

和硕郑亲王历经十代,共有十八位郑亲王(包括简亲王,以及追封的郑亲王)。郑王在北京有四处主要的坟地,分别为:白石桥郑王坟(葬第一代郑王济尔哈朗、第二代郑王济度),右安门外西局郑王坟(葬第五代郑王雅布、第八代郑王德沛、第七代郑王神保柱),广安门外湾子村郑王坟(葬第六代郑王雅尔江阿),还有五路居的郑王坟(葬郑王端华及弟肃顺)。我们家的坟地是右安门外西局郑王坟,但我小时去过的坟地位置是与第五代郑王雅布、第八代郑王德沛的坟隔开的,疑与我家先人第七代郑王神保柱曾被革爵有关。我爷爷的爷爷就埋在这里。民国前后的某一年,北京下大雨发了水,这块坟地被淹了,据说,好几副棺材都漂出来了,北京的报纸还专门报道了这个奇景。家里老人说,当时就觉得这是一个不祥之兆,果然不久就玩完了。

民国后,家族墓地日渐荒凉破败。解放后,历经土改、合作社、人民公社等运动,这里大部分变成了农田,但是有坟的地方还给留着坟头。右安门外西局郑王坟在"文革"前一直都有九座大土坟保留着。听家里人说,我们家族的看坟人是一个姓李的人家,他们一直生活在这个村。解放后家里仍给他们一点薄酬,他们就在我家坟地旁边盖了个小屋,算是继续帮助看坟——也就是每年清明前给我父亲的爷爷辈的几个坟头上添些土。我记得小时清明扫墓,父亲都会带点心什么的给这家人。

爷爷是在"文革"刚开始去世的，当时已经满大街都是红卫兵了。怎么处理爷爷的后事呢？完全土葬不行了，这已经被作为四旧禁止了，但是火化后在骨灰堂存放骨灰的方式奶奶不接受，家里其他老人也都接受不了，坚持入土为安。父亲请示了单位，单位意见是国家干部家属故去，干部应该带头实行遗体火化，至于火化后的骨灰，如果自己有地方埋，可以在不被红卫兵发现的前提下自己安排。

父亲决定冒一次险，满足家里老人的心愿，把爷爷的骨灰埋入家族坟地。于是就先带着我和姐姐来打前站了。家族墓地的方位图，画在一张黄色的绵纸还是帛纸上，我有点记不准了。1966年父亲在将其烧掉前，让我看了一下，摸了一下，我看到图上的人名里面有很多带"毓"字的，我当时才六岁多，还不认识这个字，琢磨了好久。后来才知道，爱新觉罗家族从雍正开始取名按照辈分顺序为：胤、弘、永、绵、奕、载、溥、毓、恒、启、焘、增、祺。我爷爷那辈是毓字辈的。墓地图烧掉了，好多坟头也被平了。但是父亲还能记得祖上的大概位置，就在祖爷爷的坟墓和先爷爷而走的二爷爷的坟墓之间，给我的爷爷选了个地方。父亲让我和姐姐先在这里等着，他去村里找那个姓李的人家——"文革"开始后看坟人早已不住在小房子里了。

我和姐姐百无聊赖地等着，就动手挖起了土。我的那句骂人的话，就是在这时突然冒出来的。完全无来由的，现在我也不知道当时怎么想的。当然，回想这个并不重要，现在我反复琢磨的是，在"文革"刚开始不久的政治狂飙期和政治敏感期，作为国家干部的父亲还要坚持土葬爷爷的骨灰,那确实是要冒着比较大的风险的。父亲坚持做他认为应该坚持的事,这点,我们都自愧弗如。

过了很长时间,李家的人和父亲一起回来了,他同意,只要下葬的时候家属不大声哭,他们可以帮助完成这个事。

爷爷的骨灰终于埋在了他自己家族的坟地。

几年后,我的四爷爷、四奶奶相继去世,父亲也争取把他们下葬在了这里。

改革开放后,这里变成了高楼大厦。一天,我的一个姑姑从已经过期的报纸中,发现了一则迁坟启事,说郑王坟这一带要征地开发地产,通知在规定的日期内可以迁坟。但是,当时家里人谁也没有注意过这则启事。

我想,如果父亲在,决不会就这样错过的。

15.

家族的老玩意儿,历经辛亥革命、北伐战争、抗日战争、反右、大跃进、"文革",到底都失去了什么?我们太小,根本无从知晓,家里人也没人说得清,一代一代地变卖,到解放前估计所剩无几。我爷爷兄弟共六个,这六个爷爷,解放前去世一个,"文革"前去世一个,"文革"中去世三个,改革开放后最后走的是六爷爷。听六爷爷说过,家里有过岳飞的真迹,让六奶奶主动交给红卫兵了;听叔叔说,小时家里有郑板桥的字画,也不知道哪去了。这些都可能是传说。但有一样东西的失去，让身为京剧迷的姐姐最心痛不已，那是祖爷爷祖奶奶、爷爷奶奶们从清末到民国几十年看戏攒的戏单子，据说有一箱子呢，在"文革"中吓得烧掉了。那些戏单子，原本是多好的京剧艺术研究素材呀！

满族人喜爱京剧。迷起来，那是吃了上顿没下顿也得去听戏；那是砸锅卖铁也要去捧角。这种痴迷，是外人没法理解的。

京剧被称为国粹，和清朝统治者的支持及满族人的推崇有重要关系。京剧前身是徽戏，本是个地方戏。那么多地方戏，凭什么就徽戏成了京剧、成了国粹？再说满族人本来是有自己的满戏的。满族民间长期流传着一种叫作"朱春戏"的民间戏剧，是集传统的满语叙事文学、民歌曲调、舞蹈表演程式为一体的艺术样式。还有"八角鼓戏"等说唱艺术形式。满族人为什么不把自己的戏剧推为国剧、国粹？

清代，安徽的戏曲活动进入高潮，有了徽班与徽帮，形成了三庆、四喜、和春、春台等四个班社。

看来走上层路线是重要的。清乾隆五十五年（1790年），徽班为乾隆祝寿，进京演出。这马屁拍得响亮也拍得漂亮。高亢、深沉、委婉、悠长的唱腔曲调，轰动京师，不知拨动了皇帝的哪根心弦，深得皇帝喜爱。

原来在清军入关之初直到康熙时，因政局波动、兵事四起，清廷一直限制京城的娱乐业。到乾隆时，大局稳定，日子才好过了。恰好这时徽剧进京，旗人的老习气和欣赏胃口就被勾起来了。满族中的知识分子和贵族具有天生对俗文化的好感和鉴赏力，他们不仅推崇这个戏种，而且积极参与到这个戏种的创新和改造中，把自身文学艺术修养移植到戏剧中，使之直接贴近了京城文化的总格调，为这个大众戏剧增添了雅致的元素和唯美精神，也使之从一开始就显现出其他地方剧种不具备的审美基准。京剧雅俗共赏的品位，使之具有成为国粹的基础。在封建君主制度下，皇帝对某种艺术的好恶对这种艺术的盛衰有着直接影响。京剧之所以能成长于天子脚下的北京城，清代帝后对戏剧的嗜好和扶植是一个重要因素。这个新的剧种——京剧，自乾隆时开始出现，至咸丰年间基本形成。光绪年间，已是一派繁荣景象。满族最高统治者对京剧表现出了空前的热情，无论是同治皇帝，还是慈禧太后，以至光绪皇帝，都是京剧迷。特别是慈禧，不仅爱听爱看，有时还关起门来和太监们唱上一段作为消遣。同治皇帝能演武生，光绪皇帝精于板胡。据说有一回慈禧做寿，光绪竟粉墨登场，演的是《黄鹤楼》里的赵云。帝后们如此爱好京剧，京剧的命运和地位就可想而知了。

辛亥革命后，旗人们没了俸禄和当兵吃饷的经济来源，必须改行自食其力。原来的那些清高的票友，为穷困所迫，只好把先前的艺术爱好变成谋生手段，"下海"成为专业艺人。此外，有些虽未贫寒到非"下海"不可的满人，在自主择业之际，因为已无八旗制度牵制，又深爱戏曲艺术，便主动选择了梨园行。自民国初年起，就有"十全大净"金少山、"四大名旦"之一的程砚秋、"四大须生"之一的奚啸伯，以及金仲仁、双阔亭、瑞德宝、唐韵笙、文亮臣、杭子和、李万春、厉慧良、李玉茹、关肃霜等满族出身的艺术家。

说这么多无非就是想说，满族对京剧的贡献和京剧对于满族的重要性。

我小时的一些历史知识便来自于京剧。"文革"时，父母被下放，奶奶带着我们姐仨在北京过日子。天一擦黑，奶奶便让我们拉上窗帘，然后讲故事给我们听。奶奶会什么故事呢？就是京剧中的那些故事，什么《搜孤救孤》《狸猫换太子》《乌盆记》《打渔杀家》，等等。奶奶也好听戏，听过不少戏，后来家境不好了，听戏就只能让家里男人去听了。父亲是个孝顺儿子。1959年，梅兰芳新创了京剧《穆桂英挂帅》作为国庆献礼大戏在刚刚落成的人民大会堂演出，父亲便请奶奶去观看。

父亲对于京剧的痴迷主要是欣赏和捧角，即今天的追星。他的唱功其实还不如母亲，母亲七十岁在什刹海荷花饭店过生日，还敢来一整段黑头清唱呢！父亲虽然唱功欠些，但偶尔也票一把，他的穆桂英，扮相俊朗着呢！他的得意之处是对生旦净末丑各个行当的了解，对四大名旦、四小名旦的熟悉。姐姐说父亲喜欢的戏是《打龙袍》《野猪林》，样板戏里喜欢的是《奇袭白虎团》，喜欢的角色是老旦、老生和黑头，喜欢的演员是李多奎、裘盛戎、李少春。这和我的记忆有所不同。我印象中他喜欢的是《望江亭》，因为他最爱念的道白是"月儿弯弯照楼台，楼高就怕摔下来，今天碰上张二嫂，给我送条大鱼来"。他几次说过喜欢马连良，喜欢他唱腔中的鼻音和有点像大舌头的喻劲儿。

我以为他喜欢的角色是小生,因为我和他讨论过的唯一的戏是《群英会》,那时我看了京剧《群英会》的电影,竟迷上了周瑜和扮演者叶盛兰,父亲很认真地和我讨论,也许是为了鼓励我对京剧的爱好吧!

"文革"中,江青主持京剧改革,精雕细琢了八个样板戏。彼时,许多戏院被砸被关,所以有一段时间,样板戏的排演在虎坊桥工人俱乐部进行。工人俱乐部,光这个名字就可知道它的命运会好过吉祥戏院、长安戏院。那一段是父亲过足了戏瘾的大好日子,因为虎坊桥在宣武区界内,父亲以工作之由和工作之便看了无数场排练,见了无数的京剧大腕。有一次,还和过来指点排戏的江青坐在一排看了戏。那时真正认得出江青的人其实并不多,特别是她还爱戴军帽,把头发塞到帽子里。还是剧院的经理朋友暗示父亲"今儿老大来"。父亲不知道从哪里得来的信息,还悄悄告诉我们,主席喜欢的是高派,江青喜欢的是谭派,对于他们喜欢的是不同的流派似乎还深感惋惜。

我是一点没继承家族对京剧的热爱,但是耳濡目染,也知道点皮毛,我更有兴趣的是观察他们对京剧的兴趣。我姐姐则是青出于蓝而胜于蓝,基本把旗人对京剧的爱好全盘继承了,所以成了父亲重点栽培的对象。1979年,父亲找了《望江亭》的票,我和姐姐一起去看,竟然是张君秋大师的戏。姐姐激动得要疯了,我竟无动于衷。1980年,父亲在世的最后一年。《四郎探母》复排演出。父亲的身体实在无法支撑去看了,便让姐姐替他去看。姐姐被剧场经理安排在暖气口边看了整场戏,回到医院详细讲给父亲。这是父亲和姐姐共同完成的第一次、也是最后一次欣赏。

16.

父亲有两副很好的围棋，都是云子。一副稍扁、暗淡一些，一副稍鼓、晶莹一些。父亲还有两副木质棋盘。一副薄一些，是板材的，一副厚一些，是整木的。这都是他的"命根子"。他会根据对弈的对手不同选择使用不同的围棋和棋盘，我曾笑着说，这也是看人下菜碟的一种吧！父亲说我不懂。

围棋起源于中国古代，是古人发明的一种智力游戏，被认为是世界上最复杂的游戏之一。满族入主中原后，对汉族文化的吸收与提倡，也包括对围棋的喜爱和支持，因而使围棋在清代得到了新的发展，成为国粹的一种，而且出了许多名手，比如清初的过百龄、盛大有、吴瑞澄。其中过百龄所著《四子谱》二卷，被誉为棋谱杰作。清康熙末到嘉庆初，弈学更盛，棋坛出了梁魏今、程兰如、范西屏、施襄夏"四大家"。所以除了提笼架鸟是旗人的特征外，其实琴棋书画也是旗人要附庸的风雅。清十代肃亲王善耆，在清皇族中就以擅长围棋闻名。甚至还有人因棋艺得到晋升机会。满人英星垣，初在北京为圬工（即瓦工），爱好围棋，因偶然机会受到军机大臣孙毓汶的赏识，留在孙邸中伴弈。清末拔贡、近代报人、湖南围棋高手黄铭功《棋国阳秋》曾称："八旗贵人之居京师者，无他业，一演戏，二饲雀，三弈棋。"

父亲是什么时候学的围棋？师从何人？我竟没有问过他。但母亲说认识父亲时他就已经会下围棋了。父亲下得一手不错的围棋。有业余段位，在宣武区业余围棋比赛得过第一名，因为铁定的冠军那天没来参加比赛。这些成绩当然不算什么，主要是父亲棋瘾大！常常下班后找人摆上一盘才回家，遇到知音对手，那就到半夜了。为这个奶奶没少叨叨他。为了不让父亲总到外边去下棋，奶奶撺掇我们姐妹三个和父亲学下棋，把他拴住。父亲倒也乐得教我们，只是我们三个看来都没有下棋的天赋，我只学会了"金边银角锡镴肚"的占位秘诀，会走成"扳羊头"的阵势，知道"粘""挂""飞"等简单走法，最后会数目数子。实在学不出来，就改学连五子了，这个我和姐姐妹妹学得都不错。父亲跟我们实在过不了棋瘾，还是得到外边和别的高手下。他的卧室和我们的是里外屋，所以，他每次深更半夜回来总要踮着脚、猫手猫脚地溜进自己的房间。家里不太多的藏书中，很多是他的棋谱和围棋杂志，有《死活与手筋》这样的战术书，甚至有清代围棋名师卞文恒编著的《奕萃》这样著名的棋谱分析，这是一套两册的嘉庆二十一年出品的刻本，1965年中国书店标价九元五角。有朋友帮助换算，说1965年的九元五角，至少值今天的一千三百元！我从父亲那里知道了吴清源、陈祖德；聂卫平的名字是在他刚出道时我就听父亲说起，"这个小聂将来一定有出息"。父亲棋瘾大到什么程度？大到不讲政治。菜市口西北角有一家木质结构的二层小茶馆，绿漆门窗，老板是个女的。为什么能记住是个女老板？因为我们和母亲总是拿女老板的事情揶揄他。这个茶馆兼营棋馆,客人可以喝茶也可以下棋,象棋和围棋都有,形成了一批固定的茶客和棋客。因为父亲常常找不到下棋的对手,所以常去这个茶馆下棋,确实和女老板很熟络。1966年,"文革"已经开始,扫四旧的风声也已经有所耳闻,但这个茶馆还一时没有关张。有人提醒过父亲,最好别去了。但是父亲一天棋瘾又犯,在一个周日上午就抱着侥幸心理又去了。没想到刚下了一会红卫兵就真的来了,封了这个"四旧"的茶馆不说,还把当天所有喝茶下棋的客人连同女老板一起,押到附近派出所。父亲说,一路他都用扇子遮住脸。因为在那一带他熟人很多。幸好,派出所的所长认识父亲,说:"您怎么会在这儿呢?"然后和红卫兵们说,这是区委的某某,就放了他。父亲常说起这个糗事,但是每次都是笑着说的,我们也每次都万分欢喜地当笑话听。父亲的棋瘾是爱玩的天性使然,还是一种怀旧情结?抑或是一种坚守,一种逃避?还是一种生活的策略?总之,围棋似乎是他的第二人生。

有一次,父亲下棋归来,显得万分得意。原来他在一个茶馆下棋时,"微服"的陈毅来到茶馆,看到有下棋的,也是棋瘾大发,和他们过了几招。这让父亲得意了很久,也落下了个和陈老总下过围棋的美谈。

其实除了下棋,父亲的摔跤、钓鱼、说相声等其他爱好在"文革"中也没有完全停止。说起来,"文革"也不总是暴风骤雨般的狂飙推进;父亲的领导和同事对他真的宽容。或者说,其实一般人们心中对于"贵族"的某些习气和做派并不是真的那么痛恨，反而甚至是欣赏。至少我们姊妹是这样。

17.

父亲酷爱钓鱼。

有人说满族人是游牧民族，擅射猎，其实满族人也擅打鱼。唐代中期满族先人的一部，粟末靺鞨的领袖大祚荣建立了渤海国，其统辖地域北至松花江下游、南至朝鲜半岛北部、东临大海。"哈尔滨"就是满语晒网场的意思。随着满人入主中原，渔猎从生存技能慢慢变为游戏和消遣。

不知道父亲何时迷上钓鱼的，但这显然是旗人的另一个爱好和消遣。自打我们记事起，家里就有鱼竿、鱼护、鱼钩、大卷的渔线等渔具，有的是爷爷留下的，有的是父亲置办的。家里没有男孩，父亲就常带我和姐姐出去钓鱼，但每次只带一个。我印象中没和姐姐同时去过。钓鱼都选择周日，这对我们而言就是一次野游。"文革"前，我还小，父亲主要带姐姐去，地点大多选在陶然亭抱冰堂前的一小块水域，工具主要是小手竿。姐姐手巧，总能帮助父亲绑系鱼钩，这可是个技术活儿。钓鱼前要把不同的鱼钩、鱼线多次穿过铅坠孔才能固定住，有的鱼线上还要绑系好几个鱼钩。鱼钩虽小，但包括了钩关、倒刺、前弯、钩底、后弯、钩把、钩柄、钩腹等复杂的部分，前弯、后弯和钩底的长短大小组成了钓钩的构形，决定了钓钩受力的均衡程度，也就决定了能钓上鱼的大小；钩尖、倒刺，是鱼吃饵时刺入鱼嘴并防止上钩的鱼脱钩的地方。鱼饵要事先准备好，或用蚯蚓，或用香油和面。做钓鱼前的这些准备工作，是父亲和我们交流的一种方式。他会用出奇的耐心教我们，我们会出奇踊跃地表现。但我的手笨，钩尖、倒刺总扎我的手，还系不直。而姐姐有梳小辫子的基本功，能使用各种鱼线系各种钩。姐姐还会配鱼饵、打窝子、使用鱼护，还会用空圆珠笔芯做鱼漂。父亲非常高兴我们参与他的钓鱼活动，似乎这样就在奶奶和母亲那里获得了更多的"合法性"，因为毕竟这占了休息日的大部。而带着孩子们出去玩，永远是最好的理由。父亲也是酷爱吃鱼的，但我们很少能吃到他钓的鱼。姐姐说，在陶然亭公园，父亲钓上的鱼，有时竟放在雪花膏瓶子里；钓上的小鱼自己蹦到草地上，竟然能让蚂蚁叼走，那得是多小的鱼啊！但父亲似乎永远乐此不疲。轮到我和父亲一起去钓鱼的时候，我记得主要是去广安门外的河沟。父亲还给我买了雨衣和雨鞋，让姐姐和妹妹很是有点"嫉妒"。

因为那时赶上下雨，小孩子们的雨具也就是雨伞和草帽，光脚丫穿凉鞋。我不会系鱼钩，也不会配鱼饵，只能帮助父亲看着他近处的手竿、远处的海竿上面的鱼漂是否动了。父亲说小孩眼尖，所以大部分时间，我就坐在父亲身边安静地盯着鱼漂。远处蛐蛐叫着，小鸟唱着，树叶婆娑着，那时北京的天是多么蓝呀，连河沟里的水都那样干净。有时父亲会和我聊聊天，讲讲钓鱼，讲讲他过去的事。那是多么温暖的日子，全然不觉政治风暴的来临和冲击。

1966年5月7日，毛泽东给林彪写了一封信，这封信后来被称为《五七指示》。在这个指示中,毛泽东要求全国各行各业都要办成一个大学校,学政治、学军事、学文化、又能从事农副业生产、又能办一些中小工厂,生产自己需要的若干产品和与国家等价交换的产品。为了贯彻毛泽东《五七指示》和让干部接受贫下中农再教育,大批党政机关干部、科技人员和大专院校教师等被下放到农村,进了"五七"干校。父亲也成了下放干部,和他的同事们一起去了北京郊区顺义县的"五七"干校。父亲天生会把一切机会变成娱乐以满足他的爱好,"五七"干校成了他大展钓鱼身手的场所。有了潮白河纵横交错的河沟,父亲不仅垂钓,还使上了粘网,那是在城里我们从未见过的。院里孩子们到干校探望家人时,父亲就带着我们姐妹三个还有许多别人家的孩子,轰轰烈烈地去驱赶鱼儿撞向他下的粘网。干校的食堂就曾烹饪过父亲逮到的鱼。

70年代中期,干校结束后,父亲的身体越发不好,高血压引起了心血管病和肾病。在工作了一段时间后,组织上同意他到小汤山温泉疗养院短期疗养。现在想起来,当时父亲的病已经相当严重了,但他还是带着全部钓鱼的家当去了小汤山。小汤山的地热温泉历史悠久,南北朝时魏人郦道元在《水经注》中就有记载,距今已有一千五百多年的历史。元代更把小汤山温泉称为"圣汤",在《大元一统志》上有记载。《燕都名山游记》载:"到乾隆新建行宫时,修浴室……帝后常来此沐浴。"清朝时康熙、乾隆皇帝在小汤山修建了行宫,并御笔题词"九华分秀"。道光、咸丰时天下不稳,帝后久未幸临,日久荒芜。到慈禧太后时又重建浴池,遗址至今犹存。在小汤山温泉疗养的日子,并没有明显缓解父亲的病情,却是父亲心情大好的一段时日。在"九华分秀"的山脚下和老佛爷的浴池边垂钓,父亲心静如水,心有所属。虽然知道自己时光不多,但他在那里总结和反思了自己短暂的一生,想通了一些事,放下了一些事。当然,也添了一些愁事。

18.

与满族人关系最近的艺术形式是曲艺,真正的旗人都有曲艺情结,因为那来源于思乡小曲。

据说早期清军戍边的兵士常年在外,生活寂寞,为排解思乡之愁,就顺口编唱了一些调子。回北京后,八旗子弟还常常唱起这些远征时的曲子。后来传入朝廷,皇帝很欣赏,降旨准许八旗子弟们结社演唱。圣旨是带龙头图案的文件,所以也叫龙票。这张龙票规定,不准营业性演出,不能影响正务。清初皇帝为八旗子弟定下的这个规矩,满族人一直恪守着。他们结社的地方叫八角鼓票房(不是今天电影卖多少钱的意思),经常参加演唱的人就叫子弟票友,票友的标准是,只为了自娱自乐、互相切磋技艺,淡泊金钱名利。

八角鼓是满族曲艺的重要道具,也是一种演唱形式。八角鼓的样子,一部分借鉴了萨满鼓,一部分借鉴了军鼓。八个角代表八旗;用蟒皮蒙起来,代表江山统一;每一角里有三个小铜镲，代表满蒙汉三族；下面有穗，代表五谷丰登。早期的八角鼓演唱形式之一叫"拆唱"，常由多人表演，以插科打诨的丑角为主要角色。道咸年间拆唱八角鼓的著名丑角张三禄，因与同行不和，无人与他搭档而改一人说唱，是为单口相声之始。八角鼓艺术讲究的"说、学、逗、唱、吹、打、拉、弹"中的"说学逗唱"后来就成了相声的主要表现手段，而相声艺术在表演上的"捧哏""逗哏"，也始于拆唱八角鼓。今天我们还能在单弦演员手中看到八角鼓。

我家里保存有一张著名相声艺术家和教育家谭伯儒先生的照片。谭伯儒先生是"清门"名家，陈涌泉先生就是谭伯儒先生的徒弟。什么叫清门呢？一是，清门相声主要是清朝贵族八旗子弟说的相声，地摊相声那叫浑门。二是，清门相声，演出时不收费，顶多请吃一顿饭。三是清门相声文雅不带脏口。

谭伯儒先生是旗人，但他是蒙古八旗。说来，父亲和谭伯儒是远亲，谭伯儒是父亲的奶奶的妹妹的女婿，或者说，谭伯儒娶的是父亲姨奶奶的女儿。满蒙历来是通婚的，父亲叫谭先生为表姑夫。虽然远了点，但是因为父亲喜欢曲艺，自然就觉得亲近，父亲也因此喜欢并结识了一些曲艺演员。

父亲最喜欢的曲艺形式一是相声，二是快板，三是天津时调。早在父亲和母亲在肺结核疗养院谈恋爱时，他们就已经搭伴在疗养院演出相声了，以后，说段相声一直是父亲在单位的保留节目。我一直认为爱说相声的人，一是幽默，二是机智。父亲的幽默和机智与说相声相辅相成，他经常把生活中的人和事编成小段子调侃，活灵活现。父亲会打竹板，家里有一大一小两副板，我们姐妹三个谁都没学会打板，但是，学会了不少段子。现在我还能背出的有《张羽煮海》："一条小路曲曲弯弯弯弯曲曲通高山，翻过了高山是大海，蓝蓝的海水浪滔天。一场秋雨刚下过，满山上的秋花秋草好新鲜。从小道走来了那么人一个……"说得最多的、记得最溜的是《奇袭白虎团》："1953年，美帝的和谈阴谋被揭穿，他要疯狂北窜霸占全朝鲜。这是7月中旬的一个夜晚，阴云笼罩安平山。在这山上，盘踞着美李的王牌军，号称是常胜部队美式装备的白虎团。伪团部设在半山腰的一个山洞里，它是难攻易守戒备严，铁丝网一道又一道，地雷密布在前沿，明礁暗堡到处是，那口令一会儿就一换。"小时我的记忆力很好，我大段背诵时，父亲就会高兴地得意地听着，我们也怂恿他"来一段来一段"，他就来一段。奶奶就说："看你们父女没大没小的。"但她也会坐下来听我们胡闹，也参加点评。父亲还喜欢王毓宝的天津时调，他形容王毓宝的天津时调"真是高腔"，这句评价，是他借用裴盛戎的一句话。

　　单弦才是北京满族人的代表性曲种，直接承袭于八角鼓。很少听父亲唱单弦，但他其实是懂的。我天生五音不全，唱歌跑调，但总是被选出来滥竽充数。初中时学校文艺会演，班主任独出心裁，说这次我们不搞什么大合唱小合唱了，我们演单弦。他给我们班选的单弦曲目一是《王国福》，一是《雷锋》。从此，我们家就遭了殃，我每天下学就五音不全地在家练着："王国福，家住在大白楼，身居长工屋，放眼——全——球……喔……

喔……"要不就是"雷锋入伍后,来到了新兵连,军事训练,他遇到了困难,个小体弱,手榴弹扔不远,胳膊红肿,腰腿酸……咳……"家里人乐得前仰后合,后来父亲实在是忍受不了我的跑调,说:"我给你们找个人辅导吧。"后来他从宣武曲艺团找了个人给班里辅导,大家都唱会了,我还是在那里"喔……喔……"

我对曲艺始终没有真懂真爱,之所以还能够接受,主要是那是满族人的玩意儿,是父亲喜欢的。我就爱屋及乌了。

曲艺给了父亲幽默乐观。我一直想象他在生命的最后,内心仍是这样。因为我永远也走不进、代替不了他最后的那段日子。

19.

民以食为天。对于旗人来说,食比天大,不仅因为是肚子的事,食还是面子,是身份,是品位。

皇帝食不厌精,是有条件和特权的,可以吃遍天下美食。王公贵族食不厌精也有能吃的理由。可一般旗人,只不过就是个拿俸禄的,或者有个皇亲国戚的影儿,也染上了这么个毛病和习性,好吃、会吃、能吃,生生把吃这件事,吃成了玩意儿。尤其是破落了,还驴倒架不倒,撑着努着,也得吃出个范儿来,混得只剩吃咸菜的份儿了,也得把咸菜切成丁、片、丝、块,凑四个菜。这已经超越了穷富的概念而成为一种文化。一般有钱人追求吃好还可以理解，而穷得叮当响了，也忘不了在吃上穷摆谱，卖了铺盖也得吃想吃的那口，那真得有一定境界了。这是旗人曾经拥有特权的惯性？还是对特权逝去的不甘？还是借此显示自己的优越感而与别的阶层区分开？总而言之，历经多年多重的政治变革、文化重塑后，八旗制度没了，贵族阶层没了，但"好吃、会吃"作为旗人的文化符号却留下来了。

我出生和成长在新中国的困难时期，对那个时代百姓生活之艰辛、窘迫、寒酸有深刻的记忆，对于我们大部分家庭来说，吃饱、吃得有营养一直都近乎奢侈。在这样一个物质匮乏、计划配给的条件下，在担负着养家糊口、赡养老人、抚育子女重任的情况下，父亲以他极大的热忱、聪明智慧以及决不放弃的劲头，再加上工作的便利和机会，不敢说是遍访京城茶楼酒肆，尽尝老字号的美食佳肴，也是得天独厚地享用了超越家庭经济条件和时代的美食。他甚至自己亲手做当时已经近乎绝迹的北京小吃，因陋就简、就地取材地满足对美食的追求，达到了超越贫富的吃的境界。今天想起来，这一定让父亲的生活有了很多的意思和意义，也多少是对他短暂生命的一种补偿。当然我们也都跟着父亲开眼界、享口福，而这也留给了我们保持生活情趣的品位和能力。

20.

我的一位好朋友曾为电视片《新中国》写下这样的句子："我们共同拥有的今天是从这一刻开始的。"这一刻说的是1949

年的10月1日的开国大典。她很喜欢这个句子,我也很欣赏。

父亲的政治新生也是从这一刻开始的。在这一天,在举行新中国开国大典的天安门广场,父亲的内心被即将融进一个新的政治共同体、新的大家庭的兴奋感填得满满的。对于一个破落的衰败的满族皇族的后代,对于一个在旧中国经历了艰辛挣扎、不知未来在何方的年轻人而言,新中国的建立,意味着他不必再漂泊。

开国大典后一年,1950年的6月,父亲在他工作的棉纺厂加入了中国共产党。从保存下来的照片看,1952年6月11日父亲与其他四个人在北京大北照相馆拍下了党团支委的合影;1952年11月30日,与其他十人拍下了党团员的合影留念。也就是说,父亲从入党到成为工厂的骨干只用了两年的时间。这段日子,他一定是朝气蓬勃、充满干劲的。1953年,新的一年刚一开始,父亲便被调到北京市外二区,也就是后来的宣武区委工作了。从此,开始了他的新生活。

1953年父亲先是调到宣武区委办公室工作,此后一度被借调到北京市政府交际处,60年代初又被借调到北京市人民政府外事办公室。"文革"开始后,因为母亲家族中有台湾亲戚,父亲不再适合外事工作,于是又回到宣武区委。这段日子,对于父亲来说,春风得意。虽然职位不高,但是这些外联、接待等工作,对于擅长交际沟通、具有吃喝玩乐能力、机敏聪慧、一表人才的父亲来说是得心应手、如鱼得水。在这期间,父亲得以参与了许多重要的接待,结识了许多重要的人,并和其中的很多人成为终生的朋友，这也是父亲的为人和魅力带来的。

　　当然，父亲也借机满足了他的口腹之欲，发挥了他的美食天赋，光大了旗人的善吃传统。尤其是在60年代初，由于工作需要，他居然还能有机会吃馆子、品美食。当然这种机会也并不常有，而且与平时吃不饱的状态反差极大，想来，饥一顿饱一顿也挺让人煎熬的。一些从根据地老区来的同志，对于一些菜肴既不知名、也不知味，而父亲则像是在娘胎里吃过一样如数家珍。新侨饭店、莫斯科餐厅、四川饭店、丰泽园、全聚德……什么"八大楼""八大堂""八大春""八大居"等一大堆西餐中餐饭馆名字以及招牌菜就这样通过他的嘴进到我们耳中，其中一些就成了改革开放、经济条件好了后我们首先扑向的目的地。

　　"文革"前家里吃饭，还会用到许多高足的或叫高脚的碗、碟、盘，和普通高矮的碗碟放在一起，错落有致、煞是有趣。其中有一些素色的高脚碗碟原是清末民初饭馆里常用的。旗人爱摆谱，所以家里来客人会经常到饭馆叫菜，饭馆做好饭菜就用这种高脚的碗碟，大盘小碟地送到家里来，这样就不会和顾客家里的饭碗混淆。饭馆送来饭菜后并不急着带走碗碟，而是等下次叫饭的时候再用新的一批碗碟来交换。当然也可能会在不同的饭馆订外卖，所以，家里有些不同风格的高脚碗碟。用这些碗碟给没给押金不知道，也许是老客户的信用无须押金，也许是一种促销手段。不知哪年战事一起，饭馆关张了，老板跑路了，一堆碗碟就留下了。这些碗碟的命运更为可笑。"文革"破四旧一起，父亲和奶奶觉得这些高足碗碟太另类、扎眼，封建色彩太过明显,但是又舍不得全砸了。于是,就用锯条生生把一些碗碟的高脚锯掉了。今天,嗤嗤啦啦的锯碗声犹在耳边。当然,也还有一些漏网的。

如前文所言,旧时家里是可以吃到北京饭馆里的菜肴的,家里人也都很熟悉各路菜肴的名字。这些,父亲也许是耳濡目染吧。

五六十年代的那些日子,百姓吃饱肚子真是大问题。爱家、孝顺的父亲,对于自己的"独享"是愧疚的,他会在尽可能的情况下让家里人也能分享,这是生存的本能,也是爱的本能。当然,每当这样的事情来临时,对于饥饿和缺嘴的家人来说那是多大的幸福和荣耀。一次,父亲在一个涉外宴会上工作,宴会给出席会议的人,包括工作人员提供了烟酒,但不能带走。父亲是不吸烟的,但我的奶奶,作为一个旗人家的女儿,从六岁就开始吸烟,从吸水烟一直到最后改吸纸烟。涉外宴会上的雪茄、"大中华"这些奶奶平日很难抽上的烟,对于身为大孝子的父亲来说实在是太大的诱惑了。那个时代的人组织纪律观念很强,父亲知道这些是绝对不能带走的,但他人想让奶奶尝尝了。于是从不吸烟的父亲,拿起了雪茄、"大中华",各吸了几口,呛了几口,然后赶快掐掉——烟蒂是可以带走的。这是一个近乎心酸的故事,这是一个父亲觉得羞愧且对外保密终生的故事,只有我们和奶奶知道。但这也是一个充满了爱的故事。

真要好吃,必得好做。作为曾经的黄带子,虽然不见得吃过满汉全席,但是,老北京的饭,旗人的谱,家里是代代相传的。尤其是那些北京的满族传统小吃，街上没得卖了，就是自己做，也得吃。

21.

满族贵族，甚至是满族知识分子有一特点，不排斥俗文化，喜欢接地气。他们的特长是能把痞的东西弄成貌似雅，能把俗的东西弄成文化，撂地摊、耍杂耍都能弄个说法出来。皇帝的三宫六院还喜欢偷出宫逛逛八大胡同；山珍海味、满汉全席地吃着还要溜到街上偷尝小摊。一般的旗人，一边穷摆谱一边市井化，甚至不惧到寒酸的地步。你说这是文化自信还是文化底虚？是真诚率性还是居高临下？这是装还是不装？

说不清是旗人成全了北京小吃，还是北京小吃成就了旗人。一些北京小吃因为满族旗人的光顾与喜爱，从最底层的吃食变成了一个品牌，而在四九城踅摸各色小吃也成了旗人的一个符号。

承担这个神奇角色之一的就是卤煮火烧。

卤煮火烧是老北京的吃食，土生土长，比京剧还要纯粹。但它其实来源于宫廷，普及在民间。卤煮本来是出自光绪年间宫廷御膳的一道叫作"苏造肉"的菜，这道菜，本来是五花肉煮制的。但传到民间后，五花肉显得价格偏贵，所以人们就用猪下水代替，降低了成本。老北京的脚夫或三轮车夫最钟情于这个吃食。因为猪下水便宜，但热量大，好歹也算油腥；卤煮的口味又重,主食副食煮在一起,吃起来一大碗全齐了,特别适合像拉车的这样干强体力活的下层劳动人民吃。就这样一道引车卖浆者都可以吃得起的菜,经过民间烹饪高手的传播,久而久之,不仅造就了卤煮火烧这一北京传统小吃,还吸引着北京旗人的胃口。爱不爱吃卤煮火烧和喝豆汁,也成了测量是不是老北京人的试金石。无论是有钱还是没钱,旗人吃卤煮都不算丢人。

解放前,东安市场和西单的繁华地带都有卖卤煮火烧的,后来集中在有戏院的地方卖,因为这样散戏后看客就可以顺便买着品尝了。最有名的"小肠陈"就在广和戏楼附近,很多唱戏的名角儿都好这口,像京剧大师梅兰芳、张君秋、谭富英,相声大师侯宝林等都非常喜欢吃卤煮火烧。

简单说,卤煮火烧就是将火烧和炖好的猪肠、猪肺以及炸豆腐一类的东西放到一起煮,主食副食一锅烩。出锅时的佐料很重要,一定要包括蒜泥、辣椒油、豆腐乳、韭菜花和香菜。火烧一定要按井字刀法切,炸过的豆腐一定要切成三角,洗干净的小肠、肺头剁小块,火烧、豆腐、肺头一定要得在锅里吸足了汤汁,达到火烧透而不黏,下水烂而不糟,味厚而不腻,吃不出任何异味的境界。卤煮火烧看起来不复杂,做起来非常费事儿,所以大多数人都在外头吃,没听说过几个自己做的。"文革"前,吃到卤煮火烧还比较容易,但"文革"一开始,老字号被当作四旧被关掉了,要想吃这口就不容易了。

总还想吃这口的父亲终于要挑战了。

没想到不仅做起来麻烦,在"文革"和计划经济时代,要想买齐这些原料也得下点功夫。当时猪肉是定量供应,猪下水不是定量供应,但是很难见到。猪下水本来比猪肉低贱,怎么会比猪肉还难买呢?杀完猪那些下水哪去了呢?据说农村养猪杀猪都是定额的,养猪农民自己不能留下任务内的猪肉,但他们会把不在任务之列的猪下水想办法留下来。所以市面上反倒很难见到这些东西。那时候经营猪肉的副食店,主要卖生猪肉、一些排骨棒骨,连猪油都不常有。父亲好不容易托人弄来了几副猪肠子和带着长长气管的猪肺。火烧则是从南横街小吃店买回来的。

拾掇这些东西是个麻烦事。奶奶负责清洗猪肠子。这做卤煮的猪肠子是处于消化道的偏下位置的那段肠子,曲里拐弯的,如果洗不干净的话,煮出来的异味儿,你加多少蒜汁、辣椒都压不下去。过去饭馆里是用碱水洗、用盐搓,奶奶的办法是用醋洗,翻过来调过去的,直到把猪肠子洗得没有了怪味,但还得保持一些肠子味。

父亲则承担了猪肺的准备工作。猪肺里有很多气泡和沫子,要通过大火煮炖,先把这些东西从肺腔里排出来。我们家有个大铁锅,煮的时候肺的主体在锅里,连着的长长的气管要甩在锅外边,下面要用一个盆接着,因为水开了以后,那些沫子、气泡就顺着气管往外流。等到猪肺由鲜红变成粉色的时候就差不多熟了。一晚上,家里就响着咕噜咕噜的肺泡声,我们就咽着唾沫想象着它成为美食的样子。

煮好的肺被切成小块,猪肠子煮烂后切成小段或者片,放入事先用大块的猪骨煮成的高汤内再煮,差不多时放入切好的炸豆腐、火烧,等这些东西吸足汤汁,加上一样一样的佐料就出锅了。出锅的时候满院飘香,我们就一家一家地送给邻居,也是父亲的同事们分享。北屋住的一家,全是上海人,估计人家捏着鼻子也咽不下去;南屋一家来自河北,还能接受这重口味的东西。我们全家老小吃得不亦乐乎,最开心的是可以无限"续杯"呀!

父亲享受着这极大的满足,既满足了口腹之欲,又享受了制作过程,更重要的是向我们展示了、普及了这种俗文化。无论生活多么艰难,无论环境多么不顺,旗人这种自得其乐的态度,真是一种让人在逆境和落魄之时还能乐呵着活下去的本领。

直到今天,我们家的下一代,全都继承了"这口儿"。

22.

1980年秋天,父亲最后一次住院。前前后后他已经住过四五次院了。

在最后一次住进友谊医院之前,父亲和母亲选了位于宣武区菜市口的美味斋吃了顿饭,父亲说特想吃虾,他们这餐饭就只点了两只油爆大虾,但父亲已经很满足了。他长期患病多次住院,虽然是公费医疗,但是也花了不少家里的钱,这次住院还不知会发生什么呢!探望父亲时,父亲毫不避讳地和我们谈起这顿只点了两只虾的饭。他知道我们三个孩子在他病后是多么"宠惯"他的饮食,我们家也早形成了以他的"美食"为荣、为乐的共识,好东西让父亲吃了,真比我们谁吃了都高兴、都有价值。

果然，父亲向我们讲起了这里的虾与"文革"前大不同了，颜色还不错，暗红油亮，就是口感差了，可能是自己久病，也尝不出来什么味道了。他更活灵活现描述的是周围食客对他们俩的议论和猜测。他说那顿饭最尴尬的是餐厅老板认识他。可就那样，他也非得吃上那一口。你瞧，这就是旗人！

事实上，这次住院父亲就再没出来。美味斋这顿只有两只虾的餐，是他最后一次下馆子。美味斋本是上海菜馆。擅长老北京美食的父亲，喜爱这家餐馆，与这家餐馆是周总理在1956年倡导、动员美味斋、老正兴等几个传统上海菜馆落户北京时开张的有关。父亲对周总理十分崇拜，1965年中日青年大联欢时，周总理来到工作人员这桌和他碰杯，让本已喝了不少的父亲更加激动得晕晕乎乎，在下人民大会堂台阶时竟一脚踏空，摔折胳膊。

所以父亲喜欢这家餐馆有爱屋及乌的意思，当然也是因为这家餐馆做的生炒鳝糊、五香大排、古老肉、松鼠鳜鱼、油爆虾等，既有苏锡帮菜的特点又兼有淮阳风味，确实地道。另一家1956年落户北京的正宗上海菜馆老正兴，我没有去过的印象。妹妹回忆说她和父亲去过，但是去的原因很有意思。那是"文革"后期，有一次她和父亲一起走亲戚。那个院子里主要住着父亲家的亲戚，但也有一户来自我奶奶娘家亲戚。进院时，我奶奶娘家亲戚的一位大妈正在院中炸饺子。看见父亲领着小妹进院怔了一下，就连锅一起端进屋里了。这分明是不想让孩子看见，或者避免不给小孩子尝一个说不过去的尴尬。虽然心眼小了点，其实也好理解，也许人家的饺子就是数着个炸的呢？再说，这比人家让你看着闻着就不理茬还要强点。但父亲很敏感也很生气，转身带妹妹去了老正兴。父亲身上根本没有带着吃一顿正餐的钱，但他就是不能让孩子受委屈受伤害，补救的办法就是吃更好的。妹妹对这事印象极深，但对吃的什么根本想不起来了，可见，确实没点什么像样的菜！

23.

1953年12月，一个晴朗的北京冬日。温暖的阳光从窗户照进西郊黑龙潭疗养院的一间病房，穿过父亲柔和松软浓密的头发，投射在墙上。均匀的光线，合适的角度，光斑色块呈几何状，父亲的脸部完全沐浴在光线中。最强的光线正好集中在父亲手上，一只拴在架子上的鸟儿，在吃着父亲手中的食儿，父亲一脸慈爱。这真是一张出色的作品。摄影者是当时人艺的演员徐洗繁，他当时也在西郊疗养院休养，后来和父亲母亲成了好朋友。

一提起八旗子弟，人们想到的就是提笼架鸟的形象，这几乎成了八旗子弟的一个标配。1953年，父亲被查出患了肺结核，先是在安定门外第一医院治疗，然后转到西郊黑龙潭疗养院继续治疗和休养。住院疗养期间，他的发小专门把他养的鸟送到他的病房。

印象中，鸟是父亲养的唯一宠物。不过，父亲从不养名贵的鸟。自我记事起，父亲只养一种鸟，就是麻雀。麻雀又名瓦雀、琉雀、家雀、老家子、照夜、麻谷、南麻雀、禾雀、宾雀、厝鸟。北京人把它们叫作"家雀儿"或者"老家贼"。麻雀是一种最常见的雀类,形不惊人、貌不压人、声不迷人,有人类居住的地方,就有麻雀。它们大多在屋檐、墙洞、树杈上建巢,有时也会占领家燕的窝巢。麻雀性情活泼,胆大敢接近人,但警惕性却非常高,所以叫"老家贼"。麻雀很有气节,抓到成年麻雀很难养活,因为它们宁死不吃嗟来之食。但麻雀有很强的记忆力,得到人救助的麻雀会对救助过它的人表现出一种亲近和信任,而且会持续很长的时间,所以它也被唤作"家雀儿"。就因为麻雀的这种性格,父亲很喜欢麻雀。

家里常常养着麻雀。有的是在孵蛋季节从房檐的鸟窝里掉下来的幼鸟。这种鸟是可以养活的,它还不懂得"气节"。父亲一般在开始喂养时要掰开它的嘴放些米糊进去,吃了几次它就熟悉了,父亲一学小鸟的叫声,它便会张开那与娇小的身体极不相称的黄唇大嘴,撒娇般地要吃要喝。等到长出翅膀,就是一只熟鸟了,可以不拴着,任它在房间里飞来飞去。麻雀是认人的,父亲下班回来一开门,它便会刷地扑向父亲,落在父亲的肩头。有一只麻雀,就是扑向父亲太着急,一下子没站住,从父亲的肩头一下子滑落到父亲手中的热水里烫死了。有时,一些成年麻雀,会误打误撞地飞进家里。父亲抓住它们后,总是尝试着用爱心和耐心养熟。也确实养熟过几只,但大部分是气绝身亡或者挣脱牢笼跑掉。

父亲在侍弄鸟时,满脸的慈爱,像是抚弄婴儿。麻雀生病时,我们和父亲一起试着喂它们各种药物。并不总是有好的运气捡到幼鸟。到了孵蛋季节,父亲便带上我去掏鸟窝。当然对于鸟父亲鸟母亲来说过于残酷,但是这些幼鸟到我家通常是可以活上很长时间的,父亲绝对好吃好喝对它。鸟窝一般是在房檐下和树杈上。父亲一般不碰鸟蛋,孵蛋的任务还是要交给鸟爸爸鸟妈妈。如果鸟爸爸鸟妈妈在窝里,父亲也不对幼鸟下手,免得大鸟反抗或者鱼死网破地毁蛋。说起来是有点残酷,父亲掏到合适的幼鸟,便会说:"跟我回家吧!"

世界上濒临灭种的兽类或鸟类,不是因为它们的血统高贵,就是因为它们的珍贵药用价值。但最卑贱的麻雀却也遭到过厄运。1958年2月12日,中共中央、国务院发出《关于除四害讲卫生的指示》,在全国范围内掀起了剿灭麻雀的高潮。全国几乎所有的城市都采取了全民动员、大兵团作战围歼麻雀的办法。北京市的做法是从5月18日起,大战三天,在三天之内,每晨六时前,男女老少在大街小巷、院里院外、楼顶、墙头、树上,鞭炮齐鸣,竹竿彩旗一齐挥动,处处吆喝,强迫麻雀飞翔,生生把麻雀累死。这是一种何等荒唐的办法,但据说这种办法是奏效的,当年全国麻雀大量减少,在有的城市几乎绝迹。

我没有赶上这个荒谬的运动。每次在说起这段历史时,在公安局工作的母亲眉飞色舞,父亲则总是沉默不语或者环顾左右而言他。不知道喜欢麻雀的父亲参加这一剿灭麻雀运动时会多么难受。

24.

　　一个人的读书习惯和读书态度的养成与一些偶然因素有关。一旦你真的养成了读书的习惯,那这个偶然因素是多么的重要和难得,你该怎样庆幸和感谢这些看似偶然的因素!

　　父亲并不是个知识分子,没有经过系统的学术训练。在旧社会,他完整读完了小学,但只读了两年中学,解放后上了三年夜大学的中文系。他读书既随性又带有指向性;有着自己明显的偏好,又和着政治节拍前行。但他却培养了我们阅读的兴趣,给我们创造读书的条件,为我们开辟了一个按照自己的兴趣阅读的空间。

　　虽然父亲母亲拿的都是国家工资,但却不高。那时工资并不是随着工作年限增长而增长,印象中他们总也不涨工资,而家里的开销却与日俱增。父母双方家里都有生病的老人,三个孩子一天天长大,所以家里一直不富裕,捉襟见肘也是常事。他们也不是知识分子,因此家里并无职业上所必需的藏书。倒是外祖父有一些很珍贵的藏书,比如《论语集注》《金刚经》《饮冰室合集》《新民丛报汇编》《百大名家手札》《千家诗》,甚至有全套仿殿本的《康熙字典》,等等。但这些藏书是外祖父去世以后才转到我家的。

　　但是,就有这样一种人有这样一种力量,他的并不刻意的行为会引导你前行。说来我们小时阅读兴趣的培养与开蒙,一是拜政治气候所赐,二是来自父亲的鼓励。父亲和母亲都酷爱《红楼梦》,他们的枕下永远是《红楼梦》,但是一直不让我们看,这让我们觉得很是神秘。大概是我初一时,父亲母亲不在家,姐姐偷一本,藏在抽屉里看;我偷一本,借口为家里提水躲到院里水管子那里看,因为我们要逃过奶奶的监视。终于有一天,奶奶向父亲提出了抗议和警告:"孩子们看书,我不反对,但姑娘家家的,这么小看《红楼梦》,你们得管管。"父亲敷衍地提醒了我们一下,书仍是放在枕下。

1973年开始,在毛泽东的倡导下,全国掀起了"评《红楼梦》"运动,父亲索性买了人民文学出版社出版的简体横排四卷本《红楼梦》让我们读。这是毛主席的号召,奶奶也就没法管了。这版《红楼梦》,因为政治原因,印数很多,后来我发现很多人家都有这个版本的藏书。简体横排对我很适合,所以我们很快就看完了。我和姐姐关于《红楼梦》人物的见解让父亲觉得很有意思,很愿意和我们讨论。于是我们为了能和父亲有更多讨论的料,就一遍一遍地看。姐姐对王熙凤的特点分析准确而又入木三分,我则喜欢史湘云的直率与大大咧咧,而这二人也正是父亲最感兴趣的。他对我们的偏好大加赞赏,认为姐姐是家里老大,就应该学学王熙凤管家的能力;认为我的性格就是有点像史湘云。那时,趁着评《红楼梦》运动,红学专家周汝昌于1953年写成的《红楼梦新证》也被印成大字本,供毛主席等中央领导人阅读,并且把原来的三十九万字增至八十万字,分成上下两册修订出版。1976年父亲买了周汝昌的这本红学研究的经典之作,正式送给了姐姐。

阅读中国古代四大名著，我是从《红楼梦》开始，接下来就是《水浒传》。1975年8月毛泽东就《水浒传》发表指示："《水浒》这部书，好就好在投降。做反面教材，使人民都知道投降派。"又说："《水浒》只反贪官，不反皇帝。屏晁盖于一百零八人之外。宋江投降，搞修正主义，把晁的聚义厅改为忠义堂，让人招安了。宋江同高俅的斗争，是地主阶级内部这一派反对那一派的斗争。宋江投降了，就去打方腊。"姚文元借题发挥，在《红旗》杂志发表《重视对〈水浒传〉的评论》，提出"要充分开展对《水浒》这部书的批判，充分发挥这部反面教材的作用，使人民群众都知道投降派的真面目"。这样，文艺评论变成了政治斗争。

顺理成章地，父亲开始允许和鼓励我们看《水浒传》了，在他看来这是我们政治上要求进步所必需的，因为只有看了《水浒传》，才能在学校组织的批判运动中有发言权。家里的《水浒传》是《金圣叹评点第五才子书忠义水浒传》竖排繁体影印本。清代金圣叹按照自己的偏好将《庄子》《离骚》《史记》《杜诗》《水浒传》《西厢记》评定为"六才子书"，并加以点评。我的古文繁体阅读一直有些障碍，父亲为我们买了简体横排本。同样，看了《水浒传》，我不喜欢什么招安，觉得关于招安的情节是全书最没意思的地方，而大碗喝酒大块吃肉的好汉生活才是最吸引我的。我和姐姐每天盼着父亲下班，他一进门我们便争着抢着向父亲汇报我们一天的所看所得，父亲经常一边脱外衣，一边和我们讨论。奶奶便大声嚷："让你父亲先洗把脸再说。"父亲本不是个慢性子，但在这时却非常耐心地听我们说，评判谁说得有理。我最高兴的是，父亲喜欢的人物和我一样，是林冲。

父亲藏书中有一套绘画本《二十四孝》。"文革"开始后，他工工整整地在封面上用毛笔写下"封建糟粕供批判用"。也许是出于一种保护吧，但就因为这几个字，让我产生了反感，竟没有好好翻看过。这套书，父亲也送给姐姐了。

最让我过瘾的，也是培养了我对历史感兴趣的是《李自成》。姚雪垠的《李自成》第一卷，是1963年由中国青年出版社出版的。《李自成》第一卷出版后，姚雪垠很聪明地给毛主席呈寄了一部，毛主席读后印象很好。"文革"开始后，毛主席向姚雪垠所在的湖北省负责人专门作了交代，说姚雪垠的历史小说《李自成》写得不错，应当对他加以保护，让他把小说写完。由于有毛主席的保护，这部小说没有被当成大毒草禁止。但其实这部小说对于农民起义和封建皇帝都有颠覆性的评价。我看得昏天黑地，感慨万千。看完第一卷的上册怅然若失，缠着父亲要看后面。记得母亲后来又找朋友借了第一卷的下册。我对父亲说，我最挂念的是崇祯皇帝，最同情的也是崇祯皇帝。这让父亲很吃惊，也很欣赏，觉得我的想法很奇特，几次和母亲说，这孩子，这孩子，怎么喜欢皇帝。后来，姚老先生在"文革"后又陆续写了好几卷，出了全本，但我却再也看不下去了。

其实，对我影响最大的是《苏联是社会主义国家吗？》。这本书是由日本学生新谷明生、佐久间邦夫、足利成男、原田幸夫四人合著的一本谈话录，首先在日本山口县《长周新闻》登载，后来1969年3月由东京大安书店出版,再然后,由余以谦译成中文,1969年12月中旬由香港三联书店译校出版。这是一本内部读物,四名日本青年记录了自己在1962年—1968年期间留学莫斯科时对苏联社会各阶层状况的见闻,全面否认苏联是社会主义国家的事实,对赫鲁晓夫之后苏联政府的"修正主义路线"提出了批评。这是当时中国能看到的为数不多的外国书籍之一。这样一本既不是小说也不是历史书的书,我却看了很多遍,不知道对于我后来的专业是否有影响,我很早就对苏联的观察有了别的角度。

父亲还有一套1959年12月出版的陶菊隐的多册本《北洋军阀统治时期史话》,是父亲在一次内部促销活动中用比较便宜的价格买的。那时,我和姐姐的文史水平与文言文水平已经有很大差距,所以,我就去通读《北洋军阀统治时期史话》,姐姐则去啃《史记》了。很多年很多年以后,我读研究生时,参考书里居然有《北洋军阀统治时期史话》,我好得意:那是我少年时便读过的了。

其实,说到开蒙,我们都得感谢连环画。那是照亮我们走进文字、走进历史、走进知识隧道的火把。1965年的某一段日子,我的一个堂伯身患重病住院。为给他解闷,父亲便从文化馆、图书馆以及朋友那里给他借连环画。每次借满满一书包,每周探视时便带去,然后换回看过的。父亲每次都会让这满满一书包的小人书,在我家停留两天。这两天,便成了我和姐姐狂欢的日子。这两天,奶奶管我和姐姐叫"祖宗",把这些书叫作"爷爷"。因为我和姐姐俩顾不上吃饭,每到吃饭时间,奶奶千呼万唤我们也不抬头,她只好以满族人特有的幽默,说:"小祖宗,把你们手里的'爷爷'放一放吃饭行不?"我们才不好意思地离开。那是一段多么丰富多彩的日子。我承认,很多名著,很多故事,其实我都是从连环画中看来的。它们给我打开的是一个多么奇妙斑斓的世界啊!

我有一个秘密的自我安慰:只要读书的爱好和习惯还在,父亲就永远没有离开我远走。

25.

当父亲的枕下书换成了《铸雪斋抄本聊斋志异》以后,我们的阅读也发生了很大变化,那已经是"文革"的后期了。经历了"文革"的种种风浪后,以狐、鬼、花、妖来映射"文革"时期的社会现象面面观,比宝钗黛的爱情似乎更加贴切。我们则走上了阅读所谓外国毒草的路子。

70年代初开始,几家重要的出版社根据中央指示,以批判毒草为名,出版了一批外国文学。上海人民出版社在1971年恢复出版"内部书"系列,至"文革"结束,以"白皮书""黄皮书""蓝皮书""灰皮书"等形式出版了一大批"苏修"文学以及一部分西方文学,比如《人世间》《你到底要什么》《落角》《多雪的冬天》《州委书记》等二十多种"苏修"当代文学作品。人民文学出版社以"皮书"形式,内部发行了沙米亚金的长篇小说《多雪的冬天》、爱伦堡的《人·岁月·生活》,作家出版社、中国戏剧出版社出版了爱伦堡的《解冻》,此外走入人们视野的还有索尔仁尼琴的《伊凡·杰尼索维奇的一天》、叶甫图申科的《〈娘子谷〉及其他》、阿克肖诺夫的《带星星的火车票》、西蒙诺夫的《生者与死者》，以及《艾特玛托夫小说集》等。

这与之前我们的阅读经验和阅读对象完全不同。母亲在50年代中苏"蜜月期"学过几句俄语，对苏联有感情，所以，极力鼓励我们看这些外国小说，尤其是苏联小说。而父亲开始有所抵触，有"九评苏共中央的公开信"的影响，有《苏联是社会主义国家吗？》这样的书做底色，父亲对苏联是充满怀疑的。但是这些毕竟也是书，看书总要好过其他，因此也就默认了我们的转向。但是父亲自己却从不看，只是帮助我们借不知道从什么渠道弄来的很多内部出版的苏联小说。我翻看1975年—1976年的我的日记，阅读外国小说尤其是苏联小说占了极大的比例。其中柯切托夫的书，我一年就看了好多本：《落角》《你到底要什么》等，以及他早年的《州委书记》《茹尔宾一家》《叶尔绍夫兄弟》等，其实他后期的创作已和从前有了很大的不同，但当时我不懂"御用文人""遵命文学"，也不懂"反思文学"。只觉得这些与中国古典文学和传统革命文学不同的文学视角，很吸引人。现在想起来，这些书基本没有加入到我的文学史知识结构中，只是一段印象深刻的回忆罢了。倒是父亲从俱乐部图书馆搞来的《第三帝国的兴亡》（全4册，三联书店，1975年出版）更让我受益至今。我在1976年9月27日和10月9日的日记中，分别写下了读后感，幼稚地写道："第三帝国终于走上了下坡路。在苏联红军的穷追猛打下,在各国人民的努力下,终于在1945年5月7日宣告灭亡。希特勒也自杀而死,结束了它的狗命。"我还特意用了"它"。

后来,我上大学时,在西绒线胡同的内部书店,自己买了全套的《第三帝国的兴亡》。但是,那里只有三联书店1979年出版的蓝皮版了。其实,还是以前看的那套白底黑框的更好!

26.

儿子玩电子游戏,我偶尔会干预一下,但是他在网上看电影,我从来不干涉,而且还会鼓励,无论他连看多少个小时。因为电影对一个人的想象力、历史感和审美的养成有多重要,我太有体会了。"文革"中成长的我们这一代,除了有限的书籍外,电影就是我们的第二老师:人生老师、历史老师、民俗老师和艺术老师。我们只有在电影中,蓬勃的生命力才得以倾泻,无限的想象力才得以发挥。

幸甚至哉,父亲是爱看电影的,按照父亲的秉性,他一定是和我们想法相通的。

离我家最近的电影院是白广路电影院。电影院的经理杨泰是父亲的相识,后来才知道他也是我外祖父的拜把兄弟,算是有缘了。我们叫他杨姥爷。有杨姥爷在,我们看电影是有得天独厚的条件了,只要是在白广路电影院放的电影,我们随时可以和父亲去看。这在现在,确实叫走后门。但是我们一定是坐在最后一排工作人员的位子上，或者是坐在前排座位的加座上。每个周末，只要父亲没什么工作安排，我们三个孩子，有时还加上院子里的其他孩子就簇拥着父亲，去白广路电影院，赶上什么看什么，看过的也还看。有时父亲把我们送进去，他自己并不看，而是和杨姥爷聊天，等着我们。就这样，一部电影我们会看上无数遍。中国的诸如《地道战》《地雷战》《平原游击队》《董存瑞》，外国的，如苏联的《列宁在十月》《列宁在1918》，以及罗马尼亚、南斯拉夫、朝鲜等当时的社会主义国家的电影，都百看不腻。就像在只有少量图书的情况下，每本书我们都会精读一样，每部电影我们也都精看，直看得倒背如流，演员说上句，我们接下句。其实这才是看电影的最高境界，听戏的人们不是也都知道下一句道白、下一句唱腔是什么，还乐此不疲吗？今天我们看电影已经很少有这样的境界和乐趣了。

更精彩的是电影"复盘"。院里的小孩子经常会在一起，根据每个人的特点和喜好分配角色，重演电影的某个桥段。有几个大点的聪明男孩子永远扮演八路军、解放军军官的角色，小点的老实孩子永远充当俘虏、汉奸的角色。对外国电影的"复盘"更高级，因为那需要念准长长的外国人名、模仿配音演员的绝妙声音。最经典的便是《列宁在十月》《列宁在1918》以及《宁死不屈》等的片段。那时，很少会有大人加入孩子的这种游戏，但父亲却会和我们一起对台词，一边比画着一边说着"尼古拉的大门也要打开？""布哈林是叛徒"一类的台词，但通常他没有我们记得清。院子里的孩子们无限羡慕我们的父亲，把他视作孩子王。受到夸奖和鼓励，父亲甚至还会和院子里的男孩子比画电影中的武打行。他最欣赏《平原游击队》中松井的扮演者方化，说他的眼神又贼又亮，把日本军官狡猾狡猾的劲儿全演出来了，他和我们一起看得最多的也是《平原游击队》。

后来，所谓内部电影开始流行了。内部电影也叫内参片，是"文革"中的一个很奇特的现象。一边说要对文化"毒草"全面封杀，一边又以批判"毒草"的名义放映一些"毒草"电影，当然据说是江青搞的。这类内参片一类是供中央少数首长和外事部门的人员观看的，以了解世界政治、经济、文化、军事动态；一类是为了批判"封资修"用的。片子的形式也分为两种，一类是文艺片，据说大多是江青私人保留的美国的一些文艺片，如《魂断蓝桥》《女人比男人更凶残》《出水芙蓉》等；另一类是政治性较强的，比如日本鼓吹军国主义复活的影片《日本海大海战》《山本五十六》《军阀》等。

这些以批判"毒草"的名义放映的电影具有巨大的诱惑力。白广路电影院是对外公开放映电影的公立电影院，显然在这里看不到所谓的内部电影。我们的阵地便移师宣武区工人俱乐部和北京市工人俱乐部，还有几个内部礼堂。父亲利用他的工作关系和私人关系，开始四处淘换内部电影票。父亲最喜欢的是《山本五十六》和《啊，海军》，他和母亲先看了，然后又想办法，弄了票让我去看。我的印象是《山本五十六》比《啊，海军》更好看一些。

通常，看过电影后我们会兴奋好几天，然后就告诉父亲，又听说什么什么在演了。父亲便继续努力去找票,一旦票找到了,他下班回来进家门时的神色都不一样,我们便猜到,一定是好消息来了,便一拥而上。父亲会带着极大的满足感和成就感,从他的口袋里往出掏票,说:"嘘,别嚷嚷。"我们知道,我们的福利来了。

27.

美丽的潮白河畔,有一座大营房。宽阔的大门,笔直的大道,两边是杨树。路到尽头是一排一排的房子。这就是北京市宣武区"五七"干校,在马坡公社不远的地方。

1966年5月7日,毛泽东曾给林彪写信,提出各行各业均应一业为主,兼学别样,从事农副业生产,批判资产阶级,防止资本主义复辟。1968年,黑龙江在纪念毛泽东的《五七指示》发表两周年时,在庆安县柳河开办了一所农场,定名为"五七"干校,将大批机关干部下放劳动。毛泽东随后发出指示:"广大干部下放劳动,这对干部是一种重新学习的极好机会,除老弱病残者外都应这样做。在职干部也应分批下放劳动。"此后,全国各地的党政机关都纷纷响应,在农村办起"五七"干校。

宣武区区委区政府选择了在北京郊区顺义县建"五七"干校。据当事人回忆,建顺义"五七"干校的一部分砖瓦木料是来源于拆除通县的钟鼓楼。这可真是"除旧布新"啊!

在有关通州的古老传说中,通州旧城是一艘大船,而燃灯佛舍利塔是船桅，位于城中心的钟鼓楼是船舱。通州钟鼓楼建于明初，楼顶是传统歇山顶，屋脊陡峭，两端装饰兽吻，四角飞檐。门、棂、椽、柱都涂饰朱漆。下层不仅是楼基，而且是南北向的城门洞式拱券通道。登上钟鼓楼远眺，通州城和京杭大运河尽收眼底。钟鼓楼上原有一面直径达五尺的大鼓，一口明代所铸、重约一千余公斤的大钟，击鼓撞钟，其声可达四城，平时用以报时，遇灾则用以报警。1940年日本侵略者占据通州后，将大钟偷偷运到日本，使钟鼓楼有鼓无钟，徒有其名。1968年，这座五百多年历史的钟鼓楼，被当作"四旧"拆毁，拆除下来的砖瓦木料被运到潮白河畔去建"五七"干校了。

送父亲去"五七"干校那天，气氛十分悲怆。父亲从未离开家出过远门，奶奶从未与他儿子分开太久。奶奶提前好多日子把父亲的棉袄棉裤拆洗好，重絮了棉花，换洗衣服叠得整整齐齐。那天，我们和奶奶一起送父亲到院子的大门口。当时我们住的是机关宿舍，是一个好几进深的大四合院，前院东西南北四面都是房子，住着五户人家。走过一个小跨院和长长的走廊才是我们的后院。从后院走到前院再到大门口是一个不近的距离，送到大门口是比较隆重的了。虽然这次去干校，并没有离开北京，只不过是去了远郊区，但从没有离开过家，离开过市区的父亲，也显得有点紧张。奶奶更是流下了老泪。我们则恐慌、无助。好在全院的大人都一同去干校，全院的小孩子是一样的命运，心里也还踏实了些。可能唯一暗喜的就是母亲了。母亲早在好几年前清理阶级队伍时，因为她的表哥在台湾，这个所谓"海外关系问题"让她被清理出了公安队伍,下放到了顺义县医院,每个月只能回家两次。而父亲要去的"五七"干校也在顺义,虽然离县医院所在的县城还有一段距离,但毕竟他们是近多了。

这一去就是三个月。三个月后,干校第一次放假。回来那天,全院老少都站在大院门口翘首盼着回来休假的各家男女主人们。几十年的战争、疾病、运动后,父亲当时是奶奶身边唯一的儿子了,他就是奶奶的眼珠子。奶奶紧张激动,手一直颤抖着在屋里忙活着做饭,脾气也显得焦躁不安,不敢独自迎来见到父亲那一刻,让我们这些孩子到大门口去迎接父亲。

我们院子在糖房胡同的中部,门牌号码是十三号。大门有着高高的石台阶。站在台阶上可以眺望到胡同口。一会儿,院里的大人们,那些"五七"战士们,一伙一伙地出现了,机关的车把他们送到了胡同口。那些大爷、叔叔、阿姨们个个脸黑红的,说说笑笑地走向我们的十三号。所有人都走完了,都进院子了,每个小朋友都迎来了他们的父母,唯独不见我们的父亲。我和姐姐带着哭腔抓住最后一位叔叔,问:"我父亲呢?"他表情复杂地说:"哦,你父亲好像给你们买东西去了!"

又过了一会儿,父亲一个人的身影出现了,手里托着一个大纸包,里边是他给奶奶和我们姐妹三个买的东西:有在当时还算奢侈的奶糖,有为奶奶买的一包香烟,还有刚刚下来的应季的樱桃,用他的素格大手帕包着。原来,在胡同口下车后,所有的人都往家走,只有他一个人折回去,到不远处的一个副食店去了。老人和孩子在家里盼了他三个月,他也想念他的母亲和孩子三个月，此刻，他只有用在困难时期珍贵的物质的东西才足以表达他的挂念和愧疚。即便他是从干校那样一个特殊的地方回家，他也要像平常出门一样带给家里人惊喜。这就是我的父亲，一个在六七十年代可以为老人孩子花完兜里最后一分钱的人，一个在任何环境下都不会省略爱的内容与形式的父亲，一个与众不同的、深深爱着家人的父亲！

又是三个月后，干校准许家属探望了。正好是暑假，我们便到干校去看望父亲。

没想到，父亲在这里仍是快活的！难怪他竟比在城里还胖了。

在潮白河畔，在一望无际的农田，在集体生活和劳动中，父亲的天性反倒可以释放了。他把他钓鱼、下棋的全套家伙事儿都带到干校了。

干校领导很宽容，凡是有家属探望的干部，这天就放假不劳动。因为当时母亲在顺义县医院工作，骑车到父亲的干校也就一个小时，所以我们每天晚上住在母亲的宿舍，白天到干校看父亲，这样父亲就有很多天和我们一起玩。他带着我们和其他孩子在潮白河的河沟里沾鱼，那时河里的鱼又多又傻，我们每天都能有很多收获。我们就把这些鱼送到干校的食堂，让食堂给大家改善伙食。有时我们自己在河边用砖头垒个小灶，直接清煮，先吃为快。父亲还带我们去农田里捉青蛙、粘蜻蜓、粘知了。能吃的吃，不能吃的玩。那是我们极为开心的一段日子，除了我被干校食堂一只叫作"虎子"的德国牧羊犬咬了一口，让我心有余悸外。我知道父亲是有本领用这样的方式排遣心中的忧虑和烦恼的,虽然他私下里会和母亲一同担忧未来和前途。

父亲所在的干校也许真是一个模范干校。领导宽容,并不难为干部,学习也有特色,是对外开放的一个窗口。1974年11月某日的《参考消息》转载了刊登在香港《七十年代》月刊11月号上的美籍物理学教授吴瑾琛所写《在中国旅行的观感》一文,其中写道:

> "五七"干校闻名已久,可是对它的真正目的及意义,在回国前相当模糊,所以到北京以后,我就想参观"五七"干校。经过接待同志的安排,终于在6月16日上午,前往顺义县去访问那儿的干校,该校学员都是来自北京市宣武区的干部。是1968年10月开始建设的,到现在是第九期。这次访问,使我得到一个比较清楚的概念。在海外,有不少朋友可能与我以前一样,对"五七"干校的基本目的及精神不太明白;所以在这儿顺便提出来讨论一下。"五七"的意义是响应毛主席在1966年5月7日所发出的一个指示——要各行各业的干部,除主业外,须向工农兵学习。在原则上,各行各业的干部(包括中小学教师及技术人员),均应该分期分批轮流到干校受教育。"五七"干校的任务,是以《五七指示》为主导,以马克思、列宁及毛主席思想为基础,在党的领导下,培养一支能干、能爱护群众的干部队伍。训练大致通过三条途径:(一)以马列主义及毛泽东思想教育干部,密切地结合理论与实践。(二)

以普通劳动者身份参加集体劳动，不管原来职别，防止修正主义。（三）向贫下中农学习，白天一同操作；再通过访问贫下中农，接受阶级教育。最后的宗旨是增加阶级感情及路线斗争的觉悟性，改变世界观，并提高革命路线的警觉性。在参观后，我个人的感受的确很深，从"五七"干校及其他"文化革命"的新生事物来看，中国共产党是肯定地抱着为人民服务的坚定意志，在奋斗、努力；从上到下，都在朝着这个方向跃进。

不管怎样，能让吴瑾琛教授得出这样的结论和感慨的干校，肯定有它独到的地方。

28.

父亲有两支乒乓球拍，都是红双喜的，都是直拍正胶。

父亲对打乒乓球的喜爱，与对钓鱼、摔跤、下围棋这些带有旗人和家族色彩的爱好显然不一样，和家传无关。这完全是一种新鲜玩意，而且在中国，乒乓球运动的兴起与发展是与国家政治息息相关的。本就爱玩又一向积极响应国家召唤的父亲，显然是不会落空的。

父亲的抽屉里有一个小盒，存放着很多纪念章，其中好多枚都是纪念各种乒乓球赛的：有1961年中国第一次成功地承办第二十六届世界乒乓球锦标赛的纪念章——这之后，中国大地掀起了乒乓热；还有1965年北京国际乒乓球邀请赛的纪念章——这次邀请赛的举办显然是受了第二十六届世乒赛的鼓舞。北京国际乒乓球邀请赛闭幕时，《人民日报》还专门发表了社论《在团结和友谊的道路上共同前进》以表祝贺，乒乓球在中国的政治意义日益明显。1965年，人民体育出版社出版了徐寅生同志对中国女子乒乓球运动员的讲话《关于如何打乒乓球》，并组织各单位学习，这将乒乓球胜利的经验上升到了哲学层面。而1972年尼克松访华前后乒乓外交的佳话，更是被概括为"小球撬动大球"的外交与国际政治的成功战略。

父亲在50年代初就学会了打乒乓球，与母亲打乒乓球是他在疗养院和母亲谈恋爱的重要内容。但显然，他技术上的突飞猛进是在60年代中国乒乓球热兴起后。父亲的最好成绩是进入宣武区职工业余比赛的前六名，为此他获得了国家乒乓球三级运动员证书和三级乒乓球裁判员证书。

1971年11月3日—14日，在北京又举办了亚非拉乒乓球友好邀请赛，有五十一个国家和地区的共三百七十名运动员参加了比赛。父亲带我在首都体育馆观看了几场比赛。初赛阶段，来自亚非拉的一些球员，倒真是表现出为友谊而来：很多选手基本不会打球，国际比赛中居然经常出现"端尿盆"和"磕鸡蛋"（当时小孩子对乒乓球初学者发球或接球时挑高球的戏称）。

这次球赛激起我打乒乓的自信和热情，父亲非常支持我的这股"冲动"。从此我开始了在门板上、石台上练球的经历。有的周末，父亲会带着我和院子里的其他小朋友到他单位的木质乒乓球台上打。那时的标准球台对我来说有点高，不能发挥我在石头球桌上的水平，更多时候我是看着父亲和他的同事打。父亲的绝招是滑板，即拍子在触球的一刹那换方向，对手以为是向左其实是向右。这个绝招我始终没学会，我还是喜欢庄则栋的直拍快攻，左推右攻。为了练这个基本功，我经常对着院子里的一堵大山墙打，锻炼自己的快速反应，最多时可以对着墙连续抽打几百次。我经常在中午练习，这个时候正好是父亲午休的时候。父亲有高血压，中午一定要睡一会，这个时间奶奶看得很紧，谁都不准出大声。但是父亲破例容许我一下一下地对着山墙练习，似乎我打出的有节奏的"啪啪"声更能让他入眠。红双喜的球拍很贵，父亲一直舍不得让我用。今天在我已经用上了DARKER SPEED 600单桧球拍后，我才懂得好球拍就像好的武器一样。我当时从光板球拍打起，先后用过"流星""金盾""象"这样最普通、廉价的拍子：柴板、正胶、薄薄的海绵。后来我的舅舅给我买了一支"友谊"牌的，算是中档的了。

终于我可以和父亲在木质的标准球台上对打了，当然我还远远不是父亲的对手，不过父亲已经很开心了。1974年，我参加了中学校队，最正式的一场比赛是宣武区中学生乒乓球赛。比赛那天，父亲破天荒让我用了他的拍子，但是，我太辜负他了。比赛是在位于下斜街的十四中学进行的，第一场我就输了，而且有一局比分是2∶21。不过，后来我知道，和我比赛的那个女生最后是单打亚军。一上来就遇到了高手，也算我倒霉。

我一直觊觎父亲的红双喜球拍。但他把其中的一支球拍送给了即将去东北建设兵团的我的一个堂哥。堂哥幼年丧父，父亲用他的心爱之物表示了长辈的怜爱和关怀，也是他对侄子的鼓励。万幸的是，堂哥后来又将球拍从东北又带回北京，至今还一直珍藏着，他懂得在那个时代这支球拍的分量，也懂得长辈对他的鼓励。

另外一支球拍，父亲去世后，归我了。

妹妹的女儿，后来在大学学的是乒乓球运动专业，父亲要是知道，该多高兴呀。

29.

70年代，一个国庆节的前夕，本来说好加班不回家的父亲，突然神色紧张地回来了一下，让我们别去公园游园了，在家好好待着，听奶奶的话。然后，拿了几件衣服叫上母亲一起走了。那天，我们的心都有点忐忑，奶奶做的节日饭菜，吃起来也好像没了味道。国庆节的晚上，他俩才一脸轻松地回来。

父亲工作的一个重要内容，就是组织各种大型集体活动，接待和安排外宾与内宾的参观访问等。从北京市人民政府交际处，到北京市政府外事办公室，再到宣武区委办公室，一直都做类似的工作。虽然，这迎合了父亲的性格和特长，好像经常吃喝玩乐，但是实际压力是外人所不知的。

中国的广场政治、运动式政治、动员式政治是需要群众性集会、群众性娱乐来配合和表现的。由此，就可知道那个时代父亲的工作会有多么繁忙和重要了。不说那些临时性的群众集会和大型活动，光是五一、七一（以前是有七一游园庆祝活动的）、十一等固定节日的游行或者游园，就够忙活的了。父亲参加了大型歌舞史诗《东方红》群众演员的组织和排练、参加了毛泽东天安门八次接见红卫兵小将的组织工作、参加了支援古巴人民抗美的群众大游行的组织工作，以及历次政治节日的游园组织工作。

父亲抽屉里的"国庆游行分指挥""五一游园分指挥"等五颜六色的小布条、胸牌越来越多。这些大型群众集会和游行的政治要求和协调要求极高，那时没有呼机、没有手机，联络方式都很落后，全靠事前科学周密的安排和丰富的经验，当然，人民群众比较听从指挥。我曾参加过多次群众游行，比如，毛主席发表了最新指示、中国的卫星上天了、毛主席把外国领导人送的杧果转送给工人了，等等，这些事情都是要上街游行庆祝的。我亲身体会到中国群众集会的神奇之处。似乎一瞬间，广场和长安街就可以汇集从北京市各个区县涌来的人山人海的革命群众；活动结束，很快就疏散完毕。每次我们学校的学生队伍去天安门或从天安门回来，都会走不同的路线，但是一定是一条疏散特别快速、绝不拥堵、不与别的队伍"撞车"的路线。毛主席接见红卫兵，那是上百万人呀，而且是从祖国各地赶来北京的红卫兵。安排突然涌进北京的百万红卫兵的吃喝拉撒睡，安排去广场，然后疏散，那也是一个极不容易的组织工作呢。父亲和他的同事们显然积累了丰富的大型活动的组织经验。每当这个时候，他们都没日没夜地加班。

1971年"九一三"事件后，一度取消了每年国庆和五一的天安门集会和游行庆祝活动，全改为在公园游园了，政治局委员以上的中央领导分别到中山公园、劳动人民文化宫、颐和园、陶然亭等公园与群众一道庆祝。这一下，游园的压力就大了，而参加的群众又比以前多很多。以前有游行，可以分流一大批群众，取消游行后，更多的群众就要参与到游园中来庆祝节日。父亲一直负责陶然亭公园的游园，既要保证让更多的群众参加，又要让游园的节目安排有意思，当然，更要保证绝对安全。父亲手里会有相当数量的游园入场券需要分配，这也是一件责任很大的工作。当然，我们可以沾一点父亲工作的光，弄几张陶然亭公园的票是没有问题的。不过老去陶然亭挺没意思的，那时各个公园会有一定数量的入场券互相交换。我和父亲要过颐和园的游园票。在颐和园的石舫附近，我见到了迎面走来的张春桥和姚文元。

　　现在回到前面所说的那一幕。父亲在领回了上级组织分配给宣武区的中山公园、劳动人民文化宫、陶然亭等公园的游园票后，开始按单位分配下发。就在送票发票途中，一个装有一沓游园票的公文包丢了。这在当时可非同小可，这些票如果要是被"坏人"获得，发生了游园的安全问题，那可是严重的政治事件！父亲向上级组织汇报了，又向公安局报了案，然后决定二十四小时不离开游园指挥中心。如果一旦哪个公园出了事情，他准备直接就上公安局接受调查了。所以，他匆匆回来，叫上了母亲。一是母亲原来在公安局工作，可以和公安局随时联系，密切注意和监测各个公园的动向。二是，如果一旦出事他被公安局带走，也好有个家人知道是怎么回事。

幸好，人民群众是热爱国家、遵纪守法的，那天什么安全事故、异常现象也没发生。偷包的人可能不认识这些票，把它们丢掉了，也许是给亲戚朋友分了。捡到票或得到票的人，一定高高兴兴地去公园庆祝祖国生日了。

父亲母亲一直在办公室待到所有公园闭园、所有分指挥中心传来安全无事的消息才放心回来。父亲写了检讨，这件事就这么过去了。父亲说，这是他唯一一次在工作上出纰漏。什么时候想起来，都一身冷汗。

30.

李敖曾在狱中构思了一个长篇小说《北京法源寺》并于出狱后创作、出版，这让法源寺一下子出名了，许多人慕名而来。

法源寺，不就是那个少年时代我们姐妹常去的大园子吗？

法源寺位于北京宣武区教子胡同南端东侧，离"文革"时我家所住的牛街，步行大概二十多分钟。送走父亲三十年来，我从未再踏入过那里一次。而在那之前，我差不多去过得有三十次。

与法源寺的缘分并不是由于宗教的原因。父亲有个发小潘叔叔在宣武区工人俱乐部工作，当时宣武区工人俱乐部占用了法源寺塔院的大部分，俱乐部的后院和法源寺内部是相通的。父亲常去俱乐部打球，也顺便带我们去俱乐部玩。"文革"开始不久后，中央开始纠正初期的抄家查没问题，各级都成立了清退查抄财物办公室。宣武区的清退查抄财物办公室就设在法源寺内，父亲曾被调到这个机构工作。法源寺离我家太近了，所以无论是跟着父亲周日加班还是专门去都非常方便。

法源寺原名"悯忠寺"。贞观之治后期（645年）唐太宗率二十万兵马御驾亲征高句丽，终因准备不充分兵败。撤兵至燕州（今北京）时，唐太宗下令修建一座寺庙超度阵亡将士，地点就选在今教子胡同南端的位置。太宗在位时一直未建好，直至武则天万岁通天元年（696年）才完成工程，赐名"悯忠寺"。辽清宁三年（1057年）幽州大地震时，悯忠寺被毁。辽咸雍六年（1070年）奉诏修复后又改称"大悯忠寺"，形成今天的规模和格局。明朝正统二年（1437年），寺僧相瑢法师募资进行修葺，易名为"崇福寺"。清朝，在此设戒坛。1734年，雍正定该寺为律宗寺庙，传授戒法。乾隆年间大修，乾隆在大修完工后亲临法源寺，在寺内写下了"最古燕京寺，由来称悯忠"的诗句，还赠送了"法海真源"牌匾，这就是"法源寺"名字的由来。

小时我有眼不识泰山，不知道法源寺在中国佛教历史上有如此重要的地位，只觉得那里古树参天，虫草凄凄，是个免费的大花园，真是冒犯了这个历史悠久的千年名刹。

法源寺供奉的是弥勒菩萨化身布袋和尚，记得这座铜像很多时候在天王殿内是被遮盖着的，有时是暴露着的。因布袋和尚的形象比较别致，袒胸露怀，欢天喜地，小时觉得十分有趣，故有印象。至于那些大雄宝殿、藏经楼等，锁的锁、关的关，我们更感兴趣的是大殿高高的石台阶两侧的斜坡，可以当滑梯，我们在那里无数次地滑上滑下。还有满院的紫丁香、高可参天的槐树、长满了绿苔的放生池，还能够在我的记忆中还原。

我们把那里当成了儿时的"百草园"，寺院中除了办公区域有一些大人忙碌外，就是我们这些工作人员的孩子追逐嬉戏。

清退查抄财物办公室的工作十分繁忙。中央和北京市人民政府通知规定，在"文革"中查抄的财物凡原物还在的，除国家现行规定的违禁物品外，一律退还被抄人或自交人。各收存、收购查抄财物的单位，要组织力量把收存、收购查抄财物的情况彻底搞清。凡有接收清单的，要立即着手，按照清单对现存的财物认真进行清理，造册上报，并要妥善保管，不得丢失、损坏。凡物主明确的，随清随退。各单位清理出来的查抄财物，属于本单位职工的，要迅速退还原主；属于外单位人员的，要及时反映给有关单位，退还本人；属主不明的财物，要造册移交所在地区落实查抄财物政策办公室，私藏不交、违规违纪者一律处分。

这是一件政策性非常强又非常难做的工作，被抄的物资很多是没有清单和未清楚登记的，要找到原主很困难。有一些原主上门来查找，但不清楚是被哪拨红卫兵抄的，很可能他家被抄的财物并不在这个区里保管，所以清退起来费时费力。父亲曾经四处奔走，帮助家住宣武区的一个非常著名的京剧演员寻找他家被抄的东西，帮助他落实房产政策等。这个大腕的小舅子特地到家里来感谢，买了一个当时十分稀罕的圆形奶油蛋糕。父亲坚辞，但他执意留下。父亲坚决不让我们吃，说找机会还要给人送回去，帮助人家是应该的，更何况是自己喜欢的角儿。我们眼睁睁地看着那个蛋糕的奶油一点一点化掉,实在是可惜。当蛋糕表面的奶油化成蜂窝状时,我曾试着用小手指尖轻轻地沾了一点点,根本看不出来,觉得好吃极了。我还招呼姐姐妹妹也来试一试,她们不敢。最后,父亲也实在不知道到哪里去送还这个蛋糕,就说:"你们吃了吧!"可这时蛋糕已经完全坏掉了。查退工作持续了不少时间,不过据说,这个工作还是卓有成效的,在很大程度上帮助国家减少了一些"文革"带来的恶果。

父亲那段时间加班的时候非常多,我们去法源寺的机会也就非常多。父亲空闲时会和我们一起玩,印象最深的是捉虫子。法源寺里有一种虫子,脊背是红色带斑点的,会飞会蹦,我们管它叫"春蹦儿"。这个虫子特别难捉,因为它可以一蹦很远。父亲经常和我们一起抓它,通常是我们在虫子背后吓唬它,而父亲在前面迎头用手扣住,然后放进瓶子带回家。

我最后一次进法源寺,还是因为父亲。

父亲去世后,他的发小潘叔叔和奈叔叔想亲手给父亲做一个骨灰盒。潘叔叔会木工活儿,奈叔叔是美工。他们和我家商量后,决定在骨灰盒上以小汤山为背景刻画上父亲钓鱼、下棋的画面。记得潘叔叔还对我说:"他爱玩,就让他到那边继续玩吧!"制作地点就在俱乐部后院法源寺的一间房子里。潘叔叔特意用他的挎斗摩托车把我接过去,让我在旁边看着他们为父亲建造最后的归宿。

最后,就是用在法源寺里做的这个骨灰盒送走了父亲。

法源寺,是父亲的一个终点。

实习生的蜕变 / 伊声

1.

大麦从来没有想过将来要当医生,即便这几乎是临床系每一位学子中规中矩的理想。所以实习大轮转对他而言最大的意义在于,阅览全院所有护士、女医生以及药代,用他自创的完备的打分体系打分。用他的话说,"兴许另一半就在这群白衣天使里面"。

所以当我在病房忙得晕头转向,却看见他仍然在护士站滔滔不绝地赞美新来小护士别在脑后的蝴蝶结时,满心无奈。马克思说:"认识世界的目的是为了改造世界。"大麦日日如此放荡不羁,也许只是为了更好地认识自己,进而做出改变吧。

大麦是我最好的哥们儿,没有之一。我们是高中同学,数数下来相识也有八年了。他比众多男生的猥琐水平更高一个台阶,谈过的女朋友是两位数,但是每一个相处时间都不超过两个月。抽烟、喝酒、打架、泡吧,能想到的恶习他几乎一样不落,总结起来一句话,从没靠谱过。不过大麦也有制胜之处,智商高、人缘好。所以即使高中三年没有拼尽全力,他依然轻松进入985,只是被调剂了专业,可悲的是,被调剂到了他毫无兴趣的临床医学。

大麦和他爸关系极好,好到三口之家中,都是大麦和他爸睡一张床，没有人愿意和大麦妈睡。大麦他爸经常悄悄给大麦打个万八千块的零花钱，大麦发现后问老爹是不是打了钱，大麦爸佯装不知。大麦喜滋滋以为天上掉馅饼，白捡了一万块，大麦爸也乐呵呵地给儿子惊喜。可是三番五次后大麦显然发现是自己的老爹干的，完全没有了惊喜的感觉。然而大麦爸依然常常打钱，我们这个时候才发现，人家爷俩儿不是在做游戏，人家根本就是因为有钱！

所以大麦是个热情、开朗、积极、乐观，身高与相貌兼备，智商共情商齐高的富二代。在这样的优势下，他完全可以选择自己喜欢的事情去做，而不是从事自己毫无兴趣的临床。大麦常常挂在嘴边念叨："又苦又累，工资低升职慢，动不动发生医疗纠纷，病人有精神病捅你两刀还不用负责任。"最感人肺腑的还在后面，"全社会都以为你收受贿赂，全社会都不愿意尊重你，全社会都对职业队伍有误解，唉……"一声叹息结束，演讲的结果是又一次鼓励自己将来弃医下海。

医疗环境如此，持"无偶像论"的大麦竟然有了自己的偶像——杨洋。杨洋是我们的同窗，同样被调剂到临床专业。大一学习公共基础课，一直默默无闻。大二开始上基础医学课，我们才了解到不幸的杨洋严重晕血。小到白鼠，大到猫狗，哪怕是可爱的小兔子，只要见了血，杨洋立马白眼一翻、两腿一蹬，栽到兄弟怀里。更糟糕的是，杨洋对福尔马林过敏，解剖课上涕泗横流，浑身疙瘩。最关键的一点，杨洋高度近视，无法为病人做手术。万般无奈之下，干脆退学了之，一度成为本校年度最可怜人物。十二年应试教育带来的大学梦,做了没一年便碎成了渣渣。杨洋他爸也不是一般人,塞给儿子十万块钱要其自谋生路。古训曰:"天无绝人之路。"当上帝关了这扇门,一定会为你打开另一扇门。一年之后,这小子走了狗屎运投资成功,开着宝马回校园溜了一圈。彼时,我们一群人正穿着松松肥肥的白大褂给小白鼠灌药。看到这小子春风得意,恨不得将所有小白鼠的血滴在他的宝马上,待他晕过去,把车给砸了。不过杨洋寻思着有了钱没有学历,撑死算是暴发户,说白了是土豪中的土鳖,于是又申请了法国的学校出去深造了。

　　大麦心情不好的时候,会躺在床上自言自语:"我咋就不晕血呢?"然后幻想自己也像杨洋一样,下了狠心离开这个让他绝望的准医生队伍。一番难过之后总是以"不晕血更好,洞房花烛夜我总不能因为我的处女老婆晕过去啊"这样美好的假定结束。然后我们全宿舍想象着杨洋晕过去的场景,幸灾乐祸地笑到缺氧。

　　和他们相比,我只是个普普通通的男孩子,普通到放在任何一个群体中都没有什么特色。求学按部就班,家庭不贫不富,性格不卑不亢。如果非要在我身上书写一丝别致,我想大概我是为数不多的以临床为第一专业的学生吧。因为救死扶伤是我自小的梦想,即使听说医疗环境欠佳,迷茫担忧在心里游荡那么一小会儿,也未曾改变自己的初衷。

　　曾经在很长一段时间里,我们都以为医疗纠纷是很少发生的事情,直到来建安医院临床实习,才算是目睹了那里真实的医疗环境。建安医院是南京市赫赫有名的三甲医院,实习生、研究生、进修生多如牛毛,名医汇聚于此,能来这里实习我感到荣幸之至。此刻,我也凑近叽叽喳喳的护士群,透过二楼的巨大落地窗看过去,医院门口发生了无数次在课堂里听到、在电视里看到的纠纷事件。巨大的白色横幅扯在医院门诊大楼的入口处,红色的血书大字"还我父亲,站着进去躺着出来",几个四五十岁的大妈边喊边哭。更有甚者,两名中年男子在医院门口点燃了纸钱,黑色的纸屑散发出的焦煳味随着升腾着的热气迅速地弥漫着,引得来来往往的人群纷纷驻足观望。

这样清新美好的早晨,画面如此这般让我对"违和感"这个词一下子洞彻于心。恍惚间想起上次看到类似场景的时候正在读高中,艺术班一个女孩子因为谈恋爱的问题被班主任找去谈话,谈话结束后于四楼的窗户纵身一跃,从老师的办公室出来后直接奔向了地狱。天是已经开始落叶的秋,没有枫叶的校园地上竟有了斑斑血迹,让还是孩子的我们心里五味杂陈。家长不依不饶,白条幅、血书字、烧纸钱,哀乐声响彻校园,让那么明媚的广播体操乐曲都变得黯然。

那位老师的职业生涯因为那个女孩儿瞬间的决定而改写了。一如,很多医生的职业生涯也因为很多生命的存与亡被改写着。

大麦拍了拍叹气的我:"这种事情以后会经常发生,别太放心上了,唉,老子去吸烟室抽根烟去。"

2.

　　既然如此，关于这个行业的第一个故事不如就从刚刚看到的一幕开始写起。

　　据说女人多的地方八卦就会多，实习这段时间以来，我对这一句话有了更深一步的认识。护士站永远是医院信息传递最快的地方。分散在医院里的一个个护士站，恰如一个个神经元，尽管彼此之间有点距离，但这恰如突触传递，给了她们对信息加工改造的时间。在护士站整理化验单的一会儿工夫，我马上了解了医院门口喧闹的来由。

　　这次麻烦降临到了肾内科住院医生王红波身上。我们轮转到肾内科的时候待了两个星期，那是一个处处苍白清冷的科室。医院是个敏感的雷达，它准确地探测到区域内各色各样生活得并不如意的人们。很多作家常常写道，"心灵的痛苦远比身体的痛苦更锥心刺骨"，我想他们一定没有经历过身体的强烈痛苦，才会如此不屑一顾地敲出这样的字眼。身体的痛苦从来都不会孤立，尤其当慢性病所带来的无奈绵延不绝在你生活的每一个角落里，生根发芽、不停滋长时，医生束手无策，挥刀不停地砍断疾病生长出来的茎叶，可根须一直在那里，深入到患者的血液里，深入到患者的肌肤里，医生却总是触不到。总有些慢性病就像"不死的癌"，它会伴随你一辈子，它像是死神的傀儡时时觊觎着你灿烂的生命。你对它稍有不留神，它便张牙舞爪企图吞噬掉你的所有。当身体痛苦如斯，精神如何徜徉、翱翔？肾内科的许多病人都患有这样不可治愈的慢性病，他们的肾像报废的零件，又找不到新的马达支撑，一次肾移植谈何容易？他们每个星期来医院透析三次，每次四个小时，单次花销在四百元左右。巨大的医疗花销和不堪的身体把他们的生活质量拖成了负值。我们亲眼见到一个二十岁的发廊洗发妹，因为尿毒症被发廊开除，无法担负透析费用。每过十几天她就会因为晕厥被120带过来透析一次。最后一次因为严重的电解质紊乱，透析没有完成就死在了透析室，留下其他透析台上虚弱的病友心有余悸地目睹这一切。肾内科的医生们通常都很有爱心，他们的病人都是熟悉的老面孔，他们不仅了解病人的病情，对病人的家庭、工作甚至生活习惯也悉数皆知。

肾内科的住院医生王红波，个儿不高，瘦瘦的，是个很干练的小伙子。工作四五年来一直兢兢业业、孜孜不倦。我们常常看到他消毒后走进血透室，和病人交流聊天。他工作忙完了也不会闲着，总是在病房里给病人查体，或寻问病史。

昨天晚饭点儿，大家都忙着吃饭，王红波又照例去病房溜达。王医生管的床上来了个老爷子，八十多岁，透析已经有两三年了，也算肾内科的熟客，最近急性胃炎发作又收住入院。老爷子的大女儿来医院送饭，带了几个糯米饭团。肾内科住院的大部分病人都需要终身透析，对饮食有严格的限制。看王红波在病房里，家属随口问了一句："王大夫，你看这个糯米饭团能给我爸吃么？"王红波细细思忖了一会儿，想想也不在禁忌食物列表里，点点头回了句："能吃的，照着我们发的饮食表对对看就好。"过了十五分钟,大女儿两口糯米饭团喂进去,老爷子用剩下的几颗牙嚼一嚼,咕咚一声咽下去,掐着自己的脖子剧烈地咳嗽了起来。大女儿尖叫着呼唤来刚离开不久的王红波。王红波撬开老爷子嘴巴,发现他的吞咽功能已经衰退,把这团糯米准确地卡在了气管里。眼看老爷子嘴唇开始出现紫绀,咳嗽越来越弱,赶紧进行气管插管,插进去全是米团子,抢救无效,老爷子窒息没十分钟便驾鹤西去。

大女儿死死地扯住王红波的衣服,一口咬定是医生害死了自己的父亲,可怜的爱岗敬业的王医生百口莫辩。孝顺的儿女们哭天喊地,以"医生让父亲吃饭团使其窒息而死"为由,把肾内科闹得天翻地覆。最终这场浩浩荡荡的闹剧以医院赔偿死者家属八十万人民币告终。

我扯上大麦跑去肾内科看王红波的时候,他正在填写一些医疗纠纷的文件,脸上有淡淡的落寞。医院分配了十万块赔偿金到他头上,为了自己随口一句话,他付了一整年的工资。他跟我们俩开玩笑说:"人家都说去中国移动交话费才知道自己说的话有多金贵,我今天才发现我说的话比打国际长途还要金贵一万倍。"

这件事让大麦对做医生的绝望又深了一层,他像自言自语又像在劝王红波:"老师,别付这笔钱了,辞职不要干了。何苦掏心掏肺地在这里干这种窝心的活儿呢?"

王红波不点头也不摇头,他安安静静地填写完许多文件,每张都签上自己的名字。然后又对我们说:"从我像你们这么大开始轮转的时候,我就特别怕有病人死亡。每次死亡发生,我都感觉那种伤痛从死者家属那里涌出来,也要把我淹没。他们常常悲痛欲绝,他们需要发泄。他们像疯了的猛兽,可是他们找不到死神,于是他们以为医生就是死亡的化身。再后来,医生不但要帮他们分担死亡的苦楚,还要分担死亡带来的损失,少有人能接受人财两空这个结果。"

我常常想起条幅上那句"站着进去躺着出来"。生老病死,人之常情,之所以要送到医院,显然是因为身体有恙。既然有疾,死死咬住是医院害死了人,而不是疾病害死了人,当这样的不宽容、不体谅泛滥在每个医院,仅仅是因为逝者的死亡让生者痛苦到失去理智了么?

后来,医院明文规定答患者及患者家属问须谨慎,切记请其参照医嘱,切记提出可能的后果,且这一后果由患者本人承担。

王红波没有离开医院,他仍然坚持做医生。

只是他再也没有在空余的时候去和病人聊天、给病人查体。

3.

邓永强在医院各科室喜滋滋地散发着请帖,请帖照片上是不穿白大褂的邓永强和一脸幸福娇羞、穿着白婚纱的新娘子。大麦拾起桌子上一份儿请帖对新娘子啧啧称赞:"你看人家泡的这妞儿，看照片我给她打八分。"

"化了妆你也能打分？"我也凑过去瞧了瞧照片。

"必须的，大部分照片都化妆加PS，如果不能揭破这层层面纱准确打个分，你兄弟还混不混江湖？"

我相信大麦的打分是准确的，在看到邓永强的喜帖之前，早就听闻他抱得美人归。新娘子不仅漂亮可人，且善良温柔，是个万事为邓永强着想的富家女。如果身为女人的众护士愿意这样赞美同为女人的新娘子，我没有理由不相信新娘子名副其实。

邓永强进入建安医院心内科三年，连续三年被护士们评为"我最喜爱的男医生"，说白了，就是当之无愧的院草。邓永强身高一米八三，肤白体壮，在德国留学两年归来，是心内科最年轻的住院医生。在没有医疗纠纷之类的大新闻发生时，邓永强永远是医院八卦的焦点人物。据传当年医院心内科只招一个人，邓永强面试时条件不是最好的，由于面试的人事处考官多为女士，硬生生把邓永强留了下来。我从见到邓永强第一天起，就决定追随大麦加入外貌协会。我想大麦常给我念叨的那句话没错，女人常常埋怨男人只注重外表，其实当她们见到帅哥时爆发出来的花痴能量远超过男人的想象。邓永强站在走廊里微微一笑，顷刻间便可平息更年期护士的焦虑以及青春期护士的躁狂。

有钱的老丈人对这个一表人才且在心内科任职的女婿极为认可，把婚礼整得风光无限。全医院的男医生都羡慕邓永强坠入了幸福的温柔乡。

随着我国心血管疾病发病率逐年增高，心内科给医院带来的收入也是水涨船高。就建安医院而言，心内科一年的收入大概占所有科室总和的十分之一。心内科医生的收入较多与心内科出入的药代较多一样，都是医院公开的秘密。当然这两者之间还有一些微妙的无法言喻的联系。心内科的药代多，不仅仅因为他们像其他科室一样需要各类药物，更重要的是他们需要支架。药代在医院里是个很特殊的职业，她们搜集各个医院该科室的所有医生的资料，和所有的医生自来熟。她们会出现在住院部的医生办公室，她们也会挂号出现在医生的门诊处。说得透彻一些，她们的工作性质是营销，只是目标客户的身份特殊了一些。之所以使用"她们"，是因为这个人群中大部分是女性，比如一直活跃在心内科的药代小冷。

小冷和邓永强在酒店开房过夜的消息在医院不胫而走，继邓永强大婚之后不到一个月，他又处在了医院舆论的风口浪尖上。是否真如老掉牙的桥段"小冷灌醉邓永强后在酒店开房"这般并不重要，重要的是这一次小冷要求和邓永强结婚。

邓永强的内心并不像他的外表一般风度翩翩，他像许多男人一样骨子里就是遇事儿退缩逃避、无法面对的主。更何况娇妻入怀还不满一月，幸福还没捂热就要亲手毁掉她，邓永强在拒绝小冷的时候倒也表现得坚决。

小冷使出撒手锏，找到心内科大主任威胁他说，如果邓永强不离婚，她会把心内科的所有内幕向媒体曝光。事情进展到这一步，大家瞬间明白了小冷是如何拿下全市众多三甲医院心内科的市场的。所谓内幕，大概是药代在医药市场尤其是器材市场上和医生间的许多交易。恰如民众所知的医疗队伍不堪的那一面一般。许多事情大家心知肚明,可是拿出铁板钉钉的证据指向某个人做过某些事,几乎立竿见影把这个人给毁了。恰如贪官,很多官员都贪,可是他们总是会因为触及了知情人的利益而被证据拉下马。小冷的几句话把心内科的所有医生变成了待双规的贪官。

心内科开了会,所有的同事都劝邓永强离婚。这真是个冷漠到让人发指的会议,矛头直指自始至终从未犯错的邓永强那近乎完美的新娘子。人把内心剥脱得赤裸裸之后便变得这样不近人情,剥脱掉的那层外壳就叫作"良心"吧。一个月前在婚礼上喝着喜酒大呼"祝你们百年好合、白头偕老、永结同心"的治病救人的天使们,一转眼变成了魔鬼,劝婚姻中的错误方离婚。他们每天抢救着人们的心脏,却忘了还有"心病"这么一回事儿。他们不停地在邓永强耳边说着"我们是一个团队,我们不能被曝光"的时刻,桌子上还有两张请帖,照片里幸福娇羞的女孩儿正静静地目睹着这一切。她什么都没有做错,只怪她没有一双闪亮亮、能识别禽兽的眼睛。

邓永强离婚了。邓永强和小冷结婚了。

心内科依旧门庭若市,像什么都没有发生过。

短短一个月,邓永强从天堂跌到了地狱。我尚未经历婚姻,不知道抛弃一个善良的妻子转而与另外一个处心积虑、步步为营的女人走入婚姻是否会幸福,又或是,这才是他配得起的归宿。

大麦问我,难道妻子不能也威胁说去揭发他们的恶行么?

也许是因为她还爱着邓永强，也许是因为她太善良从未这样想过，又或者只是这样的婚姻根本没有挽回的意义。

协和医院附属的一家医学出版社的总编来我们学校讲医学道德时，我曾经和他讨论过这件事。他对我们说的话至今让我记忆犹深："这就是一群跪着的灵魂，永远无法站起。"

"但是他们跪着也在行医？"

"头上三尺有神明，医者尤是。"

4.

大麦在风湿免疫科的整个星期，都提不起什么精神。实习有时候变得略显沉重，生命的存与亡很多时候成了一念之差的事情。昨天测血压时还对我说说笑笑、问我有没有女朋友的爷爷，今天早上就端坐呼吸、咳着粉红色泡沫痰离开人世，不再惦记着把小区里那个漂亮小姑娘介绍给我。偌大的城市，究竟有多少人需要在医院里面迎接死亡或者濒临绝望？大麦是个很感性的人，每天面对着众多在生命边缘挣扎的人们，他感到压抑。他努力调侃、评价着众多护士、药代乃至女患者，无奈的是这一招在风湿免疫科并不见效。

风湿免疫病的患者多为女性，其中多数是围绝经期的女性。她们的病通常累及全身各关节甚至全身各器官，病程长，反复发作。加之她们多数处于更年期，焦虑、失眠、烦躁等一系列的精神症状深深地困扰着她们。在其他科室查房，跟在导师后面半个小时一定能完成。而风湿免疫科每个患者都会拉着管床医生喋喋不休，要至少一个小时才能完成查房。我总是相信心情、心态这些东西是可以传染的，我和大麦都感觉得到这种焦虑从患者那里传染给护士小姐，进而传染给医生。医生最幸福的时刻莫过于治愈患者、收获成就感之时，而当病因机制都不明确时，风湿免疫病的治愈成了一种遥不可及的结局。医生束手无策时显然会有深深的无力感，这种无力感混杂着传染来的焦躁，不断在整个科室里膨胀。

时值新国五条出台的消息沸沸扬扬，报纸上贴满了北上广民政局门口离婚长龙的照片。风湿科里我的三位老师有两位为了买房子的税费离了婚，剩下那一位未加过问。医学伦理课的教授曾对我们说："同一个医院里，即使同一个科室，有人开着宝马上班的同时，总有人需要蹬自行车。"小时候跟我爸上街，他指着告诉我这辆车三十万，那辆车三万。我总是在想，为什么车主不能把三十万的车换成十辆三万的，这样就变成了十个人有车开。生活阶级差距那样显著，底层人民攀爬了一辈子却没能抵达另一群人的起点。

我们的三位老师，让我们在南京目睹了"北漂青年"们真实的生活。袁老师刚毕业的时候和老公结婚，一穷二白的情况下在河西买了房子。奥体中心刚刚建起，河西尚是一片荒滩。老公在上海工作，晚上在急诊加班到十一点的袁老师坐着一号线摇摇晃晃到终点站，出了站满目苍凉，黑黢黢地似乎要把这位刚毕业的小姑娘吞噬掉，她没有勇气走回家。三五年打拼下来，房贷还得差不多了，五十平方米的温馨小窝无法迎接降生的新生命以及前来照看孙子的奶奶。思来想去只有在江宁换套大点儿的，像洪水一样涨势迅猛的房价亮出来，一百八十万。为了节约税费开支，只有暂且离婚。把还完房贷的房子卖了，继续进入下一轮还贷的循环。袁老师戏谑老公说："我嫁给了你，就是不停地从一个荒郊搬到另一个荒郊，永远住在村子里。"

当"袁医生"们在拥挤的晚高峰中挤地铁时，总还有些医生下班时乘电梯直达负一楼，比如"红包达人"何主任。何主任被检察院带走的时候，围观看热闹的人们脸上写满了"大快人心"四个字。何主任是医术和医德不成正比的典型代表，他执刀的多是食管癌、肺癌的大手术，对体力、手术技术均要求极高，他常常说自己是建安医院不可替代的神话。何主任不仅收红包，而且只收高额红包，他认为医术水平要体现在红包的厚度上。在这次食管癌的手术中，何主任一口气收了十万块，辅助手术的下级医生、护士、麻醉师的唯一作用是见证何主任的精湛医术。他们连红包的外皮儿都没有看见，他们大部分都是"袁医生"。陈胜揭竿而起的故事在胸外科上演了，有人告发了何主任，又或者是许多人一齐告发了何主任。每个群体的最底层都有极惊人的能量，这种能量随着压迫而积攒，它左冲右撞，在寻找到突破口的那一刻喷薄而出，几乎瞬间挤垮压迫者。

令告发者恼火的是何主任收取红包没有分赃，而不是收取红包本身。我不赞同灰色收入的纳入行为，但我理解他们对额外收入的需要。他们只是怀揣青春梦想在大城市打拼的青年，他们像所有人一样需要面对半年工资买一个平方米的房价,他们像所有人一样需要生儿育女、解决家庭琐事,他们像所有人一样被社会膨胀的浮躁与虚荣猛烈地撞击着。他们从来没有停止奋斗,大部分时间都待在医院里,除了医院没有额外的收入来源。每当提及医生赚钱,世人常觉得厌恶,似乎已经触及了道德的底线。社会期待的合格医生是责任感和奉献意识都极强的医生,可医生首先为人,是家庭和社会中的一分子,是需要解决自己吃穿住行问题的血肉之躯。

医院最底层的住院医生处在最需要金钱的人生节点上,许多人扛不住经济压力,转而去向高利润的药材和医疗器械行业。剩下的那些在清苦且不被理解的环境中不懈奋斗着,为每次帮助到病人而喜笑颜开的、有信仰的医生们,都是我心中的英雄,是这个社会的财富。

至于何主任,听说家人花一百万把他保释了出来,只是我在建安医院再没有见到他。

5.

医院才是最好的导演,无须剧本,每天的生活远比电影精彩得多。

我本来是打算帮泰克清创的,看到那条青龙从脊背一直攀爬到肩上就开始犯怵了。带教老师叮嘱我说,创口千万彻底清干净,大点儿的都缝上,局部轻微麻醉即可。这就意味着,我要把酒精浇到他血肉模糊的伤口上,比伤口上撒盐还要让人撕心裂肺。骨科床位已满,泰克躺在走廊的加床上,自称"表哥""堂弟"的帮派兄弟把走廊堵得水泄不通。惹怒了泰克,估计我要睡走廊里剩下的唯一一张加床了。好歹我也有兄弟在,故作镇定之后,一声口哨呼唤来了大麦。

骨科作为建安医院实力最强大的科室,集合了一众杰出的外科大夫和最漂亮的护士。大麦的眼睛从护士站拔不出来,最后干脆顿顿饭都蹲在护士站吃。他和刚工作半年的小护士胡芳芳相谈甚欢,在早起一首歌、临别一束花的浪漫炮轰以及其他医生护士的起哄围攻下,暧昧持续升温。大麦瞧见有在女神面前一展光辉的机会,当仁不让,叫芳芳给他打下手,在几十号人的众目睽睽下给泰克清创缝合。

大麦拿镊子夹住碘球擦拭伤口里的瘀血,泰克咧咧嘴叫了两声。走廊里的人群也骚动起来。有个戴鸭舌帽的小矮个子干脆上去拍了拍大麦:"你把大哥弄疼了。"大麦笑一笑:"这点疼和刚才打架、骨头断相比算什么,对你们大哥来说小菜一碟了,骨折都不怕才是真英雄。"泰克又抿抿嘴,咬住舌头发出轻微的"嘶嘶啦啦"的声音。"是啊,今儿那帮狗杂种。"小矮个子像台故事机被按了开关键,滔滔不绝开始讲述群架过程中泰克的英雄史诗。泰克忍痛听着,大麦趁这个空当儿手脚利落地把伤口清理完毕。缝合针一针下去,泰克扭曲的脸几乎变得狰狞,大麦手上的针也不停下:"刚刚给你打了点局部麻药,药效马上就开始发挥了,你看第二针是不是比第一针不那么疼了。"泰克点点头,大麦扭过头看看身旁的芳芳说:"更何况还有美女作陪,要看看大哥的气魄哪。"白嫩嫩的芳芳羞红了脸,眉眼笑弯弯。泰克点点头,走廊里的人群开始对芳芳姑娘的美貌赞不绝口。

大麦清创缝合完毕,在众人"谢谢医生""大夫辛苦了"的赞誉声中挤出人群,张主任含笑看着他:"好小子,几句话说得患者、陪护都开心,还不忘了泡妞。"大麦谦虚着:"老师过奖了,过奖了。"张主任是医院里的风云人物,是骨科的大主任,性情极佳,平易近人,各路事迹广为流传。大麦能得到张主任的赏识实为不易。真是被这个家伙的随机应变和左右逢源折服了,活该我碰见大事儿总是发怵。张主任似乎在大麦身上看到了自己年轻时的影子,对大麦很是喜欢,坐下来和大麦聊天。

早在20世纪90代初,张主任还是个小医生的时候,已经在手术方面显示了惊人的天赋,能主刀许多高难度的手术。那时候城里有四个黑社会的帮派,分别以东南西北命名。警车"呜啦呜啦"奔到某大酒店去逮捕贩毒的嫌疑犯,时值西帮老大皮皮住在该酒店三楼。皮皮以为警察来抓他,情急之下从酒店三楼一跃而下,股骨骨折,脊柱也有了损伤,分分钟要人性命。那个时候张主任还是张医生,年轻的张医生充满了正义感,坚信坏人不该受到救治,又不能见死不救,于是难为皮老大的手下说:"这个手术很难,没有三万块拿不下来。"谁知道不到一个小时,两辆桑塔纳停在医院,皮老大手下"啪啪啪"给张医生三沓钱,三万整。那个时候万元户整个就是土豪啊,张医生也没见过这么多钱,本来想吓唬吓唬坏人的,没想到帮派这么仗义,赶紧把手术做了。手术很成功,皮老大感谢万分,坚定地认为张神医是自己的朋友,逢年过节电话短信,以表感激。

后来医患关系越来越紧张,医院专门成立了医疗纠纷办公室。大气正义又医术医德并佳的张主任必然是负责人之一。

乳腺外科来了个叫小英的女人看病,乳腺B超一上,左侧有三个良性纤维腺瘤。外科大夫打开胸,只找到了两个瘤,于是切了俩又缝上了。手术做完再检查,发现还有一个纤维腺瘤没切掉。医院当然非常紧张,赶紧找到小英沟通。为避免医疗纠纷,提出免费再开一刀取出残余纤维腺瘤,并进行几千元的经济赔偿。小英男人这时出现在了医院里,大吵大闹,要求医院不仅要免费把剩下的瘤取出来,还要赔偿至少十万块钱。医院当然不能同意,找到张主任与小英男人协商。

男人态度傲慢无礼,显然是要讹医院:"知道我是谁么?我老大是城里的皮皮。"张主任当下给皮老大打了电话,老大痛骂小英男人:"敢跟张主任要钱,狗逼,我看你给他钱还差不多?!"

结果医疗纠纷没闹成,小英两口子给医院送了锦旗,张主任的神奇一时间让整个建安医院瞠目结舌。

我在一旁问张主任:"老师,您对给黑社会的人看病这事儿怎么看呢?您现在还愿意救治这种人么?"

张主任说:"那时候还年轻哪,以为想法子不给他做手术就是有正义感。其实啊,黑社会的人一般都很仗义。每个人都有自己的成长环境和背景,于是有自己的职业选择和行为方式。我们需要看到疾病时尽全力去帮助病人，不要因为患者的身份、地位、职业而左右我们的诊治。这是成熟和有责任感的表现。"

我点点头，张主任说得没错。后来大麦和我曾在街上碰到泰克。他的胳膊还打着石膏吊在脖子上，妻子抱着儿子，一家三口穿着亲子装其乐融融。他热情地和我们俩打招呼，南京耀眼的七月阳光下，我看到的满满都是幸福的模样。

医生是和人打交道的，这里的人囊括了不同文化水平、不同道德水准、不同职业、不同性格的人。医学生宣言里有一句话，医生对病人的义务决不能受到种族、宗教、国籍、政党和政治或社会地位等方面的考虑的干扰。在这里，我们为打高尔夫引发肩周炎的大学校长做理疗，也为怀孕的罪犯保胎接生；我们见证与死神抵抗勇敢活着的奇迹，也了解亲情爱情在疾病面前可能发生的破碎支离。这是一个处处是故事的神奇的"国度"，我们有自己的情绪和性格，但我们必须一直都控制好情绪，以不同的姿态接触不同的人。因为我们看到的是各色的生命，我们要做的是保护好他们的生命，保障他们高质量的生活。所有的生命都是平等的，都有权利按她选择的姿态绽放。

6.

向万娟的身体已经到了走投无路的地步，同样走投无路的还有她所有的家人。天无绝人之路，所以上苍在他们走投无路时往他们脑海中撒了一些点子，比如她住到医院里来的方式，有些无所不用其极的意思。

南京市已经没有医院愿意收治向万娟，每一家三甲医院她都住过，每一家她都拖欠了一笔钱，她从一家医院逃到另一家医院，确切地说，是她父母带着她逃医院的单。在床位如此紧张的情况下，病入膏肓的向万娟竟然轻轻松松地住了进来。

向万娟的父母在这么长的住院经历后，已经对医院的规则了然于胸。向万娟只剩下半口气了，她身体的每个零件都有些破损。建安医院是南京市唯一她没住过的医院了，父母打听到骨科最好，既然每个科她都可以住，不妨住在骨科。门诊拒收、急诊拒收，父母干脆推着向万娟直接来到了骨科病房。向爸爸站在值班医生栏前面看到值班的是郑主任，他到护士站对护士长说："我是郑主任的熟人，他安排我女儿来住院的。"值班护士喊来郑主任，郑主任给向万娟查查体，摆摆手拒收。向爸爸并不气馁。第二天值班医生栏上换成了王主任，他又揪来另外一个护士："我是王主任的熟人，他安排我女儿来住院的。"王主任是众所周知的慈善家，专门做脊柱损伤治疗的。三年前，王主任收了一名被多家医院拒绝的颈椎高位损伤病人琚彩云。颈椎损伤，不做手术随时可能死亡，而手术的话有高位截瘫的风险。王主任决定给琚彩云做手术，手术下来琚彩云成了植物人。家属不挂念王主任雪中送炭收治了琚彩云，向他索要高额赔款未果，要求医院长期治疗。三年来，琚彩云一直占据骨科的二十一号床，靠呼吸机和静脉营养生存，花销近百万，费用由医院和王主任分摊。

王主任发现向万娟情况很严重，又看她父母年已七十还带着女儿四处求医，心中不忍，决定把这个病人给医术精湛的张主任。张主任接到电话听说是个骨髓炎的病人，也就爽快地答应了。

大麦变成了张主任面前的红人，张主任吩咐我们两个去查体。向万娟倚在床上的样子让我觉得触目惊心。她剃着光头，全身上下只穿了一条内裤。我看到她胸前耷拉着的两小块肉，还有哺乳过后极细长的乌黑的乳头，才发现她是个女人。她目光呆滞，直直地看着前方，眼神没有焦点，不知道她在凝视墙壁还是扫视空气。大麦敏感地问向妈妈是否需要套件上衣避避嫌，老太太摇头说没关系。向妈妈银发苍苍，不过是个挺精明的老太太，她极力向我们掩饰着许多秘密，拒绝提供先前的住院检查资料。因为她们欠了其他医院钱，总是像被通缉的小偷一般处处谨慎留心。

向万娟四十岁了，她的老公和她离了婚，原因是第三者插足或者其他未可知，向万娟一声不吭，她的母亲对这个姑爷骂骂咧咧。结果是老公带着儿子消失得无影无踪，向万娟从五楼的廉租房跳了下去。她没有死，父母起初为这个奇迹感到万幸，而后才明晓这才只是悲剧的开始。她全身多处骨折，两只胳膊和两条腿上都打了骨钉。在不停地换医院的过程中，她并没有得到彻底的治疗，骨折处严重感染并发骨髓炎，两只胳膊肿得像腿那么粗，根本动弹不得。她的头颅显然也有损伤，全身多处生理反射消失，病理反射引出，认知障碍严重。我给她的创口消毒缠纱布，用支具托住，俯在她旁边问这样紧不紧，她点点头，动作幅度小到不易察觉。我把纱布条松一松，问她现在好一点了么？她又点点头，向妈妈看着便在床边啪嗒啪嗒掉眼泪。

高空坠落伤是个高能量的创伤，向万娟的身体受创严重，四处求医已然使得家徒四壁。从她的骨骼损伤来看，估计内脏损伤应该也较严重。张主任看了向万娟的病历有些着急，担心她成为第二个琚彩云。

向万娟住进来第二天，各项实验室检查结果反馈了回来，她体内电解质紊乱，出现了呼吸系统衰竭和肾脏衰竭，不具备耐受骨科手术的能力，甚至不能耐受麻醉。张主任收到向万娟的多项指标危急值后，打电话给大麦，要大麦迅速为向万娟转科或办理出院手续。

大麦怔怔地看着这一家人，向万娟已经开始吸氧，神志不清、奄奄一息，老父老母已年逾七十。他感到摆在这一家人面前的是无法望到边的绝望。他问二老是否能转到肾内科透析或者移至ICU，向爸爸和向妈妈为此事开始争吵，整个病房一片嘈杂。大麦不敢耽搁，在电子病历系统里办理了出院手续，喊来了张主任。张主任和向爸爸进行了一番谈话，把这两天的检查费用全部退给了他。向爸爸感激不尽，一直念叨着"张主任是好人啊，遇到好医生了啊……"带着女儿去了红十字医院。

大麦一脸落寞地站在张主任身后："老师，我们这样做是不是太过残忍了？"

"这是最好的做法，我们不能再让一个琚彩云永远地住进来，二十一床就是我们买的教训。"

"他们没有钱,也无处可去,他们除了绝望什么都没有。"

"正因为这样,他们才最有可能赖上医院。讹医院不是因为他们不善良,而是因为他们在所有下策中选择了最好的。恰如现在我们也在所有下策中选择了最好的一样。"

"医者父母心,急患者之所急。我们不应该有同情心么?"

"医生应该有同情心。我们帮他减免了所有的检查费用,把能退的钱都还给了他,正因为我们的同情心。但是,大麦,这个世界上可怜的人们太多,他们大部分集中在医院里。在现有医患关系下,我们没有能力、没有资金、没有资源去拯救所有人。"

大麦站在张主任面前陷入了沉思。

张主任摸摸大麦的脑袋:"这个话题也许对你这个年纪太过沉重了吧。"

7.

看病难、看病贵的民生问题已经迁延成了久治不愈的慢性病。曾有记者在调查居民消费水平时采访一位市民:"您会出入高消费场所么?"市民挠了挠头戏谑道:"医院算么?"在我们的医保体系还不完善的前提下,"辛辛苦苦半辈子,一病回到解放前"的悲剧每天都在医院上演着。国民的医保报销水平参差不齐,有人担心一病回赤贫时,还有人看病几乎不用掏自己的腰包。

蒋晶晶踩着高跟鞋咚咚咚地从走廊的那一头近乎小跑地冲进医生办公室，差点和送化验单的大麦撞个满怀。她金黄的鬈发披在肩上，穿了一件米色蕾丝修身连衣裙，黑色的丝袜绷在修长的腿上。她并不漂亮，呼吸科的医生常说她有气质，可我从不认为一个常常在医院趾高气扬、大喊大叫的女人会有底蕴和内涵这两样东西。她怒气冲天、火冒三丈，四十岁的脸极度扭曲，快要把白花花的粉底抖落。

她首先逮到了大麦："你的带教老师呢？"

大麦无辜地回头望望更加无辜的邱鹏。邱医生是呼吸科主任的得意弟子，和主任编在一组。蒋晶晶的父亲蒋振邦是江苏省退休高干，慢性支气管炎几十年，每次发作都要住到医院里来，并且只认主任这一个大夫。自然而然，邱鹏每次都光荣地担当蒋振邦的管床医生一职。每次蒋老发作，邱医生都会一个头两个大。

蒋晶晶把出院消费清单甩在桌子上朝邱医生吼道："你是不打算干了么？你们医院也太黑了吧？！"

邱医生拿过单子瞅了瞅说："有什么问题么？需要缴费六百八十元，其他部分医保百分之百报销。"

蒋晶晶耸了耸肩："六百八？我父亲老慢支这么多年，每次住院的花销都不超过两百元，你赚药费回扣都赚到我爸爸头上啦！"

医生办公室里邱鹏的小伙伴们都惊呆了，蒋振邦住院一个月花销六百八十元，女儿已经气急败坏成这个样子。邱鹏又耐心地解释着:"蒋老住院并没有花太多钱,在他的出院带药里有一种药至今未纳入医保范围。由于这次比较严重,我们对他的药稍微作了调整。"

蒋晶晶眼看要暴跳如雷,她反驳着:"加了不在医保范围的药进行调整?你们医生行业里那点儿利益链条以为我不知道吧?马上给我换药,我们只用医保可以报销的药物。"

大麦对眼前的闹剧看不下去,在边上添了一嘴:"这区区六百八十元,我想您还是担负得起的吧?"

蒋晶晶朝大麦翻个白眼:"对,这些钱没什么,但是我不会让你们医生赚这些黑心的收入,你们那些小把戏我都知道,马上给我换药。"说完,抓过出院消费清单扭头离去,仿佛脚踩道德的祥云,头悬模范的光环。

《人民日报》曾刊某医院院长语录:"药品成本很便宜,卖给病人却很贵,大家都认同是医生拿了回扣;但是砖头也很便宜,房价却那么贵,难道是建筑工人拿了回扣?"蒋晶晶在医生办公室说每句话的语气都仿佛手持正义长矛直戳医生的良心。她的背景使她明目张胆如此,能担负得起医疗费用的心里只是对医生有怨言,那么医疗费用超出其承受范围的人大概要对医生有恨意了。实际上即使成本极低的药物,研制出来后要经历极漫长的过程才会上市。为保证药物的安全性,首先要进行动物试验,而后进行四期临床试验,对药物代谢过程和副反应等有了明确了解后,这种药物才会出现在药店的架子上。这一漫长的过程有时会有巨额花费,作为成本的一部分会体现在药价中。

许多患者在和医生接触的过程中常带着点儿怨气,尽管这只是一星一丝一毫。在整个诊疗过程中,医生稍有疏忽仍会点燃、引爆患者内心的小宇宙。这些患者怨气的缘由是他们潜意识当中把医生视作诊治过程的营利者,他们认为医患双方在进行一场交易。在这场交易当中医生是完完全全的营利者,而患者会失去很多东西,最艰难的结果甚至是人财两空。更何况,交易并不是本着双方自愿的原则,患者因为疾病被迫参与了这场交易。在这种最初便带有敌意的交往前提下,沟通很难无障碍地进行。而社会舆论不断把我们的大众引向怀抱敌意的一面,糟糕的事情常常进入恶性循环变得愈加糟糕。

大一的时候我得了带状疱疹,沿肋间神经分布,痛到无法呼吸。我跑到医院去,皮肤科的医生钢笔写写,鼠标点点,给我开了七百多块钱的药。拿到药后我发现其中大部分都是提高免疫力的补药,顿时对我的主治医生产生了仇视感。负面情绪繁衍的速度比细菌都要快,我开始猜测他开这些药的目的是赚取回扣抑或他和这家药厂的药代有些不清不楚的关系。后来我学习的临床知识愈加丰富,了解到带状疱疹的发病和免疫力低下有关,应注意休息和提高免疫力。如果我能穿越回去为自己诊疗的话,我可能也会给自己添点提高免疫力的补品。站在患者的角度看问题,就会明白他们的想法并不是凭空产生的无稽之谈。有时候多一些体谅和宽容,会让自己的视野扩大一个维度。

医疗暴力事件在各地时有发生,许多医生愤怒撰文指责患者的无知愚昧与不理解,事实上医生对患者也不够体谅。试想挂号排队几个小时，见到医生交谈不过五分钟，楼上楼下检查样样要做，且每样检查都要继续排队，患者的耐心耗尽，自然对医生有怨言。所以医生面对病人及其家属的种种苛责误解时，不妨想想每个人在自己的背景、性格、阅历基础上都会有自己的想法，也许并不是病人的错，换个人处在相同的境遇下也同样会这样做，毕竟都不是圣人。

苏北小山村里一位钱姓老农民的妻子，脖子里长了一个结节，脖子肿得比头的直径还要大。耳鼻喉科的王家康医生为她做手术，成功摘除，病理检验是个良性瘤。钱老农不识字，他拉着我和大麦帮他写感谢信。在他的口述下，我们把他说的话写在一张纸上，他又比对着亲自誊写了一遍。王医生第二天上班，看到电梯旁大红色的感谢信上黑色的毛笔字歪歪扭扭，激动得说不出话来。钱老农趴在病房里写了整整一个晚上，纸上到处有墨汁黑色的污渍，但没有一个字缺撇少捺。许多天后阿姨打扫卫生撕下这张感谢信，王家康从垃圾桶里捡回来叠好放在抽屉里珍藏着。他说每次打开看都觉得医患之间也可以有那种像墨汁一样浓到化不开的情谊，真好。

那天我们填实习调查问卷时有个问题是"你对医院有什么建议"。我写的是，在病房和诊室多挂几个牌子，上面写"请保持耐心，在耐心耗尽时请深呼吸""请体谅和理解医务人员"；在医生办公室里多挂几个牌子上面写"患者身体不适且内心焦急""请体谅和理解患者"。对于"你提出此建议的原因和依据"，我想应该写"王家康和钱老农"吧。

8.

产科是个常常喜气洋洋的科室,这里没有太多的病魔,通常装点这里气氛的是新生命降临的蓬勃的喜悦感。仔细数数自己是宝宝来到这个世界见到的第几个人,体味到生命是那样神奇,连这个宝宝也成了自己生命中有特殊意义的人了。这里是生命树林里的一泓清泉,滋养着每一棵对这个世界尚存忐忑的小苗,鼓励他们破土而出。

胡蔓菁怀孕三个月时异常欣喜地发现她肚子比相同孕龄的孕妇肚子要大,仔细看已经有了要显怀的意思。她从B超室出来把检验报告单递给大麦和我的那一刻,满脸绯红娇羞,"双孕囊"三个字瞬间为她戴上了幸福的光环。她欣慰地依偎在老公怀里,好似拿破仑加冕那天身旁的约瑟芬一般热情洋溢。憨厚的老公高大可,傻呵呵地笑着,五分钟内把上帝、佛祖、老天爷都念叨了一遍。高大可像他的名字一样高大威猛,胡蔓菁秀气美丽,他们一定会有两个漂亮可爱的宝宝,大麦和我都替他们高兴。我们向胡蔓菁仔细地讲述了双胎妊娠的许多危险因素,叮嘱他们按时来产科检查。

怀孕四个月的胡蔓菁躺在床上,脸上写满了微笑。B超检查医生不忍心开口,一遍又一遍监测着,亲口把胡蔓菁的美梦变成噩梦是件残忍的事情,他宁愿相信是自己眼睛花了。胡蔓菁敏感地觉察到检查时间的延长和医生脸上的犹疑,她怯怯地问医生,孩子是不是出了什么问题。B超医生这才开口说:"我只监测到一个宝宝的胎心,但是两个孩子的长势相似,有可能只是我没找到,再测测看。"医生始终没有测到另一个孩子的胎心,微笑的胡蔓菁上扬的嘴角渐渐弯下,嘴角边挂的两个酒窝也渐渐变浅。她低声啜泣起来。这是生命攸关的事情,B超医生开始怀疑自己的诊断能力,喊来上级医生重新检查。上级医生手持探头在胡蔓菁肚子上滑来滑去,始终没有说话,啜泣的胡蔓菁干脆大声哭起来。诊室外焦急等待的高大可冲了进来,两位医生都摇摇头表示抱歉。

胡蔓菁的病例很特殊,移交到了产科主任罗主任手里。罗主任对胡蔓菁反复检查后确认,一名胎儿没有心脏发育,神经系统生长同样存在问题,虽然检测到他的四肢、头颅均在生长,但机制未明,有可能是在吸收另一名胎儿的生长因子。

胡蔓菁从幸福的美梦中一下子醒来,想起家里准备的双套的婴儿服、可爱的小鞋子、双胞胎专用的婴儿车,泪水扑簌簌无法止住。高大可紧锁着眉头:"罗主任,那另一个宝宝怎么样?"

"另一名胎儿至今未检测到异常,但是由于畸形胎儿发展为畸形的原因我们无法得知,所以我们不能保证另一个孩子是健康的。"

"有没有可能孩子在后来长出一个心脏呢?"高大可还抱有一丝希望。

"按照胎儿生长的正常规律,您说的这种情况几乎不可能发生,所以……"

"所以?"

"所以我们建议你们考虑流产。"

胡蔓菁和高大可像被判刑的死囚,抑或被判刑的是腹中胎儿,尤其是那个拥有搏动有力心脏的孩子。俞敏洪说:"人生是选择的总和。"选择常常在我们自以为安定和幸福着的时候突然降临,让我们措手不及。岔路口上,人们常常向每条路的尽头望去,企图看清楚每条路沿途的风景。每条路的尽头都是似锦繁华之际,选择可能显得轻松;每条路都像是沙滩戈壁时,选择变得尤为艰难。后者恰恰是胡蔓菁和高大可的处境。不流产的结果有可能是早产,孩子存活与否,医生没法保障,孩子活下来畸形与否,医生仍然没法保障。生活是个赌神,她走到医院时变得愈加精灵古怪,可能亮给我们各式各样的牌,幸福或不幸没有谁是在主场作战,占上风的那一个随时可能在对方的反击下倒下去。

高大可蹲在楼梯上大口大口地抽烟,大麦也蹲在他旁边借了个火。不知道是大可不太会抽烟还是他有些抽噎,他剧烈地咳嗽起来,声音从他那庞大的身躯中传出来,在空旷的楼梯口震荡着。咳嗽的回声还没落尽,大可问大麦说:"如果是你,你会怎么办呢?"

大麦那一刻想起了胡芳芳,他说:"我不知道,也许我会追随老婆的选择吧。"

高大可掐了烟,回到病房,坐在床边搂着胡蔓菁。胡蔓菁像得知自己怀了双胞胎那天一样依偎在老公怀里,说:"大可,我们把孩子生下来吧。还有个孩子是好的,这也是条命啊。"高大可把下巴抵在胡蔓菁头上，狠狠地点了点头。

高大可和胡蔓菁做出这个决定的同一天，一对儿非洲留学生出现在了产科门诊，罗主任留美两年，和他们交流起来游刃有余。女孩儿怀孕了，产检显示胎儿有先天性心脏病，法洛氏四联症。罗主任建议做个羊水穿刺。交完钱准备要穿了，男孩儿忽然问："为什么要做这个检查呢？"

罗主任回答："为了确诊胎儿是否有畸形。"

男孩儿大为不解："确诊有畸形可以治么？"

罗主任也很惊讶："不能治疗，但在中国大部分夫妇选择流产。"

男孩儿说："我认为这个检查是不必要的，我们的宗教信仰不允许我们流产。更何况先天性心脏病可以在出生后做手术呀。"

他们留住了孩子，连犹豫都没有。非洲女孩儿和胡蔓菁肚子里都装着畸形的孩子，这样的怀孕历程无论如何是忧伤的，像是搭上了一辆随时可能出轨的列车，忐忑不安却放弃了下车的机会。人生的境遇远比酒店里提供的套餐要种类繁多，走廊这边是意外怀孕等待流产的妈妈，那边是怎样努力都得不到孩子的不孕者。病房里有人在为生的是女孩而愚蠢地哭泣，另一些人却在祈祷上苍无论男孩女孩、畸形与否，只要孩子好好活着。这个世界上从来没有绝对的公平可言，我只是安静地看着胡蔓菁逗别人家胖胖的宝宝的时候，祈望苦难的坚持也会换来幸福。

胡蔓菁早产了，两个男孩。一个被送到了保温箱，另一个变成了病理实验室的标本。在保温箱里的宝宝像只小猴子，他还没成熟到能躺在婴儿床里与妈妈嬉戏，他看起来那么脆弱，需要被世界温柔地对待。胡蔓菁和高大可的心情是复杂的，万幸的是他们还有个健康的宝宝，坚守之后换来了欣慰。

非洲女孩儿获得了一个漂亮的女宝宝，她的心脏远没有医生预测的那样糟糕。心胸外科的大夫说，等宝宝耐受手术后完全可以彻底修复，让她像正常人一样生活。

前几天胡蔓菁给大麦和我发了彩信，照片中是满百天的小帅哥。他白白胖胖的脸蛋上镶着一双炯炯有神的大眼睛，笑得灿烂的嘴角两旁像妈妈一样挂着一对小酒窝。他会像我们期待的那样，是个拥有爸爸高高的个子和妈妈秀气的脸的英俊小伙儿。他是否会知道这一年以来自己的母亲比其他母亲更为不易？他是否会知道自己同卵双生的弟弟与自己的命运迥异？又何必了解这些呢，只要那样灿烂地微笑着向前看就好。那天，我和大麦都盯着手机看了很久，看到眼角湿润。

大麦看着照片对我说："看到胡蔓菁我就会想起芳芳，我想我这次是真的从心底里爱上一个女孩儿了。"

我想骂他两句，抬起头却看见他从未那样严肃过的脸："那就坚守着吧。像胡蔓菁和高大可一样，勇敢地坚持给自己个幸福完整的家。"

9.

虽充满惊喜和感动，可妇产科，尤其是妇科，像是个秘密仓库，许多病人都在这里储存了自己即使对最亲近的人都不愿开口的秘密。

许仙住进了妇科，她不是西湖边风度翩翩的卖药郎，她是个安安静静的女人。在大麦和我询问病史的时候，她缩在被子里只露出两只深邃的眼睛，我感觉她的眼睛那么深，像永远也看不穿一般。她不太爱说话，或者只是不太愿意对我们说，除了我们说出的话后面已经带了明显的问号，否则无法撬开许仙的嘴。

许仙不是病人，她几乎是病房里最健康的一个。快要临盆的她，没有任何孕期并发症，骨盆形态良好，胎儿大小适中，可以轻松顺产。她的丈夫是一家国企的经理，对许仙疼爱有加。外人看来这小两口甜甜蜜蜜，结婚一年就有了孩子。

大麦边给许仙量宫高腹围，边随口问了一句："这是你们第一个孩子么？我的意思是，之前是否有过流产之类的情况发生？"

许仙的丈夫彬彬有礼，总是替不爱和我们说话的许仙回答问题："是的，这是我们第一个孩子，仙仙怀孕后我们就决定要这个孩子，没有流过产。"大麦和我对妇产科病人的敏感点早有耳闻，我在许仙丈夫代为回答后，又转向当事人问道："是这样么？"

许仙深邃的眼睛和丈夫对视着，爱意绵绵，微笑地点了点头。她在病历上被确定为"初产妇"。

初产妇的产程较长,宫口开全耗时久,通俗地说,从腹痛发作到孩子降生可能要经历十个小时以上的时间。而经产妇这一段时间大大缩短,大概只需要三个小时甚至更短,依个人体质而有差异。媒体报道的"妇女公交车产子""少女卫生间如厕时诞女"等新闻均发生在经产妇身上,即当事人分娩过或做过人工流产手术。

许仙晚上开始腹痛,按常规初产妇产程估计,她大概会在第二天进行顺产。她像其他几名开始腹痛的初产妇一样待在待产房里。夜里十一点时,值夜班的罗主任打算小睡一会儿。罗主任有个职业习惯,值夜班时,睡前会去病房巡视所有临盆产妇。她一眼看见许仙平躺在床上,屈膝截石位,眉头紧锁,额头上沁着细细的汗珠。罗主任掀开被子后立刻大惊失色:床单已经湿透,孩子毛茸茸的小脑袋已经露在外面一半。罗主任那一刻明白了许仙一直在隐瞒病史。

被紧急呼叫来的值班医生和护士手忙脚乱,准备推许仙去手术室。罗主任经验丰富,她说:"来不及了,赶紧消毒,在这里接生。"几乎是刚消完毒的空当儿,宝宝的整个头都钻了出来。罗主任接生成功,是个男宝宝。本来事情到此应该圆满结束,美满的小家庭喜得贵子,圆了婆婆一直以来的心愿。可生活总是会出几张意外之牌:孩子两个月的时候肠坏死,在儿科抢救无效死亡,尸检显示为感染所致,感染发生的原因有可能是分娩时消毒不彻底。

许仙一家痛不欲生，许仙一纸诉讼将产科告上了法庭。医院必输无疑，手术未在手术室进行，消毒不够严格，体格检查不仔细等，任何一条都会让医院赔偿许仙一大笔钱。罗主任找到许仙谈话，平静地分析了手术仓促的原因是她隐瞒了自己是经产妇的病史，官司打下来恐怕丈夫、婆婆都瞒不住。安妮宝贝说："所有的人都是一样的，在各自粉饰的外表下有千疮百孔的人生和一个暗黑的深渊。"被威胁是这个世上最痛苦的事情之一，对方揭去你粉饰的外壳，直刺你的心让它更加千疮百孔。稍有不慎，将会被别人推向更暗黑的深渊。许仙和罗主任平静的谈判实质是在相互威胁，最后许仙妥协撤诉了。她应该有一段不愿回首的往事，那段往事让她小心翼翼地捧着当下的幸福。每个人大概都曾做过错误的选择，走过弯路，这些都给以后的生活埋下了许多"不得不"。在伪装之下生活是件很累的事情，可对很多人而言却是"不得不"。罗主任的行为对许仙而言或许有些残忍了，然而起因是许仙对待周遭的人的不坦诚。大麦和我都没有太过难过，医院里的事情究竟谁对谁错，何尝说得清楚、辨得明白呢？我们都在经历着极为微妙的变化，用更理性的态度、更活跃的思维、更周全的考虑去面对病人。

而杨美铨的成功救治就成了顺其自然。杨美铨被120带到急诊时是晚上八点钟，她的左下腹剧烈疼痛，脸色煞白煞白，嘴唇快要看不到颜色。发病时她正靠在男朋友肩上徜徉于玄武湖的夜景中。男友吓得脸色快要和杨美铨一样苍白，紧紧地握着女友的小手安慰着："亲爱的不要怕，我们到医院了。"

建安医院急诊科有个不成文的规矩，下腹剧痛伴休克倾向的女患者先查妇产科。我和大麦跟着罗主任到了急诊科诊室。罗主任了解病史后问患者："怀孕了么？有同房过么？"杨美铨的男朋友嘟哝着："我们没有那个，怎么会怀孕？"杨美铨摇摇脑袋，不停地说现在她正在月经期，不可能怀孕。患者下腹剧痛伴休克，她所指的月经应该是阴道流血，所有体征都让我们高度怀疑是宫外孕破裂。但杨美铨始终忍痛否认怀孕的可能，拒绝进行妇产科的相关诊疗。罗主任为患者导尿检测，发现杨美铨HCG阳性，需要迅速手术。在推去做手术的路上，她才向医生承认自己怀孕的事实，并给孩子的爸爸打了电话。命悬一线的杨美铨因为手术及时才在大量出血后仍然成功地逃脱了鬼门关。

病人的故事常常几近荒诞，社会的文化在悄然变化，妇产科的触角洞悉了当下人们各类爱情观、婚姻观。有人说，当下的女性在婚姻和爱情关系中总是欺骗隐瞒，实际上只是因为到妇产科就诊的为女性。在两性关系中，以怀孕等形式发病的也只有女性，她们多数情况下都是身体和精神的双重受害者。篡改病史、欺骗医生的现象在妇产科表现尤为突出。我们要透过种种迹象最快地了解病人身体的真实情况，保护病人的隐私，多站在她们的角度，一切以挽救她们的生命为第一任务。

10.

大麦和我轮转到整形外科的时候，碰到了郭嘉莹。当时她是去妇科看病的，她是妇科一位医生在老家的邻居，来自安徽美丽的乡村。

郭嘉莹不是我见过的最高的女生，只是她看起来骨头架子确实要大一些。她晃进病房时一米七五的个头比我还要高上三公分，她的手和脚比"医学院最MAN的男生"大麦还要大。二十岁的郭嘉莹仍没有见到过自己的"大姨妈"，家人带她四处求医，一路来到了南京。妇科医生进行生殖器检查，发现郭嘉莹的阴部发育不完善，加上她健壮的胳膊和小腿，医生为她做了染色体分析。郭嘉莹的性染色体是XXY，她随轮转至整形外科的大麦和我一起转科住了进来。

郭嘉莹腹股沟处有两个胚胎时期未下降的睾丸，她并没有子宫和卵巢。郭父了解检查结果后，愣了半天才说了一句话："怪不得她干农活时总是力大无穷。"郭嘉莹看着镜子里扎着马尾辫的自己，觉得自己变成了一个不折不扣的笑柄。

整形外科的薛主任给郭父分析了两种治疗途径：将睾丸引下，修复男性阴茎，让郭嘉莹变成男孩子"郭嘉赢"；将睾丸切除，修复阴道，让郭嘉莹长期服用雌激素，过和其他正常女孩子一样的生活，只是不能生育。郭父被重男轻女的思想困扰着，一直以来求子心切，明晓自己养育多年的女儿实际是个朝思暮想的儿子后，他甚至有点惊喜。然而，可怜的郭嘉莹无法想象生活了二十年后突然变成男性后的生活，她习惯了进出女性卫生间，穿花布裙子，梳个俏皮的马尾辫，听女同学讲琐碎的心事，甚至她还暗恋着班上一个帅气的大男孩儿。

薛主任在医学伦理学方面见解颇为独到。他发现科里人对郭嘉莹议论纷纷,在交班会上讲了他实习轮转时遇到的一位乳腺癌患者的故事。那是位四十多岁的单身女性,终生未婚未育,和自己的老父亲相依为命。一次单位体检时偶然发现了乳腺癌,发现时尚属早期。几十年前乳腺癌的治疗方法还是比较古老的"乳腺癌根治术",即切除全部乳房、胸大肌、胸小肌以及所有相关淋巴结。由于发现较早,手术后这个患者恢复效果相当理想,辅以术后几个化疗疗程,医生对这名患者的预后持乐观态度。在最后一个化疗疗程时,患者没有来医院,是患者的父亲来的,他说女儿不会再来化疗了。乳腺外科和肿瘤科的医生都大感不解,眼看就要战胜癌症这样的病魔,怎么会放弃治疗呢?患者的父亲老泪纵横地解释道:"你们医生总是只关注对病人疾病的治疗。我的女儿首先是个人,是个女人,手术夺去了她的乳房,化疗夺去了她的秀发,她觉得自己如行尸走肉般没了做女人最起码的尊严,躲在家里甚至不敢白天出门。这样活着有什么意思呢?"那个父亲让乳腺外科和肿瘤科所有的医生明白了乳房的存在对女人的意义,尊严的拥有对人生的意义。心存大爱的医生才能深入患者心底,了解患者的诉求,哪怕这个诉求依世俗眼光看来甚至是不合理的。你永远无法想象畸形带给一个孩子的痛苦与无法进入社会的无奈。人们对畸形的定义常常泛化,他们常常找出自己与其他人不一样的地方,并且把身体的这一处称为"缺陷"。在漫长的成长过程中,他们不断夸大这一缺陷,自卑心理也随之加重。很多女孩子因为胸小而苦恼不已,不惜承担手术的众多风险,只为了取悦男朋友。很多男孩子因为自己不尽如人意的身高,不敢主动追求心仪的女生。甚至还有个小姑娘因为脑袋上有一块指甲大小的胎记处不长头发,五年来没敢去发廊修剪头发。她说:"理发师总是会问及这个胎记,我惧怕别人看见它。"

薛主任说:"我们科的病人各种各样,我们是他们最后的依托,我们要尽全力让他们更勇敢、更骄傲地活着,赢得世人的尊重。在此之前,我们首先应给予他们尊重。要永远记得,医生给病人开出的第一张处方应该是关爱。"

薛主任一番话平静而严肃,人群沉默了一会儿后响起有力的掌声。郭嘉莹住院期间,没有人再议论、嘲笑过她。整形外科的医务人员特别保护郭嘉莹的隐私,拒绝所有报纸、杂志的记者采访,让郭嘉莹在一个温暖、被关怀的环境中进行畸形的矫正。

薛主任和郭嘉莹一家在会议室进行了一个小时的谈话后,郭父放弃了天上掉下个儿子的想法,同意进行女性生殖器修复手术。

手术前一天,夜幕四合时,薛主任站在办公室巨大的落地窗旁翻看着郭嘉莹的病历。夜晚的南京,华灯初上,五彩斑斓地漂浮在夜空中,一点一点连接成片,恰如此刻薛主任平静的心里那微小的波澜。我站在薛主任后面,他微微有些胖,思考问题时眼睛会离开病历望向天花板。画面唯美至此,我想起康德的一句话:"世界上最使人惊奇和敬畏的两样东西,就是头上的星空和心中的道德律。"我总觉得薛主任是那样宽宏、大气。

他转过身看到了傻站着的我,对我笑了笑。

我勇敢地说："老师，我也想学整形外科，能做您的研究生么？"

薛主任笑意更浓，点了点头。他问我："你觉得病人共有的一个特点是什么呢？"

"都渴望健康吧。"

"嗯，我常常觉得他们的共通点是很脆弱。人在不健康的时候像块一碰就碎的玻璃。医生的工作像是为病人脆如玻璃的身体和心灵做一个坚硬的金属外壳吧。"

"我们可以治愈他们啊。"

"偶尔能治愈，常常是缓解，总是在安慰。我们能彻底打败的病魔太少了。譬如郭嘉莹，明天的手术成功后，她还是会面临一个严重的问题，就是不能生育。连试管婴儿都没办法做。这必然会影响她以后的生活，但愿她会遇到一个理解体谅她的老公吧。"

手术非常成功，雌激素用上去以后郭嘉莹心情好了很多，自信的她总是光彩熠熠。大麦喊来胡芳芳探望郭嘉莹时，郭嘉莹正在对着镜子编辫子。芳芳送了嘉莹一条新款的小碎花短裙，嘉莹穿上它在走廊里转一圈，所有的医生护士一齐鼓掌称赞嘉莹美丽极了。嘉莹低头抚摸着新裙子，娇羞地笑着，笑着笑着拥抱着芳芳流下了眼泪。大麦在一旁也抽起了鼻子，张开双臂把嘉莹和芳芳都纳入怀里。我在心里不停地念叨着："嘉莹一定会幸福！嘉莹一定会幸福！"拿出手机给他们三个拍了照片。自从开始临床实习，手机里的感动栏目总是不停更新着，那么多的瞬间直直戳中心窝里最柔软的角落，把整个心儿都要融化掉。

郭嘉莹出院的时候，我和大麦一起给她买了一束百合花，她抱着花儿享受着花香的时候，远比花儿更娇艳。

11.

下班后在公交车上碰到了隔壁班的张卉，她轮转到了消化外科。南京晚高峰时的公交车像一只巨大的甲壳虫，在每一个红绿灯路口急匆匆地刹车又慢吞吞地发动。张卉夹在人群中，身子时而倾向前、时而倒向后，她说："其实外科大夫也就那么回事儿嘛，好多手术蛮简单的。"

我抬抬额纹，表示惊讶和疑惑。事实上，她的言语已经吸引了许多市民的注意，鉴于她说的话不算太负责任，我不大想接话茬。

"我今天跟着带教老师上了一台阑尾炎手术，我拉钩。其实他们也没什么呀，打开肚子把阑尾切下来，跟我们以前外科实验给狗做阑尾手术差不多。"

我为张卉的话感到心痛，作为一名实习医生，她说出的话倒像个屠户，就像在说"其实医生也没什么呀，他们切的是人，我切的是猪嘛"。我常常回忆儿童时期所读的童话和寓言，想来对我最有用的故事莫过于小马过河。这个时代的网络、媒体太过发达，消息传播得如此之快，快到人们打开网页读了一遍，通通以为自己掌握了事实。社会的快节奏和人们忙碌的生活，让大众连考证新闻的时间都没有。久而久之，我们都养成了一个习惯，听之信之。早在我五岁的时候，就被马妈妈告知，小松鼠和牛哥哥的话都不可轻信，要自己试试才知道。

在神经内科轮转时，我第一次给病人抽了血气。我的患者是个三叉神经痛的老爷爷。抽血气是为了监测病人的呼吸状况，包括动脉血氧分压、动脉血二氧化碳分压等，所以穿刺的血管是动脉，通常为桡动脉。

老爷子看我带了针头过来就说道："刚刚护士抽过血了。"我向他解释血气检查的重要性。神经内科的医生常说，三叉神经痛甚至超过了分娩的痛苦。患者对疼痛都较敏感，甚至张嘴、咀嚼时牵涉的疼痛都无法忍受。他警惕地问我："你不是实习医生么？还是找个经验丰富的大夫给我抽吧。"为了安抚病人，我回答说："我是实习医生，但是抽血气很有经验，我已经抽过很多次了。"老爷子这才放心地把胳膊伸给我。

消毒、搭脉、针头45度入皮，这个过程并不那么迅速，我的碘球还没开始擦，老爷子便躺在床上哼哼唧唧不停喊疼。糟糕的是，我一针下去并没有看到鲜红的动脉血涌出来，我把针头稍微回拉一点，换个角度再刺深一点。血似乎在和我捉迷藏，仍旧躲藏在动脉壁后不肯探出头来。老爷子的哼哼唧唧已经演变成了大喊大叫，老太太和他们的儿子都站在床边盯着我。儿子开口了："小兄弟，之前穿这个动脉的时候好像穿一下就好了，我看你……"我心急如焚，想要喊名上级医生来帮我抽，可我刚刚已经夸下海口。我安慰着老爷子："您再忍一忍，动脉比较深，可能有些痛。"又把针头往外抽一点，疼痛的哀号和质疑的声音一直盘旋在耳边,我感到谴责在我的皮肤上爬来爬去。深吸一口气,第三次把针头刺深,深红色的血缓慢地沿着针头流入注射器,我压两根棉棒,说一声"至少压十分钟",急匆匆奔出了病房。很少出汗的我,在空调开到20摄氏度的病房里,短短十分钟工夫已经大汗淋漓,两只手心里全是冷汗。这只是个比护士抽血难度系数稍大的操作而已,与手术难度相比不及冰山一角。所有的理论学习与模型或动物实践操作都无法比拟第一次在真人身上操作时的惊心动魄。自己像是刚从蛋里爬出来的小海龟,上有老鹰盘旋,怎能不怕?

我国泌尿外科奠基人、院士吴阶平先生曾说过:"医生的服务对象是人,世界上最复杂的事物莫过于人。要做一名好医生,首先一点要研究人,全心全意为人民服务,这就是医德。医德不光是愿望,更是一种行动,这个行动要贯穿医疗的全过程,贯穿医生的整个行医生涯。"

我和大麦曾经协助一位参加工作三年的住院医生唐佳怡为病人骨穿。这是一个简单的基本内科操作,是执业医师考试的操作考试备选题之一。唐佳怡先从左髂后棘进行了穿刺,抽出的骨髓甚至不能穿过针头到达注射器内。她看着鲜红色被抽上来漫入注射器,松手后红色又马上返流回去,急得脸涨得通红。病人的局麻效果不佳,疼痛剧烈。唐佳怡吩咐大麦去拿一支大点儿的注射器过来,让我去喊上级医生。主治医生孙定岩使用大注射器也只抽出了少量的骨髓,甚至不能达到检查所需的最少量。无奈只能让病人翻过身去,从髂前上棘再行穿刺。病人躺在床上疼得哭起来，骨头背面、正面都打了洞，心理和身体都不愿承受。第二次穿刺，干抽现象仍然比较明显，两次才凑足了涂片所需要的骨髓量。检查结果是病人得了白血病，骨髓量极少。很多意外情况在人群中发生的几率极小，然而这个定律在医院并不总是成立。即使千万分之一的发病率，如果落到你头上，仍然是百分之百。况且医院本就是各类病例的集中营，任何一项操作都会有风险，任何一项写在声明上的罕见并发症都有可能发生在操作的过程里。阿甘说："生活就像一盒巧克力，你永远不知道下一块是什么味道。"性命攸关的事情，总是有庄重肃穆的背景，一切幽默玩笑都变得有些苍白。

大麦跟张主任上一台肱骨外科颈骨折手术，术中病人麻醉得不好，竟然醒了。他躺在无菌单下，闻到手术室蔓延着的他的皮肉被电刀烤焦的味道，大声喊着"疼！疼！烧焦了！"连经验丰富的张主任都慌了神，不停地催促麻醉师。大麦说，听到病人因为恐惧疼痛喊叫着，声声落在心上，真真是锥心刺骨一般。

我们能做的只有如《日内瓦宣言》所述："值此就医生职业之际，我庄严宣誓为服务于人类而献身。我对施我以教的师友衷心感佩。我在行医中一定要保持端庄和良心。我一定把病人的健康和生命放在一切的首位，病人吐露的一切秘密，我一定严加信守，决不泄露。我一定要保持医生职业的荣誉和高尚的传统。"不断夯实理论基础，拓展操作技能。在病人恐惧和疼痛时，将我们心中的责任感和使命感传递到双手，稳稳地捧住病人的生命！

12.

实习结束的前一天,大麦和我执意值了最后一次夜班。这是一次有意义的夜班,我们为一名急性心梗的老奶奶进行了心肺复苏。我们大汗淋漓之后,她醒了过来。抢救的成功似乎为实习大轮转画上了圆满的句号。忙碌的夜晚之后,我们看着东方露出鱼肚白,金色的阳光撕裂了天际的黑暗。黑色退去,像我们的迷茫一样,退得无影无踪。下班后,经常沉甸甸、装满心事和疑问的心在那个早上无比敞亮,连"建安医院"牌子上的四个字都变得金灿灿的。

大麦说:"不如我们去操场跑两圈吧。"

我也觉得毫无睡意,随口拈来奥林匹克希腊圣地刻写的那句话:"你想得到健康么?那你就跑步;你想得到聪明么?那你就跑步。"

大麦和我并肩行进在红色的跑道上,我们的身子都像心一样轻盈。他的脸上满是笑意,时而抬高腿,时而转过身去倒退着跑,像憋久了被放出来散心的孩子。

我说:"大麦,我打算学整形外科。"

他把两只手叠在一起放在脑后,笑着点点头:"好,挺适合你的,哥们儿挺你啊!"

我接着又说:"我和薛主任谈好了,要做他的研究生,我非常敬佩和喜欢他,我一定要做一名优秀的大夫。"

大麦往前跑了两步,转过身子和我面对面在跑道上前进。

他说:"前两天老爹给我打电话来着,给我讲述了我们家企业最近蓬勃发展,被我接手将前途无限。"

我看着面前年轻的他温柔地嵌在阳光里,像往常一样给我讲琐碎的生活,总觉得今天会有些不一样的事发生。

"哥们儿我决定当医生了,我要跟张主任读研,学骨科。"

我有点惊讶,但因为一年来陪伴在他身边看着他一点点的变化,又觉得在意料之中。我说:"上大学以来,第二次听你这么认真地跟我讲话,上一次是你对我说你爱上了芳芳。"

他自顾自地给我解释着:"我以前觉得医生万般不好,行业环境不理想。现在想想,或许只有每天探讨、触及生命的本质,才能真正把生活过得有意义。"

"坚定的选择?"

"坚定的。"

"没犹豫过?"

"犹豫过。"

我们两个都不说话了,大麦的表情那么坚定和勇敢,我回想起曾经的我们所有的经历,觉得生活有时真的妙不可言。

操场那头芳芳拼命朝我们挥着手。大麦一拍脑袋说:"忘记今天芳芳约我去逛街了。"

"刚下了夜班,你不怕累?"

大麦得意地笑一笑说:"陪老婆万死不辞。"

我站在原地看着大麦加速朝芳芳跑去。脱去护士服的芳芳更加青春靓丽,看着朝自己跑来的大麦,一脸幸福洋溢。

芳芳拿纸巾擦着大麦额头上的汗,大麦突然转过身来对我喊:"我会当个好医生!"

那一刻,明媚阳光下的大麦远比阳光更加明媚。

纽约倒影

/李静睿

1.

在纽约的最后一周,我们几乎都待在家里,一觉醒来已经过了十点。房东的蓝色窗帘一看就买自华人开的九十九美分店,家里所有窗帘加起来不会超过十美元。客房里那一张窗帘赫然印着LV加上米老鼠,像一场盖上纽约邮戳的滑稽剧。通过劣质棉纱的缝隙,我总要在床上看一会儿外面的蓝天。我们花一百三十八块人民币从国内淘宝带来的米黄格子床品四件套在阴影重叠阴影中散着光斑,给人疑似Burberry的幻觉。在纽约的时间说到底也就是各种幻觉。

邻居家的月季长到我们的后院,有一天我起床后站在院子里吃樱桃,确信自己看见了一朵玫红色月季在一秒钟内骤然开放。我把樱桃籽吐在泥土上,想象着终有一天它会开出白色小花,结出红色小果。后院尽头是锈迹斑斑的篮球架和同样锈迹斑斑的铁丝网,上一个房客沿着长满藤蔓的铁丝网拉了两根网线晒衣服。有时候,晚上我们走到院子里抽烟,烟雾绕进晒在上面的蓝色衬衫上,第二天穿在身上有红色加长万宝路的味道。万宝路加税卖十三块,这个价格在法拉盛可以买到走私的硬中华,所以每次去那边吃麻辣香锅时,我们就带两包回来。硬中华在挂着繁体字招牌的药房里光明正大销售,没有小票,不用加税。

快四十年前,房东在后院修起篮球架和铁丝网,让孩子们能在院子里打球,又担心球飞得太高进了别人家后院。那个时候的纽约刚刚拥有了世贸双塔,它在四百米以上的天空中冷冷注视越来越繁复芜杂的曼哈顿,浑然不知有一天两架被劫持的飞机会终结它们的命运。1965年,年过四十的诺曼·梅勒在1965年写出《一场美国梦》,小说里的主人公是存在主义心理学教授,他娶了百万富翁的女儿,却最终将她杀死,把尸体推出十层高楼。这大概真的是诺曼·梅勒的美国梦,他羡慕朋友杀妻的勇气,1960年曾经在聚会中把一把小刀刺进第二任妻子的小腹。1969年,诺曼·梅勒第二次竞选纽约市长,他疯狂地主张把纽约市变成美国的第五十一个州。奈保尔写过,诺曼·梅勒对纽约的定义是"一座垂死挣扎的城市",他想象中的曼哈顿不允许开车,由政府提供免费的公共自行车,每个月都有一个称为"甜蜜的星期天"的法定安息日,这一天里没有嘈杂的交通,"除了鸟之外没有其他东西飞行"。

他当然失败了,《纽约文学地图》里说,诺曼·梅勒总是和竞选伙伴在公共场合喝得烂醉,选民难以想象他坐在市政厅办公桌后面的样子;他在民主党候选人初选中排名倒数第二,得了41136票,占投票总数的5%多一点。四十多年后的曼哈顿没有诺曼·梅勒市长,星期天只会格外拥堵。有一个周六,我们和朋友去纽约北边的约克镇。美国的小镇总是如此,美且闷到不知道如何是好。几个人看了一会儿花房里红的、紫的、黄的、粉的矮牵牛花,又坐在空无一人的湖边垂柳下嗑完整袋恰恰香瓜子。湖面上远远有一艘小船划过来，靠近了才发现上面同样坐着两个中国人，同样正在嗑瓜子。然后我们就沿着哈得孙河开回了曼哈顿，从十二大道开到第九大道那家"成都印象"，整整开了半个小时。开到我对回锅肉和水煮鱼的思念几乎成为乡愁，最后才停在餐馆斜对面停半个小时要七块两毛五的停车场里。纽约没有按照一个酗酒小说家的梦想生长，在垂死挣扎之后，它还是一个有着八百万人口且周日特别堵车的平庸大城市而已。即使远离曼哈顿，皇后区的天空也永远不仅仅有鸟儿飞行，不管什么时候我坐在床上猛然抬头，都能看见从肯尼迪机场或者拉瓜迪亚机场起飞的飞机贴着头顶飞过。

我们的回程从肯尼迪机场出发，和我们从北京来的时候一样，是半夜十二点的飞机——两次同样漆黑的告别。我赶在最后两天里卖掉了洗衣机，那台品牌可疑的洗衣机买自法拉盛的"纽约家电"。有这么气派非凡的名字，但其实是一个不超过十五平方米的狭长店铺，挨挨挤挤地放着冰箱、洗衣机和式样古老的国产彩电。老板是个说不清普通话的香港人。那是我刚到纽约的第二天，打着一把快散架的太阳伞，沿着主街走了很久才走到那里，鼓起勇气支支吾吾地讲价，最后讲下来十块钱，第二天以小费的形式给了出去。一年后，买它的人从法拉盛开车过来，那是个中年东北男人，同样支支吾吾地跟我讲价。我的心理价位从一百五十美元骤然降至一百三十美元，最后以一百二十美元成交。我们用这笔钱在临走前一天去上西区请朋友吃了一顿日本料理，点了一份过于豪华的刺身寿司拼盘，最后花了一百五十美元。吃完饭出来，我们沿着百老汇一路往北走到哥伦比亚大学，看到一条三只腿的拉布拉多欢快地跳着往前。沿街的水果铺里，西瓜六美元一个，有黑人姑娘站在路边抽烟。我一路后悔着洗衣机没有卖到更好的价钱，又后悔刚才忘记点他们家的招牌鳗鱼饭。两个人一路聊着这些可笑的琐事慢吞吞走向一号线地铁站，又在时代广场转R线回家，浑然不觉这可能是我们最后一次坐上肮脏的纽约地铁。

两室两厅的房子里零零散散地堆着我们要带回国的东西。提前一个月我就开始分批次扔垃圾，因为每周只有两次扔垃圾的机会。周日晚上把三个垃圾桶都放在路边，它们分别装着普通垃圾、纸质垃圾和罐装垃圾。周三晚上只能扔普通垃圾，有时候遇上公共假期，垃圾车就得再等半周才来。五月底的那个周一是阵亡将士纪念日，而我对此毫不知情的，那些咬碎的螃蟹脚和海螺壳混杂着略微腐烂的杧果皮被推到马路边又推回来，浓烈的味道一直到周四才真正消失。现在有时候我还能闻到它们，看着这游移不定的气味中浮现出我私藏的那一个纽约。

临走前我把所有面值低于二十五分的硬币都汇集起来，放进一个万宝路烟盒，然后送给遇到的第一个在路边乞讨的流浪汉。走了很远还听得到他把硬币一个个拿出来放在地上的声音，叮当作响着和我们告别。回到北京后，有一天，我从钱包角落里发现一个五美分，我把它拿出来放在桌子上。又过了几天，它和那个城市一起，消失在我的现实世界里。

我早说过了，这是一种幻觉。

2.

　　如果真正回想，会发现有很多地方，我们都在一种"以后再说"的自我欺骗中错过了。因为一直舍不得二十七美元的门票，我们没有登上过帝国大厦。在家里看了盗版的《当北京遇上西雅图》后，因为汤唯太美，有过短暂的冲动期，偶尔经过那儿的时候却还是犹豫了。我不知道联合国总部到底在哪里，也没有真的去过自由女神像所在的那个小岛，几次远远看见自由女神像，我只觉得她好像褪了色，在蓝天下显得破旧不堪。每次去大都会博物馆都说要顺便走去对面的古根海姆博物馆，却一直没有真的成行。有大概三个月的时间里古根海姆博物馆展出了毕加索的黑白作品，每次在地铁上看到广告，我总要默默下个决心，在每周六下午古根海姆博物馆那两个小时的随意付费时间里去一次。但一个接一个的周六流逝得如此之快，在我慢吞吞走向华人超市买点五花肉、猪蹄、荠菜饺子又走回来的时间里，它们就已经默默不见了。我终究没有看到毕加索那些深深浅浅的灰色，那幅光影流动的《女帽作坊》，最后去谷歌检索了它。就像我从未去过纽约，就像我们在中央公园里漫无目的边吃着葡萄干、核桃、腰果边走来走去时，和它不是隔着那样近的距离。但是也好，毕加索说，所有你能想象到的都是真实的。

　　我错过的最后一个决心是MOMA（现代艺术博物馆）里的Rain Room，我甚至想好了穿那条宝蓝色的紧身连衣裙进去，即使明知道拍出来的只会是一个黑色剪影，我还是觉得穿着宝蓝色也许会让那个剪影更美一点。但是最终，我穿着那条裙子去吃过川菜，看过《芝加哥》，却从来没有真的在Rain Room拍下一张照片。开始时，我安慰自己是因为惧怕排队，但越想越觉得这是谎言。之前蒙克的《呐喊》在MOMA展览时，我们找了一个周五下午的免费时段去，想要排队的时候，绕着MOMA整整走了一圈才找到队尾。忘记排了多久，只记得最后进去也就看了一个小时。那幅画看不出值1.19亿美元的样子，只是被罩在一个玻璃框里，很多人挤在它前面拍照。MOMA自己的藏品里，连凡·高的《星空》和莫奈的《睡莲》都是裸露在外的。亦舒小说里女主角总是坐在《睡莲》前，脱下高跟鞋发呆，所以我总是忍不住注意那些坐在《睡莲》前的人。有一次发现一个格外美丽的姑娘，穿着红色平跟芭蕾舞鞋和白色无袖连衣裙，手里拿着红色开衫，金色的头发被一根黑丝带束成马尾，脖子上挂着一根看不清式样的项链。她一直沉默不语望着前方的某处，既没有低头看手机，也没有抬头看莫奈，我无端觉得她是格鲁吉亚人，好像只有这个拗口的国名才适合她。又过了一会儿，她转身走了，另一个女人坐下来，白种人，非常非常胖，肚子一层层勒出来，穿着起码四十二码的高跟鞋，鞋跟必定坚不可摧。我略带轻视地想，那一定是个美国人。

  不知道为什么世事总是如此，遇上的只觉不过如此，错过的却总是分外惋惜。我在布鲁克林远远见到保罗·奥斯特描写过的日落公园。那是一个很冷的冬天，风吹得人得努力维持平衡。裹着毛呢大衣和厚厚的格子围巾，我仅仅动摇了几秒钟，还是选择去第八大道的广东饭馆喝早茶。虾饺、烧卖、肠粉、叉烧包、一笼笼上来。最后还点了腊味煲仔饭、榴梿酥和马蹄糕。我们吃撑了往回走，又经过公园旁边的墓地，当时只觉得连绵无尽的墓碑让人发怵，回到家却想到奥斯特说里面躺卧着歹徒、诗人与将军，躺卧着那些曾经对未来充满希望却被遗弃在此的灵魂。又想到书里有个人开了一家"破铜烂铁维修厂"，专门修理那些已经几乎消逝的物品，从手动打字机到扭糖机再到转盘拨号电话。思及此，突然无比懊恼，觉得自己愚蠢而冷漠。然而这种经历重复又重复：我们曾又一次经过布鲁克林，又一次错过日出或者日落时分的日落公园。

最懊恼的"错过"是布罗茨基在纽约的家，它位于蒙顿街四十四号，在下城偏西的位置。我们经常去下城，但似乎总是习惯性地往东边走。我喜欢纽约大学附近常态性的慵懒和时有时无的魔幻。有一次不知道为什么迷了路，来来回回经过三次刻着"三十九又二分之一"的石牌，好像魔法部把通往的霍格沃茨的九又四分之三站台搬到了纽约。

从蒙顿街四十四号往外走四五个街口就是哈得孙河，最近的公园是詹姆斯·沃克公园。詹姆斯·沃克曾经当过纽约市市长，最后在腐败丑闻中被迫辞职。纽约人却还是喜欢他，也许是因为在从政之前他写过的歌词："Will You Love Me in December（as You Do in May）？"（你会在十二月的时候爱上我吗？就像五月时那样？）在亚历山大·格尼斯所写的关于布罗茨基的文章里，提及过那间公寓里的摆设，"一小尊普希金的雕像、一本英文词典、一艘小船纪念品。一张旧的俄国卢布上，彼得大帝戴着月桂织成的花环"。离开纽约三个月后，我用"谷歌街景"看见了那栋房子：它修建于1844年，是纽约常见的那种希腊式红砖房，走上几级台阶才能进入大门，半地下室露出半截窗户，如果凑近了能俯视里面的客厅。看起来似乎没有电梯，这种公寓被称为walk-ups，外面挂着黑色防火梯。从1938年开始，纽约市规定房屋必须有两个逃生口，这些老房子只能做出这样粗糙的改造，现在却几乎成为纽约的标签。

有一个网站名为"live on Morton street"，里面列举了那些曾经住在蒙顿街的名人们。布罗茨基夹杂在那些我毫无头绪的陌生名字中，唯一的头衔是"诺贝尔文学奖获奖诗人"。现在身处千里之外，我能寻找到的蒙顿街四十四号唯一的消息，是2010年12月它曾经卖出过一套两室一厅的房子，售价九十一万五千美元。房屋中介说它刚刚装修过，崭新的橡木地板，有Bertazzoni烤箱与Miele洗碗机，没有人知道它到底和布罗茨基有无关系，而那尊普希金的雕像现在又在哪里。纽约叠加了太多过于细碎的历史，以至于时间轻率地漫过这个城市，淹没那些只有我们在意的印记。

3.

和那些名字出现得太过频繁的景点比起来，我更想看看别人在纽约的家，不愿错过任何一次这样"窥视"的机会。有一次在纽约市立博物馆里看到一个小小的纽约单身住宅样板间，每件家具都有玄机：沙发可以变成床，电视柜拉开就是酒柜，木椅摇身一变是梯子，一个沙发凳变成很多个待客的沙发凳，储物柜可以放成写字桌。一套公寓目测不超过二十平方米。后来我总想看到一套这样的房子，却始终没能如愿，我总是看见那些太明确的"家"。

有人住在上西区104街，那是套哥伦比亚大学提供的房子，窗口望出去是迷人的阿姆斯特丹大道：希腊人在卖酒，印度人的餐馆溢出浓烈的咖喱味，中国人拥有一个卖羊肉串和肉夹馍的路边餐车，五美元在路边能买一束报纸包着的粉红康乃馨或者白色雏菊，哈西德犹太人戴着大高帽神色肃然地走过街口。这是一个典型的曼哈顿上城街区，彬彬有礼，摇曳迷人，分外昂贵。马内阿在《流氓的归来》里写过这里，在这本书的最后，马内阿从罗马尼亚回到纽约，把记录行程的蓝色笔记本掉在了汉莎航空的飞机上。他被告知如果发生了奇迹，它将被送到他家，而他的家，"当然是在纽约。是的，上西区，曼哈顿"。马内阿还写过，他和菲利普·罗斯在上西区一起去过一家犹太饭馆。罗斯也住在上西区，在《垂死的肉身》中，他说："你本来就是完整的，而爱情使你破裂。你本来是完整的，然后啪的一声突然裂开了。"上西区不够安静，走在街头听不到"啪"的声音。

那间公寓不知所以的大，四五十个人前前后后到达，门厅里鞋子排了一地，主人的两个小朋友玩了一会儿数鞋子的游戏，数了几次之后确认有一百零四只。又过了一会儿，他们吃完饭，一转头就和保姆消失在不知道哪道门的背后，后来听说房子里还有一处走廊通往我们并未见到的别处。房子里空空荡荡，几件家具有一种各顾各的感觉，一套米色沙发按照美国标准早就应该被扔到路边。男女主人似乎都没有心思布置这个本来可以称为豪宅的家，餐桌上放着四五盘外卖送来的中式饺子和炒面。吃饭时，人人都拿着一个纸碟排队夹饺子，好像这里是一家单人消费7.99美元的自助餐馆。醋和辣酱在很浅的纸碟里让人担心地滚来滚去，炒面炒成黏糊糊的一团，要很费劲才能挑起几根。

坐的位子明显有巨大缺口，我就缩在起居室里看主人的照片。夫妻俩都是犹太人，结婚的时候新郎戴着小圆帽，新娘盖着头纱。想象中，婚礼上他会按照犹太习俗用右脚踩碎一个玻璃酒杯。后来男主人在照片里渐渐秃了顶，女主人则慢慢显出过于硬朗的轮廓。犹太女人总是如此和时间对抗。1941年5月，三十五岁的阿伦特和丈夫海因里希·布吕歇尔到达纽约，那个时候她还有一个柔和的侧影，后来她越长越坚硬，让人难以相信在1937年的时候，她曾经给海因里希写信："亲爱的亲亲，我所清清楚楚地知道的唯一妙事，就是我属于你。"阿伦特从来没有缺过仰慕她的男人。1959年，诗人W.H.奥登看了阿伦特的书后给她打电话，说："有时我会认为这书是特地为我写的。"奥登这句话就像在为将来埋伏笔。1970年，海因里希去世后一个月，奥登就向六十四岁的阿伦特求婚，阿伦特拒绝了他。这个故事最迷人的地方在于，奥登是公开的同性恋者，也许阿伦特对于他而言，既是男人，又是女人。

还有朋友住在10街，从4街那个交通枢纽出地铁站后，只需要走短短的一段路。我去的时候快到圣诞节，沿街的橱窗都布置好了，小彩灯一闪一闪，据说都是来自中国义乌的小商品市场。有一家的橱窗里摆着巨大的查理·布朗和史努比。查理·布朗戴着紫色格子围巾，史努比面前有一个打着红色蝴蝶结的肉骨头，边上有部式样古旧的小电视在放那部永恒的圣诞电影《查理·布朗的圣诞节》。我站在橱窗前看了一会儿，没有看见最喜欢的薄荷·派蒂出场，有点怅然若失，便裹了裹围巾继续往朋友家走去。

那套公寓是小小的两室一厅，装修古旧，电梯是最老式的那种，需要拉上栅栏，却让人觉得可以天长地久地住下去。整栋楼都属于一个德国老头，他本来是物理学家，却始终没有任何我们可以知晓的成就，后来觉得科学之路太难行走，索性回家继承父亲在20世纪初买下的物业。他离异，目前单身，住在这栋楼的最高层，很少露面，有一个专职替他打理物业的女儿。他的女儿快五十岁了，最近才结婚，却和丈夫分居两地，她的丈夫在新泽西，她依然住在曼哈顿。据说那是个和她怎么看都不般配的男人，他被朋友形容为"redneck"（红脖子），这是美国难得涉嫌对白人种族歧视的词语，一般让人联想到南部农民，他们粗暴顽固，坚定支持持枪权，反对堕胎，因为老在太阳下劳动晒红了脖子。

我和朋友窝在沙发上喝白葡萄酒、吃芝士和椒盐小饼干，聊着些没头没尾的房东八卦。过了一会儿，外卖送来了"川霸王"的川菜，水煮鱼里豆芽和笋丝都彻底入了味，红油抄手又辣又甜，我几乎一个人吃了整份。屋内暖气很足，窗外，纽约最常见的消防车拉着警报呼啸而过。下城是纽约著名的贫民区，纽约总人口的六分之一都挤在这里，密度甚至超过了孟买贫民区。这里房租接近四千美元，和上城的房租已经没有太大区别。也就在一百年前，犹太人和意大利移民都涌进曼哈顿东南端，而刚刚开始成为中产阶级的德国人和爱尔兰人则开始撤走。后来又来了中国人，中国人默默经营沙县小吃和粤式烧腊，把《教父》和《美国往事》里呼风唤雨的意大利人赶出了下城。前几年，挨着唐人街的小意大利区被挤压到只有一个街区，意大利人上街游行了一阵，却依然阻止不了这种蜜汁烧鸭"吞噬"肉酱通心粉的态势。

现在如果要我选择，我也愿意住在下城，走路就可以到华盛顿广场和联合广场。再往东边一点可以走到小东京，我最喜欢的餐厅叫Robataya，吃的是日本的东北菜，刺身拼盘极新鲜，单点的海胆吃下去是甜的，鳗鱼饭里混了鱼子，前菜里有一种冷豆腐上覆盖着三种自制泡菜，烤物里我必点的是小圆白菜，又苦又清香。今年情人节，我们临时想去那里吃饭，从联合广场一路走过去，慢吞吞地走了快四十分钟，到了那儿发现还有半个小时才开门。于是我们怀着对寿司拼盘的憧憬去街角书店打发时间。一进门就看见帕慕克的那本《天真的和感伤的小说家》，封面是一本摊开的书。前几天我刚好收到朋友从国内寄过来的一箱中文书，中间就有这本。

那箱书兜兜转转走了一个月（中间还被退回过中国一

次),终于走到纽约皇后区。美国邮政的邮递员们几乎从不敲门,总是从门缝里塞进来一张粉红色小纸条,写着"Sorry we missed you",然后我们就必须走十几个街区去邮局取件。那天抱着这箱书往回走,纽约的天气实在太好,蓝色天空中有一朵小熊形状的白云。我们不舍得回家,就坐在路边的麦当劳里喝1.29美元一杯的咖啡。我总是在咖啡里加了太多奶和糖,甜到不能下咽。我在靠窗的位子上翻开《天真的和感伤的小说家》,看到里面第一句话就是:"小说是第二生活。"如果是我,就会翻译成"第二人生"。小说是第二人生,窗外的纽约也是如此。

住那套公寓的朋友和她的丈夫都是大学老师,她的丈夫是德国人后裔,在上城的福坦莫大学法学院做副教授。在纽约,这是排名第三的学校,排在哥大和纽大之后。他专门研究中国法律,对中国的万事万物都有一种原教旨般的好奇心,一直好奇到娶了中国太太。妻子是浙江人,在费城一所大学里教中国历史,每周有三天时间,她需要用五个小时往返于纽约和费城之间。回到纽约的时候总是过了七点,她从第七大道34街的宾州车站下车,走到第五大道上泡菜味混杂烤肉味的韩国城吃一份石锅拌饭或者大酱汤。她总归是住在纽约。

她说,自己每个学期都是以英国特使马嘎尔尼拒绝向乾隆下跪开始讲课,因为没有比这更能彰显当时中国处于一种怎样可悲的自我认知之中。她十几年前来到美国,用七年时间拿到乔治·华盛顿大学的博士学位。每次见面,对她来说最重要的事情就是让我推荐中文书,中国的一切对她来说其实早已陌生,但她又不甘心于这样的陌生。她甚至在我的推荐下用YouTube看完了全部的《甄嬛传》，然后每晚睡前都要拉着丈夫深入细致地讨论人物情节，导致他和我见面时叫苦不迭，抱怨中国的后宫制度是如此不可思议地繁复。

有一次见面约在韩国城，我们在一家米其林一星的烤肉店匆忙吃完（店面极小，咫尺之外就是坐在楼梯上排队的人，实在带来太大压力，何况刚刚上完菜老板就迫不及待把单子和餐后水果都送了上来，好像不即刻掏出信用卡都有沉重的道德负担），站在路边讨论了一会儿，最后去边上的面包房吃甜品。她一边夹红豆面包一边给我推荐范立欣的纪录片《归途列车》，讲一个四川农民工家庭的故事。她自己总是给学生放这部片子，期待他们能从中理解中国。我回来当晚就在YouTube上看了，虽然看之前大概也想象片子会是一种怎样的质感，却还是看得落了泪。片子的英文字幕没有做好，英文里只能看到那种完全符合外国人对中国想象的悲剧，四川话中那些粗野活泼的生命力在翻译中消逝了。

她今年夏天要带着学生们来中国一个月，让我给他们推荐阅读书目。我想了想，推荐了何伟的《江城》，希望美国孩子能在那些逃离了传统课程、在长江和嘉陵江之间阅读诗歌的中国孩子里找到这个国家的趣味。何伟在《江城》的结尾说："我终于不再担忧未来或者过去，我于是看了这座城市最后一眼。建筑物灰蒙蒙的。由于夏季洪水的到来，乌江江口的江面变得宽大起来。一艘小舢板在靠近岸边的水面上小心翼翼地行驶着。插旗山隐藏到了迷雾中。我的飞船加了速，迎着江流逆水驶了过去。"

在纽约的时候我把这本书的英文版也读了一遍,那个时候我想,当我看到纽约的最后一眼时会写些什么?然而什么也没有,飞机在半夜起飞,皇后区漆黑一片,不远处是永远闪烁的曼哈顿,来不及组织任何关于未来或者过去的语言,我已经离开纽约。

后来我们和这对夫妻在北京见了一面,我们刚刚回国不久,家里一片狼藉,只能约他们在友谊商店边上的一家云南菜吃饭。他们坐下来就说刚到北京那两天污染指数超过了五百,两个人戴着口罩在灰色天空下合影,好像这已经成为北京的新景点。吃饭那天空气指数刚刚超过一百,天空不是蓝色,却也没有灰得太过彻底。四个人都觉得理应满意,坐在室内吃了不少黑三剁和汽锅鸡,好像忘记了我们四个人曾经坐在中央公园里面65街附近的一家法式咖啡馆外面吃"早午餐"。法国人没有煎蛋卷,只有一种我忘记名字的主菜,也是煎鸡蛋,加了浓浓的芝士,吃到最后终于腻烦起来,又点了一杯他们的自制酸奶,加上更酸的树莓、蓝莓,吃完饭在完全没有杂质的蓝天下走过整座公园。纽约的踪迹就这样消逝在北京的雾霾里。

之前有一天我重新翻开詹姆斯·M.凯恩的《邮差总按两遍铃》,他曾经是《纽约客》的执行主编,晚年的时候独身一人,在每一页信纸的下面写着:"请电话联系——这里除了我别无他人。"

我从来没有在纽约去过这么一个家,能够寂寥又略带骄傲地说:这里除了我别无他人。我没有见过最孤独的那个纽约。

4.

当然,大部分朋友都是中国人,即使是英文完全没有障碍的那些中国人,也大都只能和中国人有真正深入的交往,除非外国朋友也能理解中文,或者说理解中国。语言就像味觉,隔出了难以定义的微妙地带。

大部分美国人对中国有一种天真的无知,我某本书的编辑今年邀请美国法律作家杰弗里·图宾来中国开会。临行的时候他高高兴兴带着儿子来到肯尼迪机场,却被拦在海关外面,因为他只拿着一张邀请函和护照,完全不知道来中国需要签证。是的,杰弗里·图宾是《新共和》和《纽约客》的专栏作者,CNN高级分析员,写过五本书,其中《九人》在中国非常畅销,熟悉美国法律界最微小的八卦,却不知道作为美国公民来到中国需要办个签证。最后他先飞到香港,通过旅行社办好加急签证后在半夜两点到达上海,错过了之前第一场会议,第二天倒是欢乐地在泰康路菜市场中留影。他来北京看了天安门和毛主席纪念堂,在广州逛了北京路、上下九路,吃了烤鸭和肠粉,就此结束一个美国人了解中国的标准化行程。

有时候我会不知道中国人怎样以群体区分自我。在大纽约地区有超过一百五十万的犹太人,你很容易找到他们,不管是从鹰钩鼻梁、中年男人的秃顶,还是上衣下摆垂下打结的穗子。犹太教堂的门楣上总刻着六角大卫盾,罗森茨维格说过,大卫盾的一个三角形象征上帝、世界和人,另一个三角形则象征创世、天启和救赎，他们仍然在等待弥赛亚的到来。墨西哥人超过三十万，他们去悬挂十字架的天主教堂。皇后区的墨西哥人总在后花园里放上圣母马利亚的雕像。小女孩儿们也打着耳洞，成年女人则戴着拳头大小的圈圈耳环。偶尔会在曼哈顿遇到老挝人，女人身高很少超过一米五，头上缠着厚厚的花布，美国的老挝人大都是苗族，越战时美国在老挝发动过秘密战争，苗族人当时为美国人作战，战后遭到本国政府的血腥屠杀。1975年12月美国议会通过第3466号苗族人道签证法案，几十年中断续有老挝难民先流亡泰国，然后以这一渠道来到美国定居，到1999年已经超过二十五万。他们大部分住在加州，至今仍亲密聚集在一起，笃信精灵与祖先，据说为了解决身在美国的信仰问题，有的苗族人相信祖宗之外的精灵无法前来美国定居，而祖宗的神灵则在天空中向他们微笑。

大纽约地区现在有接近七十万中国人，最早中国移民是在1870年后来到曼哈顿的，他们在经历了西海岸的排华运动和反华法案之后横穿美国国境来到东岸，聚集在下城的十个街区里。事实上，只有走在这附近才能被准确辨析为中国人，可能是街边烧腊店悬挂的烧鹅和油鸡界定出身份，也可能其实人人都需要一种大张旗鼓的背景牌。

七十万中国人，这里是亚洲外最大的中国人聚居区，至少有九个中国城，他们的容貌在数字里渐渐清晰：一代移民兢兢业业工作存钱，用一万五千美元请移民律师取得公民身份，不怎么关心美国政治，很少投票（因为投票会增加被选为陪审员的可能性）。如果有政治倾向也大都偏向民主党，我只认识一个支持共和党的中国人，因为她觉得奥巴马让墨西哥人肆无忌惮地一串串生孩子，抢占自己独生女儿以后可能享有的资源。华人向来是优质移民，平均收入和受教育程度都等同于犹太人，比白种人还要高。我忘记在哪里看到一张照片，是奥巴马接待美国高中数学竞赛得奖的孩子们，一色的黄种人中凑进去唯一一个皮肤稍微白点的，我估计是犹太人。华人孩子进名校比其他有色人种要艰难得多，因为各个大学都有事实上的种族调配政策，以免华人攻陷一切。

纽约的中国人有很大比例是基督教徒，不少刚到纽约的人会参加附近教堂里的免费英文课，然后就此被耶稣和十字架召唤。房东邀请过不下五次让我们周日和她一起去教堂，被我用各种各样拙劣的借口拒绝，她一定遗憾，觉得我们错过了神的恩典。有时候我会疑心选择宗教是身处他乡唯一可以抵抗孤独的方法。哈金《自由生活》里的主人公武男和妻子在美国南方小镇开中餐馆勉强为生，在无边无际的孤独中他们依然不愿去教会，因为他觉得这只是出于软弱，甚至是一种拙劣的社交方式，而并非真诚信仰。但是到底谁有权界定所谓真诚信仰呢？陀思妥耶夫斯基在《宗教大法官》中解释耶稣为何不从十字架上走下来证明自己的存在："你所以没下来，同样是因为你不愿意用奇迹降服人，你要求的是自由的信仰，而不是凭仗奇迹的信仰。渴求自由的爱，而不是囚犯面对把他永远吓呆了的权力而发出的那种奴隶般的惊叹。"陀思妥耶夫斯基说有三种力量是自由的敌人——奇迹、神秘和权威，然而他到底还是没有告诉我们，孤独到底是自由的敌人，还是自由的朋友。

今年初春的时候有朋友从多伦多过来看我们，开了快十个小时车，到的时候已经是半夜两点，在昏黄的路灯中开了好几条街才找到停车位。夫妻两人深谋远虑地带着拖鞋，却忘了牙刷毛巾，我为他们开这么久的车又只住一晚操心。姑娘说："没事，我们回去的时候要半夜去钓鱼。"她是多伦多大学博士，芝加哥大学博士后，毕业之后却一直还没有找工作，和老公两人快乐地继续住在学校宿舍里。老公来北美后学会了修空调，每天开车出去修四五个小时就能赚到足够两个人花销的收入，有充分时间四处钓鱼以及把成果做成绝对没有地沟油的水煮鱼。他们开着车整个北美乱跑，为和朋友见一面开十个小时远不是最疯狂的举动。最近两个人正在计划搬到加州，因为她觉得和美丽然而孤寂的加拿大比，美国更容易找到说得上话的朋友，即使总数不会超过十个人。这个故事多像我在纽约时读完的刘震云那本《一句顶一万句》，走出延津的吴摩西和回到延津的牛爱国，不过都是为了能找到一个能说得上话的人，从北美到河南，从博士后到农民，最原始的需要始终不可逃避。

孤独是一场瘟疫，在纽约更是蔓延得如此彻底。保罗·奥斯特说他之所以来到纽约，正是因为它是最孤独凄凉的地方，"到处破碎不堪，到处一片混乱。你只要睁眼就能看见。伤心的人，破碎的东西，残缺不全的思想。整座城市就像一个废品堆货栈。但它极合我意。我在街上发现了无穷无尽的素材，取之不尽用之不竭的破碎东西"。我有一本保罗·奥斯特的签名书,去布鲁克林参加他的读者见面会前随手在地摊上用五美元买了一本 The Invention of Solitude,中文版翻译成《孤独及其所创造的》,1988年第一版,封面是五个长得一模一样的男人围坐一圈,面面相觑,又和彼此毫无关系。保罗·奥斯特对排着长队的读者明显失去了耐心,签名极简到几乎就是一道误画上的线。他冷冷看了我一眼,然后把绿色眼睛移动到了某个我并不能抵达的地方。回国前我犹豫片刻,把它和另外几十本英文书用手推车装好,走了二十分钟找到一家华人开的廉价快递公司邮寄给父母,又等我们回国后再次辗转寄回北京。

那本薄薄的孤独之书在经历了这样一个孤独旅程之后,湮没于家里的一万五千册书之中。我想自己不会再有见到它的那一天,我早就有了它的kindle版,但我依然会时不时想起它,提醒我曾经在一个代表孤独的城市里,并不那么孤独地生活过一年。

5.

胡适在1949年4月27日抵达纽约,从上海到这里的漫漫长路他走了二十一天。那个时候的中国大局已定,以胡适的智慧,大概多少有些明白自己是再也回不去了。

胡适住在上东区81街104号5H,这栋六层公寓又是希腊式红砖房,修建于1900年。那间公寓,1942年他卸任中华民国驻美大使后就曾经住过,大门外依然是墨绿色棚布,一种苦涩而褪色的旧梦重温。七年后纽约一切如故，那一年联合国总部在下城东河沿岸开始修建，阿瑟·米勒的《推销员之死》在百老汇首演，很多年以后他才会娶到梦露。我在42街地铁站里看到过一个小型摄影展，名为"梦露在纽约"，黑白照片里的金发女郎穿着裙子在中央公园里划船，肉肉的小腿弯曲出梦露式摧毁一切的曲线。她裹着大衣走在中央车站的地铁站台里，背后有一个留着小胡子的男人转头贪婪地看她的背影。前几年布鲁克林艺术馆办过一个梦露照片展，名字叫《我希望被你所爱》，这是梦露在《热情似火》里唱的一首歌，多像唱完了她的一生，在重重叠叠贪婪目光的背后，她只希望被人所爱。

纽约留下了这么多梦露的照片。她在第五大道上茫然四顾，画面失去焦点，却依然有弧线完美的轮廓。她站在一栋不知名的大楼楼顶，探身出去抽烟，不远处是帝国大厦，连衣裙紧紧贴在身上，她那著名的屁股翘得恰到好处。梦露不是任何式样的美人，只有别人将成为梦露式的美人，天真、脆弱、漫不经心。我有时候会想象一种滑稽的巧遇，胡适会在纽约看见她，那一年梦露刚拍了自己的第一组裸照，这些照片后来被登在《花花公子》的创刊号上，背景是深红色丝绒，梦露的身体就像一首肉嘟嘟的诗。胡适会喜欢梦露吗？他是不是可以卸下思想的重负，爱上这样纯粹的肉体？

一年之后江冬秀也到了纽约，他们在纽约的生活并不如意，没有固定收入，连江冬秀打麻将赢的钱也成为生活费的重要补充。胡适总去母校哥大图书馆看书，那个时候馆里他唯一认识的华裔职员是唐德刚,唐德刚有时为他借借书、开开车,胡适就请他去家里吃安徽菜。唐德刚后来写过,有一次他和哥大当轴一位新进人物午餐,后者正在寻找汉学研究人才,唐德刚趁机建议他聘请胡适。对方微笑一下,说:"胡适能教些什么呢?"这就是"胡适之的确把哥大看成北大,但是哥大并没有把胡适看成胡适啊"。

1957年6月4日,胡适在上东区莱克辛顿大道420号的诺林杰、李格曼、班尼塔与查尼律师事务所立下遗嘱,他希望火化遗体,骨灰"则听由我的诸位执行人依认为适当的方法处理",财产都留给了江冬秀,而对于大陆的最后期待,是"确信中国北平北京大学有恢复学术自由的一天,我将我在1948年12月不得已离开北平时所留下的请该大学图书馆保管的一百零二箱内全部我的书籍和文件交付并遗赠给该大学"。五年之后,胡适死于一场酒会,还好,那是在台北,而非纽约,他离别半流亡的他处,死在半个家乡。

纽约已经取代巴黎成为流亡者的第二故乡,十月革命之后几乎整个俄罗斯文化圈都流亡到了巴黎,一如女诗人吉皮乌斯的哀叹。二战时整个巴黎都流亡到了纽约,就像是因为两个城市同样都拥有那尊绿色的自由女神。长长的流亡者名单里包括安德烈·布勒东、克洛德·列维-斯特劳斯、鲍里斯·苏瓦林、罗歇·卡友瓦、圣琼·佩斯、儒勒·罗曼、乔治·贝尔纳诺斯、阿兰·博斯凯以及安托万·德·圣埃克苏佩里。

圣埃克苏佩里在1940年最后一天抵达,那时他早已功成名就。艾曼纽·卢瓦耶在《流亡的巴黎》里说,"这让他在那些穷困潦倒的流亡学者里显得鹤立鸡群"。两年后圣埃克苏佩里在《纽约时报》杂志版上发表了《致所有法国人的公开信》。纽约的主要法文报刊拒绝刊登它,流亡知识分子们先读到的是英文版。这篇文章没有改变什么,他依然被排斥,成为流亡者圈子里的流亡者,哪里都失去故乡的人。圣埃克苏佩里在1943年4月出版了《小王子》,大概因为纽约让他明白自己的玫瑰只开放在巴黎,而且身在这个城市,他也无法一天看到四十三次日落。曼哈顿天际线上的夕阳没有留住他,《小王子》出版后不久他就几经辗转到达阿尔及利亚,重新加入盟军空军,然后在一次飞行任务中回到了B612小星球。六十年后,那架飞机的残骸在马赛附近海底被人发现,小王子不需要飞行器,他只想让人为他画一只小羊,装在箱子里。

我曾经写过那些我认识的流亡者,婉转地写,不是怕被他们看见,而是自己也不能忍心,好像白纸黑字写出来就是坐实了这种生活的不可逆转,而仅仅口口相传就还可能只是一种放大的谎言。在纽约的最后时间里我买了一部kindle,从亚马逊上买的第一本书是哈金的《在他乡写作》,最后一篇名为《一个人的家乡》,开篇就是分析卡瓦菲斯那首《伊萨卡岛》,这本书读到最后极为心酸,流亡身份到底是怎样日日夜夜折磨着哈金,即使他也有自己的伊萨卡岛。哈金把自己的人生藏在康拉德、布罗茨基、索尔仁尼琴和奈保尔的人生之后,用书写他们的流亡反射自己的流亡。其实哈金在美国的生活几乎算得上处处顺意,他毕业后就找到教职，一直在波士顿大学教书，收入稳定，职业也受人尊重，第二部长篇《等待》就拿了美国国家图书奖，又两次获得福克纳奖，而且他也并非真的不能回到中国，更非不能用中文写作，他只是自我放逐，从国土到语言都是如此。

如果一定要辨析逻辑，哈金的选择就像肖邦，波兰被俄罗斯人占领之后肖邦就自认为流亡者。赵越胜在《沧海月明珠有泪》中写过，肖邦的朋友埃利诺拉·齐尔米卡曾在马林巴德与肖邦相遇，她在日记中记道："出于爱国的原因，肖邦决定不回国，而是继续他自愿的流亡生涯。"而赵越胜自己，1989年后一直生活在巴黎，认识他的人说，他们夫妻和朋友合伙开了一家服装店，每天忙于进货、记账这些琐事，流水式的营生，他终于学会了在看店的时候写作，所以才有了后来那本《燃灯者》。赵越胜在《燃灯者》的跋中引用阿伦特《黑暗时代的人们》的序言："即使时代黑暗，我们也有权去期待一种照明，这种照明未必来自理论和观念，而多是源于明灭不定、常常很微弱的光。这光照来自那些男男女女，来自他们的生活和著作。无论境遇如何，这光始终亮着，光芒散布，照彻世界，照彻他们的生命。"我总要想到赵越胜在当季新款巴黎女装的包围中引用这段话时的样子，丝质裙摆在半空浮动，裙角上重重叠叠满是彩色刺绣，店里的灯光有点昏暗，门外才是流光溢彩的巴黎。

今年初夏的时候我们去新泽西看望朋友，他们刚买了房子，一栋简简单单的两层别墅，门前门后各有一个小院子，楼下有一间巨大的玻璃房，三面玻璃望出去绿得让人眩晕。房子买成十九万五千美元,据说因为房主一直咬着不降价,他们算是买贵了,在此之前他们错过了一套湖边的房子,只卖十七万。男主人在中国坐过五年牢,出狱后做一点都不成功的出版生意,和做书时认识的打字员姑娘结了婚,生了儿子。几年前他们卖掉在北京的房子来到美国,那套房子放在现在当然是让人惋惜卖得太便宜,但北京的房子永远是卖便宜了,不像在美国,房价上下浮动超过10%似乎就是伤筋动骨的大事。他们迁徙于纽约、华盛顿、芝加哥、费城之间,最后终于选择定居在新泽西,因为这里的公立学校全美知名。他们用剩余的一点存款付了首付,还有一部看起来很新的二手车,过着最典型的美国小镇生活,安静得让人发疯,买一瓶酱油也需要开车二十分钟前往华人或者韩国超市,见到每个人都露齿而笑、大声说"嗨",但其实跟谁都不熟。

男主人年近五十,却刚刚在宾夕法尼亚大学拿到法学硕士学位,还没有找到稳定工作,法学硕士只能去纽约考律师执照(别的州都要求是法学博士),这意味着他得离开家人,一人生活在纽约,所以一直犹豫不决。他期望能找到一个研究项目,让他坐在家里的阳光房里工作。女主人读了两年社区大学,唯一花的费用是一百美元,用来买教材。她学一个非常冷僻的专业,似乎是专门负责医疗保险的报销,但极好找工作,毕业后就在费城上班。每天清晨她开车到车站停车场,然后坐六美元的火车前往费城,下午五点下班后回家,还来得及给家人做一顿不算敷衍的晚饭。工资大概不到三千美元,这笔钱足以支撑一个小家庭的日常开支,当然不能有任何奢侈举动。他们几乎没有出去旅游过,家具大都旧了，我疑心客厅里的沙发是在路边捡的，浴室里女人的护肤品都是大瓶装的玉兰油和欧莱雅，这在美国是最平常不过的牌子。

6.

我们当然考虑过要留下来。不，不要在加州，虽然那边的华人超市里一块钱能买六把小葱，来自加勒比群岛的香蕉不到三毛钱一磅，北京卖一百五十元一斤的加州车厘子，那里只要九毛九，每一颗都红得发腻。但是我讨厌加州的天气，过于没有悬念的蓝天白云，过于炽热燃烧的阳光，艳红色的三角梅在每一栋房子的外墙上疯长，每个人都晒得黝黑，好像苍白瘦弱就是犯罪。我还是要待在纽约，纽约的春天会连绵不断下雨，天阴阴的，坐在沙发上吃苹果看看外边会觉得自己一直在下沉，很多心思可以安安全全地隐藏在这灰色的世界里。冬天有那么一两场遮天蔽日的暴雪，大年三十的凌晨雪终于停了，我们说出门去拍照，积雪没过小腿，我的廉价红色围巾垂下来掉在雪地上，像特意摆出的拙劣背景。艰难地走到外面正路上，发现有邻居已经在门外铲雪，路灯在雪地上映出黄色的影子，每个人都像被一键美化过一般柔和。我们牵着手走了一百米，遇到一只在雪地上跳跃着穿过的小花猫，留下梅花形状的小小爪印。随便套上的羽绒服里开始灌进冷冰冰的风，两个人都忘记了拍照，也忘记了半年后我们就将离开这里。

我认真盘算过在纽约的生活。把北京的房子卖掉后我们可以在皇后区买一套过得去的三室一厅公寓,买合作公寓会比买共有公寓便宜至少一半,这样还能有余钱把房子装修成我们想要的样子。我能拥有一面蓝色墙壁,挂着纽约街头的潦倒艺术家们创作的世界名画仿制品,一幅凡·高的《杏花》,再来一幅米罗的《世界的诞生》,卧室里是蓝色的马蒂斯。中国的快递公司现在已经可以把我们的家整个搬到纽约,收取并不过分的费用,我完全可以把我现在正在用的这张南疆桃木色书桌也搬过去,它是我回国之后第一样在淘宝网买的东西,只要三百九十九块人民币。在此之前我一直缩在一个小衣柜的台面上工作,我总是喜欢在那些仅能容身的地方读书写作,连坐公交车都要特意挑下面有一层隆起的那种位子。纽约治愈了我的狭小空间爱好症,那一年里我有一张接近两米的大书桌,是前一位房客留下来的,上面摆满了我所需要的一切:电脑,书,一把一把的笔,主要用来转而不是写。润肤露,爽肤水,在法拉盛买的面膜一张一块钱,每隔一两周我会突然想起在一边看《康熙来了》的时候,一边敷个根本不认识是什么牌子的面膜,居然也从来没有过敏毁容。我的编辑从上海寄过来的大白兔奶糖和牛轧糖,因为负罪感我一直没有吃完,最后送给了朋友家的小孩。"黄飞红"麻辣花生,有时候吃起来会停不了口,辣椒碎屑掉进键盘缝隙里,要拿着一把小刷子仔仔细细刷去。

房子需要靠近地铁和华人超市,物业费加上地税一个月大约六七百美元,生活费一千美元,偶尔去曼哈顿吃一顿饭、看场演出算五百美元,最便宜的保险一人一百美元,总而言之不到两千五百美元,即使换算成人民币似乎也不是一个大数目。但是我们可以去哪里挣到这两千五百美元呢?我不想再拿学位后找工作,他不可能在美国继续当大学教授,我们想过开一家杂货店,以我的自制卤水和泡菜坛子作为招牌,那样我就可以在一边卤猪蹄、牛肉、肥肠、排骨、五花肉的时候一边看书写作。最大号的锅里咕嘟嘟冒泡,房间里弥漫着八角、花椒、干辣椒、李锦记卤水汁的味道。我会穿着高跟鞋、小脚裤、各种颜色的开衫看店,每个走进来的人都觉得,哇,这真是个漂亮的老板娘,于是多买了两斤卤味,再配上我自己研磨的辣椒面。客人们都会回头,又带来新的客人。生活当然不易,却也没有真的难到哪里,小时候我喜欢在暑假的时候去街上支张小桌子卖自制冰粉,现在我长大了,我可以在纽约卖卤肥肠,并且以此终老,据说这也是中产阶级。

我们在纽约的家转角就有一家韩国人开的杂货店,有时候半夜想吃辛拉面和哈根达斯,或者提不起精神去超市扛米,我就会进去走走,买点东西。老板是一个略微秃顶的韩国男人,店里灯光昏暗,我从来没有看清楚过他的样子,因为没有看过任何一部韩剧,连想象都失去了依靠,我只觉得他似乎有点像老家小镇上成天在茶馆里喝茶的中年男人,神色灰暗,嘴唇乌青,露出焦黄的牙齿。货架上落满灰尘,玻璃柜里有几个蔫掉的青椒,三四个我眼睁睁看着怎么从发蔫一直到发霉的黄柠檬。这家店似乎没有老板娘,他总是一个人坐在柜台后看一台老式小电视,还需要用天线调整信号的那种,付款的时候他才勉强起身,不发一言地找零,用塑料袋装好物品,然后又一言不发坐下去继续看电视。

这个韩国男人的存在让我的老板娘之梦蒙上阴影,他让我想起纳撒尼尔·韦斯特的《寂寞芳心小姐》,这本六万字的书基本上就是苦难大百科。"寂寞芳心小姐"其实是一个男人,情感专栏作家,他建议那些向自己倾诉的人自杀。有个胖女人向他倾诉自己的故事,他很不耐烦地想:"她说出来的生活甚至比她的身体还要沉重。"我想象如果对方是个瘦子,他也可以说:"她说出来的生活甚至比她的身体还要没有分量。"在失眠的第二天,寂寞芳心小姐说自己的心"依旧是一块冻结的冰冷脂肪"。我总觉得韩国男人会默默地写信给寂寞芳心小姐,然后被羞辱一番,然后他继续一言不发,坐在落满灰尘的柜台后面看电视。纳撒尼尔·韦斯特自己,也就活了三十七岁,他和新婚妻子死于车祸。《寂寞芳心小姐》后来被认为可以与《了不起的盖茨比》相提并论,但当时卖出了八百本。

桑迪飓风来的时候我们被困在家里一周,皇后区没有停水停电,连网络都格外稳定,房东允许我们打开暖气。我每天照常穿着短袖做饭,因为事先储备好了食物,中午的炒饭里都有七八种料,换着花样吃饭后水果,就像这是一个额外赠送的带薪假期。我在那段时间里重看了动画片《玛丽和马克斯》,外面依然狂风暴雨,我一个人在昏暗的房间里咯咯笑又呜呜哭,这个时候的曼哈顿就像电影里的一样,是黑色的。

马克斯是住在曼哈顿的犹太人,亚斯伯格症患者,秃头,胖子，最爱的食物是巧克力热狗，参加匿名者暴食协会的路上就吃了两只。心理医生对马克斯说："你不能比冰箱还重，也不能吃比你的头还大的东西。"但是他最后还是吃了个西瓜。他在纽约做过七种工作，分别是在地铁里收地铁券、在"依地犹太美食"里掌管做面条布丁的机器、在玩具标识印制公司掌管飞盘标识印制机器、刑事法庭的陪审团成员（最后因为被发现得过精神病遭到开除）、捡垃圾、去军队服役算出他们到底需要多少圆珠笔，最后一种工作是在避孕套工厂，但是他从来没有用过一个避孕套。马克斯喜欢在捡垃圾的时候假装自己是外星系来的机器人。他还说："我不喜欢拥挤的人群，闪亮的灯光，突如其来的噪音和浓烈的味道，这些在纽约都有。"他希望自己裸体生活在月球上，当然了，最后马克斯没有去成月球，他中过一次乐透，用奖金储存了这辈子都吃不完的巧克力热狗，最后却还是死在纽约。死的时候孤身一人，戴着小圆帽仰头盯住天花板上贴满的和笔友玛丽的通信。他的金鱼，不知道是亨利几世，鼓起眼泡看着他的尸体。

马克斯提醒了我，生活在纽约除了身为杂货店老板娘还有种种可能，地铁里现在是不再需要收地铁券的了，我也没有可能进入军队，但是捡垃圾的工作一定万古长存，我可以伪装自己是来自霍格沃茨的女巫师，前来麻瓜世界实习。曼哈顿也一定在哪里隐藏着华人开的速冻饺子厂，我可以避开韭菜馅，专做清香怡人的荠菜馅，犹太人在安息日吃面条布丁，我们中国人在所有日子里都可以吃饺子。等到我成为美国公民，我也可以参加陪审团,就像《十二怒汉》和《失控陪审团》里那样。但从个人爱好来说我还是更倾向于《东方快车谋杀案》,里面所有的要素都由"十二"组成,十二个字母的恐吓信,十二个刀口,十二个人,还有十二个人一模一样的仇恨,那是一个复仇的陪审团,纽约是一个这样适合复仇的城市。唐人街、小意大利、墨西哥社区、波多黎各社区都是天然背景,路上堆满垃圾,有神色惊恐的人裹着长长的黑风衣在街头张望。有朋友住在哥伦比亚大学北边的哈姆雷区,他说,半夜的时候真的能听到枪战,一醒过来又不知道是不是在做梦,因为走出门遇到的每一个黑人还是露出白森森的牙齿跟他说早安,人人看上去都是好人,不知道谁会在牛仔裤里塞进去一把0.22英寸口径的小手枪。

生活本来就是一部狂想曲,在纽约可以演奏得分外大声。我做遍所有关于纽约的梦,最后拖着几个从淘宝网买来的廉价旅行箱回到了北京。

7.

在纽约的一年里我一直在写一部长篇,断断续续写了七万字,回国之后彻底搁下了。我自己通读过一次,却不知道什么时候才能再续上。小说是个特别简单的故事:有个姑娘,本来和男朋友在北京合买了套小房子,后来两个人分手,房子卖掉后一人分了五十万。她有两个选择,一是回到老家,用这笔钱全款买套房子,在家里人的安排下当个公务员,然后继续在家里人的安排下和另一个公务员相亲。她总会结婚，不是和这个男人，就是和那个男人。二是去纽约，自费读一个法学硕士，她什么都买不起，只能为到底吃五美元还是八美元的晚餐殚精竭虑。没有男人追她，只有楼上住的墨西哥人若有若无的性暗示。她不想回国，却又找不到在纽约的工作。我不过是替她同时想象了两种生活，或者说，我为自己想象了两种生活，然后一种都不能拥有地继续活着。

我羡慕那些确凿无疑知道自己属于哪座城市的人，因为大部分的人不过跟我一样，在城市和城市中只知道来路，却未有去向。布罗茨基把自己最好的文字送给了圣彼得堡，然而他却死在纽约，最后葬在了威尼斯，他说这个充满水的地方是他最爱的城市，因为他相信水就是时间的浓缩形式，"尤其是水呈现灰色的时候，这大约恰好就是时间的颜色"。回国后我在老家的书柜里找到一本《驼背小人》，一翻开就看到本雅明在前言里叹息他的柏林："我即将和自己出生的那个城市做长久的、甚至是永久的告别。"我却没有勇气跟任何一个离开的城市做永久的告别，好像这样的告别没有发生，我就还能随时回去。

我只能在北京通州的某栋高楼里，在安稳地做一个家庭主妇的同时，饶有兴趣地幻想如何彻底打破现有人生，甚至像写小说一样丰满出种种细节。我幻想自己离了婚（当然不是因为我想离婚，而是唯有如此我才有可能拥有第二人生），在以前单身时那个小区租一套朝南的房子，床上铺着蓝灰色四件套，窗帘是更深的宝蓝，房间里望出去就是小区乱糟糟的花园。小区无人打理,夏天的时候草一直蓬到膝盖,妈妈第一次来的时候在花园里发现了不少兔草,从黑麦草到苦荬菜再到鱼鳅串,因此极力鼓动我养两只兔子。我没有养兔子,兔子屎太臭了。对面的家乐福里有冷冻兔肉,偶尔我会买回来用莴笋炒着吃,这道菜的关键是要有小米椒和小青椒。每周一次,我坐几站通州的公交车去八里桥市场买菜,一整只小牛腱子切开腌一晚上后卤出来,够我好几天中午用来下粥,带筋的部位总是先被我吃完,最后剩下那些生硬的瘦肉默默地被倒进了垃圾桶。离婚分家的时候我搬走了自己的泡菜坛子,茭白、灯笼椒、小红萝卜扔进去第二天就可以吃,拌上自己熬制的熟油海椒,装在一个青花瓷的储物罐里。我照旧读书写作,每天焦虑地查工行账户看有没有稿费打进来。房租又涨了一次。冬天都快结束了,我下了几次决心才买了一双新靴子。我在春天开始的时候重读到帕慕克的《伊斯坦布尔》,看到他为有一章起的标题是《所谓不快乐,就是讨厌自己和自己的城市》。

然后我发现自己真的不快乐,开始讨厌自己和自己的城市,我就回到了老家,用最后的存款把我那套闲置的小房子装修出来,窗台上养一盆栀子花,书桌边摆一盆高高的绿萝,卫生间和厨房里有滴水观音。我当然是养不活任何植物,但是爸妈就住在边上的小区,他们总会及时出现,替我浇水松土,偶尔洒进去一些营养液或者白醋,绿萝越长越高,纯白的栀子花在盛夏的时候一朵朵开出来,又渐渐谢了去。我一本本写出根本不可能畅销的小说,最后变成一个著作等身,然而一无所成的老年女作家,因脑溢血死在烟雾缭绕的鳝鱼火锅店，因为这是我能想象出最不痛苦的死法。亲戚们去跟农民讨价还价，最后艰难地替我在深山里找到一块墓地。骨灰盒是蓝色陶瓷的，上面画着莫奈的《睡莲》。清明节的时候他们来给我扫墓，一路上顺便捡点木耳回去炒肉，有个小侄女摘一大把油菜花放在我的墓碑前，我闷闷不乐地托梦给她说："要不你明年给我送玫瑰，百合也行，姑妈保佑你毕业考试考第一名，这个交易怎么样？"

我当然也可能在离婚后回到纽约。去年有个在法拉盛开超市的男人不知道怎么找到我的博客，有一段时间里他每天都给我写信，每封一句，前言不搭后语。他约了我那么多次去吃川菜，我们却始终没有在纽约见面。现在我可以孤身去投奔他（前提是人家还愿意被我投奔），摇身一变从杂货店老板娘升级为超市老板娘。我不再需要自己做卤味，我只在每天打烊前收一下账本，然后顺手拿走两磅樱桃和一瓶"饭扫光"。我吃啊吃啊吃啊，火速胖起来，终于能在纽约买到合适的裤子。有时候我坐七号线从法拉盛去到时代广场，颤颤巍巍走在曼哈顿街头，然后看着街上起码超过三百磅的墨西哥女人，特别安心地又咬了一口手上的汉堡王。我不再回国，却还是每天上上新浪微博，从那里看到雾霾中的北京，看到秋天的时候路上落满心形的银杏树叶，小小的白色果实隐藏其中，我很惋惜地想，其实可以捡回去炖鸡。有一次我看到自己曾经住过的房子，地铁六号线通到了楼下，温榆河边的树林被砍掉一半，以前有时候深夜我们会走到河边散步，路灯总是坏掉，影影绰绰中看见肮脏的水浮莲漂在水面上，白杨长得天那么高，黑暗中投下更加黑暗的影子。我把照片放大又放大，试图看见露台上我亲手挑选的红蓝格子窗帘，但一切都模糊不清，可能那里换了窗帘，反正一切都更换殆尽，为什么还要留着那幅窗帘。

这样的想象可以无穷无尽下去，每个城市都有写好的剧本等着我去上演。为了永远不死，伏地魔把灵魂分裂成七种魂器，一个藏在伏地魔年轻时候的日记中，一个藏在施满黑魔法的水盆里，还有一个是那条可怕的大蛇纳吉尼。我又没有奢望永生，我不过是觉得自己停留过甚至想象过的城市都会留下某一部分自己，不管我再继续迁移到哪里，她们都可以留在原地，继续生活下去。我没有离开纽约，我也可以一直住在伊斯坦布尔的机场里。卡瓦菲斯为城市写过一首诗，诗里的人要去另一个国度，去另一个海岸，找寻一个比这更好的城市，但是诗人无情地说："你不会找到一个新的国度，也不会找到一个新的海岸。这个城市会一直跟随你。你将走在同样的街道上，日渐老去。在同样的邻里之间，在同样的房子里枯朽。"每一次读到这首诗，我都会既沮丧于这样早就写好一个枯朽结局的人生，又沮丧于，我并不知道哪个城市会一直跟随我，我也不知道应该在哪栋房子里日渐老去，我只是老去而已。

我在每个城市都俯身寻找倒影，从纽约到北京，我在哈得孙河岸和什刹海边以一模一样的姿态向水中张望。我整理了一下自己的头发，戴上圈圈套圈圈的大耳环，对着水面仔细涂上玫红色口红后才转身离去，我没有看见那倒影依然停留在水里。

豆瓣阅读

我想站在你身边

I want to stand by your side

豆瓣阅读 / 编   小说篇

四川人民出版社

目 录

严晓丽我最亲爱的人（哆啦醜）/001
爱在灯火熄灭时（安　静）/047
成年孤儿（何　荣）/153
刀　王（曾乙末）/229
女孩们在那年夏天干了什么（潘小楼）/269

严晓丽 我最亲爱的人／哆啦醜

1.

秋天是北京最好的季节。但是每年秋天都会有那么些日子，我很想死。

这并不是诗词小说里描述的那种文艺情绪。我也并没有什么大起大落的悲壮感慨。我只是单纯觉得：人生好像没什么意义。越是活下去越是感觉到自己的无能为力。所以就这样死掉也没什么可惜。

这样想着，任由一种平静的绝望在心底里肆意蔓延。表面上该说该笑都如常，一点也看不出来。

我知道我可能是患了一种季节性的抑郁症。大概是天气变化影响了我体内的激素平衡。这跟每年秋天如期到来的过敏性鼻炎没有什么区别，是需要治疗的疾病，不文艺、不矫情。

但今年秋天不同于往常的是，我遇到了严晓丽。

那天在微信朋友圈看到一个陌生的头像发了一条文字信息：每到秋天都很想去死啊。

她的名片显示我们是通过漂流瓶认识的，我却一点印象都没有。

但还是忍不住打了招呼："我也是，每到秋天就很平静地想去死。"

隔了一会儿她回应："大概我们都有病吧。好日子过得太多。饿个两天什么毛病都好了。"我知道她是学着不理解我们的人在自嘲，于是握着手机真的笑出声来。

她又说："要不我治治你？"

"既然我们都有病，你又凭什么当医生？"

"脑科医生并不会因为得了胃溃疡就失去行医的资格。虽然我们症状一样，但并不代表我们的病因也相同。你也有可能是我的医生。"

我的好奇心被勾起。我还从来没有在微信里遇到过这样有趣的陌生人。从那一天开始，日日不断，我们聊了三个月。

她的微信名叫作"蓝色的鲸"。我问她为什么。她说很久之前看到过一篇文章，上面写了一头孤独的鲸鱼。它发出的赫兹远远高于其他的鲸，所以它唱歌的时候不能被听见，难过的时候也得不到理睬。它从来没有一个朋友。

严晓丽说："我觉得我就是那头鲸。"

三个月的时间，五百年前大概还不够从北京走到上海。但是对于2012年的两个陌生网友来说，分量重得几乎足以缘定今生。

我没有问她要照片，也没有提出要见面。我甚至不知道严晓丽是不是她的真名。事实上，女网友对于我来说只有两个功能：生理发泄或心理治疗。她显然是个好医生，所以我们也就不必用"炮友"的方式相处。

如果说严晓丽是一味药，那我可能慢慢开始对这味药上瘾了。我发现严晓丽好像变成了我的一个习惯。秋天过去，我却再没有过哪怕一次想要去死。

如果有一个人能让你觉得将就着活下去还是件挺不错的事情，那你多半就是爱上她了。

严晓丽让我有这样的感觉。

很不幸的是，她却忽然消失了。

没有任何先兆提示，她忽然像是人间蒸发了一般，不再回我的信息。

我不知道发生了什么，不断地给她发信息，全都石沉大海。

此时此刻，我才忽然惊恐地意识到，其实严晓丽对于我来说从来都没有真正地存在过。过去的三个月，这个给我慰藉让我迷恋的女人，其实只活在我的脑海里。如果乔布斯长命百岁，也许Siri有一天也能这样善解人意。

我请了假，想要静下来把这件事弄清楚。

严晓丽的消失让我心疼、心碎。但是我在乎的不仅仅是她。我觉得自己被丢进了一个分不清真实与虚幻的深渊。我要努力爬出去。

我把三个月以来我跟严晓丽的所有聊天记录都打印了出来。

我的卧室被跟严晓丽有关的纸张堆满。但我并没有因此觉得离她近了分毫。她反而显得愈加神秘了。

但我下定了决心，一定要找到她。

2.

我对外称病,没有把这件事告诉任何人。我能猜到朋友的反应,他们一定会哈哈大笑,然后告诉我,我不过是被一个顽皮的少女给耍了。

怀春的中年男人。这是他们会给我贴上的标签。多恶心,多可怕。

严晓丽说,她家在南方海边,在家里大家都说软绵绵的方言。但她普通话说得标准,不带一丁点口音。她说那是因为她从小梦想走遍四方,于是对语文和英语都格外用功。她是这样奇妙的女孩。十二年应试教育,几乎所有人都抵触叛逆,只有她在想象中把学校构建成习武练功的秘密基地,然后徜徉其中。

拿到毕业证书的第二天严晓丽就坐上了北上的火车。同学都敬佩她北漂的勇气。但她却觉得"北漂"这个词太过功利。仿佛来到这个城市一定要受尽千辛万苦然后衣锦回乡,否则一切都没有意义。北京只是严晓丽生命中的某一站。她会经过这里,看一看,走一走,仅此而已。人生的后面,还有太多风景会一一到来,所以没有必要太过兴奋激动,整理好心情仔细欣赏就足够。

严晓丽说MP3是这个世界上最伟大的发明。这个世界常常会让人觉得枯燥无聊。但是因为MP3,我们可以随身携带各种背景音乐。我们从此成为这个世界的主宰,可以任意给世界涂上我们喜欢的情绪。

严晓丽这么奇妙,这么美好。这是我记忆里的严晓丽。

但是重新读一遍我跟严晓丽的聊天记录，她的样子却渐渐有些飘忽，让我无法捉摸。

聊天记录是一种奇怪的文本。我生产了它们，但我从来没有在意过它们。当这些聊天记录成为我解决问题的唯一线索之后，它们忽然开始显得形迹可疑。那些隐藏在感叹词、标点符号背后的深意暧昧地若隐若现，像是一场低调却华丽的化学实验。

严晓丽并不如我想象中那般永远阳光快乐。我不知道我曾经的误解究竟是从何而来。

在她消失的前两天，我们聊天。

她说："你真特别，聊了这么久你也没提要见面。"

我揣测着她话里的意思，是想要见面，还是暗示永不要相见？

我斟酌着说："是因为你太特别，我才不愿意提。"

她说："其实不见面也有不见面的好处吧，我们就永远都是对方心里的那个样子。不会让对方失望，也不会成为对方的麻烦。"

她就是这样，忽然会说一句能让我想很久的话。倒不是这话有多么深刻。只是我忽然想起那些出现在我生命里又很快消失的女孩们。她们各怀着目的：有的只是想要一台新出的iPad；有的想要找个稳定的人安顿下来；有的什么都不缺只是需要男人来给她自信……

我从来没有用"麻烦"来形容过这些女孩。人际相处，各怀目的。你情我愿，其实谁也不吃亏。但是我搞不清楚严晓丽的目的。

公司例会。我没有回复严晓丽,带着笔记本去开会。等我开完会再看手机,严晓丽又发来了两条信息。

"有时候我就是会忽然说一些讨厌又解High的话。哈哈。"

时间隔了很久。

"能跟你聊天很开心。"

很开心——这三个字现在看起来那么悲哀绝望。

人真是奇怪又复杂的动物。同样的几个符号,不同的时候能够读出完全相反的意义。

我究竟是为什么会觉得严晓丽永远阳光快乐呢?

3.

以前看到一句话,说梦里走了许多路,醒来还是在床上。而我和严晓丽网上聊了许多天,生活中我却连她住在哪里都不知道。

最终只能寄希望于万能的微博。

我试着输入关键字"微信"和严晓丽的网名。一条一条陌生的微博看过去,我终于找到自己想要的。

一个男人讲述了自己在微信上跟严晓丽的故事。底下附上截图,是严晓丽的网名和头像。

男人口中的故事太过耸动视听,让我的大脑在一瞬间完全空白。五分钟之后，我做了一个决定，我要见见这个男人，当面确认那些暧昧不明的人格和细节。

男人在微博上热衷公共事务，关注了许多"公知"，一副热血青年的样子。于是我私信告诉他严晓丽是我妹妹，离家出走很久了，一直都没有她的消息，现在好不容易在微博上看到一点蛛丝马迹，希望他能够帮助我。我提出了见面的要求。

男人很戒备。他没有直接拒绝我，但又不愿答应见面，左右推脱。我知道他自己也纠结矛盾。网络毕竟看起来像一面戳不破的保护层，躲在里面可以肆无忌惮地"意淫"着拯救世界。他可以在网上把自己的故事添油加醋地秀出来，但是偏偏不愿在现实生活中多说一个字。

我没有时间为他做心理疏导，于是用了最简单粗暴的方法。我对他说，如果他愿意出来见一面，聊一聊他跟严晓丽的故事，我愿意给他一千块钱作为回报。

这一次，他没有想太久，答应了我。

傍晚天将黑的时候，我们约在三里屯的一家咖啡厅。人不多，我们坐在角落。咖啡厅里的背景音乐恰到好处地缓解了沉默时的尴尬。

男人看起来有点蔫儿。他的行为和他的理想相抵触，这让他矛盾和挣扎。但是我不在乎一个普通青年的愁苦和烦闷。今天的主角是缺席的严晓丽。

他说那一天他在"附近的人"看到严晓丽。

微信对于大部分男人来说都是个复杂而矛盾的东西。一方面希望自己足够幸运交到个贴心女友，另一方面又总想着能约一次是一次。

红白玫瑰之类的纠结是亘古无解的问题。即使是其实毫无选择的"丝"也会在心里为其困扰。我理解。

他的性生活一直匮乏，但那晚尤其饥渴。他跟严晓丽打了招呼，严晓丽通过。来往没有几句话，他此刻燃烧着的本能驱使他把聊天朝向猥琐淫秽的方向推进。严晓丽并没有义正词严地激烈斥责，他于是把这当作一种默许。

晚上九点半，他们约出来见面。男人心中早已经把这认定为一场"约炮"。

他们在街心的小花园坐着。有一搭没一搭地聊天。他口中的每个句子都又咸又湿，严晓丽没有媚笑着迎合，但是也没有愤怒地反对。她脸上始终带着一股奇怪的、淡淡的笑。忽然，她转过头来看着他："你想要我吗？"

一直恬静的女孩忽然说这样的话，男人反而有些不知道该作何反应。

严晓丽甜甜地笑了："你要我吗？五百块钱一次。"

男人盯着她良久，点了点头。

这并不是男人告诉我的原始版本。他不情愿地把故事一点点吐出来。我旁敲侧击不断发问，最后在心里慢慢拼凑出这张图。

看他手机上的聊天记录。我偷偷把严晓丽的手机号记了下来。

十二月的北京很冷。走出咖啡厅,分道扬镳。他刚刚跟我分享了他最私密的故事,但也许这辈子我跟他再不会有任何交集。

三里屯的热闹并不能缓解空气里刺骨的寒意。冷风吹得我有些呼吸困难。但我沿着街边走。我的大脑在沸腾,于是需要这样的冷、这样的疼。这能让我稍稍冷静下来。

我拨了严晓丽的电话。没有人接。

4.

严晓丽,我越来越看不懂你。

在我的世界里,你是所有正面能量的集合,你带有我所向往过的一切美好。但在我所触不到的无边黑夜里,你究竟在过着怎么样的生活?

你缺钱吗?

我又看了一遍我和你的聊天记录。在每一个词句的背面,你都没有透露出分毫穷困的气息。在我的想象里,你是小康家庭出身的女孩,自己又安乐知足。铜臭味从来跟你没有关系。

又或者,他只是你丈量雄性动物的一个对象而已?

那么我呢?我又是什么?

我失眠了。

严晓丽像是一颗复杂、暧昧、难解的怪异果实,哽在我的喉头。难以下咽,也不愿吐去。

深夜，空气凉得几乎要碎裂。我起床，打开电脑，在搜索框输入了严晓丽的电话号码。她的电话永远打不通，我只能再次求助网络。

她不是名人，但仍然有跟这个号码相关的信息。

她曾经在"豆瓣"的某个租房小组留下号码。东边靠近通州的地方，有人出租一个单间。房子不大，但是可爱，严晓丽希望能够租到这间房。

"我刚到北京。单身女生，爱干净，会做饭，没有不良嗜好。我会是一个很不错的室友哟！"

这是她的原话。发帖时间大概在四个月前。比我们认识要早一些。

我给那一帖的楼主发去豆邮。询问那间房是否租给了严晓丽。我仍然说自己是一个绝望的哥哥，在努力抓住任何一点关于妹妹的信息。打诳语，利用陌生人的同情心。我会遭报应，我知道。

那位楼主显然是豆瓣的深度用户，她回复很快。

"谢天谢地！终于有个认识她的人了！她消失快半个月了，我也在找她！可以的话，咱们面谈吧。"

这位叫作小茹的女生留给我她的联系方式。

第二天中午，我们在她公司附近的小餐馆见面。她一边快速吃着午饭一边跟我说话。阳光很灿烂，女孩很活泼。几乎不需要我发问，她叽叽喳喳地连自己的职业经历、生活苦恼也几乎和盘托出。

在小茹的描述里，严晓丽是一个安静得几乎有些孤僻的人。

"她不大说话，"小茹这样说，"这也是当初为什么我决定和她合租。我太闹太疯了。跟她在一起的话，我想我们俩还能平衡一下。"

小茹其实并不太清楚严晓丽究竟在做什么工作。她每天白天都会背着一个大包出门，晚上回来。不是朝九晚五，没有固定时间。她从来不聊任何八卦，工作的家庭的都没有。她仿佛不食人间烟火，从无名处来，往无名处去，就这么孑然一身，根本没有任何家人朋友。

"她……她也没什么夜生活？从来不在外面过夜？"我刻意这样问。

"绝对没有！"小茹给我打包票。她想想，口气又松动，"她常常很晚回来，但是很少在外面过夜。我印象里几乎没有。"

"你们住在一起这么久，就一直这么平静？什么交流也没有过？"我尽量用好奇掩盖住失望。

小茹有些犹豫："也不能说完全没有。你知道，我跟她是在豆瓣认识的。所以我自然也会关注一下她的豆瓣主页。她的主页上信息少得可怜。但是我发现她对南锣鼓巷那边的一家小酒吧持续关注。只要是那家酒吧的活动她一定参加。我这个人爱玩，也爱闹一闹朋友。所以有一次那家酒吧搞活动，我就跑过去了。我本来以为可以拉近一下距离，但是没想到她看到我以后特别吃惊，招呼也没跟我打一声，拿起包包就走了。"

她看着我，脸上带着些自嘲："那时候我想，也许人家根本没把我当朋友吧！我也就不再自作多情。从那以后跟她就只是礼貌上的来往了。"

我跟她都陷入了沉默。

我原本只是想要找到严晓丽，问问她为什么消失，告诉她她对我有多重要。但是这个旅程朝向完全不可预计的方向走去，严晓丽越来越神秘。小茹口中的她，又是另一张陌生的脸。

我打算结束这场会谈。下一站是南锣鼓巷的那间酒吧。但小茹叫住了我，她有话要说。

"那个，你是严晓丽的哥哥吧？我现在联系不到她，这边又该交房租了……你看……"

"哦，交多少？我先帮她垫上吧。我理解，你也为难。"

"不是不是。"小茹连忙摇头，"其实晓丽这个人也挺好的，我挺愿意跟她做室友的。但是现在她忽然玩消失，你又说她是离家出走，以后她是不是留在北京也说不定。我一个公司小职员，还是希望能够找个安稳点的室友。这样也不用老出来重新找人。大家都怕麻烦不是？"小茹满脸堆着笑，生怕她的话让我有什么不满。

"我明白了。那我这两天去帮她把东西都搬走，免得你为难。"

小茹如释重负。

走到餐馆门口她笑着说："保持联系哦！"

我明白她是提醒我不要忘记搬走严晓丽的东西。我也对她笑笑。

5.

避开了晚间热门的时段，我选择在太阳刚刚落山的时候去拜访这间酒吧。老板娘很客气。听明白我的来意，她朝酒吧昏暗的角落努了努嘴说："你去问他吧，这里没有人比他更了解你妹妹了。"我朝她指明的方向看过去，一个打扮"嬉皮"的年轻男人叼着烟调试吉他。

我跟他礼貌地打招呼。他听说我是为了严晓丽而来，脸上露出嘲弄的冷笑。

"她是个疯子。"这是他对严晓丽的评价。

我听完竟也笑了。加上我，这是属于四个人的，四个版本的严晓丽。但我还是追问下去，这几乎已经成为我的习惯。

这个三流吉他手是我理解中的"职业北漂"。从来不努力生活，在自己的城市过得味同嚼蜡，于是幻想着北京能够改变他的人生。他满嘴都是梦想和未来，但却永远窝在这个昏暗的角落，没想过走出去，踏出第一步。他骨子里懦弱而自卑，于是选择了这个看似炫目的职业想要掩盖住自己的苍白。

他们第一次见面是严晓丽来看演出。她随着人群一起兴奋地跳闹。之后她买最便宜的啤酒喝。一瓶接着一瓶。吉他手上前搭讪。老实说，严晓丽长得挺好看。而看到一个挺好看的女孩在酒吧猛灌自己酒,对于大部分男人来说,简直就跟中了头彩一样。

严晓丽蓬松的醉眼让吉他手的心有那么一瞬间的柔软。他上前去跟严晓丽搭讪。他注视着这个陌生的女孩儿。她仅仅是好看,没有艳丽到让人侧目。她看起来心情不好,但是没有一丝攻击性。严晓丽让吉他手感觉安全。于是他惬意地坐在严晓丽身边,与她攀谈。

夜晚永远让人蠢蠢欲动。吉他手很想跟严晓丽上床,但这事儿不能太明目张胆。他能在北京不为生活发愁奔波,能用他毫无希望的音乐梦想来打发时间,很大程度上是因为老板娘。他跟风韵犹存的老板娘之间或明或暗的关系多少有些彼此利用、彼此满足的意思。

老板娘其实并不在乎他睡了哪个年轻姑娘。她是经历过世事的女人,她明白男人是拴不住的动物。而无论吉他手怎么在外肆虐疯狂,他始终会回到她的身边。他离不开她。

吉他手也明白这一点。但是他懦弱,他伪善。他心里躁动地想着另一件事,但仍旧做出一副知心大哥的样子。他在演给自己看:我只是想要帮帮这个可怜的姑娘。

于是那一夜,吉他手带着严晓丽走遍了北京的大街小巷。严晓丽那时对北京还陌生。他们从南锣鼓巷一直走到方家胡同。这是严晓丽想象中的北京。古老、厚重,仿佛每一寸土地都能与历史和伟大联系起来。

他们在无人的街角接吻。整个城市似乎都为了他们安静下来。

"那时候我根本没想到她是个疯子。"吉他手带着嘲讽的笑容,"别人都是喝醉了才发疯,只有她完全相反。"

吉他手的关怀和礼貌让严晓丽倾心。初来乍到进入一个陌生的城市,的确是更容易沦陷。严晓丽于是自那以后每一天都去酒吧。每晚只点一小杯饮料,坐一晚上,只为了看吉他手。清醒之后的严晓丽明白自己对于吉他手来说是个困扰负担。他从来没有当真过。但她仍旧每天出现。甚至连老板娘都打趣说严晓丽每天来得比任何服务员都准时,其实可以考虑考虑换个工作。

吉他手终于难以忍受严晓丽沉默的骚扰。他爆发的那一天刚刚好在下大雨。严晓丽默默听完他的话,完全不愿接受,拉起他的胳膊就往外拽,要他跟她走。吉他手不知道为什么一个看起来柔弱的女孩会有这么大的力气。

他们在大雨中厮打。严晓丽像一头疯狂的野兽。她狠狠呼他巴掌,扯他嘴巴。他还击,她就下手更狠。在雨水的冲刷之下,他仍旧不断地流血。她狠狠地瞪着他,仿佛她过往所有的宁静都是在蓄积能量,只为了这一晚。

他被她的凶狠吓呆,直到严晓丽在他脸上吐一口唾沫,然后狂笑着跑走,他才木然地回到酒吧。

之后严晓丽还是来,还是要一小杯饮料坐一整个晚上。但是他怕她了。

她看着他畏惧的眼神,常常会在众目睽睽之下就"哈哈哈哈哈"狂笑出声,然后满意地离去。

"她是个疯子。"吉他手不断地重复着这句话,带着点惧怕,带着点怨恨。

老板娘始终用一双似笑非笑的眼睛看着我们。吉他手是宠物,我是过客,在她眼里都不过像是摆家家酒的小孩子吧?我谢过她,夸她家调的酒好喝。告辞离去。

夜灯初上的后海娱乐圈,热闹而鲜活。在这里能看到各式各样的潮人、老外、游客。我在湖边逡巡。我好想笑。我像个傻子。我几乎觉得跟我聊天的人们,他们认识的是完全不同的严晓丽。

在这个个性模糊的年代,人人手持一模一样的iPhone。重名的人,当然也可能很多。

6.

我去小茹那里收拾严晓丽的东西。

她的房间很小,东西自然也少。我看着这间收拾得整整齐齐的屋子,想象着曾经住在这里的严晓丽会是怎样·个女孩。

小茹虽然表面上客客气气的,但是我理解她巴不得我立马拿走严晓丽的东西,从此跟这个古怪的女孩再没有任何瓜葛。这并不是适合缅怀幻想的好时机好地点。我像一个负责搬运的机器人,快速打包,说声"谢谢,再见",开车回家。

我坐在阳台上,十二月,阳光都显得冰凉。我打开纸箱,一件一件地检视严晓丽的东西。

东西很少。她没有准备在这个城市长住。

她的被褥有淡淡的香味。几件简单的应季衣物。几十本书。用过的没用过的笔记本。护肤品。隐形眼镜护理液。香水。稀奇古怪的小玩意儿。刚刚好装满两个纸箱。

没有相机没有电脑。看起来严晓丽并不是突然消失的。她带走了一些东西，留下了一些东西，不知道是否还准备回来。

我是被留下的那个。

我打开香水瓶盖，用鼻尖想象严晓丽的味道。不是我熟悉的任何一个牌子的香水。看看标签，是从那什么"气味图书馆"买来的古怪香水。香型是：冬天。

我在心底笑自己。我把她当作阳光、当作救赎。可究竟，现实中她是个浑身散发冬天味道的姑娘啊。

严晓丽看的书很杂。北野武的传记。阿加莎的小说。欧洲通史。稀奇古怪的日本诗集。乙一的小说。几本《航海王》（曾译名：《海贼王》）的盗版漫画。一整套《哈利·波特》。如果仅仅凭这些书来判断书的主人是什么样子，严晓丽在我心中大概又会长出第五张脸。

《哈利·波特》一共七本。翻得起了毛边儿。我翻开最后一本，《哈利·波特与死亡圣器》。很容易就翻到那一页。因为那一页皱得不成样子了，满满的全是泪痕。在那一页，小精灵多比死在了马尔福家，哈利亲手埋了多比。

不知道为什么，我忽然就冒起一股无名火，狠狠地把书丢到角落。这到底算是什么意思？严晓丽，你究竟是个什么样的人？

你感性单纯得能为一个虚构的人物流满纸泪水，你也可以在雨夜将一个健壮的男人打到满脸是血。你在租来的屋子里娴静无语、默默读诗，你也在燥热的夜晚出售自己的身体。我狠狠一脚将纸箱踢破，疯狂地用严晓丽的东西出气。从阳台到卧室，乱作一团。

我也不知道自己究竟在气什么。只觉得心口有一团眼泪，纠结、灼热。这团眼泪凝固在心头，不肯浮上来，不肯流出去。于是就那么盘亘在我的身体里，仿佛要教我永生永世都不得超生。

也许只是猛然间意识到自己的渺小和无力吧？无论是命运还是他人，都远远不在我所能控制的范畴之内。无论我多么努力多么发奋，无论走到怎样的高位，有些人有些事永远都游离在我的力量之外。

严晓丽的笔记本在我脚边散开。稚嫩的钢笔字，沾上了我的脚印。我慢慢平静下来，捡起笔记本翻开看。纸头已经发黄，笔迹也有些淡了。我一页一页地翻过去，胸口的那团眼泪被发酵得愈加酸涩。

那是严晓丽跟一个叫作林静的女孩之间绵延好几年的对话。从初中到高中。

在网络还没有那么发达的年代，我能想象这样的故事。女孩之间绵密而暧昧的情感。她们在课堂上背着老师偷偷地写下自己最近的生活、心情。然后在下课间、放学后，默默把这个本子递给对方。

"丽,我现在才知道人有多可怕。你知道三班的李楚瑶吗?昨天化学月考,大家都来得早,想在考场再复习一下。李楚瑶也在我们考场。好端端地,就有好几个男生跑到她面前冲她吐口水。他们故意特别大声地嘲笑她、捉弄她、羞辱她。那么多人看着,她就那么坐着,面无表情。我不知道那时候她心里在想什么。考场里窃窃私语说,她是个烂女人,跟学校里好多混混都睡过。以前也听说过她的事情,但是那时候我觉得她真可怜。我也觉得她烂,但是我就觉得她好可怜。大家都是同学,但是为什么他们会这么可怕?是不是其实每个人都是这样的?"

"静,我不知道怎么回答你。因为我也没有答案。我有的时候觉得人是这个世界上最坏的动物。除了人以外,所有的杀戮都只是为了生存而已。你觉得那些男生很可怕吗?我觉得他们也很可怜。如果李楚瑶愿意跟他们上床,大概他们甚至愿意把自己的心掏出来给她。但是你不要怕,不管你做什么,我都不会离开你。不管你做什么,你都不要怕。我们在一起,我会保护你。"

"丽,我知道你会永远在我身边。有的时候晚上一想到这个我就觉得能够安心睡觉了。我只是害怕,如果有一天我们都长大了,是不是还能这样做好朋友?成年人的世界更复杂,有一天我们会不会变成他们那样的人?"

"静,我们永远都是我们这样的人。如果你这么担心,那我们就一起约定,不要长大。"

……

我很难想象这样的对话能够持续好几年。

严晓丽没有带走她这一本青春的坐标。我猜测她和林静之间一定发生了什么。放下笔记本，我尘封了许久的青春忽然间也扑面而来。

时近傍晚，我站在阳台上看着北京的夕阳，咀嚼着残存的记忆。我猛然间惊醒，那股热血蠢动的冲劲、那种歃血为盟的豪情、那些走过的夜、那些喝干的酒、那些许下的愿，都已经那么陌生、那么模糊。

我已经老了吗？

我这样问自己。

7.

开始寻找严晓丽的时候我绝对想不到有一天我会因此而去派出所"喝茶"。

公司的同事打电话来，神秘兮兮地问我最近是不是犯了什么事，不然怎么会有警察专门找到公司里来。电话里我搪塞过去。心里隐隐觉得这件事大概跟严晓丽有关。

上午接到电话，中午警察就找到家里来了。他们很客气，说是想要向我了解了解情况。

我的直觉果然没错。他们问了一大堆跟严晓丽有关的问题之后，告诉我他们要带走严晓丽留下的东西，并且希望我能够去一趟派出所，协助他们调查。

后来我才知道这一切的原委。

严晓丽消失得太彻底。他的父亲跑到北京来也没能找到她。他于是报了警。通过跟严晓丽合租的小茹，警察顺藤摸瓜找到了我这个冒充严晓丽哥哥的男人。

我明白我的解释其实苍白无力。这不符合正常人的行为。一个正常人，如果他的网友消失了，他会去再找一个新的。一想到即将要见到严晓丽的父亲，我不由得苦笑。他无论对我做出什么反应我都是可以理解的。

来到派出所，一个中年男人笔直地站在门口。旁边有小警察劝他，他完全不理不睬。我下了车，他直勾勾地看着我。那双眼睛像是要把我吃掉。但是我只觉得悲哀难过。他的那张脸是死的。

做笔录的办公室。两个警察轮流着把那几个问题换着法子翻来覆去问了我很多遍。末了，我问能不能跟严晓丽的父亲聊聊天。两个警察略微犹豫，最终还是决定在我们之间做一次调停。

同一间办公室，警察耐心地跟严父解释我跟严晓丽之间的关系。他一言不发地听着，时不时看我一眼。故事并不复杂，只是掺杂着各种细微暧昧的情绪，讲述的时间被无限拖长。严父自始至终都没有说一句话。

走出办公室，我邀他一起晚饭。

严父看着我，答应了。他不愿意显得畏惧我，同时他也希望能够在我身上套出更多关于严晓丽的消息。无论我是不是坏人。

两杯白酒，暖身、暖心。他慢慢显得自在了。

严晓丽的父亲叫严俊，曾经是一个军人，转业以后去政府机关工作。并不是很富裕的家庭，但足够让一家人衣食无忧。看着严俊，我想象不到他怎么会有严晓丽这样一个女儿。

"你觉得她为什么会不辞而别呢？"我若有所思地问道。

但没想到这句话却击垮了他最后一道情绪防线。这个依旧如军人般硬朗的男人在众目睽睽之下哭出声来。

严晓丽从来都不是一个让人省心的女儿。对于严俊来说，他想要控制她、拥有她。而她尖锐、怪异、带着些神经质的攻击性。她的一整个青春期对于他来说都是甜蜜的灾难。

"我只是为了她好……我做什么都是为了她好……我不想让她受苦……不想让她被人欺负……"严俊这样喃喃说道。

他很早就为女儿安排好了一切，她的升学、她的工作、她的家庭、她的将来。他潜意识里早已经假定她是四体不勤的残障人，然后费心地为她打点好一切。女儿不理解他。他也不理解为什么。

严俊声色颤抖地告诉我严晓丽是多么可爱、多么优秀。我默默听着，跟自己打赌他绝对没有对女儿说过这样的话。夜色深了。严俊喝得不省人事。我理解他。我把他带回我家安顿好。至少今夜他可以睡个好觉。

天空黑暗而广袤。我睡不着。

这真是一件很奇怪的事。我们往往更容易宽容、理解、赞美陌生人。对自己的至亲则百般苛责。我们究竟是怎么样一种动物？

听着卧室里的微微鼾声，我想起了自己的父母。

我有多久没回家了呢？一年？两年？

8.

酒醒之后的严俊自责而难堪。他十分想做些什么来补偿我，或者说，来让他自己看起来没那么狼狈。但他又实在找不到什么可以做的。于是境况显得愈加尴尬。

我尊重他。我宽慰他。我再一次对他讲述我跟严晓丽的故事。

把重点再一次聚焦到女儿身上，严俊显然自在了许多。

我当然省去了许多一个父亲不必要知道的细节。但我想我的诚恳得到了他的认同。我于是告诉他，我想去严晓丽的故乡看一看，希望他能够给予帮助。

这样的要求对于一个正统而严肃的父亲来说，无疑是怪异至极的。在他眼里，我始终只是一个从未跟严晓丽见过面的陌生人，我绝没有资格登堂入室侵入他们隐秘而神圣的故乡。但他无法开口对我说不。

"其实最开始我只是把严晓丽当作一个很知心的朋友。就像你说的，她聪明、可爱、优秀。我尊重她，所以也一直没有提出跟她见面。在她失踪了以后，我做那么多努力，只希望能够找到她，只希望她平安无事。现在有警察和你介入，我相信一定很快就能找到她的。我在这中间起不到多大的作用了。但我还是把她当成我最知心的朋友。北京这样的城市，每个异乡人都或多或少会有说不清的迷失。严晓丽帮助了我。所以，作为一个朋友，我也希望能够更了解她一些，我想知道她为什么会选择消失。"

我用了"选择"这个词。

我已经倾向于认定严晓丽的消失是她做出的一个决定。

她的生命力这样旺盛勇猛,没有外力可以这样凭空将她抹去。

严俊沉默了很久。很久。

然后他点了点头。

我执意坚持让严俊住在我家。然后买了最近一班飞机南下。

9.

下了飞机,又坐火车。我到达这个小城市的时候,是清晨。

中国的小城市其实大都面目相似。一条繁华的主街,逛街或者休闲都是这里。有个叫人民公园的地方,小学以后几乎就再没去过。动物园早就破败了,也不知道里面是不是真的还有动物。许多同学在开发区买了房子,那里街道干净,空气清新,略微冷清。

但这里仍旧给我别样的感觉。不仅仅是因为严晓丽曾经在这里居住。滨海的小城都有一种暧昧的气质。安静而又澎湃。

严晓丽的妈妈是一个温柔而平凡的女人。她说已经给我找好了酒店,定好了房间。我明白,严俊始终觉得在北京受到我的照顾,亏欠了我。他想方设法要还回来。

我在严晓丽的房间短暂地驻留。这并不是一个富贵的家庭。她的卧室并不完全属于她，同时也存放着许多家中的杂物。但也因此反而透出鲜活的生气来。仿佛她随时都会打开门进来，然后惊讶地质问我："你是谁？"

这是一间没有性别、没有个性的卧室。我相信严晓丽对这个家并没有归属感。这是一个她存活过的空间。在这里，她必须收紧她所有的羽翼和锋芒。

一个小心翼翼的灵魂。

我走出严晓丽的家，觉得整个人慢慢得以重新舒展开。

严母并不知道女儿有个密友叫作林静。但是她帮我打电话给严晓丽的高中班主任，几番辗转，我拿到了林静的电话。

谢过严母。告辞的时候，我顺手抄了一份班主任的联系方式。

严晓丽的父母刻意帮我找了小城里最好的酒店。开窗见海。我在酒店房间给严晓丽此生最好的朋友打电话。

这通电话让我有一丝十分微妙的感觉。我跟林静隔着严晓丽产生了这样细密的联系。一个亲切的陌生人。

不确定林静的性格和处事方式，于是我打算单刀直入。

电话里林静的声音畏缩、试探、戒备。她大概从没有真正离开过这个小城，于是这个小城得以肆无忌惮地雕琢她。

她静静地听着我讲述严晓丽的故事。

"我不知道她去了哪里。也不可能知道。我跟她早就已经不是你想象的那种好朋友了。"她的呼吸有些粗重，"也请你不要再打电话来了。我帮不了你。"

她挂了电话。

我再打去的时候已经关机。

严晓丽的那本青春笔记,她带去了北京,但却没有带走。我想我大概知道了为什么。

我在窗前站了一会儿。大海恢宏而宁静,人世间的翻涌不过是一波苦涩的海浪,再怎么勇猛悲戚,最终也都会被这恢宏吞噬,归于宁静。所谓尘归尘,土归土。

我给严晓丽曾经的班主任打电话。这则耸动视听的八卦新闻显然点燃了小城女教师麻木的心。她的声音兴奋而尖利,忙不迭地下结论,说自己早就看出来严晓丽这个孩子有问题云云。

我礼貌地邀请她出来一起吃午饭。

10.

这是小城最好的酒店。我把午餐定在一楼餐厅。我猜这顿午饭应该能让宋老师满意。

她穿着夸张的大衣,走起路来肩上的毛领子一步三颤,引得众人侧目。我跟宋老师打招呼,她冲我笑,化过妆的脸皱在一起,说不上能不能称之为难看。

吃自助餐,宋老师扒拉了一堆东西摆在面前,这才开始一边嚼着食物一边对我诉说她记忆里的严晓丽。

"她从小就跟别人不太一样。我早就觉得她心理有问题。"宋老师言之凿凿地说。

在这位中年女教师的记忆里,严晓丽是那种一想起就皱眉头的、不让人愉快的女生。她并不是那种标准的混混型女生。那种女生往往懂得怎样讨好、控制老师,不会让老师成为自己太大的麻烦。

但严晓丽不。她不打架,没有谈恋爱,不留过火的发型,不涂指甲油。她成绩不差。但是她太过坚硬、太过倔强。

中学生是最敏感的一群人。他们早早就嗅出严晓丽是跟他们不同的生物。这就是她的罪名,是足以被钉在十字架上狠狠烧死的罪名。

期末考前,大复习。严晓丽早早到了学校,她看着穿着统一制服的汹涌人潮,觉得这一切有些可笑。她没有按点走进教室乖乖早读,她走进操场,爬上主席台,坐在最高处,荡着脚呼吸新鲜空气。她在这个压抑了许多年的地方享受片刻虚幻的自由。

上课铃打响,整个学校静下来。中学校园总是会散发出一股奇怪的、混杂的气质。肃穆和青春,拘束与自由,聒噪同恬静。

严晓丽从操场的草坪上慢慢走过。有匆匆经过的老师用狐疑的眼光看她。

刚刚还人来人往的路上,现在只剩她一个人。分寸之间,大有不同。严晓丽慢慢地品味每一步之间的自由。

敲门进教室。整间屋子里的人都盯着她。历史老师问:"你怎么了?怎么现在才来?"其实老师想要的,只是一个"我生病了"或者"家里出了点事儿"之类体面的理由，然后就会放她回座。但严晓丽直视着历史老师说："我心情不太好，出去散了散步。"在她心里，这是正当理由，不需要说谎。

这个回答被历史老师视为挑衅。她眯起眼睛瞪着这个女生，揣测着她这个怪异的回答里究竟有几分攻击性。严晓丽扬起脸看她。教室里爆发出一阵的笑声。老师被这笑声激怒。颜面的问题让她不能不严肃处理这件事。她的脸涨红，揪着严晓丽去了班主任办公室。

严晓丽被罚顶着一摞书贴墙站在走廊。一整个上午。

许多经历时觉得羞辱、委屈、困苦的事情，回想时也不过化作一抹冷漠淡然的笑。

一切都会过去。这是最宽慰，也是最痛心的事实。

我原本接触到的严晓丽，都不过是隐射在他人心底的幻象。面前的这位宋老师，虽然未必对严晓丽怀有善意，但至少她记忆里关于严晓丽的往事，些微地引出了关于真相的蛛丝马迹。

我记忆里的严晓丽，像一束不知来自何处的柔软阳光。我以为她的善解人意来自于知识和教养。所以在北京听说到的严晓丽让我困惑。我认定她是那种能够让所有人觉得如沐春风的女孩。或者说，在潜意识里，这些年的世事纷繁让我觉得疲惫，我理想中追寻的是她这样的女孩。

直到现在我才确定，她并不是在所有人眼中都这么温暖动人。她并不是对所有人都这样善解人意，只是我。

因为她就是我。她是我素未谋面的、另一个我。

我挣扎着，还是想起了少年时的自己。

小时候男生中间流行穿一种叫"大波纹"的球鞋。家里条件并不好，我没有资格哭喊着要母亲花钱供我追逐潮流。

体育课，自由活动。女生三五成群地聊天，男生踢足球。他们跳跃着呼喝，兴奋地问谁要跟自己一队。我凑上前去，想要加入。男生们看了看我脚上的手工布鞋，脸上露出戏谑的神色。

"你去他们那一队吧。"他们是这样搪塞的。我于是傻乎乎地跑到球场对面，问："我能跟你们一起踢球吗？"

这一队的队长依旧是那样看着我。他没有嘲弄我，也没有笑。他只是从头到脚打量我一遍，然后露出为难的神色，小心翼翼地说："这次已经人满了，要不下次？"

我很久以后才想明白，如果这是一场足球赛，我大概只是被踢来踢去的那只球。

我再也没有上过体育课。成绩好，佯装病，借口要多用功复习。连班主任都亲自帮我去跟体育老师说情。

我说不上是不是享受这样的特殊待遇。但我能够明显感觉到，我渐渐被孤立。我身边像是有着一扇万夫莫近的屏障，把所有人都隔绝开来。

但我并没有放弃体育。我很清楚成绩好只能让老师在各个层面对我网开一面，并不能保证我在学校内外都平安无事。我要变得更强、更强。

每晚天黑之后，我悄悄翻进学校操场。跑到大汗淋漓气喘吁吁，跑到筋疲力尽瘫倒在地。望一望天上的星星，然后再默默地走回去。

跑步是一项孤独的运动。

11.

宋老师在叫着我的名字。我回过神来，对她说声抱歉。往事像一个旋涡，轻易就将人深深吸进去。

她又絮絮叨叨地说了许多关于严晓丽的事情。我一一记在心头。

"我早就说过她心理有问题。现在可不是出事了。"她再一次这样重复道。

"您还记得林静吗？听说以前是严晓丽最好的朋友。"

我的问题让宋老师显得有些尴尬，她一瞬间变得有些结巴。后来我才知道，这是因为这个"严晓丽曾经最好的朋友"现在是她的同事。

林静比严晓丽早毕业一年。家里托了关系让她回到母校，做了一名美术老师。

这个事实让我愣住。我不知道对于严晓丽来说，现在的林静算是什么。两个女孩儿之间曾经缠绵交错的氛围，会因为她们之间的距离慢慢消散甚至敌对吗？

我请宋老师帮忙介绍林静给我认识，但宋老师的脸更为难了。原本她对严晓丽的品头论足都是站在一个陌生人的立场上毫无负担、责任地进行着。如今我忽然提醒她林静的存在，像是一盆冷水泼在她头上，让她瞬间清醒、局促、恐惧起来。

她匆匆咽下嘴里的食物，找借口告辞。

我并没有阻拦她。汹涌的回忆铺天盖地而来。我忽然间似乎隐隐明白了这次寻找的意义。

我冒充学生家长，找到林静的办公室。

"林老师，有人找！"领我来的老师冲办公室里喊一声。

林静满脸狐疑地看着我："请问你是……"

我不自然地笑笑："我给你打过电话的，我想来找你聊聊严晓丽的事情。"

听到这个名字，林静的瞳孔猛地收缩，脸部肌肉微微抽动。她深吸一口气，让自己平静下来，然后说："真的对不起，这件事我帮不到你。也请你不要再来骚扰我了，否则我会报警的。"

林静转身回了办公室，我跑去操场。我爬上主席台，坐在最高处，荡着双脚，看着在上体育课的孩子们。

在北京的严晓丽隔着一部手机体味了我的人生片段。现在，我试着，做一瞬间的她。

这是某种演给自己看的心理补偿吗？我不知道。

我在学校周围晃悠。吃了一碗面，买了一份刨冰。也只有这样生机勃勃的少年们，才会在这样冷飕飕的冬天龇着牙吃冰。

我站在学校门口。等待。

放学的人潮很快淹没了我。但是我睁大眼睛，努力找寻着林静的身影。她先看到我。她的惊慌失措帮助我找到了她。我跟在她身后,寸步不离。

我知道我这样是卑鄙而无耻的。林静显然对严晓丽的存在讳莫如深。我没有资格这样强行介入她的生活,强迫她回忆令她不快的事情。但道德楷模这种事,留给别人吧。我不怕下地狱。

我的存在让林静局促不安。她时不时回头看我。我有些不忍,但仍不让步。

终于,她回过头来,一双眼睛通红。她问:"你究竟是她的什么人?你究竟要怎么样才能放过我?"

"我只想跟你聊聊严晓丽的过去。"

林静皱起眉头,紧紧闭上双眼。终于,她点了点头。

晚餐。聊天。这一顿饭吃得足够长。菜早都凉了。大堂里人来人往,最终只剩我们这一桌。期间林静接了两次电话。

"是我未婚夫。我们过几天就要结婚了。"她说。她不看我。

之后没有多久,林静的未婚夫骑着摩托车来接她。那是个普通而壮实的男人,比林静高出一个头。看起来像是同一个学校的体育老师。

我看着林静的背影,伫立良久。

我知道,这将是我最后一次见到她。

12.

严晓丽是毁灭性的。但她也给过我这辈子最强大的安全感。林静这样说。中学时候,成绩好有时会成为一种罪。被喜欢也是。

大家敬畏的是拥有势力的各色男女混混。在那样动荡不堪的青春里若能被他们保护，似乎就能够过得安心一点，松一口气活过来。

似乎是因为被哪个男生喜欢上了，林静成了靶子。先是课堂上递来的威胁小纸条。然后是课间教室门口冷冰冰的"林静你出来一下"。

那天放学严晓丽牵着林静的手。她说："你别怕。我不会让她们动你的。"

跟在身后的女混混们伺机将她们围住。仿若是一个残酷至极的舞台，而严晓丽是毫不畏惧的表演者。她这样勇猛、激烈、奋不顾身地"搏杀"。混混们以众对寡，但也被严晓丽的凶狠吓住。她仿佛毫不在意自己的身体，那只是她的武器，用来进攻、进攻、进攻。

"我看你们谁敢动她一下！"严晓丽这样说。

那以后，滋扰都慢慢消退下来。

校运会。严晓丽的名字被恶作剧式地报了上去。项目是所有女生都恐惧的四千米长跑。直到班主任在班会课上帮参赛选手鼓劲加油，严晓丽才知道自己参加了这次校运会。看着角落那几个窃笑的女生，严晓丽收起了澄清的打算。

那天起，下了晚自习，严晓丽和林静并不立即回家。林静守着严晓丽，偷偷在夜幕笼罩的操场上练习长跑。

无奈时间太紧张，比赛来得太快。校运会上，严晓丽咬着牙拼了命跑完了全程。坐在看台上，远远地只能看到选手们小小的身影。但严晓丽那股拼死的冲劲蔓延在比赛场中，让林静满脸都是泪水。

冲过终点的时候，严晓丽脸色煞白瘫倒在地。运动会之后她休息了两天。但无论如何，她拿了第一名。

往昔的回忆让林静觉得痛苦。她匆匆结束了我们之间的谈话。她说，没有明确的时间，但她就是慢慢地开始害怕严晓丽。她的生命力是熊熊烈火，林静很害怕自己会被烧成灰烬。

饭桌上，已经成为老师，并且即将结婚的林静这样说："我本来就是普普通通的人，也没有什么远大的志向。只想按部就班安安稳稳过完这辈子。生命有什么意义，人为什么活着，这样的问题，跟我没有关系。"

13.

林静并没有明说为什么跟严晓丽之间的往事会让她痛苦。但是我坐在酒店的沙发上，回想起林静那双欲言又止、矛盾万分的眼睛，忽然间什么都明白了。

人世间的故事翻来覆去也不过就那么些情节。别人身上的痛苦，大抵你我的生命中都曾经出现过。

我也曾经有过这样一个好友。对于我来说，这段友谊几乎带着宗教般的救赎感。

我们曾经约定毕业以后一起去北京闯出一片天。后来，慢慢地也就没有后来了。在北京待了半年之后，他决定回家考公务员。他说："出来了之后，看到世界这么大，才发现自己有多渺小。曾经我以为这个世界是属于我的，即使现在不是，只要我发奋努力也总有一天会属于我。后来才知道，北京那么大，满眼看到的繁华和机遇从来都不是、也永远都不会是我的。"

我继续在广告公司做一个微不足道的文案。曾经跟他一起合租的卧室现在需要跟陌生人共享。

他结婚那年，我回家乡去参加他的婚礼。

我猜测，他群发短信给我的时候其实心里是期望我不要大动干戈跑回去的。在婚礼上我们见面，果然如想象中一样尴尬。两人说着公式般的客套话，敬了几杯酒，开了几句玩笑。婚礼就这样结束。

我没有待到婚礼结束。也没有跟他们一起热切地在夜色里大闹洞房。我回到中学时的那个操场。那个我为了变得更强每天晚上拼命跑步的操场。我遇到他也是在那里。我们都在夜深人静的操场上干着自己觉得羞于启齿的事情。

我是在拼命跑步。

他在偷偷摸摸练吉他。他弹得七零八落不成曲调，所以努力的样子就显得愈发好笑。

在我所生长的那个小城市，每个月坚持买一本《当代歌坛》已经算是热爱音乐了。像他这样真的买了吉他来上手练习的，实在可以算是跟我一样的怪胎。

我们都生长在彼此的青春岁月里，永远都不可能被割裂。

可是，是从什么时候开始，我们之间的气氛变得这样怪异而尴尬了呢？

再怎么努力回忆我也说不清楚。

不知道是因为婚礼上包的红包实在够大还是因为他也像我一样因为往昔而连夜失眠。我离开的时候他专程来送我。小城市的火车站，连那种汹涌流动的别离伤感都淡得可怜。我们坐在火车站附近山寨肯德基的快餐店里，客气地寒暄着。

"你知道吗，曾经有一段时间，我很恨你。"他低着头，忽然说。

我有些讶异，努力回想，自己是否做过什么事情足以配得上"恨"这么沉重的字眼。

又沉默了一会儿，他像是忽然释然了："那时候，我们都在北京挣扎。我没坚持下去。当初吹牛说要在一个全中国都知道的乐队里面当吉他手。后来才发现，我那点破技术破天分，苦练一辈子也没戏。"他自嘲地笑笑，"后来你留在北京，时不时就给我打电话，聊聊你最近有什么顺心或者不顺心的事情。说实话，那时候每次看到你打来电话，我都很烦，不想接。你是坚持下来留在北京的人。无论你是顺遂还是困难，在你前面始终都还有一份希望在。而我，从我离开的那一刻开始，就注定了我的人生大概只能是这样了。听你诉说着你的生活，每句话都像针一样扎着我，提醒着我，我已经是一个没有希望的人……"

的确，在好几次打电话给他他不愿接以后，我也就慢慢克制住了自己联系他的冲动。

只是，他不知道的是，有很多话，除了他，我找不到第二个人可以说。

"没事的。都过去了，"我拍拍他的肩膀，"我的车快来了。"

14.

冬天的海与夏天时完全不同。冷漠刺骨。拒人于千里之外。

这次的南方之行让我有些困惑。我已经不知道我是为了寻找严晓丽，还是在找寻某个早已经面目全非的自己。

严母听说我打算离开，邀请我去她家吃饭。我知道一定又是严父授意。我没有推辞。对于我来说，能够再次靠近严晓丽曾经生长的地方，也是好的。

就当作一个仪式。就当作一次告别。

从严母的待客之道就能看得出来，严家一定教养森严。她刻意为我这个北方来客准备了各种海鲜。菜量刚好，各种口味均匀搭配。但嘴上只是说着，家常菜，随便吃吃。

我们一边吃饭一边谈着。有严晓丽在中间作为话题，一切也就显得没有那么尴尬。我原本以为我会了解到严晓丽的又一张脸。但是令我惊奇而又沉默的是，严母描述里的严晓丽是模糊的。

从她不咸不淡的故事里，我无从揣测严晓丽是什么样子的。我甚至完全无法跟此前了解到的各种各样的严晓丽联系起来。

她口中的那个女儿,跟大多数三流电视剧里只负责过场的女儿没有任何区别。普通无聊到我几乎回想不起她究竟说了些什么故事。

"我能再去她卧室看看吗?"饭后,我对严母说。

她点点头。

走之前,我不想再像先前那样礼貌性地看两眼就离开。这一次,我检索着这间房里所有的东西,渴望能让严晓丽的人生拼图在我心里更加完整一些。

我看到了一张相片。它那么不起眼地被摆在书架的一侧,但是我却觉得那么扎眼。相片上的严晓丽挎着一个旧得有些泛黄的帆布包。布包已经被印上了几块墨渍,但她还是恋旧而倔强地背着。

我见过那个包。

大概是两年前的秋天,我跟已经要谈婚论嫁的女友分手。

我的季节性抑郁症如期到来,但是那一年我却完全没有想要去死的欲望。一点也没有。我的绝望更甚往昔。但我不想让那个离开我的女人觉得,我是为了她而死。太丢脸。

那时的公司组织去丽江玩。也不知道从哪一年开始,连文艺范儿的小清新们都慢慢地不屑于再提丽江了。那里早已经成了中年人寻找艳遇的大酒吧。但听到说要离开这个城市,我依旧愉快而兴奋。对于那时候的我来说,只要不是这里,哪里都好。

夜晚。同事们在四方街热闹的酒吧里随着主持人的廉价笑话而乐不可支。满场都是醉眼蒙眬的人。就算主持人坦诚倾诉自己因为母亲昨天刚刚过世而悲伤难过,我想整个场子也一样会笑得前仰后合。

我找了个借口,先行离开。

有的时候,逆着人流走反而才是最佳选择。我漫无目的地走到那时还未完全开发的老城区。终于完整了想象中古城的样子。宁静。幽深。石阶上都长着杂草或青苔。有不知道通向哪里的涓涓细流。时时会偶遇门挂灯笼的人家,似是在给行人照路。某些小路上,有野猫毫不畏惧地与人同行,在下一个路口又不发一声地分开。

完全不知道走去了哪里,但我的心却忽然好平静。

然后我就听到了那嘤嘤的哭声。

放慢了脚步,轻轻地循声过去,是一个年轻的女生坐在石阶上哭泣。她身边耷拉着一个帆布包,就着月光能够看到上面的墨渍。

我没有打扰她的哭泣,就那么立在那里看了不知道多久,然后转身走了另一条路。她哭得太过认真,没有发现我。

我永远不会忘记那个长发披散下来的背影,不会忘记那个旧得可爱的帆布挎包。

在那一年的那一天,那是我的救赎。虽然我绝不愿意承认自己有多难过,但我的确也曾在心底里像她一样哭泣过。看着那个颤抖的背影,我忽然间明白,即使我把自己的心吃掉,也不过是天涯四方无数伤心人中的一个罢了。

而那时那刻挂在房檐上的半个月亮，比我们的伤心重要多了。

我慢慢地摸回到同事们所在的酒吧，加入到享受这廉价狂欢的队列。

思绪回到现实，我有些不敢相信自己的眼睛。这个世界上也可能有两个同样的布包，又或者我的记忆出了错误，自动把所有类似的墨渍归类统一。但——那拍照的地方，分明就是白天的四方街。

我轻轻地把照片从相框里揭下来。背面写着文字：

宋志兴，我恨你。我这辈子再也不要来丽江。

落款上的年月日终于让我确信。

严晓丽，我跟你之间，曾经这么近。

两年前失恋的那个秋天，我没有哭。尽管那是我想要与之结婚的女人。但是此刻，在一个陌生人的家里，我忽然抑制不住地流下泪来。

15.

在酒店收拾行李的时候，大堂打来电话。说有人送了东西给我。

我很疑惑，请他们送来我房间。看到信封我恍然大悟。是严晓丽寄给林静的东西。一封信。一张光碟。

我向酒店借能够看光碟的电脑。谁知道他们竟带着我去了会议厅，让我使用投影和音响。

严晓丽写给林静的那封信很长。我坐在空旷的会议厅里一个字一个字读完。很奇怪。那明明是写给林静的信，我却觉得像是在对我诉说。

结婚常常像是一个神秘的仪式。不仅宣告着两个人缔结一个私密的盟约，也意味着，无论曾经多么靠近，一些人，从此以后就跟另一些人分属于两个世界了。

得知林静结婚的消息，严晓丽并没有赶来参加婚礼，也没有俗气地包红包随份子。她寄来这样的东西，算是对过去告别。

在信的末尾，严晓丽说："林静，很早之前我就说过，如果你结婚我一定不会去参加你的婚礼。因为我一定会在喜庆的婚礼现场痛哭得像个傻子。虽然此时此刻我们都已经长大，我知道我会给你祝福，你也能够礼貌地说谢谢，但是我依旧不想要去你的婚礼。就让发生在遥远家乡的那场婚礼成为我们俩之间的告别仪式吧。林静，再见。在我们之间，再见就是永不再相见。虽然我对这个世界失望透顶，但还好在彻底失望之前遇见过你。"

我用投影仪播放光碟。

严晓丽清秀的脸被投影在巨大的白幕上。她的声音时而欢乐时而悲伤，在我耳边爆炸着。屏幕上是她到北京以后用手机拍摄的视频。她把她心里的北京拍给林静看。

天安门。长安街。早高峰拥挤到可怖的地铁。淡季里冷清得没有人烟的颐和园。需要检查身份证才能参观的北京大学。豪宅旁临时搭建起的工地宿舍。西客站。T3航站楼。有名的胡同巷子。郊区里又脏又乱的聚居区。

"静,北京好大,好复杂。我有的时候在想,好像一个人的生命旅程从出生开始就已经被注定了似的。这个国家的巅峰和中心从来就跟我们没关系。听起来好残酷,但也是没办法的事情。有时候我觉得你比我勇敢多了。理智地接受现实本来的样子,然后微笑着活下去的你,要比满口漂着理想未来,一直横冲直撞的我勇敢一百倍。"

夜里的街道。街心花园的树木花草。严晓丽一手拿着手机,自然地冲着镜头微笑。她买了一包烟,放在嘴里点燃,猛吸一口,然后被呛得直咳嗽。被点燃的香烟在黑夜里像是一只孤独的萤火虫,兀自明明灭灭,直到完全烧尽。

"静,你说一个好女孩儿应该是什么样的呢?你那样的?反正一定不会是我这样的。我有时候会故意想要去做一些明明是禁忌的事情。并不是不这样做就活不下去了。人生的困境常常根本就不会是活不活得下去的问题啊。衣食无忧,看起来没有任何理由不开心的人,也可能就偏偏因为绝望而自杀的啊。这种无法填满的深渊才是无解的人生困境啊。有的时候正是因为想着,如果连自杀都可以、如果连死都不怕了,那么还有什么不能做的呢?就是要这样刺痛自己、伤害自己,才能些微地感受到人生真的是在流动着的吧。"

淅淅沥沥的雨幕中，不远处酒吧的灯光模模糊糊。打着伞匆匆经过的路人。飞驰而过溅起一道水柱的跑车。画面微微颤抖着、漫无目的地移动。严晓丽的声音带着哭腔。

"静，我听说你要结婚了。还是从别人那里得到的消息。你说是不是很讽刺呢，我们是彼此最亲近的人，但是你却不敢告诉我你的任何恋情进展。我不知道你要结婚的对象是个什么样的人。但是小时候你跟我说，你喜欢英俊又孤独的吉他手，于是我就尝试着跟一个吉他手交往。我无法分享你的爱情故事，但我至少可以试着体会你的恋爱心情。我不知道你此刻的心情，不知道你在恋爱里那些甜蜜或者心痛的所有细节。但是我希望你遇到的是一个安稳而勇敢的好人。"

看不出是在哪里，只知道是一个晴朗的好天气。蓝天。白云。绿草。石椅子。严晓丽的脸在自然的阳光下格外好看。

"静，我为你读我写的诗好不好？

喂，你要去哪？

永无乡。

那你最好换一匹马。

为什么？开车难道不是更快吗？

因为啊，既然无论如何也到不了，那何不终其一生逗留在理想不灭的路上呢？"

画面移开，看不到严晓丽的脸，只听到她嘤嘤的哭声。

又切到另一个时间和地点。我被白幕上的画面震惊了。因为那不是别的地方，正是我上班的大楼。向上仰望的画面被高耸的水泥建筑占据了大部分,只看到很少的灰白天空。画面久久地凝固在那里,仿若一个长久守望的姿态。

"静,今天是我的生日,祝我生日快乐。最近我认识了一个人,他告诉我他在这栋楼里上班。当然,我也不知道他说的是不是真的。毕竟,我们都根本未曾见过面。只是,他让我有一种亲切的感觉。仿佛是已经认识了很久,可以坐在一起静默无言也不会尴尬的人。你肯定不会相信,我们是因为一个共同的想要去死的愿望而相识的。但是认识了他之后,每天那么随意地聊两句,那种被需要着的感觉治愈了我。如果有这么一个人,让你觉得生活虽然平凡又乏味,但是因为有他在,还是值得过下去的,那么对他的感觉,即使不是爱情,也多半是值得持续的正能量吧?这是我在北京过的第一个生日。我想要约他出来陪我看一场电影。我不知道该怎么向他开口。又或者,因为我们心意相通,所以我可以在无边的人流中精准地把他认出来?静,祝我好运,也祝你好运。再见吧。"

画面仍旧对准那个我如此熟悉却又如此陌生的建筑。然后,慢慢地暗下去。

我的眼睛像是完全坏掉了,眼泪不停地向外涌出。

我忍不住走上前去,轻轻地吻着早已经空白一片的白色投影幕。仿佛一个真实的严晓丽生存在那里似的。

严晓丽,我从没有见过你。但是我想这个世界上没有人比我更了解你。

我也不会再如此深入地走进另一个人的内心。因为灵魂的纠缠让人心神枯竭。

严晓丽,我从没有见过你。但是你是我最亲爱的人。

爱在灯火熄灭时/安静

第一章　九龙城寨的童年

1.

一九七三年，香港，九龙城寨。

空气中弥漫着一股发霉混合烟草的气味，天花板上的风扇有气无力地扎扎转动，医生的听筒被随手丢在那张和时代一样纷乱的书桌上，听筒那圆圆的一方刚好垂到书桌旁那满溢的垃圾桶内，发黄的医生袍上点滴着几处豉油渍和麻酱，和医生这个名字毫不相称。六月天，几只苍蝇在闷热的空气中嗡嗡打转，仿佛在为一个快来到世上的小生命而献媚飞舞。

狭小的诊所内半个助产士也没有，一个女人和医生在对峙着，嘶叫声响彻天地，医生干瘪的双手紧捏着女人的膝盖，歪黄的牙齿差点把那支红双囍的滤嘴都咬破。他压着声音用不纯正的广东话，不停地跟女人说："用力！用力！快出来了，再用点力！"

就在此时，诊所大门响起一阵急速的敲门声，医生哪有闲暇理会。但敲声不止，而且还越来越粗暴。

医生忍不住也粗暴地大喝："谁呀？"说话时仍咬着红双囍，烟灰奇迹似的没有掉下来，他那双盯紧着阴道口的眼睛也没有移开过，而那堵塞在阴道内的小头也同样顽强地不肯出来。

门外的人大力地拍着门，粗着嗓子道："警察！开门呀！"

医生喃喃诅咒着："这个狗屁地方哪有警察？肯定是那班死飞仔①在捣蛋！"

医生努了努嘴，一脸不满。他抿着唇深深吸了一口那支红双囍，怒唬："生仔呀，没有空！"

门外那班自称为"警察"的人静默了两秒，又大呼道："你再不开门我们就撞门了！"

收音机在回绕着白光的《等着你回来》，为两道空间之中倏然而至的死寂营造出一种异样的氛围。酷热的天气加上一个死堵在阴道里不肯出来的婴孩，这翳热和无力的感觉，医生觉得，就像便秘的人蹲在厕所内两个半小时也拉不出来一样，头昏脑涨得想吐。在三十三度的气温下，医生的额角淌下豆大的汗，背上的汗水湿透了医生袍，女人仍在床上呼叫，渐渐无力的声音正好附和着天花板上那疲惫地转动着的风扇。

"终有一刻会停下来的。"医生心想。

难产引致的汗水浸得被褥像大雨后霉烂的海绵，渗着一阵酸馊的气味。由于没有一只空闲的手去为这个在生产时仍浓妆艳抹的女人拭汗，满脸脂粉只能像一窝滚起的猪肉汤表面上的一层浮油，一泡泡地堆在脸上等待被清理。

医生决定不去理会门外的那班人，他心想："这个世界已

---

① 飞仔：广东话，指社会上游手好闲的男性。近似于流氓、太保、小痞子等。——编者注

经够乱的了！管你是'英女皇'还是什么，我只知道面前有一条快死的'咸鱼'！"

这时门上传来一阵强烈的碰撞声，突然"碰！"的一声，整道大门被狠狠地踢破，就是这一下巨响，把女人刚踏进鬼门关的前腿抽了回来，接着四五个武装警察，提着枪鱼贯而入。医生刹那间吓呆了，他从没想过在九龙城寨会见到警察，他连贾炳达道都不敢去，就是怕碰上那些叫作"警察"的奇异人类。他烂口半张，那支红双囍和它那长长的烟灰仍奇迹地黏着医生那泛白的唇角没有掉下来，女人也被吓得不知从何而来的一股力气，从尖叫声中把半个小头挤出了阴道。

至于那班破门而入的武装警察，则张着大口，看着女人大腿间一片血淋淋，竟也吓呆了。有个胆子较大的警察把头伸到女人胯前，瞪着眼道："天啊！真的在生仔！"

接着这四五个警察就像在动物园般，毫不客气地盯着女人袒露的阴部看着婴儿出世，当中有一个警察还紧握着女人的手，不停地跟她说："用力！用力！"

当二十分钟后医生把婴儿从女人的阴道拉出来，一身血淋淋的婴儿被狠狠地打了几下屁股，忍不住哇哇大哭的那一刻，那几个警察一起鼓掌欢呼，据后来将这一幕重述给我的蔡医生——即那个帮我妈接生的医生说，警察当中有一两个的眼角渗出了泪水，一个在祈祷，一个抱着他大叫大笑："出世了！出世了！"一个则抱着我妈大哭起来。那个抱着我妈哭的警察还要求替婴儿剪脐带，后来这几个警察都逐一抱过了初生婴儿后才离开诊所。

而那几个警察原本冲入诊所是为了什么？在当时竟然没有人记得要问，而警察也好像忘记了要说。

这个故事，就是我那与众不同的弟弟——李向善出生的故事。

由那天开始，我就知道自己比起弟弟渺小得多，因为当时的我其实也在现场——诊所内另一个打开门的房间中舔着波板糖。然而，从阿妈叫得呼天抢地到警察冲入再到细佬（弟弟）呱呱落地，都没有人留意到还有一个小女孩在现场一角吃着波板糖。

而也只有我一个人知道，我手上的那块波板糖，是怎样从一个个彩色的圆圈，在我口中溶化成只剩下一支小白棍。

"细佬出世了，阿爸呢？"我记得自己穿着一件灰蓝色的上衣，咬着那支光秃秃的波板糖棍问蔡医生，当时的我大约七岁。

蔡医生嘴角仍咬着一支红双囍，自那天起，他抽烟抽得更凶了，他总觉得就是红双囍带给他好运。

他说："他去追龙了。"

我小小的双眼在发亮。阿爸好厉害啊！能追天空中的龙！

2.

我弟弟李向善出生在一九七三年，他出世那天香港政府派了几千个警察闯进九龙城寨剿灭黑帮，偏偏就在蔡医生替我妈接生的那一刻，几个警察踢破门闯进蔡医生的非法诊所，见证了细佬呱呱落地的历史性一幕。

大家都说向善是"福星",若不是他刚巧在此时出生,躲在蔡医生宅后的那位捞家①和他手下那班妓女、马夫②就恐怕难逃一劫。在向善满百日时,捞家替他在城寨摆了数十围"百日宴",胆大一点的东西区居民都来参加。城寨一向东西两区分隔,西区是善良人家的居住地,东区是黄毒赌的温床。平时两区各不相干、各自修行,我想那晚应该是九龙城寨建立起来后,东西两区最融洽的历史性时刻。

但在那百日宴之后,本来在东区活跃的捞家和黑社会逐一迁出了九龙城寨。报纸说是警察成功剿灭了九龙城寨的黑帮,令其元气大伤无法继续经营;盲公陈说是细佬的皇气太霸道,冲开了城寨中的满天黑气,令黑帮自行撤退;天后庙的庙祝则说由于细佬的阴气太重,连黑道都容不下,将来肯定是个混世大魔王。众说纷纭,在这个世界里简简单单的一件事永远有无数个说法,明明其实都不过是几个形容词和一堆废话,但说的人却要把它们说成是真理。而且,还要逼迫别人去相信他们口中所说的狗屁真理。

人年纪大了,就总是活在幻想出来的真理之中了。雨果说:"即使是一个智慧的地狱,也比一个愚昧的天堂好些。"然而人的心中,自己的真理就是天堂,别人的智慧就是地狱,雨果说这句话的时候,也同样是活在自己的天堂之中吧。

---

① 捞家:指"混"得很成功的人。——编者注
② 马夫:指卖淫集团当中的男性组织者,就是人们所说的皮条客。——编者注

细佬出生的过程令我感慨良多，看着城寨的种种生活、种种冲突、种种悲欢离合，虽然只有七岁，但当时的我却已参透人生跌宕乃家常便饭，圆满只是一种心态，而不是伤春悲秋就能达到的一种境界。

3.

当我十八岁时，向善十一岁。那年我经历了人生中最伤痛的日子，记得那时候向善跟我说："如果福气可以储存，我宁愿将我出生的福气分给此生身边不同的人，缓和一下他们痛苦的日子。只可惜那时才一堆肉块的我什么都感受不到。"

他这句话，令我想起《块肉余生记》那个在痛苦中等待命运救援的大卫。

细佬的话中，仿佛早参透了他的人生会很顺遂，别人的人生却波折重重。

然而，他难道就只有福气没有感到痛苦吗？

一九七三年我弟弟李向善出生的那天，我们的母亲就失踪了。

一九七三年的香港仿佛特别动荡。恒生指数由一九七二年年尾的八百多点升到一九七三年三月的一千七百多点，当时有人每餐鱼翅捞饭、用石斑制鱼蛋，但同年恒生指数由高峰大跌超过九成，酿成香港历史以来最大的股灾，那些每餐鱼翅捞饭的人于是就跳楼自杀。那时人人都说香港人太自负，见好不懂收，结果输得一败涂地。其实，人，有什么时候不自负了？

　　细佬说过："真不明白人为什么总喜欢以数字上的得失来论成败。"

　　回想细佬出生的一九七三年，那年世界最轰动的新闻是死了个武术奇才李小龙和天才画家毕加索，面对这种世界级的文武双亡，香港股灾又算得了什么？

4.

　　九龙城寨是个"三不管"的地方，遍地黄、赌、毒，却又处处温情，是个黑暗、肮脏、诡异、妖媚，却并不冷漠的地方。

　　鸦片战争以后，九龙和新界都已归了英国管，但偏偏处于香港内的九龙城寨仍名义上属于中国清廷，然而清政府山高皇帝远，英国人虽表示已占领了城寨，又要留一点绅士风度，清廷不管、香港政府及英国政府又不敢多管，于是便造就了一个"三不管"的畸态。

　　由于"无皇管"，九龙城寨就顺理成章地成为了罪恶的温床，色情场所、赌场、无牌行医等等，只要一想到"嫖赌饮荡吹"，人们就定必想到九龙城寨。虽然人人都说九龙城寨乱，但其实我们住在那里又不怎么觉得，反而街坊街里都热情得很，谁家有事、谁生病了、谁的孩子没人照顾，大家都会主动去帮忙，阿妈每次煲汤总会刻意煲多一些，让我送些给左邻右里、蔡医生或东区一些摊主，又或看看楼下有谁家的小孩在玩，叫他们上来喝汤。哪像现在，煲汤就煲那小半锅，喝剩了就全送给渠务处。

阿爸常说蔡医生是我家的救命恩人，若不是他，向善和我妈早已一尸两命。

可是我总觉得，救我家和我妈的人应该是那帮警察才对，尤其是那个握住我妈手鼓励她的警察叔叔。

5

蔡医生的诊所位于东区的某大厦二楼，很多妓女都会到那里堕胎和医花柳。每次去他诊所的时候，都要经过一条漆黑的暗巷，白天没有阳光照射，有时要亮着电筒才走得过。小巷的墙上挂着千百条电线，墙上不停有水滴下来，墙脚边常常有老鼠和蟑螂在爬行。这种暗巷在城寨中见怪不怪，走过暗巷之后，会见到一个大厦入口，入口的墙上钉着许多西医和牙医的招牌，然后爬上一条只容得下一个人走的楼梯，就能到达蔡医生的诊所。

在细佬出生之前，阿妈煲了汤常会叫我送些去给蔡医生，她说蔡医生是个好人，在那些年头，愿意照顾妓女的人简直少之又少。但蔡医生不止给她们药，而且有时遇上又穷又病的妓女，还不收诊金。

有次我拿汤去给蔡医生时，看见他跟一个三十来岁，把一张脸涂白得像个女鬼的阿姨说："一个礼拜内别接生意，回去吧，诊金免了。"

那时我大约五岁，我问蔡医生："叔叔你为什么不收钱啊？"

蔡医生边低头不知在写什么,边道:"人家一个礼拜不能接客都没收入了,我还好意思收她的钱?她的姘头来找我算账那怎么办?这叫因小失大!你们这些小孩懂什么?"

我当时不懂得"姘头"是什么意思,总之是个不好惹的人就是了。我也不知道什么是"因小失大",我只记得蔡医生那围了黑边的手指拼命地在翻一本写满简体字的中文书。

后来有次我拿饭去给蔡医生,跟他说:"阿妈说你常常不收钱会没饭吃,所以叫我拿些饭来给你。"

蔡医生说:"这叫积阴德,积多些阴德以后才会有好日子过的。"他摸了摸我的头,随手取去了饭壶。

当城寨拆了之后,他的资格因为香港不承认,所以拿不到牌行医,也没钱开诊所,政府赔给他的钱听说也拿了去帮一个欠债的妓女,自己弄得流落街头行乞,最后在过马路时被车撞死了。

6.

城寨对我来说是一个安宁太平的地方,每当我以后遇上不开心的日子,就会想起这段岁月,总教我会心微笑。以前城寨外的人看城寨乱,但对住在里面的人来说,这却是心灵上的一个避风港。城寨乱也许是真的,但世道何时不乱?无论多乱,孩子们小小的眼睛还是能看见快乐。

我记得小时候,梯级边常有些白色长长圆圆的东西,上面刻着一条条黑色的长短线,我起初还天真地以为是上课用的简尺,于是便拿些粉笔用这些圆碌碌的简尺在地上画线,可是它们总滚来滚去害我画不成直线。

过了几天后,我和玩伴大牛提着水桶到楼下取水去,那时候整个城寨只有几条街喉①,每天只供水几个小时。我们俩比赛跑楼梯谁最快到楼下,输了的人就是乌龟。我其实最不喜欢和大牛比赛了,因为大牛比我大一岁,又胖又高大,每次都是他跑赢,我只有输的份儿。

不过也得亏有大牛,我在往后的人生路上才不怕输。输得最惨、跌得最痛的人往往是赢得最多的人。"赌仔输得一身债就是因为他们总是以为自己总有天会赢。"这句话是我五岁时送汤去给赌馆看场的五哥时听来的道理。

大牛以他自己号称的、没经过计算的"三秒九"时间跑到楼下"咚砰"一声跳立地上,大叫:"我赢了!我赢了!小倩是乌龟!小倩是乌龟!"

大牛人呼人叫之余还把水桶盖在头上,扮怪兽(他说是英雄)。我不喜欢做乌龟,于是随手就拾起地上的"简尺",往他的头盔掷去。

大牛在桶内听到"咚"的一声,把水桶揭开,叉腰指着我骂道:"死乌龟!你拿东西掷我?"

我向大牛扮了一个鬼脸,随手又拾起那"简尺",作势向

---

① 街喉:设在街边的水龙头。——编者注

大牛掷去。

大牛"咦"的一声，跑过来查看我手中的东西，问："什么来的？"

我说："这是简尺来的。"心里其实隐隐觉得有点理亏，因为我知道这些简尺是画不成直线的。

大牛却大呼道："这不是简尺来的！你看，这里有针的！"

我问："那你说是什么？"

大牛鬼鬼祟祟地凑近我的耳朵："这是飞镖来的！"

我一听见"飞镖"这两个字便两眼发亮，我只在电视上看过别人玩飞镖，飞镖对小孩子来说是禁止的玩意，就如亚当夏娃看见禁果一样，越被禁止的东西就总是越有吸引力。

于是我和大牛就低声相约，取完水后便叫街童们一起去玩"掷飞镖"，我们在大牛家中取来一张图画纸，在纸上用蜡笔画上一个个歪歪斜斜的圆圈作标靶，然后取些牛皮胶纸把制成品贴在昏暗的楼梯口，然后就拿着拾回来的"飞镖"，飞掷到那充满童真的标靶上。

刚巧蔡医生从楼下走上来，看见了就喝道："喂！你们在干什么？"

我和他最熟，于是便笑嘻嘻地说："我们在玩飞镖。"

平时平易近人的蔡医生却突然发怒："飞镖？你们知不知道那些是什么？"

他指着那些"飞镖"，一副凶神恶煞的样子，我们都被吓怕了，谁也不敢出声。

蔡医生向我们说："你们知不知道这些东西都是那个'龙纹大哥'的？"

"龙纹大哥"是城寨中最恶的捞家，城寨中无人不识，大家听到这些"飞镖"都是"龙纹大哥"的东西，均吓飞了魂魄。

蔡医生一字一字顿出来，说："这些东西是'龙纹大哥'给他手下做的记号，他如果知道这些记号被人移动过，一定会揪出这些人，把他们放到油锅里炸成油炸鬼[1]，你们知不知道街上卖的油炸鬼都是这样来的？"

那个时代的小孩很单纯，大人说什么都当真，蔡医生的话比任何大人说的道理都还要灵。以后就当然再没有小孩玩飞镖，而且在往后好几年的小孩圈中，也就多了个油炸鬼的传说。一直到了中学，我才知道那些"飞镖"是道友[2]用完丢弃的针筒，原来我们天天都在鬼门关门口走过也不自知，幸好有蔡医生用油炸鬼来吓我们，不然后果不堪设想。

除了"掷飞镖"外，我小时候最喜欢的一个游戏就是"追飞机"。九龙城寨和启德机场很近，每次有飞机经过，都能听到"隆隆"巨响。当年乘飞机是一件非常奢侈的事，住在城寨中的不是难民就是贫民，小孩们都对飞机仰慕得不得了，仿佛一只只飞机就如一个个伟大的梦想。

---

[1] 油炸鬼：指油条。——编者注
[2] 道友：指吸毒者。——编者注

我小时候常常独个儿跑到天台去看飞机,当飞机在头顶上的高空飞过时,我就梦想自己能跳起来捉住飞机的一角,然后随着它飞到一个千里之外不知名的国度。可是无论我跳得多高,飞机却总是和我差了一大截的距离,每次我总是失望地望着它由一只大鸟渐渐缩成一个黑点,直至消失在天边,手心中只留下一个又一个失落的梦。

　　偶然回想,人生不也是由一个个失落的梦所组成的吗?但梦失落了一个,至少在那些年头,还有另一个和再另一个。

　　城寨的人口极度稠密,大厦又是随意就建起来的,密密麻麻,天台和天台之间一步就可以跨过。

　　"追飞机"的游戏是这样的:我们先蹲在地上,做一个助跑的姿势,一听到飞机的隆隆响声,便大叫:"跑呀!"然后几个小孩从一栋大厦的天台跑到另一幢大厦的天台,跨过天台上满布的电线,用尽全力去跑。这是一个高难度的障碍赛,往往跑不了两个天台,飞机已飞远了,但我们还是继续跑、继续跨过一堆堆纵横交错的电线、继续呼叫、继续大笑,仿佛这样美好的岁月就能一直跑下去,跑下去……

　　直到永远。

第二章 快乐常在？快乐何在？

7.

快乐的日子并不长久,有人说,也许快乐的日子并不存在过,只是相比起来,那段日子比较不那么痛苦而已。我却想,回想时能微笑的话,那总算快乐过吧?

我七岁那年弟弟李向善出生,我叫李思倩,父亲的名字叫李立仁,母亲则叫江倩。那天我在诊所咬着波板糖等细佬出生,一班警察冲入蔡医生的诊所把阿妈和细佬两条人命从鬼门关拉回来之后,人去楼空,额头大汗淋漓的阿妈躺在诊所内的床上,虚弱无力地招手叫我过去。

我见她哭得双眼红肿,阿妈把五元递给我说:"小倩,帮阿妈叫隔壁张太煲一煲猪脚姜过来,之后回家等细佬。"然后又把一个放着玉佩和一百元的红封包递给我说:"回去给细佬戴上,能帮他定惊。"

我回去依言叫张太煲了猪脚姜,晚上张太抱着细佬过来,我就替细佬戴上玉佩。然后半夜阿爸回来了,却连看也没有看向善便倒在床上。

我等了一天又一天,阿爸早出晚归,阿妈却没有回来过。

每次我问阿爸:"阿妈去了哪里?"

阿爸只淡淡回答说:"她走了。"

每当向善哭的时候,阿爸便会跟着哭,他不逗也不看看向善的脸,有时突然冲出门口,有时彻夜不回,有时他只是抱着向善,坐在阿妈惯常坐着的一张酸枝椅上,双眼向前望,眼泪一直流。

自那时起,我便充当了"奶妈"的角色,换尿布、喂奶、煮饭等等都一手包办。

我小时候有一排哨牙,常常给别的孩子取笑,尤其是东区的一班小霸王,他们是那些黑帮和捞家的儿子们,常常混在一块。有次买菜回家途中,被小霸王"大黄蜂"瞄到了,他一个身影闪到我的身前,拦路说:"哨牙妹!你去哪里呀?"

旁边的辉仔附和道:"她回家当'奶妈'啊!"大家一脸怪异地在笑。

"奶妈"这个名词是指那些给婴孩喂哺人奶的女人,照顾孩子的应该叫"保姆"才对。虽然我才几岁大,但在城寨住久了,心底里很清楚"奶妈"这个称呼有些侮辱和下流的成分,心中觉得非常难受。

大黄蜂说:"啊!是啊!哨牙妹是没有老母的!"

"她老母跟别的男人跑了!"

"她老母以前是跳脱衣舞的!"

"老母"这两个字,是在说粗口的时候专用的一个名词。

一班小流氓就在我面前不停地拿我没有母亲这回事来取笑,而且尽说着些不三不四的话,他们每一句都像刀锋般刺进我的骨髓,我不停告诉自己"阿妈不是这样的!阿妈不是这样的!"

那天回家后,我这辈子第一次失控地、狠狠地哭了。

阿爸回家见我双眼肿得像两只大鸡蛋，于是便问我发生什么事。

我将大黄蜂说的话跟他说了，我哭着问阿爸："这是真的吗？大黄蜂说的是真的吗？"

阿爸把我抱坐在膝盖上，轻拍我的背安慰说："当然不是真的，他们说的话你一句也别相信。"

阿爸的话让我的心安定不少，但我还是忍不住问道："那阿妈去了哪里？她为什么不回来了？"

这句话我一直哽在喉头不敢问，每次当我看见阿爸和向善一起哭，每次当我听见阿爸在半夜发噩梦时，我就告诉自己，千万不要问出口。但这时，我还是终于忍不住了。

阿爸回答道："你阿妈去了澳洲。"

我问阿爸："澳洲在哪里？"

他说："澳洲在很远很远的地方，要搭飞机才能到的。"

阿爸还说，那里的人每一个都住在大屋里，不像我们城寨中的家庭屈居在一个个一两百英尺的地方。相比起其他人，我的家有二百五十英尺，却只有阿爸、我和弟弟，已是玩伴中最宽敞的了，他们每一次到我家来玩时，都非常羡慕。但在澳洲一个家庭却住在几千英尺的大屋内，其实我那时候连几千英尺是有多大的概念也没有，只想："可能比我现在的家大两倍吧？"

我还幻想，有天阿妈会回来，带着我们一起搭飞机到澳洲去。

从那天起，每当那班小流氓来惹我时，我便理直气壮地告诉他们:"我阿妈去了澳洲!澳洲要坐飞机才能去到的!你们去过了没有?坐过了飞机没有?"

城寨中又有谁坐过飞机了?那班小流氓只瞪着眼一副不可置信的样子,那我就得意地道:"我阿妈迟些还会接我一齐坐飞机去澳洲的!"看着大黄蜂和辉仔他们那艳羡的样子,我心里就乐透了。

从那天起,我便常常走到天台上去等飞机,是,是"等"飞机,不是"看"飞机。

我总是站在天台上,伸着脖子向前望,一看见飞机来时,就捉紧那短短的几秒钟从飞机那些细小的窗户搜索,希望能看见阿妈在窗内笑着向我挥手。然后,她就会回到家里,牵着阿爸、细佬和我的手说:"我们一起搭飞机到澳洲去。"

一家人都笑得像颗笑口枣。

8.

我的母亲是一个脱衣舞娘。

二十世纪五十年代,捞家和黑帮在城寨筑起搭棚,找来一班从大陆逃到香港却无以维生的少女来跳脱衣舞,阿妈就是其中一人。在舞棚后面,是一间间大烟馆(即鸦片馆)、红丸馆、赌馆、妓寨和粉档(即白粉档)。阿爸某天本来在油麻地榕树头听粤曲听得入神,但忽地有人叫喊:"五蚊看美女跳脱衣舞啦喂!"于是他便被人用专车送进九龙城寨,从此一入寨门深似海。

听阿爸说，第一次遇见阿妈便被她吸引而深深着迷了，但他再三强调，并不是因为阿妈的诱人身段。

他说，看完脱衣舞表演之后，走到舞棚后打算去赌馆消遣，他忽地看到一个美女在昏暗的灯光和烟雾下，在一班世上最低俗与污秽的人群之中，坐在一角看书。

那本厚厚的书在发光，照亮了美女的侧脸，阿爸记得很清楚，那本书的名字叫作《家》。

那刻，他被这出于污泥而不染的女孩深深吸引着，心中燃起一股从未有过的纯真想法，他很想很想给这个女孩一个家。当女孩意识到有人紧紧盯着自己时，抬头一望，阿爸才发现她原来是刚才台上那个挑起了他强烈欲火的脱衣舞娘。

就是这种纯真与欲望交杂的混合激情，令阿爸下定决心要娶阿妈回家。

9.

在我的记忆中，阿妈是个喜欢笑的女人，她无论对着谁都可以哈哈大笑。我十四岁生日的那天晚上，梦见阿妈替我举办一个生日派对，阿爸、细佬、依兰、蔡医生、大牛、七婶等等都在，我们在城寨开了一间冰室，喝着可乐唱生日歌，还有一个好大好大的西式蛋糕。

阿妈在出门前替我梳辫子，我望着镜中的自己，问她："妈，人活在世上是为了什么呢？"

她爱惜地摸着我的头发说:"女人就是为了嫁个好归宿,建立一个家。"

我问:"为什么?"

她说:"你现在还不懂,长大以后就明白的了。"

当我醒过来时,梦境已落空了。在漆黑的空气中,我流着泪问阿妈:"我们的家呢?"

10.

阿爸有一个别名——"电线李"。因为他的工作就是帮人驳电线,有时候也会整水喉。城寨内全是违规搭建出来的建筑物,大厦越建越高,但连地基都没有,当然也没水没电,于是就需要从街外驳进去。城寨人口稠密,四处都是纵横交错的电线和水喉,当中就有不少是阿爸的杰作。

在向善出生的那天我问蔡医生阿爸去了哪里,蔡医生说:"他去追龙了。"

小时候我在城寨的屋顶和玩伴玩追飞机,我曾经以为阿爸比我们厉害千万倍,他能去追一条活生生的、在天空上飞舞的神龙。细佬出生后有好几年,我一直以为他是龙的化身,是阿爸在天上终于追到一条龙,把龙的灵气追进阿妈的肚子里,所以他才会这样与众不同。

我们住在龙津路,从龙津路一直走便是光明街,我常常听到阿爸说要去光明街追龙,心想光明街一定是个被神灵照着白光、藏着神龙的地方，总是很好奇想去看看，但阿妈严厉地不准我到光明街去玩。但我总是禁不住好奇心，幻想着或许有天我会遇上一条真正的神龙，他会问我想要个怎样的愿望，那么，我就会回答说："请你带我坐飞机去太空吧！"或许神龙会说："不用坐飞机，坐在我背上一会儿就到了！"

阿爸阿妈不大管我到哪里去玩，反正小孩子都不会到太远的地方，于是有次我趁其他玩伴不为意，便拉着大牛和我去光明街看龙。

大牛胆子比我大很多，他一听到龙就雀跃不已。我们鬼鬼祟祟地走到光明街街尾，探头去看，只见有七八张像椅子一样高的四方形子桌子在暗巷内散落，但说桌子又不像，因为其实都不过是木箱。从较近的一张"桌子"看去，上面点着四五枝白蜡烛，有几个成年人坐在矮凳上，每人手里拿着一个银色的纸兜。

我看得莫名其妙，这些人在黑漆漆的地方，点几枝白蜡烛就是追龙么？丹药不是红色的么？为什么纸兜内的粉末是白色的？大牛也看得一头雾水，只是不停地吟着："龙龙龙龙龙……出来吧！"

我忽然想起，天后庙的二叔说过招魂是用白蜡烛的，难道他们要招了鬼魂来才能追龙？

我把这个想法告诉大牛，他即时吓得脸青，这时一个脸白得像鬼一样的男人向我们大喝道："喂！两只小鬼在这里干什么？"

他一面追着我们喊打，我们就一边奋力狂奔、一边大呼着："鬼呀！鬼呀！"逃离了光明街，以后也不敢再去了。

向善出生前,每当阿爸出门口,阿妈便厉声问他:"死佬!你又去哪里呀!"

阿爸总是说:"我去帮人驳电线。"

阿妈总是大呼说:"是不是又去'上电'了?一天到晚去光明街,你把钱都花到这些地方去干什么!"

阿妈拉着阿爸不让他去,但阿爸总是不理,阿爸出门后,阿妈就坐在床角喃喃自语说:"我们的日子本来好好的,钱都被你吸白粉吸掉了……"

每次阿爸回来后总跪低向阿妈认错,他说不去"电台""上电"就全身没有力,变成一条死鱼,连电线水喉都驳不了,什么工都做不了,无法赚钱,所以他才要去光明街,他不过是去追龙而已,追一次龙才五毫子,花不了多少钱,他一定要去,他是为了保住这个家才去。

我那时总是以为,阿爸是去捉龙回来赚钱养家。但神龙太厉害,每次都逃走了,所以他把钱都花光去买装备,阿妈则责备他和心疼钱都花掉了。

到很久之后我才明白到,原来阿爸是因为去"追龙"才保不住这个家。

最后,亦是因为没有再去"追龙"才保住了我和向善。

因为他根本不是去追天上的神龙,他只是去吸毒。

光明街一点都不光明。毒贩、拆家在黑暗中用毒品来燃起道友心中的一点光,只是为了把他们推进更深的黑暗。

阿妈走了之后,阿爸才终于没有再去光明街,也没有听见他去追龙了。不过,他有好长的一段时间,真的变成一条死鱼。

11.

上了中学不久,阿爸找人替我装了个牙齿矫正器,痛得我眼泪不停在流,但阿爸跟我说:"你想不想被人笑?"

我摇了摇头,阿爸说:"变漂亮了就没有人敢笑你了。"这句话我一直很怀疑,因为自从我装了牙齿矫正器后,别人笑得更厉害了。

我回家后试图用钳子把那矫正器脱掉,幸好那时向善已有几岁,他立刻走向隔壁找李婶婶打小报告,我才能保存一排牙齿。我记得李婶婶还跟我说:"等几年拆了牙套就变成个大美人了!那时不就可以去选港姐了?"

我没有想过要当香港小姐,更何况几年时间,对一个十多岁的女孩子来说,实在是太漫长了。

记得那年我十一岁。那时候吃雪糕、冰条是一件很奢侈的事,我放学后把细佬从李婶婶那里接回家,经过士多店时,向善忽然嚷着要吃"孖条"①,我数一数身上,只有两元,一条孖条要一毫子,一毫子够我买晚饭了,于是便跟向善说:"不可以,钱要留来买菜呀。"

怎知向善听到后,竟忽而哇哇大哭起来。

---

① 孖条:指可一分为二的冰棍。——编者注

我本想硬着心肠拉他回家的，但他就是站在士多店前死缠着不肯走。士多店老板四叔拿了一包山楂饼过来，逗着向善说："乖吧，别哭了，叔叔请你吃山楂饼。"

向善却毫不理会，依旧站在那里大哭，我把那山楂饼塞在向善手中，逗着他说："乖啦，我们回家去，你别哭啦。"

怎知向善一手把山楂饼丢在地上，顿着脚哭道："我要吃孖条！我要吃孖条！"

他的固执把我惹火了，我忍不住举起手骂道："你是不是不乖？你再哭我就打你了！"

向善只有哭得更凶，口中还是嚷着："我要吃孖条！我要吃孖条！"

我一下狠狠地打在向善的屁股上，骂着他道："你是不是不乖？你要扭计①是不是？快收声！"

那是我第一次打向善。

但怎知他却越哭越凶，哭到声音都抽咽了，还是说着："我要吃孖条！我要吃孖条！"

我不明白向善为何突然这么固执起来，平时他是很乖巧的，从不会扭计说要什么。这时向善用他那小小的手指头，指向坐在士多门口的四婶，口中突然不嚷着要吃孖条了，却嚷道："妈呀！呜~~~妈咪呀！"

那时四婶正抱着她六岁大的女儿在吃孖条。

---

① 扭计：指耍小脾气。——编者注

那次是我第一次听见向善喊"妈"。

于是我花了一毫子买了一条孖条,撕开白色的包装纸,往袋内吹了一口气,好让黏着纸袋的雪条和纸袋分开,然后把孖条取出来给他。向善接过后竟然"啪"的一声把孖条分成两半,把其中一半递给我说:"家姐,分一半给你。"

我心下郁郁不欢,跟向善说:"家姐不要了,你自己吃吧。"

向善却竟然又哭了,我只好勉强要了那半条孖条。

向善把孖条吃得"殊殊声",我却感受着那渐渐融化在口腔内的橙色冰水,在三十多度的夏天,我背上透着一丝丝凉意、脸上滑过一串串温热。

那冰冷的半截孖条,好咸。

12.

自那天向善懂得喊"妈"之后,他便常常问我:"家姐,为什么我们没有阿妈?"

"家姐,阿妈是不是死了?"

"家姐,阿妈在哪里啊?她会不会回来和我们一起去吃孖条啊?"

"家姐,我想去荔园,圣诞节可不可以寄圣诞卡给圣诞老人,请他叫阿妈和我们一起去荔园啊?"

别人说阿妈和别的男人走了,又说阿妈搬出城寨了,又说阿妈被捞家捉回去再沦落风尘了，这些话我都不怕，只是最怕阿妈真的死了。

但有一天我放学回家，看见有一封信是寄给阿爸的，信的回邮地址竟然是英文。这是第一次我看见有人写信给阿爸。我一看见那回邮地址时，心跳差点停了。上面虽然没有写是由谁寄出的，但我却懂得英文回邮地址中两个字的意思，"Sydney, Australia"（澳洲，悉尼）。

我把信拿在手里很久很久，我很想打开来看，我很想知道阿妈是不是要把我们接去澳洲了。但可惜我结果还是没有打开，只偷偷把信放回冰冰冷冷、用薄铁片制成的信箱里去。

也许我根本不够勇气，很怕承受不起梦想会落空，怕寄信来的人不是阿妈，怕知道阿妈根本不会接我们到澳洲去。

我最怕最怕的，是信中的人说阿妈已经死了。

13.

没有母亲的日子并没有停顿下来，我还是每天上学、放学、煮饭、洗衣服、拿着水桶去取水。

我一放学便会立即回家，丝毫不想在学校多留一分钟。

我在学校内很少说话，以免自己那口难看的牙套暴露出来。我的中学在区内虽然略有名气，但我在校内只算是那种乖巧但成绩平平的学生，但我一点都不在乎，只务求做到不突出、不引人注意、老师很少叫我答问题、同学少拿我来开玩笑就好。我只望能"半隐形"地度过那几年戴着牙套的日子,这也就是我除了去澳洲外最大的愿望。

我在校内最要好的朋友只有霍依兰一个。那年我中二,某天天气冷得仿佛到冰点,依兰放学后却拉我到一旁,悄悄跟我说:"今天迟些走陪我留一会儿行不行?"

依兰平时跟我一样,放学也很少留在学校,今天突然说要留下来,显然有点不对劲。

我道:"干什么?"

她扯着我的衣袖说:"你先答应我才说。"

依兰是我的最好朋友,但今天天气那么冷,我更想回家去,于是便说:"我要回去煮饭呀!"

依兰指着我的鼻子:"你是不是那么没有义气呀?"

我说:"不是没有义气,但你又不说是什么事。"

依兰无可奈何地说道:"今天……放学有篮球比赛。"

我会心地笑了,扭了她的臂膀一下,道:"说!是谁?"

依兰双颊泛红,道:"他……是读A班的。"

我和依兰在B班,A班就是全级成绩最优秀的那一班了。我惊讶地道:"A班?你不是看上那大肚强吧?"

大肚强是全级最肥胖的一个男学生,但成绩却优异得吓人,我们常常猜度,他的腰围最少有五十英寸。

依兰打了我一下,嗔道:"当然不是啦!"

我笑道:"那是谁?"说罢用手肘碰了碰她的臂膀,和她纠缠了一会,她千叮万嘱我不能告诉别人,直至我差点要发毒誓，她才肯道："他叫韩再新。"

如果说我的命中真的注定了某些人和事，也许这个名字也是其中一部分。

我对运动一向毫不热衷，那些什么篮球排球足球乒乓球，总之和"球"字拉上关系的东西我一向没有感觉。依兰常说我是个书呆子，整天只往图书馆去逛，也不看看运动场上的风光多旖旎。我就说在两三度的冷风下，球场上的风光只有一只只冻僵了的企鹅等待宰割而已。

那场篮球赛打成怎样我已完全记不起了，我只记得一张清俊的脸在球场上东来西窜，每当他射入一球时，依兰拍手叫嚣得比谁都更响亮，我和她认识了这么久，从来不知道她有一副那么大的嗓子。

之后的几年，我们的话题除了学校的八卦和家庭琐事外，就只围绕着韩再新。依兰迷恋他得不得了，简直是朝思暮想。他是校内的运动健将，什么篮球、排球、乒乓球、跳高等等，总之有比赛就总有他的份儿，颁奖台上冠亚季军永不落空，一离开球场就变回文质彬彬的样子，成绩出众，除了依兰，他的仰慕者确实也有不少。

更何况，他住在九龙塘，不是九龙城。

由于依兰的关系，我就被迫瞪着眼天天望着这一个男孩子。渐渐，就算依兰不迫着我，我也自愿和她去看球赛、自愿成为篮球队的工作生、自愿做我从没想过的啦啦队。渐渐地，我的眼睛、我的脑袋、我的心，通通都被这一个影子占据了。

我不敢让依兰知道，只装作一切都是为陪好朋友而做。我那时候心想，只要我一辈子不说，这个秘密就只有一辈子地藏在我的心里。

十四岁，果然是很纯真的岁月啊。

第三章　生命中总有下雨天

14.

不过说慢，时间还是会过去的。中三暑假时，我终于拆了牙套。看着自己一口整齐洁白的牙齿，我第一次发现自己笑起来原来也有那么一点点……漂亮。

记得拆牙套那天，阿爸在牙医诊所紧张得满头大汗。这个牙医用的是祖传功夫，阿爷传给父亲，父亲授予儿子，儿子不用考牌就在城寨开诊所，收费在香港算便宜但城寨中算贵。其实我觉得这诊所颇令人反胃，一个个玻璃柜里摆放着一副副假牙，有大有小，小孩子群中还流传当中有些假牙乃从死人口中剥出来制成的。其实世上的贫民窟都一样，穷但至少看得开，不为没有得到最好而难过，只为得到需要的而感到快乐。

所以每次去见牙医，我都有种置身于殡仪馆被人验尸的感觉，但也都很看得开，心想也许我死后那副被矫正过的牙齿会被人再用，也算造福人群。

15.

霍依兰的父母都是老师,她阿公曾在清朝做官,清亡后跟着陈伯陶迁到九龙城,一班深感亡国之痛的清朝遗老常在宋王台吟诗作对、伤春悲秋,也许如此便造就了霍依兰天生高傲的血液中掺杂着不一般的悲观个性。

我住在城寨龙津路上近东区的中间区域,而依兰则住在最西边的西区,她家的窗户稀有地能望向西头村的街景和天空,还装有一个纵横交错的铁窗花以防小偷光顾。城寨中的窗户不见天日,我每次去她家做功课时总为那片蓝得剔透的天空羡慕不已,但依兰却把她家形容成一个囚牢,她是没有自由的笼中小鸟,只能为天空的广阔无垠而悲哀。

她说:"所以我从来都不望出窗外。"

我觉得在城寨中的生活除了空气差和较脏脏之外,其实都很自由。但依兰却强烈地渴望离开这座碉堡,她认为自己流着贵族的血液,本来应该和爱上的王子匹配,然而却要委曲求全地住在全香港最低下的黑牢中。

其实我每次都想说但没有说出口:"但我是在城寨东区一间专帮妓女接生的诊所中出世,我阿妈跳过脱衣舞,我阿爸在城寨中不过驳电线跟整水喉啊。"

有时候我想,她的悲哀中,是不是也包括了最好的朋友竟是拥有这样背景的我?

我们谈到将来时,我说想教书或在出版社做编辑,依兰却说这些工作既辛苦又平凡，社会上有财有势的人才是胜利者。她说十八岁就要搬出城寨、上大学、嫁一个好老公。她的眼中闪耀着韩再新的身影，但我却看见她脑海中浮现的是王子骑着白马去剿灭九龙城，然后浪漫地把她拯救到九龙塘的城堡去。

跟着，就如所有童话故事的结局般："王子和公主永远快乐地生活在一起。"

城堡和碉堡，天堂和地狱，但我们活着的地方叫人间啊。

16.

大牛比我大一年，小时候一起玩过龟兔赛跑，也一起追过飞机，感情要好。他住在东区蔡医生诊所的附近，到我十五六岁时，他也长大成城寨中的一个小混混。自从我脱了牙套之后，他就整天在西区出入，偶尔还送上一瓶汽水。

大牛的猪朋狗友们，听说有些已经做了嫖客、马夫、白粉友或帮黑帮去收数劈友①。大牛叫我出入东区时要小心一点，很多中年男人会买女学生陪睡的。

有次我放学回家时，就遇上其中一个年轻马夫，就是小时候的恶霸大黄蜂，他见我脱下牙套后样子不同，大惊小怪地跑过来，上下打量还问我要不要赚快钱，有个住港岛区的嫖客最喜欢学生妹的了。我那时候"醒"了他一句"痴线"之后，就跑回家去。

---

① 收数劈友：指催债，不还债就砍人。——编者注

大牛千叮万嘱我不要上当："那些马夫会迫妓女吸白粉，做一次就不能翻身的了。"

我读书成绩不算差，根本没有想过要靠这种行业维生。当然，我有幻想过如能多赚点钱便能去澳洲找阿妈，阿爸也不用辛苦地做五金了。

我问大牛："那你现在负责做什么？"

大牛说："我不想死，不想流落街头又不吸白粉、赌钱、做烂仔弄到家破人亡，所以只在地下赌场做'睇水'①算了。"

我笑说："和那些黄赌毒比起来，那也不是很坏啊。"

大牛笑得很高兴，他还说："我也梦想有一日离开城寨，在茶餐厅找工作学师赚钱，然后自己开一家茶餐厅做老板！"

我说："到时候我是不是可以免费吃餐蛋面？"

他瞟一瞟我低头说："你喜欢天天都可以免费吃啊！"

我开心地笑了。

除了去澳洲和妈妈重逢之外，我就这样多了一个可以免费吃餐蛋面的梦。

17.

一九八二年是我和依兰参加中五会考的年份。那时候"大学生"是一个享有荣誉的称呼，而会考不过是这一关的门槛。香

---

① 睇水：指帮做坏事的人放哨。——编者注

港公开会考分两次，一次在中五，一次在中七，一关过完才能进入另一关，但绝大部分的学生在第一关便已惨烈战败身亡。

依兰的成绩在B班中是最出色的，我属中前，以她的背景会考当然自信满满，相反我就诚惶诚恐。

但结果竟出人意料——我们双双都没考上。

阿爸早跟我说失败了就再读三年，我说，重读一年就可以再考的了。

阿爸说："那更好！可以再考三次！"

阿爸的慷慨令我放下心头大石，所以纵使考失了感觉还有下次、下次和再下次的机会。而阿牛更准备了一桌饭菜，他说已改行从赌档睇水转了正行去做厨房，如果我考上了大学就庆祝（我说："要再读两年考完高级程度会考才算考上啦！"但他完全没听进耳），考失了就当鼓励。才九岁的细佬更神奇，说一早知我会落榜，作了一首歌以抚慰我的悲伤云云。

那天晚上，恐怕是自从细佬出生那次以来最盛大的一次聚会，细佬称呼这次为"落榜大会"，街坊街里都来了，结果阿牛把整个菜馆的师父都捉来煮了五围菜，细佬啦啦啦地唱了三十首"著名金曲"，连阿爸也在厨房大叔用二胡伴奏下唱了几首粤曲。

那天晚上我笑着把落榜的悲伤都挥走了，但坐在身旁的依兰却是一副强颜欢笑的样子。每次望向她，我脑中就响起她发榜时绝望地说的一句话："小倩，我十八岁前无法逃出碉堡了。"

韩再新顺利地以优异生成绩升上了中六，听说他的梦想是做医生，依兰可能觉得自己已当不成医生夫人了吧。我说："世上没有了韩再新,还有很多好男孩呀!"

依兰却只点头:"嗯。"

那天晚上的影像在往后的日子时常在我脑海中出现,每次回想,都叫我哭肿了眼睛。朗费罗(Longfellow)的诗《雨天》(The Rainy Day)说:"每个人的生命中总有下雨天,在某些时日里更难免黑暗、凄凉。"

我终于明白,为何眼泪会被形容成雨,因为那真的是豆大的一滴一滴,然后一串一串在脸上滑落,仿若泪如雨下。

第四章　你是天空里的一片云

18.

当依兰的初恋在悄悄无声地逝去之时,重考的压力也来到。那年是一九八三年,应届才九万个中五生,报考人数却有十七万人。

阿爸说:"真的见鬼了!"

上大学成了一个虚幻的梦,我和依兰虽仍天天泡在自修室,但依兰却仿佛失去了往日的光彩,双眼总是浮现一片空白与迷茫。

我觉得她已渐渐向一个我触不到的国度走去。

在这段模糊的日子中,唯一让我们一起欢笑过的是一个小男生。

某天下课他忽然塞了一封信在我手上，然后便红着脸跑开。

他名叫陈奕华，比我低一级，读中四。由于我是重读生，他就是比我小两岁了。在中学里，高班男同学追低班女生是常见的事，但高班女生和较低班的男生在一起，就是奇闻。陈奕华也是篮球队的队员，我和他早已相识。韩再新在队中时我一向不太敢和陈奕华说话，反而在会考落榜后，交谈变得轻松了。

韩再新满身傲气、性格内敛，陈奕华则显得阳光、活泼。陈奕华约我第二天放学在附近的公园见面，也难得我放下温习的课本去了，心想早点拒绝，别人较好，不要让他像依兰般抱着不切实际的梦。

那天我记得很清楚，他坐在我旁边足足二十分钟也没有说过一句话，紧张得满头大汗，还是我先开口问："喂！你不怕被人嘲笑吗？这是忘年恋啊，弟弟。"

他不料我忽然说话，吓了一惊，大声说："什么！爱情是没有分年龄界限的！"

这句话响得整个公园的人都听到，公园中的几个妇人和公公婆婆都望着我们窃笑，我忍不住哈哈大笑。

天空浮现一抹昏黄的云彩，映照着公园内的凶凶转，我忽然觉得，这个世界好美丽啊。

就是这一句充满勇气的说话，我忽地欣赏起陈奕华来，那天我没有拒绝他，也没有答应和他在一起，但两个人的感觉却拉近了。

就随遇而安吧,我心想。

有时候,我放学去买菜他会跟着一起去,我到小学接向善他也一起去,每次他都在路上突然跑出来,说:"凑巧啊!"就一起同行,我也没多想他是不是在等我,就把相遇当作是缘分吧。

多年之后,有次我问他:"为什么当年你喜欢我?"

他说:"你淡定的样子很迷人啊。"

我淡定么?

陈奕华说:"是啊!像不食人间烟火似的。在球场上,篮球、排球常常飞来飞去,但每次你都将那些球看作隐形一样,就好像……有神力护身似的一早知道那些球不会打到你身上!有次我打排球时失手把球打向你,怎知你明明看见那个球飞来却一点反应都没有,结果那个球只在你身边擦过,我跑去跟你道歉,你却说:'不用道歉,球又没有打到我。'那时候的样子,好迷人啊。"

我心想,其实不是我把球视作隐形了,而是我把自己视作了隐形才对。我也知道球场上有很多球飞来飞去,但我总觉得要打中我的话根本避不过,倒不如随遇而安,不闪不躲,就算打中了,也不过痛一会儿就过去了。

细佬说:"人生不过匆匆来一趟,看些风景,见些人物,笑一会、哭一会、静一会,便倏忽而逝,何必执着于仅仅的一处人物风光,何需将痛苦都往自己的身上包装?你的痛苦,别人根本没有放上心,那就倒不如把快乐放在心上,至少日子容易过。"

19.

我自认为智商还算过得去,可是却有人认为我头脑太简单,比猪还要蠢。

离会考重考还有半年,因为要准备重考,篮球队的比赛我也不能每次参加了。那次最后的校际比赛我去为陈奕华打气,依兰说要回家温习所以放学没有留下来。会考失败后她几乎已绝迹篮球场,连工作生也没有做下去。韩再新好像不用读书似的,每场运动练习和比赛都依然见到他的身影。

那次校际比赛是混合战,中四至中六各选出两班人马比赛。之前习惯陪着依兰在篮球场上看韩再新的英姿,所以我从来只静静地站着而不会呐喊谁的名字,但那次陈奕华以一个中四生却要恶斗中五中六的篮球健将,我就特别想帮他助威,在球场上把"陈奕华"三个字喊得破了喉咙。

可惜陈奕华那队还是输了给韩再新的一队,应是说输给了韩再新才对,因为大部分的球都是他带入的,简直是一场个人表演。赛事完结之后,我不禁有一种失落感。

陈奕华那队输了,他泄气地颓坐在地上,我取一条毛巾给满身大汗的他,说:"输了不要紧,已尽力不就行了吗?"

陈奕华失望地说:"我很想赢啊,这是你最后一次来看的球赛了。"

我用力地敲他的头说:"你咒我升不上中六吗?"

他慌忙说:"不不不……"

我说:"那你吃不吃鱼蛋?"

陈奕华摸着头说:"鱼蛋?"

我说:"我请你去吃鱼蛋,当作安慰奖吧!"

二人高高兴兴地收拾东西准备去吃鱼蛋,韩再新走来说:"输了还这么开心啊?"

陈奕华看了看我说:"输了不要紧,已尽力不就行了吗?"

韩再新有点讶异说:"想不到你倒颇看得开的。"

我说:"这是我教的啦!你也是的,明知奕华才中四,比你矮了大半个头,你就让让他啦,在篮球场上冲来冲去,一点体育精神都没有!"

韩再新呆了一呆:"我尽力了,这不就是体育精神吗?"

我说:"篮球是讲求团体精神的,你这种叫个人表演!"我脑海中浮现出依兰那绝望的样子,心里一紧。

韩再新陷入沉默,陈奕华拉了拉我的手臂说:"我才不要他让我,这是男人的战争,就算输都要尽全力打!"

我说:"你懂什么?尽全力和队友合作,与尽全力自己一个人表演是两回事!"

陈奕华露出一副"你怎么这般固执于这些鸡毛蒜皮的小事"的样子,像极了细佬被阿爸训话时的模样了。

我嗔一声笑了出来,一手抓乱他的头发:"男人什么?你看上去还跟我细佬差不多。"

陈奕华不满地投诉说:"什么啦!你细佬才十岁,我今年十五岁了!"

我说:"看上去都一样啦。"

陈奕华说:"什么一样?你会跟十岁的男生去约会吗?"

我的脸颊忽而发烫起来:"我哪有跟你去约会了?你胡说什么?"

陈奕华指着我笑道:"你不是认了吗?"

陈奕华笑嘻嘻地跑来跑去,我一边追着他打,一边否认:"哪有?哪有?哪天?哪日?哪个时间?"

韩再新早已被远远地丢在两个影子的身后。

那天我和陈奕华吃完鱼蛋回家途中,遇到细佬和阿爸,阿爸回家后问我说:"阿囡,你是不是谈恋爱了?"

我说没有啊,那只是同校的学弟。

阿爸说:"啊,年轻几年都没关系的,过十年八年就不觉得有差了。"我差点被他气死。

那天晚上细佬在临睡前忽然跟我说:"家姐,依兰姐姐呢?我很久没见她了。"

我其实也很久没怎么和依兰说话了,心里有一点黯然:"依兰姐姐近来不怎么和我说话了。"

细佬说:"你明天上学时跟她说我很想念她好吗?"

我们家和依兰家一向十分亲近,依兰虽然性格有点阴沉,但对向善也如亲细佬一般的。

我摸着细佬柔软的头发说:"好啊,我明天回去跟她说。"

细佬之后说了一堆很玄的话:"阿妈不在但我们还有阿

爸，但依兰姐姐却很寂寞啊。"

我说："依兰姐姐也有爸爸妈妈疼她啦。"

细佬说："但依兰姐姐不想要他们了。"

依兰对外面世界的向往我是知道的，但原来细佬都看出来了。我叹了口气说："细佬睡吧，别乱想东西。"

细佬点了点头，渐渐入睡，在睡着前他喃喃说："家姐，不要让依兰姐姐走啊，她走了就不回来了……"

20.

第二天放学时，韩再新忽然到我的班房来找我，同时，身边的依兰抽搐了一下。

韩再新在班房门口跟我说着篮球队的事务，其实那些事情前几天早交代过了，我不明白为何要特意走来再说一遍。不过其他同学都知道我是篮球队的工作生，我们又在人来人往的走廊说话，光明正大，因此便陆续放学离开。

除了依兰。

依兰站在我的身后约隔一个人的位置，像在等我一起放学，其实她已有几个星期没有等我一起放学了。韩再新每说一句话，我就感觉到她的目光如冷箭般在我背上刺痛着。韩再新也察觉到依兰在等我，忽然向依兰说："我还有不少事情要交代，要不要请霍依兰同学先回家去？"

韩再新望着依兰，依兰即时红着脸低下头。

我知道依兰是万分不愿意离开的，但韩再新说的话她仿佛无法抵抗："那好吧。"依兰望着我说"那我先走了。"但她那个眼神其实在告诉我："你之后跟我好好报告韩再新跟你说了些什么。"

然后依兰礼貌地向韩再新道："再见。"

她那躬身的角度简直把地板上的纹理都能数出来了。

韩再新也回了一句："再见。"只见依兰脸上的红晕更深了一层。

目送依兰离开后，韩再新跟我说："不如我们到课室里面去谈吧。"

在课室内我坐在自己的位子上，韩再新则在我身旁的座位坐下来——那是依兰的座位，如果依兰知道了不知道会有什么感觉？陈奕华也会来找我聊天，但他永远跨座着前面的椅子，面对面跟我东拉西扯地说着些不着边际的东西。

韩再新从书包内取出了一个塑胶袋，里面装着厚厚的一沓纸张，打开来原来全部都是笔记。

韩再新说："会考其实不是很难，只要懂得考试的方法就比较容易过关，今年会有很多人报考，就算程度一样，但对手多了对你们这种只有中等程度的考生来说也是一个很大的威胁。由今天起我每天放学后帮你补习，这些笔记你拿回去背到倒转都能背出来，那就多了六成把握。"

我听得呆了，一时间不懂反应。望着他的侧脸说："你……在说什么？"

韩再新好像泄了气的气球,深深地吸一口气后,再说:"我说……会考其实不是很难,那就……"

他把之前说过的又一字不漏地说了一遍,好像已练习过了一千次似的。

我接续他的话:"那就多了六成把握。"

韩再新说:"是啊,你明明就有听到嘛。"

我说:"你平白无端为什么帮我补习?"

韩再新说:"团队精神不就是互相帮忙吗?"

他脸上泛起一阵浅薄的微红。这究竟是昨天被我骂出了羞耻之心,还是他在害羞了?

我问他:"你上了预科不用温习吗?听说预科的东西难很多的,为什么要帮我补习?"其实我问的问题,还是和之前的问题一样:"你平白无端干什么帮我补习?"

韩再新说:"我是天才,你是猪头,天才的世界你不懂。"

我说:"那天才活在天才的世界就好了,为什么要帮一个猪头补习?"

韩再新叹一口气,说:"我想你跟我一起上大学,好不好?"

过了一会,我才从喉头发出"哦……"的声音。

韩再新这句话是说他自信一定能考得上大学的了,但他希望我这个猪头和他一起读大学。

为什么他想我和他一起读大学?

韩再新再说了一遍:"我们一起上大学,好吗?"

我眼前都是那堆用秀丽的字迹填满的笔记,我看不到韩再新脸上的泛红有没有更红,也听不到课室内的风扇有没有在扎扎转动,我听不见树上鸟儿的吱吱叫声,只听到自己怦怦的心跳。当我再听见声音时,韩再新已解释起那些笔记来,他用平和轻柔的声线说着方程式的原理,就像大冷天窝在温暖的棉被内让人沉溺。

无可否认,他无论在哪一方面都令人着迷,我从来没有对一个男孩子这般心动过,记忆中,心跳从来没有这么快过。他的笔记的确精辟且有条理,说话也比课堂上的老师清楚明白得多。渐渐我也投入在功课学习上,到我们抬起酸痛的脖子时天已全黑了。

我们一直谈到晚上,到我听到韩再新肚子咕噜地响时,才硬把他拉出学校。

不过韩再新好像根本不想离开。而我,又何尝不是?

今天的气温很低,我们俩本来想去附近的士多餐厅吃个炒米粉才回去,可惜士多的铁闸上却贴着一张"东主有喜,休息一天"的红纸。

难得第一次和韩再新一起吃晚饭,却摸了门钉,我心里一阵失望,喃喃说:"怎么就是在今天才来,有喜啊?"

韩再新笑说:"有喜不一定是有了孩子啦,可能是女儿结婚吧。"

"结婚"两个字飘进我耳朵,弄得我耳窝内痒痒的,忽地打了一个大喷嚏。韩再新紧张地说:"看!你穿这么少衣服,冷坏了!"

他把脖子上的围巾脱下来,把我的脖子围到像傻子一样。

我的脸贴近他的胸膛,呼吸着韩再新身上传来的男人气味,我现在才知道原来男人的气味是这么好闻的。我也这时才发觉,原来他比我高出一个头有多。

原来,他是那么的强大啊。

他轻轻地抱着我说:"有暖一点吗?"

我在他的臂弯中点了点头,就算是零下十度也不会觉得冷吧。

不知被他抱了多久,好像无论多久都不够久。

直到韩再新肚子里传来咕噜咕噜的声音,我忍不住淘气地笑道:"天才的肚子里原来养了一只怪兽啊?"

韩再新本已红透的脸刷一下发烫起来,他说:"是啊!那怪兽现在就要把你吃掉了!"

然后迅雷不及掩耳速度,两片滚烫的唇便印了下来。

第五章　再见了,好朋友

21.

在城寨西区贾炳达道的入口,依稀见到一个纤瘦的身影站在冷冽的街道之上。

依兰在等我。

她等了有三四个小时了吧?

我心里一阵恐慌,但想起韩再新怀抱里的温暖,又感到一阵不舍。

我说:"依兰,这么冷你在这里干什么?"

霍依兰冷漠地说:"你呢?你和韩再新干了些什么这么晚才回家?"

我心里一紧,皱着眉道:"没什么啦,都是篮球队的事。"

霍依兰转过身来盯着我的脸冷冷地道:"篮球队的事需要谈四个小时吗?"

一阵冷风吹来,我不禁打了个冷战:"真的没什么事,明天再说好不好?我爸和细佬在等我回家。"我忽地想起细佬昨晚交代我跟依兰说的话:"你明天上学时跟依兰姐姐说我很想念她好吗?"

依兰这时从嘴巴射来一箭刺骨的话:"李思倩,我们还是好朋友吗?"

我脑海中徘徊不去的韩再新的语气声线忽然消失了,身上只觉得冰冷,"我们当然是好朋友"取代了我本来想说的"你永远是我最好的朋友。"

依兰幽幽地道:"好。"

我咬了咬下唇,唇上传来韩再新吻过的味道。我叹了一口气:"回去吧,很晚了,我真的要回家,总之明天我把今天的事全部告诉你吧。"

依兰说:"好。"

我说:"那再见了,你快点回家去吧,天气冷,别着凉。"

依兰说:"再见了,好朋友。"

在我转身离开的时候,我才想起,结果我还是忘了说答应过细佬会跟依兰说的话。

但我已经背向依兰,上路了。

22.

"自私和自爱、爱别人和自爱,究竟有什么分别?"

那天晚上,细佬没有问我有没有跟依兰说他交代过的说话,却问了我这个问题。

小四学生,怎么要去学百分之九十九成年人都未必搞得懂的道理?而我,才不过是刚刚踏入十八岁的所谓成年人而已。

"我也不懂啊。"我瘫软地伏在床上回答十岁的向善。

23.

人生之中总有几次机会,我们要舍弃很爱惜的东西。是上天要考验我们割爱的能力、承受痛苦的能力,还是爱别人的能力?但当我们只想着自己多么痛苦之时,往往忘了去想上天的这一个安排其实只为了我们将来设想。失去过,等再次失去时,才会想起失去时的痛楚。珍惜这两个字的教训,永远从书本中学习不来。

无论是一个读书的天才,还是蠢材。

第二天小息时，我带着满布红丝的双眼，哭肿了比鸡蛋都要大的双眼，抱着一大包笔记去找韩再新。

他满脸不解地看着我："你……"

我匆匆把笔记还给他，说："虽然我很想读大学，但我想靠自己的努力。况且，就算读上了，也不会跟你读同一科。"

韩再新焦急地说："你这是干什么？！"

我不敢看他的样子，转身离开，眼眶又渗出了眼泪。

韩再新拉着我的手臂，我低着头说："昨天的事，你就当作没有发生过吧。"

他拉着我的那只手，忽地显得很软弱无力。

我用力摆脱了他冲出班房，手臂上却清清楚楚残留着一抹锥心刺骨的痛楚。

在爱情与友情之间，我选择了一种自以为是的东西、仿似正确的东西，但却又最失败的东西——名叫"道义"。

24.

放学后，在依兰的家中，我把从韩再新那里拿的数学课笔记交给她，依兰成绩最逊的就是数理。我骗她说，其实韩再新昨天只是说过篮球队的事便离开了，因为天气冷我们坐在课室内，而韩再新就坐在她的位子上。期间我去过一次洗手间，他离开之后我就在抽屉内发现这份笔记。

"在我座位的抽屉内？"依兰问。

我无力地点了点头,说:"我打算追上韩再新还给他,但怎知在校内校外找来找去都找不到,之后在街上溜了好久才回家。"

依兰盯着我问:"为什么?"

我顿了顿,吸了一口气才说:"可能是有一点点妒忌吧。"

我的难过不是装出来的。

我红肿的双眼也不是装出来的。

我知道她不会因为这句话而生气,相反,她会因此而觉得很高兴。我对韩再新的情愫,作为最好的朋友怎会看不出来?一直是我自欺欺人罢了。

依兰把我紧紧抱着:"傻瓜,我们是最好的朋友!永远永远都是!"

有一些朋友,只有你比她低才能当得上。

但也有一些友情,只有你装作比她低才能保得住。

回家去之后我躺在床上大哭,抱着韩再新的围巾,仿佛要把所有的不快和伤心都哭出来。

细佬跟我说:"家姐,你好蠢。"

是的,我真的好蠢啊。

25.

韩再新有来找过我好几次,但每次都被我冷冷地拒绝了。

读着地理课本,我把自己的心,封印在冰冷的北极去了。

不久之后,韩再新和依兰在一起了。

依兰总是在我眼前展露她甜蜜幸福的样子,她说和韩再新去看戏、逛街买参考书、吃饭和温习。

她的眼神却透露出一股苍白。

快乐究竟是什么?我再三扪心自问,她快乐吗?

而我,又觉得快乐吗?

我不断回想和依兰一起说过的笑话、走过的街道、温习过的课本、读过的小说和故事;我不断回想韩再新的身影、他的声音、他的拥抱、他的吻。

怎么,总觉得那时候快乐得多了?

我把双手盖住眼皮,但快乐的影像却仍是一幕幕在眼前放映,眼泪一串串地从眼角滑落、滑落、再滑落,把快乐都滑落到地狱里去。

26.

但陈奕华却说,韩再新根本没有承认过他和霍依兰的关系:"有次我问韩学长是不是和霍依兰在一起,他像仇人似的,一听到霍依兰的名字就凶神恶煞地说:'不要在我面前提起这个人!'你说他们哪里像在谈恋爱了?"

离会考还有两个月,各考生都进入严峻的备战状态。我的模拟考试成绩只属中上,刚刚过关但面对迎面而来的会考大军还是岌岌可危。有天从自修室离开时,竟遇见久违了的韩再新。

不,应该说他在等我。

他把一包东西递给我,说:"这是我的笔记,你拿去吧,我知道你模拟考试考得不大好。"

我说:"我的成绩是中上的,哪有不好。"

他截住我的去路,硬把笔记塞给我:"别和自己的前途斗气。你要靠自己,那就靠自己的本事看懂这些笔记吧。"

我心里想起那个晚上,那温暖的感觉令绷紧许久的心软化下来。何况我知道韩再新有多出色,他的笔记我着实是很想要的,但一想到依兰,我就跟自己说不能要。

韩再新仿佛看透我的矛盾,说:"你是怕霍依兰知道吧?"

我望向他,他叹了口气说:"我知道她是你最好的朋友,但你不要把我不喜欢的东西塞给我好不好?"

我讶异道:"什么?你不喜欢依兰?你不是和她在一起吗?"

韩再新一副无奈的样子说:"是有在一起过,但不够两个礼拜就分手了。"

我心里一阵酸楚,我和韩再新才不过半个晚上,依兰却能和他在一起足足两个星期。

韩再新盯着我的脸问:"你……觉得难过吗?"

我眼眶中的泪水打滚着,勉力地不让它们掉下来,我转过身背向他。韩再新说:"可是我一点都不喜欢她,你知道吗?"

我低头只盯着自己的脚尖说:"骗人的吧!不喜欢又怎会和她在一起?"

想不到我心里的醋意竟那么强烈。我承认,我非常非常的妒忌。

韩再新说:"我从来都没喜欢过她呀!我喜欢的人是谁难道你不知道吗?!"

沉默,是空气里的唯一声音。

我咬着下唇,眼眶里打滚的泪珠终于滴了下来。韩再新的味道又从回忆中升起。

"是她四处跟人说我和她在一起了,我可从来都没有承认过!"韩再新说。

我慢慢转回身来,但视线仍是盯着自己的脚尖:"可是你最后还是跟她在一起两个礼拜了。"

韩再新的声音充满苦涩:"那是我一生中最错的决定。"

我抬头望向他,只是他青筋暴现,极度愤怒。

"她烦得不得了,我真的受不了了。"韩再新说。

我楞了一会儿才说:"依兰是个好女孩……"

韩再新皱眉,叹口气:"凡事不要看外表那么肤浅,霍依兰这女孩子内心很黑暗的。"

我说:"你不要这样子说她啦!她是我的好朋友,她的性格怎样我最清楚。"

韩再新声音软下来,像在怜悯我的无知:"她现在跟城寨的飞仔在一起了,那你知不知道?"

"什么!"我大惊:"这怎么可能?"

"我都说了,你又不信。"韩再新说。

韩再新摸了摸我的脸说:"你没事吧?脸色很难看。"

"我……我……真的很难相信。"我忍不住拉着韩再新熨得笔直的T恤说:"你看错了吧?那不是依兰!不是依兰!"

韩再新温柔地说:"真的,我不骗你,那是真的。"我激动地敲打着韩在新的胸膛,竟忍不住号啕大哭。

韩再新像松了口气般,轻轻拍我的背。

因为我知道他没有说错,依兰的内心的确是很阴沉、很黑暗的。

因为我是她最好的朋友。

韩再新没有好像那天晚上把我拥抱着。纵然我感觉到双方都那么渴望重温那次的拥抱和热吻,但我们二人之间却仿佛多了一幅无形的墙,把我们的身体和心都隔开了。

而这一道墙,有一个名字叫作霍依兰。

如细佬所说,我真的好蠢。

我因为想保住一段友谊而拒绝了最喜欢的男孩子,还把最好的朋友推给这个男孩子,依兰是不是已看穿了?所以选择变坏呢?如听过许许多多的故事中所说:"爱情是不能勉强的。"但偏偏我们青春时总是那么天真和自信,每一个人都偏偏要真的在身上经历过、心痛过、受伤过,才肯相信那些被说到烂掉的老生常谈。

会考发榜之前我都没有再和依兰说话,虽然在考场有见过她,但她身旁总是围着一班飞仔,我没有机会去说上一句。她看似很享受被男生包围着的感觉,我只感觉和她之间也出现了一道厚厚的围墙。

比城寨更高、更黑暗的围墙。

我清楚记得她那晚在冰冷的街上问我的一句话:"李思倩,我们还是好朋友吗?"

这时我真的很想冲向前,用同样的语气质问她。

可惜我没有。

我恨我自己,竟然没有冲上前质问她这句话。

我没有这份勇气。

27.

十八岁,就是霍依兰一辈子的岁月。

28.

一个把自己写进悲剧剧本中的人,无论生活多么值得高兴和快乐,她都只看到黑暗的一面,无法看见光明。

在二十世纪八十年代时,城寨中的毒贩早已迁出,光明街也再没有人卖白粉,没有人再吃狗肉和跳脱衣舞,赌馆倒闭了,捞家和黑社会也搬出了城寨开始新生活,除了当中的几间"一楼一"①还在生存外,城寨的黄赌毒已几乎销声匿迹。

在依兰十八岁的时候,九龙城已没有多少黄色场所。

---

① "一楼一":又称"一楼一凤",指卖淫场所,因当时一个住宅内只能有一名妓女的法例而得名。——编者注

但依兰在十八岁的时候,却在九龙塘第一次出卖了她的肉体。同时堕进了黑暗。

九龙塘,那个她曾梦想着像个城堡的高尚住宅区,但其实内里却开立了许多情侣宾馆。

在殡仪馆内,听大牛的朋友说,依兰"下海"之前已献身给一个不爱她的男孩,而那个男孩竟爱上自己最好的朋友。依兰说:"我的身体早已不存在了,送给谁都可以。"

她的第一次"下海",就是在重考发榜的那天晚上。

我考上了预科,她落榜了。

我的心在抽搐。

人生中的成成败败,有这么重要吗?为了脸面,为争一口气,为了得不到的东西,有必要让自己沦落至此吗?

为了一个韩再新,有必要把自己推向毁灭的边缘吗?我很清楚明白,依兰心中根本不是为了韩再新,而只是由韩再新幻想出来的王子、城堡、九龙塘的富贵生活、傲视别人的身份、能给住在城寨的人一张臭脸的资格。

因为我们都是在别人的臭脸和鄙视中长大的,因为我们都住在九龙城寨。

她自杀的前一晚,我在蔡医生的诊所碰见她。她以前从来不去东区的。我听见蔡医生跟她说了一句我从小便听熟了的话:"一个礼拜内别接生意,回去吧,诊金免了。"

当我见到依兰从诊所出来时,简直不敢相信自己的眼睛。我疯了一样质问她、骂她,甚至打她、吐糟。

我这辈子都没有这般生气和伤心过。

依兰只是冷冷地站在诊所内，低头紧紧地盯着自己的脚尖。

最后还是蔡医生把我拉住，依兰留下这句话便离开了："李思倩，我们早已经不是朋友了，我的事以后你也不用管了。"

这也是她跟我说的最后一句话。

29.

我在蔡医生诊所哭闹，不知道是否该告诉依兰当教师的父母，我不知道他们能否承受得住。结果蔡医生抽了许多支红双囍后说："我们做医生的要有职业道德，不该透露病人的情况给任何人知道。"

他狠狠地抽了几口烟又道："不过我这间诊所是无牌经营的。"

那个晚上，听说霍家的吵架声震动了整个东区，还有摔破声、哭叫声、打骂声、尖叫声……最后是跳楼声。

依兰的父母说，依兰跳下去之前告诉他们，自己被四个男人轮奸了。就在光明街，在那个说过要照顾她一生一世的死飞仔面前。

那个死飞仔，别号叫大黄蜂，那个小时候取笑我没妈，十七岁时问我要不要去当妓女的大黄蜂。

依兰离开之前哭着向父母说："对不起，我无法再活下去了。"

依兰终于逃出了那个能望向天空的囚牢。

她飞走了。

第六章　灯熄，人灭

30.

依兰走了之后，我继续上学、考试、温习，日子仿佛没有变过，但每当我想起依兰时，就像有一只手不停往心里的黑洞去挖，一直挖一直挖，挖到血流不止。

后来警察捉了那帮坏蛋，判了刑，替整件事情作出一个了结。虽然没有证人，但蔡医生从依兰身上取出了精液，验尸官也证明了依兰身上有被强暴过的痕迹。有人看见依兰被几个男人拉进一条湿窄满是老鼠的后巷，传出呼救声，有人认出那几个坏蛋都是和大黄蜂经常在一起的混混。

依兰这件事后，我的脑袋有好长的一段日子无法处理人情冷暖的世事，只拼命地读书、读书、读书。很多人都来问我有没有事，韩再新来过、陈奕华来过、盲公陈来过、七婶来过、校长来过，连依兰的父母都来过几次，但都被我劝回了。

我只偶尔还会和陈奕华去吃鱼蛋，在他面前我最能够做回自己。

至于韩再新，我们之间有一层淡淡的共识，每次遇见都只是点头而已。作为依兰最爱的男子，作为依兰短暂的生命中最好的朋友，虽然我们令依兰作出了不堪的选择，但我们对对方都没有怨恨，只有无奈。因为我们都清楚依兰心中的黑暗。

一个人被心中的黑暗吞噬时，无论发生什么事，无论韩再新有没有和她在一起、有没有取去她的处子之身、有没有分手、有没有爱上我、我有没有恋上过韩再新、有没有考上预科，都根本没有关系。

她身边任何一个人活得好不好、快不快乐、痛不痛苦，其实都和她没有半点关系。

我们都只是她黑色戏码中的配角，包括霍依兰的父母、韩再新、我、大黄蜂和那几个罪犯，甚至整个城寨，通通都只是她导演的这出戏中的丑角。但曾几何时，我们都深深地自责着以为自己是凶手。其实我们只是被她玩弄在股掌之中的棋子，无论周围发生什么事，无论活在城寨之中，还是城寨之外，她其实一直只活在自己心内所建筑的城堡和碉堡中，她总有方法把自己变成一个悲剧的女主角。因为必要如此，她才能高高在上地傲视众人，她才能成为暗黑城堡中的女皇。

我和韩再新心中，就是因这个过去的烙印而相隔。就像灯光和阳光，光熄了再亮起，亮起了之后还会熄灭，我们心里的黑夜总不时来袭。依兰放下了，但我们还背负着她的黑暗。

我生命中的灯光，就在依兰跳出窗外的同时，熄灭了。

第七章　承诺，有多重要？

31.

细佬说："人生永远出人意料，当你以为奶茶很好喝，世上就出现了鸳鸯；当你以为鸳鸯很不错，怎知又出现了可乐；当你为了可乐不能自拔时，竟又遇见土耳其咖啡。"

其后两年的预科生涯乏善可陈，只有读书二字。但光阴总有冲淡悲伤的作用，依兰的事件亦逐渐被别人遗忘了。

经历了两年的黑暗和自我封锁，和拼了命般将一大堆读完这辈子都不会再用上的理论塞进我那不大灵活的脑袋后，一九八五年，我预科毕业，奇迹似的考上了中文大学中文系。

同年细佬十三岁，也顺利地考上香港首屈一指的著名男校——拔萃男书院。

而阿爸，去了城寨内的天后庙做庙祝。

在升上中七时，韩再新已成功进入香港大学医学院，他特意回学校把自己的笔记交给我，临走前还说："一定要考上啊，一起读大学。"我只点了点头，没有回答。

我记得发榜那天，城寨的街坊街里都涌来天后庙。大家还择了一个好日，于天后庙外做一个盘菜盛会，大牛已搬出城寨去元朗学盘菜，但这次他特意回来为我们庆祝，这个晚上他也是主厨，也还是把自己当作主人家一样四处招呼亲朋好友。

两杯进肚后，我在耳边问阿爸："这几十围人都是你叫来的吧？"

阿爸差点把吞进喉咙的半口酒都吐了出来，我说："这个晚上的餐饮费是你支付的吧？"

阿爸满脸通红腼腆地嬉笑不语。

我用力地拍打他的大腿："我不过考上中文大学中文系而已，何必劳师动众？花这么多钱！"

阿爸雪雪呼痛，他近来报了名打算去学跳社交舞和西餐礼仪，未上堂人已西化起来："人生呀，趁有开心的事就要大肆庆祝一番！这才对得住自己嘛！"

我推了推细佬说："阿爸说话的语气越来越似你了。"

阿爸慌忙说："是啊！还有你细佬考上名校呢！两件大事加起来摆几十围酒算得了什么？"

细佬说："家姐你就看开一点吧，难得热闹还有三个男朋友，这种福气阿爸恨到每晚流口水啦！不然他怎会平白无端去学社交舞，想找第二春了！"

我说："什么三个男朋友？"

我看了看，韩再新和陈奕华今晚都有来，陈奕华是我叫来的，韩再新是陈奕华叫我叫他来的。陈奕华说霍依兰的事韩再新也承受了很大的心理创伤，何况我通过两次会考他的笔记功劳最大，所以不得不请他来一起庆祝吃饭。

还有一个，我惊呼："大牛？！"大牛以为我叫他即时冲上来，我立即说没事赶他回去招呼客人。

阿爸和细佬就笑得按着肚子不停地喊痛。

那个晚上天后庙灯火通明，连那相连着天后庙后街的光明街也被照亮了。阿爸、细佬、大牛、韩再新、陈奕华、霍依兰父母等等都一起来了。

当大家酒酣饭饱之时，街坊福利会的陈叔叔宣布"亮灯仪式"。

我一直埋头苦读对四周发生的事都不闻不问，所以当大家都站立起来鼓掌时我还是一头雾水。原来九龙城区议会花了三十多万为城寨的街道装设了五十多盏街灯，让城寨居民以后都不用再活于黑暗。

大家一起倒数着："三、二、一！"

看着那些街灯逐一亮起时，大家都不禁流下感动的眼泪。

这时，向善在我耳边说："家姐，依兰姐姐祝你生日快乐。"

我心口一阵抽搐，泪流满脸，我忽地大哭起来，然后晕倒了。

因为那天也是我的公历生日。

32.

我家从来只庆祝农历生日，只有我和依兰曾许下承诺，每年都会帮对方庆祝公历生日。因此那天，根本没有人记得是我的公历生日。

记得我们十岁那年，我和依兰躲进天后庙内，将从阿爸的烧酒瓶里偷来的一点双蒸酒，倒进从七婶那儿偷来的两个红色小酒杯中，在神像前结拜为姐妹。我们那时不知就里，连合卺交杯都做了，以为这样子喝酒，就是一生一世永不分离的意思。怎知烧酒呛得我俩喉咙都着火了，那天是我的公历生日，因此依兰就和我约定，以后每年公历生日都要好好庆祝。

因为这天是我们两姐妹结拜的日子。

我总觉得，这五十多盏街灯，就是依兰特别为我的生日、为我们这特别的日子，所准备的灯光。

我的悲伤、郁结、痛楚、无奈，都随着汩汩的眼泪从内心的那个黑洞涌出来。

然后，泪流完了，我心内的伤口也仿佛结痂了。黑洞被掩埋了，被遗留在那个无边的宇宙中，却并没有消失掉。在现实中，在我们所踏着的步伐上，仿佛剩下街灯的灯光在每一个晚上微微照耀归家的路。

经历多年从街外走入暗黑小巷的日子，光明终于来临了。

这不只是城寨居民的光明，也是依兰死后心里的一片光明。

但，我心内的光明呢？

33.

韩再新跟我说过两次："一起读大学吧。"

结果我真的奇迹似的升上了大学，不过和韩再新不同系，也不是同一间。他在港大读医，我在中大读中文。我跟陈奕华说，进了大学后才谈恋爱吧，结果他也真的考上了中大英文系，然而我和他也没有在一起，因为他的家人安排他去了新西兰读营养学。

人生中的承诺有多重要？我们曾答应别人的事都尝试努力地去实践，但上天总有它认为更好的安排。有人说痛苦的意义就是当克服了一个个课题后，当我们清除了心中的魔障与黑暗时，就向成为更美好的灵魂踏出一大步。

我从陈奕华身上学到了勇气，他在我身上学到了淡定。至于韩再新，我们同时堕进与霍依兰有关的黑暗，又同时在依兰的黑暗中步向光明。

但我们三人之间，还是有一个尚未能解开的结，仿佛是一个更深邃、更黑暗的结。

所以我们仍然会想念对方，却又只能保持距离。

陈奕华的女朋友是同系的金发学姐，他打电话来告诉我的时候满是愧疚，我笑着跟他说："我也交了男朋友，他是我在书店打工的店长。"

他沉默了一会，长长地叹了一口气，然后又回过神来，叽叽喳喳地说着外国的大学生活。

韩再新有没有交女朋友我并不知道，我们只是偶尔通电话问候，另外就只是依兰死忌时会在她坟前不期而遇。每年清明、重阳、依兰公历生忌和死忌我都会去拜祭。而每年依兰死忌时，她的坟都早已被清洁过，放上清水和一束开得灿烂的白菊花，坟前站着一个不知在等待什么的……韩再新。

他，是在等我吗？还是，在等待命运的救援？

大学四年期间我不停做兼职，想快点储钱去澳洲走一趟，当见见世面和异国风光，够运气的话，或许还能与阿妈见上一面。

又或许，我只是太想逃离吧。

细佬读书除了仍然打天才波①外，也爱上踢足球，他的中学生活简直多姿多彩。不过他真的很厉害，除了年年考第一之外，还加入了无数个兴趣小组及参加无数比赛，家里那二百五十英尺地方塞满了他的奖杯奖牌，细佬说："人离开这个世界之后什么都带不走，但这些奖状却能令你们想起我时，记起我们曾经那么的快乐过。"他连作文比赛都拿奖，我就算读中文系，有时也自觉比不上他的文笔。

我不过是一个凡人而已，哪像他那般充满佛性，能参透禅悟奥秘。

至于阿爸，他为什么会离奇地跑去天后庙当庙祝呢？

因为天后庙的二叔公去世了，庙宇需要有人打理，他们本来想细佬去"接任"，但细佬才十二岁就入了拔萃男书院，前途无限，加上阿爸极力反对，所以才出现了"以父代子"的情况。我们都笑说古时有花木兰代父从军，现在有李父代子办庙，千古奇闻。

阿爸说："这份工很好的，每日上香、拜神、抹抹神像、扫扫地，有善信来就叫他们添香油，没善信来就听收音机读佛经，收入稳定又毫不辛苦，好过驳电线整水管，做一世都愿啦！"

其实我们家靠阿爸做庙祝的收入早已可搬出城寨，但因为

---

① 打天才波：指纯粹依靠天赋去行事。——编者注

政府三不五时就传出会清拆城寨，凡业主都可获赔偿，所以我们就多一事不如少一事，反正我和细佬都没什么要求。城寨住了那么多年，早就是我们的家，街坊街里一起相处了多年，要搬去一个陌生的地方，未到最后一刻也还真舍不得。

34.

但该来的，还是要来。

一九八七年一月十四日，中英政府终于达成共识，香港政府突然公布，会于一九八八年至一九九〇年期间，分三次清拆城寨。当时城寨约有五百幢十至十四层的大厦，共八千三百户人口，牵涉近五万人。

政府虽然表示会安排住宅予城寨居民，但城寨中的无牌牙医和西医，则全部不被承认资格。一向收入稳定丰厚的大业主们固然大受影响，当中反应最激烈的则是在城寨设厂的厂家及食品工场，要遣散员工之余，他们也许无法找到另一处可媲美城寨租金和空间的地方，迁出后无法继续维持生计。

在政府正式宣布清拆城寨的这一天，许多厂家、大业主、牙医等等拉横幅示威表达不满，有些甚至情绪激动。但奈何政府心意已决，还派警察进入城寨与居民登记，从家庭成员到家居用品及生财工具等均留下仔细记录，以便点算受影响民居及处理后续赔偿事宜。

虽然政府与居民多次磋商，但正式的赔偿方案却在一年后才宣布。

那段时间里,大家都在等"上楼"和赔偿,自然就少了人去庙宇膜拜和添香油,阿爸就买一瓶烧酒、几件卤味,待在家中看电视听粤曲,但很多个晚上都彻夜不睡,呆呆地坐在酸支椅上睁着两眼直到天亮。

他告诉我,常常发噩梦。

那时,他常常播着《倩女幽魂》的主题曲,那首歌的歌词我现在还背得出来,尤其这几句:

> 人生是
> 美梦与热望
> 梦里依稀 依稀有泪光
> 何从何去
> 去觅我心中方向
> 风仿佛在梦中轻叹
> 路和人茫茫

黄沾(1987)

35.

到一九八七年十二月十日,政府公布了清拆九龙城寨的赔偿方案,作为租客的我们,可选择租用公屋单位或自资优先购置居屋，并可获得搬迁补偿费。

一九八七年，城寨第一批居民开始调迁，第二年，开始第一期清拆项目，但由于城寨居民不满政府赔偿，因此大批居民为保家园坚决不肯搬走。

而阿爸，就是其中一人。

他说："如果我们搬了，阿妈回来就找不到我们了。"

他说："我答应过你们阿妈，一定会在这里等着，直到她回来。"

人生中的承诺究竟有多重要？

那几年，他完全变成了另外一个人，平时什么都随遇而安的阿爸却坚拒搬迁。我们家虽不富有，但这几年也存了一点钱，买一间居屋也能勉强应付。我们不是城寨中最受影响的大业主和厂家，所以我和细佬都不明白阿爸为何忽然变得这般固执。

有时回想过去，阿爸也许心痛自己一手建立的家已失去了生命中最重要的妻子，现在连保存拥有三个人种种快乐回忆的居所都失去了，顿失依靠和方向。我知道他还寄望着阿妈有天会回来，纵然这是个多么不切实际的幻想，但就是心里的这一个微弱的希望，令他坚决要和政府极力抵抗。

然而平民难与官斗，政府在城寨外筑起了围墙，把西区出入贾炳达道公园的道路封住，我们每次出入都要绕一个大圈，极不方便。而且城寨又被截水断电，许多地方已变得漆黑一片。以往定期来做清洁的工人再没有来清洁过城寨内的楼宇街道，公共物品坏了也没有人维修，老鼠、蟑螂到处横行。隔壁的张太也说她和丈夫晚上都被老鼠咬伤，楼下的八叔也被小偷光顾过。

城寨，已无法再住下去了。

36.

一九九〇年时，所有居民已被迫迁出，但仍有部分居民在外面建造临时木板房，阿爸交了一笔钱给我和细佬，叫我们二人先租一个地方暂住，他会和政府奋力抵抗。

其实我觉得阿爸不过在和自己的过去、过去的过失、心中的愧疚在奋力抵抗。也许明知会失败，但唯有这样，他才能让良心好过一点。

然而阿爸死守家园的眼泪，随着一九九三年第三期清拆而流尽。最终令阿爸放弃的原因，是细佬于一九九二年中七会考中，拿了五优却不肯去英国牛津读大学。无论阿爸怎样劝也好、骂也好，细佬也坚持不肯去。我记得他和阿爸吵得脸红耳热，阿爸还狠狠地掴了他一巴掌。

细佬说："你以前不是这样子的！你现在都不管我们了！只天天去吵吵闹闹，和警察抗争！你还凭什么来管我的将来？"

阿爸那刻如被雷击中的神情，我现在还历历在目。

细佬说："我哪里都不去！我要和你们一起搬进新家！"

其实我们都明白，搬出城寨另置新居是一定会发生的事，细佬的这句话只是把阿爸从失去理性的噩梦中敲醒过来而已。

37.

不久之后,我们搬进黄大仙的居屋。搬屋时阿爸不慎扭伤了腰,这时我才发现,他头上的斑斑白发,早已在半秃的头顶稀落地飞扬。

一九九三年城寨已全部清拆完毕,我们也在新居安顿了下来。我们从来没有想过会住在一个这么大的地方,我小时候以为澳洲几千英尺的大屋有我城寨家的两倍,但我们新搬进去的居屋单位,却有八百多英尺,三个房间,阿爸、细佬和我每个人都有自己的一个房间。屋内没到处挂着的电线,没有漏水,没有老鼠和蟑螂在四处爬。每一扇窗,都有阳光照射进来。

我不可置信地问向善:"细佬,天堂也是这个样子的吗?"

细佬也如坠梦中地说:"我想……这里比天堂更美好吧?"

阿爸微笑不语,但我却瞄见他的眼眶红了。

第八章　纵使相逢在梦中

38.

大学毕业之后,我进了报馆当记者。那个年头是记者最幸福的年代,无论是采访还是跑新闻,无一不是一丝不苟。几年后存了点钱,我便跟阿爸和细佬说想去澳洲工作旅行。

临行前我叫正在香港大学读音乐系的细佬"赠我两句"，他说："家姐，一路顺风。"

于是我就安心上路了。

在澳洲转了几个圈，在农场和餐厅打过几份工，我最后一站就是悉尼。

想了千百回，梦了千百回，我终于鼓起勇气，去找阿妈。

39.

沿着十前年阿爸收到的信件的回邮地址，我在悉尼唐人街附近找到一间房屋，这屋子如果是在香港的话，会被形容为："几千英尺的大屋"。但那时我已知道，在外国房子的空间都是十分充裕的，香港根本无法相比。

既然无法相比，那就别去比较好了，随遇而安吧。

我已做好心理准备，告诉自己开门的人不会是阿妈，阿妈或许已经搬走了，或许寄信给阿爸的人根本不是阿妈，又或者，阿妈根本已经去世了。

那么当事实发生时，我就不会那么失望了。

反正，这种心理准备我已做了近二十年了。

我按下门铃，在门前站了一会，有一个妇人出来开门。

那个妇人瘦削、高挑、皮肤白皙、化着淡妆，看得出年轻时是一个美人。她用英语跟我说："你找谁啊？"

我呆住了，她是中国人。

然后她问我："你是谁？"

我顿时不知如何回答，其实心里也想问她这一句。

然后她分别用广东话和普通话分别再问了我这两个问题一遍。

我还是呆呆的没有给予任何反应。

这个妇人，给我一种陌生又熟悉的感觉。

妇人探身往屋内用广东话呼唤："老公！你死哪儿去了？"

我忽然忆起二十年前，阿妈也是用这种语气跟阿爸说话的。

我的脑袋"轰"的一声，一片空白。我只做了找不到阿妈的心理准备，却没有做过找到她的心理准备。

当我那句"妈"像鱼骨被鲠在喉头的时候，一个男人从屋内走出来。他嘴角咬着一支牙签，斑白的头发有点零乱但不失书卷气。

他的那句："谁呀？"和不耐烦的样子，和细佬出世的那天还是一模一样。

蔡医生。

蔡医生在依兰去世后把从她身上取来的精液交给警察后便再没有出现过。我们没有关心过他的诊所还有没有经营，他有没有得到搬迁费等等，在我们搬出城寨时，有传闻说他取了赔偿费后帮一个妓女还了债，然后流落街头并被车撞死了。

我从来没有想过会在澳洲遇见蔡医生，更没有想过在阿妈的住所见到蔡医生,而他,还是一个阿妈叫他做"老公"的男人。

阿妈看着我们两人呆若木鸡地对望,狠狠地扭了一下蔡医生的手臂,说:"这个女人是谁呀?"

蔡医生如无知觉般说:"老婆……这是你女儿啊。"

阿妈没好气地说:"我们哪里有女儿了?我只有一个在香港,二十年没见了,她……她……"

阿妈看着我,仔细地打量着我的脸,然后,眼眶红了、泪水滴落了、声音沙哑了……

她难以置信地说:"你……是小倩?你……你……你……我的女儿……李思倩?"

我颤抖地喊了句,"妈!"

40.

细佬说:"人生永远出人意料,当你以为电话只能用一条电线系上才能通话,世上就发明了手提电话;当你以为只能透过电波去打电话,世上就发明了电脑;当你以为有了电脑,世上竟然还有更厉害却又更老土的联系,叫'缘分'。"

和阿妈重逢,不是三言两语及文字可以表达出来的感慨和感动。我们足足抱着对方聊了三天,由细佬出生聊到我上中学,由依兰聊到韩再新和陈奕华,由阿爸聊到城寨社区会堂的阿姨,由九龙城寨聊到新居,再聊到澳洲和遥远的国度。其实很多事情蔡医生都和我们一起经历着,依兰的事情他早就跟阿妈说过了,但阿妈不厌其烦地听我说了一遍又一遍。

但她问得最多最深入的,还是阿爸的事。

我和阿妈一起哭,一起笑,一起说着住在城寨的往事,还有我小时候,细佬未出世时的趣事,我跟阿妈说细佬还戴着她出世时送给他的玉佩,红封包内的一百元我还保存着。

阿妈没有见过向善,连相片都没有看过,我们没有和蔡医生一起拍过照片,他当然也没有向善的照片了。

当我告诉阿妈和蔡医生细佬考了五优,英国牛津大学录取了他,但他没有去读而留在香港陪我和阿爸时,阿妈只是:"啊,是吗。"淡淡的一句。但蔡医生却反应激动,说牛津是世界学府,许多人都趋之若鹜,是千载难逢的机会,前途无可限量。

阿妈却轻轻把他拉住,说:"年轻人的事,随他们吧。"

我想,阿爸和阿妈,心里也同样对细佬有一份愧疚吧。

阿爸和阿妈虽然分开了,但仍能看出他们二人相似的地方,就是这一份苦涩,和由苦涩中品味出来的随遇而安,才将他们二人相互吸引吧。而我身上的那份淡定,就是遗传自他们两个人的。

我果然是阿爸和阿妈的女儿啊。就算再过二十年,也不会变。

不,这一辈子都不会变。

41.

阿妈也把她失踪的故事，娓娓道来。

正如所有的小说情节，也正如许许多多人的人生，命运中最大的转折，从来不是顺着计划而行的，原因，通常很荒谬。

而人生，其实都一向很荒谬。

阿妈说，她本来根本没有打算走。

向善出生的那天，香港警察冲入城寨剿灭黑帮，阿妈生产时警察破门而入，目睹向善出生的那一幕。

阿妈曾当过脱衣舞娘，嫁给阿爸后仍常与城寨内的黑帮和捞家素有往来，阿爸染上毒瘾，阿妈也就被迫帮阿爸还债。她会做些招客的工作，又或从城外带些毒品或违禁品入城寨，从她身上带过的，就有鸦片、白粉、狗肉等等。

因此那天生产时警察冲入，她就惊慌万分，以为有人要来拉她去坐牢。

警察离开后她一直心里惊惶，怕还有下一次剿灭行动，于是就躲了起来。我问阿妈："那你为什么不告诉阿爸你去了哪里？"

阿妈红着脸说："我怕警察来时会连累你们，更何况……我生产时身体什么地方都被别人瞧见了，已无面目见你爸了。"

我只能战战兢兢地问阿妈："你以前不是跳过脱……衣舞……吗？"

阿妈叹了一口气说："那是以前的事，跳脱衣舞是迫于无奈，嫁给你阿爸之后就没有再做过这些事了，既然从良了，就决定洗心革面，守身如玉。"

但想不到竟因为生产被别的男人瞧见而失了贞节，阿妈在又羞又恼又怕警察的情况下，过了两个月便去了澳洲避风头，蔡医生的妹妹在唐人街开了一间中餐馆，他就建议阿妈不如过去做非法劳工，赚一点钱待风声没那么紧再回来。

结果一去就是十八年。

42.

阿妈一句英文都不懂，开始时只在澳洲唐人街的中餐馆做洗碗，然后学了点英文后便做服务员。她很想快点回到香港，但渐渐，却舍不得澳洲安逸的生活，那里没有捞家向她追债，也没有一个身染毒瘾的丈夫，也不用每天提心吊胆地过活。

声色犬马的生活，她从开始跳脱衣舞的第一秒钟就厌恶了。

在澳洲，她匿居的那个房间比我们城寨的居所还要大。她决定留下待取得澳洲的身份证之后，便带我们一起移民到澳洲去。

我听到这里微微一笑，原来我没有猜错，阿妈真的有想过回来接我们一起飞向澳洲去。

拿到居民证之后，她终于鼓起勇气写信给阿爸，说要接我们去澳洲。那封信，就是我当年见到但不敢打开的信。因为我记得信封的左下角，画了一朵牡丹。

怎知阿爸一口就拒绝了。他回信说："你没有资格带两个儿女离开我。"

　　无论阿妈怎样解释，阿爸都不相信她是想接我们一家三口过去，而不是只带我和向善走。阿妈心里不甘，但也明白阿爸以为她抛夫弃子多年，对她有恨。而她也不能否认，自己真的有这样想过。

　　然而，她仍气阿爸的固执。阿爸还说："除非你回来，否则我和一对儿女，哪里都不去！"

　　这明明是一句情话，背后的含义是那深情的"我等着你回来"。但以阿爸怄气的态度说出来，就变成了一种要挟。

　　于是乎阿妈也晦气地回复："除非你来澳洲，否则我永远不再回来！"

　　两个人的牛脾气都是一个模子里刻出来的，阿爸死守城寨，阿妈也没有离开过澳洲。

　　后来阿妈存了一点钱，在唐人街开了一家洗衣店。虽然她和阿爸斗气，但心里其实仍惦念着我们。她总是想，我们过来之后，要有最好的生活才行。于是她花了几年好好打理生意，到回过神来时，日月如梭，十多个年头已偷偷溜走。

　　我知道阿爸为什么不肯去澳洲，因为他根本不想离开这个当初由他和阿妈二人一起建立的家，他是想阿妈回来这个家。

　　因此，他才死守城寨到最后一秒。

　　我跟阿妈说："那时候的阿爸仿佛变了一个人似的，以前他总是教我们随遇而安，但那几年他却是和命运抗争得最紧的人。我想他是知道阿妈你仍然爱他的，但却放不下尊严和过去的伤痛。"

阿妈长长地叹了一口气："都是我不好，是我毁了他。"

我握着阿妈的手说："不，是你给了他希望，我们才能好好活下来的。"

阿妈哭红了眼睛："可是很多事已经不能回头了。"

过了十多年没有家人的生活，城寨中阿妈就只剩下蔡医生一个老朋友。依兰那天去找他的时候，他一看这个女孩子的身体便已知道她被狠狠地蹂躏过，蔡医生建议她报警，但她却坚拒不肯。看着这个陌生而美貌的女孩子流露出一种绝望的眼神，蔡医生偷偷地藏起了她身上最不堪的罪证。二十世纪八十年代时已有警察入城执法，他打算冒险去举报。

但怎知道，竟给我在诊所碰见依兰，当我哭着问蔡医生怎样告诉依兰父母时，蔡医生再三思量，还是决定去跟依兰父母说，由他们向警察报案。

他说："我一直深深内疚，如果当年我立刻跑去报警，那么依兰这女孩就不会自尽了。"

也因为自责，蔡医生才一个人默默离开城寨，也觉得没有面目与我们联络了。

他也厌恶了无牌行医这种没有正式名分的、偷鸡摸狗一般的生活，于是便去了澳洲找他的妹妹。蔡医生在澳洲没有开诊所，反而开了一家药房，以他无牌但仍然专业的知识帮助别人。

阿爸说过，蔡医生是个好人，这是真的。

其中一个例证，就是阿妈在避风头时，他花了一笔钱帮阿爸还清了债主的债。亦因此，向善出生后我们家才没有债主临门，得享安宁。我想这件事，阿爸在心底里是知道的吧。

所以阿爸才一直跟我说，救了我们家的是蔡医生，不是那帮警察。

只可惜我和细佬一样："当时只是一块肉的我，却什么都感觉不到。"

但阿妈却是清清楚楚、明明白白的。

一个孤单了十多年的女人早已失去铁石心肠，被过去缠绕也好，被爱自己的男人感动也好，被美好的将来迷惑了也好，总之，她和蔡医生在一起了。

蔡医生说："那些人说我帮一个妓女还债，可能就是说我帮你阿妈还债这件事吧，但你妈早就已经从良了。之后我是去了外国流浪过一阵子，但却不是流落街头行乞；来了澳洲之后，我的确撞了一次车，但只是断了脚骨，现在还生龙活虎。"

"空穴来风，未必无因"，细佬说："人言不可信，直觉才是真理。"这是他看完福尔摩斯小说后领悟出的金句。

第九章　猜不透的苹果

43.

我去完澳洲旅行回到香港之后，坦白地跟阿爸交代见过阿妈的事。

他看上去没有半点讶异，仿佛一直在等待这一天。

他只是静静地听着我说着阿妈的故事，不发一言。说到深夜过去，黎明的天空发白了，他才说了句："我累了，去睡一会。"

我跟阿爸说："我想去澳洲读硕士。"阿爸说："好。"

我轻声地对着他的背影说："我打算住在阿妈家。"阿爸说："好。"

见阿爸这般反应，我担心地说："你不生气吗？你不是不想我见阿妈吗？"

阿爸在晨曦的白光中，转过身来说："我已经霸占你和细佬十八年了，常常想你们两个将来是否会怨恨我呢？如果我爱你们，就该给你们自由；如果我还爱你阿妈，就该停止对她的惩罚和怨恨；如果我爱自己，就该把恩怨都放下，放过自己。"

阿爸这句话，令我终于明白到，自私和自爱，爱别人和自爱，究竟有什么分别。阿爸在晨曦的白光中，仿佛闪耀着一抹天使的光芒。

是他已升华了？还是他终于看破了？还是他终于被观音、上帝或佛祖拯救了？

我冲上前去，紧紧地抱着阿爸，流着觉醒的眼泪说："多谢阿爸！多谢阿爸！"

离开之前，我也叫细佬"赠我两句"，细佬紧紧地抱着我好久才说："家姐，一路顺风！"

那刻，我却不知怎的想哭。

44.

阿爸在我硕士毕业那年，也和在陶艺班结识的阿姨结婚了。

阿爸和阿妈虽然都曾误入过歧途，但他们都是善良的人。在过去的十八年里，他们虽然都看似生活顺遂，但无不被内心的黑暗与悔疚煎熬着，然而，时间会证明世上的因果只是我们凡人猜不透的一个苹果，只要我们放开心胸去接受，光明就会降临和照耀我们的生命。

细佬说："水果要坏了才能长出新芽，树要经过枯荣才能成长，人生，就是一个个起起落落、伤心与快乐的因果循环，伤心的时候就该开心，因为快乐很快就要来了。"

我问细佬："那快乐的时候我该伤心吗？因为伤心很快就要来了。"

细佬弹着吉他唱颂："快乐的时候就去享受好了，想那么多干什么？"

难怪细佬的生命总是拿满分，因为他心中总满载了快乐的养分。

45.

我从澳洲回去香港之前的几天，陈奕华从新西兰飞来悉尼。

他离开香港到新西兰已经六年了。他已经是一个专业的营养师。他长高了，人更健硕了，脸上少了几分稚气，但笑起来时,在我眼中还是中四时那个傻瓜一样的男孩子。

他在机场一见到我,就紧紧抱着我不肯放手,捧着我的脸亲了一遍又一遍。

我们二人像从前一样四处走四处逛,一起去探索一个我们两个都不懂得的澳洲,还有,年少时不敢去探索的身体和快感。

我们不管对方有没有伴侣、不管过去、不管将来,只想把感觉、感情、感动,留在现在。

在我于澳洲读硕士的两年,他常常从新西兰飞到澳洲来,他已是一个收入丰厚的男人了,而我却只是一个埋头苦读的学生,以前我请他吃鱼蛋,现在他带我四处去吃奇奇怪怪的东西。

我们一起喝酒、结识新朋友、聊将来、飙车、去旅行、上床。

我们并不是谈恋爱,只是舍不得那一起欢度过的青春。

青春是有生命的,它很诡惑,趁你不在意的时候,就偷偷溜走了。当你发现时往回望,却通通已变成回忆,捉不紧、抓不住,只剩下一脸怅然若失。

46.

陈奕华有来我的毕业典礼,那天晚上他在床上跟我说,他要结婚了。

我只是"嗯"了一声,那个晚上,我没有贯彻去做陈奕华眼中那个淡定的李思倩。

我无法做到。

也许，我不爱他，只是我一直在自欺欺人。

也许，我甚至于，爱他比爱韩再新更甚。

可惜人往往觉醒得太迟，悔恨得太晚。偏偏要到失去的时候，才想留恋。

我们一次又一次翻云覆雨，到疲倦得双眼快撑不起来时，陈奕华紧紧抱着我说："如果你不想我结婚，我就不结好了。"

我吻着他说："不要。我要你幸福。"

他红了眼眶，想说什么，我却不让他说，微笑说："爱我，就去握紧你的幸福吧。"

爱，不是一种伟大；我只是自私地想他爱我直到永远。

我知道如果我不让他结婚，他会惦记着另外一个女子一辈子，然后我们会吵架、分手或无疾而终。结果，他也会因为失去我而痛苦万分。但爱着他让他离开，他却会在幸福的时候想起我，悲伤的时候想起我，寂寞的时候也想起我。我也会在幸福的时候想起他，悲伤的时候想起他，寂寞的时候也想起他。两个人最近的距离不是在一起，而是你在我心里永远占着一个无可取代的位置。

我知道唯有这样，无论他多么爱他的妻子，他的心里才会仍然爱着我，像家人也像情人一样深深爱着我。而我，才能永远和他真心相爱。

因为我也舍不得和他分开啊。

这是我爱他的方式，也是我爱自己的方式。

我，自私吗？

第十章　你永远在我的心中

47.

事情总是一堆堆地发生,每当我们才开始窒息,命运就迫不及待在你脸上抹上另一把泥土。

我硕士毕业那天,阿妈和蔡医生都有来,陈奕华也从新西兰飞过来观礼,但阿爸和细佬却都没有出现。

因为第二天早上我便接到电话——细佬进医院了。

医生说,这叫作急性骨髓性白血病。

阿爸说,细佬近两个星期发烧不退,吃不进东西只呕吐,常喊头晕头痛。以往精力旺盛的他近来却频频说倦,连最爱的运动都没有去做。他很容易就流血,满身都是伤口,有次他迷迷糊糊地在床上跟阿爸说:"阿爸,我想我不能去参加新秀歌唱比赛了,我想……我快要回去了。"

阿爸说,他那句"我快要回去了"让他哭了一个礼拜。

阿爸没有去占卦、没有去求神、没有去质问上天为何如此残忍,因为他从细佬一出生的那一刻起,就不断在感谢苍生与众神,送给他这个可爱的小生命。

而这一刻,细佬说他要回去了,阿爸没有投诉,没有反抗,只有默然的悲痛。

因为他知道,上天眷顾他的,已实在太多太多,他根本没有理由、也没有资格去投诉。

我想起临去澳洲读书前,细佬跟我说的话:"家姐,一路顺风。"

我,心痛莫名,热泪盈眶。

48.

阿爸和阿妈的隔世重逢,就是在广华医院内,细佬的病床前。

细佬只从相片中见过阿妈,但当阿妈在他病床第一次出现时,他一眼就认出来了,若不是他笑着叫了声:"阿妈!"阿爸也差点认不出眼前这体态慈和的女士,就是曾经承诺过厮守终身的女人。

细佬常常在病房内唱歌,很多病人都说他的声音能撼动灵魂,他仿佛不是用声音来唱歌,而是用灵魂来打动苍生。

每当向善唱歌时,总能吸引不少病人、护士,甚至休班的医生来静听。他没有参加新秀,却已成为医院中最感动人心的歌手。

传闻中,他还未开口,指尖的吉他声奏起来时,人们就已经开始哭泣。有护士形容说如果用水桶来装在场人士的眼泪,十个桶都不够。

细佬,是医院内一直流传至今的一个传说。

他唱得最多的一首歌,名叫Always on my mind(永远在我心中)。

也许我，并没有总是那么的爱着你

也许我，并没有用尽全力地待你好

如果我令你感到被冷落了

我爱的人啊，我为自己的愚蠢而向你道歉

告诉我，告诉我，你的爱不会烟灭

求求你，再给我再多一次的机会去令你快乐

其实你早已在我心中

你永远都在我心中

Johnny Christopher, Mark James and Wayne Carson（1972）

有次我在听众群中，见到一个熟悉的身影在默默流泪。大家叫他韩医生。肿瘤科医生，韩再新。

49.

在向善的葬礼上，我们没有用中式的梵音超度，改用了西式宁静平和的方式，静静地献上鲜花跟他送别。

因为细佬根本不用被超度，我们都很肯定，他一定会成佛或上天堂，因为他就是从那里来的。

他不只是我小时候想象的龙的化身，也是我们心中最可爱的天使。

我至今仍相信,细佬是阿爸追了天上的龙而得回来的瑰宝。

在细佬的葬礼上,我们播着这首 Always on my mind。

细佬说:"做人是一件很有趣的事,当你以为每样东西都拿满分的时候,到最后总有事情让你感到遗憾,原来你永远能够做得更好。你发现,原来每件事都没有一百分,只有八十分,这就是人生。"

细佬说,这趟人生,他给自己打了六十二分。

我不断在想,连细佬都只是仅仅合格的话,我们为什么还要每天为自己的黑暗而自责呢?

在细佬轻轻哼出的这首歌中,有记载他的遗憾吗?他也有觉得当我们失落和痛心时,后悔没有把我们抱紧吗?当我们陷入迷惘时,他也会遗憾没有花更多的时间陪在我们身旁吗?如果有第二次机给他重新来一遍,他会更珍惜吗?我们会更珍惜吗?还是会重演那自私的戏码,让因果再循环一遍?

连圣人一般的细佬也有遗憾的话,何况是我们凡夫俗子呢?

但无论如何,细佬,你永远是阿爸最疼爱的李向善,我最疼爱的细佬,阿妈心里最惦念的一块骨肉。

纵然你已在火中化成轻烟变成青龙回到天空,也永远不会变。我们也许无法追上你的身影,但在往后也许顺遂、也许跌宕、也许难过、也许幸福的人生中,心里总不时浮现你的笑脸和歌声。

你那些奖杯、奖牌、奖状,我和阿爸会永远放在当眼处,因为这是你在我们生命中活过的证明。每当我们看见它们时,脸上就会浮现笑容，记起了我们在一起时曾经那么的快乐过。

第十一章　何苦送走了幸福

50.

这天，是霍依兰的公历死忌。

故人的坟杂草丛生，在我们成长的过程中，她已被遗忘了多久？

坟前，站着一个不知在等待什么的韩再新。

"韩医生。"我笑着称呼他。

"别这样子叫我吧，让我周身不舒服的。"韩再新手执一束白菊花，歪歪斜斜地放在依兰坟前。

我笑说："看见你我就想起细佬说自己打死都不想做医生。"

韩再新问："为什么？"

我说："细佬说世上最痛苦的职业有两种：律师这种职业呢，重理性不感性，甚至没有人性，好像很有道义但其实最可以为钱不分青红皂白；医生这种职业更惨，一辈子都不能做错事，断错一次症就断送一世前途，哗！多恐怖呀！这些工作不是正常人做的，怕怕！"

韩再新被打击得无地自容，没好气说："那是说罪孽深重的人才会做医生吗？"

我吐了吐舌头:"那他又没有这样说过。"

为缓和一下气氛,我问韩再新:"那我应该怎样叫你?"

韩再新说:"喂!"

我说:"什么?"

韩再新说:"你以前只叫我做'喂'。"

我噗一声笑了出来:"真的吗?"

韩再新笑着点头:"真的。"

韩再新盯着我的脸说:"读书时你很特别的,你知不知道?"

我望着依兰的照片说:"依兰比我出色得多了,人又漂亮,说话又温柔。"

韩再新摇了摇头说:"不,你对什么都好像不大在乎似的。就算在最激烈的比赛中,你都只是淡淡地站在一旁观看。球场上的球飞来飞去,你却从不闪避,看似毫不在乎似的。"

我记得陈奕华都曾经说过类似的话。想不到原来我吸引人的地方,竟然是因为对那些飞来飞去的球不闻不问。

我也不知该苦笑,还是该觉得好笑。

韩再新续说:"那时候我就觉得,世上好像没有什么困难可以把你难倒似的。那时候很多男同学都喜欢霍依兰,因为她实在长得很美。但陈奕华却常常说霍依兰是李莫愁,你才是小龙女。"

我忍不住大笑道:"不是吧!他真的当自己是杨过!"

韩再新也笑说:"中学生说话是夸张一点的了,何况他那么迷恋你,把你看成是小龙女也不出奇。"

我心想,可惜太蠢的我,却做不成他心中的爱人。

忽然记起韩再新说过:"你不要把我不喜欢的东西塞给我好不好?"

我忽然想,陈奕华是否真的爱那个金发洋妞?我当时为什么不问他这一句?

是我替他把幸福留住了,还是我已把他的幸福断送了?

还是我又自以为是地,把我和他的幸福都断送了?

我,不敢再想下去了。

因为我快要哭了。

51.

韩再新继续在回忆往事:"开始时我也觉得霍依兰很美,但看多了几遍,却把视线转到你身上了。"

韩再新顿了顿:"如果说霍依兰的眼神中是欲望,那么在你的眼神中就是看透欲望的一种淡然。当别人察觉出这种分别之后,就不会想再去看那只有欲望的眼神了。所以,陈奕华说的不无道理,当我发现他说得很对时,就想和他来一场战争。"

我说:"战争?"

韩再新说:"嗯,男人的战争啊。"

韩再新说:"你记不记得那次篮球比赛?那次校际篮球比赛,你说我是在个人表演,不去让一个中四生,其实是因为之前陈奕华来向我宣战了,他说:'我知道李思倩喜欢你,所以我要打败你,在她面前狠狠赢你一场!'我说:'好啊,那就来吧!我不会留手的。'他说:'一定不可以留手,因为这是男人的战争!'"

韩再新带笑说着,我想起陈奕华那天输了比赛颓废的样子,也忍不住哈哈大笑。

心里却满是苦涩。

韩再新说:"那天你说我在个人表演,那是因为我整场比赛都只听见你为陈奕华打气的声音,妒忌得不得了。中学那几年,我从来没有听过你为谁打气。结果我虽然赢了比赛,但心里其实觉得输了。"

我说:"难怪那天陈奕华忽然说我和他约会过,原来是在气你。"

韩再新说:"我和陈奕华很熟,知道他偶尔会等你放学,然后你们一起去吃鱼蛋。我真的很佩服他的勇气,如果不是见到他如此积极,我想我那天也无法做得出把笔记交给你的举动。"

我望着依兰的照片,想起那天的情景。

韩再新说:"把笔记给你的那天,是我的初恋。"

有人说,只要曾经心动过一秒钟,就值得回味一辈子。那天怦怦的心跳声,我还记得一清二楚。

我:"嗯。"

韩再新说:"当你第二天把笔记还给我的时候,是我人生第一次失恋。"

我:"嗯。"

韩再新说:"一个星期后,霍依兰来找我。我知道她是你最好的朋友,从她口中我问了你许多的事。她说你住在九龙城寨,母亲曾经出卖肉体,但生下你弟弟后就抛夫弃子失了踪,你父亲是个吸白粉的道友。"

想不到依兰是这样子说我的,我心里一阵灼痛。韩再新说:"霍依兰说,她是因为可怜你才跟你做朋友。"

我忽地觉得很疲倦,坐在依兰的坟前迷惘地盯着她的照片。

韩再新也坐了下来,望着依兰的照片说:"其实,我根本不在乎这些事。我只在乎为什么你那么喜欢我,却不要我。"

韩再新说:"我很自私,对吧?"

他说:"我不停地想在霍依兰身上挖出原因,所以当她骗我家里被贼打劫时,我就立刻去了她的家。"

我望向韩再新,问:"之后呢?"

韩再新说:"当我发现她只是说谎之后,本打算离开,但她说:'你知不知道李思倩和陈奕华放学经常去做什么?'"

我百思不解地问韩再新:"去做什么?"

韩再新静默了一会,才吸了一口气鼓起勇气说:"做爱。"

风吹过,什么声音都没有。只有一片死寂。

52.

韩再新说:"那时候我像被人狠狠砍了几十刀一样,从来没有这样失控过。"

他说:"之后她在家中脱光了衣服抱着我。我已被妒火和怒火弄得失去了理性,之前陈奕华跟我说过你们没有在一起,但那刻我都不再相信。你骗了我、陈奕华骗了我、整个世界都骗了我的感情,当我是傻子。"

韩再新说:"所以……我把所有愤怒和悲伤都发泄在霍依兰身上,和她……做了。"

他最后的那个"做"字,仿佛词穷找不到一个合适的形容词。

我点了点头:"嗯。"

事隔多年,回忆的影像和感觉已变得模糊了。我仿佛在听着一个别人的故事。对于依兰的诽谤,没有半点想辩驳和解释的余地,更何况,我也真的和陈奕华有过肉体关系,虽然那是在很多年之后。

韩再新说:"那是我这辈子做过最错的一件事。"

我用沉默代替说话,因为我已经知道了这件事情的结局。

细佬说,做医生是很苦的,因为整辈子都不能做错事。人生,曾经错过一件事,已经很够了吧?

我心想,这就是因果吗?这就是报应吗?

韩再新说:"在我们所谓'在一起'的两个星期中,霍依兰就是不停地说着你的坏话。有一天，她在翻数学课本中时我发现我给你的笔记。那天你把笔记还给我时，我把整份笔记都翻烂了，想着你会不会有什么字句或说话留给我。但却什么都没有，只不见了一份数学笔记。

我以为你把数学笔记和我的围巾都留下来了，因为你还对我有一点眷恋。

但我却在霍依兰的课本中发现那份数学笔记，当时我的心都碎了。

我伤心地问霍依兰，为什么我的笔记会在她手上。霍依兰好像木头人似的问我："这不是你给我的吗？"

我忍不住冲口而出："这是我给小倩的！"

有时候回想，其实一开始时，韩再新并没有很爱我，我也并没有很爱韩再新吧。那么青涩的我们，哪又懂得什么叫爱情。

如果我把笔记还给他那天之后什么都没有发生，我还是李思倩、依兰还是霍依兰、韩再新还是韩再新的话，这只会成为我们十年后旧同学聚会时的笑声。只是后来依兰却一次又一次把我们拖进她的黑洞，连同这份青涩的感情，把所有的恨和爱都卷入她的旋涡中，我们才会一次又一次，在心中重演对这个人的爱，一次又一次，在不甘与遗憾中顾影自怜。结果，把这一份爱卷进我们自制的旋涡和黑洞中，每当午夜梦回时，在心底的最深处翻涌。

韩再新说："霍依兰说：'那即是说，这不是你放在我抽屉里的了？'"

我说:"我根本就不知道你坐在哪里,我怎样把笔记放进你抽屉里?"

那时霍依兰开始哭,她说:"李思倩,你真的在骗我!你真的在骗我!你为什么要骗我!?"

"她一早就知道我在骗她。"我说。

"所以她在你面前,就把我说得非常不堪了。"我叹了口气。

我曾经以为,有些友情只有你装作比她低才能保得住。但原来,朋友根本没有高低之分,在朋友之间,需要的是一个天平,一个互相爱护而不是伤害的平衡点。

当你倾斜了,它就彻底地倒垮了。

韩再新说:"我忍不住去找陈奕华问清楚你和他的关系,结果,被他数落之余,还被狠狠地揍了一顿。"

韩再新吁了一口气望向天空:"别看他年纪小我两级,他的拳头可不知多凶狠!球场上男人的战争我虽然赢了,但爱情上男人的战争,我却彻彻底底认输了。"

回想这些年来,陈奕华真的待我很好。我未到最后一刻,也不知道自己对待他的算不算是爱情,但他对我的,却由头到尾、贯彻始终地,肯定是一份真挚的爱。

我微笑中带着苦涩说:"他真的很不错啊,可惜已经结婚了。"

韩再新惊讶地说:"什么?真的吗?什么时候?"

我说:"上个星期啊,是个金发洋妞。"

韩再新哈哈大笑："我现在还是光棍一条，他却娶了洋妞，真的败给他了！"

我们两人望向天空，今天的天空很蓝啊。

我说："之后你发现自己原来是个猪头，被两个女人耍了一道，所以就向霍依兰提出分手了？"

因果循环，我骗了依兰，依兰骗了韩再新，韩再新骗了自己，回头时，大家已经无可挽回。

唯有一个陈奕华，他从头到尾，都在做他自己。

韩再新说："是啊，我也有尊严的，其实被骗去初夜的人是我啊。但霍依兰却不断缠着我，每天死缠不休，弄得我考试不合格了。"

我说："什么！？你考试不合格！"

韩再新瞪着眼说："很奇怪么？"

我说："简直是世纪奇闻！"

韩再新叹口气说："我一直品学兼优，所以不合格是个很大的打击，更令我下定决心要和霍依兰断绝关系。"

然而，韩再新醒了，但依兰却把自己推向更深的噩梦中。

我说："她缠着你也不是没有原因的，你是她心中的王子，住在九龙塘的城堡，只有你才能让她美梦成真。"

韩再新眨了眨眼说："九龙塘？我住在西头村啊。"

我张开口呆望着他。

韩再新说："我父亲是住在九龙塘，但我父母离婚之后，我就跟着母亲住在西头村，不然我为什么会和你们读同一间中学啊？"

我抽一口凉气说："依兰知道吗？"

韩再新抓了抓脸颊，侧头想了想说："她应该知道吧？有几次她跟着我回家，不是我叫她回去，恐怕连我妈都遇见了。不过说起来，她之后就没有再跟着我，也许已黏上那班飞仔吧。"

我恍然大悟说："原来是这样。"

韩再新说："什么？"

我说："依兰堕落并不是因为你不爱她，而是她的梦破灭了。"

韩再新说："我不明白。"

我说："依兰一直把你视作逃离低下阶层生活的桥梁，她其实不是真的那么爱你，但她还是要缠着你把你得到手，因为你是她心中那个带她奔往城堡的白马王子。"

韩再新冷笑说："嘿！怎知她最后竟发现原来我也是个乞丐而已。"

我们都在苦笑。韩再新现在已由乞丐变成了收入丰厚受人敬仰的医生，但医生却又是天下第一等苦人。坏了变好，好了变坏，坏中是好，好中是坏，来来去去，循环往复，是因果吗？还是人生本来如此？

第十二章　黑暗中，原来还有爱

53.

我们静静地坐在依兰坟前，悼念着过往一段灰暗的岁月。

这时候一个身影从小道走过来，一个穿着整齐的男子伛偻着身躯，手执着一束绽放得十分灿烂的白菊花走到我们面前。

这个男人看见我们，停下脚步，想走，又看了看依兰的坟，仿佛又舍不得走。

我看着他的脸觉得十分熟悉，想了一会才高呼："大黄蜂！"

他就是那个害得依兰自杀的飞仔大黄蜂。他应该只三十多岁，但看去却已像四五十岁的暮年之人，鬓上也已长出白发，我差点认不出来。

我想冲上前叫他离开，一想到故友的惨况，我就失去了冷静。韩再新把我拉住了。这一刻的韩再新，已经成长得比我冷静得多。

大黄蜂相信也认出了我们，但他什么都没有说，只低头默默地清理依兰的坟，放上干净的清水，把韩再新送的白菊花和他带来的白菊花，除去多余的枝叶，端正地插在花瓶内。我现在才发现，原来他才是每年在依兰死忌时，在她坟前献上清水和白菊花的那个人。

而我，却一直以为那个人是韩再新。

54.

大黄蜂在依兰的坟前默默叩了几叩首。

然后,他竟跪着向我和韩再新二人道歉。

他说:"你打我吧!你打我吧!这些年来我已痛苦得不得了,你就打死我吧!"

我顿时不知所措。

大黄蜂一边刮打着自己的脸,一边说:"我该死!我该死!该死的人是我!不是依兰!该死的人是我才对!"

说着打着,他伏地上哭,之后更抱着依兰的坟墓号啕大哭。

还是韩再新够冷静:"你这么多年就是在等待这一刻吧,有什么要说?"

大黄蜂和韩再新二人仿佛早已在依兰坟前相遇过,大黄蜂也仿佛等了这个机会许多年,好让他能在我面前,抒发出埋藏于心底里那段最黑暗、也最光明的岁月。

大黄蜂长长地吁一口气,说:"我在城寨长大,是捞家的儿子,一直都在干些非法勾当,从没想过要靠正当职业挣钱。直至有天我在街上遇见她,一个仙女般美丽的女孩子……她竟然出现在城寨,真是惊为天人!有天我见她和李思倩一起放学,方知道她们二人是好朋友,原来她也住在城寨,不过是住在西区那些善良人家的地方。我不敢去追求她,她父母都是教师,是我高攀不起的……我只敢每天悄悄地跟在她身后。

她本来对我十分厌恶,但日复一日,她好像也不那么讨厌我了。

有天她不慎被街渠绊倒了,摔在地上脚受了伤,那天下着很大的雨,她全身湿透了又走不动,我就冲上前把她背回家去,一句话也不敢说。

但她却对我说了一句:"谢谢。"

那时她温柔的声音把我整个人都溶化掉了。

我对她朝思暮想得快要疯掉,于是乎便鼓起勇气去追求她,她一直只笑而不答,由得我在她身旁说天说地,我送花也好、送链子也好、送零嘴也好,她也是笑嘻嘻地收下,不多说话。

我知道,她不讨厌我了,而且还有点喜欢我了。

可是我仍是不敢拉她的手。她太神圣了。

可是有天,她却主动问我,要不要跟她在一起。

我那时像中了六合彩般开心得不得了,我对她如珠如宝,她要什么都依她的,我甚至决定改邪归正,靠自己一双手去给她一个将来。

然而考完会考之后,她却变得冷冷淡淡,总说要准备重考,人很累。我又不敢去学校找她,有时只在身后跟着她,送她回家。城寨有很多坏人的,我很担心她自己一个人在路上会遇到危险。

我说:"考完会考?"我望向韩再新,那即是说是在她和韩再新在一起之前已和大黄蜂在一起了。

大黄蜂甜丝丝地说:"如果遇上她心情好,她会在街口等我上前,然后牵着我的手一起走。如果那天她心情不好,就会让我静静地跟在她身后,我也不会去打扰她。但每次她都会回头,跟我挥挥手才上楼回家。"

韩再新和我听得糊涂了。

韩再新是在我会考失败之后才向我表白的,而之后在我刻意安排下,为保存一段友谊,把韩再新甩了,推给了依兰,才造成依兰之后堕落的结局。

然而大黄蜂却说,在会考之前,依兰却已经和他在一起了。

55.

我们一直都自以为是地生活着,把自己的世界无限放大,别人的错都是他们自找的,而自己的痛苦就是他们的愚蠢与自私所造成的。但其实我们都太以自我为中心,这个世界,生活在其中的人,都拥有光明与黑暗。

可是,在我们的眼中,却永远只看到自己的光明,别人的黑暗。

我颓然跌落。

我忽而明白、忽而记起。

我的过去、我的心、我的思想、我对依兰的妒忌和责备,一片片飞花似的,骤然散开、骤然碎落。我为自己而在心里所筑起的那道围墙,随着大黄蜂所说的话,击倒、破灭、摧毁。

我和韩再新都曾经口口声声地说，是依兰她把自己推进了黑暗。

但其实，是她在我们面前，演绎了我们内心的黑暗。

而那个"我们"，是我和依兰二人。

我曾经以为分隔开我和韩再新两人的那堵墙，是依兰；但我一直想不通，为何连我和陈奕华都被分隔开了。

因为内心黑暗的不只是依兰，原来，还有我。

56.

我和依兰从小一起长大，我们是双生花，却也用自己的刺将对方刺伤。

我们都那么珍爱对方，但却又互相妒忌。

依兰对韩再新的爱早已淡去，其实她最恨的，是我这个最好的朋友，骗了她。

而我知道依兰一直渴望靠韩再新摆脱低下阶层的笼牢，但却竟放任依兰去纠缠这个半点也不喜欢她的韩再新。在韩再新吻我的那一刻，我就清楚知道，他绝对不会喜欢依兰。

我宁愿放弃最喜欢的男孩子，也要让依兰经历得不到的滋味。

因为我一直妒忌她比我漂亮、比我聪明、比我优秀，妒忌她比起没有母亲的我，有一对健全的父母。

在我生日的那天，城寨被五十多盏街灯照亮了的那天，我哭得晕倒了。

因为有那么一瞬间,我忽地感觉到了自己的黑暗。

一直以来,我的心灵深处都在为这个深深爱着的人,而深深地愧疚。

因此,我放弃了韩再新,也放弃了陈奕华。放弃了以后拥有幸福快乐的机会。

因为,这么多年来,我一直在惩罚自己。

我用一个仿似光明的理由,骗了依兰韩再新是爱她的;而依兰则用她黑暗的方法,去报复我说和韩再新在一起了。

因为依兰,在当时便已知道我的黑暗。她最心痛的,是失去了我这个生命中最好的朋友。她也许并不怨恨我爱上韩再新,只是怨恨我不爱她了。可是,我明明也是因为想留住她,才放弃了韩再新。

在我们二人的心中,最在乎的只有对方,从来都不是可怜的韩再新。

而我,却一直用一大堆黑暗的理由去描绘依兰,目的就是为了展示我光明的一面。

我,才是多么的黑暗啊。

57.

韩再新推了大黄蜂一把,说:"你说你这么爱她,为什么要她'下海'!"

大黄蜂甩手摇头说:"没有!我没有要她下海!我可以发毒誓!从来都没有想过要她去陪客!我爱她爱得要死了!我只是痴痴地望着她已经很满足了,她喜欢热闹,我就带着一班手下去接她放学,她喜欢花,我就四处采摘不同的花给她,就算爬山爬到手脚都流血了都在所不惜!

连她忽然说要和我分手,我纵伤心也没有求她留下……因为我知道自己根本配不上她,她是我心中最完美的公主……

她和我第一次分手之后,我远远地望着她和这个男人在一起(他指了指韩再新),只默默跟在她身后,就算是当一个守护者也好……心想如果她有什么事,我就算拼了命也可为她挡下……可是……可是……"他再次泣不成声。

过了一会儿大黄蜂才说:"不过我知道我的付出是有价值的!依兰是真的爱上了我,她是真的喜欢我!所以她才会又回到我的身边!她把这个男人甩了回到我的身边!

她回来的时候,非常的伤心难过。她说她不想再报仇了,她不想再和一个不爱她的人在一起了,她很累很累,她只想好好地被我抱着……"

我的眼泪一直无声地淌着,韩再新也是一脸愧疚。

韩再新说:"是我对不起她。"

大黄蜂说:"不用说对不起,她根本不喜欢你,她说她只是玩弄你罢了。"

韩再新没什么表情,只点了点头说:"嗯,是吗。"

其实我也根本弄不清,依兰心中最爱的人是谁。

也许我们每个人心中都有一个答案，也许我们每个人心中的答案都不一样，也许我们每个人心中的那个答案，都是"我"。

包括我，也包括依兰她心中的那个答案，也一样。

58.

依兰和韩再新分手之后，又再回到了大黄蜂的身边。

大黄蜂激动地说："当时我抱着她说一生一世只爱她一个，永永远远地爱着她，我们甚至私下订婚……但是我欠下许多赌债，依兰说会想办法替我还债，我叫她不要管，我的事情自己会处理，怎知她却偷偷地跑去'下海'……呜……哇哇哇……"

大黄蜂失控地大哭起来。

自己心爱的女人为了自己作的孽而沦落风尘，望着痛苦莫名的大黄蜂，我不禁感到疑惑，究竟依兰是因为接受了命运的黑暗，还是为了眼前这个深爱她的男人？又抑或，她真的是我们所想的，是立于那高高的暗黑城堡上，那个黑暗的女王？

或许，连她自己也不知道。

依兰的痛苦，在于她太聪明。她聪明得知道我的黑暗、知道韩再新对我的感情、知道自己的能耐，然而，她却并不知道爱情和寂寞的魔力，更不知道命运的不可预期。

当她身陷其中时，一切都已回头太难。

因为在她的黑暗中，还有爱。

59.

大黄蜂心痛又悲伤地哭着说:"那班人想我卖了依兰来还债,我宁死不肯,结果他们就在我面前将依兰……我永远不能原谅我自己,永远不能……哇哇哇……呜……"

大黄蜂抱着依兰的墓,怜爱地抚摸着她的遗照说:"但我还不能死,因为我要为依兰申冤和报仇,那个骗她'下海'的人还逍遥法外……"

我和韩再新同时惊呼:"什么?!"

大黄蜂点了点头说:"那个人就是我那时的债主,他骗依兰说,只要她'下海'一次,我的债就全部一笔勾销……依兰是为了我,她做的一切都是为了我们的将来……"

大黄蜂紧握拳头说:"这些年来我不断地搜集那个人的犯罪证据,终有一日我要亲手送他上路!我要把那人送去坐一辈子牢,要他今生今世都承受困在黑暗中的牢狱之苦!以慰依兰在天之灵!"

大黄蜂离开前交给我们一张卡片,他刚刚考取了律师资格。看着他伛偻的背影,像个七八十岁的老人。我和韩再新都相信,他真的深深爱着依兰,也深深地陷在过去的阴影中活着、折磨着。

然而,他却是为所爱的人而活着。

我觉得,他比我们,都幸福得多了。

我脑海中,浮现"因果"二字。

我和韩再新心中，都曾深深相信依兰是黑暗的女皇，因为唯有如此，我们才有借口去摆脱心中的罪恶感。韩再新后来说，其实我们每个人内心都有一个黑暗的自己，一个善良的自己，只是我们在当时选择了相信黑暗就是光明，后来，还一直催眠自己黑暗就是光明。

在城寨五十多盏街灯被点亮的那个晚上，也许依兰早已原谅了我们，但在往后的日子中，我们却从来没有原谅过自己。我们走出了别人建立的城寨，但又被困在自己建立的城寨之中。

光明总受着黑暗的挑战，黑暗又总战胜不过光明。循环往复，永不止息。

也许有些人还是觉得依兰选择了黑暗，但至少在大黄蜂心中，她由始至终还是一个善良的公主，永远那么的明亮和纯洁无瑕。

我一直仿佛在走着自己选择的路，但其实还一直活在依兰的阴影中。而大黄蜂，却比我更光明正大地，走在依兰留下痕迹的路上。

过去的，从没离开过。

每个人都有过去，每个人都有过阴影，因为这样，才能造就出现在的我们。

人总是不停地面对着自己的黑暗与光明。

我望向万里无云的蓝天，想起了细佬、阿爸、阿妈、陈奕华，还有依兰、韩再新和大黄蜂。

在依兰的坟前，我静静地，洗礼着我们黑暗的过去。

我和依兰二人那黑暗的过去。

风吹过依兰坟前的鲜花，依兰的遗照在微笑。

我望向天空，天空的白云好像一条飞舞的青龙，仿佛细佬在陪伴着我、安慰着我。

韩再新轻轻地握住我的手。我的手中，传来一份久违了的温柔。

我闭起双眼，仿佛听到依兰和细佬在我的耳边轻说：

"如果你去爱和感恩的话，那就无须惧怕黑暗。因为唯有遇见黑暗，才能见证光明。因此，每一个黑暗与光明的经验，都是那么的弥足珍贵。"

我的眼眶中，忽而一片温热。

终于，我的心，也开始迈向光明了。

成年孤儿 / 何荣

1.

吃饱穿暖才会有色狼。

咪咪聊天室每天三万多的点击率里，有老李雷打不动的贡献。你白天走在大街上，不会想到擦身而过的这些行色匆匆的人，晚上有谁会进这种聊天室。老李利用了这个思维的盲点，白天一直理直气壮地骂政府，谈楼盘，开午间会。到了毛茸茸黑漆漆的夜晚，谁也想不到这台富有正义感、幽默风趣的国家机器，就开始心痒难耐了。吃好饭洗好碗，先装模作样浏览一下新闻，看看玄幻小说，玩玩斗地主，看看时机到了，火候差不多了，就开始大变身了。咪咪聊天室每月从他手机里扣五十块钱，让他当高级会员，让他与妙龄女郎激个情视个频，让他被人嗲一嗲，浑身赘肉麻一麻，重新当一回生龙活虎的少年。比老婆挣得少又不是一天两天，女儿上初中时就知道妈妈腰杆子硬，开家长会只对老婆说，老李在家中渐渐笑成全家福上最假的那一位。

再年轻点的时候，老李还不会上网，老婆也不会开车，女儿也还没有练就少女观音般清冽的眼神。那会儿时不时还停个电，一家人围着昏黄的煤油灯像围着一口由黄光打成的井。有时点根小蜡烛，那火苗卧在灯芯上，风怎么吹也吹不走，头细腹粗，飞着黑烟。烛身像白玉，上头一条舔来舔去的小金舌，好像要把周遭的黑暗都舔净。那时老婆还像个老婆，会扯块粉色桌布，在四角锁边，绣一圈小紫花。老李喜欢摸那绣好的胖鼓鼓的花瓣，凹凸不平，硌着他的手心。

再年轻点的时候，老李他们办公室还没有实现无纸化办公。每次他拟好发言稿，工工整整誊在稿纸上，密密麻麻一张字毯，横看成岭侧成峰。稿纸的背面被字顶得微微鼓起，无数的一笔一画触感分明，好像那一行行小楷真的入纸三分了，老李总要摸它一摸，有种奇异的快乐。

老李这么多年的贡献，就是为国家培养了一名美女，且是冷面美女。差不多有十五年没有人冲他撒过娇了。老李其实很喜欢被人嗲，小时候女儿腻在他身上，他最喜欢拱了头埋在温热喷香的小身体里嗅，边嗅边拿胡子当砂纸，去磨她娇嫩的小脸蛋。这小身子可是他造出来的啊！他造了一个小人儿呢！这不知道哪里冒出来的小家伙抄袭他的长相，口齿不清地管他叫爸爸，住他的房，睡他的床，拿小手焐着他，一时不见就哭着找他，以为他反悔不要她了，或者被大灰狼吃了。他从来没有这么美过，眼眶偷偷湿了好几次，都不敢让老婆知道。父女俩嬉戏着在大床上滚来滚去，床单被滚乱了，他跟小小的她被卷进棉布的旋涡里，喷着热乎气，勾着小指头。有时老李觉得生命太神奇了，不知怎么回事，就来了一个无条件信任他的人。他有时候真想谢谢女儿，他又穷酸又窝囊，她居然不嫌他，愿意叫他爸爸，愿意维护他，愿意让他做主，愿意咽一嘴口水省一口娃哈哈给他，愿意让他笨手笨脚地照顾她。说实在的，他不敢当这个爸爸，有时看着女儿黑油油的大眼睛，心里真想告饶逃命，喊声老子不干了。他总觉得他不配，没什么经验，也没什么让女儿向人夸耀的。他当爸爸都是慢慢学的，开始顶多算个毛坯，虚担个爸爸的名。然后呢，逐渐被洗尿布、送医院、督促家庭作业等琐事打磨成个半成品，最后才吹尽狂沙始到金——越当越顺。可当他自觉终于可以顺利从父亲大学本科毕业时，女儿却逃逸了。

2.

不知什么时候，橡皮筋跟水果糖悄悄过时了，他汗涔涔乐呵呵地买来，女儿淡淡地瞄一眼，宽容地说声谢谢就搁在一边。女儿抽条了，五官也长开了，秀气了，穿件深蓝小袄，衬得脸蛋像白瓷，眉眼淡淡描了几笔，常年鲜红的小嘴是落款的一方小印，算个美人了。她学会了她母亲那种疏淡与雅致，像蜡梅，香，却寒。哪怕是大清早接电话，声音也是清醒有礼的，不见一丝困倦与懈怠，藏得相当好。老李想：也许老婆代表的是先进文明，而自己代表的是落后文化，而女儿自然而然地在这过渡中进化了自身，物竞天择地倾向了母亲，可歌可泣。而他，就像一只被女儿蜕下的壳，干了，空了，脆了，翘了。

家里唯一的同盟军叛变了，老李没想到来得这么早，又欣慰又失落。有时女儿不在家，他会悄悄溜进女儿房间，摸摸这个，嗅嗅那个，总觉得她的衣物上残留着她小时候身上的奶香。他跟老婆下班有个时间差，在那奢侈的一个多小时里，他往往用来缅怀被偷换的女儿。看照片就不提了,二十一年前,打女儿未出生开始就写的成长日记,他都一个字一个字敲在QQ空间里,被网络上来来往往的访客漫不经心地评论着,转载着。随着点击率的增加,那种骨贴着骨心连着心的血脉感反而被稀释了,太多的路人甲过客乙介入了他跟女儿的私密空间,看上去挤了热闹了,他心里头却更冷清了。他这叶公好龙的父爱经不起现实的敲打,一旦女儿真的来电话了,他反而唯唯诺诺说不出个所以然来,扯了两三句就把电话让给老婆,自己眼巴巴在旁边听着,笑也慢半拍,愁也慢半拍。他私心里仍然觉得,电话一通,老婆女儿一聊上,他哪怕拿张报纸在沙发上听听壁角装装样,一家人也像是团聚了。

寒暑假女儿回家,一个大活人杵在他面前,他反而更别扭。早上七点闹钟一响,老婆如得军令,一跃而起,一派杀气。自古红颜如名将,只见她身轻如燕练瑜伽,昂首挺胸敷面膜,纵横驰骋煎鸡蛋,气定神闲热牛奶,过关斩将切面包,举手投足,虎虎生风,令人眼花缭乱。最终,她极娴熟地用刀叉把整洁到随时可以拍入广告的食物送下肚,拿餐巾掸一掸嘴角,拎着巨贵但是软趴趴像只牛胃的磨砂羊皮手袋就噔噔出了门。老婆知道他那老农民的胃还是不上道地迷恋着包子油条大饼豆浆,所以通常早餐只做自己那份。一大早吃的如此国际化,不看老婆那张纯正的中国脸,一时你还以为这是在纽约呢。这个女人在二十五年同床共枕的婚姻生活里,如何极有志气地抹掉了侉里侉气的憨厚乡音,矫正了大红大绿的村姑眼光,调整了含胸外八字的农民姿态,收敛了浓油赤酱的农家口味,较着暗劲打磨修炼成看不清来路的城里人尖,老李竟然一点都不知道。老李怀疑,就算拿台DV二十四小时跟拍老婆,也揪不出任何不雅镜头,就算老婆说梦话,那也该是呱啦翻脆的普通话。

他通常听着老婆杀出门去好一会,才慢腾腾起床,找到他的百宝匣,撮一点金灿灿的小米,捏一把红彤彤的赤豆,抓一捧白生生的薏仁,炖一锅稠乎乎的热粥,蒸一笼香喷喷的包子。他一手兜着温热的碗腹,一手攥着筷头在粥面上赶。赶一层,呼噜呼噜地吸,咬一口包子,再赶一层,哧溜哧溜地喝,不多久,一碗粥就见了底,舒坦!三碗过后,女儿还没有起床,这位空忙了一早上的父亲在一屋五谷杂粮的香气里,恋恋不舍地准备去上班。临出门写了张条给女儿,要她记得喝粥吃包子。写了俏皮的,怕女儿不屑,揉了;写了严肃的,怕女儿反感,撕了;写了普通的,怕女儿嫌弃,丢了;写了深情的,怕女儿厌烦,涂了。弄到快要迟到了,最后还是写了一张混合的,还颇有童心地画了个笑脸。下班回到家一看,纸条没了。老李眉结一松,嘴角撑不住了,绷了一天的脸皮子松了,笑开了。两股热流痒酥酥爬上腮帮子,烧得一双耳朵通红,衬着面乎乎红油油的圆脸,整颗头成了一只咕嘟着热粥带着两只把手的小耳锅。一揭锅,粥早干了,糊在锅底,裂成几半。老李被这盆冷水一浇,直觉脑门"呲"地起了一圈白烟。他快快把锅盖一合,眼皮一耷,瞥见了地上脏兮兮的纸条。纸条已经被女儿的拖鞋底盖上了好几个等同于"此条无效"的黑印。老李怀揣着过剩的父爱,深深地感到了一种类似于产妇奶水太足婴儿吃不完后产生的胀痛。

下班回来,老李喜欢偷偷瞅瞅垃圾桶,这样他就知道女儿在家吃了什么,玩了什么。据他推断,早餐可能是趣多多加德芙巧克力,中饭估计是康师傅老坛酸菜泡面,辅以几瓶养乐多。剩余时间她都窝在自己房间里,逛淘宝,看小说,打电话,玩植物大战僵尸。晚上老李总要朝女儿虚掩的房间探个头,叮嘱一声早点睡。第一声必然是得不到回应的,老李照旧要提高嗓门来第二声,甚至第三声,女儿才懒洋洋地答一声知道了爸。老李打耳朵眼里掏了这四个字,拆了,搁嘴里咯嘣咯嘣嚼着,细细品着那点甜。从两岁算起,女儿叫他爸足足十八年。频率最高出现在小学,之后依次递减,大学后更加稀疏,难得一听。老李跟老婆正好相反,一辈子都恋着热炕头肉麻话。他永远学不会老婆那种比老外还地道的清醒的礼貌。这颗纯本土的老心,被洋风吹着,快要皲裂。

3.

俗话说儿大避母,女大避父。现在的孩子身体早熟,心智却晚熟,两下一错就错开了好几个身位。对于老李,女儿没有丝毫要避讳的意思。她有时穿件小短裤就噔噔跑出来,两条流线造型的长腿,长到好像没有尽头,一个蚊子疤都没有。脚上一双粉色的HELLO KITTY凉拖截住了似乎无限长的长腿,十个脚指头上刷成小魔女样的黑色;有时把自己装在印着海绵宝宝的大T恤里，半个肩露着，锁骨的窝窝里都能搁一只鸡蛋；有时穿件黑色喇叭袖线衫，脑后挽个鬏鬏，脖子白得亮人眼，下身一条裁得破破烂烂的波西米亚裙是华丽的孔雀尾；有时学《上海滩》里的许文强，一件白衬衫一件小西服，打黑色小领结，好像马上要去指挥维也纳合唱团；还有时干脆一件肉色大毛衣往头上一套，毛衣随身体曲线的高低起伏，走势极其妙曼。老李心想真是皇天不负有心人，还是老婆调教得好哇，夏天出门不许不戴凉帽，冬天洗脸不许用热水，逼她练芭蕾，看她学钢琴，骂她走路要抬头挺胸，狠心到一巴掌下去眉头都不皱一下，啪啪啪带着人肉反弹的回音。这个白脸老李才不会去唱呢，要唱她妈唱去，老李一向是用帮女儿逃钢琴课来收买那颗小人心的。老李积攒了一辈子当男人的心得，结果临到头，老婆防不胜防给他来了个女儿，你说说，他一肚子泡妞经验去跟谁说？去跟谁讲？结果只能烂在肚里，还得提防着有人拿这些经验来对付他的宝贝女儿！

老李洗澡的时候很严苛地拿眼睛扫过自己的身体，妈呀，简直就是瘪了气的米其林轮胎人，痴肥到扒开肉才能看见蛋。他跟自己说：你要不是有个神仙一样的女儿，你就是个糟老头！不是你闺女拽你一把，你早进老人堆里找不到了！女儿跟他简直是美与丑的两端，他看着犹如青春女神一样的女儿，真不相信这具近乎完美的身体是自己的一个细胞造出来的。只见她唇红齿白，鹤势螂形，气质像母亲，轮廓像年轻时的自己，一头长发飞流直下是打头顶泼下来的墨。发梢像触手，灵气十足，几乎自己会动。有人对老李夸过：老李哇，你闺女长得不赖！老李笑得眼早已看不见了，嘴上还犟着：一般化一般化！哈，不算丑！还能将就看！也有人喊：老李又假谦虚了，明明自己的精气神都给他那宝贝闺女吸去了，人家成了个小美人，他单剩了个老不死！老李噌一下站了起来，卷张《参考消息》就扫那人的头：对！我老不死！我闺女青出于蓝，我就算死了也放心！江山代有才人出，各领风骚数百年嘛！你呢？哪个来替你领风骚！你倒是说说看呀！大家一向折服于老李的幽默，早已笑得溃不成军，哪里知道这位中年慈父长年在家憋了一肚子寂寞？

　　这样下去不是个办法。女儿当纯女儿的时期越来越短，这条路本来就是单行道，她越大，就越不属于你——其实你也不好意思让人家属于你了，你看看你那干瘪样！罢罢罢！就让闺女自个儿走自个儿的上坡路去吧！老李也不是没想过移情，但一直没有好人选。老婆就别说了，越来越像金属防弹板，把儿女情长搭上弓射过去都会反弹。而老母亲自父亲不在后，每日沉默得像一只猿。话也懒得说，在房间里轻手轻脚地走来走去，生怕吵了谁，其实谁也没有。有时候他去看她，老人家高兴了，就不声不响拿一双糙而暖的手攥他。手糙得雌雄莫辨，除去那点温度，甚至像藤条了。手劲不是一般大，攥一下，啃啃，打喉咙里低喝两声。老李一直不知道那代表什么意思，直到他看《动物世界》里一只手舞足蹈兼欢呼的大猩猩，才突然悟了。老李悟完就垮了，他不但没法做父亲了，儿子也当不成了。老李觉得眼前的世界被刷新了，不，刷旧了。好使的，不知不觉地溃烂了；熟悉的，不清不楚地解散了。很明显，他没人要了，妈也在，女儿也在，老的小的，人都各过各的去了。老李还像摸不着头脑的和尚留在原地：就这么算啦？就这么散伙儿啦？老李不情愿了，这个五十三岁的老男孩，把每一寸肉都尽量往老婆打宜家搬回的麻布沙发上贴，贴到不能再贴，沙发腿响亮地吱了一声，他像是小时候使性子被老爹喝住了，停了半晌。老李想：哪家的经都不好念，今后，自己得看看别人的活法，好好学他一学了。从小到老，凡事他都跟人屁股后，拣近路走。不是胆小，是笨鸟，不敢先飞。

4.

老李把认得的人在心里排了排行，归了归类，捋出了六大派：游戏派、旅游派、健身派、购物派、文艺派和炒股派。游戏派以楼上退休的老两口为代表，老方天天在网上斗地主，老狐狸一样精。输了就骂几句，拔网线，宁愿逃跑被扣分也不让对家得分；老方老婆呢，天天在QQ农场偷菜，手边小本子上记着自己小姐妹、单位同事还有上司老婆的QQ号码跟密码，拿老花镜比着，一个指头一个指头摁键盘输密码，要区分大小写啦，要加下划线啦，比绣花还认真。一台机子挂十几个QQ，比"大跃进"还要繁忙。老李觉得玩游戏这东西太虚无了，一拔电源一抹黑，你的积分再高，等级再牛有屁用？那么旅游派呢？老婆姐姐一家夫妻俩都是大学老师，工作清闲，有寒暑假。逢周末就坐火车去周边来个自助两日游，逢放假就走遍天下冲出亚洲。家里挂一张地图，去过的地方都用红笔打个圈，跟打仗时攻占路线图似的，雄赳赳又气昂昂。老李想想他一个五十多岁的老头,背着降压药跟照相机孤零零地到处拍照,说晦气点,人家还以为他中年丧妻出来散心呢。

老李沮丧之日,正乃健身派代表人物老顾狂热之时。老顾先是把一整套健身器材搬回了家,然后参加了冬泳训练营,晨跑队,乒乓爱好俱乐部。他精心呵护着自己身上每一块肌肉,经常隔了衣服捏一捏,拿指头跟它们一一打招呼。他每天携他的一群肌肉们来来去去,一点都不孤单。老李想妈呀这人一老脑子一糊涂果然邪魔入侵,老顾他们这不就是拜肌肉教么,只差对着镜子自己给自己磕头了!看来,这健身不是你想健就能健的!购物派老李可完全没有份,那是老娘儿们的事。老张老婆、老孙老婆跟老曹老婆,几乎个个都是家里的采买专业户。你随手一指家里一样东西,她能给你报价精确到小数点后两位数!家乐福的鸡蛋打折,一斤优惠五分钱,买二斤送一只。为了享受新鲜的蛋,她们四点就起床,搬个小凳子去超市门口排队。排到一半,有资深线人打电话来说大润发还要便宜三分钱,老孙老婆扛不住先跑了。老曹老婆犹豫死了,想走又怕假消息。老张老婆属于干部家属,见过世面,慢悠悠地说赶到那儿早被人家抢完了。老李知道,这年头哪家还缺那点鸡蛋?她们是去买寂寞啊!大家现在都住楼房,没有大院子可以唠嗑了,憋了多少年哪!你瞧,超市门口聚一窝子老年队,讲笑话说奇闻,嚼人家舌根拍自家大腿,熟人鬼鬼祟祟来插队,邻居呼朋引伴来抢购,像不像当年生产队看电影?买鸡蛋的同时,把旧给怀了,把媳妇给骂了,把家长里短给掏了，把鸡零狗碎给八了，把关系给搞好了，把政策给宣贯了，真是买一赠十啊！超市也很贴心，每天每人限购二斤。每天买，每天聊，买完鸡蛋倒空闲话，排出毒素一身轻松，神清气爽拎了蛋回家，这样又消遣又能为家做贡献的美事拯救了多少中老年廉颇啊！对，我是老了，不中用了，买买鸡蛋总归可以吧？你们青壮年有那个耐性？有那个时间？老李明显感受到那种来自于时间积淀的优越感，对这群铁娘子是又敬又怕。

　　文艺派就更不要提了，街心公园的那堆文艺中老年排异性很强，老李这种演到一半自己先笑场的跑龙套他们才看不上呢。他们多半年轻时有个未遂的心愿，老了以后感觉这个世界没那么严苛了，于是重拾旧梦，在夕阳无限好的时候，向这个世界撒会儿娇。有爆着满额青筋唱京剧的，有顶着风湿性关节炎趴石凳上练书法的，有扛着颈椎病跟腰椎间盘突出跳扇子舞的，有支着老寒腿蹲马步头杵头下象棋的。老李发现这里头每个人都是折腾精，家里头暖气开着，儿子给打的红木书桌候着，女婿给买的特级碧螺春泡着，不肯待！一定要待在小公园里，清水鼻涕地风中凌乱着。站那半天，一脸灰。说白了，不就是怕没人看嘛？看别人时少，给别人看时多。当观众的目的是换来更多观众，结交朋友的私心是培养更多粉丝，当观众时常常走神，把刚才自己上台那一连串流程打脑海里甜蜜地过了一遍又一遍，表情有种轻微的羞赧，脸上喜怒哀乐的节拍跟台上正在表演的节拍压根儿不搭，在不该笑的时候噗地笑出了声。老李还看不透这点小算盘！他们聊天，每句都在谦虚着炫耀，炫耀着谦虚。什么儿子爱折腾非要买高保真音响啦,什么手头那套一百二十平的房子是租还是卖真是愁死人啦,什么自己瞎了眼花十万块买了块玉投资结果找专家鉴定说市面价才二十万啦等等。老李在公园转悠过几次,由于做不到那种切换自如的自演跟被演,讪讪地退出了。

老李刚一落单,就有人拉他去炒股。老邓领他到离家最近的证券大厅,里头几乎清一色的老太跟老头。老太是穆桂英一样的老太,老头是关云长一样的老头。能来这里的,没有一个是老糊涂,老糊涂能有本事攒下投资的本钱,且没被儿女算计去?像他这种一看就是初学的菜鸟,不好好看那利齿尖尖想咬人的走势图,却偷空瞄瞄这个,瞅瞅那个。真像邪教组织啊——大家都全神贯注,屏声静气。连墙角那两盆滴水观音也长得十分拘谨,叶片一动不动。空气越拧越紧,连窃窃私语都极其玄秘。冷不丁,老邓两根指头静悄悄地杵到他眼皮下,压低了声音:看到没?我收网早,不然就被吃定了!老李惶惑地点点头。好容易出得门来,被压制了许久的尿意才突然觉醒。老李一边抖着家伙痛尿一番一边暗骂:拿个电子滚动屏装装文明,不使现钱,就不叫赌钱啦?跟以前村上大家伙押宝搓麻将有什么两样!

5.

自古圣贤皆寂寞,被身边所有人遗弃了的老李,穿着他那一身肥肉皮囊,站在小区绿化带前负手望天。天上一朵大胖云,可能是打西伯利亚飘过来的,正很有国际主义精神地往南飘去。

没能加入到任何一个派别，老李并没有多大的失落，相反，他心中涌动着英雄落魄的豪情。此时离他第一次进咪咪聊天室，还有二十小时不到。下午两点多，老李不小心闯入一个成人论坛，初极狭，才通人。复行数十步，豁然开朗。老李面若桃花，忘路之远近，在论坛里一泡就泡了一个下午。论坛里五零后到九零后，应有尽有。四世同堂，欢乐非常。在这里，长相啦，收入啦，过往啦，统统不计。各种资源共享，想看就看，想下就下，没有禁忌，没有捆绑，没有小团体。老李其实是有小秘密的，从结婚到现在，他的自卑一直没有停过。加之夫妻俩衰老度不一致，老得快的总是愤愤不平。年轻时要关灯的是老婆，现在要关灯的是他。有好几次他趁黑摸两把老婆，就被她一掌拍掉："我明天有早会！"如果再继续的话，老婆就撂下一句："你看你那为老不尊的样子！"抱起羽绒被，去女儿房间睡。其实年轻时老李就喜欢娇滴滴的女人，以前他们厂的厂花李玉香，一笑就能让他酥半边。男职工们谈起李玉香，都爱吐痰拍大腿。这些爱过嘴瘾的兄弟们，包括老李，后来都很自觉地娶了与李玉香完全相反的女人。大概是看穿了男人们分裂性，厂里其他的女工们利用反证法原理，个个都按照"非李玉香"模式，顺利修炼成可以清清白白理直气壮骂李玉香不要脸的贤妻良母。老李猜兄弟们一定跟自己一样，想娶李玉香又不敢。此女只应天上有，你放个仙女在你那二十平不到的职工分配房里，就不怕天妒英才？李玉香属于女性能量特别集中的，可以同时朝二十个男人开火，死伤无数。这位伟大的女狙击手岂能满足于斗室？不把你家周遭所有可能的雄性射杀完毕不会罢休。当然,这些都是男人们用来心理平衡的想象,遇上了真人,有人还不是前仆后继舍生忘死?虽然大家心知肚明李玉香不能娶,还是有数不清的飞蛾向前冲。被烧死的统统散发出一种幸福的焦香,带着一种"你们永远都不会懂"的恍惚的自豪。五岳归来不看山,黄山归来不看岳。被李玉香榨过的男人们,死心的都死得分外彻底:有避嫌避过头娶了老母猪的,有带着心伤去深圳打工回来成暴发户的,有拖成大龄青年最终被父母逼婚的。老李是安全的,也是寂寞的,他甚至怀疑李玉香前男友们的惨况都是那些吃不到葡萄的人编出来的。舆论这一块,正反方的态度水火不容:真正的当事人个个都认为李玉香纯洁如天仙,局外人却统统认为李玉香淫荡似妓女。至于传奇制造者李玉香本人,却在他人的针锋相对中,销声匿迹了。

而现在不同了,以前冒着千夫指、万人戳的风险,通过扒厕所、翻墙头等非法手段才能窥见寸把的大白肉,现在全摊开了,免费了,跳楼大甩卖了。哎哟,放眼一看,网站上的姑娘们真大方呀!自拍的照片简直太李玉香了,比李玉香还要李玉香!有胸的要上,没有胸的创造胸也要上,一对Q劲十足的肉锤抡得嗡嗡响。老李看得脸红心跳,若换到今天,他一定要谈上十几个李玉香,最后再娶一个又大又甜的李玉香之王!单位很贴心,给老职工每人配了台神舟笔记本。一来慰藉退居二线愤愤不平的老将们;二来引导他们把注意力放在熟悉高科技上,而不是要求福利上。老李高兴死了,天天背着笔记本电脑上下班,做出自己很忙的假象,用来跟老婆手头那只被咬过一口的苹果PK。天天摸来夜夜练,他把电脑当新媳妇使,在老婆眼皮下来了个热血沸腾的人机第二春。老李现在明白为什么有钱的中年男人都喜欢玩车了,谁他妈到这个年纪不愿意来个新崭崭的金属小情妇?百依百顺,比小奴才还听话,又贴心又给男人面子。中年汉子的婆娘们向来只盯活的,这种车啊电脑啊统统归入个人爱好去了,谁还有精力管精神高潮?

中年男人们经过研究发现,到了这个年龄段,老婆们基本上分成了两类:一类是雌性特征越来越不明显,衣服的主打色调不外乎黑、灰、棕、褐,声音沉稳得像京剧里的老生;面部线条越来越方,比男人还男人。夫妻俩上街,像多年的兄弟。亲是亲,那种湿漉漉痒酥酥的甜媚感没有了。遥想老婆当年,还能不时在你头上叩个毛栗子,让你荡漾半天。他们那个年代的女人本来就正,年轻时有点荷尔蒙兑着,不至于那么硬。现在变成了女干部,缩了奶长了智商,理智,能干,识大体,顾大局,霸占了男人思维上所有的优点,让你自叹弗如,恨不得把男人让给她来当;另一类是雌性特性太过明显,衣服的主打色调不外乎紫、金、红、绿,声音甜腻得像京剧里的花旦;面部线条越来越圆,比女人还女人。年轻时估计一直压抑着,此时来了个报复性大反攻。在一张方圆三百平方厘米的脸皮子上,使用了大量的粉剂霜剂乳化剂。只要走进她周遭三米内,刺鼻的香味就像新开发的生化武器,冷不丁给你一记闷棍,叫你找不着北。这香味像忠心耿耿的猎犬,走哪跟哪。她们边妩着媚边担心有臭男人想占她便宜,笑完了立马一脸警觉,唯恐刚才的笑给人过火的错觉。这种媚异常生硬,像香粉里掺了水泥。头一秒还香着,下一秒就结块了。其实她根本就是自惯自,谁还稀罕她那残花败柳啊?又不是要做植物标本!既然这两种都讨人嫌,那么理想化的中年女人是什么样呢?老李们答不上来。年轻时没见过理想化的青年女人,年老时自然也变不出理想化的中老年女性。总之现在的婆娘们素的太素,艳的太艳,还爱扎堆!几个女人好得热火朝天密不透风,颇有母系氏族风范。她们似乎越来越不需要男人了,动不动一桌麻将摆开,抡了膀子就上,把一堆爱情能量还没有消耗完的老爷们儿,生生给遗弃了!

6.

还是电脑好呀!开机时睁着荧光蓝的独眼,键盘朝老李露齿一笑。显示屏未亮时,里面黑洞洞地装着自己的影子,寂寞的,百无聊赖的,有所期待。硬盘偶尔会咯咯两声,不要紧,那是它的小脾气。一个孤独的老男人背着笔记本,多么像剑客背着他的剑啊!龙灯花鼓夜,仗剑走天涯。风鼓着老李羽绒服的下摆,笨拙的衣袂在汽车的尾气中,悠过来又悠过去,真是少年子弟江湖老啊!我见电脑多妩媚,料电脑见我亦如是,形与貌,略相似。你不信摸摸那机身,热乎乎的,是有体温的呢!既然电脑对我一视同仁,不离不弃,那我老李也不会亏待你,一定要做一名优秀的中老年网民!功夫不负有心人,现在至少在打字速度上,老李跟90后们没区别了。老李打字时的样子,不是吹,跟郎朗弹贝多芬没什么区别！十指翻飞，表情微醺，字不醉人人自醉！老李还交了几个像样的网友，其中一个叫"无敌小子"的少年，跟他最要好。"无敌小子"今天17岁，念高二，夜夜当飞行员，歼灭一至两架飞机，真乃少男硬如铁，老汉糯似虫啊！老李发现，自己还是跟九零后们最聊得来，他们个个都青春逼人，神采飞扬，慷慨又伶俐，仿佛潇洒乐观的少年天子。老李跟在后面当老臣，踏实又自豪。他们很讲义气，可以在网速慢得像蜗牛的时候给你传一部1G的成人电影；他们的情欲相当纸上谈兵，聊女人时个个充大装老手，其实嗅到女生头发的香气都会脸红心跳；他们的江湖味青涩又迷人，没有铜臭味跟钩心斗角，只有纯朴的拉帮结伙跟一致对外；他们屌起来也没有侵犯性，自己屌自己的，不打压你。他们还很慷慨地觉得大家屌才是真的屌，你不够屌或者老得屌不动了，这些嘴上无毛的小男人们会伸出手拉你一把，让很久没屌都差点忘记怎么屌的老李感动不已。看成人电影于他们是新鲜，于老李是怀旧。这怀旧里又有一点新鲜，老李发现，有些花样自己根本都没玩过。一来没有配合的对象，二来没有共同探讨学习的风气。如今万事俱备，而东风却不再了。老李再也没机会亲自玩了，懊恼不已。

　　每天十一点多，是"无敌小子"夜生活开始的时间。他可爱的小头像一亮，老李就慈爱地问他今天做了些什么——这样老李才能够把他从扁平的QQ头像替换成立体的大活人。少年的一颦一笑多半都在他过往经验内，有惊无险，老李听得津津有味。因为懂得，所以慈悲嘛！你听听，他每天真是空虚啊！上午跟同学打篮球，下午逃课在水库边对着大而无当的蓝天发呆。想当年老李还是小李的时候，也对着同一片天空发过呆。发个几百回呆，他的青春就被不知不觉分批偷运走了。对于青春这种私人资源，向来是当事人大方，局外人小气的。"无敌小子"每天都愁什么时候才能放假，放假又愁什么时候才开学，因为上学很无聊，放假更无聊。"无敌小子"告诉老李，他妈妈是个商人，一次性付清买下闹市区一栋写字楼的十五层准备租出。爸爸是空中飞人，三个城市都有他的公司，长年见不着面。家里经常只有他一个人，冰箱塞满了速冻食品，是他妈妈开车去超市采购的，够他吃一星期。这位小宅男的"空巢现象"跟老李挺像，只不过老李心里总有点凄凉。"无敌小子"如是说：要他们在家干嘛呀？大家又不熟，多别扭！我就喜欢一个人待着，天王都这样啦！老李忍不住对着电脑哈哈大笑，这小鬼头！太会说话了！他心里一直有个死结，左解右解，解不开。"无敌小子"一刀把它砍开了，简直就是盘古开天地哇！重的往下沉，轻的往上飘，天地间霎时一片清明！少年的热血注入了老李干瘪的血管，滋润了龟裂的河道，大地回春，万物复苏。

7.

老李想，小鬼头呀，你应该是我老李在这世上交的最小一个，也是最后一个兄弟了吧？我跟你素不相识，但你就是有本事带动我。我也真是没出息，怎么一过就过回头了呢？也许黄粱一梦五十年，他从来就没长大过。女儿还有妻子都是华丽大梦中的人物，到头来他只得一具腐朽的肉身，为这场近乎虚拟的人生耗空了自己。直到少年给他来了个精神换血，老李才苏醒，立定主意从五十三岁开始，好好为自己活一次。老李跟少年要了手机号码，请求少年有什么好玩的带上他，少年豪爽地一口应允。老李看准了少年的百无聊赖正好可以跟自己的寂寞无奈配对，组成优势互补的老少配二人组。终于某天，他的电话响了，少年告诉他，摩漫城新开了一家地下游戏房，可以免费玩一天，免费的喔！五点见！就撂了电话。老李连发言的机会都没抢到，更别提犹豫和拒绝了。搜了摩漫城地址后，老李开始盘算了：现在才三点，但老李对地形不熟，又怕堵车，他决定现在就出发。穿什么去呢？他大人家三十六岁，别弄得像个爷爷。老李心一横，把老婆给他买的大红阿迪达斯运动服套上了。乖乖，这衣服是老婆买来勒令他减肥的，一穿上肚子凸得像只青蛙。老李深吸一口气，还好，肚子没了，腹部只有一点合理的突出。老李提着气走两步，自我感觉十分良好，无意中朝镜子一瞥，妈呀，镜子里这是哪家的呆瓜啊？为了收肚子把脸色憋得铁青。老李绷紧的精神头一下子松了，把屁股往床沿一挂，别折腾了，又不是去约会，还是平时那件夹克算了！但是少年邪邪的笑容浮现在他眼前：肚子凸怕什么？领导都这样啦！老李无声地笑了，撑撑裤脚，抹抹头发。人嘛，就是要自信点，老李呀老李，你也太贪心了。你没年轻过？你没帅气过？你知足吧！你家闺女都二十多岁了，你还指望没有小肚腩身轻如燕？风头都叫你一个人占了，你一红就红个几十年,叫后代们喝西北风去啊?小时候赖着不肯长大,现在赖着不肯老。你就不能学学人家少年,那叫一个自信从容,那叫一个王者风度,那叫一个贵族气派!年轻就相当于家产万贯哪!手里握着大把时间,底气十足,难怪一举手一投足,全是千金散尽还复来的李白范儿!难怪人老了就开始追逐名利!因为最大的财富没有了,要拿其他替代品来凑嘛!少年不需要,他就是青春本人!马上就要跟青春本人会面了,老李有点激动。他屈指一算,五点?不对,到底是晚饭前还是晚饭后?是吃了去还是去了吃?你看小鬼头这时间掐的!老李盘算着,把摩漫城周遭的饭店跟快餐店都搜了一遍。好久好久,他没有这样慎重地安排一次会面了。老李记得跟老婆谈恋爱的时候,老婆总是惊喜他怎么能在小巷子挖出一家色香味俱全的小吃店!其实那是他多次踩点、试吃的结果。老婆看人果然很准,他的确是一位谨慎周全的丈夫。结婚二十五年,兢兢业业,脚踏实地,俯首甘为妻女牛。老李非常热衷于照顾人,能把人宠到厌烦、冷血,甚至歇斯底里,妻子以及后来叛变的女儿都是明证。老李也不知道该怎么办,他就是喜欢做牛做马,事事都关心过头。这位未成年的小家伙正好没人管,趁着他那颗老心还有点余热,没耗完的热情反正倒了也浪费,就一股脑儿浇在这株小苗上吧!

五点整,一只大红青蛙准时出现在摩漫城门口,他有一点点新奇,有一点点羞赧,还有一点点激动,这只装满了几百种情绪混合物的瓮,稍微摇动就会溢出。摩漫城在最繁华的观前街南面,一个小公园附近。公园是开放式的,几株象征性的绿树,枝干上缠着彩灯，像生满了密密的光的疱疹。摩漫城在负一楼，地下通道的入口处，各种广告灯箱都呕了一摊，颜色交错淌了一地。老李仰头望望天，西边尚在血淋淋地埋葬夕阳，而东边一痕幼细的月已描上了淡蓝天幕。五点零五了，少年在哪里？老李不放心，发了条短信：我在门口，穿红色运动服。他想：兴许人家早来了，躲在暗处偷看他呢？这鬼精灵！他赶忙站好，双手插袋，把肚子不动声色地收了一收。这么一来，表情就有点不自然，总觉得自己嘴角在轻微抽搐。老李想这么挺僵尸一样站着太好笑了，自然点吧！于是他假装在人群中辨认着，表情刻意带一点虔诚的痴。过去了一对母女，小女孩一身洁白无垢，唯右耳朵上有个小伤疤，像烙薄面饼时边缘焦了个芝麻大的小点，已经让人放心地结了痂。又过去了一群嘻嘻哈哈的女孩子，一股口香糖味。有一个穿着粉底黑点的公主裙，走近看才发现那些黑点都是微型的骷髅头。注意！这个很有嫌疑，寸头，棒球帽，手里一杯奶茶。两眼狭长，眼睑有点垂，像是豆荚里含着一枚豆。是他？是他吗？这位一身哈韩的家伙极有型地劈开两肩的空气，径直走过去了。老李想不会是诈敌计吧？别过头去望了又望，同时做好肩上被人拍一掌的准备，结果什么都没有。一个软骨症样的女孩，一身暗色，表情仿佛被狠狠凌辱过，有种绝望的笃定，眼神基本上在地面拖。她抬手撩头发的瞬间，亮出手腕上一枚黑色燕子文身，让老李呆了半响。还有奇怪的三人组合，一个娇媚清瘦的女生拥着两个矮且肥的男生，像苗条的李玉香挑着两个大粪桶。在这里进出的物种，多半都相当年轻，很嚣张也很善良。他许久不到人间，竟不知少女都发育到这样好。斗转星移，姑娘们不知轮回了几茬，脱净了泥腥气，有的简直不像吃人饭长大的。此时老李才明白，老婆给女儿滤掉了多少夸张元素，挡掉了多少惊悚成分，删掉了多少甜腻品味！老李觉得遍地都是奇花异卉，觉得每个人都认识他，都在欢迎他回到这陌生又芜杂的红尘中来。

8.

过尽千帆皆不是，老李有点急。他连拨了少年三个电话，没人接。老李边朝负一层走，边不停地短信汇报自己动向，以防少年找不到他。记得大概在他十五岁的时候，最别扭的少年期，那时他还没有"无敌小子"大。有次一位远房表叔的儿子来他家玩，不知怎么两人就打得火热，形影不离。分别时这位小哥哥红了眼眶，他也红了鼻头，两人像再也见不到一样互送东西。大人们看了也不忍，安慰说小哥哥肯定会再来的。等小哥哥真的上车走了，他心里反而静静松了口气。只怪他开场没刹住，热乎过了头。结果导致收场太难，得演，不演哪对得起小哥哥一片深情厚谊？不演哪对得起大人们一片手足情深的交口称赞？其实他很累，疲乏至极，巴不得小哥哥快点走，早走早超生。小哥哥走了，他一个人回到房间，伏在床上，耳朵贪婪地吮吸着喧闹后那份甘美的清寂。大人们都替这个长情的孩子难过，都过来安慰他。他恼了，大人们又误以为他不愿听那伤心事，互相使个眼色,叹息着走开了。大概一个月后,小哥哥随父亲北上,路过此地,闹着要来看他。他听说了,不动声色地躲在屋后的竹林里,听着大人自以为是地召唤他,替他着急。竹林是个天然屏障,挡掉了不依不饶的西晒,隔出了一块幽凉的小天地。这块小天地里,没有无缘无故的爱,更没有无缘无故的恨。竹林外,有个人千里迢迢来看他,他想不通自己有什么好?值得人家这么器重?他敏锐地感觉到,对方一向都这么热情如火,可惜一直没有找到与之以同等热情呼应的对象。这次偶然选中了不设防的自己,就下死劲朝着他突突突一顿猛扫。还有一群等着看好戏的大人们,起着不怀好意的哄,他斗不过他们。他受不了短平快的感情轰炸,很是后悔上次半感动半同情性质的陪演,发誓以后再也不去撩拨这类甩也甩不脱的牛皮糖。竹林呵护着这个饿着肚子躲避连体婴般友情的十五岁少年,这个家人眼中的小异类。天色渐渐沉淀下来,竹林的色调由碧转青,又由青转黛。饱和度一点一点调低,边缘越来越不清晰。烧秸秆的味道灌进鼻管,混着鸡鸭身上被晒了一天后那种毛烘烘的暖香。这位青少年浪子的情绪褶皱被细细抚平了,他觉得他该回家了,那枚燃烧弹应该走了吧。一踏进家门,家人们齐刷刷的注目礼让他极其不自然,那目光里有两分怜悯,一分担忧,余下全是自以为看透了他的慈悲。父亲黑着脸,劈头就问:野哪儿去了!人家等了你一个下午!他还未来得及装出刻意的无辜,脸就火辣辣吃了一掌,这一掌开始极麻,然后极辣,最终极烫。他吃了这一掌,咽下那份痛,只觉神清气爽,自责与愧疚立马平衡,刚才气头上发的松垮垮的誓,也被这一掌拍严实了。如今,打他的那只手已经化成了灰,但这一掌的余响,绵绵不绝了近半个世纪。

人为什么要有回忆?是为了趋利避害嘛!比如说,你被人放鸽子时,就可以想想十五岁那年,你放人鸽子的壮举。这样一来你就可以心安理得地当个几十年的养鸽专业户,不断被老婆、女儿、领导甚至路人甲放鸽子。用你那张观音菩萨般的热脸,去温暖无数个冷屁股。老李真想给自己一个大耳刮子——在回忆曾经自己那种孤寒的同时,他向少年拨出自己都忘了有多少个电话。他还不知廉耻地在游戏房门口象征性地站了一站,让浊而暖的年轻空气把他浑身浸个透。不用照镜子,老李知道自己这张老脸一定垮了,每道褶子每条沟壑都在走下坡路,被地心引力吸着往下坠。他把攥在手里的手机调成了震动,只要"无敌小子"一个电话一条短信,这具老尸一定会瞬间起死回生,奔赴那回光返照的青春幻觉。年老的人假正经,年轻的人最无情。也许他在永远到达不了的时间尽头,少年正打电动嗨到满头大汗,手机丢在一边,一明一暗的屏幕上,显示着一个老男人拿出余生剩余不多的时间打出的来电。这位时间富豪不时瞄一眼手机,坏坏地露齿一笑。老李知道这是个主动即掉价的时代,他不怕掉价,他清楚自己醒悟太晚,所剩时间已经不多,只好腆着脸硬上了。可怕的是,这位不识愁滋味的少年,掂着他一寸光阴一寸金的老年时光,耍他。

9.

七点十八分,一个肚子空空的隐性杀人犯走在烽火路上。他眼淬金星,杀气逼人。他无父无母,无儿无女,无牵无挂,连兄弟也背叛他。他一身血红,肥头大耳,丑陋不堪,任何一个路人都比他好看,都比他年轻,都比他幸福。他跟自杀的人唯一的区别是他没有自杀!你看!他还走反道!一辆辆车像嗅觉灵敏身手不凡的猎豹,成功地避开了这颗不介意同归于尽的人肉炸弹。好久没有这样扎扎实实地愤怒过了,血压蹭蹭蹭地上来了,他头有点晕。老了,啥也干不了了!糖不能多吃,会糖尿病;盐不能多吃,会高血压;酒不能多喝,会伤肝;油不能多吃,会胆固醇超标。时间最阴险了,一样一样给你拿走,何止是偷人发上黑?把你温柔贤惠的老婆给抢了,塞给你个男人婆;把你活泼可爱的女儿给盗了,抛给你个非主流;把你英姿勃发的同学少年给废了,扔给你个啤酒肚。他简直恨透这个叫作时间的东西了,连他恨它的时候它都在无情地朝前走!它一点点扼住他的咽喉,缓缓使着暗劲,不把他掐死誓不罢休!他冲着护栏咣当这么来了一拳,钻心的痛立马以伤口为出发点,以光速疼遍他的每条神经。巨大的反冲力把老李掀翻在地,车水马龙在此断了,结了一个瘤。有人停下来围观他。老李吃这一摔,疼极而怒,红着眼开骂:他妈的看什么看?路人纷纷避开,带着一种"我们比你正常"的优越感,纷纷绕道而行。老李的左拳已经破了,皮开肉绽。血和着泥往下流,挺男人的。老李想随便拎个过路的来问问：你他妈会因为老了给路边铁栏杆来上一拳吗？你有这个种吗？天下熙熙，皆为利来！你们只知道挣钱，拼死命挣钱！有几个有我这种觉悟？有我这种境界？你以为你穿一身LV盔甲就老得慢啦？你以为你开辆法拉利就能跑得过时间啦？都他妈假象！假象懂不懂！老李被疼痛给绑架了，一时半会儿还起不来。他的视线凭空矮了一截，膝盖上满是尘土。他觉得自己这一刻非常低贱。对，低到尘埃里的那种贱。无数双脚从他眼前经过，人群像避瘟疫一样避开他，仁慈地在寸土寸金的闹市区大马路上，给他留了六百多平方厘米的私人领地。千人踩万人踏的水泥地面，一道道防滑纹已被磨到辨不真。正头顶的路灯垂着头，拿光钵扣住他，防止他再拿自己作法。仰头望天，天是明媚的海军蓝，缝着一枚金扣子，是月亮。身上有个部位一直在轻微痉挛着，他懒得去管。一个小姑娘在妈妈的自行车后架上目光灼灼地望向他，单眼皮齐刘海，眼神里无悲也无喜，黑白分明的眸子吸人吸很牢。她不介意他跟她陌生到近乎两个对立面，只是单纯地摄取这副颓败皮相，在内存有限的脑盘里谨慎地运算着。一个神似他老婆的中年女人，一件杀气腾腾的军绿风衣，卷发扎马尾，细框眼镜，像个女医生。蟒蛇纹丝袜，小腿上爬着藤蔓样的黑色蕾丝，登一双木黄坡跟鱼嘴鞋。她的目光仅仅在他边界触探了下就极有礼貌地回避了，他猜她一定把自控力当成文明人的基本要求，很明显地，他远在她理解力之外。在这漫长又短暂的几分钟内，他的心封死了，感官却如往常样洞开，忠实地工作着。臭豆腐被煎成了一只只小油枕头，减速带上黄黑条纹像蜜蜂的腹部，摩托车尾气的焦香带着一种工业的暖意扫过他的腿，廉价香水的醚味打四面包抄过来，又被垃圾车的腐臭替代。世俗的色香味攻击着他的眼鼻口，一心一意要这个怪僧还俗。一瞬间，他像醒悟了似的，慌忙摸索着自己，寻找身上那个哆嗦已久的震源。他在裤兜深处挖出不断震动的手机，摁下接听键就像拉开易拉罐的拉环，急吼吼往耳朵上一凑，干渴的鼓膜贪婪地啜着那声音的细流：

喂，爸你怎么才接啊？

老李虽然人还瘫在地上，精神上已经立正了，脚后跟啪一声并上：我刚才在开会。声音柔和又坚定，颇有老婆清晨接电话的神韵。人家都急死了！女儿娇嗔。还有人为他急，他突然有点眼热，幸亏女儿把他从私人的情绪小天地里拉回来了。这事儿邪了，不就一个小毛头放他鸽子嘛！怎么弄得比男女朋友分手还严重？这边一走神，那边已经把电话挂了。不管怎样，双脚离地的地狱时刻已经过去，父性已然复苏，他赶紧翻检手机。四个未接来电，一条短信，都是女儿的，让他在回家路上帮她买双袜子。他突然明白过来，他之所以还撑着当老不死，无非是误以为妻女还需要他。事实上，她们是需要他的，但远不及他渴望的那么需要。对，他是鸡肋，食之无味，弃之可惜。但现在他不能自弃呀！他得去给女儿买袜子呀！

七点四十分，华润超市监视器里出现了一个穿大红运动服的男人。他身上脏兮兮，在货架间可疑地转来转去。眼色最活的实习服务员张玉超跟了上去：先生您要买点什么？他不回答。张玉超细心地发现，这位顾客的手背血迹斑斑，一脸怔忡，极有可能刚参与过一起刑事案件。他谨慎地后退着，不动声色地挪到门口，瞄了一眼张贴的两张杀人犯通缉令。空气变成一种胶状物，阻力很大，十步的距离，他走了足足两分钟。年轻正直的推理爱好者张玉超犯了难，他发现每张都挺像：面相老实，目光呆滞，细看又有那么点豁出去的狠。估计平时是个好好先生，把受过的委屈以积分制的形式忍下来，等着火山喷发算总账的那一天。这类人一方面给予欺压别人的惯犯以一次性的毁灭打击，另一方面给予张玉超此类潜在的为民除害的英雄以获得十万元奖赏的机会，不能不说是塞翁失马。张玉超正犹豫着要不要报警，男人已经拿了双袜子过来结账了。袜子是粉色的，脚踝处带着两颗鲜嫩的樱桃。没记错的话，这是超市最贵的袜子。他应该不是买给自己的。是给他女儿？孙女？滴。收银员李海燕熟练地扫码：您好，一共八元七角，请问需要袋子吗？男人疲乏地摇了摇头，排出一堆大大小小的硬币。八元七角，正好。请拿好您的购物发票，欢迎下次光临！1-1-0，这三个数字在张玉超诺基亚N97的屏幕上依次跃出，心跳瞬间大到震耳欲聋。这时，男人无意间瞟了张玉超一眼，使他停住了按下拨出键的手。那眼神澄净无波，怎么说呢？有一点点委屈，还有一点点自嘲。是超越了他这个年龄段的东西，让他不敢小看。猛一看觉得他眼角依稀有泪光，细看又好像是渴睡许久，一直死撑，那种亢奋的晶亮。这是中年人才有的眼神，是被熬夜、衰老、孤单、责任，以及非自愿的酒色财气熏染出来，风味独特的，陈酿。他像匹受伤的独狼掉了头，一步一晃地走出门去，那只粗糙的血迹未干的大手小心地握着那双袜子。看来，他真是一位父亲。张玉超心里那面擂得到震天响的大鼓，就此停了。

10.

啪！啪！啪！左右开弓抽着小耳光，拍化妆水的女儿已经进入到物我两忘的境界。功夫不负有心人，他故意抬了三次手之后，她略偏了偏头，春葱似的十指陡然停了：妈！妈！妈你快来！爸流血了！一阵清新的甘菊味儿裹了他。爸你没事吧？疼吗？女儿扶他到沙发坐下，蹙着眉尖，拈着食指，试探着轻轻按了一下伤口，黑洞洞的瞳仁里含着小小的他，随着晶状体的凸面微微变形。他忍痛笑了一笑：没事。我这样够男人，够硬汉吧？他想。老婆踏踏冲了出来，肩膀跟耳朵间夹着手机，左手双氧水右手棉签。一大一小两个女人围着他，他幸福地躺在沙发上，任由她们摆布。一瞬间，他产生了一种错觉，他连同他身下的沙发一起上升了，悬空了，远离这喧腾起伏的人世，徜徉在云端。祥云朵朵，金光灿烂。画面突然被锯齿状的疼痛切割成两半，老婆铁青的脸堵到他眼前，失了焦：听到没？要打破伤风！老婆的节奏总是太快，在他走神的几秒内，她已经决定送他去医院。老婆把车开得风驰电掣，老李不住小声地嘀咕：危险啊危险！就不能慢点啊？死不了！老婆在后视镜里逮住他，狠狠剜了一眼：你啊？想死还早了点！哎哟！你看看，这女人吧，就是这么夸张！到底是妇道人家没见过世面，不过手背受了点伤，她就大惊小怪！枉人家一口一个"赵总"地叫她！哼，平时看都懒得看我，这个时候临时抱佛脚，讨好我，巴结我，我就睬你啦？金字塔不是一天建成的！堂堂七尺男儿，岂是这么好收买的？我才不领你那个情！老李双手把自己牢牢一抱，耸了耸肩。车窗外是墨黑的夜，蓬松的，像某种动物暖烘烘的皮毛，有着微膻亲切的体味，他很想把脸埋进去深深地嗅它一嗅。车窗上有张老男人的脸，背景是飞速后退的灯链，甩着璀璨的尾。那人一直在对他笑，喜滋滋的，还不易觉察地噘着嘴，像在跟人赌气。愣了半天，他才反应过来那就是他自己，赶紧嫌弃地板好脸。那笑意自顾自打嘴角溢出，像婴儿流口水，止也止不住。神游了一路，他差点哼出小曲来，幸好老婆及时把他像押犯人一样押到一位白大褂对面。医生头也不抬，唰唰写病历：怎么回事？

对了，怎么回事呢？老李抬头，左看看女儿，右看看老婆。他成了三明治中间那块宝贵的肉。

得，这谎非撒不可！老李清清嗓子，开始编。

趁老婆拿医保卡去缴费，老李像个落难的皇太子，在四楼负手四顾，俯视天下苍生。医院真是个让人热爱生命的好地方呀！手伤了不要紧，去看看那些截肢的吧！截肢了不要紧，去看看那些癌症晚期的吧！癌症晚期不要紧，去看看那些太平间的吧！太平间的不要紧，去看看那些没出生就夭折的吧！夜晚的医院人不多，除了他这种看急诊的，余下的几乎都是住院部的。一个整条右手臂打石膏的男人，被绷带缠得直挺挺，表情似乎打受伤那一刻就凝固了，成为一块呆滞而惊惧的活化石。他缓缓挪动着,像只半成品木乃伊,正笨拙地用左手按电梯。可怜啊!这位老兄的家属呢?拿他一对比,老李觉得自己是市立医院最幸福的人!他当了这么多年好丈夫,好爸爸,就不能坏一坏啦?他又没有反社会反人类,只不过放了点血。老李疼爱地看了看自己被包扎好的右手,雪白的纱布纹理细腻,与糙黑的手背形成鲜明的对比。他多少年没受伤了?除了那人人必得的高血压,他结实得不像个活物。以前家里还没这么宽裕时,老婆女儿吃不完的剩菜,统统由他负责扫尾,练就了一副怎么吃也不会拉肚子的铁胃。买回一只老母鸡,老婆啃鸡翅膀鸡爪,女儿撕鸡腿鸡胸肉,他老李吃下水!直到今天,他还保留着把鸡脖子优势最大化,连吮带吸只剩一截精美骨骼的超能力。也许,太结实了就会激起别人的破坏欲,来试探一下你的承受极限;而受伤了呢,就会有人来疼你,关心你,不响的轮子不上油嘛!伤好了还会长新肉,旧的不去,新的不来。这一拳,他赚了。

11.

这次受伤仿佛是茧开了个小口,老李这只老蛹要破茧成蝶了。正如当年老李没有给出任何他为什么躲进竹林的解释,"无敌小子"也没有给出任何他为什么没来的解释。九零后不像他们五零后这样一诺千金,给自己压力也给别人压力。"无敌小子"像天空中的一片云,偶尔投影在老李的波心,他不必讶异,也无须欢喜,转瞬间就消失了踪影!啊!他记得也好,最好他忘掉,交会时互放的光亮！忘掉就忘掉，洒脱谁学不会！老李像个失恋的小青年，一边哼着《伤不起》，一边把"无敌小子"的手机号码跟QQ删了个干干净净。不管怎样，是我先删的你！老李有点恶狠狠的小得意。这个时代很奇怪，留下的玩不过先走的，热情的玩不过冷酷的，死心塌地的玩不过若即若离的，真心诚意的玩不过三心二意的。那好，拼得一身剐，敢把皇帝拉下马！我就跟你比冷，斗酷，打碎牙齿撑架子！赢了，落了片白茫茫大地真干净；输了，惹了身骚哄哄腥臭太伤情！那么，还是赢吧！老李赢了，但自觉胜之不武，心中无限凄凉。他向来喜欢把缠人这项主动权捏在自己手里，进与退，随他自己高兴。所以只有他去缠人的，别人来缠他他就不自在。用老婆的话来说，他是个天生的奴才命！他有本事把身边所有亲近的人都培养成少爷小姐脾气。你想，一个人自愿做低伏小，别人情不自禁跟着演，慢慢地，对位关系就形成了，相处模式就定型了。但是这一次，他是真的想借"无敌小子"的热乎气诈一回尸啊！眼看着新生活就要开始了，计划又泡汤了！难不成他命中克友？也许把希望寄托在一个不可靠的小网友身上本身就很危险，老李打算自救。

自从老婆变成了赵总，要么三天两头出差，要么就是深夜赶培训PPT，老李常常守活寡。就算天时地利人和来个小别胜新婚，老婆在他身下配合着象征性动两下，也是希望他快点解决，好让她回到电脑前，去写她永远也写不完的方案。这动两下已经让他十分感激，至于更多的要求，他哪敢奢望？老李是个有大局意识的知识分子，他明白，为了一己之私欲，打扰了身为副总经理的老婆,就相当于间接地阻碍了中国经济发展以及现代化的进程。身为一个具有自我牺牲精神的好男人,他是不会把这类问题摆到桌面上去谈的。久而久之,这块不大不小的心病,成为心口的一粒朱砂痣。认识"无敌小子"不久,少年就怂恿他来咪咪聊天室看一看,出出火。老李义正词严地拒绝了:里头那些姑娘们,个个都是人家的女儿。我自己就有女儿,我不能去干那种事!少年不耐烦了:喂大叔,就是看看嘛,又没怎样……再说,你女儿出门也会被人看啊!你就当是看回去嘛!老李被噎得翻白眼,不得不承认此话在理。如今"无敌小子"弃他而去,连句道别都没有。失之桑榆,收之东隅,尽管作为补偿,他收获了老婆跟女儿昙花一现的关爱,但少年的不告而别类似于一种遗弃,总让他觉得那一拳是结结实实地打在虚无上,徒耗力气。人生苦短,那是指黄金期。过了青春年少样样红的时刻,下坡路的每分每秒都很漫长,很难熬。尤其是在夜里,指针一圈一圈挠着钟面,身体的某个部位顽强地醒着,让人难堪又羞愧。结婚前还有个盼头,现在什么盼头都没有了。说他老吧,他离坟墓还有那么一段。这一段怎么打发?难道要他做和尚做到死?有些老男人去找小情人,给枯木添把新柴,看上去梅开二度烧得挺旺,那不过是仗着人民币狐假虎威,再旺也是团鬼火,回光返照!老李是聪明人,选择了一种危害性最小,后遗症最少,隐蔽性最强的发泄方式。如果说之前的挥拳自残算是林冲夜奔,现在已是逼上梁山,该下猛药了!

话说君子慎独,像老李这样的正人君子,跟那些猥琐男可不一样，哪怕在激情聊天的时候，也是坐姿端正，神情洒然。书房的门已反锁，窗帘也放下了，这个私密的小天地里，衰老的荷尔蒙气息瞬间浓郁起来。热气腾腾的茶杯里是上好的碧螺春，老李每年清明前都要囤好几包，密封了放在冰箱里，一喝就喝一年。茶解油腻，跟裸聊这种荤食是绝配。聊天室的界面是浪漫的粉色，创始人一定是个潜藏在民间的社会心理学家，在色彩上想方设法把这事儿朝爱情上靠，显得上档次、年轻，以及甜蜜。他别具慧心，抓住了一大批保守派清闲男士的心理，冒着被抓的危险，勇敢地开了一家精神妓院，给予他们"因爱而性"的美丽幻觉，以及"动眼不动手"的距离美。在男人们青黄不接的"性荒"时刻，世界另一个角落有一批肉体丰美、时间宽裕，具有地母之心且缺点小钱的姑娘们。咪咪聊天室给二者提供了一拍即合的平台，实现了资源优化配置，制止某些不必要的犯罪事件的发生。聊天室里有许多来自天南海北的"宝贝"，只要你买电子玫瑰献给她们，就可以一睹"宝贝"们的真容。你买的越多，看到的内容就越多，计时收费。有众星捧月的一对多聊天，也有日月同辉的一对一聊天。聊天室有个规矩，一切都在网上进行，禁止私下约见"宝贝"——用"无敌小子"的话说就是它不玩大的，所以它能隐秘地存在这么久。细水才能长流嘛！还有，它的聊天窗口是单向的，你能看见"宝贝"，"宝贝"却看不到你，很贴心地保证了用户的隐私。这符合老李喜欢的"你在明我在暗"的习惯，就像打地道战。

第一个跟他聊天的叫玲玲，刷了厚厚睫毛膏的两扇假睫毛压得她眼皮很沉，眨个眼都眨半天。摄像头十分不厚道地高清着，打哈欠时看得见臼齿的蛀洞。一头栗色假发，可能是化纤的，油光水滑，搭在肩头，跟她本人一点都不亲。胸前苦心经营的一条小缝还没有老李的屁沟深。玲玲号称年方十八，港台腔很浓，叫他先森。老李一拍脑袋，怪不得叫玲玲，原来是向台湾同胞林志玲致敬啊！老李咂一口茶，像个下基层的干部：玲玲哇，你爸妈知道你干这个吗？玲玲立马把一张小嘴噘成鸡腚眼：那先森你老婆知道你聊这个吗？老李一个激灵，慌忙说不知道不知道。玲玲看出老李是个新手，打蛇打七寸，一下子就点到了他的死穴。打完了玲玲赶紧揉一揉，笑得异常柔媚，嗓音变回又沙又糯的甜豆沙：哎呀先森没事了啦，说不定你老婆也在跟帅哥聊天咧！老李把茶杯啪地一放：放你妈屁！他正义凛然地把麦克风一摔，啪！甩耳光一样合了电脑。这位玲玲心智显然还不够成熟，她以为来聊天的都是跟老婆有矛盾的，没想到遇上个把老婆奉为女神的。之前她可是用这个手段，把一大半男人都纳为裙下之臣。其实吧，聊天室的一大半用户，平均每天聊天的时间不过一个半小时而已。一个半小时内你是女王，其余时间你什么也不是。老李怒火攻心，狠狠呸了一口：我老婆你也敢编排，我要去投诉你！你这叫毁人清白！他想着等下他一定要给这位山寨版林志玲扔一个电子臭鸡蛋，什么玩意儿！

每晚十一点多，他的老母亲在80公里外失眠，他的老婆在0.003公里外熟睡，他的女儿在2000公里外跟室友开卧谈会。他本人呢，在聊天室里享受仁慈的姑娘们赐给他的虚拟肉身。聊天室拯救了多少潜在的罪犯啊！讲到犯罪，寂寞的中年男人要心理素质有心理素质，要社会阅历有社会阅历，要童年阴影有童年阴影，要婚姻不幸有婚姻不幸，要身心疲惫有身心疲惫，五毒俱全！危险哪！成年太久，负重太久，精神肉体都超载了！老李看到通缉令里杀了人的老男人，总想拍拍他的肩，语重心长地说：兄弟哎，你忍功还不到家啊！其实他这种"中华憋精"也没有什么好夸耀的，无非是暗哑地、隐忍地、无侵略性地活着——就派别来说，他不属于任何一个小团体；就个人来说，老李一不抽烟二不喝酒三不打麻将，把正常的排解途径统统堵死。总之，一句话，他不喜欢人多！人一多就变成小社会，又得开始磨合人际关系，该虐的马上开虐，该占下风依旧占下风。相比之下，暗夜里目光炯炯地恶补青春期的旧账就轻省得多。很明显，他年轻时没玩够，也没得玩，再不玩就要老了。老婆跟女儿占用了他最好的时光，为了这个家，年轻时那些绮梦都被他一一捏碎，想想都委屈。他常常想，如今他职责已尽，完全可以云游四方，重拾十八岁时游遍全中国的梦想，而不是现在这样父不父，夫不夫，子不子。记得有次跟老婆吵架，那时女儿还小。老婆字字珠玑，句句在理，咄咄逼人。他明知吵不过，但又怕认输长了她更盛的气焰，所以死撑着那点薄如蝉翼的男人面子，耍一点撒娇式的无赖。一向丁是丁，卯是卯的老婆对于他的拎不清终于忍无可忍，恨恨地摔门而去。望着雾蒙蒙的窗外，他突然对这个家灰了心，冲着天花板声嘶力竭地干嚎了一声。嚎完觉得不对，一转头才发现，两粒晶亮的黑眼珠在角落怯生生地望向他。晚了，掩饰已经来不及了。他只好蹲下来与女儿视线平齐，吃力地笑了一笑，有两斤重：爸爸刚学狮子吼像不像？女儿不肯信这个谎，边后退边拼命摇头，不小心摇落了眼里两粒小金豆。他再也撑不下去，一把把这个幼嫩的小人紧紧嵌进自己的怀里，眼眶一阵涩。他很抱歉未经她同意就把她带到这个纷扰的人世间，并当着她的面率先流露出自己的厌倦。他一辈子都不能忘记那个眼神，两只黝黑眸子直直瞄准他，像双管猎枪的枪洞。眼神里除了惊慌、担忧、困惑、同情，还有拷问，拷问他这道无解的人生难题。他不知道女儿还记不记得那一眼，总之，很多关口，他就是靠这一眼熬下来的。

12.

万事开头难，很快老李就适应了聊天室的规则，要想开心就不能那么较真！之后遇到一些"宝贝"们好心办坏事地帮他骂老婆，他也能当作一种善意的小牢骚，宽容地接受了。"宝贝"们久聊成精，都有意地吊他胃口，藏着掖着逗着馋着，让他管中窥豹，打持久战。这样可以延长他的聊天时间，花掉他更多的点数，而她们是凭点数拿报酬的。老李经常聊着聊着就走了题，开始拉家常，讲他的英雄史、恋爱史、家族史、这个史、那个史、他本人就是一部二十四史，"宝贝"们一件衣服都不用脱，他能一个人包场，从头说到尾。"宝贝"们乐得清闲，可以卖卖呆，逛逛淘宝，读读小说，只要适当地根据语境变换下声调，有一声没一声地答应下就行。通过聊天，老李发现自己太寂寞了。醉翁之意不在裸，在乎聊也。也就是说，他打着色情旗号花着人民币昧着良心厚着老脸偷偷摸摸背着老婆女儿干的那些见光死的龌龊事，惊天内幕居然是：最乏味的家长里短！他是一名极度欠聊的人，每个人都有那么点小九九，除了出钱让人听，谁有那个闲工夫拿自个儿两只肉簸箕收你那点鸡零狗碎？很多人带着他的故事死了，到死都没人知道，没人知道几乎等于没有存在过。就像老李的祖父，在他父亲出生不久就上前线打日本鬼子，这一去就没再回来，祖母只好带着幼小的父亲改嫁。老李对祖父毫无印象，只知道祖父牺牲时不过二十来岁，比现在的自己还年轻。二十来岁的年轻祖父对今后一无所知，他不知道他的独子会被继父当作亲生儿子般疼爱，他也不知道自己会有个能干果决的孙媳，他更不知道他会有个如花似玉的曾孙女，他绝对不可能知道，他那从小喜欢舞文弄墨的孙子会发福、衰老，夜夜进色情聊天室，跟"宝贝"们聊起英年早逝的自己。也许祖父拼死杀敌，中弹牺牲时只有简单朴素的想法，希望下一代过得更好，让他那年轻的热血流得不亏本。老李不知道自己现在这样的活法，去世的祖父知道了会怎样，会替自己猝然终止的生命不值吗？老李是读着革命小说看着红色电影长大的，自我放纵时难免有那么点罪恶感。不过呢，因为这点罪恶感，他又心理平衡了。记得他跟"无敌小子"提到过自己的内疚，这个小愣头青硬是没心没肺地来了句：No war！裸聊总比打仗好！惹得老李哈哈大笑。众人皆醉我独醒，老李感觉在咪咪聊天室里他就是个屈原！只见他马不停蹄地换着人，把他们李家上至李世民，下到他女儿的辉煌历史，不厌其烦地一双耳朵一双耳朵灌过去。他不但解决了生理问题，还努力地朝着心理领域去靠拢，探索！他要比那些纯粹来释放下半身的糟老头们高强多少倍啊！

你要说那些"宝贝"们有多缺钱，其实也没到那地步。除了极少数潘金莲，她们生活中其实大都也算个淑女，夹着大腿做人。有个场合能毫发无损地骚一骚，扮演一下另一个烈焰红唇的自己，还能赚钱，是多么幸福的事啊！聊天室里欲望总是那么饱满，喂饱了一个饿汉，又来了一个饥汉。每个男人都那么强烈地需要她，而作为一个时时生活在自己给自己打的追光里的女人，是多么希望自己时时刻刻都被人需要啊！显然这是一个男人无法做到的。如果一个女人在生活中实践这些，接踵而至的男人们不会仅仅停留于看一看的。这样你就惨了，被骂破鞋不说，自己也会忙得伺候不过来。网络真是个好东西，现在好了，你一个晚上聊十个男人，你本人还是干干净净的，肉也没少一块，也没人知道。你本人可以有无数分身，在意念上被反复使用且没有损坏，环保又节能。正如耶稣的五饼二鱼，取之不尽，用之不竭，是造物者之无尽藏也。这样一来，男多女少的雌性资源匮乏问题不就顺利解决了嘛！咪咪聊天室另一个好处是，你色迷迷，咪咪聊天室的宝贝们不但不骂你流氓，反而鼓励你。隔了屏幕拿兰花指软软地点在你额头上，娇嗔你一句死鬼。那手势经过多次排演，圆熟又分寸得当，类似于一种微型推拿，点完了那一小枚皮肤还凉凉的，那凉还以同心圆的形式一圈一圈，酥麻麻地扩散着。明知她们是为了应酬，说的都是场面话，胆子还是一天天被养肥了。拿网上的美女练手，老李的一双眼，在公交车上、电梯里也不闲着了。你看看，那些大街上肆无忌惮看美女的老男人，曾经也是羞涩纯白的少男。这些少男们是如何脱尽稚气，反复操练自己，污染自己，用旧自己，让自己最终能够腆着肚子，剔着牙缝，心安理得地坐拥满城美女呢？胜利的果实得来不易，这里头不知红了多少次脸，跳了多少次心，装了多少次老成哪！中年男人看美女，没有小伙子那么猴急，他们眼光老到，经验丰富，会比较专业地滤掉魔术胸罩、高跟鞋、美瞳等附加条件，得出货品的净重而不是毛重，且能充分考虑其实用价值，而不是仅仅停留于外形。这年头看美女，干扰信息太多了，每个美女出门前都武装到牙齿，男人们不得不在目光里支架AK，粉碎了盔甲才能看见真身。

比如，今天在3路车上，老李发现了一朵奇葩。这个小姑娘浑身肉嘟嘟，低胸低腰一起上，前后各一条沟，大方极了。她的手机上一大串花花绿绿的挂饰，拖出来像是手机的内脏。她一头乌发，细软黑亮，齐刘海，发梢也剪得整整齐齐，飘逸里又有一丝乖巧。锁骨上散布着零星几枚小痣，小小的耳垂白里透红，像一滴牛奶。最关键的是，她因为太年轻，露了这么多却一点性感也没有，老李看了只觉得面善，好像一个邻居家的小丫头穿大人衣服臭美，只担心她别冻着了。她露肉也不是存心要勾男人，好像要把发育好的那部分拿出来晒一晒，意思是她已经提前准备好了，让同龄的男孩子们赶紧come on。老李咳一声，假装伸头看站台，余光朝那两捧初雪里钻。老李第一次明白，目光也是有触感的。他的眼睛长了双无限长的手，贪婪地伸出去。正当老李如痴如醉之时，小姑娘突然转头，老李来不及收回视线。少女疑惑地看着他，面部表情微妙地变化着。老李心里一边念着阿弥陀佛，一边自我暗示：她不知道她不知道她不知道，一张不争气的老脸打耳根处腾一下着了。少女端详他许久，目光毫不回避，老李倒抽一口凉气，准备提前下车，不然人家闹起来他脸面往哪放？他仓皇地往后门挤，只听后面一声：李叔叔！他怯生生地一回头，少女朝他粲然一笑。老李被这一声这一笑当头棒喝，屁滚尿流，慌忙站好，把那张鹅蛋脸上的外貌特征飞速地心算了一遍，还是认不出来。小姑娘扑哧一笑：您认不得我啦？我爸爸叫周增德。老李的记忆闸门嘭地开了，往事把他冲得七零八落，差点站不稳。他为了掩饰，夸张地一拍脑袋，装出一副恍然大悟的样子，扬起的手蹭到旁边的中年妇女，换来一句骂得特中肯的：脑子有病！对，真是脑子有病，揩油揩到熟人女儿身上来了！老李笑成了一只老核桃，慈祥地有点过了头：是不是珍珍啊？少女抿嘴又一笑，肩膀朝前轻轻一送，又很有礼貌地止住了：李叔叔你还是分不清我们两个！一层细汗蒙了老李的额头，给他一颗带着红脸的头上了一层光亮的釉。他还没来得及说什么，少女已经朝他摆了摆手，准备下车了。再说什么也来不及了，老李只能追在后面大声喊：有空来叔叔家玩啊！代我向你爸爸问好！少女隔了车窗向他点头，他只敢看她的脸，其他部位他是瞄都不敢瞄了，刚才真是该死！老李觉得自己真是太背了！出师不久，还没来不及饱览祖国美色就撞枪口上了！人家是万花丛中过，片叶不沾身，他呢？偷鸡不成蚀把米！

老李回去把这件糗事跟论坛里的色友们一说,大家都笑坏了。笑完了有人也讲起自己种种趣事,老男人们齐心协力,把老李的心结给拆了。兄弟就是好哇!你干了再肮脏的事,只要没有杀人越货给他戴绿帽,基本上还是向着你。老李发现,"无敌小子"好久不来了,点开他的资料,发现上次登录时间还是见他之前。估计学校里考试什么的,没时间来了吧。算你狠!老李恨恨地想:没有你,我也会过得很好,咱们走着瞧!好比龟兔赛跑,你仗着你时间多精力旺盛,就以为自己一定能赢?我老李虽然是乌龟,不对!乌龟是骂人的!算了算了,比喻嘛!我好比一只老龟,勤学苦练,起码来得及做个"老流氓"!他总觉得,流氓是永远不老,永远不死的。起码老男人坏一点,咸湿一点,就像腌鱼干,腐烂得没那么快。老李觉得最近自己年轻了许多,聊天果然排毒养颜。一个男人在女人那边得了意,哪怕是虚拟的,也会不自觉地开心。你没见那些搞网恋的小毛头们要死要活的?爱情嘛,本来就是个幻觉!老李走过一堵开满了蔷薇的墙,停住了。这堵墙老旧斑驳,石灰涂层剥落,露出了水泥的芯,都风化得脆了,像小时候吃的五仁酥糖。老李拿手一抠,沙子扑簌簌往下掉。这堵无人问津的墙上写了个大大的"拆",看上去是废了。不对!你看一株蔷薇攀墙而走,随心所欲,一路开出粉嫩重瓣的花朵,孤独而热烈,不遗余力。这株蔷薇救活了这堵墙,且凸现了自己的美。墙体的破败愈发显现出花瓣的娇嫩,老墙与春花好比两个相隔较远的端点,箍住一条囊括了大部分年龄值的线段。在最新与最旧之间,我们有很多事可干。

13.

今天阳光豁亮,他瞬间觉得天地一片清朗,所有的逼仄与阴郁都被光嘭地撑开,张满,舒展而自由。这是老李生命中的第五十三个春天,作为一个拥有半个世纪经历过春天的人,老李仍然像第一次经历春天一样,从内到外焕然一新。路边派出所院墙内一树玉兰高风亮节地开着,满身栖着振翅的白鸽。那玉兰擎着一支支燃着大白花的烛台,好心地朝院外倾斜着,颤巍巍的,好让路人也能分得春色一杯羹。树下一地软玉温香的花瓣,一点残败之气也无,好比花中好汉,喊了声老子不干了,就打枝头一跃而下。河边的柳条上布满了绿色的弹头状的小突起,一小点一小点的。那点连成线,线又交成面,远远看去,一团绿丝缠了树不放,把它裹成一只茧。老李打开手机,确认了一下论坛聚会的时间地点:下午五点,新苏天地B座12号,露天酒吧。这次出门,老李摈弃了上次"血淋淋"的运动服,穿上了温柔的米色线衫,贤惠的卡其色条纹休闲裤。上次真是着了魔道了,服装上就杀气腾腾的,跟去斗牛一样,结果没出手就输了。老李预感这次一定很顺,说不定还能扳回上一次那一盘。一个少年在离他五米远的地方撒了车把,享受着短暂的下坡。老李赞许地望着他,有样学样,拿两条腿把裤子搓得碰嚓嚓碰嚓嚓地响,像军人踢正步,遥遥向这位小兄弟致敬。他还注意到路边有个修鞋的妇女,她把一截断掉的桃枝随手别在鬓边,不但不妩媚,反而像男人耳朵上夹着烟;一只油光水滑的黑狗跑过去了,腰身的线条非常妖娆。一辆白色本田紧跟其后，无声无息地滑过树荫，烙了一身猫爪印样的黑白印花。这个叫老李的小男孩，满肚子都是小心思，两粒水晶球样的晶状体折射着这个陌生又新鲜的世界，打捞着被忽略的美。这就是平民的诗意呀！清汤寡水的生计里自有一种朴素的情谊。老李感到万物都赏心悦目，都在向他示好，都试图与他和解。他一向宽宏大量，也就来者不拒，既往不咎了。

三个小时后，天色向晚，华灯璀璨，老李已经变成了李白。他还认识了杜甫，王维，甚至苏东坡。酒精让这群老男人们个个妙语连珠，出口成脏。通过这次版聚，老李体会到了快意恩仇，把酒言欢的江湖气概，聚会散了他的血还在血管里躁动着，把太阳穴绷得突突跳。他刻意要做那个最后走的人，跟个真正的东家一样，扬手送客，点头致意。送走了三个拼出租的，两个坐地铁的，最后送一位以茶代酒的兄弟去地下停车场拿车。夜晚的地下通道空旷无人，兄弟不说话，老李也不吭声。这个城市总有些小角落残余着古风，隐藏着神秘，饱含着刺激，好让被钢筋水泥戕杀的大侠们过把瘾，歇口气。每个地下停车场总潜伏着一盏坏掉的日光灯，悬疑地一跳，又一跳。这位被日光灯照得面如青鬼的兄弟小老李一轮，开一辆黑色福特，在老李的指示下左拐右拐，顺利冲出了包围圈。老李示意他自己家在另一个方向，让他先走，他略一点头，摆一个漂亮的甩尾，就消失在夜幕中了。好了，现在就剩老李一个人了，这条街都是他的了。这位黑暗贵公子在自己的私人街上巡游着，拿眼神摸摸这个，拍拍那个。酒劲像一只闷拳，这时才冷不丁揍上来。笔直的街道略显S形，风骚地飘动着。街景像隔了热汗横流的玻璃，一条一条颜色交织着，厮杀着，躁动着。老李走路的姿势有点奇怪，身体里一半在坍塌，另一半在搀扶，整个人呈现出伤员与护士的双重气质，一看就知道这人喝冒了。老李脚不点地，健步如飞，宛如水上漂，轻功十分了得。就这样且醉且行大概五十米，老李发现了一双妙人。

年长的一位面容沉静，肌肤润泽，乌发挽上去，露出两滴白玉般小巧的耳垂。一身西服料深灰连衣裙，下摆阔大奢华，浑圆鲜红的小圆扣打锁骨一直系到裙摆，端庄里埋伏着挑逗。脚踝盈盈一握，小腿像被爱抚过上千次，与掌心的弧度互补，形成一种熟极而流的优美线条。脚上一双软趴趴的黑色皮拖鞋，脚尖处调皮地开了一枚梨形小洞，洁白的脚趾恰到好处地裸露着。她通身无首饰，也无香气，腕上静静箍一只老式女表。年轻的一位发丝轻曳，一身雪白。她的裙极短，极飘逸，简直要乘风归去了。纤细的手腕上缚着好几圈宽皮绳，大到快要滑脱，险险地吊在虎口处。两脚忽闪忽闪，翩跹如蝶，交替拍击着地面。一步下去，落叶围在脚边打转，那仙气简直要把一层地皮吸起来，又被下一步啪地摁了下去。一双半新不旧的圆头襻带小红鞋，鞋头一点点脏，更衬得一双鹿腿白皙修长。她深情在睫，孤意在眉。不笑时眉尖微蹙，似有所思，又似有所忆。一笑就华枝春满，天心月圆。因着年轻青涩，她略显得质地坚硬，像一枚青果，严肃里带着稚气，忧郁中躲着俏皮。她垂下眼睑时乌睫密密，杏眼通圆时黑目灼灼，眼神扫过时有一大片半径很远的扇形的静。与其说那是一双乌溜溜的眸，还不如说那是一对黑淋淋的洞。这两位可能是一对姐妹，或者闺蜜？或者母女？她们一路款款而行，梨涡浅笑，裙角在汽车尾气里栩栩游动。老李只觉这二人极面善，仿佛在哪里见过；又极遥远，好似天仙。老李呆了半晌，直到一辆逆道行驶的宝马的后视镜刮了他的腰。找死啊你！我喇叭响了几十声你聋啦？这世道，心越虚的，声音越大。老李对司机恶毒的诅咒一点都不介意，他敢打包票，只要他把这两位美女指给他看，这位大汉一定会立马闭嘴。

　　夜幕轻而暖，春风贴着老李的鬓角，一路细密地吻过去，一点也不嫌弃他油腻的额头，多褶的眼袋，跟肥垮的腮帮子。城市的灯红酒绿瞬时离他远了，绿化带里的青草味带着夜气一下子窜进鼻管，甚至有小虫子扑他的脸。腰上的那一下痛还残余着一点奇异的触觉，变成了一种让人回味的自怜。他揉着老腰，恋恋不舍地盯着她们的背影，不知不觉进行了一场微妙的跟踪。年长的娴静，年少的娇美，她们的美恰好是老李好的那一口，比古典多点灵动，比现代少点浮躁。跟她们一比，老李猛然觉得聊天室里的女人们又脏又旧，像破烂的人民币。原来终结了他的饥渴的，不是欲，而是美。他是想当俗人而不得啊！嗲兮兮的"宝贝们"像红烧肉，的确能短、平、快地解馋，但那缭绕在云端的洁净的美，却能让人三月不知肉味。到了十字路口，红灯截停了她们，老李也慌忙止步，生怕唐突了佳人。年长的一位此时不经意地回了一下头，老李赶紧低头看手机。翻开的头一条救急短信是中国移动的，它语气欢快地告诉老李，最近有幸运抽奖送礼包活动，先到先得，送完为止，如果老李还赖在这里跟踪美女的话，他连根鸟毛都抢不到了。

八秒。七秒。六秒。

红灯真慢。老李正要翻开第二条短信,一个电话就打进来了,是老婆。老李酒醒了一半,脑中飞快地计算着自己的方位,看是否要撒谎。你在哪儿呢?老李听声音都能想象得出老婆一脸疑惑的样子。背景有车声,可以确定老婆应该也在外面。老李把四肢聚拢了下,尽量比较屌地答:我在平江路附近,刚见完朋友。正想听听这个谎结果如何,那边却啪一声挂了,弄得老李好生无趣,这也太信任他了吧!老李正懊恼着,两双似曾相识的脚入侵了他的视线,在他面前站定,一黑一红。老李一抬头,呆了。老婆跟女儿立在他面前,齐齐望向他。

老李总算明白自己醉到什么程度了,连老婆女儿都没认出来。没出息的怂包!就算有打野眼的机会,挑来挑去看的还是自家人!老婆显然是惊呆了,她几乎不认识他了,只好拿两道严厉的目光牢牢攥住他,让他动弹不得。她恨不能当场咔嚓下他这衣衫不整满身酒气的下贱样,卖给小报头条,让他好好丢一回人。结婚二十五年,她从来没见他醉成这个样子,简直有辱门风。女儿黑漆漆的大眼睛正对着他,里头装着莹澈的灯火,还好,那目光里暂时还没有轻视,只有担忧。经过的行人们偶尔回头看看这奇怪的三人组合,当街演着默剧,都觉得深不可测,不便插手。人流略涩一涩,又流畅了。赵总保持了一贯宠辱不惊的风度,她不想把街头作为争吵的战场,好让人家看笑话。由于理性的自我克制,她太阳穴附近的一根血管不易觉察地痉挛着。借了酒精的唆使，老李骨子久被压制的血性抬头了，他拿眼斜睨着老婆，意思很明显：我李伟东就不能喝两盅啦！老婆跟他对视着，像个冷静的女医师，无喜无悲地观察着一名发羊痫风的患者。老李最恨这种眼神了，你装不在乎已经出神入化了！你男人喝醉了，你该发火的发火，该骂的开骂，你装什么干部样！你看她一副自以为已经看透了他的样子！你懂我多少？了解我多少？我为什么要来喝这个酒？你给我说说看！老李用腹语气势汹汹地质问。显然，老婆不具备心灵感应的能力，只能惭愧地沉默以对。为了缓和这压抑的气氛，她鬓边的一缕头发不安分地在夜风中招摇着，使出女性特有的妩媚，朝他使身段，抛媚眼，求饶。没错，她身上的每一寸肌肤他都很熟悉，包括她来潮的周期，剖腹产的刀疤，喜欢吃鸡蛋黄不喜欢闻芝麻油，睡着时喜欢抢被子，洗脚时喜欢叫他递拖鞋，每年冬天都要养水仙，不敢骑电瓶车，大腿内侧有个圆形胎记，他都记得清清楚楚。而这个晚上，她变成了他完全不认识的物种。只见她下巴略抬，眼波清冷，锁骨凛冽，肩头单薄，腰身颀长，气质出众。老李已经弄不清楚到底当年眉清目秀歪辫斜编的赵笃梅是真，还是面前这位神秘冷艳秀发轻挽的赵总才是真。女儿像是她娩出来的分身，还没有修炼到近乎神的境界，但已经显示出一种发自肺腑的追随了。这个继承了他一半血统的少女，显然已经完全不属于他了。她们母女二人联手，甩下他这个脑满肠肥的龌龊老男人几十里。在她们面前，他只觉得自己浑浊、肮脏、不堪入目。他突然一阵灰心，撇下这两尊女观音，悲壮地、孩子气地大步朝前走。他知道他每走一步她们都在看，于是便刻意地加大了动作的幅度。老婆他早就不指望了，也许，女儿六根未净，还能从他的背影里咂摸出那么一点点孤独。他一直是个好爸爸，带着微笑的盔甲，刀枪不入。时间长了，那面具跟脸长在一起，撕下来时难免血淋淋。遥想那些日本男人们，经常喝得醉醺醺跌进家门，妻子温柔地道一声回来啦，就手脚麻利地进行清洗，抚慰及搬运。老李却必须自己搬运着自己的身体，以直立行走的方式，把自己遣送回家去。

14.

大雪纷纷，把黑夜都填得实心了。

雪白掺了夜黑，天地间呈现出一片中和的灰白。有了点亮度，但还是暗。

好比一张熟宣从天而降，徐徐舒展在他面前，任他用红的、黑的、金的，一切触目惊心的颜色，来泼，来浇，来写。

雪花满天飞卷，他一步一趔趄，与其说是奔，不若说是逃。雪地上足迹散乱，厚厚的雪皮多处被踢破，露出了冻泥。

大雪吸音，万籁俱寂，仓促的脚步声跟喘息被放大了。因着醉，无谓的小动作骤然增多，给那悲壮的英雄气添了一点平民化的琐碎。雪冷血烫，他把一双眼眶快要瞪裂，这具滚热的肉身陪着他，不离不弃。无数雪花打云端遥遥瞄准了他而落，一刻也不停息，形成一个由绝对的动构成的阒静平面。而他，就在这张雪毯的掩护下，踢打、咬啮、厮杀、愤懑。

鹅毛大雪蛮横落下，让人有种蹲下来抱头痛哭的冲动——大远景把人简化成一粒小黑点，简直太渺小了。他已经快要忍完整部戏，但最终还是提前爆破，再回头也不能了。当好汉不是他本意，怎奈这世间苛刻挑剔，他做低伏小也无法容身。血肉将刀身吸入那一刹那固然像高潮般痛快，但事后猛扑上来的悲愤与无助却把这条汉子打垮了。纯雄性的悲哀，就算在最颓废的时候也是豁朗敞亮的，一点雾数也无。英雄落泪，也是质地坚硬，铮铮两粒，把雪地砸穿两个洞。他的大恸像巨伞嘭一声撑开，内心蛰伏已久的盘古苏醒了，操一柄利斧劈开天地混沌。人生向来是不可逆的单程，他在雪地里且醉且舞，无非是朝着这烟火气的人世间，以最为阳刚的方式，恋恋告别。

　　回想儿时听书，大家凑着胡三爷这根老柴，燃起了一堆同悲同喜的熊熊暗火。夏夜场地上乘凉的人群自动分成两拨，听水浒的跟不听水浒的，他们谁也看不上谁。少年李伟东听得最投入，腿上被蚊子叮了几个大包不说，手心也攥出了一把汗，他爱死这位草莽气的谦谦君子了。胡三爷成心吊大家胃口，说到一半就拍拍蒲扇回家睡觉，可把他给急坏了。那个夜里，他第一次失眠了，他觉得林冲被胡三爷悬置在雪地里，进退不得。胡三爷在节骨眼上叫了暂停，林冲只好像被点了穴一样，立在雪地里一步也不能挪窝，任大雪簌簌落在他这尊血肉之躯的雕塑上，变白，变肿。等到明天晚上胡三爷再接上话头，估计林冲已经被雪埋了。他好担心，雪地那么冷，林冲又喝了酒，会不会就这么冻死了？他愁了许久，突然明白过来，自己的担心一定是多余的。胡三爷虽然是个说书的,但是他看上去也是向着林冲的,不然他怎么会一口一个"高俅那狗日的"?既然胡三爷把林冲丢在雪地里回家睡觉,那么林冲一定没事!林冲没事了,胡三爷也打呼了,可是少年李伟东却辗转反侧,把自己烙来烙去,浑身火烫,快要自焚。他听到隔壁德仁起来解手的声音,还把一口事不关己的痰啪地啐在粪坑边上。一方面,他很羡慕这个听了水浒还能回家睡大觉的家伙;一方面,他又看不上这个不把林冲放在心上的傻大个。林冲拥有至高无上的痛苦,这种痛苦太高级了,成天下河摸鱼上树摘果的少年根本招架不住,够他回味个十天半个月的。他想自己成天厮混,把每天都过得很乏味,白白放掉了原本可以用来干一番惊天动地的大事业的机会。人家林冲跟他同样过着普普通通的白天跟黑夜,却把自己一具肉身逼到接近燃点,烧得像块灼热的红炭!少年李伟东枕着自己的双手,望向正上方无限远的黑暗,耳边依稀一两声夜鸟的鸣叫,像是提醒他这黑夜是活的。他突然发现:林冲的名字很有意思,林黛玉的林,横冲直撞的冲,绵里带刚,勇而不莽。林冲同时占据了女性的忍让与男性的反抗,也糯也烈,统一又分裂,因着这内在的撕扯分外迷人。少年李伟东非常自卑,他是多么渴望那种在进退两难中亟待爆破的张力啊!早慧的他心里很清楚,只有在高密度的隐忍之后,爆破才有极大的杀伤力。之前压制得越深,之后反弹得越猛。他暗暗发誓,他以后也要活得像林冲一样,做兵里的秀才,秀才里的兵!不对!先做秀才再做兵!之前的忍辱负重是紧锣密鼓的准备,为的就是能够在白茫茫天地间,以剖肝沥胆的姿态,熔炼成一种空前绝后无人可救的孤绝。

没想到,三十八年后,发福肥胖的他做到了,以一种狼狈的方式。

他没有积攒下足以用来爆破的痛苦,也没有修炼成柔劲漂亮的身段,更没有模拟出正当盛年的林冲那种豪气与威风。但有一点是相同的,林冲借了酒劲,他也是。不要小看这黄汤,它把无数好汉打那怯懦的保护壳里挖出来,让他们重生一次。不然,另一个自我在血管里横冲直撞,刹不住,迟早把皮囊给撑破。不过饮酒的确伤身,放虎归山留后患,你不仅要向别人解释你为什么私藏了一只虎,而且你还要向别人证明那只虎跟你没有丝毫关系,它只是你酒醉的产物,好让爱你的亲戚朋友们安心。老李清楚自己面临着一场气势汹汹的事后拷问,他懒得去管。大街上无尽的车与人,都与他无关。他把夜色拨开一条缝,艰难挤入。他渐行渐远,把妻女抛在身后,抛出他视野范围内,变成一个有恃无恐的新人。

15.

他固执地不肯回头,他害怕看到她们的表情,更害怕看到她们没有表情。他对她们的任何反应都无力承担,只能闷头狂奔。本该豪气干云的时刻,他居然羞愧了!这让他深以为耻。一辈子当孙子当惯了,突然翻身做了自己的主人,奴性还没清干净,时不时还让他芒刺在背一把。这位新主子身下骑的还是旧奴才——已经败坏到大半个的自己。他不像"无敌小子",到底是怒绿少年,屙得无忧无虑;也不像林冲,毕竟是习武之人,屙得无牵无挂。论年龄,他不够小;论血性,他不够旺。他那中年人不争气的屙,被世俗的黑洞咬吮着,一口气死撑着硬到现在,已经快要疲软。他连自己以前到底有没有屙过,都没有印象了。仿佛他生来就是一只蜾蠃,负重而行。万有引力的作用在他身上分外明显,把他的眼角、嘴角往下拉,最终目的是把他这具亚健康的老身往土里拉。幸好,幸好他在没顶前托出了一个雪白无垢的女儿,续上了火,替他活在这肮脏又温暖的人世间。他也反抗了,但是看来已经晚了。几十年的毒素积在他身体里,让他面相晦暗,就算施朱傅粉,那先天不足的气色依然畏葸地存在着。他胸腔里残余的雄性因子,被一股阴火熊熊燃起,化为作用于自身的暴力。他一路踉跄,气喘吁吁,步履不停,以此实现对自己的软性自虐。他浑身汗津津的,像在灼热的瀑布里头冲过,痛快极了。体表裹一层晶亮喷涌的水皮,身体里任督二脉被打通,新鲜汗液的气味打领口蒸腾着,消耗着本应自眼角涌出的水分,保证了他尊贵的男人面子。他在精神上已经狠狠痛哭过,一颗头被泡胀,带着笨拙的浮肿,浮肿里又自有一种甘美清凉,仿佛高烧退尽后反弹上来的松快与甜美。夜风分两股,一左一右在他腋下架着他,一路御风而行,老李头一回感觉到一种近似零压力的极乐。这位平民舞蹈家灵敏巧妙地避让着车辆,姿态妖娆,整个人却呈现出一种游走于大喜与大悲之间的抽搐。

　　睡梦中,恍惚听见妻子和女儿在低声交谈,不对,好像是母亲和妻子。还是不对,影影绰绰的,又变成了父亲和母亲。其中一个好像在流眼泪,抽抽搭搭的。这两个人为他熬红了眼眶,一脸倦容。他感到一种极度的疲惫与满足,他睡在深深的被里,外面是高墙红瓦,庭院幽静,房间里有种古墓的阴凉。有人在轻声走动,咳嗽,替他照看这失父的世界。有饭香味,一揭锅那耀目的雪白似乎都能嗅得到。还有他爱吃的莴笋炒鸡蛋,莴笋碧绿,鸡蛋金黄;斜刀胡萝卜丁配撕成小片的黑木耳,还撒了点雪菜末调味;油盐清炒香椿芽,小葱拌豆腐,香干兑芹菜。发热忌口不能吃荤,母亲便使出浑身解数,摆出一桌色彩明快,看了就教人眼前一亮的素斋。父亲也头一回显出一种严肃的忧郁,用扇过他耳光的大手摸了摸他的额头,手心像砂纸,那种陌生而温暖的毛糙感让人鼻酸。就算临终前,父亲也没有这么摸过他。李伟东只好装睡,把两泡眼泪关在眼里,喝令自己咽也要把这没出息的咸水给咽了!那只克制的大手终于拿走了,带着一种严父特有的冷峻与温情。他吃力地把眼皮掀开一条缝,这方狭长的空隙里,一只灯泡像一只收藤瓜一样笔直地悬着。早已被淘汰的老书桌上,有个穿粉红袄的小姑娘在做算术,小脑袋一边翘一只小辫。李伟东发现,这个有趣的小人长得十分对称,如果把她从中间对折,她左右两边一定完全重合。他吃力地把视线焦点调准,不由大吃一惊:这不是他女儿么!这时,小姑娘心有灵犀地抬起头,她似乎也被他身上不同寻常的肃静所吸引,一摆一摆地向他走来。棉袄是新打的棉花,杵得很厚,她耷着两手,动作里有种稚气的蹒跚。不一会,他就闻到她那小狗一样的鼻息了。五岁的女儿双手托腮,黑眼珠溜溜转,好奇地盯着十五岁的父亲。在这奇异的对视中,他突然开悟了,四大皆空地灰了心。颤巍巍的眼皮再也撑不住,轰一下塌了,渴睡的眼球饱饮着久违的黑暗,一股热流漫过眼角。

肥硕的五彩大蟒在梦中妖娆翻动,脑壳里遍生密密麻麻的半透明虫卵,白生生地蠕动,恐惧又嫌恶。他想把它们一一掐破,用那声清脆、微小又痛快的啪,剿灭心头零零碎碎的恨意。这位中老年林冲奔得太晚,夕阳无限好之后,黄昏就像福尔马林溶液,不由分说地浸了他。这一觉他睡得又长又累,自己跟自己搏斗。并没有人来拉他一把,坐在床头拿活人的体重替他压一压惊。妻女像是知道他现在不便见人,一并静静地遁了。谁此刻孤独,谁就永远孤独。雪中送炭要趁早,来得晚了,就永久性冻伤了。只要一个眼神就可以解咒,可就是没有。在他缺席的十八个小时里,这个世界脱了节。也可能是他自身掉了链子,导致整个环节的松垮。总之,有什么不对劲了。到底是什么不对劲呢?他说不出。他吃力地回想昨晚自己是怎么进的门,怎么把自己扔到沙发上,竟然一点印象都没有。是大脑出于自我保护机制主动删掉了这一段,还是后天的羞愧出于精神洁癖擦除了灰色的记忆?老李像一尾搁浅在时间里的鱼,圆睁着不愿醒来的巨眼。天花板的线条精准地在他视网膜上成了像,视觉神经忠实地将图像信息输送到大脑,钝重地刺激着他此时的木讷;听觉神经敏锐地捕捉了一切细微的响动,讨好似的向他显摆着徒劳的灵巧。他自己被自己给魇住了,大气都不敢出。他怕他一个轻微的动作,这个摇摇欲坠的世界便四分五裂,灰飞烟灭。谁家的电视里送来几滴糯糯软软的女声，不是越剧就是锡剧，像是加倍的抚慰，让老李瞬间湿了眼。他突然很想回去，回到那个歌声柔美、万象更新的年代。蝴蝶牌缝纫机，上海牌手表，水仙牌洗衣机，熊猫牌黑白电视，健力宝，旭日升冰茶，中华鳖精，《大海啊故乡》，《人证》，陈晓旭，汪明荃，费翔，李谷一，甚至《黑猫警长》。那时候天总是很蓝，日子总过得太慢。那时候汗水特别晶莹，那时候泪珠非常清澈。那时候爹地年轻妈咪美，那时候这个世界刚刚成型，幼嫩洁净，大家都轻拿轻放。

16.

包子上的褶皱一层一层，一定是拿大拇指当圆心转着捏成的。

香樟开花了，又落了，一地植物的头皮屑，居然还是香的。

一只黑猫被车轧死了，倒在血泊里，四脚朝南，变成一具尸体指南针。

哪家的小孩在学钢琴，凡是两个音跨得远，必然断。

炒货店门口总是有股香喷喷的火味，跟老朋友似的。

修车的老李盹着了，双手交握扣在腹部，像自己给自己围了个肚兜。

包子店下了卷帘门，上面贴了张红纸：家有喜事，休假三天。

路灯像说好了，突然全亮了。有个别落后的，挣扎了一下，也赶上趟了。

天幕抖搂开来了，一层层加厚，西南边还有一点固执的残红。这个时候天蓝得最好看，路灯也鲜丽可人，一盏盏擎着像是盛满了光之酒，泼洒了一路。每一步都踏在暖黄的晕里，影子长了又短。老李背着手，量着地，像个大病初愈的老首长，走得虚弱又庄严。他出了小区，沿着泰南路，一样一样看过去，一条街成了一卷布，毛糙的小角落统统用目前抒抒平。物物都鲜洁美丽，仿佛褪去了一层薄膜，朝他展示着珍藏的内芯。他看得过分用心，导致他错过了一个熟人的招呼。万物早被分类编号，连每隔几十米就来一根的电线杆子，上头也刷了白底喷了黑漆标了数字。这个世界看久了乏味，不看又不放心，总觉得在密谋着什么。

最近妻子和女儿一切正常，丝毫看不出上次事件的影响。夜里老李看着被窗帘滤过的微光照亮的老婆的背，总是疑心把它掀过来还是一张背。也许她们是故意冷他，作为一种撒娇式的惩罚？敏感度高的人简直什么都干不成，时刻被自己的灵魂盯牢了，连喝个酒的后遗症也被放大、反弹无数倍，成为一种灰心的自豪，无赖的惭愧。这世界上，每个人对付衰老都有自己独特的那一套，私人小九九拨弄得哗啦作响。表面淡漠暗地里想用麻木来拖慢时间的有之，冲锋陷阵忍着肉麻回光返照的有之，呼朋引伴号召独老老不如众老老的有之，暗自神伤自动缴械以求宽大处理的有之，夸大衰老四处抱怨以收集慰问的有之，顺水推舟倚老卖老以求夕阳无限好的有之。不管以何种方式，总之他身体里那头狮子闹够了，把他吮干了，弃壳而去，去寻找下一具愤怒的青春之神。折腾过了，自我之战平息，他那颗老心也收山了，可以平心静气地长老年斑了。是的，他颓了。人一颓起来就会特别好看，女人这样，男人更这样。老李简直觉得自己长身玉立衣袂飘飘了，他甚至可以拈一支箫，持一柄折扇，泛舟赤壁，吟一句十年生死两茫茫。他那些暴雨般的喧哗与骚动，烈日般的燥热与烧灼，瞬间转化为秋之清熟，优雅圆融。世界这么乱，认真给谁看？这生活配不上我们。它拉长，兑水，偷工减料。夜不像夜，奔不成奔！送走人生中最后一波愤懑，他更像一个老头了。

每当一个小鬼头夹着山地车蹬风火轮一样从后面反超老李一次，老李就怀念"无敌小子"一次。正因为老李没有见过他，他就绝对不可能失去他！街上每个生龙活虎的少年，都有可能是"无敌小子"，老李拥有无数个疑似"无敌小子"！他很喜欢这种神秘的感觉，说不定脚下这块地，"无敌小子"也踏过，他俩在不同时空擦身而过，站在各自的年龄段朝对方挥手致意。如果没有遇见你，我将会是在哪里？日子过得怎么样？人生是否要珍惜？老李扪心自问。尽管他们的友情中途夭折，但那前无古人后无来者的艳与寂，已经深深镌进老李大脑皮层衰老的纹理。少年们糅合了不自觉的残忍与天真，加之反省力尚未成熟，很少对自己的行为进行评判，他们便顺理成章成为这世界上唯一一心一意理直气壮做自己的人。他们真拉风啊！他们从你身边经过时，真的拉起了一阵风——不是轿车那炫富式的尾气，不是摩托车那瘆人的黑烟，更不是洒水车那搬运自护城河里的腥臭。那是干净汗液的气味，像被太阳蒸腾过的草地。他们的花衬衫或白T恤在身后狂乱地舞动着，仿佛要挟他飞去。这股人力风是他拿自己这具结实的小身体发动的，他飞速前进，几乎把空气淬出火星。这枚小飞侠此刻生命中最重要的就是速度，你看！他甚至抬起屁股，稳操车把，一气把脚踏踩到底，汗水溅落一路晶莹。少年剑眉星目，一脸专注，腰身饱劲地一凹一陷，左右款摆，横冲直撞，嗖嗖的树荫打他背上掠过，将他烙成一只斑点豹。老李每次看到这群追赶着虚无的小猎犬，都在心里喝一声彩，发自肺腑。他本人已经没有任何不甘了，他无心追随，隔岸观火，安全又寂寞。火光映得他脸孔红红，像一尊慈爱的佛——早早就出了家，断了加入人世间的念想。说白了，"无敌小子"跟那些少年们没有任何区别，他不过是他们之中的一个，代表整个青春团队，对老李进行一次实质性的抛弃，好让他实实在在地死心，罢！罢！罢！老李算是明白了，句号画得早，趁腕力还在，还能画得圆满一些。莫待白了少年头，收稍惨烈，晚节不保，空悲切！什么叫怀念？就是在承认往者不可谏的基础上，翘一根化悲凉为赏玩的兰花指。

17.

何以解忧？唯有过往。检点那一部大半是窝囊的过往，其实老李心头埋着一件压箱底的旧事，足以让他在所有男人面前扳回自信。怀揣这么个无价之宝，老李在别人嘲笑时也泰然自若，甚至在心底可怜他们。到底是谁宠幸了老李，让他如此满足呢？没错，是李玉香。

三十多年前一个春天的下午，那时老李还是小李，他正在阅览室值班。那时他真年轻啊，午睡时间一长裤子里就支小帐篷，醒来都不敢站起来。他简直羞愤极了，恨不得把它摁下去。这太让人苦恼了，一向文质彬彬的小李，没想到自己居然还有一副出卖自己的狂野灵魂，他真不知道拿它怎么办。午后是个奇妙的时刻，血液黏稠，头脑昏聩，穿簇新军装的少年骑着单车在荒凉又耀眼的马路上游荡。大街像是昏死过去的巨蟒，有人从它软塌塌的身上碾过，居然毫无知觉。少年们逡巡着，检视着疲惫的万物，连他们自身也不知不觉叫那倦怠感浸透了。小李隔了窗框看他们，觉得自己似乎是这个世界上唯一醒着的人。这场景被无数次描画，实景已经有点看不真，抽离了肉欲变成类似木刻一样的黑白画面，且不断地闪动，跃着不明所以的斑点。

何谓美女？小李的认识以这个下午为界，发生了质的飞跃。美女一定要是个不规则多面体。正如李玉香，她很会看菜吃饭，能在短时间内摸准客户的需求，嗅清投资风向，进行自身气质的无障碍切换。

时光飞速倒回，在这个奇妙的时刻猝然停住，因刹车太猛还在路面腾起了一道狼烟。狼烟散尽，凸出一个长身玉立的青年来，逆光站在阴影里，背影透出一股没有落脚点的蓬勃。他颈后头发推得很短，正站在窗口看大街。大街被窗户分成六格连环画,他有时看看二四六,有时看看一三五。不知什么时候,办公室的门悄无声息地开了。他到底被她看了多久,至今是个谜。他惊觉有人猛回头的时候,她已经笑吟吟换了个站姿,两手反攀着门沿,头发铰短了拢在耳后,像个假小子。之前小李对这位本家美女是只闻其名,知道她家是南京来的下放户,且在生产队广播里听过她字正腔圆的普通话,仅此而已。小李是个怀疑主义者,他跟那群饿狼不一样,他凭着一点小本事,已经在禁书里见识过不少颜如玉了。他近距离看她的时候,并没有表现出相应的激动,觉得不过尔尔。

春末夏初,一朵柳絮像只小水母,在碧天里游。这只毛茸茸的袖珍小云彩可调皮啦!它打下死劲在风里蹬腿子的长裤胯下悠然驶过,又险险地被一阵风撩上屋顶翻过墙头,最终,悬浮在李玉香眉骨正前方,像一只蜂鸟。瞅见这团小雾,李玉香的眼神活了,她立马变成一头小母狮,紧追着那只柳絮绣球不放。这一幕被小李用视网膜摄下,将主角换成"一个女的",跟人讲了无数次。经多人转述,极偶然地,被县党校的女老师邓安庆听了去,心有触动。七年后她写了一篇散文《柳絮之舞》,登在市晚报周五B9版的副刊上,选段如下:

"她不是宝钗,柳絮也不是蝶。她像醉中湘云,雪里宝琴,花下黛玉。她扑那柳絮,体态轻盈,娇憨天真。鬓角毛毛的,出了层微汗。她在这一剪,一扑,一探,一擒之间,竟把那一身骂名,抖得干干净净!这分外的青春与美丽,好像童子面山茶,开了碗口大的花,满溢着薰风。在那段贫瘠的岁月里,女性美被压制了不知多少年，这少女戏柳絮的画面一直藏在我记忆的夹缝里，如今才得以见天日……"

可惜老李没能读到这一段，否则他一定会把报纸一抖，啐两个字：嚼蛆！根本不是这样的！到底是怎样的呢？如果去采访当年的老听众们，应该有几百个版本。什么是真相？想象就是真相！这个画面随着描述人年龄的增长，转述次数的增多，以及时间长河的冲刷与淡化，被反复的二次创造与篡改，已经变成了一种口头造神与灭神。李玉香不知道，自己童心未泯，一时兴起扑那柳絮玩，形成了怎样的蝴蝶效应。而直接受益人小李，从身姿的灵动及柳絮的慵懒里得出了对比，从脖颈的洁白与胸脯的起伏里得出了躁动，从少女的活泼与暮春的阑珊里得出了惆怅，从旁若无人的娇媚与生气勃勃的机警里得出了青春，从局内人的沉醉与旁观者的别扭里得出了徒劳，从对方的耀眼与自身的黯淡里得出了安全，从一瞬的易逝与回味的绵长中得出了人生。每个人的一生中总有些慢镜头时刻，有点马赛克也不要紧，脑容积就是在此时得以扩充的。虽然这个画面在李伟东牌录像机内循环播放的频率逐年走低，但作为检测画质标准的官方样本，它依然拥有着不容置疑的审判力量。老李知道，如果有那么一天，他连李玉香扑柳絮都想不起来了，就意味着他的回忆彻底报废了。目前为止，永不衰老的李玉香仍旧在那个永不逝去的暮春下午，永不停息地扑着永不落地的柳絮。

18.

老李小时候常听老人说，多养一个娃，就多一个自己人。他只养了这么一个女儿，是不是自己人现在他也不是很清楚。老李总觉得，打自己成为咪咪聊天室的VIP会员后，女儿看他的目光就有点神秘莫测。它像透明的蛛丝，总在他身后牵着他。只要他一回头，它就秒遁了。女儿低眉敛目，一切清清白白，而他，仍旧是一位上得厅堂下得厨房的父亲。的确有那么一两次，老李忘记将门反锁，女儿推门而入，歪头看一看他，又翩然而去。她到底看到了视频聊天窗口上的光腚女人没有？是没看清？还是根本没有兴趣看？是看清了没说？还是根本没有兴趣说？女儿眼睛长得像老婆，瞳仁湿淋淋的，黑到近乎盲，看人总像在朝虚空中瞪，目光流转时总藏着那么点若有若无的泪影。就为这么点臆想出来的无告，炮弹来了挡在这个小人前头他也愿意。自家的观音，总比别家的要亲和些吧。多少次，在深刻的虚拟里，痛哭流涕的自己在父性的蒲团上长跪不起，跟元春归省时叩拜的贾政一样，心中交织着敬畏与心酸，等待观音娘娘（长得酷似女儿）唇边漾起一抹赦免的微笑。面对着生于自己又纯于自己的救赎之神，他感到一种结结实实的惭愧——父亲怎么能在女儿面前有想法呢？这要是被你家闺女知道了，你还有脸见人吗！他觉得自己里里外外都被污垢浸透了！肮脏养育了纯净，纯净反哺着肮脏。衰老乃青春之父。这简直是万劫不复的无间道，永远无解的内部循环！君不见，废墟上的植物噬食腐败肉身为养料，开出脱胎换骨的洁白花朵。也许，再过个十年八年，他能够将那把玩了太久的不洁感，化为一种手泽，光鉴可人。

千年防贼实在太累，老李决定化被动为主动，试探一下女儿的反应。在几次消除嫌疑的闲聊后，老李终于在饭桌上不显眼地谈起了蓄谋已久的"新闻报道"：外国一个七十多的老头裸聊被抓。起初设定的人物年龄是五十多，老李觉得招供嫌疑太明显了；换成六十多呢，又好像是在讲他的近期人生规划；索性换成七十多的洋鬼子，跟他有着挺深的代沟，这样一来义愤填膺就容易多了！他撅一筷土豆条，精准地直送口腔，一副呱呱叫的正人君子范儿：七十多还做出这种事，你说丢人不丢人！老李家的饭桌是妻子买的，购自无印良品，水曲柳木长条餐桌，妻女一边，他一边。在他十点钟方向的妻子，极其微妙地皱了一下眉。哟！谅你也没胆公开表示不满嘛！老李微微松口气，果断地拨了一口饭，像《林海雪原》里的杨子荣，一身根正苗红的凛然。十二点钟方向的女儿像只小松鼠，一直在文雅地咀嚼着，似乎没有任何触动。她身后的背景是毕加索那幅哭泣的女人，画中人好像正攀着画框，扮鬼脸嘲笑他！老李不甘心地追了一句：这要是被他儿子知道了，他还有脸见人吗！说完他还惨不忍睹似的把头往边上一偏。够老古董，够正直了吧？既有难以置信的愤愤不平，又有迂腐古板的不可救药。老李觉得自己演得不错，他真想给自己颁一个"最佳卫道士奖"！细嚼慢咽，静候许久，对面二位VIP座观众毫无反应，只不过培根蛋卷少了两个，柠檬汁矮了两寸而已。这，这也太怀才不遇了吧！难道她们只当他是说说就算了？要么，干脆理解成他是在吃不到葡萄说葡萄酸了？那可就前功尽弃了！突然，女儿啪地放了筷子，起身去盛番茄蛋汤。是示威？是嫌弃？还是爆发？他腮帮子里藏着一团忘了嚼的空心菜，苦苦思量。妻子说了句什么，他没听清。她把头发撩到耳后去，指甲修剪得很短，没有指甲油。楼下某家的防盗门自动碰上了。女儿喝汤很安静，一颗粉光脂艳的小痘乖巧地卧在她的腮上，是为了证明她是活的吗？一粒花椒在他口中碎了，半边腮突然麻了。米粒被泡胀了，变得很长，细看，还一节一节的，有点像蛆。一顿饭下来，二位都清凉无汗，唯有他热汗交流，干了又冷。最终，饭饱人散，饭桌上只剩他一人，把最后一口饭嚼出一种惘然的甜。

19.

干将西路友通数码港与招商银行交界口——也许若干年前是片乱坟岗，如今是老李的耻辱之地。半年前，他曾被一种近似失恋的情绪所魇，赖在地上不肯起，还给了防护栏一拳。按下班高峰期的人流量算，保守统计，他应该被近千人观摩过了。每次到附近，老李总是心有余悸。自己主演的这一幕，保不准就成为别人印象深刻的一件事，被写进日记、作文、小说、博客、短信、QQ空间，无数次的发酵、繁殖，没准在他死后还被嘲笑着，惊讶着，永垂不朽。打那以后，他对陌生人的态度谦和了不少——指不定人家恰好当时经过，并且还牢牢记着他这张老脸！比如说迎面走来这个大肚子，你别看这货又老又丑，还镶金牙，没准人家脑盘里正存着他最丢脸的那段视频！得罪不起啊！所有有看过他糗样嫌疑的人都得当菩萨供着！把柄掌握在一群人的手里，活得真是战战兢兢如履薄冰！如果人人都在大街上丢一回脸，这世界一定会变成美好的人间！老李也想过，假如这事落在"无敌小子"身上会怎样。首先，他绝对不会让自己沦落街头，对着水泥地撒娇；其次，就算他一时软弱，失了身份，也好办得很！一人分饰两角，虚构一名"脑残双胞胎弟弟"就能把自己摘得干干净净，好的都归你，坏的都归他！你看，"无敌小子"就是这么无敌！这招对老李不行，他不是独生子女，自小跟兄弟手足情深，就算是虚拟的双胞胎弟弟，他也不忍心诅咒。他总是心太软，把所有问题都自己扛。

也许是咪咪聊天室进多了，作为一种反弹，最近老李常常梦到过去。梦得最多的是毕业那天，他白衫黑发，送一个又一个好兄弟去车站。从来，他都是最后走的那个人，他宁愿被告别。他一个人夹在天地间，宝贵又孤独，他知道自己的黄金时代已逝，今后要在人世间摸爬滚打了。他在软面抄的扉页上写下两句诗：两脚踏翻尘世路，一肩担尽古今愁。六年后，与他告别时流下热泪的兄弟们，有的超生了，有的出车祸了，有的当官了，有的办私立学校了。软面抄也已经发黄，三岁的女儿在上面用水彩笔画了只没穿内裤的狗熊，旁边写着：爸爸是大坏蛋！再后来，水彩笔的颜色淡去了，洇开了。在这怀旧的底子上，黑色马克笔粗暴地记下了申通快递的号码（没错，是他自己干的），散发着一种新而恼人的松节油味。

小时候，女儿做噩梦醒来总是哭着喊爸爸，他总是把她抱在怀里，拿手一遍一遍地耙着她瘦骨嶙峋的小脊背。爸爸爸爸！我梦见一只鳄鱼咬我的耳朵！她总是详细地讲述她的梦，把她夜里大脑皮层的活动精准地汇报给他。如今，他连她白天在想什么都一无所知。他甚至想，如果哪一天，老少恋这种不伦摊到他头上，那也是他曲线救国，想通过金钱撬开九零后姑娘的嫩颅，由此及彼揣测她的所思所想。他有时候看着她小而圆的脑壳，真想上去叩一叩，听听这个脑瓜有几成熟。如今她在他眼里，已经成为棘手的异性。她每天刷微博，玩微信，上人人，转一些心灵鸡汤文，传一堆P过的自拍照，偶尔去漫展参加COSPLAY。很快，她会和老婆一样，会开车，英文流利，化一手好妆，对香水牌子如数家珍，熟悉丝巾的N种结法，把巨贵的皮衣穿得帅气又迷人。也许，要不是他（曾经）是她的父亲，他们之间永远只能是屌丝与女神的关系。

20.

2路公交是条好线，它不但贯穿园区和市区，还打新区兜那么一兜，车次又多，末班车一直到晚上十一点，因此它顺理成章地成为老李的御用班车。他每天开十分钟电动车到站台，把车停在华润超市门口，坐2路直达单位。有几次，老李加班到很晚，万籁俱寂之时，2路车仍身披霓虹光膜，娴熟又慵懒地穿过大街，款款而来。黑而沉静的轮胎沙沙擦着地面，尾气暖洋洋地扫过老李的小腿。它风尘仆仆，为他一个人而停，带着一种亲密的默契。稀稀拉拉一车人坐成一道完形填空，等他来填。老李有个随车后勤部部长的癖好，只要这辆车上有一个老人未落座，有一位孕妇还站着，他就坐立不安。老弱病残孕专座上长期盘踞着闭目养神的青壮年好汉，让他如鲠在喉。后来他学聪明了，上了车如果有座位，他就先占着，等下一站上来老人或抱小孩的妇女，他就让座。被人需要的感觉真好啊！也曾被叫成爷爷，也曾遇到视让座为侮辱的不服老的白发硬汉，这位忠心耿耿的五讲四美标兵，总觉得自己是全人类的穴位，只要带头针灸自己，就能打通全社会的经脉。这形象是高大全了点，不过，不是还有个咪咪聊天室嘛！这一点让老李对精神上后富起来的兄弟们也表现得很亲民：老兄你不必自卑，别看我这么正派，其实男人嘛，关了灯都一样！

　　如果说文人相轻，那色人就是相唾了。对于那些跟自己一样在公交车上猎艳的老男人，老李却恨不得左右开弓，千手观音一样刮刮几十下，把那一脸猪油膏样的脂肪打紧实点。他坚定地认为，色而不淫的人只有他老李一个，他才是中老年贾宝玉，其他都是赝品！这些馋痨一样的登徒子们，哪个像他一样家有仙妻，不施脂粉都能甩公交车上那些小妖精们半条街？他那个如花似玉的女儿，能让他看任何美女都带着一点父性。我看你，那等于老首长视察小女兵！你当我没见过世面？我闺女可比你俊多了！公交车上美女占有率本来就低，加之老李的态度是半馋半嫌弃，所以他一直没遇上他的警幻仙姑。别说仙姑了，仙奶也没个影儿。

　　综上所述，小李玉香的出现就弥足珍贵了。从她扬起悬在皓腕上的小卡袋轻倩地刷卡开始，老李就注意到她了。她发现车上人如此之多，非但没有嫌恶，反而小山雀般从左到右转了下她灵活的黑眼珠子，把卡袋收进钱夹，掖进一只鹦嘴红贝壳包里。那种失传了许久的娇憨与放肆，绝对不会错！老李坚信，只要给她一只柳絮，她会变成另一个李玉香！她的表情太丰富了，一时简直没法把眼睛从她脸上挪开。许久，老李才注意到她的衣着。圆领白衫，胸口打着风琴褶，藏蓝阔摆背带短裙，黑色系带小皮鞋。几乎在同时，一个一股韭菜味的男人也发现了这个小精灵，像鲨鱼闻见了血腥味，开始朝她身边挤。老李不动声色，把公文包换到右肩，左一撇抓扶杆，右一捺攀吊环，架成了一个大写的人字，正好把男人拦在自己身后。在这方半包围结构里，小李玉香倚着扶杆，安全地玩着神庙逃亡。她人中很短，指甲一直剪到肉，专注的时候像只漂亮机警的小豹子。老李突然悟到，就算过了这么多年，积累了些许人生经验，他还是不能从容地面对李玉香们。这些猫科小动物有时聪慧，有时呆傻，有时卖萌，有时咬人——根本无从把握。老弱病残孕专座上的两位都穿了黑丝，有一位的黑丝上还带着点，像被烟头密密麻麻烫了一腿疤。而另一位的重点显然在眼部，烟熏妆的眼角还加了点银粉提亮，像被狠揍后挤出了两粒白色眼屎。老李真想不通现在这些女的都怎么了，打扮得像家暴后遗症有什么好看的？好好当个姑娘家有什么不好？比如说身边这位，浑身上下没有透露出一点勾引，就是有本事让两只绿头老苍蝇围着她转。

　　男人不甘心,绕到车后门,一手反扣了椅背,僵成一种极不自然的姿势。你当你是黄山迎客松啊!老李冷笑一声,极其残酷地观察他的面相:长期睡眠不足,眼白早变作一种牙黄。眼袋大得就像脸上多了两张小嘴,还是嘴角朝上微笑的哟!老李终于明白为什么天黑以后满大街都是成人用品的灯箱了,客户多嘛!你看这个老不要脸的,早该去了,还好意思朝人家小姑娘身边凑!简直就是美女配野兽!黑丝中的其中一位要下车了,男人眼疾臀快,擦着一位老婆婆的菜篮子,一个屁墩霸住了座位。天杀的!真该一把揪住他的衣领子,吼一声:你给我起来!不对,应该像个黑老大一样,牢牢把住椅背,对准他的耳眼,吹气如兰:你,给我起来。方案似乎只有两种,但这个男人的反应却成千上万。万一他是个武将呢?老李虚长了五十三岁,还从来没对人动过手。难道要他准备好把初次献给这个家伙?我呸!脏了我的手!您好,请主动给老弱病残孕让个座,谢谢!司机按了两遍,这个聋子却盯牢了小李玉香洁白的双腿,拿一对狗眼上下捋着,舔过来又舔过去。坏螳螂捕蝉,好螳螂在后!老李在心里已经骂了他祖宗八代,恨不得把那双被玷污了的腿浸在84消毒液里好好涮涮!报站声插进来,他才突然醒悟他早坐过了站。夕阳跌跌撞撞跟着车跑,高楼后面佛光灿灿。好!我今天舍命陪君子!我倒要看看你个王八蛋是有多废寝忘食!你看美女能把肚子看饱了是吧!男人喉头咳了一口痰,略一犹豫,又伸脖咽了,老李一阵作呕,在意念中把那张逼脸一刀一刀削飞,落进滚开的热水里,烫熟了！喂猪！男人显然已经刀枪不入了，他无意识地抬了头环顾一圈，置老李喷火的眼神于度外，施施然把手放入口袋。小李玉香丝毫没有意识到两个老男人之间的剑拔弩张，她在狭小逼仄的空间里如鱼得水，出淤泥而不染，亭亭净植，不时被一张写着"彩香中学"的后背挡住半边脸。

为了让自己的监视显得更自然，老李换成了两手抓吊环的大字造型，仿佛马上就要做引体向上。他还以一种无所事事的慈祥，观察了抱小孩的妇女以极其巧妙的手法接电话、西装革履的小伙子接二连三地挠了后背某处、一对小情侣假装耳语其实偷偷亲了下嘴、民工让座给一个老头后被老头婉拒、肥胖大妈艰难地蹲下身在人堆里找硬币等画面。暮色四起，车厢里一切发光物都显得有点奇幻。红灯映着暗蓝的天，天际一条银亮的飞机线。大气呈现出一种鸡尾酒的颜色层次，给人很好喝的感觉。收回视线的刹那，一枚金属利器的反光跃入他视线。

开闸，放血，流速太快，快要撑爆血管。

手在抖。他用力握了一握，好像抖得更厉害了，跟帕金森综合征似的。他不放心，特地看了看，两手攥得紧紧，并没有任何抖的迹象。他偏过头，有意把目光落在斜对面一个男人的裤兜附近，好让纷乱的大脑平静。原来如此，原来如此！他误会他了，他比他想得还要下三烂。随着车厢的颠簸，钱夹从包上那条新割的长缝里探出头来。男人嗖地站起，似乎又嫌自己太急切了，陡然放慢了速度，手掌兜了下巴一阵猛搓，胡茬毕毕剥剥响。老李知道那个狗娘养的此时一定比他还激动，说不定哈喇子都流出来了！只等机会适宜，他把钱夹一抽，直接下车就万事大吉了。这辆公交车里，一正一邪两颗老心在剧烈地跳动着。老李从来没有觉得一站路这么短过，他必须抢在他得手前采取行动！见义勇为身中数刀负伤住院领导慰问被采访上报纸，很多年没为他哭过的赵筠梅会哭么？也许我告别将不再回来，你是否理解你是否明白？老李努力操控着肺叶的开合，练起以秒为单位的瑜伽。扶杆上布满了小凹坑，他拿大拇指挨个轻轻抚着，像是要抚一生一世。他像个看客，非常期待接下来会发生什么。是发生，还是不发生？这重大的一切得由他来决定，想到这个，他后背一凛。从那双污脏的皮鞋看起，他的视线只升到男人的脖子就停了，他得避免和他对视，他可不能暴露了。老李觉得小李玉香手机里那个逃亡的小人其实就是他自己，他跑了好久，也没跑出那个屏幕。眼一闭，当什么都没看见不就得了？只要一口气下车穿马路搭反向公交拿电动车进小区打电话问老婆加不加班逛菜场开防盗门淘米按按钮拧煤气开关洗菜倒油翻炒盛盘咀嚼吞咽洗碗刷锅抹桌子泡一杯茶点一根烟，这个非正常的傍晚就提前结束了。且慢！那你坐过了站杵在这半天干什么来了？怂了是不是？他脑中突然一阵铙钹之声，煞是热闹。一根烂熟的男腔悠悠升起，朝头抡了他一棍：愿红旗五洲四海齐招展，哪怕是火海刀山也扑上前！我恨不得急令飞雪化春水，迎来春色换人间！

21.

路灯像花洒，喷着细粉样的光雾。阵雨后的人行道黑白分明，大张的金色梧桐叶湿漉漉地反扣在路边。树影斑驳，那夜风中俯仰于地面的明与暗，让道路显得凹凸不平。正忧着心，车轮已然轧过，居然无碍。汽车大灯很亮，光的铲车一路破开夜色。街上的人都有不同程度的发福。树叶不动，尘土不扬。新疆小贩的眼睛美丽又阴郁。姑娘嗒嗒嗒走过，身后跟着男朋友，像藏獒。被人摁在地上的时候他居然在想晚上吃什么，真奇怪。菜场里的南瓜被昏黄的灯光一照，变成了一堆假肢。穿亲子装的男人正在揍穿亲子装的儿子。拉毛的马路是枯山水。救护车在尖啸，不对，是洒水车。桂花香得令人发指。一个女人丝袜松了，像在蜕皮。月亮倒是出来了，一块膏药粘在云层的破损处，隐约透亮。电动车的倒后镜里竖着两片抽搐的脸，一左一右，都是他的。斑马线被修补过多次，每根白线都略凸于地面，骑上去一跳一跳的，像是恶作剧。他开得很细致，前方似乎有准星，所有的水洼都被妥善处理了。

打得好。他到现在还这么想。你进咪咪聊天室！你个为老不尊！你个伪君子！你还有个当爸的样子吗？打你，该。你这下不抖豁了吧？你那根老屌这下该老实了吧？你还咋呼不？还看美女不？自作孽！那个王八蛋趁乱溜了，她把包上的缝也算在他身上，他没有辩解。他并不觉得自己清白无辜，他的确有错，需要被人教训，不然他停不下来。他早就知错了，但怎样改，他很困惑。他老父太严厉，他失父太久，好久没尝过暴力的粗鲁与热切了。先不谈冤枉不冤枉，其实他挺希望有人能像个长辈那样剋他一顿，告诉他如何优雅地老去。一顿饱拳过后，麻木与死气沉沉没了，拳头替他刮痧，鞋底为他推拿，他浑身通泰，胸中甚至升起一种伤感的自豪。素不相识的人用力道极足的肌肤之亲，向他展示着陌生的友好。不打不相识，从本质上说，打他的人都是跟他一样疾恶如仇的好人，真正的汉子！没错，他被揍得浑身都疼，但这其实是爱啊！疼爱！既然他没种对那个贼出手，那让人来治治他这个没用的孬种也好。车上有没有熟人他不知道，反正他已经豁出去了。他虚长五十三岁，当了一辈子的好男人。今天是他第一次，也是最后一次摸女神（替身）的大腿。他做了不敢做的事，一举两得，受点皮肉之苦又算什么！她瞪他的时候他心都碎了，少女的瞳仁是两汪纯黑，一丝杂质也无，真让人惭愧。她显然被他吓坏了，可他是为了她好啊！她永远也不会懂！记住，男人没有你想的那么好，也没有你想得那么坏。想知道我为什么要摸你吗？想知道我的色翁之意吗？想知道我为什么莫名其妙甘愿被人当色狼打吗？想知道我为什么头破血流也要护你到天涯海角吗？如果有机会，我会给你讲一个人，一个永远在扑柳絮的人，你愿意听吗？

他被薄薄一层皮肤收拢，勉强拼为一具人形，不至于散架。六层楼爬到头，家门就在手边，门缝下透出一条金线，像是一个礼物，他迟迟不能把它打开。他把耳朵贴在门上，依稀听见老婆和女儿的笑声。防盗门冰镇着他肿胀火烫的嘴角。他顺势滑了下去，蹲在楼梯口的水泥台阶上。感应灯灭了，像是帮他闭上眼。现在他总算明白为什么动物受伤了要躲在黑洞里了，光太刺眼了。他拿后背抵住门，对着黑暗仰起头，像个死不了的烈士。突然，幽蓝的手机屏幕亮起，一条陌生的短信钳住了他，他动弹不得：

大家好，我是赵无敌的妈妈。我儿子已于今晚七点四十分二十六秒停止呼吸。他走的时候和往常一样，深度昏迷，没有任何痛苦。我拿了他的手机，给每个号码都发了谢谢。感谢车祸后这半年来大家的关心与慰问，感谢所有陪伴过他的人，感谢你们让他度过快乐而短暂的十七年。

良久，他松开手机，拉上睡眠的拉链。

刀王/曾乙末

在白水镇，每一户人家都以拥有刘老锤打的一口铁锅为荣，虽然刘老锤一口铁锅的价钱抵得上寻常铁匠铺子十口同样规格的锅，但白水镇，还有周围几个镇，还是有很多人挤破脑袋等着买刘老锤的锅。

刘老锤每五天才能打出一口锅，但要买锅的人太多，所以刘老锤那本记着排队的顾客的本子越记越多，越钉越厚，按常给刘老锤送酒的酒馆伙计桂生的说法，那本子比镇上最大的商号"兴隆行"柜上那本账簿还要厚几分，桂生赌咒道："刘老锤那老混蛋，赚得比兴隆行还多，可每次给他送酒，半个铜板都要我给他找回去，我从没有在那老混蛋那拿过一个板儿的跑腿钱。"

锅少人多，于是就有人出高价要买其他人手里的，但没有人舍得卖掉好不容易等来的那口好锅，以至于后来白水镇哪户人家要嫁女儿，都要先问问男方家有没有刘老锤的锅。那些有了锅的人家，跟媒婆说："方圆三十里你去打听，哪里有好闺女都给我们说去，就说进了我家门，这口锅就归媳妇了。"

要说刘老锤那口锅真不枉人苦苦等待，生铁打就，锅口圆如满月，锅体内弯弧度极其漂亮，内壁十分光滑，而且泛出幽幽蓝光，让人看着就想操铲入锅，一展手艺。光外形漂亮还不行，关键这口锅用起来实在可人，高低弯弧恰到好处，无论煎炒炸都得心应手恰到好处，表面上看，好像和其他铁匠铺子的锅一个模样，但镇上大饭庄的人厨李大铲分得出好歹，李大铲满肚肥肠，掌瓢已经有二三十年，号称使过的锅能从饭庄排到镇口去。据李大铲说，老刘那口锅的那个度，真真叫绝，随便一铲子下去都能很顺溜地一抄到底，真真是服了。而且吃油少，只要稍许一勺油，无论炒多黏的东西都绝不粘锅，炒出来的东西，菜有菜色，肉有肉色，那新鲜劲……李大铲讲到这，兴奋异常，比他家孩子出生还要高兴几分。倘有人眼带一丝疑惑，多问一句："说来说去不就是一口铁锅，能好到天上去？"遇上这种时候，就要看李大铲有没有喝红了眼了，如果还没开喝，李大铲多半冷笑几声，拱手说一声："您请罢。"可要是遇上李大铲有了几分醉意，那就会拍桌大骂："不识眼的东西，以后老子锅里炒出来的东西喂狗都不卖你。"脸红脖子粗的，好像扒了他家祖坟似的。

李大铲能有一口刘老锤打的锅，得益于他手底下确实有两下，好几个独门菜，就连那些最难伺候的老饕都赞不绝口。虽然刘老锤不常在外露脸，但他好酒，偶尔也会到李大铲的馆子要几个菜下酒，解解馋。这么一来二去，与李大铲也有点惺惺相惜，便替他打了一个适合馆子后厨用的大号的炒锅。承了这份情，至今刘老锤到李大铲的馆子吃饭，李大铲嘱咐柜上记他账上。刘老锤为人虽然古怪，但也不是得势不饶人的主，李大铲的馆子他也只是偶尔才去打打秋风。

刘老锤的铁匠铺子就在流经镇子的白水河边，一个石洞般的小黑屋，也不能算是铁匠铺子，因为刘老锤从来没打开大门做生意。最早刘老锤打了几个锅挂在屋外，但他那地方是断头路尽头，平常除了巷子里几个妇人走去河边洗衣之外，再无人迹，那锅哪里有人问津，但刘老锤就任由那锅挂在外面日晒雨淋。也不知道过了多少时日，突然有人说起，河边刘老锤挂着那几口锅，风吹雨打的，怎么不见生锈，还贼亮的，话一说起，大家寻思一下还真是这么回事，就怀疑刘老锤半夜起来给锅擦油，但细思量，又觉得刘老锤不会这么做，真要做生意就不会把铁匠铺子开在断头路里了。

于是就有人凑热闹去要那几口锅，这些时日外头挂的锅已经有十来口之多了，大家看着光色，摸摸锅身，像着迷似的大赞不已，当下就有人要买了，敲门唤刘老锤，门里的打铁声才停歇，有些佝偻的刘老锤钻出来说："一口锅五两银子，任挑。"好家伙，五两银子在白水镇可以供一个三口之家半年伙食了。众人哗然，纷纷指责刘老锤下锤太狠，不厚道，活该一辈子抡锤，指指点点就散了。

这事传到市面上就成茶余饭后的笑谈了，不外说刘老锤见钱眼开、锤重铁薄之类的，但也有不服气的纨绔子弟和地痞流氓——通常这两种人都是一伙人，有心要替大家伙出出气，整治整治刘老锤，于是便相约来到刘老锤的铺子外头，要寻刘老锤的晦气。先是把外头挂着的锅一通乱摔乱砸，准备等刘老锤出来就一顿暴揍。哪知道刘老锤拎着一柄海碗大的铁锤出来，原本佝偻着的一个人，挺直了腰板竟如高山一般森严，虬髯银白，被烟火熏黑的脸上布满汗珠，眼睛像两孔火炉口灼热逼人，地痞们一见顿时气势一短，口干舌燥，嗫嚅着说不出话来。

刘老锤斜着眼看着他们，冷冷地说道："糊口的行当，各位爷给个方便如何？"

那伙地痞的头是一个纨绔子弟，眼色极快，看刘老锤腰圆膀厚，知道他打铁力气大，不敢硬来，但场面铺开了，如果就这么罢手，传出去自己脸上也挂不住。现在既然刘老锤给了个台阶，就不妨趁机下台，眼珠子骨碌一转，又有打算，于是说道："糊口也不是你刘老锤这么糊法，狮子大开口，难不成你这锅还是金打的不成？拿我们白水镇上的人消遣是不？"

刘老锤还很硬气："我的东西我自己开价，买不买是客人的主意，所谓一分钱一分货，识货的人自然不会觉得贵。"

纨绔子弟等的就是这话，接着说："好，你说一分钱一分货，那我今天就买下你一个锅，可要是用不出个五两银子的货色来，我可要找地保来评理的。"

刘老锤冷冷看了他一眼，身子慢慢地又佝偻了下去："承惠承惠，随便挑一个带走。"

纨绔子弟甩手丢了几个银角子在地上，然后从脚下随便拿了一个锅就走了，说来也怪，那口锅被摔摔打打，依然不裂不破不瘪，擦拭掉灰尘之后，依然幽蓝锃亮。

这帮无事生非之徒回去之后就折腾那口锅，拿大火干烧，锅铲乱铲，竟然都十分硬挺。就有人提议拿到炉子里融了，但那出钱的纨绔子弟不同意，烧成铁疙瘩再去问罪占不到理，于是就拿了锅回家找厨娘来用，嘱咐下来，随便烧，随便铲，用坏了都不怕，有不称心的地方随便说。

那晚上，厨娘端出来的菜却令人胃口大开，菜色可人，味道鲜美，就连老太太都赞不绝口，比平时多吃了两碗饭。细打听下来，才知道是刘老锤那口锅的功劳。厨娘是识货的，说那口锅深浅宽窄无不准当，铁也打得光滑平整，大火烧起来热得匀，菜熟得快，不容易老，所以鲜味还在。

这么一说，家里老爷高兴，盛赞儿子会办事，纨绔子弟自然就不好再拿锅去找刘老锤麻烦了。经此一闹，事情传开，找刘老锤买锅的人就多了，但存货就那么十来只，很快就被那些捷足先登的买走了，晚来的怎么央求讨价，刘老锤都没了，只能按顺序在本子上记下名字，自己算着日期，五天一锅，差不多时候来拿就是。

随着刘老锤的锅名气越来越大，买锅的人越来越多，刘老锤虽然天天躲在屋子里不停地敲，但还是五天一锅，没有快一丝一毫，所以记名的人越来越多，那册子也越钉越厚。好多生意人看中了刘老锤的手艺和名头，想投钱给他搞个大的炼炉，再请一帮伙计，一起发大财，但刘老锤似乎没有兴趣，都拒绝了。于是坊间就有传言出来了，说谁要是能牵线让刘老锤出来搞铁铺，就让那人入局吃干股，当作中间牵线的辛苦钱。有这好事，自然就有很多不相干的人来找刘老锤说事，刘老锤一般都是闭门不纳，任你在门口喧嚣叫嚷，里头依旧叮当作响，节奏丝毫不乱。慢慢地，那些说客看刘老锤油泼不进，就死了心，丢下几句狠话就走了。这一来，刘老锤门前又清净了，每五日才有人上门来交钱收锅。

说起来，刘老锤不是本地人，也不知道从什么时候到的白水镇，就连刘老锤叫什么、什么时候叫开了"刘老锤"都无从考起。早些年刘老锤昼伏夜出，彻宵饮酒，白水镇上的人只有少数酒鬼知道这号人。后来不知道什么时候开始就自己垒了个土炉，买了些打铁的家伙，干起了打铁造锅的行当，但白水镇是个忙碌的地方，虽然奇怪，但刘老锤打铁的事还是很快就被人遗忘，直到经那伙地痞闹事之后铁锅大卖，刘老锤才重新回到白水镇的街谈巷闻里。

刘老锤出名之后，镇上人打听来打听去，才知道几乎没人知道刘老锤的底细，也没人和刘老锤有过什么交情，这就让人对刘老锤的神秘更加入迷了，非要打听个水落石出不可。很快就有各种流言传出，有的说刘老锤是背有命案的江洋大盗，为了逃避朝廷的追捕而躲到白水镇来；有的说刘老锤是某地镖师，只因镖被劫丢了差事，所以逃到白水镇；还有的说他是偷了"炼锋号"的冶炼图纸然后逃遁到这里的，所以他打铁打锅才那么厉害，"炼锋号"是江湖有名的铸铁世家，专司铸造各种兵器、铁器。猜测林林总总，但总归都是躲避什么冤家，这点似乎确认无疑，因为除了这种逃难的人，谁会像刘老锤这样过耗子般的日子。

于是又有人说刘老锤了，摆着大生意不做，自己藏着手艺，又不打快些多打点，分明是以奇货自居，吊高价钱来卖，不仅坑人银钱，还让要买锅的人心痒痒苦等几个月，哪里有一点念着白水镇收留他的恩情啊？白水镇不能留这样的白眼狼。于是就有人出面威胁要赶他出镇，刘老锤倒好，依旧关在他那屋子里没事人似的敲敲打打，倒是李大铲出来说话了："你们懂什么？你道为什么那锅不吃油不黏底？那都是一锤一锤锻打出来的。我见过那口锅，你们看到那层蓝光没有，那要铁烧红后，连续捶打上万锤才会有的，铁的纹理被打得极细密，这才能不吃油不黏底，你算算，上万锤，要烧红多少次？五天算快了，不懂门道就不要瞎起哄。"

闹事的人也不是真想把刘老锤赶走，只是想逼得刘老锤打快些，听了李大铲这番话，知道自己理亏，所以也就悻悻罢了。

这么一来，要买刘老锤的锅的人就越多了。这可苦了镇上另外几家铁匠铺了，不说自己的锅少人买了，就连补锅都没什么人来补了，因为刘老锤那锅实在太韧，摔砸不破，哪里需要补。虽然铁匠铺子也打菜刀、铁犁什么的，但平白少了铁锅这项生意，损失不小。于是铁匠口中又传出风言风语来了："天底哪有不黏底的锅？刘老锤那是妖术，每口锅里都附着一个小鬼，有小鬼隔着，自然就不黏底了。那些小鬼，都是刘老锤当大盗时候积下的冤魂，如今被刘老锤打入锅中，买了锅，不就是把冤魂带回家了吗？"

这番话着实把人吓得不轻，胆小的就把锅丢到白水河去，胆大的也连忙到庙里请了几张驱魔符，在灶里烧了，要把冤魂从锅里赶跑，但心里还是有疙瘩，慢慢就不太敢用刘老锤的锅了。

李大铲对这些事是嗤之以鼻的："老子入厨帮这么多年，听过灶神、易牙，没听过锅里有鬼的，你们哪家不要那锅了，别沉白水河去，给我，我照价收。"有大厨这么一句话，人心里的坎就迈过去了，自然就重新把刘老锤的锅用上了，可怜那些把锅沉到河底的，大冷天的凫水下去找锅，可哪里还有锅的影子。多年后，有人在白水镇下游的浅滩处捡到过一个这样的锅，据说依然锃亮，跟新的一样。

不知道是不是感激李大铲的仗义，刘老锤不久就主动送了一口大锅给李大铲，比平常卖的锅大一号。那天傍晚，刘老锤把锅像个龟壳一样背在背上到李大铲掌厨的饭庄吃酒，一路上吸引了不少路人侧目，到了饭庄，把锅扣在饭桌上，像个小山包，对跑堂小二说："拿去给你们大厨，再给我照老规矩来一壶酒和两个菜。"

那锅很大很沉，跑堂小二抱着走到厨房已经上气不接下气了，喊了句"瓢爷"就岔气了，李大铲几步就上前去，一手就把锅拎起，一掂量就知道来头，兴奋地说："刘老锤来了？这锅是怎么回事？"

跑堂小二还没喘过气，点点头，指指前堂，断断续续地说："说……说……说是送……送你的。"

李大铲眼中顿时大放光彩，连忙嘱咐小徒弟炒两个精致小菜，烫一壶最好的陈年花雕，自己赶紧找饭庄东家借了十两银子，拿红纸封好，连同备好的酒菜亲自端到堂前给刘老锤。

李大铲客气地把木托放到刘老锤的面前，说："小小心意，老哥赏脸。"

刘老锤把木托里的红包拎出来丢到桌子上，说："有顿酒菜就够了。"

李大铲有些不踏实，说："这么重的礼，我心里过意不去的。"

刘老锤倒了两杯酒，说："喝了就过去了。"说完，端起一杯酒冲李大铲一敬，李大铲只有端起另一杯酒来，与刘老锤一碰杯，仰脖一饮而尽。

既然喝了酒，李大铲就知道不能再多矫揉了，于是说："老兄义气，我不能寒碜。"转身吩咐跑堂小二："以后刘大爷的账，都记到我身上，明白吗？"跑堂小二忙不迭地点头，刘老锤也不多说话，自顾着喝酒吃菜，仿佛说什么都跟他无关似的。吃完了也不结账，蒙着头就走了，不过以后刘老锤饭庄去得也少了，就冲这，李大铲就常在人前说刘老锤做事大气、有味道，如果是江洋大盗，那一定也是当家的。

偶尔李大铲也和刘老锤坐下喝两杯，谈几句话，但不多，多数都还是刘老锤自顾自地喝。虽然交情不深，但总算是白水镇和刘老锤说得上话的人，于是就有人围着李大铲打听了，刘老锤身上有多少条命案？他的手艺从哪里偷师来的啊？李大铲哪里答得上来，被问得急了，就说："别人是放生赎罪，刘老锤这是打锅赎罪，一口锅就是一条命，多少命案你们自己数去。"

这话又把人唬得一愣，睁大眼睛看着李大铲半天，然后笑笑说："大家说笑哩，你还真急了，呵呵，真是，大家说笑哩，是不是？"说完，摇摇头就走了，就像大人不和小孩子较真似的。

李大铲这边没有什么消息，而刘老锤又深居简出，出门也不和外头人打招呼的，于是那些好事之人就只能去问第二个和刘老锤打过交道的人，酒馆伙计桂生。桂生除了咒骂刘老锤的悭吝外，其他的也说不出什么来，只知道刘老锤的屋子就像石洞，家徒四壁，漆黑昏暗，只有炼铁炉的火光映衬着。不打铁的时候，刘老锤就专注地盯着炉火默默喝酒，好像火里有什么宝贝似的。桂生说，我看刘老锤赚来的银子就藏在火炉里，除此之外，那个狗窝一样的石洞看不到其他藏银子的地方。

众人就笑话桂生，银子藏到火炉里不都熔了，熔了再浇成锭要有火耗的，谁没事干这不讨好的事。

桂生嘴硬，我看那炉火里一定有宝贝东西。

众人也不和桂生强辩，笑笑再旁敲侧击打听刘老锤情况，信马由缰，插诨打科，慢慢就说到堂子里的事情去了。突然，桂生啊的一声惊呼："不对！"

众人被桂生这么一咋呼，吓了一跳，围着桂生追问什么事，桂生说："刘老锤家里没菜刀。"

众人哄笑，以为什么大事，都在谈风月上的事了，桂生还在说刘老锤。桂生故作神秘地说："我看有古怪，他那屋子里锅碗瓢盆倒是有，唯独不见有菜刀，哪处人家过日子不用菜刀？"

初想想有点道理，但细揣摩又不对："看刘老锤也不是过日子的人，哪里会自己下厨，不都是在外面店里买的酒菜嘛！"

桂生摇摇头说："刘老锤那人，过得跟耗子似的，都是夜里才出来，所以家里备有些菜，堆在屋角，有时候都臭了他也好像没闻到一样，照样拿来吃。我就看过他煮的大萝卜，一段段的，不是刀切的，倒像用手拗断的，你说一个铁匠铺子，又不是缺钱,怎么会连把菜刀都置办不起?这是不是怪事?"

众人再掂量一下,觉得确实有点怪异之处,就围着桂生让他说说怎么一回事,桂生也只知其然而不知其所以然,哪里说得出由头来,但他不曾受到过这众星拱月般的关照,十分陶醉,不肯说自己不知道。好在他脑袋灵光,很快就想起一个典故来,那是听说书先生讲的。只见桂生做了个样子,端起旁边别人的茶杯喝了一口,说:"你们听没听过二祖慧可断臂求法的故事?"

座中人都是不务正业之人,这些离奇故事自然都听过,但眼下要听桂生的说法,自然就奉承他,听他说下去。桂生很得意,说:"当年慧可断臂,据说是因为他早年当将军,杀戮太深,手中血迹洗都洗不尽,最后只有把手臂砍了,眼不见为净,这才能修成佛。"

众人追问:"这和刘老锤有什么关系?又不见他少一只手臂。"

桂生用鄙视的眼神瞪了一下,嗤笑一声道:"刘老锤的手臂就是菜刀,他往日杀孽太重,所以现在连菜刀都不敢用,眼不见为净。"

这么一说,大家似乎都觉得有几分道理,不过看刘老锤的样子,还真分辨不出他是个将军还是大盗,不过将军要赎罪,只要找个寺庙去出家就好了,大概不会来干打铁的营生吧,所以还是江洋大盗的可能性大。这时又有聪明人一声大彻大悟般的惊呼:"难怪那狗日的也不打菜刀、镰刀,我还以为他是给同行留口饭吃,原来是不敢打。"众人盛赞这个说法有道理,于是场面就变成了大家伙寻思如何找地保告状，赶这个瘟神出镇，造福一方水土，竟是前所未有的正气凛然、同心同德。

地保很为难，要说刘老锤虽然是个怪人，但人很本分，不闹事不弄怪，要不是这口锅让刘老锤暴得大名，地保都差点忘了刘老锤这人。刘老锤大概是十几年前来到白水镇的，衣衫褴褛，背着个古琴般的木匣子，找到地保说自己是逃荒来的，要在白水镇安家。地保见刘老锤形销骨立，颇有几分难民的样子，但气度不凡又像走江湖的老镖师，总归不像痞子恶霸，于是地保便收了他一点银子替他在河边僻壤处找了个窝安顿了下来，交代刘老锤要守规矩就完了，很快刘老锤就像躲入墙缝的蟑螂一般被地保遗忘了。十几年来相安无事，也没有麻烦上门来，平白无故要把人赶走，实在说不过去，更别说刘老锤那门打锅的手艺，让白水镇这几年名声传得很远，很有些人大老远打听上这来买锅的。因此地保心里很矛盾，但镇民有怨言不能不管，于是只能去找刘老锤。

说起来地保就是能和刘老锤说上话的第三个人了，把刘老锤从屋子里喊出来说："老刘，铁锅生意不赖，镇上人知道你的手艺，托我问问，你会不会打菜刀？要是能打就打些菜刀来卖。"地保的意思很明显，是想让刘老锤打出几把菜刀来，平息外面什么"断臂""杀孽"这样的风言风语。

刘老锤拿那双火眼金睛瞪地保，说："我不会，再说现在打铁锅都来不及，哪里来的辰光去打菜刀。"

地保瞪回去，气鼓鼓地说："都是打铁把式，其他家都能打,为啥你不会打?"

刘老锤哼哼两声,说:"说破没意思,我就是不打刀,你要是不满意,明天我卷了铺盖走就是了。"刘老锤撂下这句话后,就不管地保,回屋叮叮当当倒腾去了。

地保呛了一口气,心里骂刘老锤不知好歹,但转念一想,还不是镇上那般吃饱了没事干的懒汉四处造谣生事,自己竟被他们牵着鼻子走,真是气数。心里打定主意,就算刘老锤是江洋大盗也好,反正没有麻烦上门,自己去瞎操这个心干吗?于是回去就把那伙闲汉臭骂了一顿,骂得那伙人作鸟兽散。地保还敲打了桂生一番,让他不要老是和那伙无赖厮混,有空多和酒馆老板学学怎么酿酒。桂生也没想到自己的瞎编乱造闹出这么一番风波,当然忙不迭发誓赌咒以后再也不敢了。

本来事情就这么烟消云散了,闲汉们也重新找了其他事情来逗趣了。可就在那年入冬,说书人从白水镇路过。每当季节交替的时日,就有这样的卖艺人走村串镇的来取乐大伙,尤其是秋收以后——忙活了一年,谁不该给自己找点乐子啊。说书人一般都在镇里某个大祠堂前的空地拉开场子连续说上几天故事,赚点米、油、酒、茶和铜板。那年说书先生说了个故事,说的是江湖上新近出了一个刀客,自蜀山而来,行走在中原一带,誓要挑战天下高手。说书人说得活灵活现——那刀客身着黑衣,头戴斗笠,遮住了大半张脸,腰间挂着追风刀,辗转在江湖中寻找各路高手练刀。黑衣刀客刀法凌厉,易发难收,加上宝刀锐利,手底下已经积攒了不少人命了。

说书人如同亲眼目睹。话说那柄乌金刀长二尺三，宽三寸，通体乌黑，冰凉如水，刀客一刀划出犹如秋风入夜，杀人无形。且看那刀风拂来，疾速无比，却又无声无息。刀风过后，刀已入鞘。挨刀的人浑若无事，挺起兵器就要杀将过来，可是往前跑了两步就散架了，身体已被刀风拦腰斩断，断气倒地，就连手中的兵器也一折为二，散落在一地的肠子和鲜血之中。

这故事连讲三天，白水镇人百听不厌，还围着说书人就打听如今这刀客师承何人，下落何处，年纪几何，有没有失手过。说书人卖了个关子，说欲知后事如何，待下次路过白水镇再讲。白水镇人哪里答应，逼着说书人非要他讲完，说书人这才告饶说，这些消息要到道上慢慢打听才知道。

就在这时，底下有人皮里阳秋地说了："我看这刀客也没什么？论杀气还比不过我们镇上刘老锤，刘老锤当年纵横江湖的时候，就是刀魔附身，杀人如麻，眼下这不，躲在我们白水镇里打锅赎罪，连刀都不敢摸上一摸。"

这个穿凿附会的故事也很离奇，很对白水镇人的脾性，就有人问了："连刀都不敢摸，这是什么理由？"

皮里阳秋人说："摸一摸刀，杀心就生，刀魔就活过来了。"

有道理有道理，白水镇人无不叹服，而且心满意足，好像刘老锤很替白水镇争了脸面似的。

众人散去，说书人收拾赏银和物什就离开了白水镇，同时带走了刀魔的故事。慢慢地，江川一带隐匿着一个刀魔的传言就传开了，后来添油加醋说得更玄了。有说刀魔当年被剑仙废掉武功，被迫退隐江湖的；有说其实是刀魔自己幡然醒悟，跟随少林高僧修炼，企图克灭心中戾气，却徒然无效，还失手杀掉了高僧，最后去当了一个打铁匠，因为打铁就像是敲木鱼，可以震慑心魔；更甚者说其实刀魔是躲在白水镇练一种手中无刀心中有刀的境界，要达到这样的境界就必须完全遗忘刀的样子，不要说碰一碰刀柄，看一眼都会前功尽弃。

事过几个月，白水镇人差不多都忘了这回事了，李大铲却发现饭庄上多了一些跑江湖的练家子往来，拎枪带棍，三五成群，一望就知极不好惹，饭庄上自然小心巴结，李大铲也格外卖力，害怕一不小心惹恼了这些亡命之徒，赔了吃饭的家伙。那些江湖人物倒是极为客气，小心翼翼地打听着附近有没有什么奇人异士，或者使刀的高人。跑堂小二不明就里，夸口道，要说这白水镇使刀的，还得数我们李大厨，他那柄厚背刀，哎呀，切肉切菜飞快，刀工极好，巴掌大的豆腐他能切成千条豆腐丝来，他片的羊肉那叫薄啊……跑堂小二还待津津乐道，江湖人就客气地打断了他，说他们不是来找什么厨师的，只是听说这片儿有个隐世的刀魔，倒是想要见识见识。

跑堂小二愣了愣，答不上话，好半天才想起几个月前说书场那个事，顿时笑得上气不接下气，好半天才跟江湖客解释清楚那是镇里人埋汰刘老锤的话。这下轮到江湖客傻眼了，搞半天原来是一群乡下愚夫愚妇的碎皮嘴子搬弄出来的，感觉很失面子，不免悻悻。好在李大铲的厨艺不错，一桌酒菜吃得人眉开眼笑，愁肠立解，临走还丢了一个碎银子和一句"不虚此行"。

江湖客三三两两地就这样被打发走了，一来二往，慢慢就没江湖客再来了，跑堂小二不免有些失落，皆因招呼这些江湖客不仅让他大出风头，而且分了不少赏银，如今这笔财源一断，自然有些怨言："要是咱白水镇真有个什么刀魔就好了。"

李大铲斜睨着跑堂小二说："啐，你当那是财神啊，真有个什么魔啊怪的，你小命还能保住？"

跑堂小二嬉皮笑脸地说："瓢爷，我不是这个意思，我是想啊，下次说书先生再来，我们可以再编一个什么剑仙的，这样江湖人寻上来，咱饭庄生意又要好一阵了。"

李大铲赶紧打住他："得得得，你小子不要乱打这些心眼，这些日子你在前面捞得痛快，我在后堂累得半死，生怕出丁点差错，现在腰骨都还有些酸痛。"

一听这话，跑堂小二明白过来，连忙上去给李大铲斟了一杯茶，趁机把准备好的纸包塞到李大铲手里，说："瓢爷多担待，多担待。"

李大铲默默把纸包塞入怀里，手指敲着桌面说："你还年轻，不懂。所谓不在一条道，不喝一江水，咱们市井草民，跟道上的爷不是一路的，不惹也罢。道上人多嘴杂，不定把消息传多远去，我看这事还没完，麻烦还在后头。"

麻烦没来，倒是说书先生又回来了，这回来改了个说本，说的是二十多年前的故事——那时候，江湖上出了个极负盛名的白衣刀客，名唤柳岸汀，刀法一流，据传柳岸汀来自关外长白山，自幼在雪山中披风斩雪，追禽逐兽，历二十余年才练成一身绝世刀法，方始入关求名。不出几年，柳岸汀打遍天下无敌手，并且赢得江南第一美女苏芷兰的青睐，可谓名利双收，一时炙手可热。不料，正在柳岸汀春风得意之时，却碰上了平生大敌，那就是"铸剑山庄"庄主欧阳冶，两人相约大战三百回合，最后，柳岸汀的宝刀不敌欧阳冶家传的金虹剑，以一招惜败，刀断身伤。

柳岸汀败在利器上，甚不服气，立下血誓要打造天下第一刀与欧阳冶再战。历经年才访得名匠学会铸铁之术，又历数年才找到天下铁石之精，终于锻造出一柄惊天地泣鬼神的宝刀。据说那刀殷红如血，故被称为血饮刀，血饮刀炼成之日，天地色变，风雨大作，鬼神皆哭。柳岸汀携血饮刀拜访"铸剑山庄"，斩杀欧阳冶于家门前，欧阳家的金虹剑也被一斩而断，从此铸剑山庄威名不再，而柳岸汀则声名大噪，被江湖人尊为"刀王"。

可是奇怪的是，柳岸汀赢得大战之后，却从此失踪，就连他的夫人苏芷兰也不见了。有人说柳岸汀已经天下无敌，所以偕眷归隐山林；有的说柳岸汀之所以能炼出那柄血刀，仿效的是当年"莫邪投炉"的方法。传说干将、莫邪夫妻炼剑，无法化融金石，所以莫邪投身入炉，这才融了金石，炼出了举世闻名的干将、莫邪两柄宝剑。不过柳岸汀不是自己投炉，而是让他的妻子投了炉，这才有了那柄血刀，刀身的红色其实是人血染成的。传言说柳岸汀打败欧阳冶之后，孤独与悔恨交加，所以自杀身亡了，那柄血饮刀也从此下落不明。

白水镇人听了这个故事炸开了锅,早就把什么刀魔抛之脑后了,转而探讨柳岸汀和当今声名鹊起的黑衣刀客谁更厉害,支持柳岸汀的和支持黑衣刀客的分成两派,互不相让,极力争辩,差点引起群殴。说书人凭借这个故事在白水镇十分吃香,吃得好喝得好,连讲了七八天才满载而归。

说书人走后很长一段时间,争论还在白水镇人中间余波不止。刘老锤有一天晚上在饭庄听人翻说这个故事,脸色煞白,酒没喝完就匆匆回家了。那晚刘老锤彻夜打铁,寂夜里叮当声传得很远,李大铲听到了,喃喃地说:"有些乱,这么打铁会脆的。"

刘老锤开始彻夜打铁过后半个月,就有一个中年剑客上白水镇来,那剑客似有伤病,脸色惨白,来到饭庄就向跑堂小二打听白水镇那个打锅的铁匠住哪里。这是要找刘老锤,跑堂小二一愣,这么久以来还没江湖人真的要见传闻中的刀魔——刘老锤的,不知对方什么来头,怕弄出人命,所以惴惴不安地问道:"大爷也要买锅?"

剑客苦笑着摇摇头:"跑江湖的买锅干吗?我是要找他借手艺修补一下东西。"说着,手摸了摸桌上的宝剑。

跑堂小二很机灵,说:"大爷,刘老锤只打锅,没见他打过其他东西,看你也不像要补锅的,不过不怕,镇上好铁匠有的是,要不我给你介绍一下其他的?"

剑客摇摇头,说:"我就找刘老锤,你告诉我他的地方,他能不能补我自会跟他商量。"

跑堂小二听过李大铲的说法，怕惹出麻烦，不太想说出刘老锤的住处，正在犹豫间，剑客眉头一皱，手按剑柄，说："是不是有什么不便？"

跑堂小二莫名心悸，背上冷汗淋漓，忙不迭答道："没有没有，刘老锤的铺子就在白水河边，你老出门沿大路直走，见到太平巷直走到头就是了。"

剑客这才收回手来，说了句"承教"，丢下几个铜板就走了。剑客一走，跑堂小二顿时无力颓坐在地。

那天下午发生什么事情无人知道，只看到傍晚时分剑客就飞奔出镇而去了，接着刘老锤就上李大铲的饭庄去喝酒了，刘老锤还是那副目中无人的模样，好多人围着刘老锤窃窃私语，却不敢上前去问。只有李大铲上前去打招呼："好像是有新生意上门了，接下来要忙了吧？"

刘老锤嗯了一声，说："要忙了。"

李大铲点点头说："忙点好，忙点好，账上的锅都打完了，就松活了。"刘老锤不置可否，依旧喝他的酒。

又两日，雾气还没有散尽的破晓时分，白水河上游漂来一段竹筏，筏上立着一个黑衣人，手持竹竿，头戴斗笠，腰间挎刀，将竹筏停在刘老锤屋前的河面上。

刘老锤屋中的打铁声戛然而止，木门"咿唉"一声开了，刘老锤拎着大铁锤矮身而出，挺直腰板，望着江上的黑衣人。黑衣人隔空喊话："听说你打铁很厉害，打的铁锅很好用，有这事？"

刘老锤说："镇上的人是这么说。"

"听说你从不打刀枪剑矢,连菜刀都不用,是何道理?"

"不想打,不就打不出来了,不想用,不就不用咯,哪里需要什么道理。"

"物存禁忌,不是怪人就是高人,要不就是两者兼而有之,你就是刀魔?"

"我不是什么刀魔,这里也没有什么刀魔。"

"我出山以来,所抱的心愿就是用这把刀会尽天下好手,臻刀法于至高境界。也许你不是刀魔,但你一定也是好手,我不能错过。"

刘老锤破天荒被逗乐了,笑得很笨拙,皮笑肉不笑,笑完了说:"你怎么断定你挑选的对手每一个都是好手?"

"每一个败在我刀下的人,我都问他要一个他杀不掉的仇人。很奇怪,几乎每个人都有一个这样的仇人,而且他们都很乐意让我去替他们报仇,我只要跟着线索一个个去找就可以了。"

刘老锤眼神中有几分赞许的意思,说:"好主意,那你是怎么找上我的?我是哪一位的仇人?"

"几天前我在杏子林遇到一个剑客,剑法不错,但还是我略胜一筹,我问他有没有仇人需要我替他效劳的,没想到他竟然没有仇敌。不过他说白水镇不知道是出了个刀魔还是刀王,他本来赶来就是想见识一下,只可惜缘悭一面,所以让我过来替他看看。"

"他不也自己来了?"

黑衣人点了点头，说："我让他趁最后一口气过来看看，如果值得我出手，我再来。"

刘老锤问道："他怎么说的？"

"他说，'我可以放心走了'。"

"这是什么意思？"

黑衣人摇头，说："总归是值得我出手的意思。"停顿了一下，又补充道："只要是值得出手的，我都不会错过。"

"要是看错了怎么办？"

黑衣人咬咬牙说："练武之道，宁杀错勿错过。"

刘老锤这回哈哈大笑起来，笑得腰都弯了，边笑边说："你什么都不会错过。每一个死在你手里的，都是不值得出手的，而值得你出手的，最终会杀掉你，所以你永远都无法达到刀法的至高境界，除非……"刘老锤说到这里，卖了个关子。

黑衣人有些颤抖，追问道："除非怎样？"

"除非有人能杀你而不杀你。"

黑衣人冷笑一声，恢复了平静，说："朝闻道，夕死足矣。求道而死，何憾之有？你准备好了吗？"

刘老锤说："你求的是什么道？"

"我没空跟你打机锋，我问你，你准备好了吗？要知道，我手下从不留情。"

刘老锤怒目呲牙地喝道："刀下那么多亡魂，你究竟求的是什么道？"

黑衣人怒而出手，身子如大鹏般高高飞起，直扑刘老锤，半空之中一道乌黑的刀光闪过，激起一道涟漪往刘老锤荡去。只见刘老锤的衣服无风自鼓，宛如皮球，待那涟漪荡近身前，一锤击出，"敲山震虎"，把涟漪都击散了。

黑衣人身在半空，如遭电击，身子如断线的纸鹞般坠落下来，眼看就要狠狠砸在地上了，突然身子顽强一挺，翻了个身半跪在地，嘴里吐出一口鲜血，手中还紧紧地抓着那柄如说书人所说的通体乌黑冰凉如水的乌金刀，斗笠却是掉落了，现出了一张年轻而倔强的脸，眼睛惊人的亮，像两潭幽深的湖水，沁人冰凉。

刘老锤像看到什么熟悉的东西一样，打了个颤，那股冰凉似曾相识，任凭自己多么靠近火堆也无法缓解，不由得叹了一口气说："知道不知道你输在哪里？"

黑衣青年默然。

刘老锤自问自答："第一你输在盛怒出手，第二你输在不该让那剑客来，他其实是想把断剑带给我看，你的刀法都在断剑的切口上，你必败无疑。"

所以剑客才说他可以放心走了。黑衣青年面有愧色，口中却不说话。

刘老锤接着说："如果不能做到收发自如，就不要学人刀下留人。"

"为什么不杀我？"

"当年也有人能杀我而不杀我，天道循环，这笔债我要还回去，今日就让你捡这个便宜。"

黑衣青年有些迷惑，似乎弄不懂这其中的债权关系，但还嘴硬："今日之后，我必然武功大进，下次交手，我一定会杀你，我劝你还是杀了我好。"

刘老锤微微一笑，说："你不要用激将法，当年我对那个不杀我的人也是这么说。"

黑衣青年有些脸红，问："结果呢？"

"他死在我刀下。"

"果然你也是用刀的，下次我要与你在刀法上见真章。"

"你最好练足了再来，因为债我只还一次，下次我不会这么客气了，你走吧。"

黑衣青年恨恨地咬咬牙，足一蹬地，身子倒飞回竹筏上，手一抽竿，竹筏便顺流而下，转眼间便消失在河流的尽头处。

船过水无痕，如果不是地上留有一摊血，刘老锤甚至会怀疑刚刚的大战只是一场梦。俄顷骄阳穿云，曙光绽放，映衬得那摊鲜血异常鲜红，触目惊心，刘老锤这才仿佛受到了莫大的祝福似的，上前去用脚拨了拨土，把血迹盖了起来，了无痕迹。

这以后，白水镇人都发现刘老锤很有些不一样，腰没有佝偻得那么紧了，走路都轻快了几分，一张被炭火熏黑的老脸似乎也活泛了一些，遇到镇上人有时候还会打声招呼。夜里刘老锤也不打铁了，这让一些夜里数着打铁声入睡的人有些不习惯，但多数人是睡得更熟了。

不料，就在这时刘老锤的锅出问题了，这是刘老锤打锅以来绝无仅有的事。原来是刘老锤前些日子卖出的那几个锅，锅主拿回家用起来感觉满不是那么一回事，不是黏底吃油，就是受热变形，甚至还有两个锅底都裂开了。这伙锅主感觉像上了当，拿着锅到刘老锤门前理论，更引来了一伙早就想看刘老锤笑话的地痞们的围观。

刘老锤像个做错事的小孩，低头不语，旁边的人起哄了："砸他招牌，看他还敢牛气。"

地保出来调解："我看大家把锅钱拿回去，就算了吧。"

锅主们不依不饶："我们记名排队，眼巴巴等了好几个月，好不容易等到了，到手却是这样的货色，敢情这么些日子都白搭了啊。"

在情在理，地保也没话好说，转头望着刘老锤。刘老锤咳了一声，说："钱拿回去，我再搭上个锅，照规矩，每五日来取，怎么排你们自己定。"

"锅要像以前的一样好。"

刘老锤郑重地点点头，锅主们因祸得福，虽然多等些时日，但可以平白得个锅，心里美滋滋的，但嘴里还不饶刘老锤，非从他身上敲几个碎银子出来吃酒才心满意足。

一伙人兴高采烈到饭庄吃酒，看热闹的自诩为助阵有功，也来凑趣讨杯酒喝，没啥说的，有酒大家喝，何况钱又不是自己的，这下招来了许多人，把饭庄都坐满了。李大铲看这么热闹，打听之下才知道缘由，说道："我就说嘛，半夜打铁，就像公鸡夜啼，不是好事，打出来的锅一定有疵，这不你看……"

风波过后，白水镇很快又平静下来，平静下来后白水镇人才发现，说书人很久不来了，盼完惊蛰盼春分，始终也还不见人，白水镇人身体越来越没劲，像走入了泥潭似的，身体直往下坠，好像说书人再不来就快窒息而亡似的。

所幸，就在清明之前几天，自北边来了一驾马车，白水镇人从未见过这么讲究的马车。车厢做得像座宫殿似的，屋檐垂出，各吊着一盏风灯。"宫殿"很大，足可塞进几十个大麻袋，板壁、屋顶油亮发紫，却不是砖石筑的，是紫檀木所制，漆了桐油，上有各种镂刻雕饰，枝蔓藤绕，飞觞醉月，绮丽繁复，令人目眩。更让人啧啧惊奇的是那拉车的马，四匹纯栗色的汗血宝马，高大雄壮，鬃毛飘逸，皮色发亮，呼气如风，四肢强劲，宛如天马下凡，夺人心魄。

马车停在饭庄门前，四周里三层外三层围着无数镇民，惊动了饭庄掌柜亲自出门迎驾。车夫从车架上跃下来，是个花白胡子的精壮老头，红脸，背微驼。下车之后，车夫奔到车后，打开车门，迎下来一位身着白丝袍的官客，三十来岁，生得玉面皓齿，剑眉星目，器宇轩昂，赛似潘安，只是那双原本很亮的眼睛，却因为忧郁的眼神而黯淡了不少。

赛潘安下了车，视四周围的白水镇人如无物，跟着掌柜入了饭庄，车夫捧着个紫檀木长匣子跟在后头。入屋就座，车夫把长匣子放在桌上，转头吩咐掌柜："掌柜的，外头的马要伺候好，黄豆、麦麸各半，用蜂蜜拌好，每匹马喂一桶，吃完后再喂水，水里放点盐，明白了吗？"

掌柜的听得都呆了，马都吃得这么讲究，这人该怎么伺候啊，但客人有话不能不从，赶忙点点头，吩咐马房杂役速速去料理，转身小心翼翼地问道："那客官吃点什么？乡间野店，能备的我们尽量去备。"

车夫说："花雕蒸鳜鱼，冬笋烧肉，红烧狮子头——狮子头瘦七肥三，多加荸荠，炖酥腰，炸响铃，再要个干丝鸡汤。"车夫一口气说完，然后用很屈就的口气说："就这么对付一下吧，赶紧去弄吧，要快。"说完，丢下一大锭银子。

菜倒不是什么珍稀的菜，只是白水镇少有人吃得这么讲究，要先问问李大铲能不能做，朝跑堂小二打了个眼色，小二会意，急忙跑入后厨，不多时跑出来，点了点头。掌柜的有了底，拿了银子说："客官稍待。"

李大铲知道来的是贵客，也是吃客，不敢有丝毫怠慢，指挥手下徒弟、帮厨，买菜的买菜，杀鸡的杀鸡，切肉的切肉，一时后厨里一片兵刀狼烟，铁勺金戈，铿锵进鸣。李大铲犹如一个坐镇营帐的将军，指挥若定，时而尝尝味，时而看看火候，等待菜上了七八成，李大铲才亲自动手制那个干丝。

干丝是淮扬名菜。大方豆腐干，快刀横披为片，再立刀切为细丝，刀工好的师傅能把豆腐丝切得跟面条一般，然后入鸡汤略煮，捞出后装高足浅碗，浇麻油酱醋。做法极为简单，就是靠刀工。李大铲却另有手段，只见他运刀如风，横披立切，将豆腐丝切得跟发丝一般粗细，然后立刻装盘，上覆虾米、火腿丝、嫩姜丝，再浇麻油酱醋便上桌，最后由小二当着客人的面瓢一勺滚鸡汤浇下去，干丝即熟，而且得其鲜美。

赛潘安吃其他菜都是浅尝辄止，唯独对这煮干丝有了兴趣，车夫替赛潘安舀了一碗。一个汤勺下去，干丝散开，香气弥漫上来，赛潘安深深闻了一下，然后低头看，说了句"菜好，刀工更好"，便默默地吃将起来，一席再无话。

吃完饭后，赛潘安提出要见一见做干丝的大厨，于是李大铲便到了前堂来，一来就把饭庄里逗留、围观的闲汉赶跑了。李大铲是白水镇少有的能让这些闲汉忌惮的人，因为李大铲曾经整治过一两个撒泼耍赖的地痞，在他们菜里放巴豆，让他们夜里拉得腿肚子都打晃，吃了暗亏的人还没法找李大铲说理，因为都是几个人吃一盘菜，其他人照吃没事，就一人拉了肚子，你能说人家菜有问题？李大铲就有这本事，想让谁不好受就让谁不好受，决不殃及池鱼。白水镇哪个人一年到头不得吃李大铲几个菜啊，所以没人敢得罪李大铲。

李大铲赶走了闲汉，便上前拜见，赛潘安上下扫了李大铲几眼，说："这白水镇有什么妙处，竟能留住这么多奇人？"

李大铲很客气地说："客官过奖，只是糊口手艺而已。"

赛潘安说："有个事情想请先生帮忙。"

"客官要吃什么不妨直说，能做到的我们饭庄一定做出来。"

赛潘安微微一笑，脸如春风解冻，说："不是吃的。我要去见一个故人，有个赌要打，想请先生做个见证。"

李大铲面有难色："只怕饭庄太忙，我无法走开。"

"就在白水镇，不会耽误先生太长时间的。"

"哦，白水镇哪位是客官的故人？"

"一个打锅的铁匠。"

"啊！"李大铲明白过来，"客官要打什么赌？"

赛潘安笑着说："不瞒先生说，我也是个铁匠出身，我打了件东西，要和他打的东西比拼比拼。"

李大铲神色有些不安，说："依我看，比拼伤和气，而且和我们这些下作人比拼，有失您身份，我看要不就算了吧。"

赛潘安摇摇头，庄穆地说："事关行当里的声誉，不比不行。"

话说到这分上，李大铲不能再多劝了，于是问道："那什么时候去呢？"

赛潘安说："我先投个帖，有回音就去。"

"这个我可以叫人送去，帖呢？"

赛潘安朝车夫使了个眼色，车夫从怀里掏出一个青色布包，丢给李大铲，李大铲摸了摸，是块令牌。转头交给跑堂小二，让他快送到刘老锤那夫，特别叮嘱道："跟他说客人在饭庄里，不要耽误工夫。"跑堂小二领命而去。

茶过半盏，跑堂小二就回来了，李大铲迎上去急问道："刘老锤怎么说？"

"刘老锤收了布包，说在家恭候贵客大驾。"

李大铲有些失望，但赛潘安已经起身在嘱咐车夫了："你留在这里，后面的事就都交给你了。"

车夫眼眶有些发红，激动地说："庄主你放心，凡事有我照料。"

赛潘安拍了拍车夫的肩膀，自己抱起了木匣子，朝李大铲做了个请的手势，李大铲便走在前面带着他去找刘老锤，一边走一边挥手赶路上围观的人，吓唬他们说赛潘安是一路追踪妖精来到白水镇的，眼下妖怪就潜伏在白水河中，马上就要作法捉妖，最好的避邪方法就是躲在家里不出来。

不知道是赛潘安太像仙人下凡，还是李大铲说得很逼真，白水镇人服服帖帖，慌慌张张赶着孩子回家拴上门，沿墙贴了一排避邪符，静等仙人除妖再出来。

刘老锤静坐在火炉边，手里抚摸着一方墨绿色的令牌，屋门洞开，看得到外面潺潺而流的白水河。那令牌两面都铸有两个象文，一面是"铸剑"，一面是"欧阳"，可知来人是铸剑山庄欧阳氏的后人。刘老锤想起当年自己刀下那个老者，那双冰冷得如同深潭的眼睛，直刺人心。当时没有察觉，求胜心切，一往无前，不料这双眼睛却从此铭刻在脑袋里，时刻让自己内心发颤。

巷道有轻巧的足音传来，刘老锤抬头朝门外望去，巷道那边拐来两个人，一个白衣公子，一个李大铲。

赛潘安站在刘老锤门前，拄着木匣子说："柳岸汀！"

刘老锤在门里手一挥，丢出一物来，赛潘安接过，是铸剑山庄那面令牌。刘老锤在门里说："欧阳公子，我真没想到会是你，我原以为债都还清了，没想到冥冥之中定数不减。你怎么找到我的？"

"我也没有想到堂堂刀王会来打锅，要说也是你打的锅太好,才让我找到了你。"

"说书先生的故事,是你告诉他的?"欧阳公子没有否认。

刘老锤缓步走出门来,挺直了腰板,说:"世上早就没有什么刀王了,只有刘老锤。"

欧阳公子说:"你以为换了个名字,原来的罪孽就会消失吗?"

刘老锤的面皮绷得紧紧的,说:"债要还,罪要赎,我从来没有躲过,只是刀王这个虚名不祥,不提也罢。欧阳冶是你什么人?"

"先父。"

刘老锤望了望欧阳公子的双眼,点了点头,说:"铸剑山庄的金虹剑已断,你拿什么来报仇?"

"铸剑山庄立庄第一要诀就是造天下第一利器,金虹剑断了,我们会打出青虹剑、朱虹剑、练虹剑,总有一柄剑可以打败你的。"

李大铲在一旁忍不住了:"两位大侠,冤家宜解不宜结,成不成听我一句劝,过去的事就让他过去吧,杀来杀去,你断我刀,我断你剑,也没啥意思的。"

欧阳公子笑了,笑得十分灿烂,说:"先生的话真有意思。不过江湖的事,就剩下点打打杀杀嘛,不打杀,江湖还叫什么江湖,柳先生,你说是吧?"

刘老锤点头说:"这话实在,因果循环,报应不爽,不要说江湖,世道也都是如此。"

李大铲点到即止，转说："那欧阳公子让我来，是何用意？"

欧阳公子说："好戏要有懂行的看官看才有趣，见了你的煮干丝，我就知道非你来看不可了，这是缘分，先生不要推辞。"

李大铲点点头，不再说话，默默退了两步。

刘老锤说："那你现在这柄，是什么剑？"

欧阳公子把木匣子平放在地，蹲下身子打开匣子，轻手轻脚地取出了一柄赤如朱丹的剑来，剑光凄艳，直似日暮残阳透云来。刘老锤一见这剑的颜色，脸色有些发白。欧阳公子没有去看刘老锤，带着沉醉的眼神凝视着那柄剑，就像看一个久违的情人一般，久久不能自拔。

欧阳公子慢慢站起身来，说："我替这柄剑取名叫若虹剑，柳先生觉得呢？"

刘老锤脸色大变，急问道："谁给你的玄铁精石？"

欧阳公子慢悠悠地说："不瞒柳先生，给我玄铁精石的人是——"

给欧阳公子玄铁精石的人是苏若兰，江南第一美女苏芷兰的胞妹。自欧阳冶丧命于柳岸汀刀下之后，欧阳公子的命运便急转而下，从此走上了炼剑复仇之路。但不管他如何钻研、冶炼，都无法锻造出一柄超过金虹剑的兵器，更遑论要击败柳岸汀的血饮刀了；也不管他如何寻找，终究无法找到举世罕见的坚硬金石。欧阳公子在这种举步维艰的困境中，壮志日渐消磨，身心都浸透了绝望，几欲投炉而死。而就在这时，美若天仙的苏若兰出现了。

苏若兰带来了一块当年柳岸汀铸造血饮刀后剩下的玄铁精石。原来,柳岸汀为铸造血饮刀,不惜将妻子苏芷兰投入火炉,因此苏若兰要为姐报仇,但深知自己绝无力量可以找到、杀死柳岸汀,所以才将那剩下的玄铁精石带到了铸剑山庄给欧阳公子,欲借助铸剑山庄的力量除掉柳岸汀。

欧阳公子与苏若兰,恰如金风玉露相逢,很快两人就坠入情网。欧阳公子得此际遇,壮志再炽,剑法一日千里。加上有苏若兰带来的玄铁精石,信心更是大增。只要能用精石锻造出玄铁剑,就足以抗衡柳岸汀的血饮刀了,胜算就大了。不料,玄铁精石在铸剑山庄的铸剑炉中无论如何都没法熔化,就连最富经验的铸剑师都无可奈何。

那个"莫邪投炉"的古老传说和柳岸汀"投妻炼刀"的传闻浮现在众人脑中,如同一段诅咒如影随形,每个人都心照不宣,但没人愿意提出来。三个月过去了,铸剑山庄上下都叹了一口气,欧阳公子泪洒铸剑房。某夜,欧阳公子借酒浇愁,醉梦中见苏若兰款款而来,微笑着对他说:"为今之计,只有仿效干将莫邪了。"

欧阳公子看见苏若兰笑,心里害怕,答道:"好,我明日就去买个义士,给他一笔钱,让他来投炉。"

苏若兰笑面如花:"投炉之人必须真心实意与精石相融,这样炼出来的剑才有灵气,才能无往不克,否则只会练出一柄带有怨气的妖剑,那就遗祸人间了。"

欧阳公子知道她想说什么,苦苦哀求苏若兰不要这样做,心里虽然紧张，但身体也无法动弹，欧阳公子急得浑身冒汗。

苏若兰笑着抚摸着欧阳公子的脸庞，说："欧阳，我不会死，我的灵性会一直留在剑上陪着你。你要答应我，一定要替我和我姐手刃柳岸汀。"

欧阳公子哭着道："柳岸汀是我杀父仇人，仇我一定会报，只是你千万不要这样做，还有其他办法的。"

苏若兰凄然一笑，说："来不及了，不要辜负我。"说完，苏若兰转身就走。

欧阳公子嘶哑大喊："若兰。"随即惊醒，却不见苏若兰，当下直奔铸剑房，却见苏若兰站在高耸的铸剑炉壁上，裙裾翻飞，宛若仙子。

欧阳公子大喊"若兰"，一面疾速飞奔上前。苏若兰不待欧阳公子靠近，飘然坠入铸剑炉，香消玉殒，只留下最后一句话："我们还会在一起的。"

果不其然，苏若兰投炉之后，精石熔化，经九九八十一天淬炼锻造，宝剑顺利铸成。那剑出炉之日，电闪雷鸣，云中现龙，吞云吐雾，大雨如注。宝剑剑身殷赤如血，因此欧阳公子便将此剑命名为"若虹剑"，也就是眼下他拿来对阵化名为刘老锤的柳岸汀的那柄剑。

柳岸汀听完欧阳公子的故事，心中不住叹息，却又无言可慰。

欧阳公子手抚剑身，温柔得像抚摸女人光滑的后背，而后挥剑一震，剑身颤抖不已，嗡嗡作响，欧阳公子说："你的血饮刀呢？"

刘老锤说："该出现的时候，你自然会见到。"

欧阳公子点了点头，说："那我僭越了。"说完，剑一挺直刺刘老锤，那一剑平平无奇，却带着极其绚丽的剑光，直逼刘老锤。

刘老锤识得厉害，身形一矮，避开剑锋，接着足一蹬地，"嗖"的一声往门里倒退而去，欧阳公子飞身而起，宛如牧野流星，直追刘老锤。刘老锤退入屋内，只听轰隆一声，身子撞塌了炼铁炉，接着便见一道黑影疾速飞出，却是那柄大铁锤。大铁锤势大力沉，直袭欧阳公子，欧阳公子还是那平平一剑，剑光所及，大铁锤四分五裂，碎成无数小铁块，铁屑四散飘洒，把在一旁观战的李大铲刮得睁不开眼睛。

欧阳公子的若虹剑破了大铁锤，剑锋已经追到了门洞，突然，只见屋里黑暗中吐出一条火龙，火龙迎向若虹剑，却在剑锋处被拦腰斩断，若虹剑势无可匹，一往无前，刺在了黑暗里的刘老锤身上。

与此同时，那被斩断的龙头，却轻吟着冲入欧阳公子的胸口，贯背而出，正好飞落入潺潺而流的白水河中，嗞起了一阵青烟。

欧阳公子像不敢相信似的，睁大着眼睛盯着门里的刘老锤，突然噔噔蹬倒退了几步，若虹剑顺势抽出，剑尖滴血不断，在地下画成一线。欧阳公子低头看了看自己的胸口，伤口很长，但血流不多，因为火龙又快又热，伤口很细又被热气炙合。鲜血在欧阳公子胸前晕染出一朵血红的山茶花，欧阳公子用手指点了点山茶花，脚下一软，不由地用剑抵在地上。

刘老锤自屋里走出来，屋子里面却开始燃烧了起来，那是炼铁炉被撞塌后，炉火四溅引起的，但刘老锤似乎漠不关心。只见刘老锤手中拎着半截艳红如焰的刀——血饮刀，肩颈处的衣服上有血迹，显然是为刚才欧阳公子的若虹剑所伤。

刘老锤把断刀丢在欧阳公子的脚下，说："你赢了，我的血饮刀不是对手。"

欧阳公子凄然一笑，说："剑赢了，我却要死了。"

刘老锤说："铸剑山庄立庄第一要诀就是造天下第一利器，你做到了，我肩膀受你剑伤，筋骨尽断，再也无法用刀了，对令尊，对苏若兰都有交代了。"

一提起苏若兰，欧阳公子眼眉顿时松开了，神情是前所未有的轻松自如，幽深的眼光逐渐热烈起来。刘老锤望着他的眼睛，心中一阵温暖。

只见欧阳公子盘腿坐下，把若虹剑抱在怀里，说："你说的对，我们很快就要在一起了。"说完，神态安详地死去，嘴角含笑。

李大铲上前探了探欧阳公子的鼻息，然后朝刘老锤摇了摇头，说："走了。"

"活着对他是受罪，死了反而是解脱。"

李大铲问道："没想到你竟然将血饮刀藏在炼铁炉底下，不怕熔化？"

"玄铁精石坚硬无比，一般炉火无法熔化，我把刀埋在炉火底下,是想用火热消解它的戾气。"

杀气?李大铲想起刚才欧阳公子所说,投炉的人如果不是真心实意与精石相融,就会有怨气,难道柳岸汀真的把夫人投入了火炉?李大铲不敢问下去,只有旁敲侧击:"为什么同样是玄铁精石练就的兵器,你的血饮刀敌不过他的若虹剑?"

刘老锤叹了一口气,说:"因为我的刀不是舍身投炉炼出来的,而他的剑是苏若兰投炉炼出来的,灵性更高,我的刀不是对手。"

李大铲糊涂了:"你的刀不是……那为什么有戾气要化解?"

"那是我早年争强好胜杀人如麻时积下来的戾气,这股戾气在我杀欧阳冶之时达到极盛,我才深知我入魔已深。化解刀的戾气,其实也是化解我自身的戾气。"

李大铲松了一口气:"当年为什么有传言你投妻练刀?"

刘老锤眼中闪过一丝痛苦的神色:"那其实是巧合,当年我炼刀之时,恰逢内子小产,因为我疏于照料,内子难产而死。我那时炼刀已成痴魔,就用内子的血洒入炼剑炉,终于炼成了血饮刀,其实当时我已经开始走火入魔。我虽不杀伯仁,伯仁却因我而死,所以若兰找我报仇是应该的,只是没想到她竟一味相信莫邪投炉的传说,做出这样莽撞的决定,说起来是我又多害了一人。"

李大铲嗟叹一声,说:"他们正因为相信这个传说,才能炼就如今举世无匹的若虹剑,说起来这也是造化弄人。只是,既然你不是投妻炼刀,为什么不和欧阳说清楚,也免得背这样一个骂名。"

"我不能让他感觉到若兰之死是毫无意义的，信心一失，也许刚才他那一剑就无法削断我的血饮刀了。"

李大铲明白了过来。这时刘老锤的屋子已经整个被大火吞噬了，火势熊熊，李大铲问道："这房子不要了？"

"不要了，白水镇也没有我容身之处了。"刘老锤顿了顿，突然问道："对了，你到底是什么人？第一次见你我就知道你绝非一般厨子。"

李大铲哈哈一笑，说："说出来不怕你笑话，我早年也是使刀的，在江湖上也颇有威名，跟你一样，戾气太盛，杀戮太重，后来经一个高僧点化，决定遁入空门，修行积德。"

刘老锤似笑非笑地看着李大铲，说："那你是背叛师门的酒肉和尚了？"

李大铲笑着说："非也非也，高僧说，心就是道场，俗世就是空门，只要存心向善，哪里都能修行。他说我既然会用刀，不妨就带刀修行，只有手中有刀而心无戾气，这才算道行。如果因为害怕一样东西而去逃避，那这一辈子注定都无法逃过那种东西的束缚，高僧说这就叫'惧在障'。"

刘老锤灵台突然一清，仿佛想通了什么，朗笑着说道："好个'惧在障'，好个'手中有刀心无戾气'，今日承教了，原来这么多年，我都修错道了，看来我福分没你好，没有遇上高僧点化。"

李大铲也哈哈大笑，说："那就只有由我借花献佛了。高僧跟我说，带刀修行，不妨去当厨子，不要看厨子挥刀弄火的，其实厨帮有规矩，厨师菜刀不能见新血的，只能切肉，不能杀生。我谨遵教诲，二十年来刀不见新血，总算心无戾气了。"

刘老锤拜服，长揖在地，说："多谢指教，我看只有你才当得起刀王这个称号。"

李大铲哈哈一笑，连连摆手称不敢当不敢当。

就在这时，白水河河面水汽氤氲，竟如沸汤般冉冉冒气，李大铲看得愣了，刘老锤说："火龙头戾气散了。"

李大铲点了点头，指着欧阳公子问："他怎么办？"

刘老锤拱手而道："他不是有亲随在饭庄嘛？烦你跟他说，柳岸汀已死在欧阳公子剑下，血饮刀被断，那半截断刀是为凭据，铸剑山庄重振威名已不在话下。"

李大铲明白他的意思，点了点头，说："那你呢？"

刘老锤笑笑，说："我？我是打铁的，自然是另找一个地方干我的营生去。"

"还打你的锅？"

"不，这次我要打菜刀。"

清明过后不久，说书人又来白水镇了，这回又换了个话本。

却说鄱阳湖大孤山出现了一条孽龙，大如鲲鹏，浑身赤红，目如丹珠，不时自山中出来，翻腾于鄱阳湖之中，将湖水炙热，把鱼儿煮熟，偶尔兴之所至，还会口吐烈焰将鄱阳湖畔的渔民小镇烧个精光，人畜死伤无数，一时鄱阳湖上死孚遍地，惨绝人寰。时有白衣弥勒，不忍见苍生受苦，于是化身为一名白衣公子，偕一老仆，驾四匹汗血宝马，下凡降妖。白衣弥勒带一紫檀木匣，中有青虹宝剑，木匣一开，宝剑即出，凌空飞舞，迢递而来，倏忽而去，狂风骤作，飞沙走石，无以匹敌。孽龙不敌宝剑，于是潜水而逃，终于潜到了白水镇的白水河中来。白衣弥勒驾马追至，持剑在河畔与孽龙大战，经过三百回合，终于将孽龙一斩而断，尸沉河底。

这个故事让白水镇人彻底疯狂了，每个人都信誓旦旦地说自己看到了白衣弥勒，住得近河边的还说当时听到了有大战的声音。尤其李大铲，他赌咒道他带着白衣弥勒去河边收服孽龙，那孽龙大啊，有白水河面那么宽，你想想有多大。只见白衣弥勒隔空御剑，与火龙大战三百回合，最终斩断火龙，火龙的两节残骸就像炭火丢入水面一样，嗞的一声激起一阵青烟，到现在白水河还在冒烟呢！就是因为孽龙的尸骸在消解啊。可惜，刘老锤的房子让火龙吐出的烈焰烧毁了，人也生生被烧死在屋子里，尸骨无存。说到这里，白水镇人稍稍有些遗憾，当然不是因为死了个刘老锤，而是遗憾以后再也买不到这样子的好锅了。

白水河河面的水汽足足冒了三个月才停，把整个白水镇笼罩在一片溽热粘湿的水雾之中，比盛夏的时候还要让人难受几分，白水镇人每天摇着蒲扇焦躁地在大街上走来走去，嘴里咕噜着："赤龙作孽啊。"

三个月后热气停了，白水河河水又变得清凉起来。随着第一声春雷炸响，连续下了七天七夜的滂沱大雨，整个白水镇欢欣鼓舞，比过大年还开心，浑身暑气一扫而光，全镇的人都跑到雨中洗澡，李大铲说："赤龙终于消解了。"

女孩们在那年夏天干了什么／潘小楼

启

1.

我来到了民族大道上的那家糖水店,离约定时间还有十分钟,应征的女主角还没到。

我在靠窗的位子上坐了下来,点了份杨枝甘露,舀了一大勺送到嘴里,饶有兴味地摆动着手里的小高清。小高清里即时摄录的,是玻璃窗外来来往往的人群,背景是南宁市雨后初霁的街道。夹道尽是高大的扁桃树,湿热的地气在树影里蒸腾,这让影像带上了南国黏稠的湿度。喏,这个上了年纪的魅力型男和他身旁哭泣的年轻普相女,应该是一对情人,普相女希望自己是他最后一个女人,而老型男只不过希望自己是她的第一个男人,这注定是个悲情故事;另一边打电话的年轻男孩,打着严实的领带,西装的垫肩下还空出半个肩膀,应该是个上进的凤凰男,一根筋地相信只要努力就能在这个城市里找到自己的位置,当然了,他的字典里还没来得及收录"潜规则"这个词条……三年前看完米开朗基罗·安东尼奥尼的纪录片《中国》之后,我开始疯狂地迷恋上人们在镜头里零设防的状态。那些影像就像一个个没有经受污染的故事初胚,极大的可塑性让他们散发出无可比拟的魅力。不过，一旦这些人意识到镜头的存在，情况便完全两样，他们无一例外都会在瞬间变成标本，表情僵硬，动作机械，毫无生趣可言。

想要拍一个拿得出手的片子参加国际英才导演大奖赛，前提就是必须要找到一个对摄像机有免疫力的主角。我指的不是那种所谓的"镜头感极好"的人，他们不过是一个个狡猾的表演者，知道什么时候该收，知道什么时候该放。他们在我的概念里，一样是对镜头反应过激的，和那些戒备森严的标本并没有本质上的区别。两个月来我在各大网站的论坛上散播了征集主角的信息，但应征者只有三个。第一个是个想追回前女友的男生，他认为有台机子跟拍会比较有排场，需要说明的是，此前他们已经经历了六分六合；第二个是声称自己能够在一年内白手起家、赚到一个亿的中年女人，她认为这段前无古人、后无来者的个人奋斗史需要有人来辑录，需要补充的是，在说这话的时候，她就像被注射了鸡血一样躁动和亢奋；第三个，就是我今天要见的人。

我和她在网上聊过，她许诺会给我一个非同寻常的故事，对此我不以为然，任何人都会认为自己的故事才是最特别的。吸引我的倒是她的谈话方式。和其他人不同，她会在沉默地应对好几个问题后，用极尽详细的言辞和超乎寻常的耐心谈论她感兴趣的话题，思维极富跳跃性。类似的人我接触过，他们往往只生活在自己的世界里，而那个世界里常常会有无法和别人分享的故事。这样的人来应征，多少让我感到意外。

小高清里出现了一个女孩的影像，年龄和我相当，直长发，泛着微微的栗色，身形修长而清奇，拥有典型南国女孩蜜一样原色的肌肤。她一入画就牢牢抓住了我,因为她的眼神,那种无视一切的眼神让她在真实的世界里没有任何存在感。我手忙脚乱地用长焦追随着她的侧面、背影,没想到她一转身,进入了糖水店,她的影像虚了起来,等我放下机子,她已经来到了我面前。

"是你吗?"

我点了点头。

"现在就开始拍了吗?"

在得到肯定的回答后,她也没有拒绝。

她坐了下来。"你叫我苁吧,白苁的苁。"她说。她没点东西,只要了杯凉水,从手袋里掏出了只白棉布小袋,朝水杯里洒了些茶叶。

"我给你叫杯热水吧。"

"不用,我习惯冷泡。热泡的话,头泡是很酽,但过后就散了;冷泡能把香气锁住很久,每一泡的味道都很均匀,也更轻浮。"

她正说着,茶叶在水面浅浅地翻了个身,一股细细软软的清气飘了过来,那是一种我从未闻过的香气组合。

"你泡的是什么茶?"我忍不住问她。

"荷花茶,我父亲给我寄过来的。祖传的制法,选取我老家高山上的白毫茶,傍晚时分放到盛开的荷花里,入夜后花朵会合起来,第二天清晨花朵绽开的时候取出茶叶。这样重复上一个月,茶叶就会吸取荷花中的香髓,变成荷花茶。"她的目光转向我,"你们这一行很少看到女的,而且,你看起来比我想的要年轻。"

我感觉到她的目光一寸寸扫过我的波波头和我身上二十块一件的纯棉T恤，便解释道："我入行的时间不长，但我是一个做事很坚持的人；之前和你提过的，也拍了一些独立短片。"

她表示认可，转动着手里的水杯，说："在网上你曾问我，这大致是一个什么样的事件，我现在告诉你，其实，我只是亲历了其中的一些片段，整个事件遗失的关键部分，就是我们这次需要寻找的，有两种可能：有可能找到、补足，让你得到一部传统意义上的完整片子；也有可能找不到，那你所拍的，就只会是一些残缺的片段——你愿意冒这个险吗？"

我曾暗暗发过誓，只要她有追女无厘男和中年鸡血女的半点影子，我立马把她否掉；但听到的却是这样一番话，我找不出拒绝的理由。

"那好，"她说，"为了避免出现一些不愉快，我准备了份协议，你先看看。"

我接过来一看："双方互不评判、干涉；一旦开始，双方都不能以任何理由退出……"本是我要提出的条件，她自己倒先提出来了，我看着眼前的她，不禁哑然失笑：省心、省力、对镜头有彻底的免疫力、背后还很有可能是一个丰富的矿脉……一项一项地对上号后，可以确信，我中了头奖，这正是我一直以来苦苦寻找的完美主角。

一号场景
芨的自白（之一）

2.

我不相信这是一个超自然力的事件，否则，就不会想到要去寻找事件的源头，以及一些隐藏在记忆背后的真相了。

十年前，我还在镇上的中学念高三，那一年，学校来了个年轻的校医，姓聂。他的性别第一时间在学生中传开了，因为在此之前，从来没有过男校医。不论是初中还是高中，我印象中的校医都是凶神恶煞的中年妇女。在进行身体检查或注射时，如果男生对她们说些自夸的荤话，她们总能用更露骨，也更资深的话把他们驳回，并当面骂他们是"刚会打鸣的小公鸡"。

聂医生还未现身，他的性别便在女生中引发了担忧。女生们对医务室的依赖性比男生要强。不说别的，临近高考，会有数不清的考试，月考，摸底考，统考，会考……这时，医务室门口会挂出块小黑板："需要打'特殊针'的女生请到医务室登记。""特殊针"是一种能够改变例假时间的针剂，之前的几年，医务室只有在高考前的一个星期才会提供给需要的女生，但到了我们那一届，就向所有的高三女生敞开供应了，连一般性的大考都有。不知道是女生们的要求，还是学校的意思。不过，也可以理解，临近高考，只要有一次考试发挥失常，都会让你长久地浸淫在一种挫败感里。因此，说是生理需要也好，心理安慰也罢，女生们都迷信这东西。绝大部分女生都没有跟男生有过实质意义上的肢体接触，如果校医是男的，这就意味着，她们要把关于自己身体最隐秘的话题撕开，毫无保留地展示在一个陌生男人面前。

学校的医务室一度门前冷落车马稀，这真是一个绝大的笑话，因为聂医生恰好就是科班出身的妇科医生。不过，这冷落没有持续多久，医务室终究还是迎来了第一个女生。紧接着，意想不到的变化发生了，第二个，第三个，第四个接踵而至，找聂医生看病的女生在短时间内呈几何倍数爆炸增长，最后，医务室几乎成了女生的专场。

就在这时候，民间却起了对他不利的传闻。传闻的源头是一个叫姜元元的女生。她是学校的广播员，独自住在学校的广播室里。她多次有意无意向女生暗示，聂医生对她不轨。大家都很诧异，因为姜元元曾是去医务室最勤的几个女生之一。但她的话也不是没有可信度，要知道，她是校花，任何男人的觊觎放在她身上都会比放在别人身上要顺理成章。当时传播的信道一般有两种，官方渠道和民间渠道。如果选择前者，就意味着要上报女生辅导员和班主任；而后者则只是通过一些小道非正式散播。姜元元选择了后者，因此，这个举动看起来更像是一次警告。从表面上看，似乎是在针对聂医生，但从她去医务室的频率和她对聂医生的态度看，又不像。于是，就有人说了，其实这个警告是针对其他女生的，姜元元在隐晦地表明，聂医生已经跟她有染，他是她的了。

不过，无论是针对谁，这个警告都没有起到应有的作用，它更像是将一根划亮的火柴扔到了一堆干稻草里，自此，同聂医生相关的此类传闻越烧越盛。和当初女生来找他看病时的情形如出一辙，先是姜元元，接着，便是第二个，第三个，第四个……最后，就连一个独居的女校工也牵扯了进来。在她们的讲述中，聂医生来无影，去无踪。涉及隐私部分的细节，绝大部分闻所未闻，并细致入微，如果她们不是亲历者，那她们就是天生的叙事天才。

民间和官方的信道界线也不是那么绝对。一天早上，姜元元被发现在教室里，现场一片狼藉，肇事者趁乱逃走了，留下一件沾染了血污的白大褂，指向非常明显。姜元元似乎不想张扬此事，可女生辅导员还是听说了。她开始运用她非凡的沟通能力向更多的女生旁敲侧击，最后推敲出的内容让她瞠目结舌——不管怎么说，聂医生在人前的形象还是无可挑剔的。

镇派出所开始着手调查此事。偏偏这时候，聂医生失踪了。谁也不明白，他为什么选择在那个时候离开。如果一切都和他无关，那他究竟在害怕什么？"畏罪潜逃"的说法在人群中取得了较为一致的认同，因为他的失踪本身就是一个最不合时宜的注脚。对此，校方三缄其口；男生曲折地表达了他们的快意；而女生则选择了多义的沉默。然而，聂医生的逃避还是让很多局外人感到了深深的失望，就好比斗兽场里的观众刚刚坐下，满怀期待要欣赏一场精彩绝伦的厮杀，主角却忽然玩起了人间蒸发。

一般到了这里，事情也就该告一段落了，但我告诉过你，这是一个非比寻常的事件。隔段时间之后——或许根本就没有隔，只是事情还没有暴露出来罢了——姜元元处传来消息，说聂医生又回来了，这一次的手段比先前更为变本加厉。但这一显摆不久后便遭到了挑战，女生中也传出了同样的消息。和之前一样，他来去自如，而宿舍的门窗，同样没有任何损毁。有人甚至猜测，聂医生从来都没有离开过学校，他一直躲在某个暗处，窥探他心仪的女生，并伺机下手。

因为有了前车之鉴，女生辅导员在女生中布下了不少线人，她们在第一时间把这些传闻告诉了她。校方开始紧张起来，不是因为聂医生，而是大考在即，任由这些道听途说泛滥，会在学生中引起不必要的恐慌，如果一年一度的高考真的薄收，对一个升学率蝉联了县里五连冠的镇中学来说，损失无疑是惨重的。他们一方面安抚人心，另一方面则积极配合镇派出所抓紧调查。

镇派出所决定开始撒网。既然姜元元是聂医生的主要目标，她所住的地方当然要重点布控。这一次，姜元元竟是一反常态地配合。有人猜，聂医生一而再，再而三的滥情已经让她彻底失望，所以，她才会爱极生恨，下决心报复。

这时，有眼尖的人发现，警察中多出了一位女警，那是镇上有名的轻熟龄美人，她的出现在男生中引起一阵阵骚动。据说，她原本是在所里管内勤的，至于为什么要她来参与办案，而且还是这样的案子，原因其实并不难猜——不过是要她充当诱饵罢了。让女人去做这样的事，这一听就是男人的主意。

警方在姜元元住处布控一个星期后，确切地说，是女警李代桃僵地睡在姜元元宿舍一星期后，出了事，不过，除了当班的警察，谁也不知道那天晚上发生了什么。据最靠近姜元元住处的男生们说，他们只听到一阵短暂的嘈杂，接着便是一声枪响，之后便归于静籁。

第二天，校方对于昨晚的枪声没有做任何解释，但却放出话来说，请同学们不要担心，一切都在掌控范围内。但更多人认为，学校这么说，不过是此地无银罢了；如果真如他们所说，一切尽在掌握，那派出所的人就不会留下来继续调查，学校也不会组织男教师和男校工日夜换班巡逻了。

顺带说一下，那位女警，在离开办案组后不久，她老公就同她离了婚。有人说，聂医生那天晚上在她身上已经得过手，正是因为沾染上了这件事，不干净了，她老公才把她甩了。本来小镇也没多大，这种事，一般是传得最快的。

事情在最应该结束的时候没有结束，反而在最不应该结束的时候戛然而止了。学校似乎要不惜一切代价平息此事。女生辅导员下令，不许任何人，在任何场合谈论和聂医生有关的话题，违者重罚。但至于如何重罚，并没有细说，也许，只不过为了震慑。面上是不允许谈了，但我相信雁过留声，那么大的事件，在亲历者心上不可能一点痕迹都不留。但它真的就是一点痕迹都没有了，自从我们毕业后，便再也没有传出聂医生的消息。

去年，也就是事发九年之后，我遇上几个高中的同班同学。我跟她们谈起那件事情，她们竟是一点印象都没有了。我不甘心，给了很多细节上的提示，很多话都是从当年流传的细节中直接摘下来的。她们睁大了眼睛："有么，我们当真有说过这样的话?"我唯有知趣地闭上了口。我觉得自己被抛弃了,她们陷入了集体性的失忆,可以那么轻松地活着,但这件事的每一个细节却牢牢地生在了我脑子里,重重地压在我心上。

也许你会问,为什么十年之后,我会旧事重提?我的回答很自私,让你失望了。一个月后,我就要随我父母搬到马来西亚,也许不再回来了。我父亲是个中医,他朋友帮他在当地找了个铺子,开中医诊所;而我也会进入当地的一个华文培训机构工作。在我离开之前,我想找出整个事件的真相,如果可能的话,选择一个适当的方式和渠道公之于众。那件事情的每一个亲历者都应该为自己曾经做过的事情负责,并承担自己应该承担的,我不想一个人再承受那么多,更不想把这当成最沉重的行李带走。

我联系到了几个特殊的亲历者,十年过去了,当年种种限制多少会有松动,他们愿意开口,或许,会对还原整个事情有帮助。

如果没有什么问题,你就回去收拾东西,明天我们一道去泗水。

二号场景
芨的自白(之二)

3.

我老家是一个地处云贵高原过渡带的小镇,古时候叫泗州,后来改名为泗水。一道水从后山上流出,顺主街道流过,镇上的人家就这么隔水而邻。这道水叫泗水，右江众多的支流之一，泗州镇、泗水镇因此得名。进入立夏后，这里的天空已经很难见到蔚蓝色了，天色会由清晨的浅粉直接过渡到中午的赤白，没有任何地理上可供解释的因由，这个小镇聚集了中国西南最白亮的日光，隔着主道的青石护栏，你都能听得到水皮嗞嗞作响，蒸气滚涌上升，将两旁的老榕湮埋在湿漉漉的水雾里，整个主道看上去，就像一段通往海市蜃楼的甬道。甬道尽头，后山脚下，就是泗水中学。

你看到了什么？连片的凤凰树，还是被嫣红的花翳映亮的空校园？这不过是幻象。对我来说，那些曾经发生过的事，不管隔了多长时间，总还会层层叠叠地码在那里。

如果我们来得早一些，早到高考之前，你还会看到一块高考倒计时牌和一些红通通的标语；往东南方向走，那一小排平房，是高三文科班的教室，你甚至还会看到一张张少女的脸，从严严实实的书堆里抬起来，美丽的，不美丽的，但无一例外都有打动外人的纯净。

然而，这不过都只是幻象。

十多年前的初夏，下午自习课，并没有科任老师坐班。教室里吊扇轰鸣，风油精清凉油的气味欲散不散，不少同学把头埋在了书里，打起了瞌睡。一股酸品特有的甜辣味混了进来，我回头，看到大头窜到了姜元元的位置上，两个人正埋头偷吃。酸品是我们地方上特有的一种小食，做法类似于泡菜，用时令水果，牛甘果、阳桃、杧果、番石榴之类，加糖、盐、辣椒腌制，据说可以祛湿热。

　　人头是我们那一届文科班唯一的男生，但他不是班里的活宝，他只是姜元元的跟班，经常被她差到镇上去买零食，借言情小说，甚至帮她买个人用品。进入高考倒计时后，除了星期天下午有半天时间可以放风，其他时间都禁止外出，大头就成为了班里唯一能够里通外界的人，因为也只有他能翻过后山那堵围墙。在姜元元连打带闹的推搡下，他乐此不疲。

　　姜元元是学校的"头牌"。你知道什么叫"头牌"的吧，学校所有大小晚会，都少不了她。这个外号忘了是谁先叫出来的了，总之，这是她流传得最广的一个外号。本来按照学校的规定，上了高三后就不能再继续担任广播员，但姜元元打破了这一惯例。吸引她做下去的，除了享受人前人后的指指点点，很多人猜是为了独享那间广播室，不需要再跟我们挤十六人的大套间。至于她是怎么保住这个位置的，民间普遍认同的说法是，她出于强烈的个人意愿，去和主管的老师睡了一觉。始作俑者和传播者丝毫不觉得这个揣测存在任何主观暴力，谁让她是"头牌"呢。

　　班里的座位都是严格按照分数安排的，好前差后。老师在的场合，班里的重心在前排；但在其他更多的时候，重心还是在后排，当然了，以姜元元为首。久而久之，女生间便有了微妙的江湖。像后排的这类聚会，我们前排的通常是不会去凑热闹的，但大头咂着酸品的叽歪还是传了过来。他说他到酸品摊上的时候，对面小镇礼堂里围了一大群人。他扒进去看标语，是市里下来开的公审大会。

"公审大会"这个词在二〇〇〇年之后已经很少听说了吧，就是把一群犯人集中到一起，公开宣判，一般会选择一个可以容纳很多人的地方，要求各单位，甚至是学校集中去，主要起震慑和教育的作用。那时候，如果市里的公审大会选择到一个小地方来开，要么那里是在逃嫌疑犯的原住地；要么就是那里的犯罪事件比较多。

依据大头在会场里的道听途说，之所以会选择在泗水召开全市的公审，是因为有个在逃的嫌疑犯，是镇上的人。

"他们说的那人我认识，是我表哥的朋友，我还见过他的，跟个女的谈了四年，平时也没听说闹出什么事，但就在结婚前的一个月，那女的竟然死在了他宿舍里，光着……"大头用重音说出那两个字后，明显压低了声音。

泗水多年来没出过什么人命案，现在出了这么一单，听了总让人心惊。我欠了欠身，装作无意的样子向后靠了靠，忽然发现，刚才还在奋笔沙沙作响的同桌早就停住了，咬着笔头，拼命往后座的书堆上蹭。

对了，我还没有向你介绍我的同桌。两年前文理分科，重新组班，我第一次见到了她，也就是传说中的年级第一。如果不是她那扎马尾辫，我根本就没办法分清她的性别——平板的身材，棱角分明的脸颊，永远隐藏在黑框眼镜背后的双眼……而她衣服的扣子，总会扣上最上一颗，死死抵住她的下颚，这让她行动起来的时候，像一个初级的机器娃娃，只要她进入你的视野，你总会感觉到莫名的紧张。

为了不引起她的注意，我顺势拿起了水杯喝水，继续听后排的动静。但除了大头浑浊的唇齿音和后排女生的唏嘘外，我听不到任何和犯罪现场相关的细节。

"就是这样的啦，"大头忽地提高了音量，表明隐晦的内容已经结束，"天知道他逃到哪里去了，那小子平时不怎么说话的，看着也老实，想不到，竟然这么流氓，真的想不到啊……"

正听着，我的小腹一阵绞痛。宿舍钥匙在机器娃娃手上，我跟她说明了情况。

"不是吧，你真的要去医务室？！"她叫起来，全班同学都应该听到了。我拿过钥匙，在众多猜疑的目光中离开了教室。

我身体一直有这样或那样的毛病，但在父亲的影响下，很少吃西药，他给我配了不少常备中药，让我带到学校里来，要喝的话就到学校医务室借炉子和砂锅煎。老校医退休后，我已经很久没去医务室了。

医务室位于学校西南角一个偏僻的小院落。院里有株老凤凰树，展开乌黑的虬干，把整个小院都庇护了起来，并还在无限制地延展出去。院子终年见不到阳光，永远是那么湿漉漉的，青苔从角落里细细密密地冒出来。院里那栋二层小楼是大板楼，建于二十世纪七八十年代，赭黄色墙面，在阴暗潮湿的光照里，已斑驳破败。小楼第一层是两个大间，一间是医务室，另一间是聂医生的宿舍；第二层相当于一个废弃物的仓库，堆放着旧实验器皿和老课桌椅。

那是我第一次见到聂医生。传闻中"聂医生""聂医生"

地叫了那么久,在称呼上都把他叫得比我们老一辈了,其实他也不过大专毕业,比我们大不了多少。

医务室就一个大间,中间用隔帘隔开,外间是一套桌椅和一只长条椅,相当于诊室;里间有一张床和一只高脚凳,相当于注射室和私密的检查场所。聂医生来上班后,把医务室里里外外都粉刷了一遍,隔帘也拆洗过了,到处都是或明或暗的白色。

你一定不会相信这幅画面。他穿着白大褂,坐在这样一个白色的房间里,抬起头来,向着我。他的眼睛黑而深,当我看着他的时候,我发觉他的瞳孔微微放大了。这个眼神点燃了整个背景,白底上亮了起来,起了一层浅水粉,这颜色越来越浓,越来越烈,最后,整个房间都笼罩在橘红色的光晕里。

其时恰好进入凤凰树的花季,我看到的神迹般的背景渐变,不过是云朵慢慢移开后,越来越强烈的阳光映照在窗外橘红的花朵上,再将色彩折射到了房间里。但不早一步,也不迟一步,偏偏让我给遇上了,因此,我更愿意相信,这是冥冥中的某种暗示。

"怎么了?"他问。

我迟疑地向他伸出了手中的中药包:"我要煎药。"

"对了,那个小炉子!"他恍然大悟,抱歉地笑了笑,"我打扫的时候清理出去了,也没人跟我说过这个,我还说医务室里怎么会有这个东西;不过,没有方单,你怎么会知道自己该吃什么药?"

"我父亲是中医,已经帮我备好了,我自己也认得几味中药的。"

他脸上掠过一阵失望。

我赶紧说:"要不,你也帮我看看吧,总不是什么坏事。"

他笑了笑,开始常规的问诊。对答的内容我一点印象都没有了,我只记得当时我们离得很近,我看到他刮得干净的下巴,露出隐隐的青白,他身上没有可憎的消毒水味,一股更天然,也更近人情的皂荚味,从他的举手投足间透将出来。

他示意我到里间躺下,隔帘拉过来之后,我忽然感到莫名的紧张,我的身体当时一定僵硬得像一块铅。他没有看我,正对着窗外橘红色的凤凰花簇。他的眼神有点发散,不过,他的指尖已经替代了他的眼睛,在我的小腹上专注地游走。"你太紧张了,放松一点……哎,好。"他说。

我深呼了一口气,慢慢地,一点点感觉到了他轻重缓急的节奏。我眯起了眼,窗外凤凰树上的风声、知了声离房间越来越远,他指腹上细致入微的温度成为了世界的中心。

"也没多大问题",终于,他收起了手,"出来我再给你细说……"

我这才缓过神来,整好衣服,他拉开了隔帘,我们都吓了一跳,姜元元不知什么时候已经坐到了外间的长条凳上。

此时她正侧了脸看着我们,用修长的手指挑起了一缕长发,不停地转,黑亮的发丝在她雪白的指尖上绕了一圈,一圈,又一圈。

4.

姜元元似乎从来就没有过"端正"这个概念,即便在医务室的长条凳上坐着,也是半歪着身子,仿佛害了软骨病,实在没有力气撑起她那一身似的。

谁知面对她,聂医生还是那种微笑的表情,用一种他自认为自语的音量说:"今天究竟是走什么运了……"

姜元元脸上掠过一丝得意,旋即捂上了心口,她的语调没有重音,倒是和她的坐姿相得益彰:"我不舒服,胸闷,气短……"

"聂医生,"我打断了她,"我的药该怎么开?"

"哦,"他似乎刚从某种状态中抽离出来,"这样吧,如果你想吃西药,我可以给你开些片剂;如果你想吃中药,也行,我宿舍里有煤气炉,砂锅也有……"

"我还是吃中药吧,不过,会不会太麻烦你了。"

"不会,你把药留下,晚上我煎好,你过来喝就可以了。"

我把草药包放到了桌上,一转身,发现姜元元已经起身站到了隔帘边上,依然是她曲线形的招牌站姿,手里抓着隔帘,说:"聂医生,你也给我检查检查吧。"

他忍不住笑了起来:"还没问诊呢,问诊后再说——也许也没这个必要。"

尽管我对这场谈话很有兴趣,但似乎已经没有什么理由继续留在这里。我同他道了别,走出医务室,到一个安全的距离之外躲了起来。我远远看到他们两人先是坐着,没过多久,姜元元又急不可耐地站了起来,聂医生也站起来了,他们一前一后地进到了里间,姜元元一把扯过了隔帘。

我到宿舍躺了好一阵,才回到教室,姜元元的座位竟然还是空的。

机器娃娃说:"刚才班主任来通知了,晚上八点在宿舍楼前的操场集中,开女生大会。"

"女生大会"顾名思义,就是只针对女生开的会,和初中男女分开的生理讲座不同,更多的是人生选择和规划的内容,相当于是女生的一次集体成人礼。这是我们镇中学的传统,一般在高考的动员大会前后举行。

我偏过头去,趴在桌上,捏着表一秒一分地数着时间,半小时过去了,姜元元还是没有回来。

机器娃娃忽然收了笔,鼻孔里"哧溜哧溜"地出气,过了好一阵,还是没有停,我侧过脸去,发现她抿着嘴,脸上带着三分幸灾乐祸,我这才意识到,她不是在擤鼻子,而是在发笑。

机器娃娃平时不大怎么善于和人交往,在大家眼里她既傲气又古怪,也就我还会和她说上几句。她那么暗示了老半天,我这才明白了她的意思,捧场问道:"什么事这么好笑?"

"哈!"她慢悠悠转了过来,仿佛名角千呼万唤始登场,"刚才的刚才我去厕所,你猜我路上遇到了谁?"

我配合地摇了摇头。

她很满意地点了点头，压低了声音："女生辅导员和头牌。"

我精神一提，但还是不经心地翻着书本，说："那有什么好奇怪的。"

她眉尾扬了扬："女生辅导员在训头牌。"

"你又没听见，怎么就知道辅导员一定是在训她？"

我的无视和无知极大地刺激了她："就知道你护她！我怎么没听见？我听到辅导员说了：'……你看看你穿的是什么，不学好，一天到晚就挖空心思怎么露肉，媚男人，考不上大学，你能干什么！'"她一说完，鼻孔里又开始"哧溜哧溜哧溜"地出气了。

机器娃娃的话也不是空穴来风。女生辅导员四五十岁，盘发，紫膛脸色薄嘴唇，她跟姜元元的芥蒂大家都清楚。对于学生的着装，学校有严格的规定，而针对女生的规矩又比男生细化许多，诸如不能留披肩长发、烫发，不能涂脂抹粉刷指甲油，不能穿高跟鞋，领口开口不能太大、太深，裙子长度要过膝，衣服不能太透、太薄、太紧，等等等等。学校的初衷很纯粹，不过是为了让我们无性别地融入教室、食堂、宿舍三点一线的生活，全心力备战高考。这些内部校规具体的执行监察人，就是女生辅导员。绝大部分女生在几次打压后都选择了跟校规相安无事，毕竟，高考是大事，为了这些琐事和学校对着干，得不偿失。只有姜元元例外，她条条破戒。她那么烂的成绩，考不了大学；复读的话，估计也没多大起色。也许，她早就铁定了心，只想混过会考，弄个毕业证。民不畏死，奈何以死惧之？姜元元就是一副死猪不怕开水烫的样子，女生辅导员也奈何不了她。对女生辅导员来说，姜元元就是她那片整齐划一的责任田里一棵扎眼的稗草，是她最大的败笔。但这最大的败笔，何以能稳坐在全校最风光的位置上？其实，广播员看着风光，却是一个吃力不讨好的职位，每天早上要第一个爬起来广播；课间十分钟要回去播眼保健操录音；放学的时候，也要提前赶回去……这还只是常规的，隔三岔五还会有通知让你播报，高考稍稍有点希望的人，都不会主动接这烫手山芋。

"你真的到医务室去了？"机器娃娃大概认为我应该礼尚往来，主动和她交换见闻。

"哦。"我点了点头，没接话。

"那个聂医生呢，我见过，纯粹就一个小白脸，比女人还女人。有人竟然还说，他是我们学校最帅的。切，这种男人，白送我都不要，呸！"机器娃娃传说中的古怪又开始发作了，她方正的脸在扣得死死的衣领上不停地扭动，看得让人愈发喘不过气来。

后排传来了大头的招呼声，我回头一看，姜元元已经从后门进来了。她斜着眼睛看了我一眼，在座位上坐下了，很享受地伸了个懒腰，活像一摊软乎乎的水母。

老实说，之前我对她并不反感。但机器娃娃对她颇多微词，让她揪心的是姜元元那一身装扮。姜元元喜欢涂上厚厚的唇膏；而她的衣服，总是以紧身高弹力的居多，伴着夸张的艳丽色，衬住她大花大朵的身材。不仅如此，她还率先全校女师生烫了个大波浪卷。"风尘！"机器娃娃常在她背后咬牙切齿。然而，对大多数女生来说，自甘堕落的校花，总要比冰清玉洁的校花更容易让人接受，因为她这一德行上的缺陷，极微妙地平衡了女生们的心理。

不过，这样一种"风尘"，放到男生和男人眼里未必就是缺陷，或许，竟还是另外一番难舍的浓艳了。很多年后，我遇到高中的一个校友，历经沧海，他仍对姜元元念念不忘，甚至有些失态地跟我谈起她当年装扮的种种细节，似乎在描述一位近在咫尺却又远在天边的女神。其实，姜元元当年的装扮不过是就地取材罢了：小镇集市上能够淘到的廉价唇膏、指甲油；裁缝店师傅照着《上海服饰》粗制的连衣裙；发廊学徒照着省城所谓时兴款做的发式……再说，她当时不过十七八岁，其他女生还都未开化的年纪，何以能让一个男人过了而立之年仍然挂怀？再后来，我看到了电影《洛丽塔》，这才有了答案：绝大多数女孩身处她们生命中最美好的时节，却浑然不知，但姜元元不一样，像洛丽塔一样，她自知，甚至还挥洒自如，这种自解的风情所透出来的暗示意味，对男人来说，其魅力已经远远超越了装扮本身。

正是这样一个女生，和我先后站到了聂医生面前。下午姜元元拉上隔帘之后，那个白色的房间里发生过什么，我不敢去想。当时的我，和现在毕竟两样。

5.

学校坚定地认为，去性别化，打压早恋，是保证高考收成的有力保障。牵牛要牵牛鼻子，解决问题的关键是要抓住主要矛盾，如召开女生大会之类，就能堵住源头，使早恋泛滥、校风日下这一难题迎刃而解。

女生大会的主持人，当然还是女生辅导员。她在女生中的形象毁誉参半，一方面，她坚信"廉耻是骂出来的"，骂起人来的时候让你恨不得找个地缝钻进去；另一方面，女生无论遇到什么难题，总会第一时间想到她，而她也会大包大揽下来。这样一个颇具争议性的人物主持，乏味的主题大会让人顿生戏剧期待。

机器娃娃第一时间抢到了前排的位置，还帮我霸占了一个——她的即时观感需要适合的听众。但我们双双坐定后，她还是扬起下巴不住地向后望。

"你找谁？"我问。

"头牌。"

"找她干嘛？"

"今天下午她来跟我请假，我说所有女生都必须参加，这是学校的规定——硬性的！她还是没来，这小婊子！"

机器娃娃再没有回过头去，台上的女生辅导员已经接过了话筒，女生大会在她的嬉笑怒骂中开场，传说中大尺度的桥段开始了：

"最后这段时间，大家就老老实实待在学校，为什么？你们都不小了，十八了，迟点上学的，二十，要是在以前，都已经是当妈的年纪了，尤其是补习班的同学，不要老想着回家了，一回家，媒婆都找上门来了。女人能决定自己命运的时段，也就现在，有机会干嘛不好好赌一把？之前补习班有个女生，家是乡下的，经济状况不是很好，她还是闹着复读了两年，加上她上学本来就晚，一拖年纪就大了。家里人一出门，村里人就在背后指指点点。家里人面子上撑不下去了，就给她订了门亲事，天天来学校逼婚。我每次都帮她挡了回去，有一次还跟她家里人吵翻了。她憋着一股劲，后来考上了重点大学，家里人没话说了，男方也不好意思提结婚的事了，毕业后她进了省城的一个好单位，一回来还是会来看我⋯⋯

"男女之间那点事，要我说，还是女的犯贱，苍蝇不叮没缝的蛋。有那么个女生，也就前几届，具体哪一届、哪个地方的，我就不透露了——我们这地方没多大，容易对号入座，人家还是要脸皮做人的——本来成绩挺好，人长得也还行，应该是前途大好，偏偏就在高考前的两个月，毁了，因为个男生。他是年级成绩排名从后面找比较不费事那种，和同宿舍的打赌，能追到她。他给她写了几封情书，也怪她贱，两个人还真搞到一块去了。一天晚自习，我们接到举报，说是他们两人躲在女生宿舍。我们立马杀到女生宿舍，男的一头钻到床底下，被我们揪出来了。他家里是做生意的，他老爸事发后来到学校，说是看看那女生长得漂不漂亮，漂亮的话就娶做儿媳妇，后来不知道怎的，也没娶。她就这么完了，从哪里来的，还得灰溜溜回哪里去。泗水也就巴掌大的地方,闹出了那么大的事,条件不错的人还敢要你吗,你这辈子也就那样了……"

机器娃娃听得入了神,我跟她说不舒服要提前走的时候,她都没空搭理。

我回宿舍取了包荷花茶,去了医务室。

医务室里的白炽灯亮着,远远看去,没见到聂医生,倒有两个男生,一个坐着,另一个站着。等到我进了门,一看,原来他正俯下身去,用酒精棉球帮坐着的男生清洗脚上的瘀伤。

他见了我,指着桌上的一个保温杯:"药我已经帮你熬好了。"

我拿过杯子,捧着,这应该是他自己的杯子。

他见我迟迟不喝,又说:"杯子我是洗好了的。"

我笑了笑,弯下腰来仔细看了看那男生脚板上的伤口,那哪里是什么瘀伤,分明是一个异物刺入,伤口肿起了有半个包子大小,已经呈紫红色,连带上整只脚,都是红肿的。

"怎么不早些时候来,现在都这样了。"聂医生说。

"当时还以为没事的……"坐着的男生支吾道。

聂医生说:"我现在也只能先帮你清理外伤口,明天你还是要到镇医院去看的,这里条件有限。"

我迟疑了一会,说:"聂医生,我有事情要同你说……"

他看了看我,又看了看他们。

"要紧的事。"我补充道。

他站了起来,我们走到了外面。

我说:"那样的伤,我是见过的,在我爸爸的诊所里,我知道怎么治,用我爸爸的偏方就可以治好。"

他在犹豫。

我继续说:"一个晚上就可以缓过来,反正他也是要等到明天才能到镇医院去的,不是吗?再说,用的是草药,即便没什么效果,也不会有副作用的。"

"我这也没有草药啊……"

"只是最普通不过的东西,你帮我拿块纱布,带我到你厨房看看,说不定就有。"

他的住处是一个大套间,这是我第一次进入一个单身男人的房间,竟是难得的干净,雪白的墙面,米白的床单,刷了白漆的书架和桌椅,就连竹篾编制的挂帘,也是青白色的。房间里有着一股似有若无的味道,仔细一辨,是竹子的清气。厨房里也是一点油烟味都没有,台面上的白瓷,在橘黄的灯光下闪着柔光。

我在壁橱里找到了那味调料,全倒了出来,捣碎,弄潮,用白棉布包好了,交到了他手里,叫他敷到伤者的脚面上,和异物相反的位置,用胶布固定好。

"太厉害了,"第二天,他远远见到我的时候就说,"伤口把柴枝吐出来了,吐得干干净净,你用的是什么?八角?真的就只有八角么?"

我不置可否。

他笑了,再次用那种他自认为自语的音量说:"女巫。"

听到这个词的时候,一阵微微的酥麻,从我心口拂过。我相信，我们之间一定是建立了某种特殊的联系，坚韧、甜蜜、不可替代。

6.

也许我是找聂医生看病的第一个女生，但真正帮他打开局面的，是姜元元。因为她与生俱来的高调，这个消息得以迅速扩散到校园的每个角落，并成为女生口头新闻的头条。

而这头条从最初在女生中引起震动，嫉愤，到后来促使她们跟风，仅仅过去了不到一个星期：

"聂医生多帅啊，照我看，他肯定还没有女朋友；姜元元呢，经过的男人都不止一打了，还扮什么纯情装女病人，聂医生肯定过不了她那一关。这下好了，便宜她了。"

"姜元元都去了，凭什么我们不能去，聂医生又不是她一个人的，他额头上写她姜元元的名字了吗，你不去，我也不去，大家都不去，聂医生可就真的被她一个人霸住了。"

……

姜元元在女生中不是那种被称为"意见领袖"的人，因为是"头牌"，大家都会同她保持距离，即便是后排的女生，也不愿意跟她走到一起，谁又愿意做主角旁边的配角，沦落为陪衬呢，以前也就我还会同她说上几句话。但在这件事情上，她无意间充当了一个引领者的角色，客观上推动了事情朝积极方向发展。之所以在这个节骨眼上她会那么有感召力，或许是因为女生中早就蛰伏了这样的想法,她不过把它们召唤出来了而已,就好比一盘可口的菜肴,大家都在垂涎,在蠢蠢欲动,但都因为种种顾忌而迟迟不敢下手,姜元元就是那一个试菜的人,看到她满足的神情后,其他女生一哄而上。

她们不间断地涌入那个小院,把厚厚一层凤凰花瓣都踩得碎碎扁扁的,一个接一个进入那个白色的诊室,如同集体经历着一场安全、无副作用的青春期冒险。男生们被挤了出来,医务室成为了女生们的专场,不到万不得已,他们绝不会去那里看女生的眼色。

一天,课间十分钟,机器娃娃把我拉到走廊上,认真地说:"你必须发誓,等会我告诉你的,你要让它死烂在肚子里,跟谁都不能说!"她这架势搞得我既紧张又莫名其妙。不知道从什么时候起,她已经一厢情愿地把我当成了知己,而我只想和她清水之交罢了。但她已经铁了心,要把这个秘密塞给我。

"好了,你说吧。"我说。

她这才从鼻子哼出了一声,脸色发白,下嘴唇都是上齿咬过的印子:"那个小白脸,那个小白脸对我动手动脚……"

我当时的诧异一定是被她理解成了同情,她在自己臆想的鼓励中滔滔不绝:"我心口不舒服,去医务室找他看,他帮我听诊的时候,手拿着听诊器,就那么滑了过去,滑到了我的胸口上,他的手就停在那里,我胸口上!他对头牌那样也就算了,到底是一个愿打,一个愿挨!可我还没看上过哪个男人呢,我还没有过男朋友呢,我还没让哪个男的碰过呢,这小白脸,这小白脸,就抢先占了我便宜……"

我忽然很生气,我痛恨她在这个事件里的角色想象。我的目光下意识地掠过了她的平胸,扫上了她的脸,我第一次发现,她原来竟是如此难看。这就是传说中的文科年级第一,大考小考都没有任何悬念的第一,伴着大好的前程,但又怎么样?她从小到大没有收到过任何男生的情书,甚至是字条,从来没有被哪个男生喜欢过,甚至还因为长相被男生耻笑。她的成绩是异于常人的,她的生活同样也是异于常人的,极度的自傲,却又极度的自卑,每天游走于这两极,也是很辛苦的吧。这么想着,我竟然不恨她了,同情和怜悯,让我单边跟她达成了和解。

上课铃还没有响,走廊上就我和机器娃娃两个人,她仍在咒着聂医生,热风不紧不慢地朝我脸上吹,舒服得我开始分神,她的声音越来越小,最后我只看到她的厚嘴唇在一张一合。一股熟悉的气味混合着水蒸气,飘了过来,在空气中呈云朵状晕开,很清淡,但轮廓却很隽永,我回过神来,没错,是我父亲的荷花茶。我扫了周围,姜元元正站在走廊上,手里捧着个茶杯,气味就是从那里飘出来的。我能够想象,她喝过之后,在杯沿上留下的廉价口红印。

尽管荷花茶的制作工艺并不复杂,但却很烦琐,每年家里做的数量并不多,我从来没舍得送人,只是前些天为了谢聂医生,我拿了一小包给他尝,碰上了那两个男生的事就忘了跟他说了……对了,聂医生。

7.

之前我极少参与这些女生八卦，但现在，听到种种对姜元元不利的传闻，我会在心里升腾起一股恶俗的快意。

如果说，此前姜元元和聂医生的传闻还只是初步的构架，在汇集了各方信息之后，现在已经是枝繁叶茂了：

"听说了没有，姜元元可有心机了，她第一次去医务室那天，故意不穿文胸。谁不知道她胸大啊，再加上她平时穿的衣服都是又薄、又紧、又透，乳晕都看得清清楚楚，坐她旁边的女生说的，千真万确，估计早就计划好了的。她一进医务室里，没和聂医生说上两三句话，就把他骗到了里间，自己把隔帘拉上了，躺到了床上，叫聂医生帮她解扣子。聂医生哪敢啊，她硬把他的手拉了过去……闹出的动静那个大啊，附近路过的人都听到了。你以为她从医务室出来后，女生辅导员为什么要截住她，没穿内衣倒是其次，主要还不是她骚得无法无天了。辅导员那晚在女生大会上说的话就是针对她的，不知道她去了没有，要是没听到的话，就太可惜了。"

关于那天下午的详情，在女生中流传有好几个版本，这是综合性最强的一个，也是佐证最多的一个。譬如，姜元元的确不喜欢穿内衣，体育课短跑的时候，总会有一群年级不详、班级不详的男生别有用心地聚集在终点，说是为她加油，但最后都忘了加油。

在此基础上，又陆续出现了许多类似的传闻，传闻里的姜元元和聂医生似乎非常热衷于各式各样的冒险。有人说看见他们在午睡时间偷偷摸上医务室二楼,在废弃物仓库里折腾得大呼小叫;有人说看见两个人晚上在草丛里滚做一团,女的身形一看就知道是姜元元;更多的人说,有一次在广播里,在音乐的背景声中,真真切切听到了他们一长一短的喘息声……

在路上碰到姜元元,我已经不会再同她打招呼了,要么把目光移开,要么干脆绕道。但我越是这样,她就越是有意无意靠近我,似乎有话要对我说。

一天早读,我来到教室,发现笔记本端正地摆在桌面上,我记得昨晚离开时不是这么放的,我打开笔记本,本子里夹了张纸条:"下午五点半,实验楼前。"那笔迹我认得,是姜元元的,但我猜不出她约我的目的,选了那个钟点最安静的地点,总不可能是显摆,或是挑衅。

姜元元住的广播室位于学校西北角的实验楼,紧傍着后山,后山过去,就是延绵连片的山脉。我们这一带大多是石山,植被以矮丛灌木为主,一旦遭到破坏,生态便很难恢复。历经了那些特殊的年代,这片山域却还保留了最原始的植被。据说,守护这一生态的,是近乎残酷的乡规:禁止上山,违者鞭笞;砍一棵树,断一条腿;折枝摘叶,则是断指。这一片山林是泗水的涵养林,制定这一规矩的初衷,也是为了保护镇上的水源。

实验楼白天热闹,但日落之后,便成了一栋空楼。那些对姜元元独占一个单间既羡又嫉的人,如果在这个时候来看,便不会这么想了。后山上经年累月的地气隐隐地渗出,没有轮廓,呈混沌的薄雾状，在半空停留了一会，才像一道瀑布般缓缓下沉，落到地面上，聚拢成一口雾气般的深潭，将整栋楼沉湮没。

姜元元早早地就站到了楼前等我。她脸色发灰，还没等我开口，便说："不要再跟聂医生走到一起。"

"我凭什么要听你的？"

"我试探过，他……白天和晚上很不一样，我不知道这么说是不是合适——他白天和晚上是两个完全不同的人，不要靠近他，我就只能跟你说这么多。"

我总喜欢去寻找事件之间的逻辑关系，这是我的思维习惯，那些关联能让我感到踏实，可姜元元的这番话，却颠覆了之前我所有的推想。

8.

我没有理会姜元元的警告，每天晚上，还是会到聂医生那里去。和以前一样，我没带自己的杯子，就用他的那只。

如果医务室没有其他人，我们会有三到五分钟的独处时间，但也仅仅限于此，再无任何进展。药也都是他提前弄好了，灌到保温杯里，再拿到医务室给我；我喝好后，他便接了过去，清洗工作也没让我做，我也没法再进入他的房间。

他脸上还是我第一次见到他时那么干净。这样的一个男人，怎么可能会接姜元元的招，还在人后闹出那么大的动静……不对，我不能这么想，要不，就中了姜元元的招。因为迄今为止,在传闻中和聂医生有过交集的,也就只有她,而她又是那么个爱出风头的女生,说不定,她一厢情愿把他当成了显摆的道具,对,一定是这样……我和聂医生就那么坐着,窗外静谧的夜,像一双巨大的黑色翅膀,静静地滑翔过来。

距高考还有不到两个月的时候,学校为了让高三安心复习,提前给高一高二放了假,高考后再给他们补课。校园空了出来,吃饭,洗澡,打水,都不会那么挤了,但和聂医生相关的传闻依然热闹,所以我猜,给这些传闻推波助澜的,绝大部分是高三的女生。

一天,我不是很舒服,在宿舍里躺到很晚才去浴室。我们住的宿舍不是公寓式的,浴室和宿舍分开,是一个狭长的红砖棚,外墙勉强刷上了层薄薄的水泥,几个雨季下来,苔衣倒比水泥面还厚。棚里中间一排过去全是水龙头,两旁是一个个小隔间,入口敞着,用的时候,就把各自备好的帘布拉起来,遮住入口。

我进到里面的时候,只有两个相邻的隔间还拉着布帘,一张的图样是水蜜桃,另一张是小碎花,帘后的两人在谈话。

水蜜桃:"哎,聂医生的事,你听说了吗?"

小碎花:"外面没有人了吧?"

水蜜桃:"晚自习铃响过了,我们都已经迟到了,还能有什么人!"

我决定窃取这一场谈话,悄悄靠了过去。

小碎花:"你刚才说,聂医生怎么了?"

水蜜桃:"嚯,他啊,他对找他看病的女生下手……"

小碎花:"不是说,他只跟姜元元……"

水蜜桃:"一道菜吃久了,总要换换口味的嘛;再说了,我不觉得姜元元有什么漂亮的,你看看她的腰,那也能叫腰?她也就胸大一点罢了……"

小碎花:"他是医生,传出去总不好吧。"

水蜜桃:"正因为他是医生,他才知道该怎么下手。"

小碎花:"不会吧?"

水蜜桃:"有个女生跟他说,洗澡的时候摸到胸口好像有个肿块,他就把人带到里间,说是检查;一个女生体育课上摔了跤,身上没有伤,就是底裤上有血迹,他也把人家叫到里间检查……"

小碎花:"哦,这样!"

水蜜桃:"说真的,他有没有对你动手?"

小碎花:"……"

水蜜桃:"当然了,他也不会对人人都那样,只有遇到他看得上眼的……"

小碎花:"不是,里间……他也要我进去过的。"

我猛地把水龙头拧到了最大,水蜜桃和小碎花一定是被吓到了,两张帘布瑟缩着,背后再也没有传出声音。

9.

那段时间地表受热强烈,空气对流旺盛,午后至傍晚这段时间很容易形成雷阵雨。这种雨突来疾去，疾去之后，校园里全是一地的凤凰花瓣，浸泡在雨水里，混合着红泥。发酵之后的花泥散发出一阵阵腥甜，深深浅浅地叠加在一起。在这股混沌的气息里，传闻中纵欲过度的姜元元再次担当了引领者的角色。在她之后，弄不清有多少女生去了聂医生那里，聂医生对她们做了什么，波及的面究竟有多大，总之，原本只能在闺密之间谈论的话题，竟可以在女生中公然谈论了。

机器娃娃无疑是这阵风潮最大的受益者。她现在左右逢源，已经极少缠住我了。此前一直没有合适的由头让她融入女生中，而聂医生这一流行话题让她在人群中发现了一个又一个臭味相投的小族群。她那段要我听了"跟谁都不能说"的经历，现在则成了她的社交资本："……他的手就停在那里了，他就那么占了我便宜！他当时还说了什么，具体我记不清了，总之，背后的意思我明白，就是要暗示我到他房间去，这小白脸！"她一次又一次地说，舌头已经不再打结。她多少还有点难为情，但面色却是潮红的，佯装愤怒的眼神背后，竟是熠熠的神采。

女生中关于聂医生的传闻经过了最初的浅尝辄止后，也开始朝纵深方向发展。姜元元部分退居二线，个人化的体验分享成为了主导。综合了她们第一人称的叙述，聂医生不论身材，高、矮、胖、瘦；不论肤色，青、白、棕、黑；不论长相，漂亮的，不漂亮的，全都来者不拒。他挖空心思，利用一切可能的机会来侵犯她们像花苞一样的身体。有人说，聂医生以检查为名命令自己躺到了医务室里间的移动床上；有人说，聂医生把自己逼到了他的房间；有人说，聂医生把自己拉扯上了小院二楼的废弃物仓库；还有人说，聂医生把自己摁到了校园偏僻角落的草丛里……虽然大家都说自己是受害者，但在传闻中，似乎聂医生为了谁肯冒更大的风险，那个人的青春附加值便会跟着水涨船高。

最骇人听闻的是，有个女生说，自己请了病假，一个人在宿舍休息，聂医生就趁上课时间潜入了戒备森严的女生楼，一间一间地排查，终于找到了她，用非常手段进入了她的宿舍，不顾她的病体行事，而且还要敞开门窗，并命令她叫出声响。

一天中午餐点时间，我和机器娃娃去食堂。排饭的队伍很长，我们一点一点往前挪。忽然，她猛地抓住了我的衣角，两眼闪得晶亮，呼吸都变得急促起来，凑到我耳边说："你那一排，往前数第四个，穿红衣服的女生……看啊，快看啊！"我一看，是有那么个女生，摸不清什么路数，只看到背影，身形稍矮，发色乌黑，束着，露出脖子上的一大块腻白，想必肤色是极好的。机器娃娃激动地踮起脚尖，不断变换着姿势往前倾。见我还没有任何回应，她恨铁不成钢："哎呀，不是说聂医生跑到女生宿舍，对个生病的女生狠下毒手吗，就是她呀……"正说着，那个女生侧身回头，跟后边的同学说了句什么，机器娃娃第一时间收了声，站稳，眼睛翻向天花板，眨巴眨巴地望。融入女生圈后，她倒是动脱了不少。知道了这一层，我格外仔细地看了那女生。有的人脸和身形是全然分开的，她就属于这类人，光看脸你绝对想象不出她沙漏型的丰硕身形，光看身形你也绝对想象不出她还没褪掉婴儿肥的脸，单看是没有问题，可搭在一起就有些突兀。

她的五官还算得上小巧，但就是下巴过于尖利，还好，有水蜜桃一样的气色平衡。不过，相对于姜元元来说，这样的姿色还只能算中等，至于聂医生为什么会为了她冒那么大的险，实在让人费解。但舆论从来不会过久停留在一个死结上，后来，就自发形成了一种解释：让聂医生那么大费周章的人，自有她的过人之处。接着，就有人说了，其实仔细看那女生，五官长得还是挺好的，身材嘛，女人味也特别浓。大家听了这话，再去看她的时候，似乎还真是，就这样，她在大家眼里也渐渐变成了一个能同姜元元看齐的美人。

由于这些传闻只在女生中秘密流传，因此，也没有人去追究具体的人证和物证，它们只是影影绰绰地相互印证。

就在这时，我在笔记本里再次收到了姜元元的纸条："离开他，明天早上提前到教室，你会明白。"

我是班里的学习委员，如果没有什么特殊的情况，教室钥匙由我保管，每天早上我都会第一个到教室开门，晚上则是由最后一个离开教室的同学卜锁，姜元元不可能不知道，但她在纸条里还强调了"提前"，似乎是在说教室里会有一件隐秘的事，而这件事，她并不想让除了我以外的任何人知道。

10.

第二天，我比平时足足早了二十分钟来到教室，附近还是冷清的，笼罩在一层浅青的薄雾里。我把钥匙插进锁孔的时候，听到里面有人声，那声响重叠而紧凑，似乎还不止一个。我忽然紧张起来，如果发生了什么意外，其他同学不会听到我的叫喊，但定了定神，好奇心还是驱使我推门进去了。

我以最快的速度环视了一眼，没有人，只有成行的课桌椅，课桌上堆满了一摞摞的资料，像一排排隐蔽性极佳的掩体。

那声音再次响动起来，这回我确定了具体的方位，在教室后面，后排座位和学习园地之间的空地那里。我随手抓起了只铁制的铅笔盒，一步一步地走过去。还没等我走到那，一个人惺忪地爬了起来，我一看，是姜元元；与此同时，另一个人猫着腰穿过过道，在我还没反应过来之前夺门而出。我膝盖一软，扶着张椅子坐了下来，惊魂未定地看着姜元元。

"我知道你不愿意相信我，但我还是要告诉你，就算你想接近他，他想要的人也未必是你。"她头发蓬乱，衣衫不整，还露着半个胸，支着站了起来，身下是一件白大褂，上面沾染着血污。她把衣服卷了起来，抱在怀里，"离开他。"在离开教室之前，她再一次对我说。

照理说，到了这一步，事情应该朝着姜元元的计划走，我不应该再和聂医生见面了。但是，怎么说呢，在你的一生里，总会有那么一个人，是可以让你卑微到有如浮尘的。我一遍又一遍地过着早上的场景，事情也并不是完全没有回转的余地。我和他没有打照面，他不一定知道是我；即便知道了，只要我装作什么都没有发生，他也会装傻的。

晚上我还是到医务室去。中午父亲给我送来了一大袋石榴，家里那棵老石榴树上结的，我在背包里装了几只最大的。果然，他见了我，并没有什么异样。医务室里坐了个女人，他示意我多等一会。

那女人是花房里的女校工。学校的女工何其多，大家为什么偏偏只记住了一个？因为她实在是太特别了，她看上去二十七八岁，面色青白，五官清秀，身形匀和，还算得上是个美人。但让大家记住她的，还是她的装扮。她总是喜欢穿着爽洁的米白色衫子，行动于花花草草间，在清一色汗渍渍的蓝工作服同类中尤为扎眼。此外，她还挽了个和她的年龄很不相称的发髻，每天都会别上一两朵时令的鲜花，当然不是那种大花大朵，而是挑了和她的身形五官相称的茉莉、凤仙、白兰，诸如此类。在我们学校，女校工一般是作为男老师或是男校工的"配偶"出现的，但她却像无源之水，无本之木，一个人住在学校的花房里，无人问津，而她本人看上去绝不像那种嫁不出去的人。后来就有了合乎常理的解释，有人说她早年受过刺激，住过精神病院；有人甚至还说，她其实是石女，并不是一个完整的女人。对一个女人而言，这无疑是最恶毒的攻击了。

听他们的谈话，她早就是医务室的常客了。这一次她说自己得了痢疾，吃了聂医生白天开的药，也没有多大好转。我警惕地看了看她，说这话的时候她脸色发青，冒着虚汗，应该不是装的。聂医生有些为难，医务室的存药不多，种类也不全，加上他开的药都比较温和，能对付的范围有限。以前老校医开的药倒是好得快，但动不动就抗生素，有点偷懒的意思，在我看来，那类药和虎狼之药无异。

我又仔细看了看她的脸色，心里便有了个底，再次向他借用了厨房。我找出一个搪瓷盘子，把几个大石榴的籽实全都掰了下来；剩下的皮收好了，放到沸水里煮开，等到砂锅里的水变成黄绿色，收到有一小碗的时候，我关了火，倒到一个白瓷碗里，滤出了皮。聂医生捧着那个小碗出去了，和花房转述了我的话：如果明早起来还是没有好转，学校西北角有两棵番石榴，摘了嫩芽，生嚼吞服下去就可以了。

他对我还是那么温和，这得体让我愤怒，愤怒之后，便是寒心。我想，我究竟是哪一步做错了，让他单单用这样一种方式来惩罚我？！

我决定冒一次险。

花房身体不适，也无心逗留，应了聂医生几句就起身了。

聂医生关了医务室的灯，锁了门，在外边徘徊了好一阵。显然，他在朝四处张望，也许他想不明白，为什么我连招呼都没打就走了。过了一会，他才朝房间走了过来。房间里没有亮灯，他推门进来的时候，习惯性地朝门框左边摸过去，但他没有摸到电灯开关，他摸到的是我赤裸的身体。

11.

意料之外的触觉让他退后了两步。

"不要开灯。"我说，有路灯透进来的光就足够了，他的帘子是细竹篾编织的,一旦开灯,帘子透光,屋内的情形在路人眼里会一览无遗。

他呆了半天才反应过来,我听到了他喉咙里的吞咽声。他听从了我的话,没有开灯,这时候他的眼睛也已经适应了屋子里的黑暗,他看了看我扔在白床单上的衣服,又看了看我。

"你在发抖。"他说着,捡起了衣服,递了过来,"穿上,我知道你原本不想这么做的。"

"我就是想这么做。"我说。黑暗让我的勇气成倍增长,我摸索过去,拉起了他的手。

他挣脱开,把衣服披到了我身上。

我眼前飞掠过姜元元大花大朵的身形,还有食堂里那个女生丰硕的沙漏身形,我瘦削地站在她们中间。他肯为她们冒最大的险,他肯为她们冒最大的险……我想着,抱着肩,蹲了下去,我从来没有那么绝望过,我觉得我快要窒息了。

房间外面,晚自习下课铃响过了,熄灯预备铃响过了,熄灯铃响过了,人声静了下来,草丛里的虫鸣声越来越干净。我们就这么对站着。终于,他忍不住了,说:"你也该回去了吧。"

"回不去了,熄灯铃响过了,值周老师在巡查。"我说着,赌气走到床边,躺了下来。

他也拉开了把椅子,坐下了。

我以为我们会这样睁着眼睛到天亮,但到了凌晨两三点的时候,我的意识还是模糊了起来,恍惚中,我听到他拉动椅子起身,走到我身边,站了很长时间,他的脸凑到我脸上,贴得很近,我甚至能感觉到他呵出的声息,我以为接下来会发生什么,但他只是给我盖上了被单。再后来……我想我应该是睡着了。

第二天,院子里的鸟啼把我吵醒的时候,天已经蒙蒙亮了,他背对着我,趴在书桌上,还没醒。天光下,我不得不换了另一种眼光,来重新思量眼前的一切。趁他还没动静,我穿好衣服,蹑手蹑脚出去了。

我去到教室开好了门,把钥匙放在机器娃娃桌上,接着,去找了班主任请假,然后回家。两天之后,我才回到学校。

果不其然,机器娃娃一见我就问:"这两天你到哪里去了?"

"家里有事,我回去了,跟班主任说过了,太急,忘了跟你说了。"我把想好的话一字一句地背了出来。

她咕哝着:"我说呢,没回宿舍,连个招呼也不打……"

我以为就这么过去了,谁知刚过了一会,我又听到了她"哧溜哧溜"的出气声。

不过这次她没等我发问,自己就凑过来了:"哎,你知道聂医生前晚找上了谁吗?"

我的心差点没跳出来。

"花房!"

"不会吧……"

"你没在真是可惜了!昨天有人到聂医生那里去,看到花房在里面哭哭啼啼,聂医生见有人来,赶紧关上了门。谁看到了这样的事情还舍得走啊,她们听到花房在里面说:'昨天晚上,你要我的时候可不是这么说的,反正我不管,我已经是你的人了,你要赖也赖不了',哎哟哟,她以为她是谁啊……"

"聂医生怎么说?"

"还能怎么说,他当然是说:'不知道你在说什么','不要胡说','让别人听到了多不好'……"说完,她闭了口,鼻孔里又"哧溜哧溜哧溜"地出气了。

12.

学校不知怎的就听说了这件事,官方信道和民间信道的那层薄纸被捅破了,开始有女生被女生辅导员叫出去问话。

被叫出去的女生回来后,都会被大家用狐疑的目光短暂隔离。女生之间大一统的融洽没有了,大家相互警惕起来。这也正常,人心隔肚皮,谁又知道自己被别人出卖了多少。一想到自己的秘密有可能会被同类出卖给外人,这在女生中引起了极大的恐慌,就好比大家原本在一个伸手不见五指的密室里相安无事,但却不知道是谁,别有用心地把门给拉开了,强光透了进来,打在了所有人身上,有人失声尖叫了起来,原来大家身上一块遮羞布都没有,就这么赤条条地暴露在外人眼前。那情形只要一想,都羞愧难当。

恼羞成怒之后,大家开始自发排查,谁才是第一个告密者。这个人掌握了如此多的秘密和线索,以至于女生辅导员查起来的时候毫不费力,就证明了,她一定是内部的人,也就是说,她也是聂医生的众多女病人之一。

花房有着最大的嫌疑,因为她是事发前最后一个去找聂医生的女病人,而且还跟他起了冲突。话说她独居多年,背负着那个莫须有的名头,把自己搞得冷落萧条,好不容易抓到一根救命稻草,当然要死抓不放,强攻不下,宁可玉碎,不愿瓦全,也是有可能的事。反正,事情闹大,对她只有好处,没有坏处,也可以让她曲线达到正名的目的。

但也有不少女生坚持认为,这是偃旗息鼓已久的姜元元所为。动机非常微妙,微妙到只有女生,或是女人才能意会。理得比较顺的说法是这样的:原本聂医生只对姜元元下手,这乍一听并不是什么值得炫耀的事,可好歹是"唯一",让人瞩目的主角地位,她也就半推半就地受用了。没曾想后来由于聂医生态度转变,她的人气急转直下,不得不让位给了一些之前不知名的小卒,甚至是花房,这其间巨大的心理落差,不是常人能够体会的。所以啦,她才做出了非常人的举动,以此来报复冷落了她的聂医生,再次高调地进入大家的视野。换句话说,姜元元是在跟聂医生,跟所有女生吃醋撒泼。

可事情引发的波澜比大家想象的要大得多。两天后,有人看见镇派出所的人进到了校园里,相关女生和花房都被叫去问了话,聂医生也接受了传讯。

13.

星期天下午，我们会有半天的放风时间。发生了那么多事，我决定一个人到镇上去透透气，顺便买件内衣。

当时镇上卖内衣的，就只有两个地方。

一是百货商店，年纪大的女人都喜欢去那里。百货商店在小镇礼堂旁，店名字体鎏金，日晒雨淋，金粉已经掉了大半，米石外墙上，原来的店名被敲掉了，不过，你还可以在灰白色印子里看到"泗水镇供销社"几个字，和半旧的"泗水镇百货商店"套嵌在一起。内衣在最里间的柜台，柜台后站着个营业员，胖胖的，像只硕大的米袋子，只是中间多了几轮褶子，所以更像是把几个大小不一的轮胎搭到了一起。她永远在嗑着瓜子，在她不得不应答的时候，你能清楚地看到她门牙上有个凹坑，那就是所谓的瓜子牙。柜台里的内衣一般只有两种颜色，肉色和白色；料子软塌塌的，像蜕下的蛇皮。你要细看的时候，营业员会抓上一把，没好气地甩出来，大声嚷嚷适合你的码数，这才是最可厌的。

再有，就是丽萍内衣店。我们镇子很小，主街道是沿岸的两排店，那家店在左排铺子的尽头，一株老榕树下。店主是一个三十多岁的女人，独身，叫丽萍。据说，十多年前，她有过一个对象，后来吹了，就因为她执意要开这家店。和百货商店里那些鸡肋一样的玩意不同，她店里都是从广东走过来的时鲜货，她还挑了最为招摇的色彩和款式，往塑料模特身上套，满满当当地码在玻璃橱窗里。开张那天，店面被一个老太婆泼了盆洗脚水，镇上自诩为正经的女人经过时无不掩面。很多人都认为，这家淫店肯定办不长，因为伤风败俗总是要遭报应的。但没过多久，镇上的女人便鱼贯而入，其中不乏当初指指点点的那些人。被发现后，她们便忙不迭地为自己辩解，说什么之所以来这里，仅仅是因为可以试穿，再没别的什么。直到别人到她们家串门，看到天井里晒着当初套在塑料模特身上的款，一时间传为笑谈。当然了，那都是十多年前的事了，镇上的女孩一批又一批地长成，没有这一层纠结，自然都去丽萍内衣店。

镇上的房子格局都差不多，呈扁长形，靠街的外间用来做门面，进去依次是天井，主人的卧房，厨房，丽萍内衣店也一样，外间是铺面，试衣间是天井里一个封顶的冲凉棚，总是冲刷得干干净净的，散发着清洁的香皂味。我去的那天不是圩日，店里没有人，等我拿了一套要去试穿时，发现冲凉棚棚门紧闭，门边上站了个羸弱的女孩，年纪和我差不多，低眉顺眼的，手里拿了两套大罩杯内衣，玫红的和黑色的，全都是网纱罩面，十分妖冶，不管是杯号、颜色，还是款式，都与她极不相称。

我正疑惑着，棚里传来了一个声音，绵长的调子："哎哟哟，还是太小了，我整个塞不进去啊。"

门边那女孩接了句："我刚才都说了，你又不信。"少顷，棚门开了一道缝，她把手里的两套都递了进去。看样子我要等上好一阵了，她朝我抱歉地笑了笑。

我心里一震，这个场景，这两个声音组合，我好像在哪里碰到过。终于,我想起来了,在学校的浴室里,水蜜桃和小碎花。

但棚内的水蜜桃似乎没有觉察有外人:"对了,你知道头牌为什么能长那么大吗,交男朋友交出来的,特别是跟了他之后。"

小碎花笑:"要那么大干嘛?"

水蜜桃:"男人喜欢啊。等我们上了大学,你还想钻那些破书吗,我可不干,我要口红,丝袜,高跟鞋,我要低胸的上衣,超短的迷你裙……"

小碎花没有答话,她看了看我,脸上有些不大好看。

我把头偏到一边,装作没听到。主人卧房门口有只竹椅,我走过去,坐了下来。

水蜜桃的声音小了些,但还是很清楚:"你最近有没有注意,我的胸大了足足有一个码?"

小碎花因为和我有了新的距离,略为自在了些:"你呀……"

水蜜桃咯咯地笑了起来:"你没听说过一个词啊,叫'逆用'……唉,跟你说的那两招,你找他试过没有?"

小碎花朝我这边看了看,压低了声音:"别说了。"

"你还不好意思啊,这早就是女生中公开的秘诀了。"棚门吱呀一声,一个女孩闪了出来,沙漏身形,婴儿肥的脸,尖利的下巴,腻白的皮肤上浮起一层粉晕。

竟是那天在食堂里机器娃娃指给我看的女生,水蜜桃的声音和人在我脑子里终于对上号了。

14.

我买好了内衣，还是不想回学校。

胸口闷得很，我到小镇礼堂对面的酸品摊买了一小袋牛甘果，来到水边，靠着青石栏，用竹签子叉着吃。牛甘果是我们当地的一种小野果，有樱桃般大小，青黄色，用盐水腌过后，涩味是去了，苦味还在，但吃下去后，会有一丝丝的回甘。我半张着嘴，汲着从青石栏下冒上来的水汽，那回甘更明显了，舌头上像顶了张薄荷叶。小镇很静，买卖声，小孩的哭闹，看家狗的吠叫，姑姨们的家长里短，都是最常态的声音，所以，当那阵嘈杂声由远到近的时候，才会让人感到紧张。

先是对岸拐角冲出了个男子，大概二十多岁，后面紧跟上了四五个光着膀子的小青年，很快赶上他，把他掀翻在地。几个小青年正要一齐动手，被为首的一个制止了，他怒气冲冲地冲着地上那个男子说："杀人犯，跑了还敢回来，说，你是怎么害死我姐的！"

那男子说："不关我的事，她本来就有癫痫，你不会不知道……"

小青年一听，急了，对着男子一脚踹了下去："你才癫痫，你才癫痫……"

男子半蜷着身子，不住地用手护头。

旁边已经围上了半圈人，奇怪的是，并没有人上前劝阻。我听到身后杂货店的老板娘对一个老主顾说："把一个正经的姑娘家害死在自己宿舍里，还让人家光着走，看，遭报应了吧。"

　　小青年踹累了，歇了口气，喝道："我姐手脚上那些瘀伤怎么回事？你给我老实说！"

　　男子说："我本来也不愿意，是她，硬要我绑着玩的……"

　　周围的人听了这话，都静了下来。

　　小青年的脸马上就黑了，他骑到了他身上，一拳拳实打实地捶了下去："我看你还敢胡说，强奸犯，强奸犯……"

　　没过多久，男子的手松开了，身子也摊开来，其他几个小青年一对眼色，把为首的那个架了起来。地上的男子脸上全都是血，周围人还是没有出手，一个穿白衬衫的男人扒开了人群。我一看，是聂医生，我赶紧侧过了身，自从那天晚上之后，我就再没有去过他那里。聂医生一个人没办法把他弄到背上，他大声向人群求援。几个小青年见势头不对，半抱半拖着为首的那个，还是从先前的拐角跑了。人群中开始活络起来，有人帮着把男子弄到了聂医生背上，聂医生吃力地支起腿，向镇医院的方向跑去。我看到他背后染了一大摊血迹，衬着白衬衫的底子，尤为触目，那一大片猩红跳跃着，越来越小，终于，消失在暮色中的水汽里。

　　第二天，有人看到医务室关了门，聂医生的宿舍门窗紧闭。没过几天，便有个年轻女人接替了他的位置，在大考当前神速而潦草地完成了接替过程。新校医暂住老师宿舍，此外，也许是出于安全考虑，晚上并不需要她值夜班。

之后，又过了好多天，聂医生失踪的消息才传了出来。

15.

机器娃娃逢人便说："他的手就停在那了，他就那么占了我便宜，他现在就那么走了……"但没有人搭她的话，更没有人能够安慰她，因为聂医生的失踪对所有的女生来说，都是重创。

试想，他曾那么挖空心思要占有她们年轻的身体，甚至不惜铤而走险，在频频得手之后，他竟然视之为草芥，不负责任地统统抛却了。他曾是她们的一面镜子，她们在他的冒险中，反向看到了自己的对应值，但现在，这面镜子被移开了，她们对着空镜框不知所措。尽管大家都知道现在对他来说情势艰难，但他就这样走掉，仍是不可原谅的。

也就是从那时候起，只要我一走神，就会重新潜入那个白色的房间里。窗外凤凰树的气息在清晨中苏醒过来，整个房间都是晨曦的味道，他就以那个让人心疼的姿势趴着，身上还穿着前一天的白衬衫。我站在他身后，他的头发乌黑、油亮，而又浓密，让我总忍不住要把手伸过去。但他似乎并不愿意再让我碰到他，就在我的指尖快要触到他发梢的一刹那，我还是被那个白色的房间抛了出来。每被抛出来一次，我就会听到心口传来像青花瓷破碎一样的声音，这声音起初还在浅处，后来越来越深，最后"哐"的一声，我胸腔里只剩下了一堆碎片。

该是谁来为这件事情负责？当然是姜元元。可她总装出一副比谁都无辜的样子。对于大家的反感，她似乎也有察觉，在风声最紧的那几天，干脆就不到教室来了，而每天的广播还是会按时响起，大家也就知道，她人还在学校。至于为什么没回家去，有人猜，她是为了等聂医生。

一天，有人午睡时间去厕所——也就是女生浴室旁的另一个砖瓦棚——看到女生辅导员蹬着自行车，姜元元坐在后座上，两人绕了偏道，驶出了校门口。这个情形让人生疑。首先是事情发生的时间，午睡时间是白天校园里行人最少的时候；其次是行车的路径，从实验楼到校门口完全可以走直线，也就是学校的主道，可她们偏偏绕了偏道，中途也并没有特别的事情要停留，可见只是为了避人耳目；再就是两人当时惺惺相惜的样子，谁都知道女生辅导员和姜元元之间的过节，她们这么凑到一起的情况还从来没有过。

之后的好多天，不同的目击者陆续将两人的行踪上传至了舆论共享圈，她们几天来的行踪便明朗了起来。

那天下午，广播还是按时响起，去实验楼上课的女生发现，从广播室走出来的，是女生辅导员，可见姜元元那天并没有回学校，女生辅导员把她一个人留在了外面。

第二天，有人看到姜元元回来了，依旧坐在女生辅导员自行车后座上，两人还是绕了偏道回到实验楼。最后，女生辅导员放好了车，搀扶着她上了广播室。

再后来连续一星期，姜元元都没有来教室。不时有人看到女生辅导员到广播室去,都是中午午睡时间或晚自习上课时间,手里还提了个大包。因为在餐点的食堂里没见到姜元元,所以有人猜,包里装的是盒饭。一向把姜元元视为眼中钉、肉中刺的女生辅导员竟然给姜元元开起了小灶,听上去没有比这更离奇的了。

针对这些边角碎片,民间进行了自发的连线和修复,大家认为,最大的可能,就是聂医生让姜元元怀了孕,女生辅导员带她到镇医院去做人流的。这个说法获得了普遍的认可,因为这么一来,所有解释不通的状况都能理顺了。这猜度像一股清风,让女生们从连日的萎靡中舒展开来——虽然往日聂医生似乎更看重姜元元没错,但大难临头,还不是一样把她给抛下了吗,何况,还是在她出了这种事的时候。她们心里多少平衡了些:嚯嚯,在他的世界里,也并没有谁会得到特别眷顾嘛。

16.

不久后,就传出了那个消息,聂医生还是会偷偷潜回,去会姜元元。万籁俱静的夜,他就像个披着斗篷的侠客,掠过弦月,越过凤凰树冠,突破各种防线,潜入广播室,对姜元元极尽能事。消息是经由什么渠道走出来的,已经不重要了,重要的是,激情、浪漫加情色的叙事结构,始作俑者除了姜元元还有谁呢,中间还掺杂了太多私人化的体验细节,花样翻新,层出不穷,实在让人难以启齿。不过,她在女生中的人气却因此迅速回升,尽管还是和以前一样恶评如潮,但好歹"话题女王"的位置被重新扶正,她再次成为了红人。

这则消息背后隐藏了一层大家都无法忽视的内容:在聂医生的心目中,姜元元的位置还是最重要的。她的青春值,也因为有了这个参照而再次凌驾于所有女生之上。这对众多女生来说,无疑是当头棒喝,因为他曾经那么垂涎于她们年轻的躯体,并满足了她们浅薄的虚荣,但现在看来,那只不过是他一时兴起,逢场作戏;大浪淘沙,最后他淘出的,还是姜元元。

不过后来,女生中也陆续传出了聂医生重新潜回的消息,有人说晚自习自己最后一个人在教室,聂医生进来了,示意不要出声,并关上了灯;有人说晚上路过拐角的花丛时,有个人把自己的手腕抓住,扯了进去,听声音,是聂医生;甚至还有人说,自己晚上睡觉的时候,聂医生摸到了她床边……这些当事人,我再次声明,尽管她们还是以受害者的形象出现的,但聂医生还能重新找回她们,证明她们在他心目中也并不是没有位置,这在女生圈里,在微妙的舆论层面上,多少帮她们挽回了颜面。

这些消息无疑也给了我希望。我以为他会回来找我的,我给他创造了很多次机会,早上我会提前半小时到教室,中午午睡时间我会到空校园里闲逛,晚上我会在教室待到很晚才回去,我还特意绕了远路走最偏的地方。只要我闭上眼,他的气息就无所不在。有时候我走在凤凰树下,背后会起了一阵清凉,我知道是他跟上了我的背影,但等我回头的时候,小道上已经空了。有时候我能感觉到他躲在花丛里,隔着花枝,看着我的侧影经过,但等我跑过去的时候,花丛里只有风的声音……和之前一样,他造访了所有的女生。但对我,还是例外。

因为女生辅导员在女生中布下了线人,聂医生重新潜回的消息无一例外汇集到了她那里,学校紧锣密鼓地配合了警方的行动。

就在这时候,眼尖的人发现,负责走动这个案子的警察里多出了一位女警。她是镇派出所的警花,也是小镇上有名的轻熟龄美人,她的出现让所有的高三男生沸腾了,这一股热浪一路强劲地攻入了女生圈。女警的信息第一时间汇集,像雪球一样越滚越大,越过众多小兵小卒,最后替代了姜元元,成为圈里新一代的话题红人。

有父母在镇派出所工作的同学说了,那女警原本是所里管内勤的,这次破例参与办案,无外乎就是为了色诱聂医生。这个重大而又特殊的任务让她的姿色又一次成为了舆论的焦点,有人说,她有点像从良版的姜元元,但又有人说,姜元元无论如何假正经都没有她那气质;有人说她像丰腴版的花房,但又有人说了,花房无论如何膨胀都没有她那风韵;还有人说了,其实她的吸引力大半集中在她的穿着上,即便不穿警服,她也会只穿得体的正装,单看她姿色也不见得十分出众,但她端庄的装扮对男人来说却有着致命的吸引力,和姜元元那种直白、鄙俗的方式不同,也有别于花房的晦涩不露,她正装素服的手段更为高明,这样一种带有禁欲感的姿态,是一种对男人欲说还休的挑逗,而男人天生就对带有禁欲色彩的女人毫无抵制能力……总而言之,用她来色诱聂医生,是绰绰有余的。

我不是跟你说过了吗,我找到了这件事的几个最特殊的亲历者，我跟他们做了个交易，他们愿意开口。

这个女警，就是其中的一个。

三号场景
女警的自白

17.

你们说片子是送到国外去参赛的，不会在国内公开播映，我相信你们，我的声音可以不需要经过处理，但还是请不要拍到我的脸，那会让我很不自在。

十年前，在听说那件事情之后，我找到所长，跟他说了我的计划，并要求参与办案。他答应了。他还说，如果需要，他可以亲自去跟我前夫解释清楚。我下意识就说，不用。这种事情，越解释只会越多事。何况，当时我和我前夫已经分居很久了。

我带着行李住进了泗水中学，白天住在教师宿舍楼空出的房间，那间房以前是给到学校来短期实习的老师住的，有简易家具；晚上，我再住进广播室，把广播员换出来。广播室所在的位置很偏，尽管楼道里有门锁，但一到了晚上，整栋楼，连带周围都是空的，很难想象竟然让一个女生单独住在这里。校方说，原先广播室是允许有陪床的，也就是说，可以允许广播员让另一个女生陪同入住，但不知道为什么，那女生并没有这么做。我见到她的时候，她脸色很不好，眼睛里都是血丝，神色疲乏，但还是可以看出来，她长得非常漂亮，身材发育也比同龄人早得多，显得很成熟。可能是受了惊吓，她说话略有点夸张，但应该不至于歪曲事实，她不是那种能藏得了话的人，而医院的检查结果也能够证明，她的确受过侵犯。

广播室其实就是一个很小的单间，厕所在走廊的尽头，洗漱都只能去那里。房间很窄，除了广播设备之外，不过是一个上下架床，一套桌椅，一个小柜子，仅此而已。正冲着房门口，有一扇铁窗，通向后山。

所长已经安排人在实验楼周围布控，只要那个人出现，一行动，大家就开始收网。一想到同事就在周围，往左不远就是男生宿舍楼，的确也没有什么好担心的，我关了灯，安心躺到了下铺。

等整个人都静下来后，周围开始呈现了一种和平时两样的气氛。山上的地气俯冲下来，穿透铁窗，沉积下来，整个房间都是幽凉的气息，让人头皮发麻，我脑子里顿时冒出了关于这个案子的种种说法。我在白天无数次看过那个校医的照片，他长得很清俊，是个读书人的模样，但在问讯的时候，很多人却说，他可以来无影，去无踪，可以让女人在一时间变得服服帖帖……这些传闻在白天，或是人多的时候像烟雾一样荒诞不经，但现在，它们却在我脑子里沉积了下来。

我就这样失眠了两天。

到了第三天晚上，也许是因为前两天的失眠，我的精力开始有些不支。夜深了，映着窗外的天光，屋子里是一种深重的蓝靛。一阵轻微的风吹了进来,和后山上缓缓渗进来的地气不同,说得确切一点,那其实并不能算是一股风,更像是物体行动时的气流,但它的存在感非常强烈,直接就穿透了房间里轮廓模糊的地气,扑到了我脸上。

那股气流一定是带有气味的,但我辨不出来,那种气味我从来没有闻到过,至少我在熟悉的世界里没有,它的个性非常之强,似乎什么气味都没有,却又似乎把所有气味都占全了,你一定要我形容的话,这么说吧,如果说茉莉清新,含笑香甜,桂花馥郁……这股气息就是把所有好闻的气味汇集到了一起,它们原有的个性相互侵蚀、萎败下去了,但在这堆壳子里,却有一株苗芽,刺破空壳,强劲地抽发了出来,它和我们平日里熟识的气味有嫡传关系,但却并不属于它们中的任何一种。

之所以到现在还能那么清楚地跟你们描述这些,是因为刚开始的两三分钟,我自认为还很清醒,但紧接着,整个身体就不听使唤了,先是脚麻了,后来蔓延到上肢、脖子,最后整个人都被定在那里。我患过神经衰弱,之前曾有类似的感觉,但我敢肯定,这不是神经衰弱,因为我没有入睡的记忆。

一个黑影以极快的速度穿过铁窗,跃到了地面上,它的体量感很小,我第一感觉那绝不是个人。它着陆的声音很轻,动作也很敏捷。我想摸出枕头底下的枪,但当时真的是一点都动弹不了。那东西在地上打了个滚,接下来看到的情形让我不寒而栗,在我面前慢慢舒展开身段的,竟然是个体态年轻的白衣男子,是那个校医!这几天来我一直在看他的照片,我脑子里全都是他,不会有错。我同事就在附近，但我怎么都喊不出声音。

他走了过来，就这样凑到了我跟前，我能闻到他呵出来的气，正是刚才我说的那一股气息。接下来发生了什么，我就不用细说了吧。我承认，女生们和女校工并没有夸大其词。

第二天早上我醒来的时候，天开始泛白，他已经不见了，我赶紧在同事来敲门之前把自己收拾好。

这件事当时我对谁都没有说，包括所长。我知道，如果报上去，除非是亲历者，否则是不会有人相信的。我自己也曾细细查看过窗棂，但没有找到任何痕迹。窗户外面就是郁郁葱葱的山体植被，那是一种深到发黑的绿，也只有经年的山林，才会呈现出这样的颜色。

之后一连几天，聂医生都没有出现过。所长他们越来越紧张，为了确保万无一失，他们进一步缩小了包围圈，从实验楼周围潜伏到了楼里。

住进广播室的第七天晚上，我刚躺下不久，就闻到了那一股熟悉的气息，我知道是他来了，这似乎已经成为了他事前固定的某种仪式，甚至可以说……前戏。我顺从地让那股气息一点一点地侵蚀，但还没等他出现，一声意外的枪响就结束了这一切，接下来发生了什么，我就不知道了，因为等我醒来的时候，已经是第二天清晨。

这案子最终还是不了了之，成为了一桩悬案。由于当中的很多环节没有找到合理的解释，担心散播出去会在镇上引发不必要的猜测，因此，我们在对外宣传上还是采取了冷处理的方式。

不过所幸，聂医生再也没有出现；泗水中学当年的高考升学率蝉联了县里的六连冠，文科班有个女生甚至还考取了全市的文科第一，打破了学校有史以来最好的纪录；我前夫之前一直拖着不肯跟我离婚，听到案子的片言只语后，终于在离婚协议书上签了字，我才能和现在的丈夫走到了一起。

关于那天晚上的情况，我知道的不会比所长更多，因为听到我叫声的人是他，冲进来的第一个人是他，放枪的也还是他。你们可以去找他，虽然他没有像我一样离开系统，但他已经退了休，事情也已经过去了十年，说不定，他会在很多细节上松口。

四号场景
所长的自白

18.

我可以把我所知道的说出来；但作为交换，我要知道你们掌握的全部细节，就现在。我等不了多久了，医生说，我的大动脉上长了个瘤子，随时都有可能破裂。我想在走之前解开这个结，即便打不开，也松它一松，给自己缓口气。

这些年来，我总在反复做着同一个梦，我梦见那个人向我走来，他说他被人软禁了，本来是有个出口的，但被我给堵上了，说这话的时候他的脸像石灰一样白，我常在这样的梦里惊醒过来。有人说，人死后会重新把自己生前走过的路再走一遍，你会清清楚楚地看到所有你做过的事。如果真的有那么回事,那我就一定会回到十年前,那桩案子里。

我还记得那一股腐败的气味,在我第一次进入镇中学的时候扑面而来。那一年的凤凰树花期特别长,花开得也特别盛,地上连片都是花瓣,被校工扫开,归拢起来,堆在路边,沤成花肥,这就是那一股怪味的源头。我的胃液一阵阵翻腾,但学校里的人来来去去,脸上没有任何异样。

案子的焦点集中一个姓聂的校医身上,他已经失踪了两天。现在,女生和女工的证词,县医院对部分女生的检查结果,以及他的失踪,都直接把他升格成了犯罪嫌疑人。综合各种情况,我们选择了对广播室进行布控,晚上,用我的一个女手下去换出广播员,我和其他人在实验楼周围埋伏,盯实验楼的入口和广播室的房门。就这样,我们睁着眼过了两夜。

到了第三天晚上,还是没有人影。深夜的时候,我听到了一种奇怪的声音,风夹带过来的,混着草丛里的杂音,持续了好一阵,好像是她的声音,循环往复,韧性十足。因为我们都在实验楼外,离广播室比较远,我听得不是很真切,便推了推一个手下,问他听到什么没有,他却说什么都没听到,我也只好作罢,因为广播室房门在我们眼皮底下的确是完好无损的。

在第二天的检查中,我们也没有发现室内有什么异常,但她的神情告诉我,昨天晚上,她肯定是遇到了什么事,她一定对我隐瞒了什么。我没有逼她,在这个事情上,她做出了太大的牺牲,心理上承受的压力,肯定非同小可。

后来，我让他们进一步缩小了包围圈，潜伏到了实验楼里，这回我决定了，在判断上要遵从于我的耳朵，而不是眼睛。

当我再度听到那种奇怪声音的时候，第一个冲了上去，踢开了门，我一定是吸进了什么，薄荷，紫苏，或是别的什么，反正就感觉一头撞入了一个柔软的球体里，水淋淋的，有点轻度失重。我清清楚楚地听到了那个困扰了我好几个晚上的声音，是她发出的呻吟。屋子里没有灯，我朝床上看过去，看到她已经被脱得白花花的一片。走廊里的路灯从我身后透过来，在我放大的影子里，一团颜色更深、更重的活物挪动了起来，我第一反应就是那个校医，可我看不清轮廓。在我举起枪的一刹那，那东西却敏捷地一跃，在枪响的同时，穿过铁窗逃走了。我这才知道，刚才我所面对的，原来并不是个人。这也就是几秒钟内发生的事。幸好，我还知道在其他人赶过来之前，给她严严实实盖上了被单。

我自己也做过调查。我曾翻过实验楼后的围墙，到后山上去看过。那里很荒，经年没有人迹，到处都是恣意生长的野生植物。一片说不上名字的植物，一直连上实验楼后的围墙，中间隐约还有被拨开和啃咬过的痕迹，但我仔细查看了被踩压的地方，并没有发现人的脚印，应该只是某些小行兽的通路。

我也曾到女生宿舍和女工住的花房勘察过，门窗都没有破损的痕迹，和广播室不同的是，那些地方连窗户都是铁纱网的，可以说，防范比广播室还要严密；这也就意味着，门关上之后，广播室还可以进出活物，但那些地方，除非他是一阵风，否则不可能进得去。

也就是从那个时候起,我开始认真理会女生和女工那些怪诞的话。我从早到晚不停地翻阅调查笔录,发现她们的描述无论是在内容上,还是在遣词造句上,都有着惊人的整饬,似乎事前就曾经过多次集体讨论和修改,最后才和盘托出的,关联处严丝合缝,没有任何纰漏。

尽管我没办法解释那天晚上见到的情形,但我还是相信那个校医是个真实存在的人。我是用排除法得出这个判断的,他的照片就在我手上,这个人有名、有姓,有家人,有同学,有朋友,有档案,和我们并没有什么两样。他不可能像狐类一样,穿得过广播室狭窄的铁窗;更不可能像风一样,穿得过女生宿舍和花房的纱窗。

我陷入了巨大的矛盾之中,如果我选择相信女生和女工,那就意味着,我承认聂医生——这个履历的每一个阶段都有可靠证明的人——不是我们的同类,甚至不是血肉之躯;但如果我选择怀疑她们,则意味着,我否掉了那天晚上自己亲眼看到的一切。这两种判断在我脑子里就像掰手腕一样较劲,把我拉扯得很辛苦。

最终,我还是没有据实上报。至于理由,一抓就是一大把,比如说,粉饰过的报告看上去更有可信度;比如说,我不想把她那天晚上的样子公之于众;比如说,我不想让整个镇子陷入无度的猜测和恐慌……

这么结案,我当然清楚,相当于是给自己选择了一生的噩梦。我曾有想过,那个校医并没有逃远,只是躲在了附近某个暗处，事情一旦起了对他有利的转机，自然就会回来。但我的结案报告，却把他囚禁在了一个永不见天日的地方，而这个人，至少有万分之一的可能是无辜的。但如果你问我，可以重来的话，会不会做另一种选择，我的回答是：不会。这案子太敏感，远非其他案子可比，一着不慎，不可收拾。你大可以说，这是我一生当中最大的污点，但我认为，这是我权衡各方利弊之后，能够做出的最圆满的结案。

我的牺牲，是值得的。

五号场景
我的自白（之一）

19.

那个女孩让我叫她芨，这个带着中药味的名字，在我们近距离的谈话中几乎用不着。

来到泗水镇已经有二十多天了，我们剩下的时间已经不多，但真相还是和彼岸一样遥远。十年前发生的那件事仿佛一块巨大的拼图，被打碎、打散了，亲历者都偷偷捡起了属于自己的那一小块。相互间的猜疑，让他们把单片死死地攥在了手里。他们私下肯定不止一次试图用那一小块去透析整体，无奈这个体系太庞杂，因而没能够得逞。

芨利用了这一点，她充当了一个合纵连横的角色，用一个共享的预支性承诺,让他们供出私藏的单片,赌上一把。

当所有的单片都搜齐,拼接到一起的时候,他们会获得整个真相;而在真相浮出水面之前,我们就是单片的忠实保管者,真正独立的第三方,我们会遵从约定,不会对任何人透露一星半点;万一真相无法拼接出来,那些单片将永远埋葬在我们这里——当然了,我们对外是这么承诺的,但遇到特殊情况的话,还得做特殊处理,我们可没那么傻。

我们手里搜集到的单片越来越多,可答案却越来越模糊。到现在我才发现,整个事件原来并不是一个简单的平面拼图,它是立体而多维的,构造比我想象的要复杂得多。为每一块单片找到专属的位置,只会让你更沮丧,因为,一旦贴上去,非但没有能够接近你想要的完整,这个线索还会将你指引向更为庞大的空缺。

就在这时候,苠说想到泗水中学的后山去看看。事隔十年,你还能指望有什么发现呢,但我们说好的,"互不干涉",我只得背起了机子跟她走。

后山已经封山了许多年,到处都是灌木丛,镇上没有路可以直接通到那里,我们只能重新回到学校,从实验楼后翻墙过去。围墙是青砖砌的,结着厚厚的苔衣,不算高,但我带着机子,就另当别论了。苠说好了过去后接应我,但半天都没有动静。我背上机子,笨手笨脚地爬了上去,着陆的时候一失手,膝盖便重重地撞到了地上,幸好有层厚厚的腐叶,没有大碍。

我狠狠地搓着手上的泥,满腹不快。

芨就在前边，背对着我，一动不动。她面前是一大片我没有见过的植物，样貌有点像芦荟，齐膝高，半透明状，茎叶上还结了层厚厚的霜状物，在树荫下挨得密密实实。

我拍完这个场景后，她依然还是这个乏味的姿势。总不能跟她这么干耗下去，我朝山上看了看，如果再爬高一点，说不定还能扫到学校的全景，备几个空镜。我刚想拨开那一大片植物走过去，忽然听到她说了声："别碰。"

"这一片比较好走……"

"不要碰那东西，绕着过去。"

树影中漏下的光束让这一大片植物明亮起来，青白色的光照反射到她脸上，衬得她的神色的确有几分怕人，我只得收回了脚，绕了过去。

没等我拍完一组空镜，芨那边传来了声响，我侧耳仔细一辨，很意外，竟是她在哭，确切地说，应该是嚎，那声音一点水分都没有，生涩而沙哑，像是郁结于内的深恸在一瞬间全都爆发了出来，因为过于猛烈，而变成了喉管深处的抽搐。

但当我赶到她身边时，她硬是把那声响生生咽了下去，才转过身来面对我的镜头，嘶哑着说："现在除了一个环节之外，都可以连接起来了，你会得到一部完整的片子，不过，要等我找到姜元元；我们得先找到大头，班里和她还有联系的，也就只有他了。"

六号场景
大头的自白

20.

芰,我们多久没见面了,九年,十年?你是越来越漂亮了,我差点就认不出来了;我刚好相反,身高、腰围、体重全都是一六五,哈哈,没办法,应酬多。我开了个客运公司,包下了泗水、靖圩、古美、那坡到寅州县的客运班车,准备还想再多搞几条线路。我不像你,能风风光光走出寅州,也就只能在本地混口饭吃咯。

你拍的片子,是不是和十年前那件事有关?我怎么知道的?得了吧,泗水镇又没多大,早传开了。你怎么会想到要把这件事重新挖出来的?镇派出所的人都查不出来,我们还能怎样?再说,事情都过去那么久了,了了就了了,挖出来对大家都没有好处,尤其是你们女生,沾染上这种事情,不能直接说是坏事,但总不能算是好事吧。你还是要坚持?好好好,看在老同学的分上,就帮你一次。

你想从我这里知道什么,元元的消息?

其实我们的关系没你想的那么好。毕业后,她去了南宁,我们就慢慢疏远了。主要在她,接我电话都不咸不淡的。我对她呢,还是和以前一样,只要能帮得上忙的,我还是会尽力帮。没办法,世上的女人不只她一个,但我就是被她吃定了。不过,我也是有底线的，她必须亲自求我，我才会出手。我不可能还像以前一样，一天到晚追在她后面。女人嘛，宠不得的，越宠她，她就越不把你当回事。

我最后一次见她，是五年前，在南宁一家叫艾伦故事的酒吧。那是一个以寻找一夜情闻名的酒吧，每个台位上放着台号和电话，对哪一座吧客感兴趣，你就可以拿起电话直播台号；要不，叫天使替你传信。哦，"天使"，就是穿件白裙，肩胛骨上装对假翅膀的年轻女孩扮的。就元元那面相，扮不了天使，她做的是女招待。你也知道那些地方，我到那里的时候，有个秃顶老男人正拿了一卷大钞，硬要往她胸口里塞，她躲不过，最后还是我替她解了围。

她跟我说，前男友带着她的积蓄跑了。说真的，听到这话的时候，我一点也不难过。那小男人我见过，比她小五岁，和她一起回过泗水，穿着精瘦的紧身裤，恨不得在屁股上勒出个桃形，跟她走在一起，远远看过去还以为是一对姐妹。就么么个男人，她把他当成个宝，跟了他那么长时间，还把整个身家都交给他，你看看现在，栽了不是？她很委婉地跟我说，经济上快撑不下去了。你没看见当时她那个表情，比躲闪往她胸口里塞钱的秃头好不了多少。我想，我一定是她求助名单里的最后一个。我没有立即说帮，也没有说不帮，我只想多消受一会她那个表情。嚯，用得着我的时候蜜得跟什么似的，不用的时候躲得远远的，你看看现在，原来你也有求我的时候啊，原来也有非我不可的时候啊，用"扬眉吐气"来形容我当时的心情，一点都不为过。

我给了她一笔钱，够她过一阵子的。当然，数目不会很大，不过是救她目前的急罢了，她这么下去也不是长久之计。我告诉她，只要她肯离开这一类的夜场，找个正经的工作，什么都好说，不管她最后跟不跟我。

芨，你给我评评理——我，大头，又算不上她姜元元的男人，能够做到这一步，于情于理，是不是已经算仁至义尽了？

哪知她想都没想，一口回绝。她还说，平时很少遇到这种事情的，那个客人是一个例外，她不会离开夜场，因为只有在那些地方，别人才不会带眼色看她。你听听，这是什么话，真真要把我气死了。也就是从那个时候起，我发誓，不会再跟她这么折腾下去。

她现在应该是换了另一家酒吧，不知道是不是跟那个秃头有关系。她最后一次跟我联系，用的是座机，说是要我报卡号过去，把钱还给我。我还缺她那几个钱吗，这不是纯心要让我难堪吗，一生气，当场我就把电话挂了。后来我再打过去的时候，接电话的说那边是苏荷酒吧总台。

我今天是不是说得太多了？可能是因为见到你的关系。元元曾跟我说，女生里和她投缘的，也就只有你了。我就想问问你，当年你们曾是最好的朋友，后来怎么就再也不联系了呢？

七号场景
我的自白（之二）

21.

苏荷酒吧在南宁市桃源教育路口，一排大叶紫荆树后，是当时南宁市最为出名的慢摇吧。

我们去的那个夜晚，竟是苏荷的谢幕酒会。门口打出了灿烂的射灯，一侧是"告别酒会"的牌示，一大群吧客、酒吧员工摆出不醉不归前的样子在合影；另一侧是留言板，都是不舍的煽情留言。两者之间，则充斥了种种对苏荷关张的飞短流长，有人说是因为场地租期到期；也有人说是因为经营不善，这么高调，不过是为了给自己找个台阶。假如这一情况是真的，这场公关策划的确起到了应有的作用，只要你看到当晚的情形，"经营不善"的说法很难找到依据，人们像水流一样涌入这里，桌子、吧台和过道都站满了人。

因为有了太多不肯配合的先例，除了手上的机子，我还备好了暗拍装置，但意外的是，没有人害怕和警惕我手里的机子，大概把我当成了苏荷安排抓拍的，不少人还主动凑到我跟前来，女孩们扑扇着她们夸张的假睫毛，男人们则放肆地用玻璃杯滑过她们性感的网纹袜。

走在前面的芨站着不动了，后面的人推搡上来，我死死挡住。在我们前面站着的，是个女招待，正从托盘上取了酒递给一个吧客，她的五官和身材都极为浓艳，笑靥像窖藏的红酒一样撩人。芰给我看过当年的班级集体照，这正是"大花大朵"的姜元元。显然，她也看到了我们。

我提醒芰，最好找个安静的地方，否则店里吵得没法收音，可她似乎没有听到。我们跟了姜元元，穿过狭窄的过道，来到了女洗手间。里面有两个女孩在镜前补妆。这里的墙壁像纸板一样薄，隔音效果很差，忽然听得外面欢呼声一浪高过一浪，其中一个女孩"啪"地合起化妆盒，扔到手袋里，尖叫道："快点快点，他们的总经理上台了！"另一个则忙不迭地抹毕了口红，两人的高跟鞋踏着清脆的点数，飞了出去。

芰和姜元元的谈话已经开始，她们贴得很近，我听不清她们谈的内容，只能尽量用近景和特写捕捉她们最细微的动作和表情。似乎芰一刚开始就抛出了最尖锐的问题，姜元元有些退吓，躲闪着答话。芰的怒气越来越盛，我从来没有见过她这样，她的手高高地扬了起来，如果不是我在旁边，说不定早就朝姜元元脸上甩过去了。但没过多久，姜元元便迎上了她的目光，渐渐占了上风，把她逼到了死角。这反攻让她一时间不知所措，过了好一阵，才缓过来，拉了我的手，一路冲冲撞撞，离开了苏荷。

出了门口，芰甩开了我的手，她的步履很快，我要一路小跑才追得上她。我们沿着那排大叶紫荆向右，到了南湖岸，一路过去都是艺术学院的沿湖休闲吧，苏荷的告别夜场似乎把人流全都吸引过去了，这里空空的，并没有什么人，我们挑了角落的位子坐下。

她快速地转动着手里的杯子,微微发颤,良久,才说:"事情能不能到此为止?"

"什么意思?"

"片子能不能不做了?"

"嚯,你搞什么?我们是有协议的,这一个月来我一直追在你后面,现在你说不做就不做了?!"

"对不起,"她从包里掏出了张卡,顺着桌面划了过来,"这是我工作以来所有的积蓄,算是对你的补偿。"

我没接,也没退:"你已经找到了你要找的东西,对吗?"

她没说话,又把卡往我这边挪了挪。

我留了个心,收起卡,说:"好,你现在可以说了吧。"

"你想知道什么?"

"究竟怎么回事?"

"你想让我从什么地方说起?"

"姜元元把大家都耍了,对吗?"

"她没有。"

"那就是说,聂医生的确对她有过……"

"他也没有。"

"我听不明白。"

"姜元元、女警和老所长都没有说假话,他们说的都是自己的亲历,但他们所见到的,不是聂医生,可他们自己并没有意识到这一点。我们在后山见到的那一大片植物,医书上没有辑录,我叫不出名字,但却是认得的,小时候我和父亲上山采药,他给我指认过。那些植物的茎叶折断后,冒出的新鲜汁液能让人致幻,还会让人上瘾,当然,对其他动物也会有类似的作用。老所长说,曾看到那片植物中间有被拨开和啃咬过的痕迹,应该是某种小行兽无意中碰到后,反复回来啃咬的,也许是狐狸,也许是黄鼠狼。它们碰过那些植物的新鲜汁液后,会在一段不短的时间内处于亢奋状态,甚至还会做出反常举动,比如说,穿越铁窗栏进入广播室。正是它们身上残留的汁液和汁液所散发出的气味,把人带入了你所想要的幻觉。老所长放了那一枪后,它们受了惊吓,就再也不敢出现了。你想要知道真相,这就是真相。事情到此为止吧。我过两天去马来西亚,所有的联系方式都会改变,你也不要再联系我了。"

她不像是在开玩笑,她这个人从来不会开玩笑,我知道在这个已经淡化了住址的网络时代,一个人的失踪是可以彻底得惊人的。我只能拣了最要紧的问她:"其他女生和花房的遭遇怎么解释?"

"老所长的话不是已经回答这个问题了吗,女生宿舍和花房的窗户,与广播室并不一样,是铁纱网的,关上门后,在门窗无损的情况下,除非聂医生是一阵风,才可能进得去;可他不是风,他是一个活生生的人。"

"那天早上你在教室里的亲眼所见,是怎么回事?还有,如果女生辅导员陪姜元元去医院的事情是真的,那又怎么说?就目前我们了解到的信息,都在指向聂医生。"

"不,你不懂,也许永远都不会有人懂,聂医生他……是我见过的最干净的男人,也许,也是我这辈子里遇见的最干净的男人了。"说了这话,她闭了口。

幸好有暗拍装置,我的镜头没有错过什么。

在我和她的最后一次谈话里,她说了两次"到此为止",而且,她一直没停住转动手中的杯子,显然,姜元元的话让她乱了方寸,她对我隐瞒了更重要的事,只是一味想要了结。

蓦地,我意识到,她才是整个事件最关键的亲历者,说不定,她手里也捏了一块单片,也许,还不止一块,而缺了这些,我的片子永远都不会完整。

终

22.

我站在地王大厦的五十层,这是全南宁市的制高点,窗外,万家灯火尽在脚下。一年前,刚把工作室搬到这里来的时候,这种脚下中空的感觉,还让我的胃一阵阵痉挛;但现在,我已经适应并迷恋上了这种体验。俯瞰一切的感觉能让你欣快到战栗,从这个视角看到的世界是奇幻的,就像是一个凡人,借助某种外力,突然间窃取了上帝的高度时,他眼里所见到的一切。这种满足感是如此透彻,以致只要你体验过,就再也丢不掉它。

办公室里照例没开灯,万家灯火之上,和我的视线持平的，是一团带了寒气的蓝靛，这光照透过灰绿的落地窗，打到了屋角水泥灰的保险柜上。打我搬入这个办公室起，那柜子就郑重其事地摆在了那里。其实，里面只有三样东西罢了。

一张银行卡。那卡是一年多以前芨给我的，里面有多少钱，我不知道，也不想知道。她很聪明，知道在物质上退让一步，就可以在另一个更高的层面上先发制人，一旦我率先违约，多少会在道义上处于劣势。如果我久惯牢成，这不会成为一个问题，但和大多数人一样，我还想努力让自己做上一个好人，我说服不了自己迈出那一步，我能想象得出那种紧紧粘连住你的不洁感。

一份对话稿。那份手稿，是我从市聋哑学校的唇语老师那里拿到的。我的心结因了这份东西，"哐当"的一声，打开了。面对原本和你处在同一条道义水平线上的人，如何才能够为所欲为，而又没有任何负罪感？有两种策略，一是让你自己变得崇高，腾空上升；再就是让对方变得卑劣，就地下挫。只要你能站到相对制高点上，可以俯视她，问题就变得简单多了，尚方宝剑在你手里，你对她所做的一切都是合理的，你可以大开杀戒，而不必有任何顾忌，你的双手不会沾染上血，你会是干净的。

再就是《罂粟园》的碟。封皮上，片名从一大片腥甜的大红底色里浮现出来，那是泗水中学凤凰花海的空镜。一年前，这部间接记录了一场疑似集体癔症的片子，一举拿下了国际英才导演大奖赛的银奖。在互联网时代，传播是没有国界的，片子很快传到了国内。让人意料不到的是，它受到的关注度竟然比金奖还高；关于体裁，有人说是剧情式的纪录片，也有人说是纪录片式的剧情片；关于片名，有人说《罂粟园》这个片名和内容风马牛不相及，也有人说"罂粟"这个符号寓意一针见血……甚至有知情人士向媒体透露，正是因为它本身存在着巨大的争议，才会让另一部中规中矩的片子险胜。像昆虫具有趋光性一样，媒体永远喜欢往热闹的地方凑；再加上这个行业面上看着光鲜，热钱永远喜欢往这个领域拱。在一个男人的领域里，一个年轻的女孩如何杀出一条血路，喏，这部片子就是我的第一个筹码了。热闹之后，我成了最大的赢家，我挑了投资合伙人，有了自己的制作团队，在地王国际有了自己的工作室——我得到了自己最想要的东西。

这三件东西，自从我把它们锁起来之后，就再也没有打开过。

倒不是因为担心官司缠身。我这人做事很谨慎，为了杜绝后患，甚至还请了自己的律师。采访过的那五个当事人，一个移民了，跨国官司很麻烦，一般人不会挑起这个头；一个没有拍到脸，不可能跳出来，因为跳出来就意味着新一轮的曝光；一个去世了，而他的家人并不知道我们之间的口头协议；一个是个粗人，和这个领域八辈子打不着竿；还有一个混迹在夜场，收入不稳定，"名誉"对她来说是一个奢侈的词，她没有能力，没有精力，也没有必要去折腾这类事情。因此，对我来说，律师绝大多数时候是没有用处的保险杠。

我只是觉得，它们背后还隐藏着一些不为我所知的东西。

不知道多少个这样的夜晚，我隔着冰冷的铁板，和它们对视。我们之间的空气一点点变得滞胀，直到胶着得像一对男女在进入实质性关系之前的一瞬。终于，我把柜门打开，取出了碟片，我知道我败下阵来，我敌不过它。

我反复倒播着结尾，这是片子的高潮。之前媒体上大家的意见比较趋于一致的，也就只有这里，各种评论从不同角度诠释了，这是一个无与伦比的结尾。"站在最后一个画面前，任何一个灵魂都会由衷地战栗。"其中一个资深评论人如是说。在这里，芨和姜元元在苏荷酒吧的对话场面重新出现，没有任何音乐、音效，只有字幕的入出：

"那天早上从教室里跑出去的人，我知道不是聂医生。"

"……那天早上的确不是聂医生，但之前他对我做的都是真的，你那时候已经不相信我，我只能用那样的方式告诫你。"

"到底是谁？"

"……你不是刚从他那来吗？"

"嚯，大头……难道说，你为了我，借用了他，不小心还把自己赔了上去？也许你们两个本来就想么做吧，找这种借口，还赖到聂医生头上。"

"至少，我不是第一个把聂医生供出去的人，因为我曾以为，事情闹大了，他被抓了，最伤心的会是你。"

"我是不是还要感激你？！"

"在那件事情里，又有谁是干净的？是谁第一个把事情告到辅导员那里去的，你比谁都更清楚吧？花房说聂医生去找她的那个晚上,你又在哪里?口口声声聂医生聂医生,后来派出所的人来调查,你怎么没站出来替他作证?"

"……下作!"

"这么多事在心里藏了那么多年,你一定很辛苦吧?你出卖了聂医生,他可是宁可自己离开都没有逼你站出来。我知道其实你不恨我,就像她们也并不恨我一样,因为有了我替你们扛过了这担子,你们才会好过。在这一点上,你和她们也并没有什么不同。"

镜头推到了芰身上,她转向了我,就像一只被褪光了毛的兔子,在躲闪,在挣脱,在乞怜,在寻找一个可以容身的地洞。但当时我想着,就这么草草定格,观众怎么会过瘾呢?我的镜头亢奋起来,乘胜追击,一直推到她脸上,她的瞳孔里。在那里,有个小小的人影。

这回我看清楚了,那是我自己的影子。

图书在版编目（CIP）数据

我想站在你身边 / 豆瓣阅读编. —成都：四川人民出版社，2016.1
ISBN 978-7-220-09661-7

Ⅰ.①我… Ⅱ.①豆… Ⅲ.①中篇小说—小说集—中国—当代 Ⅳ.①I247.5

中国版本图书馆CIP数据核字（2015）第252715号

WO XIANG ZHAN ZAI NI SHENBIAN

我想站在你身边

豆瓣阅读 编

出 版 人	黄立新
监 制	陌子涵
产品经理	季思聪 冯宇骐
责任编辑	何朝霞 陈 欣 叶 驰
装帧设计	金牖設計室 DO-DESIGN STUDIO
封面插图	万昊喆
责任校对	蓝 海
责任印制	王 俊
出版发行	四川人民出版社（成都槐树街2号）
网 址	http://www.scpph.com
E-mail	scrmcbs@sina.com
新浪微博	@四川人民出版社
发行部业务电话	（028）86259624 86259453
防盗版举报电话	（028）86259624
照 排	四川胜翔数码印务设计有限公司
印 刷	四川华龙印务有限公司
成品尺寸	140mm×210mm
印 张	19.5
字 数	400千
版 次	2016年2月第1版
印 次	2016年2月第1次印刷
书 号	ISBN 978-7-220-09661-7
定 价	52.80元

■版权所有·侵权必究
本书若出现印装质量问题，请与我社发行部联系调换
电话：（028）86259453